Albert Einstein

Du même auteur

AUX MÊMES ÉDITIONS

Correspondance (A. Einstein – M. Born)
Seuil, « Science ouverte », 1972

Œuvres choisies d'Albert Einstein
sous la direction de Françoise Balibar
Seuil/CNRS, « Sources du savoir », 1989, 1991, 1993

Tome 1
Quanta – Mécanique statistique et physique quantique

Tome 2
Relativités I – Relativités restreinte et générale

Tome 3
Relativités II – Relativité générale, cosmologie et théories unitaires

Tome 4
Correspondances – françaises

Tome 5
Science, Éthique, Philosophie

Tome 6
Écrits politiques

Hors série
Album Einstein

Lettres d'amour et de science (A. Einstein – M. Maric)
Seuil, « Science ouverte », 1993

Albert Einstein

Physique, philosophie, politique

TEXTES CHOISIS ET COMMENTÉS
PAR FRANÇOISE BALIBAR

Éditions du Seuil

Cet ouvrage a été conçu à partir de textes publiés
dans les six volumes de la collection « Sources du savoir »,
Albert Einstein, œuvres choisies, coédités avec les éditions du CNRS
et réalisés par une équipe du CNRS dirigée par Françoise Balibar.
Les textes avaient été choisis et présentés par Françoise Balibar,
Michel Biezunski, Olivier Darrigol, Jean Eisenstaedt, Bruno Jech,
Jean-Philippe Mathieu, Jacques Merleau-Ponty, Lionel Pottier,
Jim Ritter, et John Stachel.

Cette édition avait été rendue possible grâce à la générosité
de John Stachel, Martin Klein et Robert Schulmann,
responsables de l'équipe éditoriale des *Einstein Papers*.

Traduction par Marie Artaud, Emmanuelle Aurenche, Françoise
Balibar, Michel Biezunski, Laurent Bourdieu, Eduardo Costadura,
Jacques Duvernet, Jean Eisenstaedt, Groupe de traduction de l'ENS
Fontenay-Saint-Cloud dirigé par Elisabeth Kauffmann, Bruno Jech,
Yves Le Stunff, Thomas Mariotti, Jean-Philippe Mathieu,
Michel Netzer, Lionel Pottier, Dominique Pradelle,
Jean-François de Sauverzac, Françoise Willmann.

ISBN 2-02-039658-0
(ISBN 1re publication, édition complète 2-02-011390-2)

www.seuil.com

Première partie

I. « Le cadavre de mon enfance »

Le texte (Albert Einstein – Beitrag für sein Lebensbild) *dont on va lire des extraits ne prétend pas à la vérité historique. Il a été écrit en 1924 par la sœur cadette d'Einstein, Maja ; sa naïveté fait tout son charme. Il permet de se faire une idée de ce que furent les premières années d'Einstein – sur lesquelles il ne s'est guère exprimé, allant même jusqu'à ironiser sur « le cadavre de [mon] enfance » (Lettre à Michele Besso du 6 mars 1952).*

1. Les années de jeunesse

[...] Albert Einstein est né le 14 mars 1879 à Ulm.

Lorsqu'il vint au monde, sa mère, frappée par la taille inhabituelle et la forme anguleuse de son crâne, crut d'abord avoir accouché d'un enfant anormal. Le médecin la rassura et, au bout de quelques semaines, le crâne avait retrouvé une forme normale. L'enfant, très lourd à sa naissance, était toujours silencieux et ne donnait aucun souci. Pendant des heures, il jouait seul dans son coin. Lorsque sa grand-mère le vit pour la première fois, elle fut saisie d'étonnement et cria, se tenant la tête à deux mains, qu'il était beaucoup trop gros. Le développement de l'enfant se fit lentement, et il fut si long à parler que son entourage se demandait s'il y parviendrait jamais. Mais cette inquiétude était sans fondement. Le jour où, vers deux ans et demi, il apprit la naissance d'une petite sœur avec laquelle il pourrait jouer, il s'imagina qu'il s'agirait d'une sorte de jouet. Aussi, lorsqu'il vit ce petit être, demanda-t-il, très déçu: « Où sont les roulettes ? » Souvent, les enfants de la famille se rassemblaient dans le parc de nos parents à Munich. Albert, pourtant, ne se mêlait pas à leurs jeux, qu'il trouvait trop animés, et occupait son temps plus calmement. Si, par extraordinaire, il prenait part aux jeux, c'est toujours à lui que l'on faisait appel pour arbitrer les disputes. Les enfants, on le sait, ont en général un sentiment très vif et très entier de la manière dont doit s'exercer la justice ; le fait que l'autorité d'Albert ait été reconnue par tous permet de conclure qu'il avait su montrer très tôt une disposition particulière au jugement objectif. La précoce profondeur de sa pensée trouvait également à s'exprimer dans l'étrange façon qu'il avait de répéter chaque phrase (aussi ordinaire et quotidienne fût-elle) une seconde fois pour lui-même, à voix basse, en remuant simplement les lèvres. Il n'abandonna cette curieuse habitude que dans sa septième année.

Une institutrice lui donna, à domicile, ses premières leçons. Au même moment commencèrent les cours de violon. Cet enfant qui, la plupart du temps, se montrait si calme avait toutefois hérité du grand-père Koch un penchant très net pour les accès de colère. Dans de tels moments, son visage devenait tout jaune, excepté le bout du nez qui perdait toute couleur, et il n'était plus maître de lui-même. Un jour, au cours d'un de ces accès, il saisit une chaise et la lança sur l'institutrice qui eut une telle peur qu'elle prit ses jambes à son cou et qu'on ne la revit plus jamais. Une autre fois, il lança à la tête de sa petite sœur une grosse boule de quille ; une troisième fois, il lui fit un trou dans la tête avec une hache pour enfants. D'où l'on comprend, sans plus en dire, qu'il faut avoir aussi un crâne solide pour être la sœur d'un penseur. Ces brusques colères cessèrent dès ses premières années d'école. Comme l'on sait, on utilise la forme de politesse « vous » lorsque l'on s'adresse à des adultes qui n'appartiennent pas à la famille, tandis que la forme « tu » n'est d'usage qu'entre membres d'une même famille, entre enfants ou entre amis très proches. Aussi la façon dont le petit Albert s'adressait au maître de musique en lui disant : « Dis donc, monsieur Schmied » avait-elle quelque chose d'incongru en dépit de sa charmante naïveté. [...]

Très tôt, on habitua l'enfant à se comporter en personne autonome, contrevenant ainsi aux principes d'éducation en vogue à cette époque en Europe, lesquels exigeaient des parents une anxieuse tutelle [...]

A l'âge de sept ans, l'enfant commença à fréquenter l'école publique. Il fut placé sous l'autorité d'un maître assez sévère dont la méthode pédagogique, pour apprendre aux enfants les tables de multiplication, consistait à leur assener des coups sur les mains. Une pratique qui n'était pas rare à l'époque et qui préparait les enfants dès leur plus jeune âge à leur futur rôle de citoyen[1]. L'enfant, dont le raisonnement était sûr et approfondi, était tenu pour moyennement doué, précisément parce qu'il prenait le temps de réfléchir et faisait un peu attendre son professeur, lequel souhaitait des réponses immédiates et automatiques. Rien ne laissait deviner alors en lui un don particulier pour les mathématiques ;

1. Maja Einstein se veut-elle ironique ? La question se pose. En tout cas, il s'agit là d'une conception du rôle de citoyen que son frère ne partageait pas : « Et personne ne prétendra que le système scolaire et l'attitude des maîtres sont sans influence sur la formation chez les élèves » écrit-il en 1936. Et il ajoute : « Le pire, me semble-t-il, est atteint lorsqu'une école travaille principalement en usant de la crainte, de la contrainte et d'une autorité artificielle. Un tel traitement détruit chez l'élève la saine perception qu'il a de la vie, la franchise et la confiance en soi. Il produit un sujet servile. Il n'y a rien d'étonnant à ce que de telles écoles aient été la règle générale en Allemagne et en Russie. Je sais que, dans ce pays, les écoles ne sont plus affectées par ce terrible mal ; il en est de même en Suisse et sans doute dans tous les pays gouvernés de manière démocratique. » (Allocution prononcée à Albany, État de New York, le 15 octobre 1936).

il n'était même pas bon en calcul, si par « être bon » on entend « ne pas faire de fautes » ; il était persévérant et l'on pouvait se fier à lui, car il arrivait toujours à trouver la solution d'un problème, aussi difficile fût-il, mais il laissait facilement passer quelques fautes de calcul. [...]

Les plus souvent, il s'occupait à des jeux de patience, des travaux de menuiserie ; il érigeait de périlleux édifices au moyen des pièces d'un jeu de construction ; et surtout il bâtissait des châteaux de cartes à plusieurs étages. Quiconque connaît la patience et la minutie qu'exige la réalisation de châteaux de cartes à trois ou quatre étages s'émerveillera de ce qu'un garçon qui n'avait pas dix ans ait réussi à construire des édifices de quatorze étages. [...]

A l'école, commencèrent les cours d'instruction religieuse, alors obligatoires en Bavière. Au sein de la famille, régnait un état d'esprit libéral, d'où était absent tout dogmatisme en matière religieuse, esprit que les deux parents avaient hérité de leurs propres familles. On ne nous parlait ni de la religion, ni de ses prescriptions. Mais, puisque la loi voulait qu'Albert reçoive une instruction religieuse, on fit appel à un parent éloigné pour lui donner quelques leçons qui éveillèrent en lui un profond sentiment religieux[2]. Il entendit parler d'une volonté divine et des œuvres qui plaisent à Dieu, de la manière de vivre en conformité avec la volonté de Dieu. Tout cela ne lui était pas présenté comme un dogme cohérent. Toutefois, son zèle religieux était si fort qu'en toute chose il s'en tenait très exactement au détail des prescriptions religieuses. Par exemple, il ne mangeait pas de porc, par simple scrupule de conscience plus que pour suivre un quelconque exemple familial. Pendant de nombreuses années il resta fidèle à ce mode de vie qu'il

2. Einstein fait allusion à cet épisode religieux dans son *Autobiographie* de 1949 (dont de larges extraits sont reproduits plus loin, p. 149 et suiv.

avait choisi. Plus tard, ce sentiment religieux fit davantage de place à la réflexion philosophique, mais toujours il conserva une ligne de conduite conforme à ses principes, absolue et sévère. Ses démarches et actions ultérieures en faveur du sionisme ont certainement pour origine ce premier élan ; elles procèdent moins de l'application du dogme juif que d'un sentiment intime du devoir envers ses frères de race dont l'activité intellectuelle et scientifique, tenue à l'écart et méprisée en tant que « juive », devait pouvoir s'exercer en un lieu indépendant.

A l'âge de huit ans et demi, le jeune Albert entra au lycée où, du fait d'une stricte orientation humaniste, l'accent était mis sur les langues anciennes – latin et grec –, tandis que les mathématiques et les autres disciplines scientifiques étaient quelque peu négligées. La logique claire et rigoureuse de la grammaire latine correspondait aux dispositions naturelles d'Albert, mais il ne fut jamais bon ni en grec ni en langues vivantes. Son professeur de grec, à qui il avait rendu un jour un devoir particulièrement mauvais, alla même, dans sa fureur, jusqu'à déclarer que l'on ne tirerait jamais rien de bon de lui. Et, de fait, Albert Einstein n'a jamais été professeur de grammaire grecque.

Quand il eut treize ans, il lui fallut s'initier à l'algèbre et à la géométrie. Dans le passé, il avait déjà pris plaisir à résoudre de difficiles exercices d'arithmétique – bien que, comme il laissait toujours passer quelques fautes de calcul, son professeur ne l'eût jamais considéré comme exceptionnellement doué. Il voulut savoir s'il lui serait possible de comprendre ces matières, par avance, pendant les vacances. Il pria donc nos parents de lui acheter des manuels. Jeux et camarades furent rapidement oubliés ; il étudiait les théorèmes, non pas en prenant leur démonstration dans les livres mais en essayant de les trouver par lui-même. Des jours entiers, il restait assis à l'écart, occupé à chercher une quelconque solution ; et jamais il n'abandonnait la partie avant d'avoir trouvé. Il lui arrivait souvent de trouver d'autres démonstrations que celles indiquées dans le livre. Durant les quelques mois de vacances, il travailla seul le programme de l'année suivante. L'oncle Jakob[3], qui, en tant qu'ingénieur, avait reçu une solide formation mathématique, excitait son zèle en lui posant des problèmes difficiles – tout en affichant des doutes quant à la capacité d'Albert à les résoudre. Mais Albert découvrait toujours la bonne démonstration ; il imagina même la démonstration du théorème de Pythagore par une voie toute nouvelle[4]. Dans ces cas-là, un immense sentiment de bonheur le submergeait ; il était déjà conscient du destin auquel ses aptitudes le préparaient.

Au même moment, s'éveilla aussi en lui l'esprit philosophique, grâce à un pauvre étudiant en médecine, juif de

---

3. Frère du père d'Einstein (Hermann). Voici comment Maja Einstein décrit ce personnage et l'influence qu'il exerça sur le destin de la famille : « Un frère cadet de Hermann Einstein, du nom de Jakob – le même qui plus tard devait exercer une certaine influence intellectuelle sur le jeune Albert –, venait de terminer des études d'ingénieur et projetait de monter, à Munich, une entreprise de conduites d'eau et d'installations électriques. Comme ses moyens personnels n'auraient pas suffi, il demanda à son frère Hermann de s'associer à l'entreprise en en prenant la direction commerciale et en lui apportant une contribution financière importante. La famille partit donc pour Munich au début de l'année 1882 ; Albert avait tout juste deux ans. L'affaire, dont les débuts furent modestes, semblait promise à un bel avenir, à un moment où la lumière électrique faisait son apparition dans tous les foyers. Mais Jakob Einstein nourrissait des projets plus ambitieux. Ses idées, riches et complexes, l'avaient amené à envisager, entre autres, la construction d'une dynamo de son invention, et il souhaitait en assurer la fabrication en gros – ce qui impliquait une installation industrielle assez importante et des moyens considérables pour sa mise en route. La famille tout entière, mais surtout le beau-père de Hermann, Julius Koch, rendirent la chose possible en participant financièrement ; et c'est ainsi que l'entreprise vit le jour. Il est difficile de dire pourquoi l'affaire ne fut jamais vraiment prospère. Est-ce parce que l'inventif Jakob Einstein dispersait trop ses forces ou parce que, comme toutes les fortes personnalités optimistes, il n'arrivait pas vraiment à tenir compte des réalités ? Bref, les affaires périclitèrent. » (Maja Einstein, *Albert Einstein-Beitrag für sein Lebensbild*).

4. C'est là un lieu commun du genre littéraire « Enfance d'un génie ».

nationalité polonaise, à qui la communauté juive avait procuré une table d'hôte chez les Einstein. L'étudiant, par l'impulsion intellectuelle qu'il donna à Albert, remboursa amplement ce qu'il reçut en bien-être matériel. C'est lui qui introduisit le jeune garçon au monde de la pensée philosophique. Il discuta avec lui toutes les questions que soulevait l'intelligence curieuse du jeune homme et lui recommanda la lecture de quelques livres de philosophie de la nature (*Force et Matière* de Büchner, *Cosmos* de Humboldt, les livres de vulgarisation scientifique de Bernstein, et bien d'autres ouvrages). Au reste, malgré la différence d'âge, l'étudiant avait pour Albert l'amitié d'un vrai camarade. L'oncle Jakob, qui, pour l'inciter à l'étude, le taquinait en refusant de croire à ses capacités, et les professeurs du lycée, qui accordaient de façon pédante plus d'importance à un savoir de type catéchisme qu'à l'aptitude à chercher et réfléchir, apportaient bien moins au jeune Albert que l'étudiant en médecine qui, plus intelligent, engageait toute sa personnalité dans la manière dont il répondait aux questions qui préoccupaient l'enfant. Tout cela se passait à cet âge si important où l'enfant mûrit et devient un être pensant. Son intérêt pour les sciences ne cessa de grandir, et il ne faisait plus seulement des mathématiques ; déjà, il commençait à s'occuper de questions fondamentales concernant les sciences de la nature. La musique était sa seule distraction ; il jouait au violon des sonates de Mozart et de Beethoven, accompagné par sa mère au piano. Parfois, il s'asseyait au piano et cherchait, en quelques accords brisés pleins d'une douce ferveur, des harmonies toujours nouvelles et des enchaînements de son invention. D'ailleurs, il n'est pas juste de dire que ces fantaisies musicales étaient pour lui des distractions. Elles servaient plutôt à apaiser son esprit et à lui faciliter la réflexion, car, un peu plus tard, on le voyait, l'esprit occupé par un problème difficile, se lever tout d'un coup et déclarer : « Ça y est, j'ai trouvé ! » ; une solution lui était soudainement apparue.

En 1894, quand la famille partit pour l'Italie[5], on décida de laisser Albert à Munich pour qu'il puisse terminer le lycée. Et ce, afin que soit respecté un certain ordre dans ses études et parce qu'il ne parlait pas l'italien. Il fut hébergé par une famille munichoise et les parents et proches de la famille veillèrent à ce qu'il ne perde pas toute vie de famille. A cette époque, il n'envoyait à Milan que de rares et laconiques missives qui, si elles ne permettaient pas de bien cerner ce qu'était sa vie, ne donnaient pas non plus de raisons de s'inquiéter.

En réalité, il se sentait très mal à son aise à l'école. La façon d'y enseigner lui déplaisait. De plus, il avait presque toujours l'impression que le professeur lui était hostile. Le ton militaire que l'on adoptait à l'école, la pédagogie systématiquement tournée vers le respect de l'autorité et destinée à habituer très tôt les élèves à la discipline militaire lui étaient particulièrement odieux. Il appréhendait avec terreur le moment, qui n'était plus si lointain, où il faudrait endosser l'uniforme pour faire son service militaire. Mentalement perturbé et devenu très nerveux, il cherchait une issue. Comme le professeur principal de la classe en profitait pour le rudoyer dès qu'il lui en donnait la plus petite occasion (c'était celui-

---

5. « Le chiffre d'affaires réalisé en Allemagne était insignifiant, mais semblait plus prometteur en Italie. Le correspondant italien de l'entreprise proposa donc de réimplanter l'usine en Italie. Jakob était tellement séduit par cette idée qu'il parvint à persuader Hermann et même à susciter son enthousiasme. L'usine de Munich fut mise en liquidation, et la jolie propriété, avec la villa dans laquelle Albert avait vécu une adolescence heureuse, fut vendue à un entrepreneur immobilier qui s'empressa de transformer les beaux jardins en terrain à bâtir, fit abattre les vieux et majestueux arbres et construisit d'affreux immeubles de rapport. En attendant le moment du départ, les enfants durent assister, depuis la maison, à la destruction des témoins de leurs souvenirs les plus chers. L'usine fut donc installée à Pavie et la famille emménagea d'abord à Milan en 1894, puis à Pavie un an plus tard. Mais les résultats furent si mauvais que, dès 1896, il fallut de nouveau liquider l'affaire. » (Maja Einstein, *Albert Einstein-Beitrag für sein Lebensbild*).

là même qui avait prédit que jamais on n'en tirerait rien de bon), il se fit faire une ordonnance par le médecin de famille et, l'ayant montrée au directeur de l'école, il décida, presque sur un coup de tête, de rejoindre ses parents à Milan. Ceux-ci furent stupéfaits de tant d'audace, mais il leur expliqua avec fermeté qu'il ne remettrait pas les pieds à Munich et que, puisqu'il fallait les rassurer sur son avenir, il leur certifiait que d'ici l'automne de la même année il se préparerait par lui-même au concours d'entrée à l'École polytechnique de Zurich[6]. Pour un garçon de seize ans, c'était là une décision énergique – qu'il appliqua strictement. En dépit de leur inquiétude, nos parents s'accommodèrent de la situation et se résignèrent à faire tout ce qui pourrait être utile à la réussite du projet.

D'après le droit allemand, un citoyen du sexe masculin ne pouvait résider à l'étranger que jusqu'à la fin de sa seizième année. S'il prolongeait ce séjour et ne se présentait pas au service militaire, il était considéré comme déserteur. Les papiers nécessaires pour l'émigration furent donc remplis en hâte et le jeune Albert devint apatride. Il le resta jusqu'à ce que, par la suite, il se fût fait naturaliser citoyen suisse. Il poursuivit assidûment ses études de mathématiques et de physique – c'est à cette époque qu'il étudia presque en entier le grand manuel de Violle –, tandis que, par ailleurs, il apprenait les rudiments de la pratique dans l'usine paternelle. Ses façons de travailler étaient assez surprenantes. Même au sein d'une nombreuse société, au milieu du bruit, il était capable de se retirer sur un canapé, de prendre du papier et une plume puis, ayant posé son encrier sur l'accoudoir au risque de le renverser, de se plonger avec tant d'attention dans un

6. Encore connue sous le nom de ETH *(Eidgenössische Technische Hochschule)*, l'École Polytechnique (ou Polytechnicum) de Zurich était, et est toujours, l'un des meilleurs établissements d'enseignement supérieur d'Europe.

problème que les conversations animées semblaient l'inspirer plus qu'elles ne le dérangeaient. Signe d'une capacité de concentration tout à fait remarquable.

Une vie libre et la possibilité de travailler de façon personnelle transformèrent le jeune garçon taciturne et rêveur en un homme heureux, expansif et surtout bien vu de tous. Il se familiarisa avec les classiques de la littérature allemande.

Bien que de l'Italie il ne connût que Milan et Pavie, les Italiens firent grande impression sur lui. La façon de vivre, le paysage, l'art, tout l'attirait et fut plus tard, dans l'éloignement, objet de nostalgie. On passa l'été chaud de l'année 1895 à Airolo, dans le massif du Gothard, où le jeune Albert gagna l'amitié paternelle du ministre italien Luzatti qui se trouvait là par hasard.

Sa préparation autodidacte fut si bonne que, au début du mois d'octobre 1895, âgé seulement de seize ans et demi, il réussit[7] le concours d'entrée à l'École polytechnique de Zurich, avec succès dans les matières scientifi-

---

7. En réalité Einstein échoua. Il donne lui-même de cet épisode un compte rendu plus véridique. « En 1895, à l'âge de seize ans, je quittai l'Italie pour Zurich après avoir passé une année chez mes parents à Milan, sans école ni professeur. Mon but était d'être admis au Polytechnicum mais je ne savais pas vraiment comment m'y prendre. J'étais un jeune homme volontaire mais réservé qui avait acquis en travaillant seul des connaissances lacunaires, bien que très poussées dans certains domaines. J'avais le vif désir d'aller plus au fond des choses, mais j'avais une mauvaise mémoire et j'étais peu réceptif, si bien que les études ne me semblaient nullement une chose facile. C'est donc avec un manque d'assurance tout à fait justifié que je me présentai à l'examen d'entrée, dans la section "Ingénieurs". Cet examen m'administra la preuve douloureuse du caractère lacunaire de ma formation antérieure, bien que le jury se soit montré bienveillant et patient. Je ressentis mon échec comme tout à fait justifié. Je fus cependant quelque peu consolé par l'autorisation que me donna le physicien H. F. Weber d'assister à ses cours si je restais à Zurich. Mais le directeur, le professeur Herzog, me recommanda auprès de l'école cantonale d'Aarau, où je réussis l'examen de maturité après une année d'études. » (Texte écrit en 1955, l'année de la mort d'Einstein, pour la revue du Polytechnicum à l'occasion du centenaire de sa fondation).

ques et des résultats insuffisants en langues et en histoire. Pour combler les lacunes de son éducation, et parce qu'il était trop jeune, on conseilla aux parents de mettre leur fils dans la dernière classe d'un collège suisse, étant entendu qu'il serait pris à l'École l'année suivante, même si à cette date il n'avait toujours pas atteint l'âge réglementaire de dix-huit ans. Aussi Albert fréquenta-t-il pendant un an le collège cantonal d'Aarau, petite ville de Suisse dont les établissements scolaires jouissent, à bon droit, d'une excellente réputation et sont, pour cette raison, souvent fréquentés par des élèves étrangers, venus parfois d'au-delà des mers. Il trouva dans la famille d'un enseignant de l'établissement, un érudit spécialiste de langues et d'histoire, l'accueil et la compréhension qu'il lui fallait. Aussi s'y sentit-il tout de suite vraiment chez lui. S'il gardait encore du temps passé au lycée de Munich un préjugé défavorable à l'encontre des écoles secondaires, celui-ci fut vite effacé par la fréquentation de l'école d'Aarau[8]. Ni le ton militaire, ni le dressage, ni le culte de l'autorité n'y étaient de mise. Les élèves étaient considérés comme des individus et l'on attachait plus d'importance à la réflexion personnelle qu'à la multiplication des connaissances. L'image que les élèves avaient de leurs professeurs était celle, non pas de l'autorité, mais bien plutôt d'un homme doublé d'un savant. Aussi le temps qu'il passa à Aarau fut-il pour Albert Einstein extrêmement heureux et instructif. Sa culture générale s'enrichit et son diplôme de « maturité »

8. « Par son esprit libéral et par le sérieux sans prétention de ses professeurs qui n'avaient recours à aucune forme d'autorité extérieure, cette école a laissé en moi une impression inoubliable. La comparaison avec six années d'instruction dans un lycée allemand au régime autoritaire m'a permis de prendre pleinement conscience de l'incomparable supériorité d'une éducation qui cherche à rendre l'élève libre et responsable de ses actes par rapport à une éducation qui ne s'appuie que sur le dressage, l'autorité extérieure et l'ambition. La véritable démocratie n'est pas une vaine chimère. » *(Ibidem)*

en poche, il put, à l'automne 1896, entrer à l'École polytechnique de Zurich.

2. Les années d'études (1896-1900)

Pendant toute la première partie de ses études supérieures, les sources de revenu de nos parents furent extrêmement précaires. L'opinion d'Albert, qui en dépit de ses seize ans, faisait preuve de beaucoup de clairvoyance, ne comptait pas encore pour notre père – pas assez pour le détourner de son idée de fonder une nouvelle entreprise à Milan. Albert fit alors une démarche qui témoigne de l'indépendance de son jugement ; il décida de se rendre chez son oncle de Hechingen afin d'obtenir de lui l'assurance qu'il n'engagerait pas d'argent dans cette entreprise vouée à l'échec. Mais il ne put rien empêcher et tout finit, en dépit de ses efforts, comme il l'avait prédit mieux que les adultes.

Compte tenu de la situation de sa famille, le soutien matériel qu'il pouvait escompter pour ses études était extrêmement faible. Mais, comme il s'accommodait très bien d'une vie simple, il ressentit à peine les privations qu'il dut s'imposer pendant toutes ses études. En revanche, il était affecté par le sort de ses parents, comme l'indique une lettre écrite à sa sœur dans le courant de l'année 1898 : « S'il en était allé selon mes vues, papa aurait, déjà il y a deux ans, cherché une place quelque part et bien des malheurs auraient été épargnés, à lui comme à nous. Ce qui m'afflige le plus, c'est bien sûr le malheur de mes pauvres parents qui depuis tant d'années n'ont pas vécu une seule minute de bonheur. Mais je souffre profondément aussi de ne pouvoir être qu'un spectateur impuissant, moi qui suis désormais adulte – de ne rien pouvoir faire pour eux, pas la moindre chose. Je ne suis qu'un fardeau pour ma famille. Il vaudrait vraiment mieux que je ne sois pas venu au monde. Seule la pensée que j'ai toujours fait tout ce que mes faibles forces me permettaient, et ne me suis permis, d'année en année, aucune distraction, aucun divertissement, en dehors des quelques plaisirs que m'offraient mes études, soutient mon moral et me protège parfois du désespoir[9]. » Quand, plus tard, la crise fut peu à peu surmontée et que le destin de nos parents reprit un cours plus tranquille, cette humeur mélancolique disparut également. Ainsi écrivait-il peu de temps après : « Il y a pas mal de travail, mais pas tant que je ne puisse trouver parfois le temps de flâner une petite heure dans les charmants environs de Zurich. Et je me réjouis à la pensée que maintenant, pour mes parents, les pires soucis ont pris fin. Si tous les gens vivaient comme je le fais, il est probable que le genre romanesque n'aurait jamais vu le jour. »

Ainsi, même à cette époque, y avait-il dans sa vie des moments d'espoir[10] et des éclaircies. Il ne s'est jamais départi d'une sérénité que ni les circonstances extérieures ni les restrictions personnelles n'ont su entamer. Il ne ressentait d'ailleurs pas le besoin de se mêler à la vie estudiantine traditionnelle, quand bien même ses moyens le lui auraient permis. Spontanément, il vivait

9. Il est toutefois une forme de distraction dont Einstein ne parle pas à sa sœur : sa vie amoureuse. Le « courant de l'année 1898 » coïncide justement avec le début de son histoire d'amour avec Mileva Marič (1875-1948). Fille d'un fonctionnaire de l'empire austro-hongrois, d'origine serbe, Mileva Marič était entrée à l'École polytechnique de Zurich (seule « grande école » à admettre les filles à l'époque) la même année qu'Einstein. Celui-ci avait immédiatement été séduit par la maturité intellectuelle de sa condisciple. Plus tard, il devait se féliciter d'avoir rencontré « quelqu'un en tout point égal à moi, aussi fort et autonome que moi-même » (lettre à Mileva Marič du 3 octobre 1900).

10. Qu'on en juge : « Quoi qu'il arrive, nous aurons la plus belle vie du monde » écrivait-il à Mileva Marič, le 19 septembre 1900. « Un travail agréable, l'un avec l'autre – d'autant plus que nous ne dépendons encore de personne... Lorsque nous aurons mis suffisamment d'argent de côté, nous nous achèterons des vélos pour faire des randonnées... ». Mais de ces rêves d'amour, la sœur d'Einstein ignorait probablement tout – et visiblement ne veut rien en savoir, vingt-cinq ans après.

dans une abstinence ascétique et ne goûtait guère les beuveries intellectuelles. En revanche, il éprouvait un plaisir certain à fumer une pipe d'un mètre de long qui lui venait de son père – moins d'ailleurs par goût de la nicotine que pour le plaisir d'en tirer de merveilleuses volutes qui lui donnaient l'occasion d'étudier le mouvement des particules de fumée et leurs rapports[11].

Nos parents lui envoyaient cent francs par mois. Pour un étudiant à Zurich cela représente juste de quoi vivre sans mourir de faim. Pourtant, il parvenait encore à mettre régulièrement vingt francs de côté afin de pouvoir, une fois ses études terminées, verser le montant exigé pour l'acquisition de la citoyenneté suisse à sa majorité[12]. Pendant toutes ses années d'étude, il habita la même petite chambre chez une blanchisseuse qui l'aimait comme un fils. Le plus souvent, il dînait chez lui. Si par hasard l'auteur de ces lignes lui rendait visite et prenait part au dîner, mon frère exigeait que nous buvions dans la même tasse afin d'épargner à la pauvre femme surmenée d'avoir à laver plus de vaisselle.

C'est avec sérieux qu'il accomplit ses études. Il est d'usage chez les étudiants de « sécher » l'une ou l'autre des conférences, c'est-à-dire de ne pas y assister – en particulier quand on a trop bu la veille ou que l'humeur

11. En digne fille de ses parents, Maja Einstein feint d'ignorer que son frère goûtait d'autres plaisirs que ceux de la nicotine. La famille Einstein s'opposa en effet violemment à la liaison d'Albert et Mileva Marič. Ce dont Einstein se plaint amèrement : « J'ai reçu une lettre que Papa m'a écrite pour me faire la morale (lettre à Mileva Marič du 6 août 1900)... Je comprends très bien mes parents. Ils considèrent que la femme est pour l'homme un luxe que celui-ci ne peut s'offrir qu'une fois son existence bien assurée. Pour ma part, j'apprécie très peu cette façon de concevoir les relations entre hommes et femmes. Elle signifie en effet que l'unique différence entre une épouse et une putain, c'est que la première, grâce à des conditions de vie plus favorables, est capable d'extorquer à l'homme un contrat pour la vie ».

12. Né à Ulm, Einstein était de nationalité allemande (wurtembourgeois). Il a acquis la citoyenneté suisse le 21 février 1901.

est aux plaisirs. Albert Einstein, qui ignorait tout de ces débordements et ne voulait rien en connaître, assistait très régulièrement aux cours obligatoires, auxquels il ajoutait d'autres facultatifs. Il noua un certain nombre d'amitiés très sérieuses [13] qui tiennent encore aujourd'hui. Des promenades avec ses amis, la lecture en commun de textes savants et d'œuvres littéraires sérieuses, la fréquentation du théâtre et des concerts quand il pouvait se l'offrir étaient les seules distractions qu'il s'accordait. Il n'entra pas particulièrement dans l'intimité de ses professeurs. Cela tenait en partie à la manière d'enseigner, qui rendait pratiquement impossible aux étudiants de s'entretenir avec les professeurs en dehors des amphithéâtres, et en partie au caractère du jeune homme, qui répugnait à se mettre en avant de quelque façon que ce soit. Il était encore étudiant à l'École supérieure lorsque, au premier semestre, il fit la connaissance d'une de ses condisciples, Mileva Marič, de Neusatz. Le travail en commun contribua à les rapprocher, et elle devint plus tard sa femme et la mère de ses deux fils [14].

13. Notamment avec Michele Besso (1873-1955), seule personne citée (pour la remercier) dans l'article princeps de la relativité restreinte (1905), avec qui Einstein discutait abondamment des questions scientifiques qui le préoccupaient alors. Mais aussi Marcel Grossmann, qu'Einstein appela à la rescousse en 1912 lorsqu'il comprit que l'élaboration de la théorie de la relativité générale exigeait des connaissances en géométrie différentielle qu'il n'avait pas – en grande partie parce qu'il avait « séché » les cours correspondants à l'ETH.

14. Ils divorcèrent en 1919.

II. La guerre de 14-18

La conscience politique d'Einstein, figure emblématique de l'intellectuel engagé, s'est éveillée fort tard : en 1914, à l'âge de 35 ans. Jusqu'alors la physique avait été sa préoccupation essentielle et lorsque la guerre éclata, la théorie de la relativité générale, en cours d'élaboration, semblait lui opposer des difficultés mathématiques insurmontables (qui devaient être résolues l'année suivante, en 1915).

Élu en avril 1914 à l'Académie des Sciences de Berlin, Einstein avait obtenu de conserver la citoyenneté suisse, ce qui lui valut le moment venu, six mois plus tard, de ne pas être mobilisé. Son opposition à la guerre se manifesta publiquement en octobre, lorsqu'il signa l'Appel aux Européens (qu'on va lire) et en novembre lorsqu'il adhéra au Bund Neues Vaterland, *future Ligue des Droits de l'Homme, créée le 14 novembre 1914.*

1. Appel aux Européens[1]

Alors que la technique et les échanges nous incitent, de toute évidence, à reconnaître *de facto* les relations inter-

1. L'Appel aux Européens, rédigé par trois professeurs de Berlin (dont Einstein) et qui ne recueillit que quatre signatures, est une réponse au « Manifeste des Quatre-Vingt-Treize », ou « Appel au monde civilisé » paru le 4 octobre et signé par les plus grands noms de la science et des lettres allemandes. Le Manifeste des Quatre-Vingt-Treize affirmait que les armées allemandes n'avaient fait qu'anticiper les plans alliés en violant la

nationales et nous conduisent à une civilisation mondiale universelle, jamais une guerre n'a, comme celle que nous vivons, détruit la communauté culturelle née de la collaboration [des nations]. Peut-être ne nous en rendons-nous compte aussi nettement que parce que les liens dont nous déplorons vivement la rupture étaient précisément si nombreux.

Même si cet état de choses ne doit pas nous surprendre, ceux qui tiennent un tant soit peu à cette culture mondiale commune sont doublement obligés de lutter pour le maintien de ces principes. Or ceux chez qui on devrait pouvoir supposer un tel souci – c'est-à-dire d'abord les savants et les artistes – ont jusqu'à présent prononcé presque exclusivement des paroles laissant croire que l'interruption des relations [internationales] a fait cesser jusqu'au désir qu'elles se poursuivent ; ils ont prononcé des paroles de guerre, presque aucun d'entre eux n'a parlé pour la paix.

Aucune passion nationale n'excuse un tel état d'esprit, indigne de ce que le monde entier a toujours compris sous le terme de civilisation, et il serait funeste qu'il devînt l'idéologie commune des clercs.

Cela serait un malheur non seulement pour la civilisation, mais aussi – nous en sommes convaincus – un malheur pour ce qui constitue en dernière instance la cause de tout ce déchaînement de barbarie : à savoir pour l'existence nationale de chacun des États.

Sous l'effet de la technique, le monde a *rapetissé*, les *États* de la grande péninsule européenne paraissent aujourd'hui aussi serrés les uns contre les autres que l'étaient autrefois les *villes* de chacune des petites péninsules méditerranéennes, et l'Europe – on pourrait

---

neutralité belge. Il niait qu'elles eussent commis les atrocités dont on les accusait, dénonçant en retour le « spectacle honteux des Mongols et des Nègres, jetés sur la race blanche » par les hordes russes et leurs alliés. Il affirmait aussi que s'opposer au militarisme prussien revenait à s'opposer à la culture allemande, les deux constituant un tout indissociable.

presque dire : le monde[2] – par la diversité de ses relations, représente déjà une unité, ayant pour fondement les besoins et les modes de vie de chacun [des peuples].

Aussi serait-ce le devoir de tout Européen cultivé et de bonne volonté au moins de tenter d'empêcher que l'Europe, en raison de son manque d'organisation interne, ne connaisse le même sort tragique que la Grèce autrefois. Ou faut-il que l'Europe, elle aussi, s'épuise peu à peu et périsse dans des guerres fratricides ?

Car la guerre qui fait rage aujourd'hui ne fera sans doute pas de vainqueur, elle ne laissera vraisemblablement que des vaincus. Aussi semble-t-il non seulement bon, mais absolument nécessaire que les *clercs de tous les États* mettent leur poids dans la balance afin que, quelle que soit l'issue, encore incertaine, de cette guerre, *les conditions de la paix ne deviennent pas la source de guerres futures* ; il faut au contraire exploiter le fait que cette guerre a plongé l'Europe dans l'instabilité et l'incertitude, pour la remodeler et faire d'elle une *unité* organique[3]. Les conditions techniques et intellectuelles sont réunies pour le faire.

---

2. L'idée que du fait de l'évolution des techniques, le monde est devenu un village dans lequel l'organisation en États ne peut que générer des conflits destructeurs, sera reprise trente ans plus tard par Einstein lorsqu'il militera pour l'instauration d'un « gouvernement mondial ». « L'évolution de la technique et celle des armes de guerre ont eu pour conséquence une sorte de rétrécissement de notre planète. Les multiples liens économiques rendent, à un degré bien plus grand qu'auparavant, les destins des peuples dépendants les uns des autres. Les armes offensives disponibles sont telles qu'aucun lieu sur terre n'est à l'abri d'une destruction subite et totale. La seule protection que l'on puisse espérer réside en une paix qui soit garantie par des instances supranationales. Il faut créer un gouvernement mondial qui soit en mesure de résoudre les conflits entre les nations par des décisions fondées sur le droit. » (Message à des étudiants de Chicago, diffusé sur le réseau ABC et publié dans le *New York Times*, le 28 mai 1946).

3. Einstein maintiendra cette position après la fin de la Guerre – particulièrement face à ceux qui en Allemagne demandaient la révision du Traité de Versailles de 1919. Ainsi affirme-t-il dans une lettre à la « Commission de travail des associations allemandes » qui entendait lui

La question de savoir de quelle manière cet ordre européen est possible ne saurait être traitée ici. Nous voulons seulement souligner pour le principe notre profonde conviction que nous vivons une époque où l'*Europe doit s'unir si elle veut protéger son territoire, ses habitants et sa civilisation.*

Nous croyons que cette volonté d'union est latente chez beaucoup, et nous voulons, en l'exprimant en commun, lui donner toute sa force.

A cette fin, il semble d'abord nécessaire que s'unissent tous ceux que fait vibrer la civilisation européenne, et qui sont donc ceux que Goethe a appelés de « bons Européens », car on ne doit pas abandonner l'espoir que leurs voix unies – même couvertes par le fracas des armes – ne restent pas tout à fait sans écho, surtout si, parmi ces « bons Européens[4] de demain » on trouve tous ceux qui jouissent de respect et d'autorité parmi leurs pairs.

---

faire prendre position pour la révision du traité : « Ce n'est pas le Traité de Versailles, mais bien le désordre fatal qui l'a précédé, qui est la véritable cause de la situation difficile dans laquelle se trouvent l'Allemagne et toute l'Europe. C'est pourquoi tous nos efforts devraient porter sur l'amélioration de l'organisation de l'Europe et de la camaraderie européenne, et non sur la critique des fautes regrettables qui ont été commises en 1919 » (1er juin 1929).

4. Einstein explicitera plus tard, à destination d'un public non européen (argentin), ce qu'il faut entendre par là : « La vie intellectuelle de l'Europe offre une tout autre image que celle que nous voyons en observant le jeu des forces politiques et des intérêts des différents États. Ce sont justement dans les États où les folies de l'orgueil dynastique et les débordements des castes dirigeantes se sont exprimés sous les formes les plus libres que l'on voit, dans la majorité des cas, les contrastes les plus marqués entre ceux qui exercent le pouvoir et les principaux représentants de la vie intellectuelle et artistique. Ce contraste ne s'explique pas seulement par la différence des intérêts, il a aussi une origine psychologique plus subtile, qui fait des personnalités intellectuelles de "bons Européens" au sens de Goethe et de Nietzsche, quand ils se rendent compte que le patriotisme mesquin est ridicule et qu'ils essaient de l'arrêter aux frontières de leur État. A notre époque, surtout depuis les horribles expériences de la Guerre mondiale, l'idée d'une communauté européenne renaît, peut-être avec plus de vigueur en Allemagne et en France, les deux

Mais il est nécessaire que les Européens se rassemblent d'abord, et, lorsque – comme nous l'espérons – il se sera trouvé assez d'Européens en Europe, c'est-à-dire assez d'hommes pour qui l'Europe n'est pas seulement une notion de géographie mais une importante affaire de cœur, alors nous essaierons de convoquer une Ligue des Européens. C'est elle qui parlera et qui prendra les décisions.

Nous-mêmes, nous voulons nous contenter d'y inciter et d'y appeler, et nous vous demandons, si vous pensez comme nous et si, comme nous, vous êtes décidés, de donner à la volonté européenne le plus large écho en joignant votre signature à la nôtre.

2. Lettre à Hendrik Antoon Lorentz [5]

Sellin, 2 août 1915

Mon cher et vénéré collègue,

Je m'attendais un peu à votre refus [6], car j'avais déjà des indications sur l'état d'esprit des collègues étrangers. A Berlin, c'est bizarre. Les scientifiques et les mathématiciens sont, en tant que savants, strictement internationalistes et ils veillent jalousement à ce qu'aucune démarche inamicale ne soit entreprise contre les collègues des pays en guerre avec l'Allemagne. En revanche, les

---

nations européennes qui, malgré leurs séculaires rivalités politiques, se sont le plus enrichies mutuellement sur le plan culturel. Aussi un nouvel argument permet-il un certain optimisme quant à l'avenir de l'Europe. Il est très possible que la psychologie et la mentalité du “bon Européen” permettent une nouvelle politique. » (Texte publié en avril 1925 dans le journal *La Prensa* de Buenos Aires et repris dans *Das Junge Japan*.)

5. Hendrik Antoon Lorentz (1853-1928), physicien hollandais, professeur de physique théorique à l'Université de Leyde (1878-1912), l'une des grandes figures de la physique de la fin du dix-neuvième siècle et du début du vingtième.

6. Einstein avait probablement proposé à Lorentz de réunir des savants des pays belligérants suffisamment « européens » pour participer à une action contre la guerre.

historiens et les philologues sont pour la plupart des chauvins enragés. Tous ceux qui gardent la tête froide déplorent le fameux « Appel au monde civilisé ». Les gens ont signé à la légère, parfois sans lire le texte. C'est le cas par exemple pour Planck et Fischer, qui se sont engagés très courageusement pour le maintien des liens internationaux[a] [7].

Je dois avouer que les sentiments étroitement nationalistes qui animent des personnes même éminentes sont pour moi une grave déception. En outre, je dois dire que mon respect pour les États qui ont un système politique plus avancé [que celui de l'Allemagne] a beaucoup baissé maintenant que je les vois tous aux mains d'oligarchies qui possèdent la presse et le pouvoir et peuvent faire ce qu'elles veulent. Un esprit caustique a modifié le joli proverbe bien connu pour en faire : « *Vox populi, vox abrutis.* »

Si on ajoute à cela que les hommes lucides et les puissants n'ont aucune pitié de la multitude, on a le triste spectacle de ce qu'on révère sous le nom de « patrie » quand on en fait partie. Cela ne change pas avec les bornes des États, c'est partout à peu près la même chose. Et, à cause de cet idéal usé jusqu'à la corde, les relations entre des hommes qui ont appris à se respecter sur les plans personnel et professionnel devraient cesser ? C'est trop incroyable, et cela n'arrive pas à pénétrer dans mon cerveau. Il semble que les hommes ont toujours besoin d'une chimère pour l'amour de laquelle ils

---

a. Je parlerai à Planck de votre suggestion. Mais je ne crois pas qu'on puisse forcer les gens à revenir sur leur signature.

7. Dès septembre 1915 un certain nombre de signataires du Manifeste des Quatre-Vingt-Treize se prononcèrent énergiquement contre toute annexion et, en ce sens, contre la guerre. Parmi eux figurait Max Planck (1858-1947) professeur de physique théorique à Berlin (1892-1926), prix Nobel de physique (1918), grande figure de la science allemande qui manifesta un courage exemplaire dans la période nazie. Emil Fisher (1852-1919), ici associé à Planck, était prix Nobel de chimie (1902). En 1919 il organisa une campagne de repentance en direction des signataires du fameux Manifeste.

peuvent se haïr les uns les autres ; avant, c'était la foi, aujourd'hui, c'est l'État. [...]

3. 11 novembre 1918

Carte postale à Maja Einstein et son mari Paul Winteler

[Berlin,] le 11 novembre [1918]

Chers tous,

Le grand événement a eu lieu ! [8] Je craignais un effondrement total de l'ordre. Mais, jusqu'à présent, le mouvement s'est déroulé d'une manière vraiment impressionnante, c'est ce qui pouvait arriver de plus grand. Et le plus drôle, c'est que les gens l'acceptent avec une facilité surprenante. Quelle chance que je puisse vivre cela ! Aucune faillite n'est si grande qu'on ne s'y résigne volontiers avec une compensation si magnifique. Chez nous [9], le militarisme et la bureaucratie sont complètement balayés.

Tous mes vœux de joyeux anniversaire, chère Maja. Si c'est possible, je t'enverrai un petit quelque chose.

Nous allons tous bien jusqu'à maintenant, même sur le plan de la santé.

Toutes les amitiés de votre

Albert.

Ilse [10], qui est une Rouge, s'est trouvée prise hier dans une petite fusillade, et a vivement tourné les talons.

---

8. Il s'agit de la révolution allemande, déclenchée le 9 novembre, de la proclamation de la République et de la prise du pouvoir par les sociaux-démocrates, avec, à la tête de l'exécutif, Friedrich Ebert, président du Conseil des commissaires du peuple.

9. Ce « nous » réunissant l'Allemagne et lui-même est extrêmement rare chez Einstein.

10. Ilse Einstein (1897-1934) est la fille de la seconde épouse d'Einstein Elsa. Rencontrée à Berlin avant même qu'Einstein y fut nommé, cousine éloignée, Elsa soigna avec dévouement Einstein sérieusement malade en 1917. Elle finit par l'épouser en novembre 1919.

4. Discours aux étudiants révolutionnaires[11]

[novembre 1918]

Camarades[12]

Permettez à un démocrate de longue date, dont les convictions ne datent pas d'hier, de vous adresser quelques mots.

Notre but commun, c'est la démocratie, c'est-à-dire le pouvoir du peuple. Il n'est possible que si chacun a deux principes sacrés :

– la conviction que le peuple juge sainement, et que sa volonté est saine ;

– la volonté de se soumettre à la volonté du peuple une fois qu'elle s'est exprimée par un vote et une élection, même si cette volonté du peuple est en contradiction avec la volonté personnelle ou le jugement personnel des uns ou des autres.

Comment parvenir à cette fin ? Qu'avons-nous déjà obtenu ? Que faut-il faire encore ?

L'ancienne domination de classe est renversée. Elle est tombée en raison de ses propres tares, et grâce à l'action libératrice des soldats. Le Conseil de soldats que ceux-ci se sont donné en hâte, agissant de concert avec le Conseil ouvrier, doit être provisoirement considéré comme l'organe de la volonté populaire. A ces deux instances, nous devons donc, en cette heure critique, une obéissance absolue ; nous devons les soutenir de toutes nos forces.

---

11. Einstein avait mis beaucoup d'espoirs dans le nouveau régime instauré par la révolution du 9 novembre : « C'est maintenant que je vais me sentir bien ici [à Berlin] » écrivait-il à sa mère. Bien qu'il n'ait jamais été « proche des étudiants » (comme on dit aujourd'hui) et bien que le mythe Einstein n'ait pas encore vu le jour (Einstein ne deviendra « le plus grand savant du siècle » qu'en 1919), les autorités universitaires, alors aux prises avec la révolte des étudiants, firent appel à lui pour servir d'intermédiaire entre le gouvernement et les étudiants.

12. Apostrophe courante entre socialistes.

D'autre part, tous les vrais démocrates doivent absolument veiller à ce que l'ancienne tyrannie de droite des classes dirigeantes ne soit pas remplacée par une tyrannie de gauche. Ne laissez pas les sentiments de vengeance vous inspirer l'opinion funeste qu'il faut combattre la violence par la violence, qu'une dictature provisoire du prolétariat est nécessaire pour faire entrer la liberté dans les têtes. De la violence ne naissent que l'amertume, la haine et la réaction.

// [13] C'est pourquoi il faut absolument que nous exigions de l'actuel pouvoir dictatorial [14], dont nous devons accepter les décisions librement, qu'il prépare sans délai, et sans aucune considération partisane, l'élection de l'Assemblée législative, afin de dissiper aussi vite que possible toutes les craintes d'une nouvelle tyrannie. C'est seulement quand cette Assemblée sera réunie et qu'elle aura rempli sa tâche de manière satisfaisante que le peuple allemand pourra dire avec satisfaction qu'il a conquis la liberté. //

// Nos dirigeants sociaux-démocrates actuels méritent de notre part une reconnaissance sans réserve. Fièrement conscients de l'attrait qu'exercent les idées qu'ils défendent, ils ont déjà résolu de convoquer l'Assemblée législative, montrant ainsi le haut respect en lequel ils tiennent l'idéal démocratique. Puissent-ils réussir à nous sortir des sérieuses difficultés dans lesquelles les tares et les insuffisances de leurs prédécesseurs nous ont plongés [15]. //

---

13. Les deux paragraphes suivants sont biffés dans le texte du brouillon.

14. Einstein désigne par « pouvoir dictatorial » un pouvoir exécutif détenant – en l'absence de contre poids législatif – le monopole de la violence d'État. Les événements ne tardèrent pas à montrer que ses craintes étaient justifiées : meurtre de Liebknecht et de Rosa Luxemburg (janvier 1919), écrasement de la révolution spartakiste...

15. « Le gouvernement qui dépend des masses, se bat sans relâche, mais aussi sans succès, contre l'effondrement de l'économie » écrit Einstein, encore bienveillant, en décembre 1918 (à Michele Besso). Mais dès le début de 1919, son jugement est fait : « Actuellement la politique ne déçoit beaucoup... Une réaction dans toute son horreur sous un déguisement révolutionnaire infect. » (Lettre à Ehrenfest du 22 mars).

III. Le pacifisme

En novembre 1919, l'observation par Eddington, Astronome Royal de Cambridge, d'une des prévisions de la théorie de la relativité générale, rend Einstein célèbre du jour ou lendemain. Il est érigé en mythe vivant. Einstein décide alors d'accepter cette gloire médiatique et de s'en servir pour faire avancer les causes politiques qui lui sont chères : à l'époque, le pacifisme et l'installation d'un foyer juif en Palestine.

L'activité pacifiste d'Einstein, dans la suite de ses prises de position depuis 1914, s'organise autour de deux thèmes :

– la réconciliation entre savants alliés et savants allemands ostracisés par leurs collègues, essentiellement au sein de la Commission de coopération intellectuelle de la Société des Nations,

– face à l'échec des organisations internationales, la défense des objecteurs de conscience, emblèmes du refus individuel de la guerre.

L'arrivée de Hitler au pouvoir en 1933 le fera changer brutalement d'avis sur ce dernier point.

Ce chapitre est introduit par un texte écrit par Einstein en 1915 où il développe sa position sur la guerre. Ce texte donne la clef du type d'engagement qui fut le sien, après la guerre, pour la cause pacifiste : on verra en effet que pour Einstein, la question essentielle est celle de savoir ce que l'individu isolé, peut faire contre la guerre, là où il se trouve.

1. « Mon opinion sur la guerre »[1]

A mon avis, la guerre plonge ses racines psychologiques dans l'agressivité spécifique du mâle[2] ; cette agressivité a des fondements biologiques. Nous autres, « rois de la création », ne sommes pas les seuls à pouvoir nous vanter de posséder ce joyau ; bien au contraire, c'est un point sur lequel nous sommes largement dépassés par de nombreux animaux, comme le taureau ou le coq, par exemple. Partout, cette tendance agressive se manifeste dès qu'un individu mâle est placé à côté d'un autre, mais encore bien plus quand il s'agit de sociétés assez étroitement fermées ; celles-ci en arrivent presque immanquablement à des conflits qui peuvent dégénérer en querelles pouvant les conduire à s'entre-massacrer si aucune mesure particulière n'est prise pour l'éviter. Je n'oublierai jamais la haine éprouvée, des années durant,

---

1. Cet essai, était destiné à une publication du *Berliner Goethesbund*.

2. A cette agressivité animale que l'homme porte en lui, ici supposée liée au sexe, Einstein trouve ailleurs une origine alimentaire ; ainsi dans une lettre à la National Society for the Abolition of Cruel Sports (qui avait publié une brochure intitulée *Deux passe-temps similaires : la chasse et la guerre*), il exprime et explique son aversion instinctive contre la chasse : « Votre article me va droit au cœur car, en vérité, il exprime une chose qui est sentimentalement évidente pour moi. La nature a inculqué le plaisir de tuer aux animaux qui doivent directement tirer leur nourriture de la chair des espèces animales, et il n'y a pas de doute que nous sommes issus de tels animaux. Cet instinct semble s'éteindre dans l'homme quand il vit depuis des millénaires dans l'état de civilisation. C'est ainsi seulement que je peux m'expliquer qu'en pensant à une partie de chasse, j'éprouve immédiatement une forte répulsion, tandis que, chez tant de mes congénères, qui ne voient leurs ancêtres que sur une période bien plus courte de civilisation, je constate une réaction affective tout à fait contraire. Je sais que cette profonde discordance des hommes comme moi est ressentie comme tragique ; naturellement, elle ne s'étend pas seulement à l'attitude à l'égard du monde animal, mais aussi au comportement sentimental des hommes vis-à-vis les uns des autres, comme vous l'avez exposé très justement et très pertinemment » (août 1937).

par les enfants de ma classe contre ceux d'une école située dans une rue voisine. D'innombrables bagarres eurent lieu, et de sérieux horions échangés entre les gamins. Qui pourrait douter que la vendetta et le duel ne proviennent du même sentiment? Je crois même que le sentiment de l'*honneur*, si cultivé chez nous, s'en nourrit principalement.

Les États modernes, on le comprend, ont été obligés de contenir les manifestations de cette virilité primitive spécifique. Mais, là où deux États sont situés l'un à côté de l'autre, sans appartenir à une organisation qui les coiffe de son autorité, ce sentiment de haine crée de temps à autre dans les esprits cette tension extrême qui aboutit aux catastrophes guerrières. Du reste, je tiens ce qu'on appelle « visées stratégiques » et « causes du conflit » pour assez secondaires: on les trouve toujours, quand la passion les exige.

De tout temps, les esprits clairvoyants se sont accordés pour penser que la guerre est l'un des pires ennemis du développement de l'humanité et qu'il faut tout faire pour l'empêcher. Malgré la situation actuelle si désespérante, je suis convaincu qu'on parviendra dans un avenir relativement proche à créer en Europe une organisation étatique qui bannira les guerres entre pays européens comme le Reich allemand les bannit entre la Bavière et le Wurtemberg. Il n'est pas un ami du développement spirituel qui ne doive œuvrer pour voir se réaliser cet objectif politique, le plus important de l'époque actuelle[3].

---

3. Cet optimisme quant au rôle positif des intellectuels – et singulièrement des savants – dans l'élaboration des conditions de la paix n'a guère quitté Einstein. En 1922, alors que s'expriment de toutes parts parmi les intellectuels des ressentiments nationalistes et particularistes, Einstein écrit: « Si je reste tout à fait optimiste et plein d'espoir en ce qui concerne les progrès d'une organisation internationale universelle, c'est moins parce que j'ai confiance dans l'intelligence et la noblesse de cœur que parce que je crois à la force des nécessités du développement économique. Et comme celui-ci repose aussi pour une large part sur le travail intellectuel des savants, même les savants réactionnaires aideront, bon gré mal gré, à mettre en place l'organisation internationale. »

Ici s'interrompt le texte de la version imprimée de l'article que l'on vient de lire. La rédaction du Berliner Goethesbund *avait objecté à la publication des deux paragraphes suivants, beaucoup plus engagés (il ne faut pas oublier que ceci se passait en 1915), et avait demandé à Einstein de les amender. Ce qu'il refusa évidemment de faire, expliquant, dans une lettre à la rédaction du journal, datée du 11 novembre 1915, que, s'il devait exprimer son opinion, toute son opinion sur la guerre, il fallait bien qu'il dise que* « toute apologie de la guerre en temps de paix, de même que le culte de cette nébuleuse de catégories mi-rationnelles et mi-passionnelles qui préparent à la guerre, doivent être combattus énergiquement par tous les vrais amis du progrès humain ». *Il ajoute que pour lui ces catégories rassemblent tout ce que l'on désigne du nom de « patriotisme ». C'est ce thème qui était développé dans les passages, sinon censurés du moins retirés. Einstein y expliquait plaisamment que si l'on regarde* « à l'intérieur d'une brave âme bourgeoise normale », *on y découvre* « un espace paisible, mais modérément éclairé », *où est jalousement conservé dans un recoin* « un écrin que le maître de maison est fier de montrer à tout visiteur et sur lequel est calligraphié le mot patriotisme ».

Voir également cet extrait de la contribution d'Einstein à un ouvrage collectif intitulé *Die Friedenbewegung* (Le Mouvement de la Paix), K. Lenz et W. Fabian (éd), Berlin, 1922 : « Les guerres sont les pires obstacles au développement de toutes les entreprises qui reposent pour l'essentiel sur la coopération d'hommes de toutes nations, en particulier les entreprises culturelles. La guerre prive l'intellectuel des conditions extérieures et intérieures dont son travail dépend ; s'il est encore assez jeune et assez fort, la guerre le rend esclave d'une organisation qui s'est donné pour but l'anéantissement ; sinon, il s'entoure d'une atmosphère d'agitation et de haine. En outre, la guerre crée pour de longues années une dépendance économique contraignante, en raison de l'appauvrissement qu'elle provoque. Aussi un homme pour qui les valeurs spirituelles sont les valeurs suprêmes doit-il être pacifiste. C'est aussi ce que prouve l'histoire, à condition que l'on mesure à leur valeur les hommes du passé. »

De ce coffret qu'il est interdit d'ouvrir, « le maître de maison lui-même ignore, ou peu s'en faut, qu'il renferme les accessoires moraux de la haine et de la bestialité meurtrière qu'il en tirera docilement pour les utiliser en cas de guerre ». *Revenant à un ton plus sérieux, Einstein se demande :*

Mais comment l'individu, qui est isolé et donc impuissant, peut-il contribuer à atteindre cet objectif ? Faut-il que chacun consacre une part importante de ses forces à la politique ? Certes, je pense vraiment que les sages de l'Europe ont commis une erreur en négligeant les questions politiques générales, mais, en l'occurrence, je ne crois pas que faire de la politique soit pour l'individu la meilleure manière d'être efficace. Je crois plutôt que chaque individu devrait œuvrer personnellement[4] à ce que les sentiments dont je viens de parler longuement soient autant que possible canalisés au point qu'ils ne puissent plus faire le malheur de l'humanité.

---

4. Ce souci d'« œuvrer personnellement » animera Einstein dans l'immédiat après guerre lorsqu'il s'engagera en faveur du rétablissement des relations internationales entre savants, sans se laisser rebuter par le caractère limité de l'objectif poursuivi : « Que peuvent faire les hommes de bonne volonté, écrit-il en 1922, ceux qui refusent la tyrannie des passions du moment, pour regagner le terrain perdu ? La fièvre des intellectuels n'étant pas encore retombée chez le plus grand nombre, il est toujours impossible d'organiser des congrès vraiment internationaux ; et les résistances psychologiques contre une résurrection des communautés scientifiques internationales sont encore trop puissantes pour être brisées par le petit nombre de ceux qu'animent des visions plus vastes et des sentiments plus généreux. Ces derniers peuvent participer à l'assainissement des sociétés internationales en resserrant leurs liens avec ceux qui, dans les autres pays, ont les mêmes sentiments qu'eux, et en s'engageant opiniâtrement, dans les cercles qui les entourent, en faveur des intérêts internationaux. Le succès ne sera pas immédiat, mais il viendra immanquablement. Je ne veux pas laisser passer cette occasion de souligner avec admiration que, chez un grand nombre de collègues anglais, le souci de préserver la communauté des intellectuels est resté très vif pendant toutes ces années difficiles. »

Sans tenir compte d'actes [commis] ou de paroles [prononcées contre lui], tout homme devrait considérer qu'il est en pleine possession de son honneur s'il a conscience d'agir au mieux de son savoir et de ses capacités ; il n'existe pas d'*atteinte* à l'honneur, que ce soit de la personne ou de la collectivité, résultant des paroles ou des actes d'autres individus ou d'autres collectivités. Comme autrefois, la soif de pouvoir et la cupidité doivent être tenues pour des vices méprisables, de même la haine et le goût de la guerre. Je ne suis pas de ceux qui idéalisent le passé, mais, sur ce point important, je crois malheureusement que, loin de faire des progrès, nous avons régressé. En ce domaine, tout homme de bonne volonté devrait faire en sorte de s'améliorer et d'améliorer son entourage. Alors, on verrait disparaître les fléaux qui nous frappent aujourd'hui d'une manière si terrible.

Mais pourquoi tant de paroles quand je peux tout dire en une phrase – une phrase qui n'est pas déplacée dans la bouche d'un juif tel que moi : « Honorez votre Seigneur Jésus-Christ non en paroles ou par des cantiques, mais d'abord par vos actes. »

2. Lettre à Lorentz

[Berlin,] le 21 septembre 1919

Mon cher collègue,

Je voulais attendre, pour vous écrire, de pouvoir vous envoyer notre première publication (sur les événements de Lille[5]), qui fut achevée pendant mon séjour en Suisse.

5. Le 26 avril 1919, Einstein avait fait part d'une initiative « privée » à laquelle il désirait associer Lorentz : « Quelques personnes privées ont formé ici une commission qui s'est donné pour tâche d'examiner, grâce à des documents officiels allemands et, si possible, étrangers, les plaintes étrangères avérées contre les méthodes de guerre allemandes, et de publier ici les résultats de cette enquête. Cette commission se compose de moi-même et de cinq autres personnes, dont je garantis l'intégrité et

Quand je l'ai vue imprimée, il y a quelques jours, j'ai reçu un véritable choc. La préface était dépourvue de tact ; les dossiers dont nous disposons ici ne concernent guère les faits dont il est question, au point que la brochure aurait pu faire plus de mal que de bien. Il ne restait plus qu'à mettre au pilon toute l'édition (restreinte, heureusement), et à la refaire après l'avoir complétée et corrigée. Il nous reste ici encore tant de dossiers à examiner qu'il ne semble pas opportun pour l'instant d'aller en Hollande consulter ceux qu'on met si aimablement à notre disposition.

Pourtant, après trois ans d'interruption, j'ai grande envie d'aller chez Ehrenfest[6], surtout qu'une lettre que j'ai reçue de lui récemment m'en donne une raison particulière. Mais le voyage jusqu'à la frontière est réputé si pénible que, compte tenu de mon état de santé toujours fragile, le médecin me le déconseille vivement. C'est pourquoi, malgré l'envie pressante que j'ai de vous revoir tous, je manque un peu de courage pour entreprendre le voyage. En tout cas, il faut encore que je m'informe des possibilités.

---

le sérieux intellectuels ainsi que la volonté de justice. Pour entrer en possession d'un matériau qui puisse servir de base à un acte d'accusation et qui ait autant que possible valeur de preuve, il nous faut élargir notre commission à des membres résidant dans des pays neutres. Nous serions heureux, cher collègue, si vous acceptiez d'entrer dans notre commission. Car votre grande expérience des relations humaines et votre nom seraient d'une grande utilité pour nos efforts. Je crois qu'une disparition progressive et lente de cette terrible haine ne sera possible que si la vérité est dite tout entière. Il y a ici beaucoup de gens tout à fait honorables qui considèrent les graves accusations portées contre l'Allemagne comme des mensonges tendancieux, à supposer qu'elles leur soient parvenues ; et dans ce cas, c'est toujours sous une forme édulcorée. Ouvrir les yeux de ces gens-là, tel est notre objectif. »

S'en était suivi une enquête sur les atrocités commises dans le nord de la France par les armées allemandes.

6. Paul Ehrenfest (1880-1933). Autrichien, professeur de physique théorique à Leyde, a rencontré Einstein en 1912 à Prague. Leur amitié ne cessa qu'à la mort d'Ehrenfest, qui se suicida en 1933.

En ce qui concerne le jugement que les collègues étrangers portent sur les savants allemands, il me semble trop dur, malgré les horreurs qui ont eu lieu[7]. La plupart, qui ont subi pendant des années les manipulations effrénées de l'opinion publique, n'ont pas de jugement clair sur ce qui s'est passé. Du dehors, on a du mal à comprendre à quel point il est difficile d'échapper à la suggestion de masse. En outre, ici, les faits bruts sont mal connus, ou déformés. C'est pourquoi l'information est si indispensable.

Il est impensable a priori que les habitants d'un grand pays soient moralement inférieurs. Le Manifeste des Quatre-Vingt-Treize, pour insensé qu'il ait été, n'a été ni rédigé ni signé par des gens conscients d'agir injustement. Des hommes dont les passions ont été exaspérées par toutes sortes de moyens adroitement utilisés pour les porter au comble de l'amertume sont incapables d'examiner objectivement les faits. Même si nous réussissions à susciter après coup la conviction que l'injustice la plus grave a été commise, que devraient faire ces hommes pour se purifier ? Maintenant qu'ils ont sombré dans la plus grande impuissance, toute déclaration donnerait l'impression d'être dictée par l'opportunisme le plus lâche et n'éveillerait que la méfiance. C'est précisément ce que craignent les gens de bien qui ont cru jusqu'à présent avoir le droit pour eux. C'est un élément que

---

7. Les collègues étrangers se sentaient justifiés à bannir tous les savants allemands de la communauté internationale par certains des termes du traité de Versailles. Rappelons que dans ce traité Walther Nernst (1864-1941), auteur du « troisième principe » de la thermodynamique fut inscrit par les Alliées sur la liste des criminels de guerre à cause de ses recherches sur les gaz toxiques ; Fritz Haber (1868-1934), professeur de chimie à l'Université de Berlin, directeur de l'Institut de chimie de la Kaiser Wilhelm Gesellschaft (1911-1933), pourtant prix Nobel de chimie en 1918, connut le même sort parce qu'il était l'inventeur du processus de synthèse de l'ammoniac sous haute pression, utilisé dans la fabrication d'explosifs. Haber était aussi le promoteur du chlore comme gaz de combat. L'Allemagne était censée livrer ces savants pour qu'ils soient traduits devant une cour internationale.

ceux qui gardent la tête froide doivent prendre en considération. D'ailleurs, il n'est pas mauvais que l'ostracisme des étrangers fasse sentir à ces gens leur dépendance ; cela leur ôtera le reste de mégalomanie et de soif du pouvoir que la prospérité économique leur avait données.

A mon sens, ce sont les *conditions* qui font naître les « Prussiens » ; et ma crainte, c'est que les Prussiens repoussent ailleurs dans des conditions différentes. Espérons que cette crainte soit sans objet !

Soyez bien cordialement salué de votre.

A. Einstein.

J'espère pouvoir vous envoyer bientôt notre première publication.

3. Lettres à Paul Langevin[8]

27 février 1922

Cher ami,

Lorsque j'ai reçu votre aimable lettre d'invitation, j'ai éprouvé une grande et pure joie ; mais aujourd'hui, une semaine s'étant écoulée, je prends la plume avec hésitation et tristesse, car il m'est impossible d'accepter actuel-

8. Paul Langevin (1872-1946). Physicien français, professeur au Collège de France à partir de 1909, Langevin fut le principal (et quasi-unique) porte-parole des théories d'Einstein en France. Il fut président du Comité Scientifique du Conseil Solvay (organisateur de célèbres congrès bruxellois où furent discutées les théories du début du vingtième siècle), vice-président de la Ligue des Droits de l'Homme à partir de 1927 et du Comité de vigilance des intellectuels anti-fascistes. Tout comme Einstein, il militait en faveur du rétablissement des relations scientifiques, tout particulièrement entre l'Allemagne et la France. C'est ce qui le conduisit à inviter Einstein à faire, en 1922, une série de conférences à Paris : « L'intérêt scientifique veut que les relations soient rétablies entre les savants de langue allemande et nous. Vous pouvez y aider mieux que personne, vous rendrez un très grand service à vos collègues d'Allemagne et de France et, par-dessus tout, à notre idéal commun en acceptant. » (18 février 1922).

lement votre invitation, malgré tout le plaisir que j'aurais personnellement à le faire – indépendamment même des sentiments de sincère amitié que j'ai pour vous. Comme vous le savez, j'estime que les relations entre les savants ne devraient pas avoir à pâtir des circonstances politiques, et que le respect de la communauté scientifique doit passer avant toute autre marque d'estime. Vous savez également que j'ai l'âme profondément internationale, et que ces dispositions n'ont aucunement été altérées par le fait que je sois membre de l'Académie des sciences de Prusse. Mais un examen scrupuleux de la question m'a amené à la conviction qu'en ces moments de tension politique ma visite à Paris aurait plus de conséquences fâcheuses que d'effets bénéfiques. Mes collègues, ici, continuent d'être exclus de toutes les manifestations scientifiques internationales et ils ont le sentiment[9] que la faute en revient principalement à leurs confrères français. Je sais bien ce qu'il en est des raisons profondes qui sont à l'origine de cette position. Mais d'un autre côté, vous devez aussi comprendre vous-même que ces hommes dont la sensibilité a été affectée, jusqu'à en devenir maladive, par les événements qu'ils ont connus et vécus durant ces dernières années, ressentiraient en ce moment mon voyage à Paris comme une déloyauté et en seraient tellement blessés qu'il pourrait s'ensuivre des conséquences très fâcheuses. Et l'on peut craindre que ne surgissent à Paris aussi d'innombrables

9. C'est pour ménager les sentiments de ses collègues allemands qu'Einstein refuse plusieurs propositions de poste à l'étranger – notamment à Leyde où il aurait pourtant trouvé intérêt scientifique et amitié (Lorentz et Ehrenfest étaient professeurs à Leyde). « J'ai ressenti ces derniers jours, écrit-il en 1920 au Ministre de l'Éducation de Prusse qui lui avait envoyé une lettre privée d'excuses à la suite d'une campagne nationaliste, antisioniste et anti-relativiste qui avait failli lui faire abandonner son poste, que Berlin est l'endroit auquel je suis le plus lié par mes relations humaines et scientifiques. Je n'accepterai une nomination à l'étranger que si les circonstances extérieures m'y contraignent ». Ce qui devait arriver treize ans plus tard.

complications. Je ne sais rien de plus beau que de pouvoir bavarder avec vous, Perrin et Mme Curie dans la douillette petite chambre, comme nous le faisions jadis, et d'exposer à vos étudiants ma vision personnelle de la théorie de la relativité. Mais il y a longtemps que le grand public et la politique se sont emparés de ma théorie et de ma personne et ont tenté par tous les moyens d'asservir l'une et l'autre à leurs propres fins. Il y aurait un nombre considérable d'individus pour épier toute parole libre que je prononcerais et la jeter en pâture aux lecteurs des journaux après l'avoir arrangée à leur convenance. Les expériences que j'ai pu faire à ce sujet, ces derniers temps, me font juger ce danger très sérieux ; et l'on finit toujours alors par récolter la haine et l'hostilité au lieu de la raison et de la sympathie. On m'interrogerait sûrement aussi sur mes conceptions politiques en matière de relations franco-allemandes, et, comme je ne sais parler qu'avec sincérité, ma réponse ne m'attirerait de sympathies ni de ce côté du Rhin ni de l'autre.

Il est vrai que je n'ai pas craint l'année dernière d'aller en Amérique du Nord, en Angleterre et en Italie. Mais mon voyage en Amérique avait principalement pour motif l'Université de Jérusalem, et, en ce qui concerne les deux autres pays, le contexte psychologique était incomparablement plus simple et plus favorable que ne l'est celui que nous connaissons (hélas !) dans le cas présent.

Cela me fait de la peine, cher Langevin, de ne pas pouvoir vous donner satisfaction, car je vous aime beaucoup. Et je tiens à vous remercier encore une fois très sincèrement, vous et vos collègues du Collège de France, pour toute la sympathie que vous me témoignez et pour les dispositions conciliatrices que manifeste votre décision.

Avec mes cordiales salutations et dans l'espoir de vous revoir bientôt,

Votre

A. E.

6 mars 1922

Cher ami,

De nouvelles réflexions et un entretien que j'ai eu par hasard avec Rathenau [10] m'ont amené à la conviction que j'aurais dû, en dépit de tous les doutes exprimés dans ma lettre, accepter votre invitation. Quand on a le souci de réparer peu à peu le mal causé par la guerre, on ne doit pas se laisser égarer par des considérations mesquines et – *vous et vos collègues, vous ne vous êtes pas laissés égarer non plus*. Je me déclare donc prêt à venir, si vous n'avez pas déjà choisi quelqu'un d'autre. Et même dans le cas où cela serait déjà fait, j'ai besoin d'attester par cette lettre ma bonne volonté et mon courage. Si la chose se faisait, je viendrais dans la première quinzaine d'avril. J'aurai, c'est certain, des difficultés avec la langue. Mais j'aime encore mieux improviser que lire quelque chose d'écrit à l'avance. Les formules aident bien, et un aimable collègue de ma spécialité fera le souffleur et extirpera les mots qui me resteront dans la gorge. Toutefois, il aurait peut-être été plus agréable et plus fructueux que nous fassions cela à la manière d'un colloque sur la relativité, au cours duquel je n'aurais qu'à répondre à des questions. Mes lacunes d'expression seraient alors moins gênantes que lors d'une exposition plus ou moins complète de la

---

10. Walther Rathenau (1867-1922), exemple même du Juif allemand assimilé, fut ministre des Affaires Étrangères de janvier 1922 à son assassinat (24 juin 1922) par deux anciens officiers extrémistes de droite. Rathenau était résolument opposé au sionisme et sur ce point ses opinions différaient de celles d'Einstein. Durant les jours qui suivirent l'assassinat de Rathenau, Einstein fut à nouveau tenté d'abandonner son poste. « Ici, nous vivons des jours agités depuis l'épouvantable assassinat de Rathenau. Moi aussi, je reçois sans cesse des mises en garde, j'ai cessé de faire cours et je suis officiellement absent, mais en vérité je suis ici », écrit-il à Solovine le 16 juillet 1922. C'est aussi pour se mettre à l'abri qu'Einstein entreprendra un voyage au Japon, où il séjournera du 17 novembre au 29 décembre 1922. En rentrant du Japon, il passera deux semaines en Palestine du 2 au 15 février 1923, puis deux semaines en Espagne du 1er au 15 mars.

théorie. Mais je suppose que vous êtes liés, quant à la forme, par les statuts de la fondation [11].

Cordialement vôtre,

A. E.

4. Lettres à Marie Curie

Berlin, 30 mai 1922

Madame,

Bien que je n'aie pas la moindre idée de ce que la Commission [12] qu'il s'agit de constituer pourra obtenir, j'ai, après une brève réflexion, donné mon accord. Car il y a indiscutablement, derrière cette entreprise, une volonté d'entente internationale ; pour exercer une influence, il nous faudra ensuite mener correctement l'affaire. Je serais ravi, croyez-moi, que vous acceptiez vous aussi d'y participer, d'autant que je sais que nous nous sommes déjà trouvés en accord sur des questions de ce genre.

Avec mes cordiales salutations à vous et à vos chers amis,

Votre

A. E.

---

11. Einstein fut finalement reçu en France à la fin mars 1922.

12. Il s'agit de la Commission internationale de coopération intellectuelle de la Société des Nations, convoquée en août 1922 par le Conseil de la SDN, dont le premier président fut Henri Bergson. Einstein répond ici à une lettre de Marie Curie, elle aussi sollicitée de faire partie de la Commission : « J'aimerais savoir si vous avez accepté cette invitation. Pour ma part, je crois que l'acceptation de votre part comme de la mienne, serait sans doute nécessaire, si nous avions le ferme espoir de rendre quelques services réels. C'est aussi l'opinion de nos amis communs. Mais je ne me rends pas compte encore des moyens d'action de la Commission et de l'œuvre qu'elle aurait à accomplir. Je serais très contente de savoir ce que vous pensez à ce sujet. Mon sentiment est seulement que la Société des Nations, quoique encore imparfaite, est un espoir pour l'avenir. » (27 mai 1922).

4 juillet 1922

Chère Madame Curie,

Vous m'avez interrogé récemment sur la Commission de la Société des Nations, et je vous ai dit alors que j'avais accepté d'en faire partie, en vous priant de bien vouloir accepter vous aussi. Mes conceptions concernant l'importance d'une telle entreprise n'ont pas changé. Malheureusement, je me sens contraint aujourd'hui déjà de démissionner de cette commission, et je me sens naturellement tenu de vous en informer aussitôt. J'éprouve le besoin de vous donner mes raisons, mais je vous prie de veiller à ce que des personnes extérieures à cette commission n'en aient pas connaissance. A l'occasion de la mort tragique de Rathenau tout comme à diverses reprises, j'ai senti qu'il régnait dans les milieux que je suis censé représenter auprès de la SDN un antisémitisme très fort et, de manière générale, un tel état d'esprit que je ne puis convenir pour ce rôle de représentant ou de médiateur [13]. Je pense que vous le comprendrez parfaitement [14].

---

13. De Berlin, Einstein écrit à Gilbert Murray (président exécutif de la Société des Nations) le 13 juillet 1922 pour lui annoncer sa décision de se retirer de la Commission de coopération intellectuelle. Ce n'est certes pas par manque d'intérêt pour les objectifs internationaux: « Mon internationalisme déclaré, ma citoyenneté suisse, ma nationalité juive font ensemble qu'il s'en faut de beaucoup que je jouisse sur le plan politique de la confiance dont le représentant d'un pays a besoin pour servir avec succès de trait d'union. »

14. De fait, Marie Curie n'a pas parfaitement compris et Einstein doit reprendre la plume, le 11 juillet: « Je peux comprendre que vous ne soyez pas d'accord avec ma décision, et même que vous la trouviez incompréhensible. On trouve ici parmi les intellectuels un antisémitisme indescriptible, renforcé en particulier par le fait d'une part que les Juifs jouent dans la vie publique un rôle hors de proportion avec leur nombre effectif, et d'autre part que beaucoup d'entre eux (moi-même par exemple) militent pour les objectifs internationaux. C'est pour cette raison que, d'un point de vue purement objectif, un Juif n'est pas la personne qui convient pour servir de lien entre l'intelligentsia allemande et l'intelligentsia internationale. Il faudrait choisir un homme qui ait des rapports étroits et limpides avec l'intelligentsia allemande, qui soit

C'est avec une joie particulière que je me rappelle les belles heures que j'ai passées à Paris avec vous, Langevin et vos sympathiques collègues. Je suis tout particulièrement reconnaissant à Langevin, dont je n'oublierai jamais la touchante sollicitude. De Zurich, Weyl m'a écrit aussi des choses enthousiastes sur lui. Saluez-le, je vous prie, cordialement de ma part, et recevez vous-même un amical salut de

Votre

A. E.

5. Lettre à Albert Dufour-Feronce [15]

[mars 1931]

Cher Monsieur Dufour-Feronce,

Je ne voudrais pas laisser sans réponse votre aimable lettre, car cela risquerait de vous donner une idée inexacte de mon état d'esprit. Cette lettre est une lettre privée, et n'a pas de caractère officiel.

Ma décision de ne plus aller à Genève se fonde sur une leçon de l'expérience ; malheureusement, la Commission n'incarne pas globalement une volonté authentique de progresser de manière décisive dans sa mission d'assainissement des relations internationales. J'y vois plutôt l'incarnation du principe *ut aliquid fieri videatur*. De ce

---

considéré par elle comme un "véritable Allemand" (je pense à des hommes comme Harnack ou Planck, sans bien sûr vouloir me permettre de faire à cet égard quelque proposition que ce soit). » Mais Planck, pour sa part, ne voulut pas entendre parler de la Commission tant que les savants allemands étaient exclus des colloques internationaux...

15. 1931 marque un tournant dans l'évolution politique d'Einstein. C'est le moment où il prend la mesure de son insatisfaction à l'égard de la Société des Nations et décide de démissionner définitivement (il avait repris sa première démission) de la Commission de coopération intellectuelle. Albert Dufour-Feronce était le représentant allemand à la SDN.

point de vue, la Commission me semble même pire que la Société des Nations dans son ensemble.

C'est justement parce que je souhaite, de toutes mes forces, contribuer à la création d'une instance internationale d'arbitrage régulatrice *placée au-dessus des États* et que cet objectif me tient à cœur que je crois devoir quitter la Commission.

La Commission a donné sa bénédiction à l'oppression des minorités culturelles dans les différents pays en n'autorisant la création, dans chacun d'entre eux, que d'*une seule* « commission nationale » censée constituer un pont entre l'État en question et la Commission [de Genève]. Ce faisant, elle a sciemment renoncé à la fonction consistant à représenter pour les minorités nationales un appui moral face à l'oppression culturelle.

En outre, quand il s'est agi de savoir comment combattre les tendances chauvines et militaristes dans l'enseignement des différents pays, la Commission a pris une position tellement tiède qu'on ne peut guère attendre d'elle le moindre effort sérieux dans ce domaine d'une importance fondamentale.

La Commission n'a jamais rien fait pour soutenir moralement les personnalités et les associations qui se sont attaquées radicalement à la tâche de faire triompher le droit international et de lutter contre le militarisme.

La Commission n'a jamais tenté de s'opposer à l'entrée de membres dont elle connaissait les tendances, sachant bien que celles-ci étaient tout à fait différentes de celles que son devoir était de représenter.

Je ne veux pas vous importuner davantage avec mes arguments, ces quelques remarques devraient avoir suffi à vous faire comprendre ma décision. Je ne cherche pas à me poser en accusateur, mais seulement à expliquer mon attitude. Si je nourrissais le moindre espoir, j'agirais autrement, vous pouvez en être sûr.

Cordiales salutations de votre

Einstein.

6. Chicago Train Platform Speech [16]

Mesdames, Messieurs,

Je suis heureux que vous me donniez l'occasion de vous adresser quelques mots sur le problème de la paix. L'évolution de ces dernières années a montré une fois de plus à quel point nous n'avons pas le droit d'abandonner aux gouvernements la lutte contre les armements et le bellicisme [17]. Mais, à elle seule, la formation de grandes organisations avec beaucoup d'adhérents ne peut guère nous rapprocher du but. La meilleure voie est à mon avis la voie violente [18], le refus du service militaire, soutenue par des organisations qui assistent matériellement et moralement les courageux objecteurs des différents pays. Nous pourrons ainsi faire en sorte que le problème pacifiste devienne un problème brûlant, un véritable combat qui attire les natures fortes. C'est une lutte illégale, mais une lutte pour le véritable droit des hommes, contre les gouvernements, dans la mesure où ceux-ci exigent de leurs citoyens des actes criminels. Beaucoup de ceux qui se prennent pour de bons pacifistes ne voudront pas s'associer à un tel pacifisme radical, en faisant valoir des raisons patriotiques. Mais ce sont là des gens auxquels on ne peut, de toute façon, pas se fier quand l'heure est grave. La Guerre mondiale en est une preuve suffisante.

---

16. C'est sous ce nom qu'est connue en Amérique cette allocution prononcée, en 1931, depuis la plate-forme du train qui ramenait Einstein de la côte Ouest des États-Unis vers la côte Est, lieu d'embarquement pour l'Europe. Einstein s'adresse ici à une délégation pacifiste emmenée par la militante Lola Maverick Lloyd.

17. Allusion à la « trahison » de la SDN.

18. Tout l'espoir mis dans les organisations internationales disparu, Einstein radicalise sa position. Le seul moyen d'éviter la guerre est de refuser le service militaire. Cette opinion avait déjà été exprimée de façon plus confidentielle, le 4 janvier 1928, dans une lettre à la « Ligue internationale des femmes pour la paix et la liberté ».

Je vous remercie du fond du cœur de m'avoir donné l'occasion de vous communiquer mon opinion de vive voix.

7. Lettres aux objecteurs de conscience[19]

Le Coq-sur-Mer, 20 juillet 1933

Monsieur[20],

Longtemps absent et surchargé d'obligations de toutes sortes, ce n'est qu'aujourd'hui que je trouve le temps de lire votre lettre. Vous allez être fort étonné de ce que je vais vous dire.

Nous vivions il y a peu de temps encore dans une époque où l'on pouvait espérer combattre efficacement le militarisme en Europe par une résistance individuelle. Mais aujourd'hui, nous nous trouvons en présence d'une situation tout à fait différente. Au centre de l'Europe, il y a une puissance (l'Allemagne) qui ouvertement, par tous les moyens, travaille à la guerre[21]. Les pays romans, en

---

19. Le moins qu'on puisse dire est qu'Einstein n'avait pas peur de changer d'avis. On l'a vu à propos de ses entrées-sorties de la Commission de coopération intellectuelle. Il n'a pas hésité à le faire dans le domaine scientifique (à propos de la constante cosmologique). Les lettres qu'on va lire, écrites en 1933, six mois après la prise du pouvoir par Hitler, jetèrent la consternation parmi les pacifistes prônant le refus du service militaire. Einstein tint bon.

20. La lettre est adressée à Alfred Nahon objecteur de conscience français réfugié en Belgique qui, un mois auparavant avait écrit à Einstein (« Mon très cher Monsieur et frère ») pour lui demander de faire une déclaration publique en faveur de deux de ses camarades belges.

21. A un de ses collègues hollandais, G. C. Heringa, qui s'étonne de sa prise de position et ne comprend pas en quoi le militarisme allemand diffère du militarisme français, Einstein écrit, le 11 septembre 1933 : « Soyez certain qu'il m'a fallu vaincre les plus grandes réticences intérieures avant de parvenir à ma position actuelle sur le service militaire obligatoire. Tout le mal vient de ce que nous n'avons ni police internationale puissante, ni instance internationale d'arbitrage dont les déci-

particulier la Belgique et la France, se trouvent ainsi gravement en danger et sont absolument dépendants de leur armée. Pour la Belgique spécialement, il est clair que ce petit pays ne pourra jamais abuser de sa force militaire, mais qu'elle lui est vraiment nécessaire pour qu'il puisse prétendre exister. Représentez-vous la Belgique occupée par l'Allemagne d'aujourd'hui. Ce serait certainement encore pire qu'en 1914, et c'était déjà assez désastreux. C'est pourquoi je vous dis sans détour : dans les circonstances actuelles, citoyen belge, je ne refuserais pas le service militaire ; je l'accepterais de bon gré, avec le sentiment de contribuer à la sauvegarde de la civilisation européenne.

Cela ne signifie pas une renonciation de principe à la position que j'avais prise précédemment. Je n'ai pas d'espoir *plus grand* que de pouvoir retrouver des temps où le refus du service militaire sera à nouveau un moyen de lutte efficace au service du progrès de l'humanité. Je vous prie de porter cette lettre à la connaissance des amis politiques avec qui vous êtes en rapport, et en particulier à vos deux amis actuellement en détention.

Amical salut de votre

A. E.

---

sions soient appliquées avec certitude. Malgré cela, il était légitime de manifester son engagement antimilitariste en refusant le service militaire tant que les peuples européens se montraient tous majoritairement soucieux de préserver la paix. Mais ce n'est plus le cas aujourd'hui. Je tiens pour tout à fait certain qu'en Allemagne, la situation porte à des entreprises belliqueuses, tout comme en France après la grande Révolution. Si ces aspirations se réalisent, le dernier reste de la liberté individuelle disparaîtra du continent européen. »

Le Coq-sur-Mer, 28 août 1933

Monsieur[22]

Il y a quelques années, dans une lettre adressée au Pr Hadamard[23], j'ai défendu l'objection de conscience à peu près en ces termes: «Je veux bien admettre qu'un certain nombre de tribus africaines courraient un grand danger à se détourner des armes. Mais il n'en va pas de même pour les peuples civilisés d'Europe...» Je n'ai, depuis lors, certainement pas changé d'avis, mais la situation de l'Europe, elle, a bien changé: elle s'est rapprochée de la situation africaine[24]. Aussi longtemps que l'Allemagne, par une politique systématique d'équipement en matériel et d'endoctrinement des citoyens, préparera une guerre de revanche, la seule et unique solution pour les pays de l'Europe occidentale sera malheureusement la défense armée. J'irai même jusqu'à affirmer que s'ils sont intelligents et prudents, ils n'attendront pas d'être attaqués, et qu'ils feront bien, au contraire, d'empêcher l'adversaire de se préparer. Et ils n'y parviendront qu'à condition d'être suffisamment armés.

J'ai peu de plaisir à dire cela, car, au plus profond de moi-même, je hais toujours autant la violence et le militarisme. Mais il m'est impossible de ne pas regarder la réalité en face.

Si vous voyez un autre moyen, pour les pays restés libres, de se protéger, je serais tout à fait heureux que vous m'en instruisiez[25]. Mais je ne vois pour ma part

---

22. Cette seconde lettre est adressée à E. Lagot, secrétaire du Comité des objecteurs de conscience.

23. Jacque Hademard (1865-1963), mathématicien français.

24. [Sic].

25. Alfred Nahon lui-même devait donner raison à Einstein, après avoir écrit cependant le 5 août 1933: «Avec le plus grand respect pour votre génie, cher Einstein, et avec la prudence que me commandent mon âge ainsi que ma raison, je crie à la trahison». Mais un an plus tard, alors qu'il était installé aux États-Unis, Einstein recevait une lettre en provenance de la prison militaire de Fort Saint-Nicolas, à Marseille:

aucune autre issue, tant que durera la situation menaçante où nous nous trouvons actuellement. Et s'il n'y a pas d'autre issue, nous devons avoir l'honnêteté de le reconnaître.

Veuillez recevoir, Monsieur, mes salutations les meilleures,

A. E.

8. Lettre à Sigmund Freud[26]

Caputh, près de Potsdam, le 30 juillet 1932

Monsieur et cher ami,

Je suis heureux qu'à l'initiative de la Société des Nations et de son Institut de coopération intellectuelle à Paris, un échange de vues avec une personne de mon choix pour débattre librement du problème qu'il me plaira me donne une occasion unique de m'entretenir avec vous de la question qui, en l'état actuel des choses, me paraît la plus importante de la civilisation : existe-t-il une façon de soustraire l'homme à la fatalité de la guerre ? Le progrès technique a rendu cette question vitale pour l'humanité civilisée et la conscience de cette réalité s'est assez communément imposée. Et pourtant, les efforts ardents déployés pour la résoudre ont échoué jusqu'ici dans des proportions effrayantes.

Nahon lui annonçait sa soumission aux autorités militaires et le remerciait « de lui avoir ouvert les yeux ».

26. C'est à l'instigation de l'Institut de coopération intellectuelle (émanation de la Commission du même nom) que fut organisée une correspondance entre Einstein et Freud (qui ne se connaissaient pas). Cette lettre et la réponse de Freud furent ensuite publiées sous forme de brochure de l'Institut portant le titre *« Warum Krieg ? ». Ein Briefwechsel, Albert Einstein und Sigmund Freud*, Paris 1933. Traduction française, *Pourquoi la guerre ?*, Paris 1933.

Je crois que, parmi ceux qui s'occupent de ce problème dans la pratique et de par leur profession, il s'en trouve aussi qui éprouvent le désir – né d'un certain sentiment d'impuissance – de solliciter sur ce point l'avis de personnes ayant acquis, du fait de leur activité scientifique coutumière, une grande distance à l'égard de toutes les interrogations de la vie. En ce qui me concerne, l'orientation habituelle de ma pensée ne me procure pas de connaissance des profondeurs de l'être humain, de ce qu'il veut et de ce qu'il ressent. Dans cet échange de vues que nous tentons ici, je ne puis donc faire beaucoup plus que d'essayer de poser le problème et, en présentant d'avance des tentatives de solutions plutôt extrinsèques, de vous donner l'occasion d'éclairer la question du point de vue de la connaissance approfondie que vous avez de la vie instinctuelle de l'homme. J'ai bon espoir que vous saurez indiquer des voies pour ainsi dire apolitiques par lesquelles l'éducation sera à même de supprimer des barrières psychologiques que le profane soupçonne, mais sans parvenir à en apprécier ni les rapports, ni l'instabilité.

Étant, quant à moi, dépourvu de tout sentiment nationaliste, le côté superficiel ou plus précisément organisationnel du problème me semble facile à résoudre : les États créent une autorité législative et judiciaire pour arbitrer tous les conflits surgissant entre eux. Ils s'engagent à se soumettre aux lois élaborées par les instances législatives, à faire appel au tribunal dans tous les cas litigieux, à se plier inconditionnellement à ses jugements et à appliquer toutes les mesures que le tribunal estime nécessaires à l'exécution de ses sentences. Et voici que je me heurte déjà à une première difficulté. Un tribunal est une institution humaine sans doute encline à laisser influer sur ses décisions des éléments extra-juridiques, d'autant plus qu'il disposera de moins de pouvoir pour imposer ses arrêts. C'est là un fait avec lequel il faut compter : le droit et le pouvoir sont indissociablement liés et les verdicts d'une instance juridique se rapprochent de l'idéal de justice de la communauté au nom et dans l'intérêt de laquelle la justice est rendue, dans la mesure même où cette communauté parvient à se donner davantage les moyens et le pouvoir de faire respecter son idéal de justice. Mais nous sommes actuellement bien loin de détenir une organisation supra-étatique qui serait capable de conférer à son tribunal une autorité indiscutable et d'obtenir la soumission absolue à l'exécution de ses sentences. Et c'est ainsi que s'impose à moi une première constatation : la voie qui mène à la sécurité internationale passe par le renoncement sans réserve des États à une part de leur liberté d'action, voire de leur souveraineté, et il ne fait certes pas de doute qu'il n'existe aucun autre chemin vers cette sécurité.

Un simple coup d'œil jeté sur l'insuccès des efforts, incontestablement sincères, déployés ces dernières décennies pour atteindre ce but, fait bien sentir à chacun que de puissantes forces psychologiques sont à l'œuvre, paralysant ces efforts. Quelques-unes de ces forces sont évidentes. La soif de pouvoir de la couche sociale dominante de chaque État contrecarre une limitation de ses droits de souveraineté. Ce « besoin politique de puissance » se nourrit souvent des ambitions d'une autre couche de la société, ambitions qui se manifestent sur le plan économique et matériel. Je pense ici avant tout à ce groupe d'hommes que l'on trouve au sein de tous les peuples : peu nombreux mais décidés, ils sont inaccessibles aux arguments d'ordre social ou aux scrupules. La guerre, la fabrication et le commerce des armes ne sont pour eux qu'une occasion de retirer des avantages pour leur compte et d'élargir leur sphère d'influence personnelle.

Mais cette simple constatation n'est qu'un premier pas vers la compréhension de l'ensemble. Une question se pose aussitôt. Comment se fait-il que cette minorité-là puisse asservir à ses appétits la masse du peuple pour qui la guerre n'entraîne que souffrances et pertes ? (Quant je parle de la masse du peuple, je n'en n'exclus pas ceux qui, soldats de tout rang, ont fait de la guerre leur métier, avec la conviction de servir à défendre les biens les plus précieux de leur peuple et avec la certitude que l'attaque est parfois la meilleure défense.) Ici la réponse la plus évidente semble être celle-ci : les minorités dirigeantes détiennent avant tout l'école, la presse et la plupart du temps également les organisations religieuses. Par ces moyens, elles dominent et dirigent les sentiments de la grande masse dont elles font un instrument docile.

Mais cette réponse n'épuise pas davantage le sujet. Car se pose dès lors la question : comment est-il possible que la masse se laisse enflammer jusqu'à la frénésie et au sacrifice par les moyens cités ? La seule réponse possible est celle-ci : il y a, en l'homme, un besoin de haine et de destruction. En temps ordinaire, cette disposition existe à l'état latent et elle ne se manifeste que chez l'individu anormal. Mais il est relativement facile de la réveiller et de la pousser jusqu'à la psychose collective. C'est là, me semble-t-il, que réside le problème le plus profond de tout ce fatal ensemble de facteurs. C'est là le point que seul le grand connaisseur des instincts humains peut éclairer.

Nous en arrivons ainsi à une dernière question. Existe-t-il un moyen de diriger le développement psychique de l'homme de manière à le rendre plus résistant aux psychoses de haine et de destruction ? Et je ne songe pas, en disant cela, aux seuls êtres dits incultes, loin de là. Mon expérience de la vie me donne à penser que c'est bien plutôt la soi-disant « intelligentsia » qui succombe le plus aisément à ces funestes psychoses collectives, car elle n'a pas coutume de puiser directement aux sources du vécu et c'est au contraire par le truchement du papier imprimé qu'elle se laisse saisir le plus facilement et le plus complètement.

Et pour terminer, encore un mot. Je n'ai parlé jusqu'ici que de la guerre entre États, c'est-à-dire de ce qu'on appelle les conflits internationaux. Je suis conscient du fait que l'agressivité humaine s'exprime également sous d'autres formes et en d'autres circonstances (par exemple dans la guerre civile due autrefois à des mobiles religieux, aujourd'hui à des mobiles sociaux ou dans la persécution de minorités nationales). Mais j'ai mis en avant la forme de conflit entre communautés humaines la plus représentative et la plus désastreuse car la plus débridée, et je l'ai fait à dessein. Peut-être est-ce grâce à cet exemple, en effet, qu'on peut le mieux montrer comment les conflits armés pourraient être évités.

Je sais que dans vos ouvrages vous avez répondu, tantôt directement, tantôt indirectement, à toutes les questions touchant au problème pressant qui nous intéresse. Mais il y aurait grand profit à vous voir développer le problème de la pacification du monde séparément, à la lumière de vos nouvelles connaissances, car un tel exposé peut être à l'origine d'entreprises fructueuses.

Très cordialement vôtre.

A. Einstein.

9. Réponse de Sigmund Freud

Voici de larges extraits de la réponse de Freud envoyée depuis Vienne en septembre 1932 (traduction française).

Cher Monsieur Einstein,

[...]

Vous commencez par le rapport du droit et de la puissance. C'est certainement le bon point de départ pour notre investigation. Puis-je remplacer le mot « puissance » par le mot plus cru et plus dur de « violence » ? Droit et violence sont aujourd'hui pour nous des opposés. Il est facile de montrer que l'un s'est développé à partir de l'autre, et si nous remontons aux primes origines, et si nous examinons comment cela s'est passé au départ, alors la solution du problème s'offre à nous sans peine.

[...]

Dans les conflits d'intérêts parmi les hommes, c'est donc par principe l'emploi de la violence qui emporte la décision. Il en est ainsi dans tout le règne animal, dont l'homme ne devrait pas s'exclure ; pour l'homme, il est vrai, il s'y ajoute encore des conflits d'opinion, qui atteignent les plus hauts sommets de l'abstraction et semblent exiger une autre technique de décision. Mais c'est là une complication ultérieure. Initialement, dans une petite horde humaine, c'est la force musculaire la plus grande qui décidait à qûi quelque chose devait appartenir ou de qui la volonté devait être exécutée. La force musculaire grandit et est bientôt remplacée par l'utilisation d'outils ; est vainqueur celui qui a les meilleures armes ou les emploie le plus adroitement. Avec l'introduction de l'arme, la supériorité de l'esprit commence déjà à prendre la place de la force musculaire brute ; la visée ultime du combat reste la même, l'une des parties, par le dommage qu'elle subit et par la paralysie de ses forces, doit être contrainte d'abandonner sa revendication ou son opposition. [...]

C'est donc là l'état originel, le règne de la puissance la plus grande, de la violence brute ou appuyée sur l'intellect. Nous savons que ce régime a été modifié au cours de l'évolution, un chemin a conduit de la violence au droit, mais lequel ? Un seul et unique, selon moi. Il passa par le fait que la réunion de plusieurs êtres faibles pouvait rivaliser avec la plus grande force d'un seul. « L'union fait la force. » La violence est brisée par l'union, la puissance de ceux qui se sont unis constitue désormais le droit, par opposition à la violence de l'individu. Nous voyons que le droit est la puissance d'une communauté. C'est encore et toujours de la violence, prête à se tourner contre tout individu qui s'oppose à elle, elle travaille avec les mêmes moyens, elle poursuit les mêmes fins ; la seule différence tient effectivement à ce que ce n'est plus la violence d'un individu qui s'impose, mais celle de la communauté. Mais afin que s'effectue ce passage de la violence au nouveau droit, une condition psychologique doit être remplie. Il faut que l'union de ceux qui sont plusieurs soit stable et permanente. [...]

La communauté doit être maintenue en permanence, s'organiser, créer des prescriptions qui préviennent les révoltes redoutées, instituer des organes qui veillent à l'observance des prescriptions – des lois – et se chargent de l'exécution des actes de violence conformes au droit. Avec la reconnaissance d'une telle communauté d'intérêts s'instaurent, parmi les membres d'un groupe humain unifié, des liaisons de sentiment, des sentiments communautaires, dans lesquels réside leur véritable force.

Par là, je pense, tout l'essentiel est déjà posé : le surmontement de la violence par transfert de la puissance à une unité plus grande, qui est maintenue en cohésion par les liaisons de sentiment entre ses membres. Tout le reste n'est que développements et répétitions.

[...]

Appliqué à notre présent, cela donne le même résultat que celui auquel vous êtes parvenu par un chemin plus court. Une sûre prévention des guerres n'est possible que si les hommes s'unissent pour instituer un pouvoir central, auquel est transféré le droit de juger dans tous les conflits d'intérêts. Ici sont manifestement réunies deux exigences, que soit créée une telle instance suprême et que lui soit donnée la puissance requise. L'un sans l'autre ne servirait de rien. Aujourd'hui la Société des Nations est conçue comme une telle instance, mais l'autre condition n'est pas remplie ; la Société des Nations n'a pas de puissance propre et ne peut l'obtenir que si les membres de la nouvelle union, les États pris individuellement, la lui cèdent. Mais il semble qu'il y ait actuellement peu de perspectives en ce sens. Face à l'institution de la Société des Nations on ferait toutefois preuve d'une totale incompréhension si l'on ne savait pas qu'il y a là une tentative qui, dans l'histoire de l'humanité, n'a pas été risquée souvent – et ne l'a peut-être jamais été à cette échelle.

[...]

Je peux maintenant en venir à la glose d'une autre de vos thèses. Vous vous étonnez qu'il soit si facile d'enthousiasmer les hommes pour la guerre et vous présumez que quelque chose est à l'œuvre en eux, une pulsion à haïr et à anéantir, qui vient au-devant d'une telle frénésie. De nouveau, je ne puis que vous approuver sans restriction. Nous croyons à l'existence d'une telle pulsion et nous nous sommes justement efforcés, ces dernières années, d'en étudier les manifestations. Puis-je, à cette occasion, vous exposer une partie de la doctrine des pulsions, à laquelle nous sommes parvenus en psychanalyse, après bien des tâtonnements et des fluctuations ? Nous supposons que les pulsions de l'homme sont de deux espèces seulement, soit celles qui veulent conserver et réunir – nous les nommons érotiques, tout à fait dans le sens de l'Éros dans le Banquet de Platon, ou sexuelles par une extension consciente du concept populaire de sexualité –, et d'autres qui veulent détruire et mettre à mort ; nous regroupons celles-ci en pulsion d'agression ou pulsion de destruction. [...]

Or il semble qu'une pulsion d'une seule espèce ne puisse pour ainsi dire jamais s'exercer isolément, elle est toujours liée – comme nous disons : en un alliage – à un certain montant de l'autre partie, lequel modifie son but ou, dans certaines circonstances, lui permet seul de l'atteindre. C'est ainsi par ex. que la pulsion d'autoconservation est assurément de nature érotique, mais elle a précisément besoin de disposer de l'agression si elle veut imposer sa visée. De même, la pulsion d'amour dirigée sur des objets requiert un apport de la pulsion d'emprise, si toutefois elle veut s'approprier son objet. La difficulté à isoler les deux espèces de pulsions dans leurs manifestations nous a bien longtemps empêchés de les reconnaître. [...]

J'ai scrupule à abuser de votre intérêt, qui porte évidemment sur la prévention de la guerre, non pas sur nos théories. Et pourtant je voudrais m'attarder encore un instant sur notre pulsion de destruction, dont la vogue ne va pas de pair avec sa signification. Au prix de quelque spéculation, nous sommes en effet parvenus à concevoir que cette pulsion travaille à l'intérieur de tout être vivant, et a donc pour tendance de provoquer sa désagrégation, de ramener la vie à l'état de la matière non vivante. Elle mériterait en toute rigueur le nom de pulsion de mort, tandis que les pulsions érotiques représentent les aspirations à la vie. La pulsion de mort devient pulsion de destruction en étant retournée, avec l'aide d'organes particuliers, vers l'extérieur, sur les objets. L'être vivant préserve pour ainsi dire sa propre vie en détruisant une vie étrangère. Une part de la pulsion de mort demeure toutefois active à l'intérieur de l'être vivant, et nous avons tenté de faire dériver un grand nombre de phénomènes normaux et pathologiques de cette intériorisation de la pulsion de destruction. Nous avons même commis l'hérésie d'expliquer l'apparition de notre conscience morale par un tel retournement de l'agression vers l'intérieur. [...]

De ce qui précède, nous retiendrons simplement pour nos fins immédiates qu'il ne mène à rien de vouloir abolir les penchants agressifs des hommes. [...]

A partir de notre mythologique doctrine des pulsions, nous trouvons aisément une formule indiquant les voies indirectes pour combattre la guerre. Si la complaisance à la guerre est une émanation de la pulsion de destruction, on est tenté d'invoquer contre elle l'antagoniste de cette pulsion, l'Éros. Tout ce qui instaure des liaisons de sentiment parmi les hommes ne peut qu'agir contre la guerre. Ces liaisons peuvent être de deux espèces. Premièrement des relations comme celles avec un objet d'amour, quoique sans buts sexuels. La psychanalyse n'a pas à avoir honte lorsqu'elle parle ici d'amour, car la religion dit la même chose : « Aime ton prochain comme toi-même. » Voilà qui est facile à exiger, mais difficile à accomplir. L'autre espèce de liaison de sentiment est la liaison par identification. Tout ce qui instaure parmi les hommes des intérêts communs significatifs suscite de tels sentiments communautaires, des identifications. Sur eux repose pour une bonne part l'édifice de la société humaine.

[...]

Mais je voudrais encore traiter une question que vous ne soulevez pas dans votre lettre et qui m'intéresse particulièrement. Pourquoi nous indignons-nous tant contre la guerre, vous et moi et tant d'autres, [...]

... Je crois que la raison majeure pour laquelle nous nous indignons contre la guerre est que nous ne pouvons faire autrement. Nous sommes des pacifistes, parce que, pour des raisons organiques, nous ne pouvons pas ne pas l'être. [...]

Voici ce que je veux dire : depuis des temps immémoriaux, le procès de développement culturel se déploie à l'échelle de l'humanité (je sais que d'autres préfèrent l'appeler : civilisation). C'est à ce procès que nous devons le meilleur de ce que nous sommes devenus et une bonne partie de ce dont nous souffrons. [...]

Peut-être ce procès est-il comparable à la domestication de certaines espèces animales ; il entraîne indubitablement des modifications corporelles ; on ne s'est pas encore familiarisé avec la représentation que le développement culturel est un tel procès organique. [...]

Des sensations qui, pour nos lointains ancêtres, étaient empreintes de plaisir sont devenues pour nous indifférentes ou même insupportables ; si nos exigences d'idéal, éthiques et esthétiques, se sont modifiées, il y a à cela des fondements organiques. [...]

Or la guerre est, de la façon la plus criante, en contradiction avec les positions psychiques que le procès culturel nous impose, c'est pourquoi nous ne pouvons que nous indigner contre elle, tout simplement nous ne la supportons plus, [...]

Votre Sigmund Freud.

IV. La création d'un foyer national juif

Einstein dit avoir compris qu'il était juif à Prague où il enseigna de 1911 à 1912. En effet, né dans une famille athée, après la promulgation des décrets d'« émancipation » (1869), son destin était l'assimilation au peuple allemand. L'histoire allait en décider autrement.

« Ce qui me donne le plus de joie, écrit-il à Ehrenst en mars 1919, après avoir commenté la situation politique en Europe, c'est la réalisation de l'État juif en Palestine. » C'est là une des premières mentions d'une préoccupation qui n'allait cesser de grandir. La Palestine ancien territoire ottoman fut placée sous mandat britannique par le traité de Sèvres avec la Turquie. Le gouvernement anglais tint alors la promesse qu'il avait faite le 2 novembre 1917 par la « déclaration Balfour » de créer un « foyer national juif » en Palestine.

1. Lettre à l'Association centrale des citoyens allemands de confession juive [1]

Berlin, le 5 avril 1920

Messieurs,

Je reçois aujourd'hui votre invitation à une réunion qui se tiendra le 14 avril et qui sera consacrée à la lutte

1. Central-Verein Deutscher Staatsbürger Jüdischen Glaubens. Cette lettre présente avec netteté la position d'Einstein au moment de la création du foyer juif en Palestine et la manière dont, à cette époque (1920), il se sentait juif au sein de la nation allemande.

contre l'antisémitisme dans les milieux universitaires. J'y viendrais volontiers, si je croyais à un succès possible d'une telle entreprise. Mais d'abord, il faudrait que l'antisémitisme et l'esprit de servilité qui existent chez nous, Juifs, soient combattus par l'information. Plus de dignité et d'indépendance dans nos propres rangs ! C'est seulement quand nous oserons nous considérer nous-mêmes comme une nation, c'est seulement quand nous nous respecterons nous-mêmes que nous pourrons chercher à obtenir le respect des autres, ou plutôt qu'il viendra de lui-même. L'antisémitisme[2] au sens d'un phénomène psychologique existera aussi longtemps que des Juifs seront en contact avec des non-Juifs – qu'importe ? Peut-être est-ce à l'antisémitisme que nous devons notre survie en tant que race ; du moins, moi je le crois.

Quand je lis « citoyen allemand de confession juive », je ne peux pas m'empêcher de sourire douloureusement. Que cache cette belle appellation ? Qu'est-ce que la *foi* juive ? Existe-t-il une espèce d'incroyance qui fasse qu'on cesse d'être Juif ? Non. Dans cette appellation se cachent deux aveux des belles âmes, à savoir :

1) Je ne veux rien avoir à faire avec mes pauvres frères Juifs orientaux[3].

2) Je ne veux pas être regardé comme un enfant de mon peuple, mais seulement comme un membre d'une communauté religieuse.

Est-ce honnête ? Est-ce qu'un « aryen » peut respecter ce genre de lâches ? Je ne suis pas citoyen allemand[4] et je

---

2. Dans une lettre à Max Born datée du 9 novembre 1919, Einstein écrit : « En définitive, il faut comprendre l'antisémitisme comme une chose réelle reposant sur des qualités héréditaires effectives, même si cela est, pour nous Juifs, souvent désagréable. »

3. C'est-à-dire des Juifs réfugiés de Pologne et de Russie dont le nombre à Berlin passa de 11 000 en 1900 à 43 000 en 1925. Einstein, considéré lorsqu'il devint célèbre comme un « saint juif », les voyait littéralement frapper à sa porte pour demander de l'aide.

4. Il est citoyen suisse.

n'ai rien en moi que je puisse désigner comme « foi juive ». Mais je suis Juif, et je suis heureux d'appartenir au peuple juif, même si je ne le considère pas comme le peuple élu[5]. Laissons donc au goy son antisémitisme et préservons chez nous l'amour de nos frères.

Que cette profession de foi ne vous fasse pas froncer les sourcils ; je ne dis pas cela pour vous être désagréable ou pour vous vexer.

Veuillez agréer, Messieurs, l'expression de mes meilleurs sentiments.

2. « Assimilation et antisémitisme »[6]

[avril 1920]

Que l'un des enfants de mon peuple veuille ou doive, soit par crainte soit par ambition, se faire connaître comme un fils de ses pères, il se désigne – à moins qu'il ne soit baptisé – comme *« citoyen allemand de foi mosaïque ».* Cette désignation a quelque chose de comique, voire de tragi-comique, on le sent bien. A quoi cela tient-il ? C'est facile à comprendre. Ce qui

5. Cette lettre a été publiée par deux journaux l'un édité à Berlin, l'autre à Jérusalem. Dans l'un, ce membre de phrase a été supprimé. Dans l'autre, la phrase toute entière a été remplacée par : « Je suis Juif, seulement Juif, de race juive, et je ne veux rien avoir à faire avec tout ce qui est allemand » ; cette version sera ultérieurement reprise et exploitée par la presse nazie. Dans un texte de 1926 (paru dans *About Zionism*), Einstein précise sa pensée. « Le Juif allemand qui œuvre pour le peuple juif et pour le foyer juif en Palestine ne cesse pas plus d'être Allemand que le Juif baptisé ne cesse d'être un Juif. Les deux attachements ressortissent à des réalités de nature différente. L'antithèse n'est pas entre Juif et Allemand, mais entre honnêteté et manque de caractère. Celui qui reste fidèle à ses origines, à sa race et à ses traditions restera loyal envers l'État dont il est citoyen. Mais celui qui trahit les unes trahira l'autre. »

6. Ce texte dont les destinataires n'ont pu être déterminés, figure dans les Archives Einstein.

caractérise notre homme, ce n'est pas sa foi, qui, dans la plupart des cas, n'est pas bien profonde, mais son appartenance à la *nationalité juive*. Et c'est précisément ce qu'il ne veut *pas* reconnaître dans son affirmation de soi. Il parle de foi au lieu d'appartenance ethnique, dit « mosaïque » au lieu de « juif », parce que ce mot beaucoup plus familier soulignerait trop son appartenance à son peuple[7]. Enfin, l'expression pompeuse « citoyen allemand » est ridicule, puisque à peu près tous ceux qu'on rencontre dans la rue ici sont des « citoyens allemands ». Donc, si notre héros n'est pas tombé sur la tête (et c'est rarement le cas), c'est qu'il a une idée derrière la tête. Mais bien sûr ! Effrayé par de fréquentes calomnies, il veut faire savoir discrètement qu'il est un bon et loyal citoyen allemand, bien qu'à cause de sa « foi mosaïque » il soit en général toute sa vie le souffre-douleur des « citoyens allemands ».

Je viens d'employer, pour faire court, le terme de « nationalité juive », en sachant qu'il rencontrerait peut-être des résistances. Le terme de nationalité est un de ces slogans auxquels, de nos jours, on réagit passionnément,

7. Einstein s'est exprimé à plusieurs reprises sur les dangers de l'assimilation – en particulier pour ceux qui font des études : « Tant que nous vivions dans le ghetto, notre appartenance au peuple juif s'accompagnait de difficultés matérielles et parfois de dangers physiques, mais elle ne créait pas de problèmes sociaux ni moraux. Cette situation changea avec l'émancipation, en particulier pour les Juifs qui se tournèrent vers les métiers intellectuels. A l'école et à l'université, le jeune Juif est exposé à l'influence d'une société teintée de nationalisme qu'il respecte et qu'il admire ; c'est d'elle qu'il reçoit sa nourriture intellectuelle, c'est à elle qu'il a le sentiment d'appartenir, mais c'est en même temps par elle qu'il se voit traité, avec un certain dédain mêlé d'aversion, comme un élément différent. Par cet ascendant moral et cette influence persuasive, beaucoup plus que par des considérations utilitaires, il est amené à tourner le dos à son peuple et à ses traditions, et il se considère comme faisant partie, sans aucune réserve, des autres ; mais il cherche en vain à se cacher à lui-même et à cacher aux autres que cette relation n'est pas réciproque. » (Texte inclus dans *Mein Weltlild* sans autre mention)

mais que la raison a du mal à manier sans hésitations. Si ce mot déplaît dans notre contexte, rien n'empêche d'en choisir un autre, mais je peux facilement expliquer ce que je désigne ici de cette manière.

Dès que l'enfant juif va à l'école, il note tout de suite qu'il se distingue des autres enfants et que ceux-ci ne le traitent pas comme un des leurs. Cet être-autrement provient de ses ascendances ; il ne repose nullement sur son appartenance religieuse ou sur certaines particularités de ses traditions. Déjà le modelé de son visage caractérise l'enfant juif comme quelqu'un d'étranger, et ses condisciples sont très sensibles aux caractères en question. Le sentiment de l'étrangeté peut très facilement s'accompagner d'une certaine hostilité, surtout s'il y a plusieurs élèves juifs dans la classe, qui, comme il est naturel, se serrent les coudes et finissent par constituer peu à peu une petite communauté soudée.

La situation des adultes est comparable à celle des enfants. Par la race et par tempérament, mais aussi par des traditions (qui ne sont de nature religieuse que pour une part minime), ils forment une communauté plus ou moins séparée de celle des non-Juifs. Même indépendamment des difficultés sociales que l'antisémitisme entraîne à des degrés divers selon sa violence, le Juif et le non-Juif auront plus de mal à se comprendre parfaitement que deux Juifs entre eux. C'est à cette communauté qui repose sur la race et la tradition que je pense quand je parle d'une « nationalité juive ».

L'aversion contre les Juifs repose, selon moi, tout simplement sur le fait que les Juifs sont différents des non-Juifs. C'est ce même sentiment d'aversion qu'on trouve quand deux nationalités sont en contact l'une avec l'autre. Cette aversion est une conséquence de l'*existence* des Juifs, pas de leurs particularités. Les raisons données pour expliquer cette aversion sont variables et cousues de fil blanc. Là où le sentiment est assez vif, on n'a jamais de mal à le justifier ; or le sentiment d'aversion envers les hommes d'une race étrangère avec lesquels il faut plus ou moins partager la vie apparaît nécessairement[8].

Si telle est bien la racine psychologique de tout antisémitisme, cela n'est nullement une justification des manœuvres antisémites. Un sentiment d'aversion a beau être naturel, s'y adonner sans restriction, c'est se placer à un niveau moral bas. Un homme situé à un plus haut niveau moral doit régler son action sur la raison et l'intelligence, et non pas sur des instincts obscurs.

Mais qu'en est-il de la société, de l'État? Peut-il tolérer, sans les combattre, des minorités nationales? De nos jours, il n'y a pas d'État qui ne compte officiellement au nombre de ses devoirs celui de tolérer et de protéger les minorités nationales. Espérons qu'ils prennent ce devoir au sérieux! Autrement dit, qu'ils renoncent à l'habitude bien ancrée de faire dépendre l'attitude de l'État d'un acte de lâcheté et d'humiliation (le baptême); cela serait d'autant plus recommandable d'abandonner cette tradition qu'elle entraîne une sélection tout à fait malheureuse.

Les méthodes utilisées par les Juifs pour lutter contre l'antisémitisme sont très diverses. J'ai déjà évoqué la première, l'assimilation, qui consiste à se dépouiller autant qu'il est possible de tout caractère juif[9] et à

---

8. Einstein a plusieurs fois repris ce thème de la « nécessité » de ce qu'il appelle l'antisémitisme latent : « Sur quoi repose-t-il ? Je crois qu'on peut même, en un sens, le compter parmi les phénomènes normaux de la vie d'un peuple. En effet, un peuple ne serait libre de tout courant antagonique entre les groupes qui le composent que s'il ne comportait pas du tout de sous-groupes, c'est-à-dire si certains individus d'une partie du peuple ne se sentaient pas plus liés les uns aux autres qu'à d'autres parties du même peuple. Or je crois qu'une telle homogénéisation de la population ne serait pas souhaitable même si elle était possible. » (Texte paru dans *Colliers's* le 26 novembre 1938)

9. Einstein n'a jamais caché que l'admiration qu'il portait à Rathenau (cf. p. 46) aurait été encore plus grande si ce dernier n'avait pas accepté d'être ministre : « J'ai regretté qu'il devint ministre. Étant donné l'attitude adoptée par une grande partie des élites allemandes à

réclamer l'application des droits civiques aux Juifs. Cette méthode n'est pas de nature à rehausser aux yeux du monde non juif le prestige du peuple juif; en outre, elle est inefficace et moralement douteuse. Une autre méthode utilisée parfois par les Juifs qui n'ont pas encore rompu complètement avec le judaïsme consiste à distinguer strictement les Juifs orientaux et les Juifs occidentaux. Tout le mal imputé aux Juifs en tant que communauté est attribué aux Juifs orientaux – mais du même coup avoué comme réalité. Le résultat de cette méthode, qui n'est pas seulement mauvaise, mais insensée, est évidemment tout à l'inverse de ce qu'on espère. Les antisémites ne songent pas à faire d'aussi fines distinctions entre Juifs que le souhaiteraient de nombreux Juifs occidentaux, mais ils considèrent ce mode de défense comme un aveu et accusent les Juifs occidentaux, non sans raison, de trahir leur peuple. Il est facile de démontrer en général et dans des cas particuliers que la plupart des Juifs occidentaux sont d'anciens Juifs orientaux, et réciproquement. Et comme les antisémites cherchent essentiellement à découvrir des tares et des défauts qui ne peuvent pas s'acquérir en quelques générations, mais qu'on retrouve prétendument dans toute l'histoire du peuple juif, l'application aux Juifs

l'égard des Juifs, je suis convaincu que les Juifs devraient naturellement rester fièrement en retrait. » (Nécrologie parue dans *Neue Rundschau*, le 24 juin 1922.) Dans une lettre privée (à T. Twersky, professeur au Hebrew College de Roxbury, Mass. USA, en 1943), Einstein déclare même, toujours à propos de Rathenau : « Il était influencé par le sentiment d'infériorité que les Allemands ont réussi à faire naître chez les plus fortes personnalités du judaïsme allemand ». De même à Alfred Kerr, critique littéraire de renom, auteur d'un essai sur Rathenau : « C'est en même temps tout le drame de la classe supérieure juive allemande, drame qui a sans doute été vécu de manière moins radicale par des personnes moins lucides et moins sensibles. Cette dépendance servile, cette "façon d'adorer éperdument tout ce qui est blond" me sont tout à fait incompréhensibles ; n'est-ce pas tout simplement de l'intoxication de la part de ceux qui ont l'avantage du nombre ? »

occidentaux de ce qui vaut pour les Juifs orientaux apparaît logiquement justifiée. A ce propos, on ne dit pas que le judaïsme oriental, de l'aveu même de personnes qu'on ne peut soupçonner de sympathies pour les Juifs, recèle d'immenses richesses humaines, des talents et des forces productives qui soutiennent la comparaison avec la civilisation plus avancée des Juifs occidentaux.

Les Juifs n'ont pas à plaider à charge contre une partie de leur peuple pour être acquittés par les antisémites. Il y a dans cette manière de voir un contresens à la fois sur le droit et sur la signification de l'antisémitisme, dont nous ne reconnaîtrons jamais les prétentions à s'ériger en juge du peuple juif. Nous, Juifs, ressentons mieux que quiconque les faiblesses de notre peuple, et nous seuls avons la vocation et sommes en mesure de les guérir. Mais cela ne peut se faire que si nous remplissons notre devoir juif, qui nous impose de considérer le judaïsme comme une entité vivante et d'œuvrer, dans l'unité de tous les Juifs, à l'avenir juif et humain de notre peuple.

3. « Ma réponse à la SARL antirelativiste »[10]

Sous l'appellation prétentieuse de « Cercle des physiciens allemands » s'est constituée une société disparate dont la raison d'être actuelle est de dénigrer, aux yeux des non-physiciens, la théorie de la relativité et moi-même, son auteur. MM. Weyland et Gehrke ont récemment tenu dans cet esprit, à la Philharmonie, une

10. Le titre allemand est *Meine Anwort auf die antirelativitätstheoretische G.m.b.H.*. Le 24 août 1920, l'Arbeitsgemeinschaft deutscher Naturforscher zur Erhaltung reiner Wissenschaft, groupuscule antisémite fondé par Paul Weyland, aventurier resté obscur, âgé alors d'une trentaine d'années et couvert par l'autorité scientifique de Philippe Lenard, avait organisé à la Philharmonie de Berlin un meeting antirelativiste. Au grand dam de ses pairs, Einstein répondit aux attaques de bas étage par un article dans la grande presse : le texte qu'on va lire, est paru dans la livraison du 27 août 1920 du *Berliner Tageblatt und Handelzeitung*.

première conférence, à laquelle j'ai moi-même assisté. Je me rends parfaitement compte que les deux orateurs ne sont pas dignes que je leur réponde personnellement ; j'ai de bonnes raisons de penser, en effet, que cette entreprise est animée par d'autres motifs que la recherche de la vérité. (Si j'étais nationaliste, avec ou sans croix gammée, et non pas juif de tendance libérale et internationaliste, alors...)[11] Si néanmoins je réponds, c'est uniquement parce que le souhait en a été maintes fois exprimé par des tiers bienveillants[12], dans le but de faire connaître mes conceptions.

J'observe en premier lieu qu'il ne se trouve guère aujourd'hui, à ma connaissance, de chercheur ayant produit quelque travail remarquable en physique théorique qui n'admette pas que la théorie de la relativité tout entière soit logique dans sa construction et qu'elle concorde avec les faits d'expérience solidement établis à ce jour. Les plus grands noms de la physique théorique – H. A. Lorentz, M. Planck, Sommerfeld, Laue, Born, Larmor, Eddington, Debye, Langevin, Levi-Civita – se fondent sur la théorie et y ont généralement apporté de précieuses contributions. Comme adversaire déclaré de la théorie de la relativité, je ne vois guère, parmi les physiciens de niveau international, que Lenard[13]. J'admire en

---

11. Le simple fait qu'ait pu être tenue une réunion de masse, mobilisant une salle aussi grande que celle de la Philharmonie, sur la question de la théorie de la relativité générale, indique bien que ce qui était en cause n'était pas tant la théorie que son auteur, juif et pacifiste déclaré.

12. De fait, Einstein regretta de s'être laissé aller à répondre : « Ne soyez pas sévères avec moi, écrit-il à Max et Hedwig Born ; chacun doit apporter de temps en temps son offrande à l'autel de la bêtise. »

13. Philippe Lenard (1862-1947), physicien expérimentateur dont les travaux sur l'effet photo-électrique sont cités dans l'article d'Einstein sur les quanta de lumière (1905). En 1936-37, Lenard publie quatre volumes de recherches expérimentales, à partir des cours qu'il a professés, intitulés *Deutsche Physik*. « La science, comme tout ce que produit l'homme, écrit-il, est racialement déterminée, déterminée par le sang ». Il fut le conseiller scientifique de Hitler.

Lenard le maître de la physique expérimentale; en physique théorique, il n'a cependant rien produit encore, et ses objections à l'encontre de la théorie de la relativité générale sont d'une telle pauvreté que je n'ai pas jugé nécessaire jusqu'à maintenant d'y répondre dans le détail. J'envisage de rattraper cela.

On me reproche de faire une publicité de mauvais goût pour la théorie de la relativité. Je puis bien dire au contraire que j'ai été, ma vie durant, partisan du mot bien pesé, de la sobriété d'expression et de la concision dans la description. Le verbiage et les phrases grandiloquentes me donnent la nausée, qu'ils traitent de la théorie de la relativité ou de quoi que ce soit. Je me suis souvent amusé de propos qui, au bout du compte, me sont attribués. Je laisse d'ailleurs volontiers ce plaisir à ces messieurs de la SARL.

J'en viens maintenant à la conférence. M. Weyland, qui n'a aucunement l'air d'un spécialiste (médecin? ingénieur? politicien? je n'ai pas réussi à le savoir), n'a présenté aucun argument objectif. Il s'est répandu en trivialités et en basses accusations. Quant au deuxième orateur, M. Gehrke, il a, pour une part, prononcé des contre-vérités patentes, et tenté pour le reste, en choisissant avec partialité et en déformant la matière de sa démonstration, de susciter des vues erronées chez l'auditeur profane. J'en veux pour preuve les exemples suivants.

M. Gehrke affirme que la théorie de la relativité conduit au solipsisme – affirmation qu'aucun spécialiste ne voudra prendre au sérieux. Il s'appuie sur l'exemple célèbre des deux horloges (ou des jumeaux) dont l'une accomplit une trajectoire circulaire par rapport à un référentiel inertiel, l'autre non. Il prétend – en dépit de la contradiction que lui ont apportée à ce sujet, tant oralement que par écrit, les meilleurs spécialistes de la relativité – que la théorie aboutit en pareil cas au résultat parfaitement absurde selon lequel, si l'on considère deux horloges au repos placées côte à côte, chacune d'elles retarde par rapport à l'autre. Je ne peux interpréter cela que comme une tentative délibérée pour induire en erreur le public profane.

M. Gehrke fait par ailleurs allusion aux objections de Lenard, dont beaucoup se rapportent à des exemples empruntés à la mécanique de la vie courante. Mais celles-ci sont déjà caduques si l'on se réfère à ma démonstration générale établissant que les énoncés de la théorie de la relativité générale concordent en première approximation avec ceux de la mécanique classique.

Cependant, c'est bien ce que M. Gehrke dit de la confirmation expérimentale de la théorie qui prouve à mes yeux de la façon la plus flagrante que le motif qui l'anime n'est pas la découverte de la vérité.

M. Gehrke veut faire croire que l'avance du périhélie de Mercure[14] peut être expliquée sans la théorie de la relativité. Il y a là deux possibilités. Ou bien l'on découvre des masses interplanétaires particulières dont le volume et la répartition produisent une avance du périhélie de l'amplitude perçue ; c'est là naturellement une solution hautement insatisfaisante en comparaison de celle que propose la théorie de la relativité, qui permet d'établir l'avance du périhélie de Mercure sans la moindre hypothèse particulière. Ou bien alors on se réfère à un travail de Gerber qui avait donné avant moi la formule exacte de l'avance du périhélie de Mercure.

---

14. L'une des prévisions de la théorie de la relativité générale. Par avance du périhélie de Mercure, on entend le fait que l'orbite (elliptique) de Mercure autour du Soleil n'est pas stable dans le temps, mais animée d'un mouvement d'ensemble qui la fait avancer dans le sens du mouvement. Jusqu'en 1915, date de la parution de l'article d'Einstein traitant de ce sujet, une différence de 45 secondes d'arc par siècle existait entre les observations des astronomes et les prévisions de la théorie en cours, la théorie newtonienne de la gravitation que la relativité générale a détrônée. Que les calculs d'Einstein dans le cadre de sa théorie (encore en gestation) ait réduit l'écart entre théorie et observation à moins d'une seconde est apparu à Einstein comme l'indication qu'il était sur la bonne piste.

Mais, d'une part, les spécialistes s'accordent à penser que la déduction de Gerber est fausse de bout en bout; d'autre part, il se révèle impossible d'obtenir la formule en partant des hypothèses mises en avant par Gerber. Le travail de M. Gerber est par conséquent dénué de toute valeur, c'est une tentative théorique manquée et irrattrapable. Je constate que la première véritable explication de l'avance du périhélie de la planète Mercure a été fournie par la théorie de la relativité générale. Si je n'ai pas mentionné à l'origine le travail de Gerber, c'est parce que je ne le connaissais pas au moment où j'ai écrit mon étude sur l'avance du périhélie de Mercure; mais je n'aurais pas eu plus de raisons de le mentionner si j'en avais eu connaissance. L'attaque personnelle que m'a value cette circonstance de la part de MM. Gehrke et Lenard a été jugée déloyale par tous les vrais spécialistes; je n'ai pas voulu jusqu'à présent m'abaisser à consacrer une seule ligne à ce sujet[15].

Dans son exposé, M. Gehrke a présenté une image déformée des mesures de qualité, magistralement effectuées en Angleterre, sur la déviation des rayons lumineux par le Soleil: il a mentionné un seul des trois groupes d'hypothèses indépendants, lequel devait donner des résultats erronés par suite de la déformation du miroir de l'héliostat. Il a omis de signaler que les astronomes anglais avaient eux-mêmes, dans leur rapport officiel, présenté leurs résultats comme une confirmation éclatante de la théorie de la relativité générale.

---

15. « Calomniez, il en restera toujours quelque chose ». En 1920, l'année même de l'« affaire », le Comité Nobel réuni en vue de désigner le bénéficiaire du prix Nobel de physique discute de la possibilité de choisir Einstein. Dans le rapport rédigé par Arrhenius, à la demande du Comité, sur les conséquences de la théorie de la relativité générale, ce dernier fait allusion à une théorie alternative qui expliquerait l'avance du périhélie de Mercure, celle de Gerber. En réalité, Einstein avait, dès 1917, montré que la théorie de Gerber repose sur des hypothèses contradictoires. Einstein se vit décerner le prix Nobel en 1922 (au titre de 1921).

En ce qui concerne la question du décalage vers le rouge des raies spectrales, M. Gehrke s'est bien gardé de dire que les différentes mesures effectuées jusqu'à aujourd'hui se contredisent encore et que ce problème n'a toujours pas reçu de solution définitive. Il s'est contenté de citer les travaux allant à l'encontre de l'existence du décalage prévu par la théorie de la relativité, en omettant de dire que les dernières analyses de Grebe et Buchem ainsi que celles de Perot avaient ôté toute force démonstrative à ces résultats plus anciens.

Je remarque enfin que, selon ma suggestion, un débat sera consacré à la théorie de la relativité lors du congrès des physiciens à Neuheim [16]. Ainsi, toute personne pouvant prétendre prendre la parole dans un forum scientifique aura la possibilité d'exposer ses objections.

A l'étranger – je pense en particulier à mon collègue hollandais H. A. Lorentz et à mon collègue anglais Eddington, qui ont tous deux beaucoup travaillé sur la théorie de la relativité et fait de nombreux cours sur le sujet –, on sera quelque peu étonné d'apprendre qu'en Allemagne même la théorie et son auteur sont ainsi calomniés.

4. Allocation à un meeting sioniste aux États-Unis [17]

Pour nous, Juifs, la Palestine n'est pas une pure affaire de charité ou une question coloniale, mais un problème

---

16. Le Congrès de la « Société des chercheurs et médecins allemands » vit s'affronter Einstein et Lenard. Rétrospectivement l'affaire de la Philharmonie, l'interruption du cours d'Einstein par des étudiants nationalistes et les incidents du Congrès de Neuheim apparaissent comme les premières manifestations de l'idéologie connue sous le nom de *« science allemande »* (opposée à la « science juive »). « C'est à Neuheim que la grande menace que l'antisémitisme faisait planer sur la science en Allemagne prit pour la première fois un aspect visible et net », écrit plus tard Max Born.

17. Einstein effectua un premier voyage aux États-Unis en avril-mai 1921, à la demande de Weizmann (alors président de l'Organisation

central du peuple juif. La Palestine n'est pas en premier lieu un refuge pour les Juifs orientaux, c'est l'incarnation du sentiment qui renaît chez tous les Juifs d'appartenir à une communauté nationale. Est-il actuel et nécessaire d'éveiller et de renforcer ce sentiment communautaire? A cette question, je crois devoir répondre « oui », aussi bien spontanément qu'après mûre réflexion.

Examinons rapidement l'évolution des Juifs allemands au cours des cent dernières années. A de rares exceptions près, nos ancêtres, il y a un siècle, vivaient encore au ghetto. Ils étaient pauvres, privés des droits civiques, séparés des non-Juifs par un mur de traditions religieuses, d'habitudes sociales et de restrictions légales, réduits dans leur développement intellectuel à leur propre littérature, relativement peu influencés par l'essor énorme de la vie spirituelle de l'Europe depuis la Renaissance. Mais il y a une chose pour laquelle ces hommes vivant modestement à l'écart étaient en avance sur nous : chacun d'entre eux faisait partie, par toutes les fibres de son cœur, d'une communauté dans laquelle il se fondait tout entier, dans laquelle il avait le sentiment d'être un membre à part entière, et qui n'exigeait rien de lui qui ne correspondît à son mode de pensée naturel. Nos ancêtres de l'époque étaient intellectuellement et physiquement en assez mauvais état, mais, du point de vue social, ils vivaient dans un équilibre spirituel enviable.

---

sioniste mondiale, futur premier président de l'État d'Israël). « Naturellement, note Einstein dans une lettre à Fritz Haber, ce n'est pas de mes compétences que l'on a besoin, mais de mon nom dont l'attrait publicitaire est prometteur d'une riche moisson auprès des Juifs fortunés de Dollarland ». De fait, Einstein s'était mis à la disposition du mouvement sioniste dans une lettre adressée à son responsable londonien Hugo Bergmann le 5 novembre 1919. Le lendemain, l'annonce de la vérification d'une des prédictions de sa théorie, faisait de lui l'homme le plus célèbre du siècle, celui dont le nom allait être connu dans toutes les chaumières.

Puis vint l'émancipation. Elle offrit brutalement à l'individu des possibilités de développement insoupçonnées. Certaines personnalités parvinrent rapidement à des positions élevées, accédant aux couches supérieures de la société ou de l'économie. Ces individus assimilèrent avidement les magnifiques conquêtes de l'art et de la science de l'Occident. Ils participèrent passionnément à cette évolution, en créant eux-mêmes des œuvres durables. Mais, en même temps, ils adoptaient les formes d'existence extérieures du monde non juif, se détournaient de plus en plus de leurs traditions religieuses et sociales, adoptaient des mœurs, des formes de vie et de pensée non juives. Il semblait qu'ils allaient disparaître sans laisser de traces dans les peuples hôtes qui étaient à la fois très majoritaires et mieux organisés politiquement et culturellement; on aurait pu penser qu'au bout de quelques générations il ne resterait rien d'eux. Une disparition complète des Juifs d'Europe moyenne et centrale semblait inévitable.

Or il n'en fut rien. Il semble que les nationalités[18] différentes par la race aient des instincts qui les empêchent de se métisser. L'adaptation des Juifs aux peuples européens parmi lesquels ils vivent, à leur langue, à leurs mœurs, voire en partie à leur religion, n'est pas venue à bout du sentiment d'étrangeté qui existe entre les Juifs et les peuples qui les hébergent. C'est ce sentiment spontané d'étrangeté qui est en dernière instance l'explication de l'antisémitisme; c'est pourquoi on ne peut l'éliminer par des traités, si pleins de bonnes intentions qu'ils soient. Les nationalités ne veulent pas se mélanger, elles veulent suivre leur propre voie. On ne peut trouver de solution satisfaisante qu'en cherchant à ce qu'elles se tolèrent et se respectent.

18. On se souviendra qu'Einstein parle de « nationalité juive » (cf. p. 68).

Pour obtenir ce résultat, il faut que nous, Juifs, retrouvions la conscience de notre existence comme nationalité, et que nous reconquerrions le respect de nous-mêmes dont nous avons besoin pour exister pleinement. Nous devons réapprendre à être fiers de nos ancêtres et de notre histoire, et nous devons réassumer comme peuple des tâches culturelles [19] de nature à renforcer notre sentiment communautaire. Il ne suffit pas que nous participions comme individus à l'évolution culturelle de l'humanité, il faut aussi que nous prenions en charge les tâches dont seules peuvent venir à bout les communautés nationales. C'est seulement de cette façon que le judaïsme peut retrouver sa santé sociale.

C'est de ce point de vue que je vous demande de considérer le mouvement sioniste. Aujourd'hui, l'histoire nous a chargés de contribuer à la reconstruction économique et culturelle du pays de notre peuple. Des hommes enthousiastes et doués ont préparé le travail, et de nombreux Juifs remarquables sont prêts à s'y consacrer. Puisse chacun d'entre vous mesurer exactement l'importance de l'œuvre et contribuer de toutes ses forces à la réaliser.

5. Message pour l'inauguration de l'Université hébraïque de Jérusalem [20]

L'inauguration de notre Université hébraïque sur le mont Scopus [21] est un événement qui nous remplit d'une légitime fierté, mais qui devrait aussi nous donner à réfléchir.

---

19. C'est en ce sens qu'Einstein s'intéresse à la fondation en Palestine d'une université juive – la future Université hébraïque de Jérusalem, dont la construction fut la grande affaire de sa vie de militant.

20. Le 27 mars 1925.

21. Ce message a été envoyé et non prononcé sur place. Mais Einstein qui s'était rendu en Palestine en 1924 («La Palestine a été pour moi le grand événement que vous m'aviez annoncé», écrit-il à Weizmann) voyait pour ainsi dire les lieux en écrivant.

L'université est le lieu où se manifeste l'universalité de l'esprit humain. La seule fin de la recherche et de la science, c'est la vérité. Aussi est-il naturel que les institutions au service de la science soient des éléments de liaison entre les peuples et entre les hommes. Malheureusement, les universités européennes sont aujourd'hui pour la plupart des conservatoires du nationalisme le plus abject[22] et d'une intolérance aveugle à l'égard de tout ce qui est étranger à leur peuple et à leur race, ou qui en est différent. Les Juifs en souffrent particulièrement, non seulement parce qu'on entrave leurs activités et qu'on les empêche de se cultiver, mais aussi parce que la plupart des Juifs se sentent profondément étrangers à cet esprit étroitement nationaliste. En ce jour de naissance de notre Université, je souhaite formuler le vœu que notre Université puisse rester toujours épargnée par ce mal, que les professeurs et les étudiants gardent toujours conscience qu'ils servent au mieux leur peuple quand ils le relient à l'humanité et aux valeurs humaines les plus élevées qui n'ont plus rien de national.

Le nationalisme juif est aujourd'hui une nécessité[23], parce que ce n'est qu'en consolidant notre vie nationale que nous pourrons éliminer les conflits dont souffrent les Juifs aujourd'hui. Puisse venir bientôt le temps où ce nationalisme sera devenu si naturel que nous n'aurons plus besoin d'y insister particulièrement. Notre enracinement dans notre passé et notre implication dans le travail qu'accomplit actuellement notre peuple nous donnent de l'assurance face au monde entier. Mais nos institutions éducatives doivent justement considérer comme leur

---

22. Allusion, entre autres, à l'exclusion des savants allemands des colloques internationaux.

23. Einstein n'a pas toujours maintenu une position cohérente sur ce point. Ainsi écrit-il à Ehrenfest[1], après sa tournée américaine : « On voit dans de nombreux endroits un nationalisme juif très virulent qui menace de dégénérer en intolérance et en étroitesse d'esprit. » Preuve de l'ambiguïté du terme nationalisme juif (voir p. 69).

devoir le plus noble de garder notre peuple exempt d'obscurantisme national et d'intolérance agressive.

Notre Université est provisoirement une modeste entreprise. C'est un principe tout à fait correct de commencer d'abord par quelques instituts de recherche[24], puis que l'Université suive un développement organique. Je suis convaincu que cette évolution ira vite, et qu'avec le temps on verra ici en toute clarté de quoi l'esprit juif est capable.

L'un des devoirs particuliers de notre Université lui vient de la tutelle intellectuelle et pédagogique qu'elle exercera sur les couches laborieuses de notre peuple dans son pays. En Palestine, nous ne voulons pas refaire un peuple de citadins vivant comme dans les villes européennes et transmettant le monde des représentations bourgeoises de l'Europe ; nous voulons un peuple qui travaille, et d'abord des villages juifs, et nous voulons que les richesses de la culture soient accessibles aussi à ceux qui travaillent, d'autant plus que nous savons que les Juifs placent en toute circonstance la culture au-dessus de tout le reste. Ici, il appartient à l'Université de créer quelque chose de tout à fait neuf, qui corresponde aux besoins spécifiques et à l'évolution de la vie du peuple en Palestine[25].

---

24. Dans une lettre à Weizmann, Einstein insiste sur le fait que l'Université devrait, selon lui, « au moins dans un premier temps, garder le caractère d'une institution de recherche délivrant un enseignement à des étudiants avancés ». C'est sur cette base, à son avis, que sera possible l'élargissement progressif de l'Université, « qui devrait être une véritable création de l'esprit juif et maintenir un rapport organique avec la vie nouvelle en Palestine ». En d'autres termes, Einstein ne veut, comme il le dit, ni d'une « université de paysans », ni d'« une tête sans corps ».

25. Les quelques notes qui suivent, rédigées en style télégraphique et envoyées à Weizmann avant la conférence qui devait organiser l'administration de l'Université (20 juillet 1924) indiquent que la réalisation de ce but n'avait rien d'aisé et supposait même certaines concessions aux représentants de Dollarland : « Curatoire de l'Université composé de

Nous voulons tous contribuer à ce que l'Université puisse remplir son devoir. Puisse une majorité de Juifs comprendre l'importance de cette cause ! Alors, notre Université deviendra un grand centre intellectuel qui inspirera le respect à toute l'humanité cultivée.

6. Lettre au *Manchester Guardian Weekly*[26]

Monsieur,

J'ai suivi avec intérêt et inquiétude les commentaires parus dans la presse britannique à propos des récents événements de Palestine. Ce que j'ai lu m'a tellement affecté qu'en dépit de mes réticences à prendre part, en règle générale, au débat politique, je me vois dans l'obligation de solliciter l'hospitalité de vos colonnes pour les quelques observations qui suivent.

C'est avec un enthousiasme sans pareil et une profonde gratitude que les Juifs, plus éprouvés que n'importe quel autre peuple par les désordres et les horreurs de la guerre, ont reçu de la Grande-Bretagne la promesse qu'elle soutiendrait la restauration d'un foyer national juif en Palestine. Le peuple juif, accablé d'innombrables malheurs physiques et de dégradations morales, a vu

---

savants et d'administrateurs environ moitié-moitié. Comités nationaux avec seulement voix consultative. Au curatoire, pas de représentation trop forte des instances politiques. Droit de prendre des décisions laissé aux membres du curatoire résidant en Palestine pour les affaires courantes (à définir en gros), pour éviter les lourdeurs. Concessions aux médecins américains seulement proportionnelles et limitées à la durée des versements. Cooptation pour compléter le curatoire (pas plus de dix membres) ; y faire entrer Ornstein et Willstätter. »

26. Cette lettre marque l'irruption dans la réflexion politique d'Einstein du problème arabe, jusqu'alors passé sous silence. Elle est parue le 12 octobre 1929 sous le titre « The Palestine Troubles. Einstein's Protest. Zionism's Basis and Achievment. The Mandatory Task. » Les troubles en question sont les émeutes anti-juives qui enflammèrent le pays pendant une semaine à partir du 23 août 1929.

dans la promesse britannique la base solide sur laquelle il pourrait reconstruire en Palestine une vie nationale qui, du fait de son existence même et des ses accomplissements matériels et intellectuels, donnerait aux millions de Juifs dispersés dans le monde entier un nouvel espoir, un nouvel orgueil, un nouveau sentiment de dignité. Les Juifs de tous les pays ont contribué de leur mieux par leurs richesses humaines et matérielles à ce que se réalise l'idée grâce à laquelle notre race a survécu à un martyre de plusieurs siècles. En moins de dix ans, les contributions volontaires ont permis de rassembler une somme de dix millions de livres, et cent mille Juifs parmi l'élite sont venus en Palestine amender par leur travail physique un sol laissé à l'abandon. Les déserts ont été irrigués, des forêts ont été plantées, les marécages ont été asséchés et les maladies invalidantes ont été éradiquées[27]. Un travail de paix a été accompli, travail de petite envergure, certes, mais qui force l'admiration de ceux qui ont pu l'observer.

La base sur laquelle nous avons construit est-elle en train de vaciller ? A l'heure actuelle, une partie importante de la presse britannique répond à nos aspirations

---

27. Lors de son voyage en Palestine, Einstein avait été très impressionné par l'œuvre des colons juifs : « C'est extraordinaire : une colonie sans métropole, concentration d'un peuple dispersé dans le monde, fertilisation d'un sol vierge par le travail manuel, l'activité physique de travailleurs intellectuels dont la volonté est si forte qu'elle leur permet de dominer leur faiblesse corporelle et les transforme en hommes heureux, forgés dans l'acier par la vie. Et même s'ils doivent encore affronter des années de dur labeur pour dompter ce sol rebelle, ils savent que, grâce à leur force physique et à leur supériorité intellectuelle, grâce aux immenses travaux d'irrigation, sans exemple dans le monde (la centrale électrique en construction au bord du lac de Génézareth fournit déjà un million et demi de kWh), ils soumettront ce pays, le mettront à leur service et termineront l'œuvre commencée dans des circonstances aussi difficiles. Mais les générations suivantes pourront alors vivre la vie à laquelle les pionniers aspirent. » (Interview par une journaliste viennoise, 1924).

de façon défavorable, avec froideur, sans les comprendre. Que s'est-il passé ?

Des foules arabes, organisées et fanatisées par des politiciens intrigants jouant sur la folie religieuse des ignorants, ont attaqué des colonies juives, tuant et pillant lorsqu'aucune résistance ne leur était opposée. A Hébron, les résidents d'un collège rabbinique, des jeunes gens innocents qui n'avaient jamais porté d'armes de leur vie, ont été massacrés de sang-froid ; à Safed, des rabbins âgés, leurs femmes et leurs enfants ont connu le même sort. Tout récemment, des Arabes ont attaqué un orphelinat juif où les malheureux survivants des grands pogroms russes avaient trouvé un refuge et un havre de paix. N'est-il pas étonnant, dans ces conditions, qu'une telle débauche de brutalité primitive ait été utilisée par une certaine partie de la presse britannique pour mener une campagne de propagande non pas contre les auteurs et les instigateurs de ces brutalités, mais contre leurs victimes elles-mêmes ?

Tout aussi décevant est le degré d'ignorance ahurissant dont font preuve certains organes de presse concernant la nature et les accomplissements de l'entreprise de reconstruction juive en Palestine. Dix ans se sont écoulés depuis que le gouvernement britannique a officiellement donné son aval à une politique d'établissement d'un foyer national juif en Palestine, avec le soutien quasi unanime de la presse britannique et des leaders politiques. C'est sur la base de cette reconnaissance officielle, approuvée par presque tous les gouvernements civilisés et dont le mandat sur la Palestine est l'expression légale, que les Juifs ont envoyé leurs fils et leurs filles et ont contribué volontairement à cette grande entreprise de reconstruction pacifique. Je pense qu'on peut dire sans craindre l'exagération que, en dehors des efforts de guerre consentis par les nations européennes, notre génération n'a pas connu d'effort national d'une telle ampleur spirituelle et ayant donné lieu à un tel dévouement, un tel héroïsme, que celui fourni par les Juifs dans les dix dernières années en faveur de leur œuvre de paix en Palestine[28]. Lorsque, voyageant à travers le pays comme j'ai eu la chance de le faire il y a quelques années, on rencontre de jeunes pionniers, hommes et femmes d'une stature intellectuelle et morale hors du commun, en train de casser des cailloux et de construire des routes sous le feu ardent du soleil palestinien, lorsqu'on visite des fermes jaillies d'un sol longtemps désert et devenu prospère grâce aux efforts intensifs des colons juifs, lorsqu'on observe le développement du réseau hydraulique et la naissance d'une industrie adaptée aux besoins et aux possibilités du pays, et, plus que tout, la croissance d'un système éducatif s'étendant du jardin d'enfants à l'université, dispensé dans la langue de la Bible – comment, indépendamment de toute foi et de toute origine, ne pas être saisi d'émerveillement devant ces exploits étonnants et ce dévouement à la limite du surhumain ? N'est-il pas ahurissant, après tout cela, de constater que la bestialité des massacres perpétrés par une foule fanatisée a pu réduire à néant le mérite attribué aux efforts des Juifs en Palestine et conduire à réclamer l'abrogation des promesses de soutien et de protection officiellement faites ?

Le sionisme a une double origine. D'une part, il est né des souffrances endurées par les Juifs. Je n'ai nullement l'intention de dresser ici un tableau du martyre qu'ont subi les Juifs au cours des siècles parce qu'ils étaient privés de patrie. Aujourd'hui encore, l'intensité des souffrances endurées par les Juifs dans le monde atteint un degré dont l'opinion publique occidentale ne peut pas

---

28. « Je me réjouis de voir que l'idée de judaïsme gagne du terrain dans la jeune génération ; c'est cette idée non seulement qui rend la jeunesse capable de parvenir à une plus haute spiritualité mais qui l'incite aussi à partir en pionniers en Palestine pour y construire avec l'aide de l'Angleterre, une œuvre sans équivalent dans l'histoire » (interview citée).

avoir une idée complète. Dans toute l'Europe de l'Est[29], le danger d'être physiquement agressé existe de façon permanente pour un Juif. Les handicaps des personnes âgées ont été transformés en restrictions de caractère économique et, dans le système éducatif, des mesures restrictives, de type *numerus clausus* dans les universités, cherchent à éliminer les Juifs de la vie intellectuelle. Il est inutile, me semble-t-il, d'insister sur l'existence à l'heure actuelle d'un problème juif à l'Ouest aussi. Combien de non-Juifs ont-ils l'idée des souffrances et des déformations spirituelles, de la désintégration et de la dégradation morales que peuvent induire chez un peuple doué et sensible le simple fait d'être privé de patrie[30] ? A la base de tous ces phénomènes se trouve un fait fondamental que les premiers sionistes ont su reconnaître de façon perspicace, à savoir que le problème juif ne peut pas être résolu par l'assimilation individuelle des Juifs au monde qui les entoure. L'indivi-

29. La situation des Juifs orientaux a toujours préoccupé Einstein. Il semble qu'il ait été particulièrement sensible aux récits de l'un de ses collaborateurs, Jakob Grommer, né à Brest-Litovsk, où il commença des études talmudiques avant d'émigrer (provisoirement) en Allemagne. Einstein et Grommer ont écrit ensemble plusieurs articles de relativité générale. Sans soutien financier permanent en Allemagne, Grommer accepta finalement un poste à Minsk, où – dit-on – il enseignait partiellement en yiddish dans les années 30... S'agissant des Juifs orientaux, on trouve cependant dans les Archives Einstein, un étonnant billet, à l'adresse de l'Association des organisations de Juifs orientaux en Allemagne, dans lequel Einstein écrit sans sourciller : « Les gens sont tous plus pittoresques et plus supportables dans le malheur que dans le succès, et c'est le cas également pour les Juifs orientaux. Faites donc en sorte que le parvenu juif oriental cesse d'être un type qui saute aux yeux sur le Kurfürstendamm (les « Champs-Élysées » de Berlin) ». Nobody is perfect.

30. Voir aussi ce passage d'un Appel aux Juifs de Hongrie rédigé en 1929 également : « Ce qu'il y a de meilleur en l'homme ne peut prospérer que s'il ne fait qu'un avec une communauté ; c'est dire à quel point l'homme juif est en danger moral, lui qui a tout à la fois perdu le sens de son appartenance à son propre peuple et que le peuple qui l'héberge considère comme un étranger ! »

dualité juive est trop forte pour pouvoir s'effacer dans un processus d'assimilation ; sa conscience d'elle-même la rend inapte à l'auto-effacement. Il va de soi, évidemment, qu'on ne pourra jamais transplanter en Palestine plus qu'une minorité du peuple juif[31], mais ceux qui ont étudié la question depuis de longues années, Juifs et non-Juifs, ont acquis la conviction profonde que l'établissement d'un foyer national du peuple juif en Palestine ne peut qu'améliorer le statut et accroître la dignité de ceux qui resteront dans leur pays natal et, dans le même temps, améliorer les relations entre Juifs et non-Juifs en général.

Mais le sionisme a des origines plus profondes. Il est enraciné dans la tradition spirituelle juive, dont le maintien et le développement sont pour les Juifs la *raison d'être* de la continuité de leur existence en tant que communauté. Dans la restauration de la nation juive dans le berceau de sa race, là où la spiritualité juive pourra se développer à nouveau dans une atmosphère juive, les représentants les plus éclairés de l'individualité juive voient une condition préliminaire nécessaire à la régénération de la race et à la libération de sa créativité spirituelle.

Ce sont ces tendances et ces aspirations qui marquent le développement de la reconstruction juive en Palestine. Le mouvement sioniste n'est inspiré par aucun chauvinisme ou un quelconque *sacro egoismo*. Je suis convaincu que les Juifs, dans leur grande majorité, refuseraient de soutenir le mouvement s'il était de ce type. Le sionisme n'aspire pas non plus à priver qui que ce soit en Palestine

---

31. Einstein ne cesse d'insister sur ce point. En 1923, il écrit à Maurice Solovine, Roumain émigré en France dont il a fait la connaissance en Suisse : « Ceux de notre peuple établis en Palestine m'ont beaucoup plu, comme paysans, comme ouvriers et comme citoyens. Dans l'ensemble, le pays est peu fertile. Il deviendra un centre moral, mais il ne pourra pas accueillir une grande partie du peuple juif. D'un autre côté, je suis convaincu que la colonisation réussira. »

de ses droits ou des biens dont il jouit. Au contraire, nous sommes persuadés que nous serons capables d'établir avec les Arabes, dont la race est apparentée à la nôtre, une coopération amicale et constructive pour le plus grand bien, matériel et spirituel, des deux parties de la population. Aucun Arabe n'a été spolié lors de la période de colonisation juive ; chaque mètre carré de terrain acquis par les Juifs a été acheté à un prix fixé par l'acheteur et le vendeur[32]. C'est un fait attesté par tous les visiteurs que la situation économique et sanitaire de la population arabe s'est considérablement améliorée depuis le début de la colonisation juive. Des relations amicales entre les colons juifs et les habitants des villages environnants se sont établies à travers tout le pays. Dans le syndicat des chemins de fer de Palestine, travailleurs arabes et juifs se sont associés et le niveau de vie des travailleurs arabes s'en est trouvé relevé. On peut voir des universitaires arabes travaillant à la grande bibliothèque de l'Université hébraïque, et l'étude de la langue et de la civilisation arabes est l'un des axes privilégiés de cette même université. Des ouvriers arabes suivent les cours du soir dispensés par l'Institut technique juif de Haïfa. La population indigène comprend maintenant de mieux en mieux les bénéfices économiques, sanitaires et intellectuels que l'entreprise de reconstruction juive a apportés au pays tout entier et à ses habitants. De fait, dans la crise actuelle, la seule nouvelle réconfortante a été l'annonce que des Arabes avaient offert leur protection à leurs concitoyens juifs contre les attaques d'une foule fanatisée.

Je soutiens donc que le mouvement sioniste est en droit, au nom de la hauteur de vues de ses objectifs et

---

32. Ce point est controversé. Selon d'autres analyses, en particulier de fonctionnaires britanniques, les prix des céréales étant bas et les marchés extérieurs fermés, les propriétaires arabes lourdement endettés avaient du mal à obtenir un prix correct des terres que la situation économique les contraignait à vendre.

du soutien qui lui a été promis de façon extrêmement solennelle par le monde civilisé, d'exiger que son effort de reconstruction sans précédent – poursuivi dans un pays encore largement en jachère et où, grâce aux méthodes de la culture intensive appliquées par les Juifs, il y a encore de la place pour des centaines de milliers de colons sans que la population indigène en pâtisse – ne soit pas mis en échec par une poignée d'agitateurs, fussent-ils revêtus du costume des prêtres de la religion islamique. L'opinion publique de Grande-Bretagne se rend-elle compte que le grand mufti de Jérusalem [33], qui est au centre de tous les troubles, n'est qu'un jeune aventurier politique, tout au plus âgé de trente ans, à ce qu'il paraît, qui, en 1920, a été condamné à plusieurs années de prison pour complicité dans les émeutes de cette année-là et s'est vu gracié aux termes d'une loi d'amnistie [34] ? Pour se faire une idée de la mentalité de cet homme, il suffit de savoir qu'il a récemment fait à un journaliste une déclaration dans laquelle il m'accusait d'avoir demandé la reconstruction du Temple sur le site de la mosquée d'Omar ! Peut-on tolérer que, dans un pays où, du fait de l'ignorance et du fanatisme, il est si facile à une poignée d'agitateurs intéressés d'inciter au meurtre et au pillage, peut-on tolérer qu'un politicien

---

33. El-Hajj Mohammed Amin el-Husseini [al-Hâjj Amîn al-Husaynî] (1897-1974), mufti de Jérusalem depuis 1920, élu en 1922 président du Conseil supérieur islamique, grand mufti depuis 1926. Démis par les Anglais en 1937, il s'enfuit au Liban, en Irak, puis en Iran. La Turquie refusant de l'accueillir, il se réfugia en Allemagne nazie (1941), d'où il poursuivit ses activités politiques antisémites et anti-britanniques, en particulier à la radio.

34. Einstein fait allusion à l'émeute antijuive de Jérusalem qui dura du 4 au 10 avril 1920, et fit plus de 250 victimes dont 9 morts, 5 Juifs et 4 Arabes. Condamné à une lourde peine de prison, el-Hajj Amin el-Husseini s'enfuit en Transjordanie. La Cour britannique qui le jugea déclara dans ses attendus qu'il était « très important de comprendre que l'opposition » [arabe] n'était « pas superficielle ou artificielle » et qu'une telle erreur de jugement serait dangereuse.

aussi irresponsable et dénué de scrupules ait la possibilité d'exercer son influence nocive, revêtu de toute la sainteté spirituelle que lui confère la religion, et investi de toute la puissance temporelle que sa charge lui confère dans un pays oriental ?

La réalisation des grands desseins qu'incarne le mandat sur la Palestine dépend pour une large part de la Grande-Bretagne, de son opinion publique, de sa presse, de ses hommes d'État. Le peuple juif est en droit d'espérer que son travail de paix se verra accorder le soutien actif et bienveillant de la puissance mandataire. Mais il est en droit d'exiger que ceux qui ont été reconnus coupables lors des émeutes récentes soient punis comme il convient et que les hommes entre les mains desquels repose la responsabilité de l'administration d'un pays au passé unique et aux potentialités futures immenses reçoivent des instructions en vue d'assurer que cette grande tâche qui a été assignée par le monde civilisé à la puissance mandataire soit poursuivie avec courage et lucidité dans les devoirs quotidiens et routiniers de l'administration. Les Juifs n'ont aucune envie de vivre dans le pays de leurs ancêtres sous la protection des baïonnettes britanniques[35] : ils se présentent en amis à la nation arabe sœur.

---

35. Le 25 novembre 1929, Einstein écrit à Weizmann, pour lui faire part de son inquiétude : « Je ne puis pas ne pas vous dire ouvertement que l'attitude de nos dirigeants m'inquiète. Récemment, Brodetzky, membre du directoire de l'Agence juive, dans un exposé de l'Agence, a une fois encore traité le problème arabe de l'extérieur et de manière superficielle, alors que c'est cette manière de faire qui a abouti à l'actuel état des choses. Il n'a absolument pas évoqué le problème psychologique et économique de la symbiose judéo-arabe et s'est contenté de traiter le conflit comme un simple épisode. Or cela était d'autant plus inopportun que les plus intelligents de ceux qui ont écouté cet exposé seront tout à fait convaincus de la malhonnêteté de cette manière de voir. Ci-joint une lettre de Hugo Bergmann responsable de l'Organisation sioniste, qui dit, selon moi, l'essentiel. Si nous ne parvenons pas à trouver dans l'avenir la voie d'une coopération honnête et d'un accord honnête avec les Arabes, alors c'est que deux millénaires de martyre ne nous ont rien appris, et nous mériterons le sort qui sera le nôtre. En

Ils attendent de la Grande-Bretagne qu'elle favorise les relations entre Juifs et Arabes, qu'elle ne tolère pas la propagande venimeuse et qu'elle crée dans le pays des organes de sécurité offrant une protection convenable à ceux qui désirent vivre et travailler en paix.

Les Juifs n'abandonneront jamais le travail de reconstruction entamé. C'est ce qu'ont clairement montré les réactions de tous les Juifs, sionistes et non sionistes, aux événements de ces dernières semaines. La puissance mandataire tient entre ses mains la possibilité d'aider matériellement ou d'empêcher matériellement la poursuite de ce travail. Il importe hautement que l'opinion publique britannique et les gouvernements de Grande-Bretagne et de Palestine se sentent responsables de cette grande tâche, non pas parce que celui de Grande-Bretagne a, à une certaine époque, endossé cette responsabilité sous forme légale, mais parce qu'ils sont profondément convaincus de l'importance et de la signification de cette tâche, et croient que sa réalisation aura pour effet de promouvoir le progrès et la paix au sein de l'humanité, et de redresser un tort historique immense. Je ne peux pas croire que la plus grande puissance coloniale du monde, confrontée à la tâche d'avoir à mettre son expérience unique en matière de colonisation au service du peuple

---

particulier, nous devrions nous garder, à mon avis, de trop nous appuyer sur les Anglais. Car si nous ne pouvons pas parvenir à nous entendre vraiment avec les dirigeants arabes, les Anglais nous laisseront tomber, *de facto* sinon formellement. Et, fidèles à leur tradition, ils battront pieusement des cils et pleureront sur notre débâcle en jurant de leur innocence, mais sans lever le petit doigt pour nous. »

Einstein revient en 1938 sur le statut du futur État juif : « J'aimerais maintenant dire un mot personnel sur la question de la partition. Je préférerais de beaucoup à la création d'un État juif la réalisation d'un accord raisonnable avec les Arabes sur la base d'une coexistence pacifique. Au-delà de considérations pratiques, ma conception de la nature du judaïsme répugne à l'idée d'un État juif avec des frontières, une armée et un pouvoir temporel, si modeste soit-il. » (Message au National Labor Committee for Palestine).

de la Bible, fera défaillance[36]. La tâche n'est sans doute pas aisée pour la puissance mandataire, mais celle-ci s'assurera par sa réussite la gratitude éternelle non seulement des Juifs, mais de tout ce que l'humanité compte de noble.

---

36. Cette confiance en « la plus grande puissance coloniale du monde » n'empêche pas Einstein d'écrire à Weizmann (décembre 1929) : « On ne s'en sortira pas avec des ressentiments, des mots d'ordre du genre "tenir bon" ou en misant sur l'Angleterre. L'adversaire a commis des crimes, c'est vrai. Il a suivi des meneurs et des provocateurs, c'est vrai aussi. Mais cette analyse est superficielle et il est dangereux de s'en contenter. » « Sans coopération honnête avec les Arabes, pas de paix ni de sécurité ; cela concerne la politique à long terme, pas le moment présent », conclut-il.

V. La résistance au nazisme

Le 30 janvier 1933 Hitler prend le pouvoir. Commencent alors les persécutions à l'encontre des pacifistes et des Juifs. Einstein qui est en visite en Californie décide, après avoir passé l'été sur la côte belge, de ne pas retourner à Berlin et d'accepter l'offre qui lui est faite par l'Institute for Advanced Study de Princeton. Il quitte l'Europe définitivement le 9 septembre 1933.

1933 est une année charnière dans l'engagement d'Einstein. On a déjà vu comment l'arrivée au pouvoir de Hitler l'avait amené à réviser sa position à l'égard des objecteurs de conscience. L'urgence est maintenant la lutte contre le régime nazi. Du fait des persécutions dont sont victimes les Juifs en Allemagne même, l'existence d'un foyer juif en Palestine apparaît sous un nouveau jour : il est devenu aussi un refuge pour les Juifs allemands eux-mêmes.

1. Lettres à l'Académie des Sciences de Prusse

S.S. *Belgenland*, Red Star Line, 28 mars 1933

A l'Académie des Sciences de Prusse, Berlin.

La situation qui est actuellement celle de l'Allemagne m'amène à renoncer par la présente au poste que j'occupe à l'Académie des Sciences de Prusse[1]. L'Acadé-

1. Le 10 mars, alors qu'il était encore aux États-Unis, Einstein avait

mie m'a permis pendant dix-neuf ans de me consacrer à mes travaux scientifiques en n'étant soumis à aucune obligation professionnelle. Je suis conscient de la très grande reconnaissance que je lui dois. C'est à regret que je la quitte, en ayant présent à l'esprit les stimulations et les belles relations humaines dont j'ai pu bénéficier pendant tout ce temps où j'en étais membre et que j'ai toujours appréciées au plus haut point.

Il m'est cependant devenu insupportable, dans la situation actuelle, de dépendre du gouvernement prussien, ainsi que mes fonctions m'y obligent.

Avec tout mon respect,

Albert Einstein.

Le Coq-sur-Mer[2], 5 avril 1933

A l'Académie des Sciences de Prusse.

Je viens d'apprendre de source tout à fait sûre que, dans une déclaration officielle de l'Académie des Sciences, il est question d'« une participation d'Albert Einstein à l'abominable campagne de dénigrement qui se déroule en Amérique et en France »[3].

---

déclaré au *New York World Telegram :* « Tant que j'en aurai la possibilité, je ne résiderai que dans un pays où règnent la liberté politique, la tolérance et l'égalité devant la loi. La liberté politique suppose la liberté d'exprimer des opinions politiques, oralement comme par écrit ; la tolérance suppose le respect des convictions de l'individu, quelles qu'elles soient. Ces conditions ne sont pas remplies actuellement en Allemagne. On y persécute les gens qui se sont particulièrement illustrés par leurs efforts pour sauvegarder l'entente internationale, et, parmi eux, certains artistes de tout premier plan. »

2. Station balnéaire où Einstein a passé l'été 1933 avant de décider de quitter l'Europe.

3. Le 1er avril 1933, l'Académie des Sciences de Prusse a remis à la presse une déclaration signée de son secrétaire en exercice, le juriste Ernst Heymann (1870-1946), sympathisant nazi, professeur de droit à l'Université de Berlin, secrétaire de l'Académie des Sciences. Ce libelle

Je déclare ici que je n'ai jamais participé à aucune campagne de dénigrement et il me faut ajouter que je n'ai jamais vu aucun signe d'une telle campagne en quelque lieu que ce soit. On s'est contenté, en gros, de rapporter et de commenter les déclarations et les dispositions officielles des responsables gouvernementaux allemands, ainsi que le programme concernant l'anéantissement des Juifs allemands par des moyens économiques.

Les déclarations que j'ai remises à la presse se rapportent à mon intention de démissionner de mon poste à l'Académie et de renoncer à ma citoyenneté prussienne ; je l'ai justifiée en expliquant que je ne voulais pas vivre dans un État où les individus se voient refuser l'égalité des droits devant la loi ainsi que la liberté de parole et d'enseignement[4]. J'ai déclaré en outre que la situation de l'Allemagne se caractérise par un état de maladie mentale qui frappe les masses et j'ai évoqué les causes de cet état.

---

dénonce la campagne systématique de dénigrement à laquelle se livrerait Einstein, et précise qu'en raison de ses activités, l'Académie « n'a aucune raison de regretter » sa démission. Deux savants prendront vigoureusement leurs distances par rapport à cette initiative, Max Planck et Max von Laue.

4. A destination de Max Planck, Einstein est plus explicite : ce sont les persécutions contre les Juifs qui l'ont amené à prendre cette décision : « Aujourd'hui la guerre d'anéantissement menée contre mes frères juifs sans défense m'a contraint à mettre dans la balance, à leur profit, l'influence dont je dispose dans le monde. Afin que vous puissiez mieux comprendre cela, je vous prie de bien vouloir vous imaginer un instant dans la situation suivante. Supposons que vous soyez professeur d'université à Prague. Un gouvernement arriverait au pouvoir qui dépouillerait les Allemands de Tchécoslovaquie de leurs moyens d'existence tout en les empêchant par la force de quitter le pays. On aurait placé à la frontière des gardes qui tireraient sur tous ceux qui tenteraient de quitter sans autorisation ce pays dont le gouvernement mène contre eux une guerre visant à les anéantir sans effusion de sang. Trouveriez-vous juste de l'accepter en vous taisant, ou prendriez-vous leur parti ? Anéantir les Juifs allemands en les affamant, n'est-ce pas le programme officiel du gouvernement allemand actuel ? »

Dans un document que j'ai transmis à la Ligue internationale de lutte contre l'antisémitisme à des fins de diffusion et qui n'était absolument pas destiné à la presse, j'ai en outre appelé tous les gens réfléchis et restés fidèles aux idéaux d'une civilisation menacée à tout mettre en œuvre pour que cette psychose de masse, qui se manifeste de manière si terrible en Allemagne, ne s'étende pas davantage. Il aurait été facile, pour l'Académie, de se procurer le texte exact de mes déclarations avant de s'exprimer à mon sujet de la manière dont elle l'a fait. La presse allemande a reproduit mes propos en les déformant de manière tendancieuse, comme on pouvait du reste s'y attendre étant donné la manière dont cette presse est actuellement bâillonnée.

Je réponds de chaque mot que j'ai publié. Mais j'attends en revanche de l'Académie, d'autant plus qu'elle a elle-même pris part à la diffamation dont j'ai été l'objet auprès du public allemand, qu'elle porte cette déclaration à la connaissance de ses membres et de ce même public allemand auprès duquel j'ai été calomnié.

2. Lettre à Stephen Wise [5]

Oxford, le 6 juin 1933

Cher Monsieur Stephen Wise,

Je tiens tout d'abord à vous remercier de m'avoir incité à écrire à M. Holmes. J'ai suivi votre conseil dès

5. Stephen Wise était rabin à New York. John Haynes Holmes (cité plus bas) était ministre de la Community Church de New York et Cyrus Adler président du Jewish Theological Seminary of America. Les uns et les autres cherchent à organiser une action internationale contre le régime qui vient de prendre le pouvoir en Allemagne. Pour Einstein, comme on va le voir, la persécution des Juifs ne doit pas être dissociée du problème du réarmement allemand. La lettre est écrite d'Oxford où Einstein s'était rendu depuis Le Coq-sur-Mer.

la lecture de votre courrier, c'est-à-dire aujourd'hui même ! Mais depuis, je ne me suis pas reposé, au contraire, je n'ai tout simplement pas pu m'acquitter de mes obligations quotidiennes.

J'ai réfléchi à la divergence d'opinion qui existe entre M. Cyrus Adler et vous-même telle qu'elle apparaît dans vos courriers respectifs, que vous m'avez fait parvenir. Vous serez certainement étonné si je vous dis que ma décision n'est pas sans équivoque.

Si les actions menées *au grand jour* par les Juifs dans le reste du monde exercent bien une certaine influence sur ceux qui détiennent le pouvoir en Allemagne, elles alimentent d'autre part leur propagande d'incitation à la haine antisémite et servent de prétexte aux actes de violence dirigés contre les Juifs allemands. Il se pourrait néanmoins que des manifestations organisées par des Juifs américains puissent jouer un rôle en mobilisant la population américaine non juive contre le pouvoir en place en Allemagne. A elle seule, cette raison permet de [...][6] le bien-fondé des meetings publics organisés par les Juifs américains. Si la chose était possible, il vaudrait de toute façon mieux que des manifestations de non-Juifs s'organisent.

Il me semble néanmoins beaucoup plus important de mettre sur pied en coulisse une action *concertée*, visant en particulier les autorités et la presse américaines. Il ne faut cesser d'insister sur cette vérité toute simple : les Allemands sont en train de réarmer en secret et à grande échelle. Les usines tournent jour et nuit (avions, bombes légères, tanks et canons lourds – en partie sur le territoire suédois[7]). On forme clandestinement des

6. Le texte est un brouillon. Ici Einstein n'a pas complété sa phrase.

7. En arrivant au pouvoir, le chef du mouvement national-socialiste trouve déjà une partie de la besogne accomplie : entre 1924 et 1930, l'Allemagne a disséminé des usines d'armement en Hollande et en Suède, au Danemark et en URSS.

hommes de troupe par millions. Dénoncer une telle violation du traité de Versailles est considéré comme un crime de haute trahison et puni comme tel ; on réduit les gens au silence par la terreur sous toutes ses formes. Le revanchisme des clercs explique pourquoi ces derniers n'opposent aucune résistance à ce régime indigne et criminel, ou plutôt n'en ont opposé aucune lorsqu'il était encore temps de le faire avec quelque chance de succès. Si nous laissons faire ces gens, ne serait-ce qu'une année, nous devrons le payer par d'effroyables pertes humaines et matérielles. Ils ne parleront plus comme Hitler récemment[8] : ils parleront comme le Japon et « convertiront » même les Allemands les plus circonspects pour les entraîner dans leur aventure.

Si les dirigeants américains comprenaient que, dans ces circonstances, l'indulgence « magnanime » devient un crime qu'il nous faudra bientôt chèrement payer – en particulier un crime contre la France –, ils n'hésiteraient sûrement pas à surveiller de près l'ensemble de l'industrie allemande et trouveraient le moyen d'entraver l'action de ces gens. Une juste évaluation du péril allemand rendrait en outre le pouvoir américain plus enclin à engager une procédure efficace, via Genève, pour protéger les Juifs d'Allemagne.

Il faut faire prendre conscience au public du péril militaire allemand par une campagne de presse menée sans relâche. Il est nécessaire de lui présenter concrètement les conséquences désastreuses qu'aurait une nouvelle guerre européenne, sans omettre le péril japonais qu'une telle catastrophe rendra encore plus

8. En 1933, Hitler tient des propos apaisants ; à l'ambassadeur François-Poncet, il affirme le 8 avril 1933 : « Je répète que mon gouvernement est sincèrement et profondément pacifique. Nous sommes tous convaincus qu'une guerre, même victorieuse, coûterait en sacrifices de toute espèce plus cher qu'elle ne saurait rapporter. »

menaçant qu'il n'est déjà, en raison de la paralysie de l'Europe[9].

Signer ferait gravement tort à certains.

Cordialement,

Einstein.

3. Lettre à Paul Rivet[10]

Le Coq-sur-Mer, 6 juillet 1933

Cher collègue,

Si je ne peux répondre qu'aujourd'hui à vos importantes et intéressantes communications, c'est une longue absence de mon domicile provisoire et une masse de correspondants qui en sont responsables.

---

9. Dans une lettre du 18 novembre 1933, depuis Princeton, Einstein, commente l'échec du boycott des marchandises allemandes dans lequel il avait placé beaucoup d'espoirs. Il ajoute : « Si les grandes puissances démocratiques maintiennent à l'avenir leur neutralité face à l'Allemagne hitlérienne, comme cela semble bien devoir être le cas, ce foyer infectieux sera bientôt pour le reste du monde un sérieux danger moral et politique, sans parler du malheur sans nom qui frappe les Juifs allemands. Mais je crois que nous, les Juifs, sommes à l'heure actuelle le moins en mesure de réveiller par une action *directe* la conscience endormie de l'opinion publique non juive. Il me semble que la meilleure chose que nous puissions faire est d'organiser à une grande échelle l'émigration juive d'Allemagne en l'accompagnant d'une reconversion professionnelle. » Même son de cloche (le 23 avril 1933) dans une lettre à Maurice Solovine résidant à Paris : « Si vous voyez des universitaires juifs réfugiés d'Allemagne, incitez-les à se mettre en contact avec moi. Je voudrais essayer, avec quelques amis, de fonder à l'étranger (Angleterre ?) une université juive pour les assistants et professeurs juifs, afin de répondre au moins aux besoins les plus urgents et de créer une sorte de refuge intellectuel. » Il faut savoir que dès le 7 avril 1933, 1 200 enseignants sur environ 8 000 furent exclus de la fonction publique. En 1938, un universitaire sur trois avait perdu son poste.

10. Paul Rivet (1876-1958). Spécialiste de linguistique sud-américaine, il créa en 1937 le Musée de l'Homme, fonda la revue *Races et Racisme* et présida le Comité de vigilance des intellectuels antifascistes avec Langevin et Alain. Il venait de soumettre à Einstein un projet de Collège international destiné à accueillir les réfugiés universitaires.

Votre plan, admirable et bien réfléchi, m'a beaucoup plu. Il correspond tout à fait aux idées généreuses qui, à ma grande joie, se sont exprimées partout dans les pays demeurés libéraux, mais particulièrement en France de si belle façon.

Pourtant il faudra sans doute que la dure réalité se satisfasse de secours plus modestes. De fait, sous la pression des circonstances, qui obligeait à agir rapidement, se sont constituées d'autres formes d'aide – pour ainsi dire plus primitives.

En Angleterre, par exemple, voici comment on procède. Il existe un comité qui collecte de l'argent, des informations sur des personnalités et qui entretient des liaisons avec des organismes de secours dans d'autres pays. Il doit se transformer en un centre d'information international. Il existe en outre un comité scientifique qui est en liaison avec les établissements d'enseignement du pays et recherche des postes où l'on puisse placer provisoirement les étrangers de telle sorte qu'ils puissent être utiles par leurs recherches et leur enseignement.

Ce système se différencie de celui que vous proposez, essentiellement parce qu'il est pour ainsi dire plus souple. Ce qui lui manque c'est l'autonomie administrative. L'insertion temporaire dans des instituts qui existent déjà présente également des risques de concurrence et de frictions qui, dans votre plan, seraient réduits à un minimum.

Mais ce système semble prévaloir en Amérique aussi. Le sort de ceux à qui leurs travaux ont valu déjà une certaine notoriété est provisoirement d'une certaine façon réglé. Mais est tragique la situation des jeunes chercheurs et étudiants. Cette jeunesse est plongée dans des ténèbres intellectuelles et dans la détresse et il est difficile d'imaginer une aide efficace. Dans ma propre famille je vois à quel point c'est dur. C'est là le sort non seulement des Juifs, mais de tous ceux qui, en Allemagne, professent des idées libérales, internationales et pacifistes. On ne saurait espérer de changement dans un délai prévisible, car la haine de ce peuple, engendrée par des décennies de propagande, exacerbée par la misère, ne disparaîtra pas de sitôt. L'histoire montre combien est tenace ce type de mentalité populaire.

Quel que soit l'avenir, tant que se maintiendra en France et en Angleterre l'amour de la culture intellectuelle et de la liberté politique, il n'y aura pas de déclin intellectuel de notre culture ; c'est là mon espoir.

Avec mes cordiaux remerciements et mes salutations amicales,

Votre

A. E.

4. Lettre à Lionel M. Ettlinger [11]

Le Coq-sur-Mer, 28 juillet 1933

Cher Monsieur Ettlinger,

Ci-joint la signature que vous me demandez. En ce qui concerne l'affaire de Genève, pour une raison curieuse, je n'ai rien pu faire en Angleterre, bien que j'aie parlé longuement avec les personnalités éminentes. M. Locker-Lampson [12], chez qui j'étais reçu, a en effet soumis à la chambre basse un projet de loi prévoyant de procurer aux Juifs expatriés un passeport palestinien, et donc de leur donner du même coup la protection anglaise. Le pire est que je n'arrive pas à croire que cela puisse se faire vraiment, puisque les Anglais veulent éviter à tout prix

11. Lionel M. Ettlinger avait écrit à Einstein le 12 avril 1933 pour lui demander d'intervenir en faveur d'un chercheur juif que le Kaiser Wilhelm Institut avait limogé. La correspondance s'était prolongée. Ettlinger qui disposait de moyens financiers était assailli par les demandes de réfugiés et il avait eu l'idée « d'ouvrir un bureau central à Genève rattaché à la Société des Nations qui [...] chercherait à résoudre les problèmes purement politiques que le régime hitlérien nous pose malgré nous ».

12. Membre influent du Parlement.

que la Palestine soit submergée [13] et que je ne vois pas quelle forme juridique permettrait d'écarter ce danger. En soi, il me semble que la protection anglaise serait plus efficace que celle de la Société des Nations ; cependant, comme il est à craindre que rien ne se fera en pratique, tout cela ne devrait aboutir qu'à une perte de temps pour nous. Mais dans la mesure où M. Locker-Lampson se dévoue à la cause juive de manière vraiment touchante, il était exclu que je défende une autre cause, même si elle me semblait à vrai dire plus riche d'avenir.

Savez-vous que deux juristes renommés, Apfel et Werthauer, ont fondé un genre d'institut de recherche sur les inconvénients du statut d'apatride et les moyens d'y remédier ? Je vous envoie la copie d'une lettre de

13. Einstein, pour des raisons différentes de celles du gouvernement anglais, était lui aussi hostile à l'idée que la Palestine doive accueillir tous les réfugiés allemands. C'est le point de vue qu'il développe (le 28 juillet 1934) auprès de Weizmann, s'agissant des universitaires : « A mon avis, il faudrait certes donner la possibilité aux jeunes savants de vivre en communauté, mais à un endroit tel qu'ils puissent être absorbés progressivement par les institutions existantes, de telle sorte que leur rétribution grâce à des contributions volontaires puisse n'être envisagée que pour une période déterminée. De ce point de vue, il vaudrait sans doute mieux créer un institut provisoire aux États-Unis. Les gens y seraient en mesure de faire des conférences dans les universités américaines qui finiraient par les absorber peu à peu, ainsi que d'autres instituts ». L'afflux massif de réfugiés risquait, selon Einstein, de dénaturer l'esprit qui avait présidé à la fondation du foyer juif en Palestine : « Conscient de la menace qui pèse sur le peuple juif, Herzl a lancé en Palestine cette œuvre de reconstruction qui, aujourd'hui, offre un refuge et apporte le salut à tant de gens et qui pour des millions d'autres représente une lumineuse espérance. Mais gardons-nous bien de ne rien voir de plus grand dans cette œuvre qu'un simple asile ! » (Message de Pâques, 20 avril 1935). Et encore : « Les malheurs du temps ne doivent pas nous faire croire à tort que la Palestine est exclusivement, ou même principalement, un lieu de refuge pour les victimes de l'oppression. L'œuvre de construction en Palestine doit devenir en premier lieu une incarnation de l'idéal social de vie qui constitue l'élément principal de la tradition juive. » (Message au National Labor Committee for Palestine, 11 avril 1936).

M. Apfel, qui vous apprendra tout ce qu'il faut savoir. Je crois que vous devriez prendre contact avec M. Apfel à l'occasion.

En ce qui concerne le devoir de réserve qui s'impose aux Juifs allemands réfugiés, je crois qu'il ne faudrait pas aller trop loin. En particulier, tout le monde devrait participer au boycott des produits allemands. A mon avis, ce qui limite le devoir de réserve, c'est moins la crainte des représailles hitlériennes que la nécessité d'agir avec doigté : il ne faut pas faire plus que ce qui sert à influencer dans le bon sens l'opinion publique des autres pays. Ces étrangers ne sont pas, généralement, pénétrés d'un puissant sentiment de justice, et peuvent facilement se retourner contre nous si nous élevons trop la voix. Ce qui compte avant tout, c'est de fournir une information aussi exhaustive que possible et de mettre en lumière le danger allemand pour l'étranger.

En Angleterre et en France, on est bien informé sur les armements allemands. Par pusillanimité, on y prend toutes les peines du monde pour éviter un conflit qui obligerait à intervenir, et, à mon avis, on a tout à fait tort. En Angleterre, les ténors de la politique sont maintenant tous du côté de la France. Mais on semble souhaiter que la bienveillance anglaise serve à inciter la France et la Pologne à négocier.

Bien cordialement,
Votre

A. E.

5. Discours aux American Friends of the Hebrew University of Jerusalem[14]

Quand, il y a seize ans, j'ai accepté de suivre Weizmann aux États-Unis, j'étais animé par la convic-

14. Prononcé le 24 mars 1937 au cours d'un dîner en l'honneur de

tion qu'un foyer juif sans un centre de création et de recherche intellectuelle était comme un corps sans tête. Car ce qui est à l'origine de la communauté juive et ce qui la maintient unie, ce sont ses valeurs spirituelles et morales, ou plus exactement sa quête incessante de ces valeurs. La résonance que nous avons trouvée à l'époque chez les Juifs américains a été magnifique et spontanée. Il n'y a pas eu besoin de convaincre, car nous avons rencontré partout le souhait que ce centre intellectuel soit créé. En particulier, l'intérêt actif de l'Association des médecins juifs fut décisif pour la réussite de nos efforts à l'époque. Ce sont les médecins juifs qui méritent en tout premier lieu notre reconnaissance et notre gratitude[15].

En peu de temps, l'institution chère à nos cœurs fut fondée et il se trouva des chercheurs qui étaient prêts à fournir un travail magnifique dans des conditions difficiles et qui continuent aujourd'hui de le faire. Les diffi-

---

Hugo Bergmann, alors recteur de l'Université et publié dans *The American Hebrew*.

15. Gratitude contrainte. On se souvient qu'Einstein avait, à reculons, accepté qu'un représentant des médecins juifs américains siège au directoire de l'Université, craignant que leur poids financier ne leur donne trop d'importance. Ce qui ne manqua pas d'arriver. Einstein s'affronta violemment à Judah Leon Magnes (1877-1948), secrétaire de la Fédération sioniste américaine de 1905 à 1908, installé en Palestine à partir de 1922, qui fut de 1925 à 1935 Chancellor et de 1935 à 1938 Président de l'Université hébraïque. Einstein reprochait à Magnes d'être un dilettante cherchant à développer l'Université plus vite qu'il n'était souhaitable, parce qu'il la plaçait au service d'une ambition personnelle, en faisant du même coup une institution médiocre. (Il prétendait même que Magnes n'était qu'un fils à papa dont sa famille s'était débarrassé en l'envoyant en Palestine.) De fait, les débuts de l'Université ne furent pas brillants. Einstein en rendit Magnes responsable, parlant des « dégâts que sa direction a provoqués ». Il ajoute (lettre à Herbert Samuel du 15 avril 1933) : « Si jamais il devait être question d'une collaboration de ma part, sa démission immédiate serait ma condition *sine qua non*. Ce n'est qu'après qu'il me serait possible d'examiner dans quelles conditions un travail fructueux serait possible. »

cultés qu'il a fallu surmonter n'étaient pas seulement matérielles. Il s'est agi aussi de trouver la bonne forme d'administration, la mieux adaptée à nos conditions particulières. Il y a eu là de sérieux différends dans les conceptions et on a connu des problèmes qui, étant donné la diversité des traditions des personnalités impliquées dans cette œuvre, étaient tout à fait inévitables. Mais j'ai l'impression très nette que, grâce à la compréhension mutuelle des responsables et sous l'influence des expériences faites au cours des années passées, le problème a été résolu de manière satisfaisante. Je suis convaincu que les prémisses internes à un développement satisfaisant de notre Université sont maintenant données. Désormais, il faut que nous fassions tout pour garantir une base matérielle suffisante et sûre.

De ce point de vue, la communauté juive n'a pas fait tout ce qu'on pouvait attendre d'elle. Quand le président et d'autres chercheurs renommés de l'Université sont contraints de faire des tournées pour obtenir les garanties matérielles de survie de l'institution au lieu de remplir leurs obligations de travail productif pendant le même temps, c'est une chose regrettable, et tous nos efforts doivent tendre à éviter à l'avenir un tel gaspillage de ces biens précieux que sont le temps et la force de travail[16]. C'est une hérésie sur le plan économique et une honte pour les Juifs qu'il faille de tels stimulants pour leur rappeler leurs devoirs envers leur seule institution d'enseignement et de rechercher de haut niveau.

---

16. Einstein enrageait de ce que l'Université hébraïque soit un « panier de crabes », incapable d'offrir aux réfugiés un véritable lieu de travail. Il rendait évidemment Magnes responsable de cet état de choses : « Il faut dégager la voie en écartant tous ceux qui ne sont pas conscients de leur devoir face à cette situation grave. [...] Si cela se révélait impossible, je crois que le mieux serait d'abandonner l'Université de Jérusalem à son destin et j'essaierais alors, avec mes amis, de remédier à cette détresse d'une autre manière. » (15 avril 1933).

Une autre remarque du même ordre s'impose ici. Certaines recherches en biologie, qui ont connu des débuts prometteurs à l'Université hébraïque, n'auraient pu être achevées faute de moyens si la Royal Society de Londres n'avait de sa propre initiative apporté une aide financière. Chapeau bas devant la Royal Society, mais aussi quelle honte pour la communauté juive !

Étant donné la catastrophe politique en Europe centrale et orientale, il est devenu incomparablement plus important de soutenir activement notre Université qu'on ne pouvait le supposer à l'époque de sa fondation. Si l'Université était mieux pourvue en moyens, elle pourrait accueillir les intellectuels juifs, souvent remarquables, chassés de leur poste et devenir d'un coup un centre de recherche important. On aurait aussi évité que beaucoup de nos précieux hommes de talent végètent dans un asile de fortune et demeurent inemployés. Nos jeunes, toujours assoiffés de culture, sauraient partout qu'il existe un lieu où l'on peut apprendre sans être considéré comme un hôte indésirable ou sans subir les pires traitements. Ne seraient-ce que les sentiments du respect de soi et de la dignité devraient suffire – si du moins les influences extérieures n'en avaient pas chez nous amoindri les effets – à nous inciter à soutenir matériellement notre Université.

Je compte qu'on trouvera parmi les Juifs assez de personnalités qui soient de bons Juifs, pour comprendre clairement notre situation et la regarder en face sans crainte. Si c'est le cas, l'Université peut espérer en un avenir de grandeur.

6. Lettres à Harry Isay [17]

15 février 1939

Monsieur,

Votre texte m'a fait une forte impression, parce que j'y mesure le courage de votre comportement dans une situation vraiment difficile. J'ai envoyé votre lettre [18] et ce que vous y avez joint à un économiste influent de Washington, dans l'espoir qu'il pourra vous trouver du travail. Donc écrivez-moi à nouveau dans quelque temps pour éviter que je vous perde de vue, en dépit de la masse énorme des interventions qu'on sollicite de moi.

Avec tous mes vœux et mes salutations amicales,

Votre

A. E.

Princeton, 19 octobre 1940 [19]

Cher Monsieur Isay,

Je vous envoie ci-joint mon affidavit, mais je tiens à préciser que mes parrainages ont sensiblement perdu de

---

17. Né à Trèves en 1887, Harry Isay fut journaliste, correspondant à Paris, Londres, Rome et Bruxelles de plusieurs grands quotidiens allemands. Réfugié à Paris en 1935, il chercha à quitter la France en 1939. Mais il subit le sort de nombreux réfugiés allemands : il est interné à Gurs, puis au camp des Milles ; le 3 août 1942 celui-ci est fermé et les détenus envoyés à Drancy. H. Isay est déporté à Auschwitz en septembre 1942. Il est l'une des multiples personnes qu'Einstein tenta de sauver de l'extermination (dans le cas présent sans succès), en utilisant son nom et la célébrité qui lui était attachée.

18. Non retrouvée dans les Archives Einstein.

19. Entre la lettre précédente et celle-ci, Isay a écrit plusieurs fois à Einstein : il s'est inscrit pour l'émigration aux États-Unis ; il lui faut pour cela un affidavit (certificat de prise en charge financière par une personne résidant aux États-Unis) et demande si Einstein ne pourrait pas trouver quelqu'un de suffisamment riche, un coreligionnaire américain peut-être... Il fait remarquer, alors qu'il est interné à Tence (Haute-Loire), qu'« à sa connaissance aucune organisation juive ou non juive de

leur efficacité, pour cause d'inflation. J'espère toutefois que ce papier, même s'il ne s'avère pas efficace quant à son but véritable, pourra vous être quand même d'une quelconque utilité[20].

Avec mes salutations et mes vœux amicaux,

Votre

A. E.

Division des visas du Département d'État à Washington (Comité de l'immigration) :

« Messieurs,

Je prends la liberté de recommander chaleureusement à votre bienveillante considération le cas du Dr Harry Isay. Je ne connais pas M. Isay personnellement mais j'ai échangé avec lui une importante correspondance et j'en ai retiré l'impression qu'il était une personnalité distinguée aux grandes capacités qui mérite d'être aidée.

Respectueusement vôtre,

Pr. Albert Einstein. »

7. Lettre à Franklin D. Roosevelt[21]

Nassau Point, Peconic, Long Island, le 2 août 1939

Des travaux récents de physique nucléaire ont rendu

---

l'intérieur ou de l'étranger n'a jusqu'à présent jugé utile de s'occuper des réfugiés d'Allemagne internés ».

20. Après avoir informé le consulat de Marseille de la réception de l'affidavit, Isay se voit obligé de fournir un document supplémentaire : un « affidavit moral ». Nouvelle catastrophe en juillet 41 : le modèle des affidavits a été changé et tout est à refaire. En octobre Isay supplie Einstein d'intervenir à Washington pour faire avancer son dossier, ce qu'Einstein fait dans la lettre qui suit.

21. Cette lettre, accompagnée d'un mémoire technique dont Leo Szilard était l'auteur, est parvenue à la Maison Blanche le 11 octobre 1939. Nous donnons la traduction du brouillon en allemand, l'« original » étant en l'occurrence la version anglaise reçue par le président américain.

probable la transformation de l'uranium en une importante source d'énergie nouvelle. Un travail récent d'E. Fermi et L. Szilard, qui n'a pas encore été publié mais m'a été remis sous forme manuscrite, fait apparaître comme probable que, dans un avenir proche, on réussira à libérer l'énergie de l'uranium grâce à une réaction en chaîne. Cela ouvrirait la possibilité non négligeable, sinon la certitude, de fabriquer ainsi des bombes qui, sans doute, seraient trop lourdes pour être transportées par des avions, mais pas trop lourdes pour des navires ; or une telle bombe explosant dans un port serait sans doute tout à fait suffisante pour faire exploser ce port et toute la région avoisinante.

Dans ces conditions, il serait souhaitable que l'administration entretienne des contacts permanents avec le groupe des physiciens qui travaillent dans ce pays sur la réaction en chaîne. Peut-être serait-il possible qu'une personne privée jouissant de votre confiance soit chargée d'établir et de maintenir ces contacts. Pour autant que je sache, l'Allemagne a interdit l'exportation de minerai d'uranium, ce qui peut s'expliquer par le fait que le fils du secrétaire d'État von Weizsäcker[22] travaille comme physicien au Kaiser Wilhelm Institut de Berlin, où les travaux américains sur l'uranium sont repris actuellement.

Les États-Unis ne disposent que de minerais d'uranium très pauvres, la principale source d'uranium est au Congo belge.

Votre tout dévoué

A. Einstein.

---

22. Il s'agit de Carl Friedrich von Weizsäcker (1912-) astrophysicien, devenu professeur de philosophie en 1957, fils de Ernst von Weizsäcker (1882-1945), secrétaire d'État aux Affaires Étrangères (1943-1945), condamné à cinq ans de prison par le tribunal de Nuremberg, frère de Richard von Weizsäcker, président de la République fédérale d'Allemagne de 1984 à 1994.

8. Lettre à Harold Uney[23]

Knollwood, Saranac Lake, le 16 août 1940

[...][24]

La nécessité d'un regroupement organisé et efficace de tous les pays démocratiques s'est imposée dès la dernière guerre mondiale à tout observateur doué de raison. Il était tout à fait évident que la neutralité telle qu'on la concevait auparavant n'était rien d'autre qu'une forme de suicide dans le contexte nouvellement créé. Aujourd'hui, on admet que la nécessité d'une organisation supranationale dotée d'un pouvoir judiciaire et militaire est encore plus nette qu'à l'époque de la dernière guerre mondiale.

Se pose alors la question de savoir ce que nous, les intellectuels, nous pouvons faire pour atteindre cet objectif d'une importance vitale. Nous ne sommes pas sans savoir que les événements politiques reposent bien plus sur des impulsions d'ordre affectif que sur des considérations rationnelles. Après la dernière guerre, je croyais encore qu'il était possible d'agir en prêchant la raison. Aujourd'hui, j'ai cessé de le croire.

Il semblerait qu'on puisse plutôt agir en ayant recours à l'autorité, c'est-à-dire en s'appuyant sur la confiance aveugle que plusieurs personnes placent en une seule. Mais la confiance aveugle en des personnes qui se sont distinguées par leur production intellectuelle se trouve extrêmement affaiblie par le triomphe de la violence et de l'oppression à l'état brut qui ont atteint ces derniers temps des proportions rarement égalées au cours de l'his-

---

23. Harold C. Urey (1883-1981), « découvreur » du deutérium (isotope de l'hydrogène) en 1932. Il fut membre fondateur de l'Institute for Nuclear Studies.

24. Le brouillon en langue allemande ne comporte pas d'en-tête, les formules traditionnelles étant ajoutées par la secrétaire dans la version anglaise.

toire. Si donc une déclaration commune doit avoir quelque poids auprès de l'opinion publique, elle ne doit pas émaner seulement d'un groupe restreint, comme par exemple celui des lauréats du prix Nobel. Mais la grande masse de ceux qui font autorité sur le plan intellectuel n'arrive pas à se mettre d'accord sur une formulation prenant concrètement position sur les questions essentielles.

Il me semble par exemple certain que la position prise par l'Amérique[25] face à la guerre actuelle, notamment envers l'Angleterre, est aussi fatale que celle adoptée il y a quelques années par l'Angleterre envers les démocraties du Continent : ce sont des demi-mesures, au lieu d'une solidarité inconditionnelle avec toutes les conséquences qu'elle entraîne[26]. Croyez-vous que ceux qui détiennent une autorité intellectuelle dans ce pays vont être prêts à signer des vérités aussi impopulaires ? Je suis convaincu qu'ils n'en feront rien. Ils assisteront bien plutôt, comme jusqu'à présent, à la destruction systématique de tous les lieux où s'étaient réfugiés la culture et le droit, jusqu'à ce que leur tour arrive. Car les intellectuels sont lâches, plus lâches que le commun des hommes, et ils ont échoué lamentablement à chaque fois qu'il s'est agi de s'engager pour une cause dangereuse.

---

25. En 1940, les États-Unis, dont l'opinion publique reste farouchement isolationniste, se maintiennent en dehors de la guerre ; mais, dès le 22 juin 1940, ils commencent à aider la Grande-Bretagne, seul moyen de faire reculer la menace nazie sans intervenir directement.

26. Allusion à la politique de non-intervention des démocraties européennes dans la guerre d'Espagne. Einstein avait envoyé en 1937 un message au Comité mondial contre la guerre et le fascisme, à l'occasion de l'anniversaire du siège de Madrid, siège qui dura deux ans et demi. Il estimait alors que « le combat héroïque du peuple espagnol pour la liberté et la dignité humaine » aurait déjà connu une fin heureuse si les démocraties avaient agi « conformément aux lois de la morale et de l'instinct de conservation » : « Les peuples libres comprendront-ils à temps qu'ils doivent être aussi solidaires que le sont aujourd'hui les ennemis de l'humanité ? »

VI. L'après-guerre

L'activité militante d'Einstein dans les dix années qui suivirent la défaite nazie (il est mort en 1955) se concentre surtout sur l'établissement d'une paix durable menacée par la division en deux blocs et l'introduction d'armes nouvelles (conséquence très lointaine de la fameuse formule $E = mc^2$*)*

1. Le septième anniversaire de la « Nuit de cristal » [1]

[10 novembre 1945]

C'est il y a sept ans jour pour jour que débuta, le 10 novembre 1938, l'entreprise systématique organisée par les Allemands pour exterminer le peuple juif. Aujourd'hui, le pouvoir des grands criminels est brisé, après qu'ils eurent assassiné des millions de nos frères. Si nous pleurons les morts, que cela ne nous fasse pas oublier les survivants, qui sont dans la plus grande détresse, afin qu'ils puissent retrouver le chemin d'une vie normale.

La solidarité et l'entraide sont pour nous, Juifs, les seules armes qui puissent permettre de préserver notre

1. Nom donné à la nuit du 9/10 novembre 1938, au cours de laquelle des militants nazis, avec la complicité du gouvernement, se livrèrent à des pogroms dans toute l'Allemagne, en réponse à l'assassinat par un jeune juif d'un conseiller de l'ambassade d'Allemagne à Paris. Le texte qu'on va lire a été lu lors d'une cérémonie à l'hôtel de ville de New York et publié dans *Aufbau*.

existence menacée. Cela, tous les Juifs doivent constamment le garder présent à l'esprit. Mais nous, émigrés d'Allemagne et d'Autriche, qui pour la plupart n'avons échappé à l'extermination que grâce à cette entraide mutuelle, nous devons ressentir cette obligation de solidarité plus fortement encore que tous les autres. Puissions-nous nous acquitter de cette dette dans un esprit de gratitude! Notre connaissance de la situation spécifique dans ces pays nous rend particulièrement à même de participer par nos dons, mais aussi par notre engagement actif, à l'organisation pratique des actions de solidarité. Qu'aucun effort ne nous rebute, afin que puisse être mise efficacement à contribution notre connaissance du pays et de ses habitants[2].

C'est tout ce que *nous* pouvons faire. Mais il y a encore une chose à dire ici. Les Nations Unies ont la lourde tâche de créer une paix véritable qui réponde aux exigences du droit et de la justice. Nous devons attendre d'elles qu'elles offrent un refuge aux rescapés

2. Einstein est ici inhabituellement bienveillant à l'égard des habitants de «ces pays», l'Allemagne et l'Autriche. Son anti-germanisme atteint dans les années 45-47 des sommets. De déclarations modérées en 1944 (par exemple lors d'un éloge funèbre à la mémoire des héros du ghetto de Varsovie où il écrit: «C'est en tant que peuple dans son entier que les Allemands sont responsables des massacres et c'est en tant que tels qu'ils doivent être punis s'il existe une justice en ce monde et si l'on pense que la conscience qu'ont les peuples de la responsabilité collective ne doit pas totalement disparaître. Derrière le parti nazi, il y a le peuple allemand»), on passe, par assimilation pure et simple des Allemands aux nazis, à une virulence peu ordinaire: «On peut même tout à fait se demander si c'est une bonne chose que la population allemande reste aussi nombreuse, alors que les Allemands ont quand même dépeuplé systématiquement des parties considérables du reste de l'Europe d'après un plan qui, bien avant les Nazis, était ouvertement discuté dans les milieux militaires» (en réponse à une lettre de son collègue James Franck qui lui demandait de se joindre à un appel contre la politique des Alliés en Allemagne, précisant que certaines classes d'âge étaient menacées de disparition et que des millions d'Allemands risquaient de mourir de faim).

du judaïsme européen. Aujourd'hui, l'attention de tous et nos propres espérances se concentrent sur l'ouverture des portes de la Palestine. Nous voulons espérer qu'à l'heure de notre grande détresse l'Angleterre n'oubliera pas ce que jadis, à la fin de la Première Guerre mondiale, en accord avec ses alliés, elle nous a solennellement promis [3]. Mais la solution du problème ne dépend pas que de l'Angleterre seule, c'est aussi l'affaire des Nations Unies. Si l'on veut que l'idée d'une communauté supranationale s'enracine dans le cœur des hommes, il faut créer un climat de confiance par des gestes constructifs animés par un esprit de responsabilité et d'humanité authentiques.

2. Allocution au dîner de l'American Nobel Center

[10 décembre 1945]

Les physiciens se trouvent aujourd'hui placés dans une situation qui rappelle fortement le dilemme d'Alfred Nobel. Alfred Nobel avait découvert un explosif d'une puissance destructrice plus forte que tout ce qu'on connaissait jusque-là. Pour expier cet « exploit » et soulager sa conscience, il fonda un prix de la paix.

Aujourd'hui, les physiciens qui ont aidé à construire l'arme la plus puissante du monde sont tourmentés par un même sentiment de responsabilité, pour ne pas dire de culpabilité [4].

3. Allusion à la déclaration Balfour du 2 novembre 1917. « Aucun homme n'a fait davantage pour le rétablissement moral du peuple juif que Lord Balfour », écrit Einstein en 1930 ; « son nom vivra dans nos cœurs tant qu'il y aura des Juifs. »

4. S'agissant de cette culpabilité Einstein a toujours eu une position claire : il n'était pas responsable d'Hiroshima sous prétexte qu'il avait écrit en 1905 la formule $E = mc^2$. A Jules Isaac (co-auteur des fameux manuels d'histoire Mallet-Isaac) qui lui posait la question : « Comment un esprit de l'envergure d'Einstein n'a-t-il pas aperçu dès le début les

En tant que scientifiques, nous devons sans relâche mettre en garde contre les dangers de cette arme. Sans relâche, nous devons mettre sous les yeux des peuples et surtout des gouvernements du monde l'épouvantable catastrophe qu'ils provoqueront s'ils ne savent pas modifier les rapports qu'ils ont entre eux et reconnaître la responsabilité qui leur incombe quant au visage que prendra l'avenir.

Nous avons poussé à la construction de cette nouvelle arme pour empêcher les ennemis de l'humanité de nous devancer dans cette voie ; quand on songe à ce qu'était la mentalité des nazis, on peut imaginer quelles indescriptibles destructions, quel asservissement du monde en seraient résultés s'ils avaient pu construire la bombe avant nous. Cette arme a été remise aux mains du peuple américain et du peuple anglais pour qu'ils s'en

---

conséquences fatales qui devaient être engendrées par ses équations ? », Einstein répond (le 28 février 1955) : « Et vous pensez que la malheureuse créature que je suis, pour avoir découvert et publié la relation existant entre la masse et l'énergie, a fondamentalement contribué à amener cette situation lamentable. Vous pensez que j'aurais dû alors (1905) prévoir le développement des bombes atomiques. Mais cela n'aurait pas été possible, car la possibilité de provoquer des "réactions en chaîne" repose sur des données empiriques que l'on ne pouvait alors pas encore soupçonner. Mais même si cet obstacle n'avait pas existé, il aurait été ridicule de tenter de passer sous silence cette conséquence de la théorie de la relativité restreinte. La théorie une fois là, la conséquence en découlait d'elle-même et ne pouvait rester longtemps cachée. Or la théorie elle-même est née de la tentative faite pour découvrir les propriétés de l'"éther lumineux". On n'y pouvait voir aucune trace d'une quelconque possibilité d'implication technique. Pour moi (et pour Bertrand Russell), la question est : les quelques savants qui ont suffisamment de crédit, de courage et d'abnégation pourront-ils entreprendre quelque chose ? » Cela dit, Einstein minimise un peu son rôle. Peu après Pearl Harbor, Vannevar Bush, directeur de l'Office of Science Research and Development, l'a invité à travailler sur un problème concernant l'extraction d'uranium 235 à partir d'uranium 238 ; c'est finalement l'Administration américaine qui, pour des raisons de sécurité, mettra fin à la collaboration avec Einstein.

servent au nom de toute l'humanité, en combattants de la paix et de la liberté.

Mais, à ce jour, ni la paix, ni aucune des libertés promises dans la Charte de l'Atlantique ne sont assurées. La guerre est gagnée – mais pas la paix. Les grandes puissances, unies dans la guerre, se sont divisées sur les questions qui touchent à la conclusion de la paix.

On a promis au monde qu'il serait libéré de la peur. Mais, depuis la fin de la guerre, la peur qui règne entre les nations du monde a augmenté dans des proportions extraordinaires.

On a promis au monde qu'il serait libéré du besoin. Mais, dans de grandes parties du monde, des hommes ont faim, pendant qu'ailleurs des peuples vivent dans le superflu.

On a garanti aux nations du monde la liberté et la justice. Mais, ces jours-ci précisément, nous avons sous les yeux le triste spectacle d'armées de « libération » tirant sur des hommes qui réclament l'indépendance politique et la justice sociale[5] et s'appuyant en même temps sur les individus et sur les partis politiques qui leur semblent le plus à même de les aider à défendre leurs seuls intérêts particuliers. Aussi dépassées qu'elles puissent apparaître en tant que méthodes pour une politique nationale, les rivalités territoriales et la politique de puissance continuent de triompher sur les impératifs plus élevés que devraient imposer le souci de la justice et du bien de l'humanité.

[...][6]

---

5. Il s'agit probablement d'une allusion à la reconquête de l'Indochine par les Français. En décembre 1945, le correspondant de *Paris-Presse* à Saïgon faisait état d'atrocités commises « par des militaires français sur la personne d'Annamites du Viet-Minh ». Sur le même sujet, *Franc-Tireur* titrait : « La tache de sang. »

6. Passage ajouté dans le texte anglais ne figurant pas dans l'original allemand.

Les perspectives pour notre monde d'après-guerre ne sont pas roses. Nous autres, physiciens, nous ne sommes pas des hommes politiques. Nous n'avons jamais songé à intervenir dans les affaires politiques. Mais nous savons certaines choses que les hommes politiques ignorent, et nous considérons de notre devoir de rappeler aux responsables qu'il n'est plus temps de se réfugier confortablement dans l'indifférence, et que les stratagèmes subtils ou l'immobilisme ne sont plus de mise aujourd'hui.

Le monde réclame des actions hardies et un changement radical de notre mentalité et de nos conceptions politiques. Puisse l'esprit qui animait Alfred Nobel, un esprit de foi et de confiance, de générosité et de fraternité entre les hommes, inspirer tous ceux dont les décisions déterminent notre destinée. Sans cela, notre civilisation sera vouée au déclin.

3. Câble au président de l'Académie des Sciences de Moscou[7]

Les physiciens de ce pays qui ont travaillé à la construction de la bombe atomique sont conscients de leur grande responsabilité et connaissent les dangers qui sont liés à ce nouveau moyen de destruction. Ils en sont arrivés à la conviction, qu'ils ont exprimée avec force individuellement et collectivement, que seule une entente au niveau des nations peut protéger contre ce danger. Une course aux armements généralisée, impliquant que soient gardés secrets les progrès réalisés dans le domaine technique ou militaire, impliquant par là

---

7. Texte envoyé à l'Académicien Sergei Vavilov, le 18 décembre 1945, signé en outre par I. Langmuir, H. Urey. R. Oppenheimer avait demandé à signer ce texte ; cela fut jugé inopportun par D. Masters coéditeur du volume *One World or None* dont Einstein parle plus bas. Fin janvier 1946 Vavilov s'excuse des lenteurs de la poste, pour ne pas répondre favorablement.

encore un accroissement de la tension et des dangers de guerre, ne peut être évitée – nous en avons la conviction – que par la création d'une instance militaire supranationale qui prendrait la place des organisations militaires existant jusqu'alors et disposerait seule de toutes les armes offensives : un gouvernement mondial responsable de la sécurité internationale.

Pour faire prendre conscience à l'opinion publique de la nécessité pressante de changements politiques radicaux, ces physiciens éditent un livre destiné à l'information du public dans lequel les données techniques et leurs implications pratiques sont exposées de façon fiable et directe[8]. Les derniers chapitres de ce livre doivent montrer, au moins schématiquement, quelles démarches et quels moyens politiques peuvent conduire à une paix sûre.

Nous sommes tout à fait conscients du fait qu'au cours de la dernière décennie les principales initiatives visant à créer des institutions internationales qui garantissent la paix ont trouvé leur origine en Union soviétique[9]. Ne serait-ce que pour cette raison, nous tenons beaucoup à ce que quelques savants russes apportent leur contribution à ce livre (en une centaine de mots environ qui suffisent pour caractériser la situation générale et pour esquisser les moyens à mettre en œuvre).

---

8. Voir note 7.

9. Einstein, qui avait mis dans la Révolution russe des espoirs à la mesure de la déception que lui avaient causée les démocraties européennes juste après la Première Guerre mondiale, avait très tôt entretenu des relations avec ses collègues soviétiques : en 1933, il adhère au Comité pour la reprise de relations avec la science soviétique ; il est membre fondateur de la Société des amis de la Russie nouvelle. Mais dès 1925, il préface un livre sur la terreur régnant dans le pays. Ce qui ne l'empêche pas d'écrire, le 6 juillet 1932 : « Moi aussi je désapprouve beaucoup ce qui se passe en Russie, mais je désapprouve encore plus les méthodes employées pour essayer d'écraser par la force la seule tentative sérieuse pour créer une organisation économique juste et rationnelle. »

Nous vous serions très reconnaissants de bien vouloir considérer cette requête avec bienveillance et de convaincre quelques-uns de vos collègues d'y répondre, car nous sommes convaincus que c'est par de tels efforts conjoints que nous pourrons servir les objectifs élevés que nous poursuivons.

4. Interview transmise sur la chaîne ABC [10]

La résolution qui a été soumise hier au Congrès par des représentants des deux partis peut – si elle trouve un appui résolu dans de larges couches du peuple américain – signifier un tournant dans la politique internationale [11]. Cette résolution repose sur un sentiment largement répandu aujourd'hui, mais que les passions suscitées par les événements politiques de chaque jour refoulent sans cesse à l'arrière-plan.

Il n'y a aucune défense efficace contre les moyens de guerre modernes qui sont orientés vers un anéantissement massif. L'État national ne peut donc plus, en se contentant de développer sa machine de guerre, offrir à ses citoyens une protection efficace. Tant que dure l'état d'anarchie internationale, tous sont par conséquent exposés au risque d'un anéantissement subit. C'est un état qui ne peut pas durer, et qui, par la violence ou par la voie d'une entente amiable, sera remplacé par un gouvernement mondial. Mais la voie de la violence entraîne des destructions et des souffrances inimagina-

10. Le titre donné par ABC à l'émission, diffusée le 17 juillet 1947, était « The Immediate Need For World Law ». Comme on va le voir, Einstein ne compte plus tellement sur l'aide des savants soviétiques dans ses efforts pour organiser la paix.

11. La résolution présentée par les Républicains et les Démocrates, appelait le président des États-Unis à prendre des mesures pour renforcer l'ONU et la transformer en un instrument capable d'empêcher la guerre.

bles. C'est pour l'exclure que cette résolution a été proposée. Elle a pour objet de transformer les Nations Unies, par une modification fondamentale de la Charte, en un gouvernement mondial, c'est-à-dire en une organisation qui, sur une base juridique et grâce aux moyens militaires dont elle disposera, garantira la sécurité des nations.

En examinant le problème sans passion, chacun conviendra sans doute que la voie proposée par la résolution est la seule qui puisse représenter pour nous un espoir de salut. Mais les adversaires de la résolution feront vraisemblablement les objections suivantes : la voie que vous proposez est sans doute la bonne en théorie ; mais, dans la pratique, elle s'est avérée irréalisable. En refusant leur participation, les Russes n'ont-ils pas fait échouer toutes nos tentatives de coopération supranationale organisée, qu'il se soit agi de contrôler l'énergie atomique ou d'aider économiquement les pays dévastés par la guerre ? Ne se sont-ils pas obstinés à réclamer un droit de veto [12], ce qui suffit à rendre impossible une solution supranationale du problème de la sécurité ?

Il est vrai, et on le constate chaque jour de nouveau, que les Russes sont guidés à l'heure actuelle par la méfiance et la crainte qu'ils ressentent à l'égard de tout ce qui est étranger, alors que naguère ils s'étaient engagés plus que toutes les autres grandes puissances en faveur

12. Si Einstein regrettait l'abus de ce droit par l'URSS, notamment au Conseil de sécurité, il en comprenait les raisons : « Il n'est pas du tout certain que l'Union soviétique, souvent considérée comme l'adversaire principal de l'idée d'un gouvernement mondial, s'obstinerait dans son opposition si elle avait sous les yeux un programme loyal pour une réelle sécurité dans le monde. Mais admettons même que la Russie repousse actuellement le projet d'un gouvernement mondial : dès que cette idée commencera à se réaliser, il est possible que l'Union soviétique modifie sa position. Peut-être la Russie réclamera-t-elle alors simplement les garanties nécessaires d'égalité devant la loi. On éviterait ainsi la situation qui est celle du Conseil de sécurité aujourd'hui, où la Russie se trouve continuellement en minorité. » (Lettre ouverte à l'Assemblée générale de l'ONU, octobre 1947).

d'un système de sécurité supranational. Ce revirement est facile à expliquer. Il suffit de penser au boycottage économique et politique dont a été victime durant de longues années la Russie soviétique, au soutien apporté par l'étranger, au cours de la guerre civile, aux généraux hostiles au gouvernement, à la façon dont la Russie, pendant les années trente, a été mise au ban de la politique européenne, aux perpétuelles campagnes de presse menées par l'étranger, etc.

Nous devons ainsi tenir compte du fait que la Russie est devenue xénophobe ; elle est obsédée par l'utopie de l'isolationnisme. Nous le regrettons, mais nous devons en comprendre les causes pour pouvoir, à l'avenir, faire en sorte de ne pas aggraver encore le mal. Il est clair en tout cas que la menace et l'intimidation ne sont pas des moyens efficaces de faire la cour à quelqu'un.

Mais que faut-il que nous fassions en Amérique ? Que pouvons-nous espérer d'un soutien énergique de cette résolution ? Nous pouvons montrer au monde que notre souci n'est pas de défendre des positions de pouvoir nationales, mais d'agir pour la sécurité collective. Par là, nous améliorerons l'atmosphère psychologique. Nous encouragerons en outre toutes les forces qui sont prêtes à s'engager en faveur d'une solution supranationale du problème de la sécurité. Nous atténuerons les discrédits dont a été victime l'ONU sur la scène internationale à la suite d'actions entreprises sur une base purement nationale.

Si cette résolution est adoptée et si nous pouvons faire en sorte que l'Assemblée constituante de l'ONU soit composée à l'avenir d'hommes et de femmes qui n'aient de comptes à rendre qu'à leurs électeurs, et non à un gouvernement national[13] ; si les décisions prises par

13. Dans la lettre ouverte à l'Assemblée générale de l'ONU citée à la note précédente, Einstein précise sa position : « Il faudrait changer radicalement les méthodes de représentation. La procédure actuelle de

l'ONU et ses organes exécutifs dans le domaine de la sécurité internationale peuvent avoir force de loi pour les gouvernements qui la constituent et n'être limitées par aucun droit de veto, alors seront créées les bases d'un gouvernement mondial[14] auquel pourront et devront être transférés les moyens militaires des États qu'il réunira.

Si toutes les nations ne pensent pas pouvoir, dès le début, s'associer à cette œuvre, il ne faut pas chercher à exercer quelque pression sur elles. Mais l'effort pour les gagner à cette cause ne doit pas se faire au prix d'un retard dans les premières mesures décisives qui doivent être prises, ni au prix de concessions concernant les obligations que doivent accepter les États qu'il s'agit d'unir.

N'oublions pas que, dans le domaine des choses humaines, tout pouvoir repose en fin de compte sur l'accord et sur la confiance.

---

nomination des délégués par les gouvernements ne laisse à ces derniers aucune véritable liberté d'action. En outre, elle ne donne pas aux peuples du monde le sentiment d'être représentés de manière paritaire et équitable. Une élection directe des délégués par les peuples des États membres renforcerait considérablement l'autorité morale des Nations Unies. Si les délégués étaient responsables devant leurs électeurs, ils auraient beaucoup plus de liberté pour suivre ce que leur dicte leur conscience ; nous aurions alors des chances de trouver aux Nations Unies davantage d'hommes d'État et moins de diplomates. »

14. L'idée d'un gouvernement mondial, qui chez Einstein date de l'après-première guerre, a été reprise par le Comité d'urgence des savants atomistes (Emergency Committee of Atomic Scientists) créé en 1946 : « Le Comité d'urgence des savants atomistes défend sans réserve le point de vue que la sécurité militaire n'est réalisable que sur une base supranationale. Il considère en outre qu'un contrôle des moyens de guerre spécifiques (par exemple, la bombe atomique) n'est pas suffisant. En effet, aucune nation ne peut honnêtement renoncer à une arme particulière (efficace) aussi longtemps qu'elle se trouve contrainte à se préparer à une guerre possible. C'est pourquoi le Comité est convaincu que le problème de la paix et de la sécurité ne peut être résolu que par un gouvernement mondial (paru dans l'*Atomic Supplement* du *Washington Post*, le 3 août 1947).

5. Réponse à des savants soviétiques [15]

Quatre de mes éminents collègues russes ont publié dans le *New York Times*, sous forme d'une lettre ouverte, un bienveillant réquisitoire contre ma personne. Je leur suis reconnaissant de s'être donné cette peine ; et encore plus de s'être exprimés avec tant de franchise et de brutalité. Car, dans la sphère humaine, il n'est possible d'agir de façon raisonnable que si l'on s'efforce de comprendre les pensées, les motivations et les craintes de l'autre, de telle sorte que l'on puisse se mettre dans sa situation. Et chaque homme de bonne volonté, avec ses faibles forces, doit contribuer à améliorer cette compréhension réciproque. C'est dans cet esprit que je prie mes collègues russes et les autres lecteurs de lire la réponse qui suit. C'est la réponse d'un homme qui cherche une issue praticable sans s'abandonner à l'illusion qu'il détient avec certitude « la vérité » ou suit « le bon chemin ». Si, dans ce qu'on va lire, j'exprime mon point de vue d'une façon quelque peu dogmatique, je ne le fais que par souci de brièveté et pour aller plus facilement à l'essentiel.

Bien que la lettre se présente pour l'essentiel comme une violente attaque contre les pays étrangers non socialistes, en particulier contre les États-Unis, je vois à l'évidence derrière cette forme agressive un état d'esprit défensif, une tendance à un isolationnisme presque absolu. Si l'on songe à ce que la Russie, en particulier au cours des trois dernières décennies, a subi et souffert de la part de l'étranger – les invasions allemandes avec le massacre organisé des populations civiles, les interven-

15. Publiée en février 1948 dans *The Bulletin of the Atomic Scientists*, organe de l'Emergency Committee of Atomic Scientists, destiné à informer le grand public sur les problèmes liés à l'énergie nucléaire (militaire et civile).

tions pendant la guerre civile, la campagne systématique de dénigrement dans la presse occidentale, le soutien apporté à Hitler sous le prétexte de s'en servir comme d'un instrument pour combattre la Russie –, on peut parfaitement comprendre cette fuite dans l'isolationnisme. Elle est compréhensible, assurément – mais elle n'en est pas moins funeste, autant pour la Russie que pour toutes les autres nations. Mais j'y reviendrai plus tard.

Le point le plus important de vos accusations contre moi touche à mon engagement en faveur d'un *World Government*. Mais je ne peux pas aborder ce sujet essentiel sans avoir auparavant dit quelques mots sur l'opposition entre socialisme et capitalisme ; car la façon dont vous comprenez cette opposition semble déterminer intégralement votre attitude face au problème international. Si l'on regarde sans passion le problème social et économique, il se présente de la façon suivante : le développement technique a entraîné de plus en plus la centralisation des mécanismes économiques. Ce fait a, à son tour, conduit à ce que, dans tous les pays où l'industrialisation est importante, le pouvoir économique se trouve nécessairement concentré aux mains d'un nombre relativement restreint de personnes. Dans les États capitalistes, ces personnes ne doivent aucun compte à la collectivité, ce qui n'est pas le cas dans les États socialistes où il s'agit de fonctionnaires, tout comme ceux qui sont dépositaires du pouvoir politique.

Je crois comme vous que l'économie socialiste a des avantages[16] qui compensent de façon décisive ses incon-

---

16. Dans un article publié en mai 1949 dans le premier numéro de la *Monthly Review*, Einstein s'exprime sur les « inconvénients » du capitalisme et les « avantages » du socialisme : « La motivation par le profit combinée à la concurrence entre les propriétaires de capital entraîne une instabilité dans l'utilisation du capital, instabilité qui aboutit à des "dépressions" de plus en plus fréquentes. La concurrence effrénée aboutit à un gaspillage démesuré de force de travail et à la mutilation

vénients, à condition toutefois que les dirigeants puissent répondre de façon à peu près satisfaisante à ce que l'on est en droit d'attendre d'eux. Le jour viendra certainement où toutes les nations (si elles existent encore) seront reconnaissantes à la Russie d'avoir, la première, prouvé par une mise en pratique énergique, et cela dans des conditions extrêmement difficiles, qu'il est effectivement possible d'édifier une économie planifiée dans l'esprit du socialisme. Je crois aussi que l'économie capitaliste (le système de la *free enterprise*) se révélera incapable de venir à bout du chômage chronique et toujours plus important qui résulte des progrès technologiques, ainsi que d'établir un équilibre sain entre la production et le pouvoir d'achat du peuple.

Mais, d'un autre côté, on devrait se garder de présenter le capitalisme comme la source de tous les maux sociaux et politiques, et de croire que le socialisme, par le seul fait qu'il est instauré, pourrait guérir l'humanité de tout ce dont elle souffre[17] dans le domaine social et

---

[...] de la composante sociale dans l'équilibre des personnalités individuelles. C'est cette mutilation que je tiens pour le pire des maux dont le "capitalisme" est l'origine. Un mal qui prospère dès l'école où l'on inculque au jeune individu un esprit de compétition excessif et une admiration pour la réussite sociale, valeurs censées le préparer à sa vie professionnelle future. A mon sentiment, il n'y a qu'*un seul* moyen de venir à bout de ce mal, c'est d'établir une économie socialiste, tout en mettant en place un système éducatif à finalité sociale : les moyens de travail deviendront propriété de la société et seront utilisés dans le cadre d'une économie planifiée. Avec une production de biens adaptée aux besoins élémentaires de la société, l'économie planifiée répartit le travail à faire entre tous les individus capables de travailler, et garantit chacun contre la misère. »

17. « L'économie planifiée n'est pas le socialisme. L'économie planifiée peut aller de pair avec un asservissement complet de l'individu. Le socialisme doit résoudre un difficile problème politique et social : comment faire, alors que le pouvoir politique et économique est largement centralisé, pour éviter que la bureaucratie ne devienne pléthorique et ne prenne trop de puissance, pour empêcher que l'individu ne perde tout pouvoir politique, cessant de jouer son rôle de contrepoids face à la

politique. Le danger d'une telle croyance réside en effet en ce qu'elle incite les croyants à une attitude d'intolérance fanatique, en transformant ce qui n'était qu'une méthode sociale utile en une sorte d'Église qui considère tous les gens extérieurs comme des hérétiques, ou même comme des criminels malveillants. Quand on en est arrivé à ce point, c'en est fini de toute compréhension pour les convictions et les actions de ces incroyants. L'histoire nous a pourtant appris combien l'humanité a enduré de souffrances inutiles à cause de croyances trop strictes.

Tout gouvernement est en soi un mal, dans la mesure où il tend par essence à dégénérer en tyrannie. Chacun – excepté la petite poignée d'anarchistes qui existent encore – est cependant convaincu qu'aucune société civilisée n'est possible sans gouvernement. Dans une nation saine, il existe une sorte d'équilibre dynamique entre la volonté populaire et le pouvoir du gouvernement, qui empêche que le gouvernement ne dégénère en tyrannie. Il est clair que le risque d'une telle dégénérescence est plus grand dans un État où le gouvernement dispose non seulement de la force armée, mais aussi de tous les moyens pour instruire et éclairer le peuple, et où il tient

---

toute-puissance de la bureaucratie ? » (*Monthly Review*, mai 1949) Il est arrivé qu'Einstein soit plus virulent dans son appréciation des inconvénients du socialisme. Ainsi écrit-il à Henri Barbusse (en 1932) qui lui demandait de signer un appel dénonçant l'invasion japonaise en Mandchourie et s'élevant contre les menaces qui pèsent sur l'URSS :

« Cher Monsieur Barbusse,

A mon retour d'Angleterre, je trouve votre appel. Je *ne peux pas* me résoudre à le signer, parce qu'il contient une glorification de la Russie soviétique. Je me suis donné beaucoup de mal, ces derniers temps, pour me former un jugement sur la façon dont les choses évoluent là-bas, et je suis arrivé à des résultats bien peu réconfortants.

En haut, le combat personnel de personnages avides de pouvoir avec les moyens les plus abjects et pour des motifs purement égoïstes. En bas, l'asservissement complet de la personne et les entraves à l'expression des opinions. Quelle valeur a donc encore la vie dans de telles conditions ? »

entre ses mains l'existence économique de chaque individu. Je ne dis cela que pour faire comprendre que le socialisme, à lui seul, ne peut pas être considéré comme la solution des problèmes sociaux, mais qu'il n'est qu'un cadre à l'intérieur duquel ces problèmes peuvent trouver leur solution.

Ce qui m'a le plus étonné dans le point de vue général que vous défendez dans votre lettre, c'est la chose suivante : que vous soyez des adversaires si acharnés d'une économie anarchiste, et des défenseurs tout aussi passionnés de l'anarchie dans le domaine de la politique internationale[18]. La proposition de restreindre la souveraineté de chaque État vous apparaît condamnable en soi, comme une atteinte au droit naturel. Vous vous efforcez en outre de montrer que, derrière l'idée d'une restriction apportée à la souveraineté, il y a l'intention des États-Unis de dominer et d'exploiter économiquement le monde en évitant une effusion de sang. Vous cherchez à justifier cette idée en analysant à votre manière les différentes mesures prises par le gouvernement américain depuis la fin de la dernière guerre. Vous cherchez à montrer que l'Assemblée générale des Nations Unies est une sorte de jeu de marionnettes contrôlé par

---

18. Ce thème de l'anarchie politique est à cette époque souvent développé par Einstein. Ainsi dans un message adressé au Congrès mondial des Intellectuels tenu à Varsovie en 1948 : « Il en va de même à l'intérieur des différents États. Là aussi, la lutte des individus et des groupes entre eux est limitée à un degré supportable et on parvient à un état d'organisation qui garantit dans une certaine mesure la vie des individus. C'est seulement dans le domaine des rapports des États entre eux que règne une anarchie presque totale. Lorsqu'ils sont considérés comme suffisamment importants, les conflits sont tranchés par la force brutale, par des guerres, et l'appétit effréné d'un pouvoir toujours plus étendu s'affiche sans obstacles partout où les conditions psychologiques le permettent. Cet état d'anarchie dans le domaine international a valu à l'humanité des souffrances et des destructions inimaginables et il a sans cesse brutalement interrompu, parfois même, pour des périodes et dans des domaines précis, carrément étouffé, le développement moral et matériel des hommes et de leurs institutions. »

les États-Unis et, par là même, par les capitalistes américains.

Ce genre d'argumentation me paraît relever de la mythologie ; elle n'a absolument rien de convaincant. Mais elle montre bien, en revanche, à quel degré d'ignorance réciproque a déjà conduit la mesure regrettable et artificielle qui interdit tout contact entre les intellectuels de nos deux pays. Si l'on rendait possible et si l'on favorisait un libre échange d'idées entre les personnes, ce sont justement les intellectuels qui pourraient faire ce qui est en leur pouvoir pour créer une atmosphère de compréhension réciproque des deux nations et de leurs problèmes, ce qui est une condition nécessaire à la mise sur pied d'une coopération politique fructueuse. Mais, comme nous en sommes désormais réduits à l'ingrate procédure des « lettres ouvertes », permettez-moi d'indiquer ici brièvement comment je réagis à ces arguments.

Personne ne contestera que l'influence qu'a dans ce pays l'oligarchie économique sur tous les secteurs de la vie publique est très importante. Mais il ne faut pas non plus la surestimer. Franklin D. Roosevelt a été élu – et réélu trois fois – président en dépit de la résistance désespérée de ces milieux, et cela à une époque où les décisions étaient lourdes de conséquences.

Quant à ce qui concerne les actions du gouvernement américain depuis la fin de la guerre, je n'ai ni la volonté, ni la capacité ou la compétence de les justifier ou de les expliquer. Une chose cependant est, à mon avis, indéniable. Ces actions représentent une tentative sérieuse pour résoudre les difficultés internationales d'une manière constructive. Si les propositions faites n'étaient pas acceptables, elles auraient au moins pu servir de base de négociation pour une solution réelle du problème de la sécurité internationale. C'est le comportement en partie uniquement négatif, en partie dilatoire du gouvernement russe qui rend la vie si difficile pour les hommes de bonne volonté de ce pays, et qui les place dans une position si délicate vis-à-vis des *warmongers*[19]. Quant à l'influence des États-Unis sur l'Assemblée générale des Nations Unies, elle ne s'explique à mon avis pas seulement par le pouvoir économique et militaire de ce pays, mais aussi par les efforts qu'il déploie pour trouver une solution constructive aux difficultés.

En ce qui concerne le problème controversé du droit de veto, je crois que les tentatives pour l'abolir ou pour lui enlever toute efficacité s'expliquent moins par les efforts des États-Unis que par la politique russe, ou plus précisément par la manière dont celle-ci a fait usage de ce droit. Si le gouvernement russe avait eu pour objectif de supprimer le droit de veto, il n'aurait pas eu à se comporter autrement qu'il ne l'a effectivement fait[20].

Examinons maintenant la thèse selon laquelle la politique des États-Unis aurait pour objectif la domination et l'exploitation économique des autres nations. C'est une entreprise hasardeuse que de faire sur un tel sujet des suppositions solides. Regardons plutôt les facteurs objectifs. Les États-Unis sont dans la situation en soi favorable de produire sur leur propre sol en quantité suffisante tous les principaux produits industriels et alimentaires. Ils ont aussi dans leur propre pays pratiquement toutes les matières premières importantes. Mais, en s'en tenant obstinément au système de la *free enterprise*, ils ne peuvent pas faire en sorte que le pouvoir d'achat de la population suive la capacité de production du pays.

---

19. Fauteurs de guerre. (En anglais dans le texte original allemand.) Les arguments d'Einstein prennent souvent des formes différentes en fonction des interlocuteurs qu'il a en face de lui. Quelque mois plus tard (janvier 1950), à un correspondant américain il écrit, parlant des dirigeants américains : « Ils ont tout aussi peu cherché à éviter le conflit avec les Russes que ceux-ci ont cherché à l'éviter avec les États-Unis. »

20. Voir à ce sujet la note 12.

D'où le risque persistant de voir le chômage[21] prendre une ampleur menaçante.

C'est pour cette raison que le pays se voit contraint d'exporter, car il ne pourrait pas sans cela, dans les circonstances actuelles, faire tourner à plein régime sa machine de production. Cela ne serait pas un mal si ces exportations étaient compensées par des importations d'une valeur à peu près égale. Il y aurait exploitation de l'étranger si, dans une telle situation, la valeur ajoutée des importations dépassait largement celle des exportations. Mais on s'efforce par tous les moyens d'éviter cela, car chaque importation risquerait de paralyser une partie de la machine de production. On en arrive ainsi à la situation présente où l'étranger n'est pas en mesure de payer les marchandises exportables, ce qui ne serait possible à long terme que par l'importation de marchandises. C'est ce qui explique que la plus grande partie de l'or a afflué vers les États-Unis. Or cet or ne peut, pour l'essentiel, guère être employé à autre chose qu'à acheter des marchandises étrangères, ce qui n'est pas possible pour les raisons que je viens d'indiquer. Cet or reste donc là, jalousement protégé des voleurs, comme un

21. Bien qu'il n'y fasse pas allusion ici, Einstein considérait, après son expérience allemande, que le chômage était en soi un danger pour la démocratie. Il avait en 1939 publié dans le *New York Herald* un article intitulé « Le danger fasciste et le chômage ». Il y écrit : « Tous ceux qui s'intéressent à la sauvegarde des droits civiques dans ce pays [les États-Unis] doivent donc être prêts aussi à chercher sincèrement une solution au problème du chômage, tout comme ils doivent être prêts aux sacrifices nécessaires pour y parvenir. Il faut donc se demander s'il n'est pas justifié de sacrifier une partie de la liberté économique si cela permet en contrepartie de garantir la sécurité de l'individu et de la communauté politique. » Qu'il s'agisse d'un problème que les États-Unis, en dépit de leur richesse, ne peuvent éviter de regarder en face, est pour Einstein une évidence : « Le chômage sévit particulièrement en période de crise économique. Bien des gens ont donc tendance à croire qu'une fois les crises surmontées, le chômage viendrait aussi à disparaître. Cela me semble cependant erroné. Même en période de *prosperity*, le chômage est important. »

monument dressé à la sagesse politique et à la science économique. Toutes ces raisons font que je ne peux pas prendre tellement au sérieux l'affirmation selon laquelle les États-Unis seraient en puissance les exploiteurs du reste du monde.

Cependant, d'un point de vue politique, la situation que je viens d'évoquer n'en a pas moins un aspect sérieux. Les États-Unis se voient contraints, pour les raisons indiquées, de redonner à l'étranger une partie du fruit de leur travail, et cela sous la forme de prêts accordés aux États étrangers. Des prêts dont on ne voit pas comment ils pourraient être remboursés. En réalité, ce sont des cadeaux, qui peuvent être utilisés comme instruments du combat politique. Compte tenu de ce qu'est la situation et de ce que sont les hommes, il y a assurément là un danger. Mais n'en sommes-nous pas arrivés à une évolution des affaires internationales telle que chaque conquête de l'esprit et chaque bien matériel peut devenir une arme, et par là un danger pour l'humanité ?

Cette question nous amène à l'affaire la plus importante, à côté de laquelle tout le reste apparaît comme secondaire. Nous savons tous que le combat pour le pouvoir conduit tôt ou tard nécessairement à la guerre. Et cela signifie dans les circonstances actuelles un anéantissement massif d'hommes et de biens comme il ne s'en est jamais produit, même de façon approchante, au cours de l'histoire. Faut-il vraiment que nos passions et les habitudes dont nous avons hérité nous condamnent à nous détruire mutuellement, au point que rien ne subsiste qui mérite d'être conservé ? Tous les litiges et toutes les divergences d'opinion que nous avons rapidement abordés dans cette correspondance d'un genre particulier ne sont-ils pas des détails insignifiants si on les compare au danger qui pèse sur nous tous ? Ne devons-nous pas tout mettre en œuvre pour conjurer ce danger qui menace toutes les nations sans exception ?

Si nous nous en tenons au principe de la souveraineté illimitée des États, cela revient à admettre que chaque État se réserve le droit de défendre ses objectifs par le moyen d'une guerre. Chaque nation doit alors être prête pour cette éventualité[22], c'est-à-dire qu'elle doit tendre de toutes ses forces à être plus forte que chacune des autres. Ce seul objectif va dominer de plus en plus toute notre vie publique et empoisonner notre jeunesse, bien avant qu'on en arrive à la catastrophe. Nous n'avons pas le

22. C'est évidemment là le point crucial comme l'explique Einstein en février 1950 à Eleanor Roosevelt qui lui avait demandé de répondre en direct à la radio à la question suivante : « Docteur Einstein, comme tous les Américains, vous devez être bouleversé par la nouvelle que notre gouvernement va se lancer dans la fabrication d'une arme de destruction absolue, la bombe H. Pensez-vous que la poursuite de notre politique actuelle, consistant à inventer des armes nouvelles de destruction totale, puisse conduire à autre chose qu'à l'élimination totale de la vie sur cette planète ? Et si c'est le cas, pensez-vous qu'il y ait quelque chose à faire pour l'empêcher ? »

Réponse d'Einstein (en anglais) : « Je vous remercie, Madame Roosevelt, de me donner l'occasion d'exprimer ma conviction sur cette question politique de la plus grande importance. L'idée que la sécurité d'une nation puisse être obtenue par son armement n'est, en l'état actuel de la technique militaire, qu'une dangereuse illusion. Du côté américain, cette illusion a été renforcée par une autre qui reposait sur le fait que c'est aux États-Unis qu'on a réussi à fabriquer la première bombe atomique. On a eu tendance à croire qu'il était possible d'atteindre une suprématie militaire décisive et durable. On a cru pouvoir dissuader par ce moyen tout adversaire potentiel et se procurer ainsi, à soi-même comme au reste de l'humanité, la sécurité si ardemment désirée par tous. La maxime à laquelle nous nous sommes fiés ces cinq dernières années est : la sécurité par la supériorité des forces, coûte que coûte. Les conséquences de cette position mécaniste, technico-militaire et psychologique ne pouvaient manquer de se produire. Toute action de politique extérieure est dominée par une préoccupation unique : comment agir pour avoir la plus grande supériorité possible sur l'adversaire en cas de guerre ? Installation de bases militaires dans toutes les régions de la terre d'importance stratégique accessibles. Fourniture d'armes et octroi d'une aide économique aux alliés potentiels. A l'intérieur, concentration de pouvoirs financiers exorbitants aux mains des militaires. Militarisation de la jeunesse. [...] »

droit d'accepter cela, tant qu'il y a encore en nous une étincelle de raison sereine et d'humanité.

Je n'ai rien d'autre en tête lorsque je défends un *World Government*, et je ne m'occupe pas de ce que d'autres peuvent penser quand ils agissent pour le même objectif. Je défends le *World Government* parce que je suis convaincu qu'il n'existe pas d'autre voie pour bannir le danger le plus effroyable qui ait jamais pesé sur les hommes[23]. L'objectif d'éviter l'anéantissement total doit prendre le pas sur tous les autres.

Je sais que vous êtes convaincus de la gravité et de la loyauté qui m'anime tandis que je vous écris cette réponse et je ne peux que vous prier de la lire dans le même état d'esprit.

6. Lettre à Niels Bohr[24]

Le 2 mars 1955

Cher Niels Bohr,

Ne froncez pas le sourcil, car ce n'est pas de notre vieille dispute de physiciens qu'il s'agit aujourd'hui, mais d'une question sur laquelle nous sommes exacte-

23. Suite de la réponse à Eleanor Roosevelt : « Autres conséquences : la course aux armements à laquelle se livrent les États-Unis et l'URSS, conçue à l'origine pour avoir une fonction simplement préventive, prend une tournure hystérique [...] Si cet objectif (la bombe H), est atteint, la contamination radioactive de l'atmosphère, et par conséquent la destruction de toute vie sur terre, deviendront techniquement possibles. Cette évolution a quelque chose de fantomatique, tant elle paraît implacable. Chaque pas accompli semble être la conséquence inéluctable du précédent. L'anéantissement universel se profile de plus en plus nettement comme le terme du processus. »

24. Niels Bohr (1885-1962), « père fondateur » de la théorie quantique, théorie au sujet de laquelle Einstein et lui développèrent une controverse scientifique restée fameuse. Comme Einstein, mais par d'autres méthodes, Bohr était un intellectuel engagé dans les affaires de son temps.

ment du même avis. Bertrand Russell[25] m'a écrit récemment la lettre dont la copie se trouve ci-jointe. Il veut rassembler un petit nombre de savants de renom international afin qu'ils adressent en commun un avertissement aux peuples et aux gouvernements du monde entier au sujet de la menace que font peser sur tous les peuples les armes atomiques et la course aux armements. Cette action doit s'accompagner d'une initiative politique émanant de gouvernements neutres.

Bertrand Russell sait que je vous écris aujourd'hui et il le souhaitait. Il sait naturellement que, par votre influence, votre expérience et vos relations personnelles, vous pouvez être utile à cette entreprise et que vos conseils et votre participation active sont même à peu près indispensables à sa réussite.

La démarche des scientifiques ne doit pas impliquer *seulement* des personnalités issues des pays neutres, quand bien même la neutralité politique de l'entreprise devrait clairement ressortir du choix des participants. Si j'ai bien compris les intentions de Bertrand Russell, il estime qu'il ne faut pas uniquement mettre en lumière le danger existant, mais également exiger des gouvernements une déclaration publique sur la nécessité de renoncer à apporter aux problèmes des solutions militaires.

Il serait très aimable à vous de vous mettre en relation avec Bertrand Russell et de lui faire part de votre désir de

---

25. Bertrand Russell (1872-1970), mathématicien et philosophe anglais. Russell, dans une lettre écrite en février, suggérait à Einstein que cinq ou six savants éminents lancent un appel exprimant « l'impérieuse nécessité d'éviter la guerre ». Il soulignait cinq points selon lui importants : « ne pas demander un accord prévoyant l'interdiction de la bombe H (qui ne serait qu'un chiffon de papier) ; ne pas laisser dévier le débat sur l'utilisation pacifique de l'atome, question actuellement secondaire ; respecter une stricte neutralité en faisant signer des communistes et des anticommunistes connus ; insister sur le danger de disparition de la planète ; souligner que l'arme bactériologique pourrait devenir aussi dangereuse que l'arme atomique. »

coopérer, si vous approuvez la démarche dans son principe. Vous pouvez également, ensuite, décider tous les deux des personnalités dont la participation serait souhaitable. Pour ce qui est des Américains, j'ai pensé à Urey, Szilard, James Franck[26], mais il ne faudrait pas que les physiciens soient trop nombreux. Je veux bien écrire à ceux qui vous paraîtront convenir, mais j'hésite à faire le premier pas (sur lequel on ne pourra revenir) avant d'avoir votre sentiment. Aux États-Unis, les choses sont particulièrement difficiles, car les scientifiques les plus renommés, qui occupent des positions officielles influentes, ne devraient guère être enclins à se lancer dans une pareille « aventure ». Si je suis moi-même de la partie, ma présence sera favorablement ressentie à l'étranger, mais non à l'intérieur du pays, car je fais figure ici (et pas seulement dans les matières scientifiques) de brebis galeuse[27].

---

26. Harold Urey (1893-1981), voir note 23, p. 112. Leo Szilard (1898-1964), physicien d'origine hongroise avec qui Einstein avait pris plusieurs brevets concernant la fabrication d'un réfrigérateur silencieux. C'est sur sa demande qu'Einstein rédigea la lettre de 1939 au président Roosevelt (p. 110). James Franck (1882-1964), auteur d'expériences décisives sur les collisions entre atomes et molécules, ami d'Einstein.

27. En particulier du fait de son attitude lors du maccarthysme : Einstein avait rédigé lui-même et fait circuler parmi ses collègues de l'Institute for Advanced Study de Princeton, un communiqué contestant la validité des sanctions prises à l'encontre de Robert Oppenheimer. Très lié à des cercles de gauche, ayant soutenu de nombreuses causes progressistes, Robert J. Oppenheimer (1904-1967) n'en fut pas moins nommé directeur des laboratoires de recherche atomique de Los Alamos en 1942 et responsable, à ce titre, du Manhattan District Project, c'est-à-dire de la fabrication de la première bombe atomique américaine. Soupçonné, après la guerre, d'activités anti-américaines, en raison de son passé et parce qu'il s'opposait à la construction de la bombe H, il fut privé en décembre 1953 du droit d'accès aux documents confidentiels sous prétexte qu'il présentait un « risque pour la sécurité ». Le 20 mai 1954, Einstein et Urey furent parmi les premiers signataires d'un texte de protestation envoyé au gouvernement. Einstein écrivit dans le *Bulletin of the Atomic Scientists* de mai 1954 que les « tentatives systématiques pour détruire la confiance mutuelle constituent le coup le plus sévère qu'on puisse porter à la société ».

Si vous pouvez vous mettre d'accord avec Bertrand Russell sur les points essentiels, on aura déjà bien avancé. Il est tout à fait inutile que vous m'écriviez dans l'intervalle.

Bien cordialement[28],

7. Lettre à Abba Eban[29]

Je suis profondément touché de l'offre[30] de notre État d'Israël, et bien évidemment triste et confus de me trouver dans l'impossibilité d'accepter cette offre. Ayant eu affaire, ma vie durant, à des données de nature objective, je n'ai ni l'aptitude ni l'expérience requise en matière de rapports humains dans l'exercice de fonctions officielles[31]. C'est pourquoi, même si mes forces n'étaient pas dans une mesure croissante altérées

---

28. L'appel rédigé par Russell et Einstein, signé par Einstein la semaine précédant sa mort, est paru dans le *New York Times* du 10 juillet 1955, avec les signatures des plus grands noms de la science.

29. Lettre du 18 novembre 1952, traduite d'après le manuscrit en allemand qui ne comporte pas les formules de politesse.

30. Le 17 novembre 1952, Einstein reçut une lettre d'Abba Eban, ambassadeur d'Israël aux États-Unis (1950-1959) et futur ministre des Affaires Étrangères (1966-1974), lui transmettant un message du Premier ministre David Ben Gourion : la Knesset offrirait à Einstein la présidence de l'État hébreu, à la seule condition qu'il s'installât en Israël et prît la nationalité israélienne ; il pourrait néanmoins se consacrer entièrement à son travail scientifique, dont l'importance « n'échappait ni au peuple, ni au gouvernement ». Quand on sait qu'Einstein considérait le remplacement du foyer-refuge par un État comme une erreur, on mesure à quel point les dirigeants israéliens connaissaient mal Einstein.

31. Dans une lettre écrite le 22 novembre et adressée à Azrîel Carlebach directeur du quotidien de Tel-Aviv *Maariv*, Einstein avance une raison supplémentaire à son refus : « J'ai également pensé à la délicate situation dans laquelle je me serais trouvé si le gouvernement ou le parlement avaient pris une décision me posant un cas de conscience, la responsabilité morale n'étant pas abolie par le fait que l'on n'exerce *de facto* aucune influence sur les événements. »

par l'âge, je serais incapable d'accomplir cette haute tâche.

Cet état de choses m'afflige d'autant plus que ma relation avec le peuple juif est devenue le lien le plus fort de mon existence depuis que j'ai pleinement pris conscience de la précarité de notre situation parmi les peuples.

Après que nous a quittés, ces jours-ci, l'homme [Weiszmann] qui a porté pendant de nombreuses années, dans des circonstances difficiles et tragiques, le lourd fardeau de guider nos efforts pour nous libérer des contraintes extérieures, je souhaite de tout cœur que l'on trouve un homme qui soit assez confiant en son action et en sa personnalité pour bien vouloir assumer cette lourde responsabilité.

8. L'avilissement du savant [32]

Permettez-moi tout d'abord de vous remercier vivement de m'avoir fait parvenir une invitation au congrès de la Société pour le Progrès de la Science. C'est avec joie que j'y répondrais si ma santé, quelque peu affaiblie, me le permettait. Je dois donc me contenter de vous adresser, depuis ici, quelques mots – sans avoir l'illusion d'ailleurs que mes propos puissent enrichir vos connaissances en quelque façon que ce soit. Nous vivons cependant une époque marquée par une si grande instabilité, intérieure et extérieure, et une telle absence d'objectifs clairement définis, qu'il peut être utile d'exprimer publiquement ses convictions, même si elles sont d'une espèce qui rend impossible de les justifier par une démonstration logique.

---

32. Dans ce texte, adressé au Congrès de la Société Italienne pour le Progrès de la Science, tenu à Lucques (Italie) du 1er au 4 octobre 1950, Einstein adopte un ton désabusé, voire même désespéré, peu usuel.

La question qui se pose d'emblée est la suivante : devons-nous choisir la connaissance de la vérité, ou, plus modestement, la compréhension du monde sensible au moyen d'une pensée logiquement construite, en en faisant l'objectif autonome de tous nos efforts ? Ou bien, l'effort en vue d'une connaissance rationnelle doit-il être subordonné à d'autres objectifs de nature toute différente, par exemple à des objectifs « pratiques » ? La réflexion, à elle seule, ne permet pas de répondre à cette interrogation de manière décisive. La décision que l'on prend influe cependant considérablement sur notre réflexion et notre jugement, du moins quand cette décision a le caractère d'une conviction inébranlable. Permettez-moi donc d'exprimer mon opinion : pour moi, l'effort tendu vers la connaissance est un de ces objectifs autonomes sans lesquels l'homme qui pense ne peut accepter consciemment la vie.

Il est dans la nature même de l'effort en vue de la connaissance que de chercher à maîtriser autant que faire se peut la diversité de l'expérience, tout en visant à la simplicité et à l'économie des hypothèses fondamentales utilisées. Dans l'état actuel, encore rudimentaire, de notre recherche, la compatibilité de ces buts est affaire de foi. Si cette foi me faisait défaut, je n'aurais pas cette conviction ferme et inébranlable en la valeur autonome de la connaissance.

Cette attitude pour ainsi dire religieuse du savant face à la vérité n'est pas sans influer sur l'ensemble de sa personnalité. Car, en dehors des données de l'expérience et des lois de la connaissance, il n'existe en principe pour le chercheur aucune autre autorité dont les décisions et les avis puissent prétendre à la « vérité ». D'où ce paradoxe qu'un homme qui consacre le meilleur de ses forces à des choses objectives devient du point de vue social un individualiste forcené, ne se fiant, du moins en principe, à rien d'autre qu'à son propre jugement. On peut même aller jusqu'à soutenir qu'individualisme intellectuel et travail scientifique sont apparus ensemble dans l'histoire et y sont depuis lors restés inséparables.

On aura à présent tout loisir de dire que l'esquisse faite ici du savant n'est qu'une simple abstraction que l'on ne peut pas rencontrer en chair et en os dans ce monde, quelque chose d'analogue à l'*homo economicus* de l'économie classique. Mais il me semble que la science telle qu'elle se présente à nous aujourd'hui n'aurait pu voir le jour et survivre avec tant de force si ce savant n'avait, à travers les siècles, était incarné, au moins de façon approximative, par de nombreux individus.

Il va de soi que pour moi le terme de savant ne désigne pas quiconque a appris à utiliser des instruments, ou des méthodes qui apparaissent comme directement ou indirectement « scientifiques ». Je ne parle que de ceux qu'anime un réel esprit scientifique vivant.

Comment le savant se situe-t-il actuellement dans le corps social de l'humanité ? Bien sûr, il est d'une certaine façon fier de voir qu'en éliminant presque totalement le travail musculaire, les efforts de ses pairs ont transformé la vie économique des hommes, même si ce n'est le plus souvent que de manière indirecte. Bien sûr, il est également accablé de voir que les résultats de sa recherche ont entraîné une menace terrible pour l'humanité[33], après que les fruits de cette recherche soient tombés aux

33. Pour Einstein, la responsabilité de l'homme de science n'est pas engagée. Le mal vient de l'usage politique qui est fait des découvertes scientifiques. « Vous m'interrogez sur le rapport entre la science et la guerre. La science est un outil puissant ; l'usage qu'on en fait, soit pour le salut de l'homme soit pour sa malédiction, dépend de l'homme, pas de l'outil ; avec un couteau, on peut tuer ou servir la vie. Ce n'est donc pas de la science que nous devons attendre le salut, mais de l'homme. Tant qu'il sera systématiquement éduqué en vue du crime contre l'homme, la mentalité ainsi façonnée apportera sans cesse de nouvelles catastrophes. Seul peut aider le refus de toute action au service de la guerre et de sa préparation. » (Réponse au journal pacifiste *The New World*, 1930). Hiroshima n'a pas fait changer Einstein d'avis sur ce point.

mains de responsables politiques aveugles. Il est conscient du fait que les méthodes techniques qui s'appuient sur ses recherches ont abouti à une concentration du pouvoir économique, et par là même du pouvoir politique, entre les mains de petites minorités dont les manipulations déterminent totalement le destin d'une masse d'individus qui semblent de plus en plus amorphes. Plus même : cette concentration du pouvoir économique et politique entre les mains d'un nombre restreint de personnes a eu pour conséquence que le savant non seulement est tombé lui aussi en état de dépendance matérielle extérieure, mais qu'il se trouve menacé de l'intérieur dans son existence même, dans la mesure où cette concentration, par la création de nouveaux moyens sophistiqués d'influence intellectuelle et spirituelle, entrave l'émergence de personnalités jeunes et indépendantes.

Ainsi voyons-nous s'accomplir sur le savant un destin réellement tragique. Porté par sa recherche de la clarté et de l'indépendance intérieure, il a mis en place, au terme d'efforts quasiment surhumains, les instruments matériels de son esclavage matériel extérieur et de son anéantissement de l'intérieur. Il se voit museler par les détenteurs du pouvoir politique. Il se voit contraint de sacrifier sa propre existence et de détruire celle d'autrui sous l'uniforme du soldat, même s'il est convaincu de l'absurdité d'un tel sacrifice. Certes, il voit très clairement que la détermination historique qui amène les États nationaux à détenir le pouvoir économique, politique, et donc aussi militaire, ne peut mener qu'à la destruction de tous. Il sait que seule la disparition de méthodes qui relèvent de la violence à l'état brut, au profit d'une juridiction supranationale, peut encore sauver les hommes. Mais il en est déjà arrivé à accepter comme un destin inéluctable l'esclavage auquel le condamnent les États nationaux [34].

---

34. Sur les rapports que doit entretenir l'homme de science, et de façon plus générale l'intellectuel, avec l'État, Einstein s'est également exprimé

Plus encore, il s'avilit jusqu'à apporter, quand on lui en fait la commande, des perfectionnements aux instruments de la destruction générale de l'humanité.

Faut-il vraiment que le savant accepte toutes ces formes d'avilissement ? Le temps où il pouvait, par sa liberté intérieure et par l'indépendance de sa pensée et de sa recherche, éclairer et enrichir la vie des hommes est-il vraiment révolu ? N'est-ce pas plutôt qu'un travail exclusivement intellectuel lui a fait oublier sa dignité et sa responsabilité ? A cela je réponds que si l'on peut certes détruire un homme probe et intérieurement libre, on ne peut pas en faire un esclave ou un instrument aveugle.

Si le savant d'aujourd'hui trouvait le temps et le courage d'examiner, tranquillement et d'un regard critique, la situation dans laquelle il se trouve et de considérer la tâche qui lui incombe d'agir en conséquence, les chances d'apporter une solution raisonnable et satisfaisante aux dangers que présente la situation internationale actuelle seraient considérablement accrues.

9. Le dernier texte écrit par Einstein [35]

Je ne vous parle aujourd'hui ni comme citoyen américain, ni comme Juif, mais comme un homme qui s'efforce

---

dans une lettre adressée à Benedetto Croce (7 juin 1944) : « ... la philosophie et la raison elles-mêmes ne parviendront guère, dans un avenir prévisible, à la direction de l'humanité » ; elles resteront l'apanage, « le plus beau refuge » des membres de cette « aristocratie » à laquelle il a le sentiment si vif d'appartenir. Einstein, cependant, semble bien optimiste lorsqu'il affirme, toujours à Croce, que cette aristocratie « n'opprime personne et n'éveille la jalousie de personne, et, en vérité, n'est même pas reconnaissable par ceux qui n'y appartiennent pas ».

35. Ce texte, du 13 avril 1955, inachevé, est le brouillon d'un discours qu'Einstein avait prévu de prononcer à l'occasion du septième anniversaire de la création de l'État d'Israël. Einstein – fait rare chez lui – replace ici le problème de la Palestine dans le contexte plus vaste de celui de la paix dans le monde.

avec le plus grand sérieux de porter un regard objectif sur les choses. Tout ce à quoi j'aspire, c'est de servir la vérité et la justice dans la mesure de mes faibles forces, au risque de ne plaire à personne.

L'objet du débat est le conflit qui oppose Israël à l'Égypte – un problème minime, d'importance secondaire, me direz-vous ; nous avons d'autres chats à fouetter. Il n'en est rien. Quand la vérité et la justice sont en jeu, il n'y a pas de distinction qui tienne entre problèmes mineurs et problèmes majeurs. Car les jugements d'ordre général sur les actions humaines sont indivisibles. Si quelqu'un en prend à son aise avec la vérité dans les petites choses, on ne peut pas davantage lui faire confiance pour les questions importantes.

Cette indivisibilité ne vaut pas uniquement pour la sphère morale : elle s'applique aussi à la politique ; car les petits problèmes ne peuvent être appréhendés avec justesse que dans leur dépendance par rapport aux problèmes plus vastes. Le problème majeur, aujourd'hui, prend la forme d'une division du monde entre deux camps adverses, le prétendu *free world* et le *communist world*. Comme je ne saisis pas bien ce que l'on veut dire ici par « libre » et « communiste », j'aime mieux parler d'une lutte pour le pouvoir entre l'Est et l'Ouest, encore que la forme sphérique de la Terre ne laisse pas clairement percevoir ce qu'il faut entendre par Est et Ouest.

Il ne s'agit au fond que d'une lutte pour le pouvoir d'un genre ancien qui, à l'instar de combats de même nature appartenant au passé, se présente aux hommes sous une apparence semi-religieuse. Mais, par suite du développement des armes atomiques, cette lutte a pris un tour effrayant. Ainsi que chacune des deux parties le sait en effet, et qui plus est le reconnaît, l'humanité est perdue si le conflit dégénère en une véritable guerre. Et cependant, des deux côtés, les hommes d'État qui exercent la responsabilité du pouvoir entretiennent le conflit sur un mode traditionnel en s'efforçant d'intimider et de mater l'adversaire par le développement de moyens militaires toujours plus puissants. Ce faisant, on prend assurément le risque de déclencher une guerre et une catastrophe. Mais aucun homme d'État n'osera jamais emprunter la seule voie prometteuse d'un avenir meilleur, celle de la sécurité supranationale, car cela signifierait pour lui une mort politique certaine. Les passions politiques allumées de toutes parts réclament leurs victimes.

1. *Mileva et Albert Einstein avec leur fils Hans Albert en 1904.*

2. *A Berlin en 1921 avec sa seconde femme Elsa.*

3. *La tour Einstein, observatoire érigé dans la banlieue de Berlin, en l'honneur d'Einstein.*

4. *Einstein et une petite fille.*

5. *Discussion au Collège de France, mars 1922.*

6. *Mont Carmel, février 1923.* « Pour nous, Juifs, la Palestine n'est ni une affaire coloniale ni une entreprise de bienfaisance ; c'est un problème d'importance capitale pour le peuple juif. »

7. *Meeting pacifiste à Berlin en 1923.*
1) P. Langevin. 2) (?). 3) Einstein. 4) V. Basch (?).

8. *Einstein et Ehrenfest. (Dessin de Maryke Kamerlingh Onnes.)*

9. *Bohr et Einstein à Leyde chez Ehrenfest.*
(Photographie prise par Ehrenfest.)

10. *Caputh, avec son collaborateur Walter Mayer à la fin des années 20.* « Rien ne lui est plus étranger qu'une mise élégante ou cérémonieuse. En cela, il rejoint Spinoza qui refusait un manteau neuf en disant : "Fera-t-il de moi un homme meilleur ? Le sac ne doit pas être de meilleure qualité que la viande qu'il contient". » (Anton Raiser, *Albert Einstein.*)

11. *Le voyage du professeur Einstein*. « En route pour Hollywood, voici le professeur Einstein et sa femme photographiés pendant une escale à Panama. »

12. *Einstein, Charlie Chaplin et Mme Einstein à la première de* Limelight *en 1939*. « Alors qu'ils étaient côte à côte, acclamés par la foule, Chaplin dit à Einstein : "Moi, on m'acclame parce que tout le monde me comprend et vous on vous acclame parce que personne ne vous comprend." » (Cité par C.N. Martin, *Einstein*, 1979.)

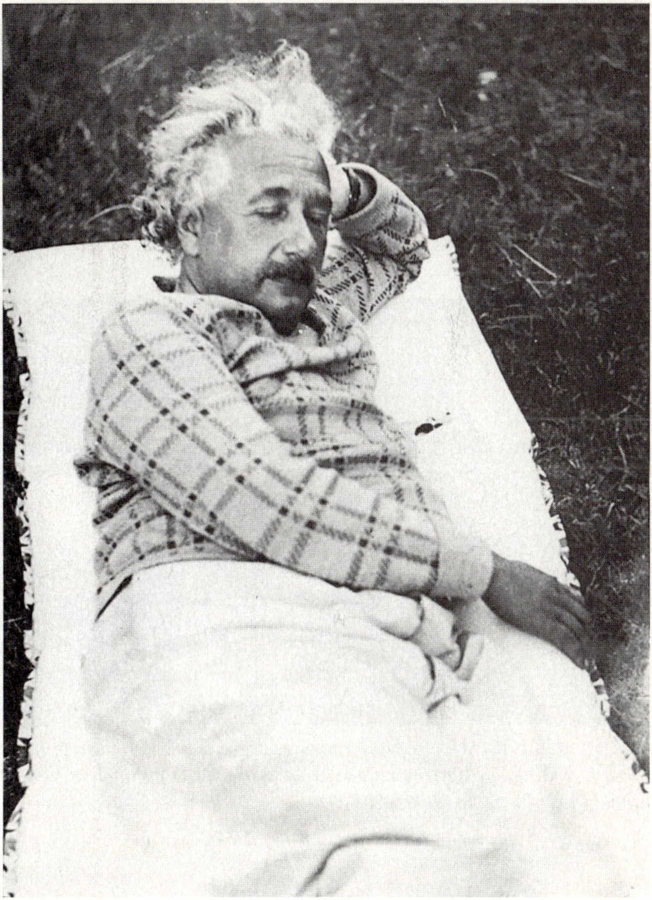

13. *Photo prise en 1933 en Belgique, à Le Coq-sur-Mer. Einstein attendait de voir s'il pourrait rentrer en Allemagne après la prise du pouvoir par Hitler.* « Le célèbre auteur de la théorie de la relativité se soucie fort peu des menaces que lui adressent les nazis. En bon philosophe, le savant sommeille paisiblement dans un jardin et rêve sans doute... à la quatrième dimension. » *(Dépêche d'agence.)*

14. *1er octobre 1940. New Jersey. Margot Einstein, Einstein et Helen Dukas prêtent serment à la Constitution américaine et deviennent citoyens des États-Unis.*

15. *Einstein et Gödel en 1954. La légende à Princeton veut que lorsqu'on voyait l'un, on était sûr que l'autre n'était pas loin. Einstein, dit-on également, eut du mal à convaincre Gödel de jurer fidélité à la Constitution américaine en dépit des fautes de logique que celle-ci comporte.* « Princeton est un petit coin de terre merveilleux, une sorte de Trifouillis-les-Oies cérémonieux, d'un comique peu ordinaire, où vivent de minuscules et guindés demi-dieux. Mais on peut, au prix de manquements délibérés à l'étiquette, s'y ménager quelques instants de paix. C'est ce que je fais. » *(Lettre à la reine Elizabeth de Belgique du 17 novembre 1933.)*

16. « Vous vous imaginez que je regarde l'œuvre de ma vie avec une calme satisfaction. Mais vue de près, il n'en est rien. Il n'y a pas un seul concept dont je sois convaincu qu'il résistera, et je me demande même si je suis sur la bonne voie. Mais les contemporains voient en moi à la fois un hérétique et un réactionnaire qui s'est, pour ainsi dire, survécu à lui-même. » *(Lettre à Solovine du 28 mars 1949.)*

Deuxième partie

I. Autobiographie scientifique

Le texte que nous reproduisons ici a été écrit en 1949 pour être publié en introduction à un volume d'hommage intitulé Albert Einstein : Philosopher Scientist *sous la direction de P.A. Schilpp (The Library of Living Philosophers, Evanston, Illinois).*

Me voici assis à cette table pour écrire, à soixante-sept ans, ce qui pourrait être ma propre nécrologie. Si je le fais, ce n'est pas seulement parce que Monsieur Schilpp m'en a persuadé, mais parce que je suis personnellement convaincu qu'il est bon de montrer à ceux qui travaillent aussi sans relâche comment nos efforts et nos recherches peuvent nous apparaître rétrospectivement. Après quelque réflexion, j'ai senti à quel point le résultat d'une telle tentative est nécessairement imparfait. Car, si brève et limitée que soit une vie de travail, souvent engagée sur de fausses pistes, il n'en est pas moins difficile de présenter ce qui mérite d'être communiqué – l'homme qui a aujourd'hui soixante-sept ans n'est pas celui qu'il était à cinquante, trente ou vingt ans. Dans chaque souvenir transparaît ce qu'on est à présent, et le point de vue adopté est par conséquent trompeur. Cette constatation pourrait bien être dissuasive. Cependant, il est possible de puiser dans ce que l'on a vécu bien des choses qui ne sont accessibles à aucune autre conscience.

De nature assez précoce, je pris vivement conscience dans ma jeunesse de la vanité des espérances et des aspirations qui poussent la plupart des hommes dans le tourbillon d'une vie effrénée. Je vis d'ailleurs bientôt combien cette agitation incessante avait quelque chose de cruel, cruauté que l'hypocrisie et un vernis de belles paroles masquaient dans ces années-là bien plus soigneusement qu'aujourd'hui. Soumis aux exigences de son estomac, chacun était condamné à prendre part à cette agitation. Si l'estomac pouvait y trouver son compte, ce n'était pas le cas de l'homme en tant qu'être doué de raison et de sensibilité. La première issue qui s'offrait était la religion qui, on le sait, est inculquée à tout enfant par la machine éducative traditionnelle. C'est ainsi que, bien qu'élevé par des parents (juifs) ne se souciant guère de religion, je fus animé d'une profonde piété, qui cessa toutefois brusquement dès l'âge de douze ans. En lisant des ouvrages de vulgarisation scientifique, je fus bientôt convaincu qu'une bonne part des récits de la Bible ne pouvait pas être vraie. Il s'ensuivit une poussée presque fanatique de libre pensée, associée à l'impression que l'État trompe sciemment la jeunesse – impression accablante. Cette expérience fit naître en moi un sentiment de méfiance à l'égard de toute forme d'autorité et une attitude de scepticisme à l'encontre des convictions répandues dans les différents milieux sociaux, attitude qui ne m'a plus quitté depuis, même si par la suite elle perdit de son intransigeance première, en raison d'une meilleure compréhension des relations de cause à effet.

Il me paraît clair que le pieux paradis de ma jeunesse ainsi perdu constituait une première tentative pour me libérer des chaînes d'un « univers exclusivement personnel » et d'une existence dominée par des désirs, des espoirs et des sentiments primitifs[1]. Il y avait là, au-

1. « Le désir d'être conduit, aimé, soutenu est ce qui provoque la formation du concept social ou moral de Dieu. C'est le Dieu de la Providence, qui protège, décrète, récompense et punit [...] ; un Dieu qui console lorsque l'on est dans le malheur ou que l'on souffre de désirs non comblés ; un Dieu qui garde les âmes des défunts. [...] Tous

dehors, le vaste monde qui existe indépendamment des hommes et se dresse devant nous comme une énigme, grande et éternelle, mais partiellement accessible à notre perception et à notre réflexion. La contemplation de ce monde était comme la promesse d'une libération, et je me rendis bientôt compte que bien des hommes que j'avais appris à estimer et à admirer avaient trouvé liberté intérieure et certitude en s'y consacrant. L'appréhension intellectuelle, dans le cadre des possibilités qui s'offrent à nous, de ce monde extérieur à notre propre personne m'apparaissait, plus ou moins consciemment, comme le but suprême à atteindre. Les hommes d'hier et d'aujourd'hui qui partageaient ce point de vue, ainsi que les connaissances qu'ils avaient acquises, étaient pour moi des amis que je ne perdrais jamais. Le chemin qui mène à ce paradis n'était pas aussi aisé ni aussi séduisant que celui du paradis religieux ; il s'est cependant révélé sûr et je n'ai jamais regretté de l'avoir choisi.

Ce que je viens de dire n'est vrai que d'une certaine façon, tout comme un dessin esquissé à grands traits ne peut reproduire que de façon limitée un objet compliqué et riche en détails déconcertants. Lorsqu'un individu éprouve de la joie à l'agencement harmonieux des pensées, il arrive que cet aspect de lui-même s'affirme au détriment d'autres aspects, déterminant ainsi de plus en plus sa forme d'esprit.

---

types de religion ont en commun le caractère anthropomorphe de l'idée de Dieu. Seuls des individus particulièrement riches ou des communautés particulièrement nobles parviennent en général à s'élever réellement au-dessus de ce niveau d'expérience religieuse. Chez eux tous il existe également une expérience religieuse que je qualifierai de religiosité cosmique. [...] L'homme éprouve l'inanité des désirs et des buts humains et le caractère sublime et merveilleux de l'ordre qui se révèle dans la nature ainsi que dans le monde de la pensée. Il ressent son existence individuelle comme une sorte de prison et veut vivre la totalité de ce qui est comme quelque chose qui a une unité et un sens. [...] J'affirme, que la religiosité cosmique est le mobile le plus fort et le plus efficace de la recherche scientifique. » (Extraits d'un article publié dans le *Berliner Tageblatt*, 11 novembre 1930)

Il se peut alors que cet individu perçoive rétrospectivement une évolution systématique et cohérente, alors qu'en réalité on ne vit jamais que des situations isolées, semblables aux images d'un kaléidoscope. La diversité des situations extérieures, le caractère restreint de ce que la conscience peut saisir dans l'instant conduisent à une sorte d'atomisation de la vie de chacun. Pour un homme dans mon genre, il se produit un tournant décisif dans son évolution lorsqu'il cesse graduellement de s'intéresser exclusivement à ce qui n'est que personnel et momentané pour consacrer tous ses efforts à l'appréhension intellectuelle des choses. Envisagées de ce point de vue, les remarques schématiques qui précèdent contiennent autant de vérité qu'il est possible d'en dire en si peu de mots.

Qu'est-ce au juste que « penser » ? Lorsque, sous l'effet d'impressions sensibles, des images surgissent du fond de notre mémoire, ce n'est pas encore « penser ». Lorsque ces images s'enchaînent en des suites où chaque terme appelle le suivant, ce n'est toujours pas « penser ». Mais lorsqu'une image donnée revient dans plusieurs de ces suites, cette image, du fait même de sa répétition, devient un élément organisateur, dans la mesure où elle relie des séries qui sinon n'auraient aucun rapport entre elles. Cet élément devient un instrument, un concept. Je pense que le passage de la libre association, ou du « rêve », à la pensée est caractérisé par l'importance plus ou moins grande du rôle qu'y joue le « concept ». A vrai dire, il n'est pas nécessaire qu'un concept soit lié à un signe que l'on puisse percevoir par les sens et reproduire (en des mots) ; mais s'il l'est, la pensée peut être communiquée[2].

---

2. Répondant à un questionnaire qui lui avait été envoyé par le mathématicien français Jacques Hadamard, en vue de l'élaboration d'un livre sur la pensée mathématique (*An Essay on the Psychology of Invention in the Mathematical Field*, Princeton University Press, 1945), Einstein écrit (le 17 juin 1944) :

« 1. Les mots du langage tels qu'ils sont écrits ou parlés ne semblent jouer aucun rôle dans le mécanisme de ma pensée. Les entités psychiques

De quel droit, se demande le lecteur, cet homme se permet-il de jongler de façon aussi désinvolte et simpliste, sans esquisser la moindre démonstration, avec des idées qui touchent à un domaine aussi problématique ? Je dirai, pour ma défense, que toute notre pensée consiste à jouer ainsi, librement, avec des concepts, ce jeu se justifiant par l'étendue des aperçus qu'il nous permet d'avoir sur l'ensemble des expériences sensibles. Le concept de « vérité » ne s'applique pas encore à une telle construction ; à mon avis, il ne peut être question de concept qu'à partir du moment où les éléments et les règles du jeu font l'objet d'un large consensus (convention).

Pour moi, il ne fait aucun doute que la pensée progresse en grande partie sans avoir recours à des signes (les mots) et qu'elle chemine de façon largement inconsciente. Comment expliquer sinon qu'il nous arrive de nous « étonner », de nous « émerveiller » de façon toute spontanée devant telle ou telle expérience ? Il semble que cet « étonnement » se produise lorsqu'une expérience entre en conflit avec un monde conceptuel solidement enraciné en nous. Si ce conflit est vécu de façon intense et rude, il a des répercussions décisives sur notre monde intellectuel. Le développement de ce dernier est, d'une

---

qui paraissent servir d'éléments dans la pensée sont certains signes et des images plus ou moins claires qui peuvent être "à volonté" reproduites et combinées.

Il y a, bien entendu, un certain rapport entre ces éléments logiques et des concepts logiques correspondants. Il est également clair que le désir d'aboutir finalement à des concepts liés de façon logique constitue la base émotionnelle de ce jeu plutôt vague avec les éléments mentionnés plus haut.

2. Les éléments mentionnés ci-dessus sont, dans mon cas, de nature visuelle et, pour certains, de nature musculaire. Les mots conventionnels ou les autres signes ne doivent être laborieusement recherchés que dans une deuxième étape, lorsque le jeu associatif mentionné est suffisamment établi et peut être reproduit à volonté. »

certaine façon, une tentative de tous les instants en vue d'échapper au miracle[3].

J'ai connu un tel miracle, à quatre ou cinq ans, lorsque mon père me montra une boussole. Le fait que l'aiguille se comporte de façon si déterminée ne correspondait pas au cours normal des choses, tel qu'il pouvait s'inscrire dans mon monde conceptuel inconscient (où l'effet était lié à un « contact » direct[4]). Je me souviens encore maintenant – ou du moins je crois me souvenir – que cet événement me laissa une impression profonde et durable. Il devait donc y avoir derrière les choses quelque chose de profondément caché. L'être humain ne réagit pas de cette façon à ce qu'il a toujours vu depuis l'enfance, il ne s'étonne pas de la chute des corps, du vent et de la pluie, de ce que la Lune ne tombe pas, ni de la différence entre ce qui est animé et ce qui ne l'est pas.

A l'âge de douze ans, je fis l'expérience d'un autre miracle, d'une nature toute différente, lorsque au moment de la rentrée scolaire je me trouvais avoir entre les mains un petit livre traitant de la géométrie d'Euclide. Ce livre contenait des énoncés, comme par exemple celui qui dit que les hauteurs d'un triangle se coupent en un

---

3. Ici, et dans tout le paragraphe suivant, Einstein joue sur le sens du mot allemand *Wunder* qui signifie à la fois émerveillement et miracle.

4. « La pensée non physique ignore les forces à distance. Lorsque nous tentons de nous frayer un chemin causal à travers ce que nous expérimentons à propos des corps, nous avons l'impression, au premier abord, qu'il ne se présente pas d'autres interactions que les interactions par contact immédiat (par exemple, le mouvement se transmet par choc, pression ou traction ; une flamme provoque un échauffement ou amorce une combustion, etc.). Pourtant, dans la vie quotidienne déjà, la pesanteur, qui est une force à distance, joue un rôle crucial. Mais, comme, dans l'expérience de tous les jours, la pesanteur nous apparaît comme quelque chose de constant qui n'est lié à aucune cause *variant* dans l'espace ou le temps, nous n'associons dans la vie quotidienne aucune cause à la pesanteur et ne prenons donc pas conscience de son caractère de force à distance. » (*L'éther et la théorie de la relativité*, Conférence prononcée le 25 mai 1920 à l'Université royale de Leyde, Pays Bas).

même point, qui, bien qu'ils ne soient en rien évidents, pouvaient cependant être démontrés avec une certitude telle que le moindre doute semblait exclu. Cette clarté et cette certitude firent sur moi une impression indescriptible. Le fait qu'il fallût admettre les axiomes sans démonstration ne me dérangeait pas du tout. Somme toute, j'étais parfaitement satisfait dès lors que je pouvais fonder des démonstrations sur des propositions dont la validité me semblait hors de doute. Ainsi, par exemple, je me souviens qu'un oncle me parla du théorème de Pythagore avant que j'aie eu en mains le petit livre sacré de géométrie et qu'après bien des efforts je réussis à « démontrer » ce théorème en me fondant sur l'existence de triangles semblables : il me semblait « évident » que les rapports entre les côtés d'un triangle rectangle sont nécessairement et entièrement déterminés par un de ses angles aigus. Seul ce qui ne se présentait pas à moi avec la même « évidence » me semblait nécessiter une démonstration. En outre, les objets dont traite la géométrie ne me semblaient pas être d'une autre nature que ceux de la perception sensible, ceux « que l'on peut voir et toucher ». Cette conception élémentaire, qui doit aussi être à l'origine de la fameuse question kantienne sur la possibilité des « jugements synthétiques *a priori* », repose naturellement sur le fait que les notions géométriques sont inconsciemment mises en rapport avec des objets de l'expérience (règle rigide, distance, etc.)

S'il paraissait donc possible d'accéder, par la seule pensée, à une connaissance certaine des objets de l'expérience, ce miracle pourtant reposait sur une erreur. Mais à celui qui pour la première fois en fait l'expérience, il est déjà suffisamment miraculeux que, comme les Grecs ont été les premiers à nous le révéler en géométrie, l'homme puisse parvenir, par sa seule pensée, à un tel degré de certitude et de pureté.

Puisque je n'ai finalement pas pu m'empêcher d'interrompre cette nécrologie, commencée tant bien que mal, je ne vais pas hésiter à énoncer ici, en quelques phrases, mon credo épistémologique, bien que j'en aie déjà dit quelques mots incidemment dans ce qui précède. Ce credo ne s'est constitué que peu à peu et bien plus tard ; il ne correspond pas à la façon dont je voyais les choses lorsque j'étais jeune.

Je distingue d'un côté l'ensemble des expériences sensibles, et de l'autre l'ensemble des concepts et des propositions que l'on trouve dans les livres. Les relations qui existent entre concepts et propositions sont de nature logique et la tâche de la pensée logique se limite exclusivement à établir des relations entre concepts et propositions, selon des règles précises qui relèvent de la logique. Concepts et propositions n'acquièrent de « sens », ou de « contenu », que grâce aux rapports qu'ils entretiennent avec des expériences sensibles. Leur relation à ces dernières n'est pas elle-même de nature logique, mais de nature purement intuitive. C'est le degré de certitude avec lequel cette relation, ou encore cette liaison intuitive, peut être établie, et rien d'autre, qui différencie les vaines élucubrations de la « vérité » scientifique[5]. Les

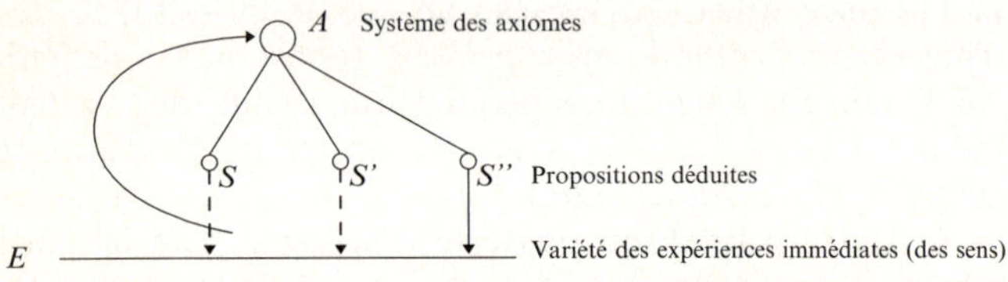

5. « (1) Les E (expériences immédiates [*Erlebnisse*]) nous sont données.
(2) A sont les axiomes, d'où nous tirons des conclusions.
Psychologiquement les A reposent sur les E. Mais il n'existe aucun chemin logique conduisant des E aux A, mais seulement une connexion intuitive (psychologique), qui est toujours "jusqu'à nouvel ordre".
(3) Des A sont déduites par *voie logique* des affirmations particulières S, qui peuvent prétendre à être exactes.
(4) Les S sont mises en rapport avec les E (vérification par l'expérience [*Erfahrung*]).
Cette procédure, à y regarder de près, appartient également à la

systèmes de concepts sont des créations de l'esprit humain, tout comme le sont les règles syntaxiques qui structurent ces systèmes. Bien que les systèmes conceptuels soient, d'un point de vue logique, totalement arbitraires, ils n'en sont pas moins soumis à un objectif : permettre d'établir une coordination aussi (intuitivement) certaine et aussi complète que possible avec l'ensemble des expériences sensibles ; en second lieu, ils visent à la plus grande économie possible dans l'usage d'éléments logiquement indépendants (concepts fondamentaux et axiomes), c'est-à-dire dans l'usage de concepts non définis et de propositions non démontrées.

Une proposition est juste si, à l'intérieur d'un système logique, elle est déduite selon les règles logiques admises. Le contenu de vérité d'un système est fonction du degré de certitude et de complétude qui caractérise ses possibilités de coordination avec l'ensemble des expériences. Une proposition juste ne doit sa « vérité » qu'au contenu de vérité du système auquel elle appartient[6].

---

sphère extralogique (intuitive), parce que le rapport entre les concepts [*Begriffe*] se présentant en S et les expériences immédiates E ne sont pas de nature logique. Mais ce rapport entre les S et les E est (d'un point de vue pragmatique) beaucoup moins incertain que le rapport entre les A et les E. (Par exemple, le concept "chien" et les expériences immédiates correspondantes.) Si une telle correspondance ne pouvait pas être obtenue avec une grande sûreté (bien qu'elle ne soit pas logiquement saisissable), la machinerie logique serait sans aucune valeur pour "la compréhension [*das Begreifen*] de la réalité" (exemple, la théologie). La quintessence de tout cela est la connexion éternellement problématique entre le monde des idées et ce qui peut être expérimenté (expériences immédiates des sens). » (Lettre à Michele Besso du 7 mai 1952)

6. « Sont considérés comme "vrais" au sens des sciences exactes les énoncés dont nous pensons qu'ils s'appliquent à une "réalité", un "être objectif". La réalité est elle-même une catégorie hypothétique, si bien qu'en un certain sens la vérité est forcément toujours subjective. Ce qui est objectif dans la "vérité", c'est la *mise à l'épreuve*, face à la diversité du monde de l'expérience, de sa capacité à saisir cette variété de façon logiquement cohérente » (Lettre du 14 novembre 1949 à E. Barrett, Californie, États-Unis).

Juste une remarque relative au développement historique [de nos idées]. Hume avait très bien vu que certains concepts, comme par exemple celui de causalité, ne peuvent être déduits des données de l'expérience selon les méthodes de la logique. Kant, profondément convaincu du caractère indispensable de certains concepts, considérait ces derniers, dans la sélection qui en a été faite, comme les prémisses indispensables de toute pensée et les distinguait des concepts d'origine empirique. Je suis cependant convaincu que cette distinction est une erreur, ou du moins qu'elle ne prend pas en compte le problème de façon naturelle. Tous les concepts, même ceux qui sont les plus proches de l'expérience, sont, d'un point de vue logique, librement posés, tout comme l'est le concept de causalité auquel se rattache en premier lieu ce type de problématique[7].

Mais revenons à ma nécrologie. C'est entre douze et seize ans que j'acquis une certaine familiarité avec les rudiments des mathématiques, y compris les principes

7. « Hume a vu que des concepts que nous regardons comme essentiels, comme par exemple celui du lien de cause à effet, ne pouvaient pas être tirés du matériau fourni par les sens. [...]. Le matériau sensoriel brut, seule source de notre connaissance, peut mener par habitude à la croyance et à l'expectative, mais pas au savoir ni *a fortiori* à la compréhension de relations fondées sur des lois. Vint alors Kant, avec une idée qui était certes intenable sous la forme qu'il lui avait donnée, mais qui représentait un pas en avant vers une solution du dilemme de Hume. Aucune connaissance d'origine empirique n'est jamais sûre (Hume). Donc, si nous possédons des connaissances sûres, il faut qu'elles soient fondées dans la raison elle-même. C'est ce que Kant affirme, par exemple, des principes de la géométrie et du principe de causalité, connaissances qui, avec quelques autres, font pour ainsi dire partie des instruments de la pensée, sans qu'il faille les tirer des données sensorielles (c'est-à-dire qu'elles sont des connaissances "*a priori*"). [...] Selon moi, il vaudrait mieux dire : les concepts qui apparaissent dans notre pensée et notre discours sont tous – du point de vue logique – de libres créations de la pensée qu'on ne peut tirer inductivement des expériences sensorielles. » (« Remarques sur la théorie de la connaissance de Bertrand Russell », in *The Philosophy of Bertrand Russell*, P.A. Schilpp éd., The Library of Living Philosophers, Evanston, Illinois)

du calcul intégral et différentiel. A cette occasion, j'eus la chance de tomber sur des livres qui ne s'embarrassaient pas trop de rigueur logique, mais faisaient ressortir clairement les idées principales. Dans l'ensemble, je trouvais cette lecture absolument fascinante. Il y eut des moments qui furent tout à fait à la hauteur des impressions que m'avait laissées la géométrie élémentaire, par exemple l'idée même d'une géométrie analytique, les séries infinies, les concepts de différentielle et d'intégrale. J'eus également la chance de m'initier aux méthodes et aux résultats essentiels de l'ensemble des sciences de la nature dans un excellent ouvrage de vulgarisation qui se limitait presque exclusivement à une exposition qualitative des choses (il s'agit du livre populaire sur les sciences de la nature de Bernstein, publié en cinq ou six volumes[8]), et que je dévorai sans reprendre haleine. J'avais également commencé à étudier la physique théorique lorsque j'entrai à l'âge de dix-sept ans à l'Institut polytechnique de Zurich[9] pour étudier les mathématiques et la physique.

J'y eus d'excellents professeurs (Hurwitz ou Minkowski[10], par exemple), si bien que j'aurais réellement pu acquérir une solide formation mathématique. Seulement, je travaillais la plupart du temps au laboratoire de physique, fasciné par le contact direct avec l'expérience. Le reste du temps, je le passais principalement chez moi à étudier les œuvres de Kirchhoff, Helmholtz, Hertz,

8. Aaron Bernstein, *Naturwissenschaftliche Volksbücher*, 1867-70 en 20 volumes.

9. Eidgenössische Technische Hochschule (ETH), École Polytechnique de Zurich, fondée en 1855, l'une des meilleures écoles européennes.

10. Adolf Hürwitz (1859-1919), mathématicien de l'école de Göttingen. Hermann Minkowski (1864-1909), mathématicien, surtout célèbre à l'heure actuelle pour avoir, en 1908, donné de la théorie de la relativité restreinte une formulation en termes de géométrie quadridimensionnelle ; les expressions cône de lumière, intervalles de type espace, intervalles de type temps, lignes d'univers, etc., datent de 1908.

etc.[11] Si je négligeais quelque peu les mathématiques, ce n'était pas seulement parce que mon intérêt pour les sciences de la nature était plus fort que celui pour les mathématiques, c'était aussi parce que je m'étais aperçu d'une chose curieuse : le domaine des mathématiques m'apparaissait découpé en plusieurs spécialités, suffisant chacune à absorber le bref temps de vie qui nous est accordé. Je me trouvais ainsi dans la situation de l'âne de Buridan qui n'arrivait pas à se décider pour une botte de foin plutôt que pour une autre. S'il en était ainsi, c'est de toute évidence parce que mon intuition dans le domaine des mathématiques n'était pas assez forte pour distinguer avec sûreté ce qui est essentiel et fondamental du reste qui n'est qu'érudition plus ou moins superflue. Mais par ailleurs, mon intérêt pour la connaissance de la nature était réellement plus fort ; et du temps de mes études il ne m'était pas évident que l'accès à une connaissance plus approfondie des principes de la physique passe obligatoirement par les méthodes mathématiques les plus raffinées. Je n'en pris conscience que progressivement, après des années de travail scientifique solitaire. A vrai dire, la physique était elle aussi divisée en spécialités dont chacune pouvait engloutir une courte vie de travail, sans

11. Gustav Robert Kirchhoff (1824-1887), Hermann von Helmholtz (1821-1894), Heinrich Hertz (1857-1894). « De 1896 à 1900, études dans la section « Professorat spécialisé » du Polytechnicum. Je me suis vite rendu compte que je devais me contenter d'être un élève médiocre. Pour être un bon étudiant, il faut comprendre avec facilité, être prêt à concentrer ses forces sur tout ce que l'on vous présente et aimer l'ordre ; c'est ce qui permet de prendre en note ce qui est dit pendant le cours et de le travailler ensuite consciencieusement. A mon grand regret, je constatai que ces qualités me faisaient totalement défaut. C'est ainsi que j'appris peu à peu à vivre en paix avec ma mauvaise conscience et à organiser mes études en fonction de mon appétit intellectuel et de mes centres d'intérêt. Je suivais quelques-uns des cours avec un très vif intérêt, je « séchais » beaucoup et j'étudiais les maîtres de la physique théorique avec une sainte ferveur. » (Texte posthume paru dans la *Schweizerische Hochschulzeitung* [28, Sonderheft, 1955], sous le titre « Souvenirs »)

que soit pour autant apaisée la soif d'en savoir plus. La masse des données fournies par l'expérience et insuffisamment liées entre elles avait là aussi quelque chose d'accablant. Mais, dans ce domaine, j'appris vite à repérer ce qui permettait d'aller au fond des choses en faisant abstraction de tout ce qui encombre notre esprit et le détourne de l'essentiel. L'ennui, c'était que tout ce fatras devait être ingurgité pour passer les examens, qu'on le veuille ou non. Cette contrainte produisit sur moi un tel effet dissuasif que, pendant une année entière après avoir obtenu l'examen final, toute réflexion sur un problème scientifique me répugna. Cela dit, je dois reconnaître qu'en Suisse nous avions moins à souffrir qu'ailleurs de ce type de contrainte propre à étouffer tout véritable élan scientifique[12]. Il y avait en tout et pour tout deux examens ; pour le reste, chacun pouvait pratiquement agir à sa guise. Tout particulièrement si, comme moi, on avait un ami[13] qui assistait régulièrement

---

12. « Par son esprit libéral et par le sérieux sans prétention de ses professeurs qui n'avaient recours à aucune forme d'autorité extérieure, cette école [l'école cantonale d'Aarau, en Suisse, où Einstein prépara son entrée au Polytechnicum] a laissé en moi une impression inoubliable. La comparaison avec six années d'instruction dans un lycée allemand au régime autoritaire m'a permis de prendre pleinement conscience de l'incomparable supériorité d'une éducation qui cherche à rendre l'élève libre et responsable de ses actes par rapport à une éducation qui ne s'appuie que sur le dressage, l'autorité extérieure et l'ambition. La véritable démocratie n'est pas une vaine chimère. » (*Ibidem*).

13. Il s'agit de Marcel Grossmann (1878-1936) qui, par la suite, collabora avec Einstein à l'élaboration de la théorie de la relativité générale. « C'est pendant ces années d'études que je nouai une solide amitié avec un de mes camarades d'études, Marcel Grossmann. Une fois par semaine, nous allions en grande cérémonie au Café Métropol sur le quai Limmat ; nous ne discutions pas que de nos études, mais également de toutes les choses qui peuvent intéresser des jeunes gens qui n'ont pas les yeux dans leur poche. Grossmann n'était pas, comme moi, une sorte de vagabond, un original ; au contraire, il était bien implanté dans la société suisse, sans avoir pour autant perdu de sa liberté intérieure. De plus, il était abondamment pourvu de tous ces dons qui me faisaient

aux cours et en travaillait consciencieusement le contenu. Cela permettait, sauf pendant les quelques mois précédant l'examen, de choisir ses occupations – liberté dont j'ai largement profité, tout en m'accommodant comme d'un moindre mal de la mauvaise conscience qui l'accompagnait. C'est un vrai miracle que l'entreprise éducative moderne n'ait pas encore complètement étouffé la curiosité sacrée [propre à l'esprit] de la recherche. Car cette petite plante fragile a besoin d'encouragements et surtout de liberté, sinon elle dépérit. C'est une grave erreur de croire que le plaisir d'observer et de chercher puisse être induit par la contrainte ou par le sentiment du devoir. Je pense que l'on peut même priver une bête de proie en bonne santé de sa voracité, en la forçant à manger sous la menace perpétuelle d'un fouet alors qu'elle n'a pas faim – surtout si l'on choisit en conséquence la nourriture qu'on la force à ingurgiter...

Venons-en maintenant à la physique, telle qu'elle se présentait à l'époque. En dépit des succès enregistrés dans beaucoup de domaines, il régnait en matière de principes un dogmatisme figé : au commencement (si jamais il y en eut un), Dieu avait créé les lois de Newton, ainsi que les masses et les forces qui leur sont nécessaires. C'est tout ; le reste est obtenu par déduction, grâce à la mise au point de méthodes mathématiques appropriées. Ce qu'a produit le dix-neuvième siècle sur cette base, en particulier en utilisant les équations aux dérivées partielles, ne pouvait que forcer l'admiration de toute personne intéressée par ce genre de questions. Certes, Newton, le premier, avait déjà, dans sa théorie de la propagation du son, démontré l'efficacité des équa-

---

justement défaut : il comprenait vite et avait à tous égards le sens de l'ordre. Non seulement il assistait à tous les cours, mais en plus il les retravaillait de façon si parfaite que l'on aurait très bien pu imprimer et publier ses cahiers tels quels. Durant la préparation des examens, il me prêta ces cahiers qui furent pour moi une véritable bouée de sauvetage. Je préfère ne pas imaginer ce que je serais devenu sans cela. » [*Ibidem*].

tions aux dérivées partielles, et Euler avait déjà jeté les bases de l'hydrodynamique. Mais la construction, avec plus de finesse, d'une mécanique des masses discrètes, prise comme base de la physique tout entière, fut l'œuvre du dix-neuvième siècle. Ce qui fit la plus forte impression sur l'étudiant [que j'étais], ce ne fut pas tant la structure technique de cette mécanique et la résolution de problèmes compliqués que ses accomplissements dans des domaines qui n'avaient apparemment rien à voir avec elle[14] : la théorie mécanique de la lumière, où celle-ci était conçue comme un mouvement ondulatoire affectant un éther élastique quasi rigide, et surtout la théorie cinétique des gaz – le fait que la chaleur spécifique d'un gaz monoatomique ne dépende pas de son poids atomique, la possibilité de déduire l'équation d'un gaz et de la relier à la chaleur spécifique, la théorie cinétique de la dissociation des gaz, et, plus que tout, le rapport quantitatif entre viscosité, conductivité thermique et diffusion des gaz, d'où l'on pouvait déduire la dimension absolue des atomes. Ces résultats venaient renforcer à la fois l'idée que la mécanique est au fondement de la physique et l'hypothèse atomique, déjà bien ancrée dans le domaine de la chimie. Cependant, comme en chimie

14. Cette volonté de privilégier les théories conduisant à une conception unitaire de la physique – quitte à distendre le lien entre les concepts et les données de l'expérience sensible – est à la base du credo épistémologique d'Einstein, credo maintes fois exposé dont le texte ci-dessus laisse entrevoir qu'il trouve son origine dans une réflexion menée très tôt sur l'évolution de la physique elle-même. « A mon sens, la plus grande performance qu'ait réalisée la mécanique newtonienne est d'avoir conduit – appliquée de façon conséquente – au dépassement de cette position (phénoménologique) [...] et ce sur le terrain des phénomènes thermiques. C'est ce qu'accomplit la théorie cinétique des gaz qui établit un lien entre l'équation d'état d'un gaz idéal, sa viscosité, sa capacité de conduction de la chaleur, son coefficient de diffusion et ses manifestations radiométriques, mettant ainsi au jour des liens logiques entre des phénomènes qui, du point de vue de l'expérience sensible, n'avaient pas entre eux le moindre rapport. » (« Physique et Réalité », paru dans *Franklin Institute Journal*, vol. CCXXI, 1936, p. 313-347).

seuls intervenaient les rapports des masses atomiques et non leurs valeurs absolues, on pouvait y considérer la théorie atomique plus comme une métaphore permettant une visualisation que comme une connaissance portant sur la véritable constitution de la matière. Par ailleurs, et indépendamment de tout cela, le fait que la théorie statistique de la mécanique classique permette de déduire les lois fondamentales de la thermodynamique – ce que Boltzmann avait déjà accompli pour l'essentiel – était du plus haut intérêt [15].

Il ne faut donc pas s'étonner si aux yeux de presque tous les physiciens du siècle dernier la mécanique classique est apparue comme constituant la base solide et définitive de toute la physique, voire de toutes les sciences de la nature, et s'ils se sont inlassablement efforcés de fonder sur la mécanique la théorie de l'électromagnétisme de Maxwell qui commençait alors à s'imposer lentement. Même Maxwell et Hertz qui, rétrospectivement, apparaissent à juste titre comme ceux qui ont ébranlé la foi en l'idée que la mécanique est le fondement définitif de toute pensée physique, ont adhéré, de façon consciente, à l'idée que la mécanique est la base assurée de la physique. Ce fut Ernst Mach qui, dans son histoire de la mécanique, bouscula cette croyance dogmatique ; sous ce rapport, le livre de Mach [16] exerça sur moi une profonde influence lorsque j'étais étudiant [17]. A mes

15. Ludwig Boltzmann (1844-1906) qu'Einstein qualifiait de *großartig* (magnifique) dans une lettre à Mileva Marič (13 septembre 1900) mais dont il jugeait à l'époque les accomplissements comme insuffisants (voir plus loin, note 41, p. 183).

16. Ernst Mach, *Die Mechanik in ihrer Entwickelung ; historisch-kritisch dargestellt*, Leipzig, 3e éd., 1897.

17. « Par ses écrits historico-critiques, dans lesquels il observe avec amour l'évolution des différentes sciences et suit à la trace tel ou tel pionnier, allant jusqu'à forcer l'intimité de son cerveau, Mach a exercé une grande influence sur notre génération de chercheurs en sciences de la nature. J'irais jusqu'à penser que ceux-là mêmes qui se prennent pour des adversaires de Mach ne se doutent guère à quel point ils ont été

yeux, la vraie grandeur de Mach réside dans son indépendance et son scepticisme sans compromis ; cependant, dans mes jeunes années, je fus également très impressionné par ses prises de position en matière de théorie de la connaissance, lesquelles me semblent aujourd'hui impossibles à défendre, pour l'essentiel. Mach, en effet, n'a pas correctement mis en lumière la nature essentiellement constructive et spéculative de toute pensée, et tout particulièrement de la pensée scientifique[18] ; cela l'a conduit à condamner la théorie sur les points où précisément son caractère constructif et spéculatif apparaît au grand jour, par exemple dans la théorie cinétique [des gaz].

Avant d'en venir à la critique de la mécanique considérée comme fondement de la physique, il me faut d'abord formuler quelques remarques d'ordre général concernant les différents points de vue selon lesquels les théories physiques peuvent être critiquées. Le premier point de vue va de soi ; la théorie ne doit pas contredire les faits empiriques. Pour évidente que cette exigence puisse paraître de prime abord, son application n'en est pas moins fort subtile. Car il est souvent, et peut-être même toujours, possible de continuer à adhérer à un fondement théorique général en lui ajoutant des hypothèses artificielles qui permettent de l'adapter aux faits.

---

pour ainsi dire nourris au lait des conceptions qu'il a forgées. » (Article nécrologique en l'honneur de Mach publié en 1916 dans *Physikalische Zeitschrift*, vol. XVII.)

18. « Mach a combattu et brisé le dogmatisme de la physique du dix-neuvième siècle, en mettant clairement en lumière, par sa critique, le caractère hypothétique, logiquement arbitraire, des lois et des concepts fondamentaux. De plus, il a mis en évidence de façon convaincante l'erreur de Kant concernant le caractère *a priori* des catégories et de certaines lois fondamentales de la science de la nature. Mais, à mon avis, il s'est trompé en ce que son exposé procède souvent comme si la connaissance conceptuelle pouvait se développer pour ainsi dire d'elle-même, c'est-à-dire sans arbitraire logique... » (Lettre à Weinberg, New York, du 1er décembre 1937).

Quoi qu'il en soit, ce premier point de vue concerne la vérification des fondements d'une théorie par les faits empiriques dont on dispose.

Selon le second point de vue, ce n'est pas le rapport aux faits observés qui importe, mais l'ensemble des prémisses de la théorie elle-même, ce que l'on pourrait appeler, de façon concise mais un peu vague, le « caractère naturel » ou la « simplicité logique » [19] des prémisses (c'est-à-dire les concepts fondamentaux et les relations entre ces concepts qui sont au fondement de la théorie). Ce point de vue, qu'il est bien difficile de formuler de façon précise, a de tout temps joué un rôle important dans l'évaluation des théories et dans leur choix. En l'occurrence, il ne s'agit pas simplement d'énumérer en quelque sorte les prémisses logiquement indépendantes [de la théorie] (à supposer que cela soit réellement possible), mais d'évaluer les unes par rapport aux autres des qualités incommensurables. De plus, parmi les théories qui reposent sur des bases dont la « simplicité » est équivalente, celle qui doit être considérée comme supérieure est celle qui restreint le plus le champ des qualités possibles des divers systèmes (c'est-à-dire celle qui contient les énoncés les plus précis). Je ne dirai rien de ce que pour une théorie on appelle son « domaine », dans la mesure où nous nous limitons ici aux théories qui ont la *totalité* des phénomènes physiques pour objet. Le second point de vue peut donc, en somme, être défini comme s'intéressant à la « perfection interne » de la théorie, alors que le premier s'attache à sa « vérification externe ». Je mets également au compte de la « perfection

19. « Je suis parfaitement conscient de l'importance du critère de simplicité dans l'évaluation d'une théorie. Mais je suis incapable de donner du concept de simplicité une définition assez précise pour que son application soit non ambiguë et ne doive pas faire appel à l'intuition. En tout état de cause, seule la simplicité *logique* importe et non la simplicité qui porterait sur une minimisation de l'effort intellectuel. » (Lettre à H. S. Fries, Université du Wisconsin, 27 septembre 1950).

interne » d'une théorie la chose suivante : nous attachons plus de prix à une théorie si elle ne résulte pas d'un choix, arbitraire du point de vue logique, entre plusieurs théories de même valeur et construites selon des schémas analogues.

Je n'essaierai pas d'excuser le manque de précision des énoncés contenus dans ces deux derniers paragraphes en l'imputant au peu de place qui m'est imparti ici : je dois avouer sans détour que je ne serais peut-être pas capable de remplacer ces vagues indications par des définitions plus précises[20]. Je suis cependant convaincu qu'il serait possible d'en donner une formulation plus rigoureuse. Quoi qu'il en soit, il se trouve que les « augures » sont le plus souvent d'accord entre eux dans leur appréciation de la « perfection interne » [d'une théorie], et plus encore dans leur évaluation de son degré de « vérification externe ».

Passons maintenant à la critique de la mécanique en tant que fondement de la physique.

Selon le premier des deux points de vue (vérification par les faits), l'intégration de l'optique ondulatoire au sein de la conception mécaniste du monde ne pouvait que susciter de sérieuses réserves. Si la lumière devait être considérée comme un mouvement ondulatoire affectant un corps élastique (l'éther), celui-ci devait être un

---

20. De fait, Einstein, comme tout un chacun, s'en remet au fameux « sens physique », toujours invoqué, jamais explicité : « On ne peut jamais prouver la *vérité* d'une théorie. Car on ne sait jamais si l'avenir ne fera pas connaître un jour un fait qui viendra contredire ses conséquences ; et on peut toujours imaginer d'autres systèmes théoriques qui soient en mesure de relier les mêmes données factuelles. Si l'on dispose de deux théories qui soient l'une et l'autre compatibles avec le matériau que constituent les données factuelles, le seul critère permettant d'adopter l'une plutôt que l'autre est le regard intuitif du chercheur. C'est ce qui explique que des chercheurs avisés, qui maîtrisent parfaitement à la fois et les théories et les faits, puissent quand même défendre avec passion des théories contradictoires. » (« Induction et déduction en physique, » *Berliner Tageblatt*, 25 décembre 1919).

milieu imprégnant toute chose, analogue à un corps solide (à cause de la transversalité des ondes lumineuses), et pourtant incompressible (pour qu'il ne puisse y avoir d'ondes longitudinales). Cet éther devait mener, côte à côte avec le reste de la matière, une existence fantomatique, n'offrant aucune résistance apparente aux mouvements des corps « pondérables ». Pour expliquer l'indice de réfraction des corps transparents, ainsi que les processus d'émission et d'absorption du rayonnement, il aurait fallu admettre l'existence d'interactions complexes entre ces deux types de matière, ce qui ne fut jamais sérieusement envisagé, encore moins réalisé.

De plus, les forces électromagnétiques nécessitaient l'intervention de masses électriques qui, tout en ne possédant pas d'inertie décelable, n'en exerçaient pas moins des interactions les unes sur les autres, interactions qui, contrairement à ce qui se passe dans le cas de la gravitation, étaient de type polaire[21].

C'est l'électrodynamique de Faraday et Maxwell qui amena les physiciens à renoncer, lentement et après bien des hésitations, à leur foi en la possibilité de fonder l'ensemble de la physique sur la mécanique de Newton. La théorie de Faraday et Maxwell, et la confirmation que lui apportèrent les expériences de Hertz, montrèrent qu'il existe des phénomènes électromagnétiques qui, de par leur nature, ne sont pas liés à la matière pondérable : les ondes qui dans l'espace vide consistent en « champs » électromagnétiques[22]. Pour pouvoir conserver la méca-

---

21. L'adjectif « polaire », à l'époque, était utilisé pour traduire le fait que les interactions électriques et magnétiques étaient de type soit attractif soit répulsif, selon la « polarité » des charges (ou pôles).

22. « Avec la théorie de Maxwell de l'électricité, la théorie du mouvement de Newton, conçue comme programme valable pour l'ensemble de la physique théorique, a connu sa première mise en question. Il s'avéra que les interactions entre corps électriques et magnétiques ne sont pas dues à des forces s'exerçant à distance et à effet instantané, mais à des processus qui se propagent dans l'espace à une vitesse finie.

nique en tant que fondement de la physique, il aurait fallu donner aux équations de Maxwell une interprétation mécanique. C'est ce que l'on s'employa à faire, sans succès, alors que, dans le même temps, les équations elles-mêmes se révélaient de plus en plus fécondes. On s'habitua donc à opérer sur des champs conçus comme des entités indépendantes, sans que se fasse sentir le besoin de justifier leur nature mécanique. C'est ainsi qu'on abandonna insensiblement l'idée que la mécanique est au fondement de la physique, tout espoir de l'adapter aux faits se révélant finalement vain. Depuis lors, coexistent deux types d'éléments conceptuels ; d'une part, des points matériels soumis à des forces à distance, d'autre part, le champ continu. Il s'agit là d'un état intermédiaire, où l'ensemble manque d'une base unique, état qui, pour insatisfaisant qu'il soit, est loin d'être dépassé[23].

D'où l'apparition, dans la conception de Faraday, à côté du point matériel et de son mouvement, d'une nouvelle sorte de chose physique réelle : le champ. On tenta tout d'abord de comprendre celui-ci, conformément au mode de pensée mécaniste, comme un état mécanique (état de mouvement ou état de contrainte) d'un milieu hypothétique (l'éther) remplissant tout l'espace. Cette interprétation mécaniste ne conduisant, malgré des efforts acharnés, à aucun résultat satisfaisant, on s'habitua lentement à considérer le champ électromagnétique comme un élément irréductible ultime de la réalité physique. Nous devons à Heinrich Hertz d'avoir délibérément débarrassé le concept de champ de tous ses accessoires superflus empruntés à la mécanique, et à H. A. Lorentz de l'avoir détaché de tout support matériel. » (« La mécanique de Newton et son influence sur la formation de la physique théorique », *Die Naturwissenschaften*, vol. XV, 1927).

23. Cette question du dualisme conceptuel (on pourrait même dire ontologique) au sein de la physique contemporaine (en 1949) importe tellement à Einstein qu'il y revient un peu plus loin (p. 178) dans ce texte autobiographique, en conclusion de l'analyse des critiques « internes » adressées à la conception mécaniste de la physique. De fait, cette question n'a cessé de préoccuper Einstein depuis le moment (1905) où il émet l'hypothèse des quanta lumineux – destinés à compléter, sinon remplacer, le concept de champ électromagnétique – jusqu'aux nom-

Disons maintenant quelques mots des critiques qui, du second point de vue, point de vue interne celui-là, sont adressées à [la conception de] la mécanique comme fondement de la physique. Dans l'état actuel de la science, c'est-à-dire après l'abandon des fondements mécaniques, une telle critique ne présente plus guère qu'un intérêt méthodologique. Elle est cependant propre à mettre en évidence un type d'argumentation qui, dans l'avenir, est appelé à jouer, lors du choix des théories, un rôle d'autant plus grand que les concepts fondamentaux et les axiomes s'éloignent de plus en plus de ce qui est directement perceptible, rendant la confrontation des implications de la théorie et des faits de plus en plus difficile et laborieuse. Il faut ici mentionner en premier lieu l'argument de Mach que Newton avait d'ailleurs déjà clairement discerné (dans l'expérience du seau). Du point de vue de la description purement géométrique, tous les systèmes « rigides » de coordonnées sont logiquement équivalents. Les équations de la mécanique (ne serait-ce que la loi d'inertie, par exemple) n'ont de prétention à la validité que pour une classe bien particulière de ces systèmes : les « systèmes inertiels ». Un système de coordonnées n'a ici aucune signification en tant qu'objet physique. Pour justifier la nécessité de ce choix particulier, il faut donc chercher quelque chose qui soit extérieur aux objets (masses, distances) dont traite la théorie. C'est pour cette raison que Newton a, de façon tout à fait explicite, introduit en tant que déterminant originaire l'« espace absolu », élément actif, omniprésent, participant à tous les processus mécaniques[24] ; par « absolu », il entend manifestement le fait

---

breuses tentatives « unitaires » en vue d'éviter ces mêmes quanta et les réduire à des avatars du champ.

24. « Dans cette mécanique de Newton, l'espace K_o apparaît sous une forme qui contient un élément nouveau par rapport à la conception de l'espace, issue des corps rigides, que nous avons mentionnée plus haut : pour une loi de force donnée, [le principe d'inertie et la loi du mouvement] ne valent pas pour tout K_o, mais seulement pour les K_o

que cet espace n'est pas soumis à l'influence des masses et de leurs mouvements. Ce qui rend la chose particulièrement détestable, c'est le fait qu'il doive exister une infinité de systèmes inertiels ayant les uns par rapport aux autres un mouvement uniforme et ne comportant pas de rotation, et que ces systèmes doivent être distingués des autres systèmes rigides.

Selon Mach, il faut s'attendre à ce que, dans une théorie vraiment raisonnable, l'inertie relève, tout comme les autres forces chez Newton, d'une interaction des masses[25] – conception au principe de laquelle j'ai moi-même souscrit pendant longtemps. Mais cette conception suppose implicitement que la théorie de base soit du même type général que la mécanique de Newton, autrement dit, une théorie où les masses et leurs interactions sont des concepts fondamentaux. Comme on peut facilement le constater, une telle solution n'a pas sa place dans une théorie conséquente des champs[26].

---

ayant un état de mouvement approprié (systèmes inertiels). Par là même se trouve assignée à l'espace de coordonnées une propriété physique autonome, étrangère au concept d'espace géométrique pur – circonstance qui a valu à Newton d'abondants maux de tête. » (« Physique et réalité », *Franklin Institute Journal*, op. cit.).

25. C'est ce qu'Einstein appelle le « principe » ou exigence (*Forderung*) de Mach. Il en expose ainsi les raisons d'être dans son discours de réception du Prix Nobel : « Newton s'était déjà aperçu que le principe d'inertie n'est pas satisfaisant sous un certain rapport non encore évoqué dans cet exposé. En effet, aucune cause réelle n'est attribuée à la place physique singulière qu'occupent les états de mouvement des systèmes inertiels vis-à-vis de tous les autres états de mouvement. On rend les corps matériels observables responsables du comportement gravitationnel d'un point matériel, mais aucune cause matérielle n'est assignée au comportement inertiel d'un point matériel, et en fait de cause on a recours à une fiction (l'espace absolu ou l'éther inertiel). C'est logiquement acceptable, mais ce n'est pas satisfaisant. C'est pour cette raison que E. Mach a préconisé de modifier la loi d'inertie de manière à ce que l'inertie soit conçue comme une résistance des corps à l'accélération des uns *par rapport aux autres* et non par rapport à l'“espace”. » (Conférence prononcée le 11 juillet 1923 à Göteborg).

26. Einstein abandonna au fil des années cette interprétation de

L'analogie suivante permet cependant de voir tout à fait clairement à quel point la critique de Mach est, en soi, pertinente. Imaginons que des gens qui ne connaissent qu'un petit morceau de la surface terrestre et ne peuvent observer aucune étoile élaborent une mécanique. Ils seront enclins à attribuer à la dimension verticale de l'espace des propriétés physiques particulières (direction de l'accélération de la chute des corps) et justifieront sur cette base conceptuelle l'affirmation selon laquelle la terre est dans l'ensemble horizontale. Ils seront insensibles à l'argument qui dit que, pour ce qui est de ses propriétés géométriques, l'espace est isotrope et qu'il n'est donc pas satisfaisant d'établir des lois fondamentales privilégiant une direction particulière ; ils seront tout disposés (semblables en cela à Newton) à expliquer que la verticale est absolue : n'est-ce pas justement ce que montre l'expérience et ne doit-on pas s'y résigner ? Cette préférence accordée à la verticale par rapport aux autres directions est strictement analogue à la préférence dont jouissent les systèmes inertiels par rapport aux autres systèmes de coordonnées rigides.

Venons-en maintenant à un autre type d'arguments, ceux qui portent aussi sur la simplicité interne et le caractère naturel de la mécanique. Tant que l'on accepte les concepts d'espace (ce qui inclut la géométrie) et de temps, sans les soumettre au doute critique, on n'a aucune raison d'élever des objections à l'encontre de l'idée fondamentale des forces à distance, même si ce concept ne s'accorde pas avec les idées que l'on se fait en partant de

---

l'inertie en termes de masses et adopta une conception dans laquelle les masses elles-mêmes devaient être interprétées en termes de champ : « A mon sens nous ne devons jamais plus parler du principe de Mach. Cela vient du temps où l'on pensait que les "corps pondérables" étaient la seule réalité physique et que tous [...] les éléments qui ne pouvaient être totalement déterminés par eux devaient être évités dans la théorie. Je sais bien que, pendant longtemps, j'ai été moi aussi influencé par cette idée fixe. » (Lettre à Felix Pirani du 2 février 1954).

l'expérience brute quotidienne. Un autre raisonnement permet en revanche de voir à quel point prendre la mécanique comme base de la physique est une conception primitive. Il existe essentiellement deux lois :

1) la loi du mouvement,

2) l'expression de la force ou de l'énergie potentielle.

La loi du mouvement est précise, mais vide tant que l'expression des forces n'est pas donnée. Pour ces dernières, il existe une grande part d'arbitraire, particulièrement si l'on abandonne l'idée (qui n'a rien de naturel) selon laquelle les forces ne doivent dépendre que des coordonnées (et non, par exemple, des dérivées de celles-ci en fonction du temps). En effet, du point de vue théorique, [supposer] que les forces gravitationnelles (et électriques) issues d'un point sont régies par la fonction potentiel $1/r$ relève, en soi, de l'arbitraire le plus pur. J'ajoute la remarque suivante : on savait depuis longtemps que cette fonction est la solution possédant la symétrie centrale de l'équation différentielle la plus simple qui soit (équation invariante par rotation) $\Delta\varphi = 0$; il aurait été naturel de voir là [27] un indice que cette fonction doit être considérée comme déterminée par une loi d'espace ; ce qui aurait éliminé l'arbitraire dans le choix de la loi de force. C'est vraiment cette première constatation qui suggère d'abandonner la théorie des forces à distance – évolution préparée par Faraday, Maxwell et Hertz, et qui n'inter-

27. A condition d'admettre que le critère de simplicité est discriminant. Ce qu'Einstein n'est pas loin de penser : « Un métaphysicien pense que ce qui est simple du point de vue logique est également réel. Un métaphysicien assagi pense que tout ce qui est logiquement simple n'est pas forcément incarné dans la réalité de notre expérience, mais que la totalité de nos expériences sensorielles peut être "appréhendée" sur la base d'un système conceptuel dont les prémisses sont d'une simplicité extrême. "Mais c'est croire au miracle", se récrieront les esprits sceptiques. Admettons ; mais cette croyance au miracle là a été étonnamment corroborée par le développement de la science. » (*Scientific American*, vol. 182, n° 4, 1951).

viendra qu'ultérieurement, sous la pression extérieure des données de l'expérience.

Je voudrais également mentionner, comme constituant une asymétrie au sein de la théorie, le fait que la masse inerte intervenant dans la loi du mouvement apparaisse aussi dans la loi de force de la gravitation, mais ne figure pas dans l'expression des autres lois de force. Enfin, je voudrais signaler que la division de l'énergie en deux parties d'essence différente, l'énergie cinétique et l'énergie potentielle, ne peut pas être ressentie comme naturelle; cela a tellement gêné Hertz qu'il a tenté, dans son dernier ouvrage[28], d'affranchir la mécanique du concept d'énergie potentielle (c'est-à-dire du concept de force)...

Mais c'est assez sur ce sujet. Newton, pardonne-moi; même pour un homme doué de ton incomparable puissance de réflexion et de création, il n'y avait à ton époque qu'une seule voie possible; tu l'as trouvée. Les concepts que tu as forgés guident encore la pensée physique d'aujourd'hui, bien que nous sachions maintenant qu'ils doivent être remplacés par d'autres, plus éloignés de la sphère de l'expérience immédiate, si nous voulons arriver à comprendre de façon plus profonde les phénomènes et leurs rapports.

« Est-ce bien là une nécrologie ? » peut à juste titre se demander le lecteur étonné. J'ai envie de répondre : pour ce qui est essentiel, oui. Car ce qui est essentiel dans l'existence d'un homme comme moi, c'est *ce* qu'il pense et *comment* il le pense, et non ce qu'il fait et ce qu'il éprouve. C'est pourquoi ma nécrologie peut être principalement réduite au récit des idées qui ont joué un rôle important dans mon travail de recherche. Une théorie

28. H. Hertz, *Die Prinzipien der Mechanik in neuem Zusammenhange dargestellt*, publié par P. Lenard à Dresde en 1894, l'année de la mort de Hertz. Cet ouvrage a exercé une influence considérable sur la pensée philosophique du début du vingtième siècle. L. Wittgenstein, mais aussi W. Heisenberg, N. Bohr, A. Einstein, entre autres, l'ont commenté ou simplement lu et étudié.

fait d'autant plus d'impression que ses prémisses sont plus simples, que les choses qu'elle met en relation sont de nature plus différente, et que son domaine d'application est plus étendu. D'où la profonde impression que produisit sur moi la thermodynamique classique. C'est la seule théorie physique présentant un contenu général dont je sois persuadé que, à l'intérieur du domaine d'application de ses concepts, elle ne sera jamais remise en question (cela à l'attention toute spéciale de ceux qui ont érigé le doute en principe).

A l'époque où j'étais étudiant, c'est la théorie de Maxwell qui était l'objet de notre fascination. Ce qui nous semblait révolutionnaire, c'est le passage des forces à distance aux champs en tant que grandeurs fondamentales. L'intégration de l'optique au sein de la théorie électromagnétique – établissant une relation entre la vitesse de la lumière et le système des unités absolues, électriques et magnétiques, reliant l'indice de réfraction à la constante diélectrique, faisant apparaître un rapport quantitatif entre le pouvoir de réflexion d'un corps et sa conductivité métallique – nous fit l'effet d'une révélation. Mis à part le fait de passer à une théorie des champs, c'est-à-dire à l'expression des lois élémentaires sous forme d'équations différentielles[29], Maxwell n'avait

---

29. Il faut entendre « équations différentielles aux dérivées partielles ». Einstein a souvent insisté sur le rôle joué dans l'élaboration du concept de champ par le passage des équations différentielles ordinaires (ou totales) aux équations aux dérivées partielles allant même jusqu'à y voir l'entrée en scène du concept de champ. Ainsi, dans un article publié en 1931 en l'honneur de Maxwell, écrit-il, opposant Newton à Maxwell : « Pour pouvoir donner à son système une formulation mathématique, Newton dut inventer le concept de quotient différentiel et présenter les lois du mouvement sous forme d'équations différentielles *totales* – ce qui est peut-être le progrès intellectuel le plus considérable qu'il fut donné à un homme de réaliser. Les équations aux dérivées partielles n'étaient pas nécessaires pour cela, et Newton n'y a pas eu systématiquement recours. Ces équations aux dérivées partielles étaient en revanche nécessaires à la formulation de la mécanique des corps défor-

eu besoin d'effectuer qu'un seul pas hypothétique : introduire, dans le vide et dans les diélectriques, un courant électrique de déplacement produisant des effets magnétiques – innovation qu'imposaient quasiment les caractéristiques formelles des équations différentielles. A cet égard, je ne peux m'empêcher de remarquer que le couple Faraday-Maxwell ressemble de façon très curieuse, dans son fonctionnement interne, au couple Galilée-Newton : dans chaque couple, le premier comprend les relations de façon intuitive, le second les formule de façon exacte et en donne des applications quantitatives.

La compréhension de l'essence de la théorie électromagnétique était, à cette époque, rendue difficile par le fait singulier suivant : les « intensités » des champs électrique et magnétique et les « déplacements » étaient traités comme des grandeurs également élémentaires, et l'espace vide comme un cas particulier de corps diélectrique. C'était *la matière* qui apparaissait comme support du champ, et non *l'espace*. Ce qui revenait à supposer implicitement que le support du champ possédait un certain état de vitesse – ceci devant, bien sûr, valoir également pour le « vide » (l'éther). L'électrodynamique des corps en mouvement de Hertz est entièrement fondée sur cette conception de base[30].

---

mables [...]. L'équation aux dérivées partielles a ainsi fait son entrée dans la physique théorique comme une servante, mais elle en est peu à peu devenue la maîtresse. Son ascension a commencé au dix-neuvième siècle quand, sous la pression des observations, on vit s'imposer peu à peu la théorie ondulatoire de la lumière. [...] C'est là que, pour la première fois, l'équation aux dérivées partielles est apparue comme exprimant de façon naturelle un processus physique élémentaire. Le champ apparut ainsi, dans un domaine particulier de la physique, comme représentant de la réalité physique, à côté du point matériel. » (« L'influence de Maxwell sur l'évolution de notre conception de la réalité physique », in *James Clerk Maxwell : A Commemoration Volume*, Cambridge, 1931.)

30. Conception dont Einstein avait très tôt repéré les faiblesses comme en témoigne cet extrait d'une lettre à Mileva Marič datée

C'est à H. A. Lorentz[31] que revient le grand mérite d'avoir, à cet endroit, apporté un changement convaincant. Chez Lorentz, par principe, il n'existe de champ que dans l'espace vide. Seule la matière, conçue sur le mode atomiste, est le siège des charges électriques ; entre les particules matérielles, il y a l'espace vide, siège du champ électromagnétique produit par la disposition et la vitesse des charges ponctuelles localisées sur les particules matérielles. La constante diélectrique, la conductivité, etc., dépendent uniquement du type de liaison mécanique existant entre les particules qui constituent les corps. Les charges des particules engendrent le champ qui, à son tour, exerce des forces sur les charges des particules, déterminant ainsi leur mouvement, conformément à la loi du mouvement de Newton. Par rapport au système de Newton, le changement consiste en ceci que les forces à distance sont remplacées par le champ, lequel décrit également le rayonnement. Parce qu'elle est relativement faible, la gravitation n'est généralement pas prise en compte ; mais il était toujours possible de le faire en enrichissant la structure du champ, c'est-à-dire par une extension de la loi du champ de Maxwell. Les physiciens de la présente génération considèrent que le point de vue de Lorentz est le seul possible ; mais à l'époque, cela

---

d'août 1899 : « ..., en ce moment, j'étudie une nouvelle fois avec la plus grande attention *La Propagation de la force électrique* de Hertz. J'y ai été amené par le fait que je n'ai pas compris le mémoire de Helmholtz sur le principe de moindre action en électrodynamique. Je suis de plus en plus convaincu que l'électrodynamique des corps en mouvement, telle qu'elle se présente actuellement, ne correspond pas à la réalité, et qu'il doit être possible de la présenter de façon plus simple. L'introduction du mot "éther" dans les théories de l'électricité a conduit à l'idée d'un milieu du mouvement duquel il est possible de parler, sans que l'on soit capable, à mon avis, d'associer une signification physique précise à ce que l'on dit. Je crois que la force électrique ne peut être définie directement que dans un espace vide, ce que Hertz souligne également. »

31. H. A. Lorentz, « La théorie de Maxwell et son application aux corps mouvants », *Archives néerlandaises des sciences exactes et naturelles*, vol. XXV, 1892.

représentait une démarche surprenante et hardie ; sans elle, l'évolution ultérieure n'aurait pas été possible[32].

Si l'on considère cette phase du développement de la théorie d'un œil critique, on est frappé par l'existence d'un dualisme lié au fait que le point matériel, au sens newtonien du terme, et le champ, considéré comme un continuum, sont tous les deux, et côte à côte, utilisés comme concepts élémentaires. L'énergie cinétique et l'énergie du champ apparaissent alors comme des choses fondamentales différentes. Cela semble d'autant moins satisfaisant que, selon la théorie de Maxwell, le champ magnétique d'une charge électrique en mouvement représente de l'inertie[33]. Pourquoi pas *toute* l'inertie ? Il n'y aurait alors plus que de l'énergie de champ et la particule ne serait qu'un domaine présentant une densité d'énergie de champ particulièrement élevée. On pourrait alors espérer déduire, en partant des équations du champ, le concept de point matériel, ainsi que les

32. « C'est ici que se situe l'acte libérateur de Lorentz. [...] Sur cette base ainsi simplifiée, Lorentz fonda une théorie complète de tous les phénomènes électrodynamiques connus à l'époque, y compris ceux de l'électromagnétisme des corps en mouvement [...] Le seul phénomène que cette théorie n'a pu élucider complètement, c'est-à-dire sans hypothèses supplémentaires, est lié à la célèbre expérience de Michelson-Morley. Cette expérience a abouti à la théorie de la relativité restreinte, mais cette dernière aurait été impensable sans la localisation du champ électromagnétique dans l'espace vide » (« A la mémoire de Paul Ehrenfest 1880-1933 », in *Almanach van het Leidsche Studencorps*, 1934).

33. Cette conception a été développée pour la première fois en 1881 par J. J. Thomson (« On the Electric and Magnetic Effects Produced by the Motion of Electrified Bodies », *Philosophical Magazine*, vol. XI, 1881). En 1901, Walter Kaufmann, expérimentateur de l'Université de Göttingen, mit en évidence une variation de la masse de l'électron en fonction de sa vitesse. Ce qui semblait corroborer l'hypothèse d'une origine électromagnétique de l'inertie. Lorentz (1904), Abraham (1903), Langevin (1904) et Poincaré (1905) proposèrent divers modèles d'électron conçu comme une concentration de champ électromagnétique.

équations du mouvement d'une particule – éliminant ainsi le dualisme importun.

De tout cela, H. A. Lorentz avait parfaitement conscience ; mais il était impossible de déduire des équations de Maxwell l'équilibre de l'électricité constituant une particule. Seules d'autres équations du champ, des équations *non linéaires*, auraient peut-être pu conduire à un tel résultat. Or, on ne disposait d'aucune méthode permettant de trouver de telles équations du champ sans sombrer dans l'arbitraire le plus aventureux. Quoi qu'il en soit, on était en droit de croire qu'il serait possible de trouver, en suivant la voie tracée avec tant de succès par Faraday et Maxwell, comment fonder la physique sur des bases nouvelles et sûres...

La révolution amorcée par l'introduction du champ était donc loin d'être achevée. C'est alors qu'indépendamment de tout cela [34] se produisit au tournant du siècle une seconde crise fondamentale dont le caractère de gravité fut soudainement mis en évidence par les recherches de Max Planck sur le rayonnement thermique (1900). L'histoire de ce qui se passa alors est d'autant plus remarquable qu'elle ne fut influencée, du moins dans sa première phase, par aucune découverte expérimentale imprévue.

Kirchhoff, en s'appuyant sur la thermodynamique, était arrivé à la conclusion que la densité d'énergie et la composition spectrale du rayonnement, dans un espace vide entouré de parois étanches portées à la température

---

34. Il n'est pas sûr que pour le jeune Einstein les deux crises (celle de l'électrodynamique des corps en mouvement et celle provoquée par le rayonnement du corps noir) soient apparues comme totalement indépendantes. Ce qui reste de la correspondance d'Einstein durant la période 1900-1905 ne permet en la matière que des conjectures. Cependant, on sait qu'en 1901-1902, après avoir lu l'ouvrage de Lorentz où sont repris les travaux référencés note 31, Einstein avait cru tenir une véritable théorie de l'électrodynamique des corps en mouvement mais qu'il différa la publication de ce travail pour s'intéresser à un tout autre domaine, celui de la thermodynamique statistique.

T, sont indépendantes de la nature de ces parois[35]. Cela signifie que la densité spectrale de rayonnement est une fonction universelle de la fréquence et de la température absolue T. Se posa alors le problème intéressant de la détermination de cette fonction $\rho\ (\nu,\ T)$. Que pouvait-on savoir de cette fonction par des moyens théoriques ? Selon la théorie de Maxwell, le rayonnement devait exercer sur les parois une pression déterminée par la densité totale d'énergie. Boltzmann en avait déduit, par voie purement thermodynamique, que la densité totale d'énergie du rayonnement ($\int \rho d\nu$) est proportionnelle à T^4. Boltzmann avait ainsi trouvé comment justifier du point de vue théorique une loi que Stefan avait déjà trouvée de façon empirique en la reliant aux fondements de la théorie de Maxwell. Puis W. Wien, grâce à d'ingénieuses considérations thermodynamiques faisant également appel à la théorie de Maxwell, montra que la fonction universelle des deux variables ν et T devait avoir la forme :

$$\rho \approx \nu^3 f(\nu/T),$$

où $f\,(\nu/T)$ est une fonction universelle de la seule variable ν/T. Il était clair que la détermination de cette fonction universelle f était d'une importance fondamentale – tâche à laquelle se trouva justement confronté Planck. Des mesures minutieuses avaient conduit à une détermination

35. Le système décrit ici par Einstein est la réalisation de ce qu'il est convenu d'appeler « le corps noir ». Le « rayonnement du corps noir » est alors celui émis par les atomes contenus dans la cavité en équilibre thermique avec la matière des parois, autrement dit celui d'un corps chauffé dont l'expérience courante enseigne que sa « couleur » dépend de la température du corps en question (fer porté « au rouge », « au blanc » etc.). Il paraissait clair en 1900 que, les propriétés de ce rayonnement pouvaient être déduites de la nature électromagnétique de la lumière (et donc de la théorie de Maxwell) et de l'application aux atomes émetteurs des résultats de la théorie cinétique des gaz. La densité spectrale, définie comme l'énergie émise par unité de volume et unité de fréquence, notée ici ρ, était la grandeur caractérisant à la fois expérimentalement et théoriquement, les propriétés du rayonnement du corps noir.

empirique assez exacte de la fonction *f*. Se fondant sur ces mesures empiriques, Planck[36] réussit d'abord à trouver une expression qui rendait compte de façon très satisfaisante des mesures :

$$\rho = (8\pi h\,\nu^3/c^3) \cdot 1/[\exp(h\nu/kT) - 1],$$

h et *k* étant deux constantes universelles dont la première allait conduire à la théorie des quanta. Cette formule a l'air un peu bizarre à cause du dénominateur. Pouvait-on l'asseoir sur des bases théoriques ? Planck trouva effectivement une justification dont les imperfections[37] restèrent tout d'abord cachées, ce qui fut une véritable chance pour le développement de la physique. Si cette formule était juste, elle devait permettre, à l'aide de la théorie de Maxwell, de calculer l'énergie moyenne *E* d'un oscillateur quasi monochromatique placé dans le champ de rayonnement[38] :

---

36. M. Planck, « Zur Theorie des Gesetzes der Energieverteilung im Normalspektrum », *Verhandlungen der Deutschen Physikalischen Gesellschaft*, vol. II, 1900.

37. Einstein lut l'article de Planck, probablement au printemps 1901, avec des « sentiments mitigés » (lettre à Mileva Marič du 14 avril 1901). Ce n'est qu'en 1906 qu'Einstein parviendra à expliciter la nature de son malaise : Planck avait implicitement supposé que l'énergie de la matière est quantifiée. Rien d'étonnant, dans les conditions, à ce qu'en vertu du principe de conservation de l'énergie, l'énergie lumineuse émise par les atomes soit elle aussi quantifiée.

38. Se fondant sur la loi d'universalité de Kirchhoff mentionnée à la page précédente, Planck avait choisi le modèle le plus simple qui soit pour la matière thermalisante (les parois de la cavité), c'est-à-dire le modèle dans lequel le rayonnement est produit par un « résonateur » (ou dipôle électrique oscillant). Planck commençait par établir la formule reliant l'énergie moyenne du résonateur *E* à la densité spectrale ρ_ν du rayonnement émis ; cette formule, $\rho_\nu = (8\pi\nu^2/c^3)\,E$, était obtenue en appliquant l'électrodynamique classique et en admettant le caractère aléatoire des composantes de Fourier du rayonnement (hypothèse du rayonnement naturel). Puis il appliquait la méthode des complexions de Boltzmann et calculait ainsi l'entropie *S* du résonateur en fonction de *E* ; après quoi, il obtenait *E* en fonction de la température *T*, grâce à la formule thermodynamique $dS/dE = 1/T$.

$$E = h\nu/[\exp(h\nu/kT) - 1].$$

C'est cette grandeur que Planck essaya de calculer théoriquement. Pour cette tentative, la thermodynamique ne fut, tout d'abord, d'aucun secours, pas plus d'ailleurs que la théorie de Maxwell[39]. Cependant, cette dernière formule avait ceci d'extrêmement encourageant que, pour de grandes valeurs de la température (à ν constant), elle donnait l'expression :

$$E = kT$$

qui est exactement l'expression que donne la théorie cinétique des gaz pour l'énergie moyenne d'un point matériel susceptible d'osciller de façon élastique dans une direction. On obtient en effet :

$$E = (R/N)\,T,$$

où R représente la constante de l'équation des gaz et N le nombre de molécules contenues dans une molécule-gramme, laquelle constante exprime la taille absolue de l'atome. La comparaison des deux formules donne :

$$N = R/k.$$

Une des constantes apparaissant dans la formule de Planck donne donc exactement la véritable taille de l'atome. La valeur numérique obtenue coïncidait de façon satisfaisante avec la détermination, par ailleurs moins précise, de N à l'aide de la théorie cinétique des gaz.

C'était là une grande réussite[40] et Planck s'en rendit parfaitement compte. Mais la médaille avait un revers, ce

39. C'est en effet la méthode combinatoire de Boltzmann qui permit à Planck d'obtenir la formule $E(\nu, T)$.

40. Einstein considérait donc que la « grande réussite » de Planck consistait à avoir établi un lien entre le nombre d'Avogadro et la constante k de la formule du rayonnement noir. Sa « découverte » n'allait pas plus loin. En particulier, Einstein estimait que Planck n'avait pas

dont, par bonheur, Planck ne s'aperçut pas tout de suite. En effet, le raisonnement implique que la relation $E = kT$ soit également valable à basse température. Mais alors, ni la formule de Planck, ni la constante h n'ont de raison d'être. De la théorie existante, il aurait donc fallu, pour être juste, tirer la conclusion que, soit l'énergie cinétique moyenne de l'oscillateur est donnée de façon erronée par la théorie des gaz, ce qui signifierait une réfutation de la mécanique, soit l'énergie moyenne de l'oscillateur déduite de la théorie de Maxwell est fausse, ce qui signifierait la réfutation de cette dernière. Le plus probable dans ces conditions est que les deux théories ne sont justes qu'à la limite et, pour le reste, fausses ; c'est bien ce qui se passe effectivement, comme nous le verrons par la suite. Si Planck était arrivé à cette conclusion, il n'aurait peut-être pas fait sa grande découverte, car le raisonnement pur aurait été privé de fondement.

Revenons à présent aux considérations de Planck. En se fondant sur la théorie cinétique des gaz, Boltzmann avait découvert qu'abstraction faite d'un facteur constant, l'entropie est égale au logarithme de la « probabilité » de l'état considéré[41]. Il avait ainsi établi quelle

---

cherché à remettre en question la validité de la mécanique et de l'électrodynamique ordinaire dans sa théorie du rayonnement noir. Et en effet, tel n'était pas l'objectif de Planck pour qui ces deux théories étaient intouchables – en sorte que l'apparition inopinée des quanta d'énergie lumineuse lui semblait devoir être attribuée à la méthode de Boltzmann établissant le lien entre microscopique (relevant de la mécanique) et macroscopique (décrit par l'électromagnétisme). Einstein était bien sûr dans de toutes autres dispositions d'esprit.

41. Au cours des années 1902-1904, Einstein avait ressenti de plus en plus fortement la nécessité d'un approfondissement et d'une généralisation des raisonnements permettant de passer d'hypothèses portant sur les atomes à l'explication de propriétés macroscopiques, observables sur les corps constitués par ces atomes. « Aussi grands que soient les succès de la théorie cinétique de la chaleur dans le domaine de la théorie des gaz, écrivait-il en 1902, la mécanique n'a pourtant pas encore pu fournir une base adéquate à la théorie générale de la chaleur, car personne n'est encore parvenu à dériver les théorèmes concernant l'équilibre thermo-

est la nature des processus « irréversibles » au sens où l'entend la thermodynamique. Du point de vue de la mécanique des molécules, par contre, tous les processus sont réversibles. Si l'on appelle « état défini microscopiquement », ou plus brièvement « microétat », un état décrit du point de vue de la théorie moléculaire et « macroétat » un état décrit du point de vue de la thermodynamique, il existe un nombre énorme (Z) d'états qui appartiennent à un état macroscopique donné. Z donne alors la mesure de la probabilité du macroétat considéré[42]. L'importance, primordiale, de cette idée tient aussi au fait que son application n'est pas limitée à la description microscopique fondée sur la mécanique. C'est ce dont Planck s'était rendu compte ; il appliqua le principe de Boltzmann à un système composé d'un grand nombre de résonateurs de même fréquence ν. L'état macroscopique est caractérisé par l'énergie totale d'oscillation de tous les résonateurs, et un microétat par la donnée de l'énergie (instantanée) de chaque résonateur individuel. Afin de pouvoir exprimer le nombre de microétats appartenant à un macroétat par un

---

dynamique et le second principe de la seule exploitation des équations de la mécanique et du calcul des probabilités, bien que les théories de Maxwell et de Boltzmann se soient déjà rapprochées de ce but » (« Kinetische Theorie des Wärmegleichgewichtes und des zweiten Haupsatzes der Thermodynamik », *Annalen der Physik*, vol. IX, 1902). Les objections d'Einstein portaient essentiellement sur la nature des probabilités, c'est-à-dire sur l'interprétation du fameux W intervenant dans la formule explicitée ici par Einstein : $S = k \lg W$, formule qui, par l'intermédiaire de la constante « de Boltzmann », k, lie l'entropie S à la probabilité W. Boltzmann calculait W de façon combinatoire, en déterminant le nombre de manières possibles de réaliser tel état du système (appelé « permutabilité »).

42. A condition, comme l'avait remarqué Einstein, de supposer que toutes les manières (ce sont les fameuses « complexions ») de réaliser un macro-état sont équiprobables ; hypothèse qui, évidemment, demande à être justifiée pour chaque situation concrète. Einstein considérait que les justifications données par Boltzmann de cette équiprobabilité des « complexions » étaient soit arbitraires soit imparfaites et qu'en l'occurrence, dans le calcul de Planck, rien ne justifiait cette hypothèse.

nombre fini, il divisa l'énergie totale en un nombre élevé, mais fini, d'éléments tous identiques, d'énergie ε, et se demanda de combien de manières ces éléments d'énergie peuvent être répartis entre les résonateurs. Le logarithme de ce nombre fournit alors l'entropie, et du même coup (par des voies thermodynamiques) la température du système. Planck obtint alors sa formule du rayonnement en choisissant pour ses éléments d'énergie la valeur $\varepsilon = h\nu$. Le point décisif à cet égard est que ce résultat est lié au fait de choisir pour ε une valeur finie bien déterminée, et donc de ne pas passer à la limite[43] $\varepsilon = 0$. Sous cette forme, le raisonnement ne laisse pas paraître qu'il est en contradiction avec les bases mécaniques et électrodynamiques sur lesquelles repose le reste de la démonstration. Mais en réalité celle-ci suppose, de manière implicite, que l'énergie ne peut être absorbée et émise par chaque résonateur individuel que sous forme de « quanta », de grandeur $h\nu$, c'est-à-dire que l'énergie d'une entité mécanique susceptible d'osciller, tout comme celle du rayonnement, ne peut être convertie que par quanta de ce type – ce qui est contradictoire avec les lois de la mécanique et de l'électrodynamique. La contradiction avec la mécanique était ici fondamentale, alors que celle avec l'électrodynamique pouvait l'être moins. En effet, l'expression [usuelle] de la densité d'énergie du rayonnement est *compatible* avec les équations de Maxwell, mais n'en est pas une conséquence obligée. Que cette expression permette d'obtenir des valeurs moyennes exactes, c'est ce que montre le fait que les lois de Stefan-Boltzmann et de Wien qui s'en déduisent sont en accord avec l'expérience.

Tout ceci m'était apparu de façon claire peu de temps après la publication du travail fondateur de Planck ; certes, je ne savais pas par quoi remplacer la mécanique classique, mais je voyais très bien quelles conséquences

43. Ceci afin d'obtenir un nombre fini de complexions, et donc une valeur convenable de l'entropie.

cette loi du rayonnement thermique impliquait pour l'effet photoélectrique et d'autres phénomènes analogues de transformation de l'énergie de rayonnement, ainsi que pour les chaleurs spécifiques (des solides en particulier[44]). Cependant, toutes mes tentatives en vue d'adapter les fondements théoriques de la physique à ces résultats échouèrent complètement. C'était comme si le sol se dérobait sans que l'on puisse voir sur quoi bâtir. Que des bases aussi vacillantes et contradictoires aient suffi à un homme doué, tel que Bohr, d'un instinct et d'une finesse sans pareils, pour découvrir les principales lois régissant les raies spectrales et les couches électroniques des atomes, ainsi que leur importance en chimie, m'a fait, et me fait encore, l'effet d'un véritable miracle. La pensée est portée là à son plus haut degré de musicalité[45].

---

44. Les idées ne manquaient pas au jeune Einstein qui, dès 1901, avait songé à traiter le cas des chaleurs spécifiques des solides alors soumises à la loi de Dulong et Petit. A preuve cet extrait d'une lettre à Mileva Marič du 23 mars 1901 : « En voyage, j'ai eu une idée originale. En effet, il ne me semble pas exclu que l'énergie cinétique latente de la chaleur dans les solides et les liquides puisse être considérée comme de l'énergie électrique de résonateurs. Dans ce cas, la chaleur spécifique et le spectre d'absorption des corps devraient être liés. La loi de Doulong *[sic]* et Petit vaudrait pour les substances dont les plus petites parties présenteraient une certaine résonance totale au sens électro-optique du terme. En effet, tous les matériaux qui satisfont à la loi de Doulong et Petit sont parfaitement opaques et semblent, lorsqu'on les chauffe, présenter presque le même spectre. D'autre part, les matières organiques qui, comme nous l'avons vu, ont une chaleur spécifique relativement peu élevée, sont toutes transparentes et présentent des spectres d'absorption continus, tandis que Hg par exemple, suit à peu près la loi de Doulong-Petit, et est parfaitement opaque. [etc. etc.] Comment se situe la chaleur spécifique du verre eu égard à sa composition? Par rapport au nombre de ses molécules, il devrait avoir une chaleur moléculaire peu élevée. Essaie de voir si tu ne peux rien trouver là-dessus. »

45. Idée chère à Einstein, véritable rangaine chez les scientifiques. « Je lui demandais s'il existe un lien entre musique et mathématiques. "En art, me répondit-il, tout comme dans les domaines les plus élevés de la science, existe un sentiment d'harmonie qui est au fondement de toute entreprise. En art, comme en science, il n'y a pas de véritable grandeur

Mon propre intérêt, en ces années-là, s'était un peu détaché des conclusions particulières que l'on peut tirer du résultat obtenu par Planck, aussi importantes soient-elles. La principale question que je me posais était la suivante : quelles conclusions générales peut-on tirer de la formule du rayonnement en ce qui concerne la structure du rayonnement[46] et, plus généralement, en ce qui concerne les fondements électromagnétiques de la physique ? Avant d'aborder ce point, il me faut mentionner brièvement quelques études se rapportant au mouvement brownien et à d'autres sujets apparentés (les phénomènes de fluctuations), études essentiellement fondées sur la mécanique moléculaire classique. Les recherches de Boltzmann et de Gibbs, qui avaient déjà été publiées et qui épuisaient effectivement le sujet, ne

---

si le sens de l'harmonie vient à manquer. Celui qui en est dépourvu ne sera jamais plus qu'un grand technicien dans l'un et l'autre domaine" » (conversation avec Yousef Karsch lors d'une séance de pose photographique, 1948).

46. Einstein avait lui-même essayé en 1904 de produire une théorie du rayonnement noir (*Annalen der Physik*, vol. XIV, 1904). Sa tentative reposait sur une conception originale, et à ses yeux plus satisfaisants, des probabilités et du W de $S = k \lg W$. Essentiellement, il exigeait que W corresponde à une fréquence dans le temps ; par exemple, si en 1 seconde une molécule passe 1/10e de seconde dans une certaine région, la probabilité de l'y trouver est égale à 1/10, et cette probabilité est d'autant plus précisément évaluée que le temps considéré (ici 1 seconde) est long. Einstein conférait ainsi au W de la formule de Boltzmann une signification physique nouvelle. de permutabilité qu'il était initialement, W devenait une véritable probabilité physique. Condition nécessaire à l'inversion du sens de lecture de la formule de Boltzmann. Au lieu de déduire S (c'est-à-dire la thermodynamique du système) de W (caractéristique de la structure microscopique), il était possible de déduire W de S et donc, comme l'indique ici Einstein, la structure du système (le rayonnement) de son entropie calculée macroscopiquement. C'est ce qu'il fit dans son fameux article sur les quanta de lumière, « Über einen die Erzeugung und Verwandlung des Lichtes betreffenden heuristischen Gesichtspunkt », *Annalen der Physik*, vol. XVII (voir p. 229), dont on aura remarqué qu'Einstein ne parle pas dans son autobiographie.

m'étaient pas familières, je développai la mécanique statistique et la théorie cinétique moléculaire de la thermodynamique fondée sur celle-ci. En l'occurrence, mon principal objectif était de trouver des faits qui prouvent avec la plus grande certitude possible l'existence d'atomes ayant une taille finie bien déterminée. Ce faisant, je découvris que, selon la théorie atomiste, il devait exister un mouvement observable des particules microscopiques en suspension, sans savoir qu'il existait déjà depuis longtemps des observations concernant le « mouvement brownien ». La déduction la plus simple reposait sur les considérations suivantes : si la théorie cinétique moléculaire est exacte dans son principe, un ensemble de particules visibles en suspension doit avoir, au même titre que des molécules en solution, une pression osmotique satisfaisant aux lois des gaz. Cette pression osmotique dépend de la taille réelle des molécules, c'est-à-dire du nombre de molécules contenues dans un équivalent-gramme. Si la suspension est de densité irrégulière, les variations spatiales de la pression osmotique qui en découlent doivent provoquer un mouvement de diffusion compensatoire, lequel peut être calculé à partir de la mobilité, bien connue, des particules. Mais, par ailleurs, on peut aussi considérer ce processus de diffusion comme résultant du déplacement aléatoire des particules en suspension sous l'effet de l'agitation thermique, déplacement dont on ne connaît pas au départ l'amplitude. En égalant les quantités obtenues pour le flux de diffusion au terme de ces deux raisonnements, on obtient quantitativement la loi statistique régissant ces déplacements, autrement dit, la loi du mouvement brownien[47]. Le fait que ce raisonne-

47. Il n'avait pas échappé à Boltzmann qu'une conséquence naturelle de la structure atomique de la matière était la possibilité de fluctuations des grandeurs thermodynamiques autour de leur valeur théorique. Cependant, Boltzmann pensait que ces fluctuations, très petites, étaient inobservables. Einstein, par contre, savait, pour avoir approfondi dans ses travaux de 1903-1904 le lien entre thermodynamique et dynamique,

ment soit en accord avec l'expérience contribua, au même titre que la détermination par Planck de la taille réelle des molécules à partir de la loi du rayonnement pour les hautes températures, à convaincre ceux, nombreux à l'époque (Ostwald, Mach), qui doutaient de la réalité des atomes. Nul doute que l'hostilité de ces chercheurs envers la théorie atomique doive être rapportée à leur position philosophique positiviste. Cet exemple montre de manière intéressante comment des préjugés philosophiques peuvent entraver l'interprétation des faits, même chez des chercheurs qui ne manquent ni d'audace intellectuelle ni de finesse instinctive. En l'occurrence, le préjugé – qui est loin d'avoir disparu depuis – consistait à croire que les faits pourraient, et devraient, apporter à eux seuls des connaissances scientifiques, sans qu'il faille avoir recours à de libres constructions conceptuelles. Si une telle illusion est possible, c'est uniquement parce qu'il est difficile de voir que des concepts éprouvés, en usage depuis longtemps et qui donc semblent directement liés au matériel empirique, résultent en fait d'un libre choix.

Le succès de la théorie du mouvement brownien montra nettement, une fois de plus, que la mécanique

---

qu'il n'était pas possible d'exclure les fluctuations. Aussi chercha-t-il, au contraire, à imaginer une situation empirique où les fluctuations seraient observables. Il commença en 1904 par penser que seul le rayonnement offrait une situation de ce type. Puis, en 1905, il eut l'idée de chercher du côté du mouvement brownien. Avant Einstein, personne n'avait eu l'idée d'étudier la caractéristique dont Einstein dégagea l'importance : le déplacement quadratique moyen des particules (autrement dit, leur fluctuation autour d'une position moyenne) en fonction du temps. A propos de son travail sur le mouvement brownien, Einstein explique, en 1915 : « Sa signification essentielle se situe au niveau des principes (...) ; on voit directement au microscope une partie de l'énergie thermique sous forme d'énergie mécanique. » Autrement dit, le deuxième principe de la thermodynamique, selon lequel il est impossible d'obtenir spontanément du travail à partir d'une source unique de chaleur, ne vaut plus à l'échelle des dimensions du même ordre de grandeur que le pouvoir de résolution du microscope (quelques microns). La thermodynamique est donc une théorie macroscopique limite.

classique conduisait toujours à des résultats fiables lorsqu'elle était appliquée à des mouvements pour lesquels les dérivées d'ordre supérieur de la vitesse par rapport au temps ont une valeur négligeable. A partir de cette constatation, il est possible d'élaborer une méthode relativement directe permettant de tirer de la formule de Planck des renseignements sur la constitution du rayonnement. On peut en effet conclure que, dans un espace rempli de rayonnement, un miroir réfléchissant de façon quasi monochromatique et se déplaçant librement (perpendiculairement à son plan) doit exécuter une sorte de mouvement brownien dont l'énergie cinétique moyenne est égale à $1/2\ (R/N)\ T$ (R = constante de l'équation des gaz pour une molécule-gramme, N étant le nombre de molécules contenues dans une molécule-gramme, T = température absolue). Si le rayonnement n'était pas soumis à des fluctuations locales[48], le miroir s'immobiliserait progressivement parce que, du fait de son mouvement, il réfléchit plus de rayonnement sur sa face avant que sur sa face arrière. Mais, du fait que les faisceaux d'ondes constituant le rayonnement interfèrent entre eux, la pression qui s'exerce sur le miroir subit nécessairement des fluctuations irrégulières que l'on peut calculer à partir de la théorie de Maxwell. Ce calcul montre alors que les fluctuations de pression (en particulier pour de faibles densités de rayonnement) ne suffisent absolument pas à

48. Einstein était passé maître dans l'art d'analyser les fluctuations statistiques pour en déduire des propriétés macroscopiques. En 1904, il avait établi une relation entre la constante de Boltzmann (k) et les fluctuations en énergie d'un système en contact avec un thermostat. Tout comme l'article sur le mouvement brownien, celui sur les quanta de 1905 relève lui aussi de l'analyse des fluctuations (en l'occurrence celles de la distribution de la probabilité qu'a une molécule d'être localisée dans un certain volume). De même en 1916, Einstein utilisa un argument de fluctuations pour montrer que les photons possèdent une quantité de mouvement (ce qui les qualifie comme « particules »). C'est donc à juste titre qu'Einstein consacre dans son autobiographie scientifique un long passage à cette méthode.

communiquer au miroir l'énergie cinétique moyenne 1/2 $(R/N)\ T$. Pour obtenir ce résultat, il faut supposer qu'il existe une seconde sorte de fluctuations de la pression, fluctuations qui ne se déduisent pas des équations de Maxwell et qui correspondent à l'hypothèse selon laquelle l'énergie du rayonnement serait constituée de quanta insécables, localisés et ponctuels, d'énergie $h\nu$ (et d'impulsion $h\nu/c$) (c = vitesse de la lumière) et qui se réfléchissent sans se diviser[49]. Ce raisonnement montre, de façon directe et nette, qu'il faut attribuer aux quanta de Planck une sorte de réalité immédiate et que donc, le rayonnement doit posséder, pour ce qui est de l'énergie, une sorte de structure moléculaire – ce qui, naturellement, est en contradiction avec la théorie de Maxwell. Des raisonnements relatifs au rayonnement et s'appuyant directement sur la relation de Boltzmann entre entropie et probabilité (où l'on pose probabilité = fréquence statistique dans le temps) ont donné le même résultat. Cette nature double du rayonnement (et des corpuscules matériels) constitue une propriété fondamentale de la réalité que la mécanique quantique a su interpréter de façon ingénieuse et avec un succès sidérant. Cette interprétation, considérée, pour l'essentiel, par presque tous les physiciens contemporains comme définitive, me semble n'être qu'un expédient provisoire ; je ferai plus loin quelques remarques à ce sujet...

---

49. Einstein reproduit ici pour l'essentiel un argument présenté en 1909 à Salzbourg au Congrès de l'ensemble des chercheurs de langue allemande. « Si Δ désigne la quantité de mouvement qui est transférée à la plaque [de surface f] pendant la durée τ du fait des fluctuations aléatoires du rayonnement, l'expression obtenue pour la valeur moyenne du carré de Δ est :

$$\overline{\Delta^2} = \frac{1}{c}\left(h\rho\nu + \frac{c^3\rho^2}{8\pi\nu^2}\right) d\nu f \tau. \text{ »}$$

Le deuxième terme est de nature ondulatoire, le premier $\frac{h\nu}{c}\rho$ provient des quanta. On ne peut mieux exhiber la « dualité » onde-corpuscule.

Dès les années 1900, c'est-à-dire peu après le travail de pionnier de Planck, des considérations de cet ordre me montrèrent clairement que ni la mécanique ni la thermodynamique ne pouvaient prétendre (sauf dans des cas limites) à une validité exacte. Je désespérais peu à peu de la possibilité de découvrir les vraies lois en appuyant mes efforts de construction sur des faits connus. Plus je persévérais dans ces efforts désespérés, plus j'acquérais la conviction que seule la découverte d'un principe formel général pourrait mener à des résultats sûrs[50]. J'avais devant les yeux le modèle de la thermodynamique dont le principe général s'énonçait ainsi : les lois de la nature sont ainsi faites qu'il est impossible de construire un *perpetuum mobile* (du premier ou du second type). Mais comment trouver un principe général de ce genre ? Au bout de dix ans de réflexion, ce principe émergea d'un paradoxe auquel je m'étais déjà heurté à l'âge de seize ans. Si je poursuis un rayon lumineux à la vitesse *c* (vitesse de la lumière dans le vide), je devrais percevoir ce rayon de lumière comme un champ électromagnétique oscillant sur place dans l'espace ; or, il semble bien qu'il n'existe rien de tel ni dans le domaine de l'expérience, ni selon les équations de Maxwell. Dès le début, il me parut intuitivement clair que, du point de vue d'un tel observateur, tout devait se passer selon les mêmes lois que pour un observateur immobile par rapport à la Terre. Car comment le premier observateur pourrait-il être en

50. Dans l'esprit d'Einstein, il convient de distinguer les théories « à principes » (la thermodynamique en est l'exemple sans cesse repris) des théories « construites » (sur des fondements élémentaires). Comme l'indique ce passage d'une lettre à A. Sommerfeld (15 janvier 1908), les secondes sont épistémologiquement supérieurs aux premières : « A moi aussi, il semble qu'une théorie physique ne peut être satisfaisante que si sa structure est constituée de fondements *élémentaires*. La théorie de la relativité n'est pas plus définitivement satisfaisante que ne l'était, par exemple, la thermodynamique classique avant que Boltzmann n'ait interprété l'entropie comme probabilité. »

mesure de savoir, ou de constater, qu'il est dans un état de mouvement uniforme rapide ?

On voit que ce paradoxe contient déjà en germe la théorie de la relativité restreinte. Bien sûr, chacun sait aujourd'hui que toutes les tentatives pour élucider ce paradoxe de manière satisfaisante étaient vouées à l'échec tant que l'axiome posant le caractère absolu du temps, ou de la simultanéité, restait subrepticement ancré dans notre inconscient. Reconnaître clairement cet axiome et son caractère arbitraire, c'est déjà trouver la solution du problème. C'est grâce notamment à la lecture des écrits philosophiques de David Hume et d'Ernst Mach que se développa en moi de manière décisive la pensée critique que requérait la mise à jour de ce point crucial[51].

Il fallait arriver à se faire une idée claire de ce que signifient en physique les coordonnées d'espace et de temps d'un événement. L'interprétation physique des coordonnées spatiales supposait un corps de référence rigide, qui, de plus, devait être dans un état de mouvement plus ou moins déterminé (système inertiel). Dans un système inertiel donné, les coordonnées résultaient de

---

51. Le 6 janvier 1948, Einstein écrivait à son ami de toujours Michele Besso : « Quant à l'influence de Mach sur le développement de ma pensée, elle a certainement été très grande ; il me souvient très bien que tu m'avais rendu attentif à sa *Mécanique* et à sa *Théorie de la chaleur* et que ces deux ouvrages m'avaient fait grande impression ; jusqu'à quel point ont-ils agi sur mon propre travail, franchement cela ne m'est pas apparu clairement. Pour autant que je puisse en avoir conscience, l'influence immédiate de D. Hume fut, sur moi, plus grande. Je l'ai lu à Berne. » Einstein ne manque pas une occasion de proclamer sa dette à l'égard de Mach et Hume. Ainsi dans une lettre à Moritz Schlick (14 décembre 1915) : « Il est bien possible que sans ces études philosophiques, je ne serais pas parvenu à la solution [c'est-à-dire la théorie de la relativité] ». Mais ce genre de déclaration *urbi et orbi* doit être tempéré ; répondant à un questionnaire qui lui était adressé par l'International Philosophic Society, en 1931, il écrivait : « A l'origine de la théorie de la relativité, il y a la volonté de comprendre d'une façon aussi simple et dénuée de contradiction que possible, et non pas une position philosophique spécifique. »

mesures déterminées opérées à l'aide de règles rigides au repos. (Il faut être en permanence conscient du fait que le présupposé établissant l'existence de principe de règles rigides, s'il est approximativement suggéré par l'expérience, est néanmoins arbitraire dans son principe.) Une telle interprétation des coordonnées spatiales fait de la validité de la géométrie euclidienne un problème de physique[52].

Si l'on cherche maintenant à interpréter de manière analogue le temps d'un événement, on a besoin d'un moyen permettant de mesurer les intervalles de temps (un processus périodique déterminé en lui-même, matérialisé par un système de dimensions spatiales suffisamment petites). Une horloge au repos par rapport au système inertiel définit un temps local. Les temps locaux de tous les points de l'espace, pris dans leur ensemble, constituent le « temps », appartenant au système inertiel choisi dès lors que l'on s'est donné un moyen de « régler » ces horloges les unes par rapport aux autres. On voit qu'il n'est absolument pas nécessaire, *a priori*, que les « temps » des divers systèmes inertiels, ainsi définis, concordent entre eux. Ce que l'on aurait remarqué depuis longtemps si, dans l'ex-

---

52. Cet argument est développé dans le texte « La Géométrie et l'Expérience » (p. 366) de 1921. L'identification des coordonnées à des résultats de mesure effectuées à l'aide de règles est ce qui fait de la théorie de la relativité restreinte une théorie physique. Cette position est clairement exprimée par Einstein dans une lettre adressée à Ernst Cassirer (le 5 juin 1920) : « Les systèmes conceptuels me semblent vides lorsque l'on n'a pas fixé la manière dont ils sont liés à l'expérience. Cela me semble tout à fait essentiel, même si souvent il est intéressant d'isoler les relations purement conceptuelles pour en faire ressortir plus nettement les assemblages *logiquement* sûrs. Parce qu'elle interprète le *ds* [élément de distance dans l'espace-temps] comme un résultat de mesure, obtenu de façon bien précise à l'aide de règles et d'horloges, la théorie de la relativité générale est une théorie *physique* ». Ce type d'affirmation a valu à Einstein d'être taxé de positivisme : d'ailleurs les positivistes logiques du cercle de Vienne se sont appuyés sur les définitions einsteiniennes en terme de règles (et d'horloges) pour élaborer leur propre conception épistémologique.

périence quotidienne, la lumière n'avait pas semblé (en raison de la très grande valeur de c) fournir le moyen de constater la simultanéité absolue.

L'existence (de principe) de règles, et celle d'horloges (idéales ou parfaites) ne sont pas des hypothèses indépendantes l'une de l'autre. Car un signal lumineux réfléchi dans un mouvement de va-et-vient entre les extrémités d'une règle rigide représente une horloge idéale, à condition de supposer que la constance de la vitesse de la lumière dans le vide ne conduit à aucune contradiction.

Le paradoxe exposé ci-dessus peut dès lors être formulé ainsi : selon les règles utilisées en physique classique pour convertir les coordonnées spatiales et le temps d'un événement, lorsque l'on passe d'un système inertiel à un autre, les deux hypothèses :

1) constance de la vitesse de la lumière,

2) indépendance des lois (et donc aussi de la loi de constance de la vitesse de la lumière) par rapport au choix du système inertiel (principe de relativité restreinte), sont incompatibles (bien que chacune de ces hypothèses, prise isolément, soit confirmée par l'expérience [53]).

L'idée sur laquelle repose la th.[éorie] de la rel.[ativité] restreinte est la suivante : les hypothèses 1) et 2) sont compatibles entre elles si, pour le changement des coordonnées et des temps relatifs à des événements, on se fonde sur des relations d'un type nouveau [54] (les « trans-

53. La première hypothèse est confirmée dans la mesure où la théorie électromagnétique l'est ; la seconde l'est au même titre que la mécanique classique elle-même.

54. On sait, parce qu'il l'a raconté dans une conférence donnée à Kyoto en 1922 (publiée dans *Physics Today*, vol. XXXV, 1982), qu'Einstein avait longtemps essayé d'identifier l'origine de l'incompatibilité des hypothèses 1) et 2) avant de comprendre qu'il fallait fonder les changements de référentiel sur « des relations de type nouveau » : « Pourquoi ces deux concepts [l'invariance de la vitesse de la lumière et le principe de relativité] sont-ils contradictoires ? [...] Je passais près d'un an à essayer, en vain, de modifier les idées de Lorentz, dans l'espoir de

formations de Lorentz »). Étant donné la manière dont sont physiquement interprétés les coordonnées et les temps, cette démarche ne peut être considérée comme purement conventionnelle ; au contraire, elle implique certaines hypothèses relatives au comportement réel des règles et des horloges mobiles qui peuvent être confirmées ou réfutées par l'expérience.

Le principe général de la théorie de la relativité restreinte est contenu dans le postulat suivant : les lois de la physique sont invariantes par les transformations de Lorentz (lors du passage d'un système inertiel à n'importe quel autre système inertiel). Il s'agit là, pour les lois de la nature, d'un principe restrictif comparable au principe restrictif de non-existence d'un *perpetuum mobile* qui est à la base de la thermodynamique.

Tout d'abord, une remarque à propos du rapport de la théorie avec l'« espace quadridimensionnel ». Une erreur couramment répandue consiste à dire que la th.[éorie] de la rel.[ativité] restreinte aurait en quelque sorte découvert, en tout cas introduit pour la première fois, le caractère quadridimensionnel du continuum physique. Ce n'est évidemment pas le cas. La mécanique classique repose elle aussi sur un continuum à quatre dimensions d'espace et de temps. Mais, dans le continuum quadridimensionnel de la physique classique, les « coupes » à

---

résoudre ce problème. Heureusement, un de mes amis de Berne [Michele Besso] m'aida à m'en sortir. Je lui rendis visite, par une belle journée, pour lui parler de mon problème. D'entrée de jeu, je lui dis : "Ces temps derniers je me suis mis à travailler à un problème difficile. Je suis venu pour que nous l'attaquions ensemble." Nous commençâmes à discuter les divers aspects du problème. Et tout d'un coup, je compris quelle était la clef de la solution. Le jour suivant, je revins le voir et, sans même lui dire bonjour, je lui annonçai : "Je te remercie ; j'ai complètement résolu le problème." L'analyse du concept de temps, telle était la solution que j'avais trouvée [...] Cinq semaines après, l'élaboration de la théorie de la relativité restreinte était achevée ». L'article sur la relativité restreinte a été publiée en 1905 : « Zur Elektrodynamik bewegter Körper », *Annalen der Physik*, vol. XVII, 1905 (voir p. 251).

temps constant ont une réalité absolue, c'est-à-dire indépendante du choix du système de référence. De ce fait, le continuum quadridimensionnel se décompose naturellement en un continuum tridimensionnel et un autre unidimensionnel (le temps), de sorte que l'approche quadridimensionnelle ne s'impose pas comme une *nécessité*. La théorie de la relativité restreinte, en revanche, produit une dépendance formelle entre les modalités selon lesquelles les coordonnées d'espace d'une part et la coordonnée de temps de l'autre doivent intervenir dans les lois de la nature.

L'importante contribution de Minkowski à la théorie réside en ceci: avant les travaux de Minkowski[55], pour vérifier qu'une loi est bien invariante par transformation de Lorentz, il fallait appliquer une telle transformation à la loi; Minkowski, lui, a réussi à introduire un formalisme tel que la forme mathématique de la loi elle-même garantit son invariance par les transformations de Lorentz. En inventant un calcul tensoriel quadridimensionnel, il a obtenu pour l'espace quadridimensionnel ce que le calcul vectoriel traditionnel permet pour les trois dimensions de l'espace. Il a aussi montré que la transformation de Lorentz (à un changement de signe près, pour tenir compte du caractère particulier du temps) n'est rien d'autre qu'une rotation du système des coordonnées dans l'espace quadridimensionnel.

La théorie telle qu'elle vient d'être caractérisée appelle la remarque suivante. On est frappé par le fait

---

55. Hermann Minkowski (1864-1909) avait présenté sa formulation quadridimensionnelle de la théorie de la relativité restreinte en 1907 lors d'une réunion de la Mathematische Gesellschaft de Göttingen. L'article correspondant ne fut publié qu'en 1915, six ans après la mort de Minkowski. Ceci explique le manque de familiarité avec cette présentation qu'Einstein manifeste au moins jusqu'en 1912, date à laquelle il revint au travail de Minkowski pour les besoins du développement de la théorie de la relativité générale (extension à un espace courbe du formalisme tensoriel introduit par Minkowski pour un espace plat).

que la théorie introduit (outre l'espace quadridimensionnel) deux sortes de choses physiques, à savoir 1) des règles et des horloges, et 2) toutes les autres choses, comme par exemple le champ électromagnétique, le point matériel, etc. Il y a là une forme d'inconséquence : les règles et les horloges devraient, en fait, se présenter comme des solutions des équations fondamentales (ce sont des objets constitués d'entités atomiques en mouvement), et non comme des êtres jouissant d'une certaine autonomie théorique. La justification de ce procédé réside cependant en ceci qu'il était clair depuis le début que les postulats de la théorie ne sont pas assez forts pour que l'on puisse, sans trop d'arbitraire, déduire de celle-ci des équations suffisamment complètes pour les processus physiques, et fonder sur cette base une théorie des règles et des horloges. Si l'on ne voulait pas renoncer purement et simplement à une interprétation physique des coordonnées (ce qui, en soi, n'aurait rien d'impossible[56]), il valait mieux admettre une telle inconséquence – avec l'obligation, toutefois, de l'éliminer à un stade ultérieur de la théorie. Cela dit, il ne faut pas aller trop loin dans la légitimation de ce vice de la théorie et se représenter par exemple les distances comme des entités physiques d'un type particulier, différentes par nature des autres grandeurs physiques (« ramener la physique à la géométrie », etc.).

Nous allons maintenant nous demander quelles sont les connaissances ayant un caractère définitif que la physique doit à la théorie de la relativité restreinte.

1) Il n'y a pas de simultanéité pour des événements distants ; il n'y a donc pas non plus d'action à distance immédiate, au sens de la mécanique newtonienne. Si l'in-

---

56. C'est ce à quoi Einstein se résoudra en 1915 : « Le postulat de relativité, dans sa formulation la plus générale [en théorie de la relativité générale] fait des coordonnées spatio-temporelles des paramètres sans signification physique » (25 novembre 1915). Ce renoncement est le prix à payer pour satisfaire à l'exigence de covariance.

troduction d'actions à distance se propageant à la vitesse de la lumière reste concevable dans le cadre de cette théorie [la relativité restreinte], elle apparaît néanmoins comme fort peu naturelle ; il est en effet impossible, dans une telle théorie, de trouver une formulation raisonnable du principe (de conservation) de l'énergie. La réalité physique semble donc devoir être, inévitablement, décrite au moyen de fonctions continues de l'espace. De ce fait, le point matériel ne devrait plus être considéré comme un concept fondamental de la théorie[57].

2) Les principes de conservation de l'impulsion et de conservation de l'énergie se fondent en un seul et même principe. La masse inerte d'un système fermé est identique à son énergie, de sorte que la masse est éliminée en tant que concept autonome.

Une remarque. La vitesse de la lumière *c* est une grandeur qui intervient en tant que « constante universelle » dans les équations de la physique. Mais, si on prend comme unité de temps, non plus la seconde, mais le temps que met la lumière pour parcourir 1 cm, *c* n'apparaît plus dans les équations. En ce sens, on peut dire

57. Que le point matériel n'ait pas sa place dans une théorie du champ (telle que la relativité restreinte, prolongement et achèvement de la théorie de Maxwell comme le précise Einstein à la page suivante) est une idée qui revient périodiquement, comme un leitmotiv, chez Einstein. C'est par des considérations analogues que débute l'article de 1905 sur les quanta de lumière : « il existe une profonde différence formelle entre les représentations théoriques que se sont forgées les physiciens à propos des gaz et des autres corps pondérables, et la théorie de Maxwell... L'énergie d'un corps pondérable ne peut pas être divisée en parties aussi nombreuses et aussi petites que l'on veut, alors que l'énergie d'une radiation lumineuse... est, selon la théorie de Maxwell, distribuée de façon continue. » (voir p. 229) Un peu plus tard, en 1909 alors qu'il se débat avec la dualité onde-corpuscule, Einstein laisse entendre que les quanta pourraient être des concentrations de champ, ce qui ferait l'économie du concept de particule localisée productrice de champ. Enfin, on sait que dans la dernière période de sa vie, Einstein multiplia les tentatives en vue de « faire sortir » les particules de la théorie du champ.

que la constante *c* n'est qu'une constante universelle *apparente*.

Il est manifeste, et universellement admis, que l'on pourrait aussi éliminer de la physique deux autres constantes universelles en introduisant, à la place du gramme et du centimètre, des unités « naturelles » choisies de manière adéquate (par exemple, la masse et le rayon de l'électron).

Imaginons que cela ait été réalisé ; alors n'apparaissent plus, dans les équations fondamentales de la physique, que des constantes « sans dimension ». Au sujet de ces dernières, j'aimerais énoncer un principe qui, provisoirement, ne peut être fondé sur rien d'autre que sur ma confiance en la simplicité, ou plutôt l'intelligibilité, de la nature : il n'existe pas de constantes *arbitraires* de ce type. Autrement dit : la nature est ainsi faite qu'il est logiquement possible d'établir pour elle des lois si fortement définies que seules des constantes susceptibles d'une détermination rationnelle complète apparaissent dans ces lois (il n'y a donc pas de constantes dont les valeurs numériques puissent être modifiées sans que la théorie soit détruite)[58].

---

58. « Avec le problème des constantes universelles, vous avez soulevé l'une des questions les plus intéressantes qui soient. Il y a deux espèces de constantes : les constantes apparentes et les constantes véritables. Les constantes apparentes proviennent simplement de l'introduction d'unités arbitraires, et on peut les éliminer. Les vraies constantes sont de véritables nombres que Dieu a, pour ainsi dire, bien voulu choisir lorsqu'il a créé le monde. Mon opinion se résume en quelques mots : il n'existe pas de constantes de cette deuxième espèce ; leur existence apparente repose sur le fait que nous ne sommes pas allés suffisamment au fond des choses. » (lettre à Ilse Rosenthal-Schneider du 11 mai 1945). En 1909, Einstein avait été tenté d'aller un peu trop « au fond des choses ». Cherchant à réduire les phénomènes quantiques à des phénomènes classiques, il avait utilisé un « argument aux dimensions », au terme duquel il apparaissait que la constante *h* était (à un facteur de l'ordre de 100 près !) une combinaison des constantes *e* et *c* : $h = e^2/c$ (*e* charge de l'électron, *c* vitesse de la lumière dans le vide). Commentant cette tentative, Lorentz qui avait du mal à admettre que

La théorie de la relativité restreinte est redevable de son existence aux équations de Maxwell. A l'inverse, c'est seulement à l'aide de la théorie de la relativité restreinte que l'on peut, d'un point de vue formel, comprendre ces dernières de manière satisfaisante. Les équations de Maxwell sont les équations du champ, invariantes par transformation de Lorentz, les plus simples parmi celles que l'on peut former pour un tenseur antisymétrique dérivé d'un champ vectoriel. Ceci serait, en soi, satisfaisant si les phénomènes quantiques ne nous avaient pas appris que la théorie de Maxwell ne fait pas vraiment justice aux propriétés énergétiques du rayonnement. Mais il se trouve que la théorie de la relativité restreinte n'est guère d'un grand secours pour modifier de façon naturelle la théorie de Maxwell. Cette théorie ne fournit pas non plus de réponse à la question posée par Mach : « Comment se fait-il que les systèmes inertiels se distinguent d'un point de vue physique des autres systèmes de coordonnées ? »

Le fait que la théorie de la relativité restreinte ne soit que la première étape d'une évolution nécessaire ne m'est apparu clairement que lorsque je me suis efforcé de donner une représentation de la gravitation dans le cadre de cette théorie[59]. En mécanique classique, interprétée en termes de champs, le potentiel gravitationnel

---

1 = 100, écrivait à Einstein (le 6 mai 1909) : « En ce qui concerne votre idée selon laquelle h dépend bien de ε (charge de l'électron), j'arrive à la comprendre sans l'approuver ; en tout cas, j'ai des doutes. En effet, les trois décimales manquantes ne constituent pas une mince affaire ; je peux imaginer qu'un facteur 4π ou quelque chose d'approchant intervienne, mais un facteur 900, c'est vraiment trop. Il ne me semble pas satisfaisant non plus qu'une grandeur relative aux électrons intervienne dans les équations relatives à l'éther libre. L'idée selon laquelle h est une constante de l'éther indépendante de ε me paraît plus proche [de la vérité]. »

59. C'est en rédigeant un article de mise au point pour le *Jahrbuch der Radioaktivität und Elektronik*, vol. IV, 1907, qu'Einstein eut l'idée de développer sa théorie de 1905 pour y inclure la gravitation.

apparaît sous forme de champ *scalaire* (c'est la possibilité théorique la plus simple pour un champ à une seule composante). Il est facile, dans un premier temps, de rendre cette théorie scalaire du champ gravitationnel invariante par le groupe des transformations de Lorentz. Aussi le programme suivant semble-t-il tout naturel : [faire en sorte que] le champ physique total se compose d'un champ scalaire (de gravitation) et d'un champ vectoriel (le champ électromagnétique), des découvertes ultérieures pouvant éventuellement rendre nécessaire l'introduction de champs encore plus complexes, ce dont il ne semblait cependant pas nécessaire de se préoccuper dans un premier temps.

D'entrée de jeu, cependant, la réalisation de ce programme est apparue comme problématique car la théorie devait concilier les choses suivantes :

1) Des considérations générales, effectuées dans le cadre de la théorie de la relativité restreinte, avaient clairement montré que la masse *inerte* d'un système physique croît avec son énergie totale (et donc, par exemple, avec son énergie cinétique)[60].

2) Des expériences très précises (en particulier celles réalisées par Eötvös avec une balance de torsion) avaient montré de façon empirique, avec une très grande précision, que la masse *pesante* d'un corps est exactement égale à sa masse *inerte*[61].

---

60. C'est le fameux $E = mc^2$, publié en 1905, « Ist die Trägheit eines Körpers von seinem Energieinhalt abhängig ? », *Annalen der Physik*, vol. XVIII, post-scriptum à l'article fondateur de la théorie de la relativité restreinte (voir p. 298).

61. « Quand nous parlons de la *masse* d'un corps, nous associons à ce mot deux définitions qui logiquement sont tout à fait indépendantes l'une de l'autre. Nous entendons par *masse* d'une part la constante appartenant au corps qui mesure la résistance de ce corps à son accélération (“masse inertielle”) et d'autre part la constante du corps qui détermine la force que celui-ci éprouve dans un champ de pesanteur (“masse pesante”). *A priori*, il ne va pas du tout de soi que la masse inertielle et la masse pesante d'un corps doivent concorder ; nous

Il résultait de 1) et 2) que le *poids* d'un système dépend de façon parfaitement connue de son énergie totale. Si la théorie ne permettait pas d'aboutir à ce résultat, ou du moins pas de manière naturelle, elle devait être rejetée. La formulation la plus naturelle de cette condition peut s'énoncer ainsi : l'accélération d'un système tombant dans un champ de pesanteur est indépendante de la nature du système qui est en train de tomber (et donc, en particulier, de son contenu énergétique).

Il s'avéra alors qu'il était absolument impossible, dans le cadre du programme esquissé plus haut, de rendre compte de cet état de fait élémentaire, ou du moins pas de façon naturelle. J'acquis ainsi la conviction que, dans le cadre de la théorie de la relativité restreinte, il n'y a pas place pour une théorie satisfaisante de la gravitation.

Il me vint alors une idée[62]. Le fait que la masse inerte et la masse pesante soient égales, ou plutôt le fait que l'accélération de chute soit indépendante de la nature de

---

sommes simplement habitués à supposer qu'il en va ainsi. Cette conviction a pour origine l'expérience selon laquelle l'accélération éprouvée par différents corps dans le champ de la pesanteur ne dépend pas de la matière dont sont formés ces corps. Eötvös a montré que la masse inertielle et la masse pesante concordent en tout cas à très peu près ; grâce à des expériences réalisées avec une balance de torsion, il a montré que l'écart relatif entre les deux masses était inférieur à 10^{-8}. » (« Zum Relativitätsproblem », *Scientia*, Bologne, vol. XV, 1914).

62. « L'idée la plus heureuse de toute ma vie » (manuscrit non publié datant de 1919). Dans la conférence qu'il donna en 1922 à Kyoto (*op. cit.*), Einstein explique qu'il se trouvait assis à son bureau lorsque lui vint cette « heureuse » idée. La légende, qui aime à faire croire que le bonheur théorique des uns se paie du malheur des autres, dit que c'est en voyant tomber un homme du haut d'un toit qu'Einstein conçut la plus belle théorie du vingtième siècle. Cette idée s'exprime ainsi : « Pour un observateur tombant en chute libre du haut du toit d'une maison, il n'existe pendant sa chute – *du moins dans son voisinage immédiat* – pas de champ de gravitation. En effet, si cet observateur lâche des corps quelconques, ceux-ci restent relativement à lui dans un état de repos, ou de mouvement uniforme, indépendamment de leur nature physique ou chimique particulière. L'observateur est donc en droit d'interpréter son état comme un état de repos. » (manuscrit de 1919, *op. cit.*)

la substance en train de tomber, peut s'exprimer ainsi : les choses se comportent dans un champ de gravitation (d'extension spatiale réduite) comme dans un espace dépourvu de gravitation si on introduit dans ce dernier un système de référence en accélération par rapport à lui, à la place d'un « système inertiel ».

Si alors on considère le comportement des corps par rapport à ce système de référence accéléré comme résultant de l'action d'un champ de gravitation « réel » (et pas seulement apparent), on a tout autant le droit de considérer ce système de référence comme un « système inertiel » que dans le cas du système initial.

Ainsi, si l'on admet la possibilité de champs de gravitation d'extension arbitraire, sans restriction imposée *a priori* par des conditions aux limites spatiales, le concept de « système inertiel » devient totalement vide. Quant au concept d'« accélération par rapport à l'espace », il perd toute signification tout comme n'ont plus de sens le principe d'inertie et, avec lui, le paradoxe de Mach[63].

---

63. Paradoxe selon lequel il n'y a pas de raison pour que l'inertie ne soit pas, elle aussi, associée à des forces (voir p. 171). « La procédure qui vient d'être décrite [incluant le principe d'équivalence, nom qu'Einstein donne à son « idée »] remédie à un défaut des fondements de la physique déjà signalé par Newton et ayant fait l'objet de critiques de la part de Leibniz, et deux siècles plus tard de Mach : l'inertie résiste à l'accélération ; certes, mais l'accélération par rapport à quoi ? Dans le cadre de la mécanique classique, cette question n'appelle qu'une seule réponse : l'inertie résiste à l'accélération *par rapport à l'espace*. L'espace a la propriété physique d'agir sur les objets sans que les objets agissent sur lui. C'est ainsi qu'il faut fondamentalement comprendre la phrase de Newton : *spatium est absolutum* (l'espace est absolu). Mais cette idée en a troublé plus d'un, dont Leibniz qui, ne pouvant souscrire à l'existence indépendante de l'espace, voyait en ce dernier une simple propriété des "choses" (contiguïté des objets physiques). Si les doutes, au demeurant justifiés, de Leibniz l'avaient emporté à l'époque, cela n'aurait guère profité à la physique puisqu'on ne disposait pas encore au dix-septième siècle des bases théoriques et expérimentales nécessaires à la poursuite de cette idée. » (*Scientific American*, 1951, *op. cit.*).

Le fait que masse inerte et masse pesante soient égales amène donc tout naturellement à penser que le postulat de base de la théorie de la relativité restreinte (invariance des lois par les transformations de Lorentz) est trop étroit ; autrement dit : il faut postuler que les lois sont également invariantes par des transformations *non linéaires* des coordonnées du continuum quadridimensionnel.

Cela se passait en 1908. Pourquoi a-t-il fallu encore sept ans avant que soit établie la théorie de la rel.[ativité] générale[64] ? Principalement parce que l'on ne se débarrasse pas aussi facilement de l'idée que les coordonnées doivent avoir une signification métrique immédiate[65]. Ce changement s'opéra à peu près de la manière suivante.

Partons d'un espace vide, dans lequel ne règne aucun champ ; ce qui, par rapport à un système inertiel, représente, au sens de la relativité restreinte, le plus simple de tous les états physiques possibles. Imaginons, à présent, un système non inertiel introduit par le fait que le nouveau système est, par rapport au système inertiel (dans un mode de description à trois dimensions), uniformément accéléré le long d'une direction (définie de manière adéquate) ; il existe alors, relativement à ce système, un champ de pesanteur statique et de direction fixe. Ce faisant, le système de référence peut être choisi rigide et de caractère euclidien en ce qui concerne les relations métriques. Mais le temps par rapport auquel le champ est perçu comme statique *n'est pas* mesuré par des horloges au repos *de constructions semblables*. Cet exemple particulier nous montre que l'on perd la signification métrique immédiate des coordonnées à partir du moment où l'on admet des transformations non linéaires des coordonnées. Pourtant il faut bien en passer par là si

---

64. C'est en 1916 que fut publié l'article fondamental exposant la théorie de la relativité générale : « Die Grundlage der allgemeinen Relativitätstheorie », *Annalen der Physik*. vol. XLIX, 1916 (voir p. 328).

65. Voir note 56.

l'on veut rendre compte, au niveau des fondements de la théorie, de l'égalité de la masse pesante et de la masse inerte et si l'on veut dépasser le paradoxe de Mach relatif aux systèmes inertiels.

Mais, si l'on doit renoncer à donner aux coordonnées une signification métrique immédiate (différence entre coordonnées = longueur ou temps mesurable), on ne peut pas éviter de traiter tous les systèmes de coordonnées qui peuvent être produits par transformation continue des coordonnées comme équivalents.

En conséquence, la théorie de la relativité générale part du principe selon lequel les lois de la nature doivent être exprimées au moyen d'équations covariantes[66] par rapport au groupe des transformations conti-

---

66. Dire que des équations sont covariantes vis-à-vis de telle ou telle transformation des coordonnées revient à dire qu'elles gardent la même forme lorsqu'on passe d'un système de coordonnées à son transformé. Exiger que des relations soient généralement covariantes revient donc à exiger qu'elles gardent la même forme dans tous les systèmes de coordonnées. De fait, Einstein mit plus de trois ans (de 1912 à 1915) à accepter l'exigence de covariance générale qui lui était apparue dès 1911-12 comme une conséquence possible du principe d'équivalence : « Si ce principe valait pour n'importe quel processus ("principe d'équivalence"), il fallait y voir l'indication que, si on voulait parvenir à une théorie naturelle du champ de gravitation, il fallait élargir le principe de relativité à des systèmes de coordonnées en mouvement non uniforme les uns par rapport aux autres. » (Conférence prononcée à Glasgow, 20 juin 1933). Il s'agissait donc de passer de l'invariance par les transformations (linéaires) de Lorentz à une covariance élargie aux transformations non linéaires. « Savoir si cela devait être vrai pour des transformations des coordonnées tout à fait quelconques (mais continues) ou bien seulement pour certaines transformations, je l'ignorais pour le moment. Je me rendis bientôt compte qu'avec la conception des transformations non linéaires requise par le principe d'équivalence, c'en devait être fini de l'interprétation physique directe des coordonnées ; autrement dit : on ne pouvait plus exiger que les différences entre coordonnées représentent les résultats immédiats de mesures effectuées à l'aide de règles ou d'horloges. Cette constatation me tracassa beaucoup, car je restai longtemps incapable de comprendre ce que, tout compte fait, les coordonnées doivent alors représenter en physique. Je ne réussis à sortir de ce dilemme que vers 1912. » (*Ibidem*).

nues des coordonnées. Ce groupe remplace donc ici le groupe des transformations de Lorentz de la théorie de la relativité restreinte, ce dernier constituant un sous-groupe du premier.

Évidemment, on ne peut, partant de cette seule exigence, en déduire les équations fondamentales de la physique. On peut même avant toute chose contester que cette exigence impose vraiment une restriction aux lois de la physique ; car il est toujours possible de reformuler une loi, initialement postulée pour certains systèmes de coordonnées, de façon à ce que la nouvelle formulation ait une forme généralement covariante. De plus, il est clair d'emblée que l'on peut formuler un nombre infini de lois du champ possédant cette propriété

S'étant alors avisé que la poursuite de ses recherches exigeait des connaissances en géométrie différentielle qu'il avait négligé d'acquérir lors de ses études, Einstein fit appel à son ami Grossmann (voir note 13 p. 161). Tous les deux se convainquirent alors que les équations de la gravitation ne devaient pas être généralement covariantes. Cette conviction fut de 1912 à 1913 étayée par divers arguments, au moins trois (c'est-à-dire deux de trop) : d'abord l'impossibilité pour des équations du champ généralement covariantes de redonner à la limite le champ newtonien ; puis six mois plus tard un argument « général » reposant sur les principes de conservation ; et enfin un raisonnement selon lequel la covariance générale violerait le principe épistémologique de l'*Eindeutigkeit* (détermination unique des grandeurs physiques). « L'affaire de la gravitation, écrit Einstein à Ehrenfest en 1913 (lettre non datée), a été résolue à mon entière satisfaction (à savoir le fait que les équations du champ de gravitation ne sont covariantes que vis-à-vis des transformations linéaires). On peut en effet montrer qu'il ne peut absolument pas exister d'équations généralement covariantes qui déterminent le champ de façon complète à partir du tenseur de la matière. »

Novembre 1915 marque un tournant décisif, pour ne pas dire un revirement radical : le 25 novembre, dans une communication à l'Académie des Sciences de Prusse, Einstein écrit : « Le postulat de relativité, dans sa formulation la plus générale, fait des coordonnées spatio-temporelles des paramètres sans signification physique. » Et avec Ehrenfest qui a suivi toutes ses péripéties, il plaisante (le 26 décembre) : « Ce qu'il y a de bien avec Einstein, c'est que chaque année il désavoue ce qu'il a écrit l'année d'avant ; il me reste à accomplir le plus triste des devoirs : enterrer mes derniers désaveux. »

de covariance. L'importance heuristique du principe de relativité générale réside cependant dans le fait qu'il conduit à rechercher, parmi les systèmes d'équations mis sous forme *généralement covariante*, ceux qui sont *les plus simples possibles* ; c'est parmi ces derniers qu'il faut chercher les équations du champ de l'espace physique. Les champs qui peuvent être déduits les uns des autres par ces transformations décrivent le même état de choses.

Pour qui fait des recherches dans ce domaine, la question principale est la suivante : de quelle nature mathématique sont les grandeurs (fonctions des coordonnées) qui permettent d'exprimer les propriétés physiques de l'espace (sa « structure ») ? Alors, et seulement dans un deuxième temps, vient la question : à quelles équations ces grandeurs satisfont-elles ?

A l'heure actuelle, nous ne sommes toujours pas en mesure de répondre avec certitude à ces questions. La voie empruntée lors de la première formulation de la théorie de la rel.[ativité] générale peut être caractérisée comme suit. Même si nous ne savons pas par quelle sorte de variables de champ (par quelle structure) caractériser l'espace physique, il est pourtant un cas particulier pour lequel nos connaissances sont certaines, le cas de l'espace « où ne règne aucun champ » dont traite la relativité restreinte. Un tel espace est caractérisé par le fait que, pour un système de coordonnées adéquatement choisi, l'expression :

$$(1) \qquad ds^2 = dx_1^2 + dx_2^2 + dx_3^2 - dx_4^2,$$

expression relative à deux points voisins, représente une grandeur mesurable (le carré de leur distance) et a donc une signification physique réelle. Rapportée à un système quelconque, l'expression de cette grandeur est :

$$(2) \qquad ds^2 = g_{ik}\, dx_i\, dx_k,$$

où les indices vont de 1 à 4. Les g_{ik} forment un tenseur symétrique. Si, après avoir effectué une transformation sur le champ (1), les dérivées premières des g_{ik} par rapport aux coordonnées ne s'annulent pas, c'est qu'il existe, par rapport à ce système de coordonnées, un champ de gravitation au sens mentionné plus haut, un champ de gravitation d'une nature toute particulière. Ce champ particulier peut, grâce aux travaux de Riemann sur les espaces métriques à n dimensions, être caractérisé de façon invariante :

1) R_{iklm}, le tenseur de courbure de Riemann formé à partir des coefficients de la métrique (2), est nul.

2) La trajectoire d'un point matériel, dans le système inertiel (celui par rapport auquel l'expression (1) est valable), est une droite, et donc une extrémale (une géodésique). Mais l'expression (2) suffit déjà à caractériser la loi du mouvement de cette façon. Or, la loi *générale* de l'espace physique doit être une généralisation de la caractérisation ci-dessus. J'ai alors fait l'hypothèse qu'il existait deux niveaux de généralisation :

a) champ purement gravitationnel,

b) champ général (faisant apparaître des grandeurs qui d'une façon ou d'une autre correspondent au champ électromagnétique)[67].

Le cas a) est caractérisé par le fait que le champ peut y être encore représenté à l'aide d'une métrique de Riemann (2), ou d'un tenseur symétrique, mais qu'il n'existe pas (sauf de façon infinitésimale) de représenta-

---

67. On ne saurait mieux dire que la gravitation joue en théorie de la relativité générale un rôle qui la distingue des autres forces (elle détermine la métrique de l'espace à quatre dimensions). Le traitement du cas a) correspond à l'article de synthèse paru en 1916 (voir note 64) ; le reste de la vie d'Einstein (jusqu'en 1955) a été occupé par le point b), en particulier l'adjonction du champ électromagnétique ou champ de gravitation. Signalons que le rôle singulier de la gravitation (et le fait que le tenseur métrique représente à la fois le champ gravitationnel et la structure métrique de l'espace-temps) est à l'origine de bien des difficultés conceptuelles ou techniques de la physique actuelle – par exemple l'impossibilité où l'on se trouve, jusqu'à présent, d'unifier les schémas conceptuels de la relativité générale et de la théorie quantique.

tion ayant la forme (1). Ce qui veut dire que dans le cas a), le tenseur de Riemann *n'est pas nul*. Cependant, il est évident que dans ce cas il doit exister une loi du champ qui soit une généralisation plus faible de cette loi. Si l'on fait l'hypothèse que l'équation représentant cette loi doit, elle aussi, être une équation différentielle du second ordre, linéaire par rapport aux dérivées secondes, la seule équation susceptible d'être l'équation du champ correspondant au cas a) est l'équation obtenue en effectuant une seule contraction[68] :

$$0 = R_{kl} = g^{im} R_{iklm}.$$

De plus, il paraît naturel de supposer que, dans le cas a), la ligne géodésique représente bien encore la loi du mouvement d'un point matériel.

A l'époque, tenter de représenter le champ total b) et d'en établir les lois me semblait une entreprise sans espoir. C'est pourquoi j'ai préféré mettre en place un cadre formel provisoire permettant de représenter l'ensemble de la réalité physique ; il le fallait si je voulais pouvoir étudier dans quelle mesure l'idée fondamentale de la relativité générale était utilisable. Voici comment je procédai.

Dans la théorie de Newton, la loi du champ de gravitation s'écrit, là où la densité de matière est nulle :

$$\Delta\varphi = 0$$

(φ est le potentiel de gravitation). Dans le cas général, on doit écrire (équation de Poisson) :

$$\Delta\varphi = 4\pi k\rho \ (\rho = \text{densité de masse}).$$

Dans le cas de la théorie relativiste du champ de gravitation, R_{ik} remplace $\Delta\varphi$. Dans la partie droite de

68. R_{kl} représente le tenseur de Ricci, R_{iklm}, comme plus haut, le tenseur de courbure de Riemann. De même, plus bas, dans l'équation finale, R désigne le scalaire de la courbure de Riemann.

l'équation, ρ doit être remplacé par un tenseur. Nous savons, grâce à la théorie de la relativité restreinte, que la masse (inerte) est égale à l'énergie; c'est donc le tenseur densité d'énergie qui doit être écrit à droite – ou, plus exactement, le tenseur densité d'énergie totale, pour autant que l'énergie n'est pas purement gravitationnelle. On obtient alors les équations du champ sous la forme :

$$R_{ik} - (1/2)\, g_{ik}\, R = -k\, T_{ik}.$$

Le deuxième terme dans le membre de gauche a été ajouté pour des raisons formelles; en effet, la partie gauche est écrite de telle façon que sa divergence soit identiquement nulle, au sens du calcul différentiel absolu. La partie droite est un condensé formel de tout ce dont la compréhension, en termes de théorie des champs, est encore problématique[69]. Bien entendu, je n'ai jamais pensé que cette version soit plus qu'un pis-aller destiné à donner au principe de relativité générale une expression provisoirement achevée, *rien de plus*[70],

---

69. « La théorie nécessite un complément qui ne peut être obtenu par le seul principe de relativité : les T_{ik} doivent être exprimés à l'aide de grandeurs de champ quelconques (continues) et il faut établir les équations différentielles qui déterminent le comportement de ces grandeurs. Alors seulement, la théorie est achevée. » (Communication à l'Académie des Sciences de Prusse, 1927).

70. Einstein ne cesse d'insister sur le caractère inachevé, et donc non contraignant, de sa théorie. Elle n'est pas nécessaire mais satisfaisante (lettre à Schlick du 6 février 1917). Cependant elle présente l'avantage sur d'autres théories de ne convoquer qu'un minimum d'hypothèses indépendantes : « A la question de savoir s'il est possible d'établir et de fonder la théorie de la gravitation sans le principe de relativité, on peut en principe répondre sans le moindre doute par l'affirmative. [Mais] pour aboutir aux conséquences de la théorie de la relativité sans utiliser le principe de relativité, il faudrait beaucoup d'hypothèses indépendantes. C'est ce qu'indiquent toutes les tentatives entreprises jusqu'à ce jour en vue de contourner le principe de relativité » (*Die Naturwissenschaften*, vol. VIII, 1920). Apparaît alors dans l'épistémologie d'Einstein un critère d'évaluation des théories, celui du moindre

pour l'essentiel, qu'une théorie du champ de gravitation dans laquelle le champ de gravitation est isolé de façon passablement artificielle du champ total, dont on ignore encore la structure.

Si, dans la théorie esquissée ci-dessus, il est une chose qui, en dehors de l'exigence d'invariance des équations par le groupe des transformations continues des coordonnées, peut éventuellement prétendre à une quelconque valeur définitive, c'est certainement la théorie du cas limite où le champ est purement gravitationnel et la manière dont celui-ci est relié à la structure métrique de l'espace. C'est pourquoi il ne sera question, dans ce qui va suivre, que des équations du champ purement gravitationnel.

La spécificité de ces équations réside d'une part dans la complexité de leur construction, et en particulier dans leur non-linéarité par rapport aux variables du champ et leurs dérivées, et d'autre part dans la nécessité quasiment absolue avec laquelle le groupe des transformations détermine cette loi complexe du champ[71]. Si l'on en était

---

nombre d'hypothèses indépendantes. Critère propre à Einstein, fondé sur rien d'autre que l'expérience singulière de l'élaboration de la théorie de 1908 à 1915.

71. On peut voir là une variante de ce qu'à d'autres occasions, Einstein a appelé la « valeur heuristique » du principe de relativité générale (et donc de l'exigence de covariance). En effet le principe de relativité « n'est pas un énoncé portant sur la réalité physique, c'est-à-dire sur le *contenu* des lois de la nature, mais seulement une exigence relative à leur *formulation* mathématique ». Mais comme « toute loi empirique doit pouvoir être mise sous forme généralement covariante », la force heuristique du principe de relativité (covariance générale) repose alors « sur le fait que, de deux systèmes théoriques compatibles avec l'expérience, on privilégiera celui qui du point de vue du calcul [tensoriel] est le plus simple et le plus transparent. Que l'on mette la mécanique newtonienne de la gravitation sous forme d'équations absolument covariantes (à quatre dimensions), et l'on sera fermement convaincu que le principe de relativité, s'il n'exclut pas théoriquement cette théorie, l'exclut du moins en pratique. » (*Annalen der Physik*, vol. LV, 1918) (La formulation covariante de la théorie de Newton est

resté à la théorie de la relativité restreinte, c'est-à-dire à l'invariance par le groupe de Lorentz, la loi du champ $R_{ik} = 0$ serait également invariante sous l'action de ce groupe plus restreint. Mais, du point de vue de ce groupe plus restreint, il n'y aurait *a priori* aucune raison pour que la gravitation soit représentée par une structure aussi compliquée que celle que représente le tenseur symétrique g_{ik}. Si l'on trouvait malgré tout des raisons suffisantes pour cela, les grandeurs g_{ik} conduiraient à un nombre incalculable de lois du champ, toutes covariantes par transformation de Lorentz (mais pas par le groupe général). Et quand bien même on aurait deviné par hasard, parmi toutes les lois invariantes de Lorentz imaginables, celle qui fait justement partie du groupe plus large, on n'en serait pas pour autant parvenu au niveau de connaissance que permet d'atteindre le principe de relativité générale. Car, du point de vue du groupe de Lorentz, deux solutions devraient être considérées, à tort, comme physiquement différentes l'une de l'autre lorsqu'elles peuvent être transformées l'une dans l'autre au moyen d'une transformation non linéaire des coordonnées, c'est-à-dire lorsque, du point de vue du groupe plus large, elles ne sont que deux représentations différentes du même champ.

Encore une remarque d'ordre général à propos de la structure [d'une théorie] et des groupes [d'invariance]. Il est clair que de façon générale une théorie est jugée d'autant plus accomplie qu'elle repose sur une « structure » plus simple et que, de plus, le groupe qui laisse les équations du champ invariantes est plus vaste. Ces deux exigences, on le voit maintenant, sont contradic-

---

en effet plus complexe que celle de la théorie de la relativité générale). On le voit, le critère de « simplicité logique » mentionné p. 166 par Einstein (qui ne cherche pas à excuser le manque de précision des remarques avancées à ce sujet) est beaucoup moins simple qu'il n'y paraît : la théorie de la relativité générale est de son point de vue « plus simple » que la théorie de Newton.

toires. En théorie de la relativité restreinte (groupe de Lorentz), il est possible d'établir une loi covariante pour, par exemple, la plus simple de toutes les structures imaginables (un champ scalaire), alors qu'en théorie de la relativité générale (groupe plus large des transformations continues des coordonnées), il n'existe de loi du champ invariante que pour la structure plus compliquée du tenseur métrique. Nous avons donné les raisons *physiques* qui font que l'on doit exiger en physique l'invariance par le groupe le plus large[a]; mais du point de vue purement mathématique, je ne vois pas ce qui obligerait à renoncer à une structure plus simple au profit de l'extension du groupe.

Avec le groupe de la relativité générale, on a pour la première fois une situation où la plus simple des lois invariantes n'est ni linéaire, ni homogène par rapport aux variables et à leurs dérivées. Ce fait est d'une importance fondamentale, pour la raison suivante. Si la loi du champ est linéaire (et homogène), la somme de deux solutions est aussi une solution; c'est le cas par exemple pour les équations de Maxwell dans le vide. Dans une telle théorie, il n'est pas possible de déduire, en partant de la seule loi du champ, l'interaction entre des entités qui, lorsqu'elles sont isolées, sont représentées par des solutions du système. De là vient que les théories aient dû jusqu'à présent comporter, à côté des lois du champ, des lois particulières régissant le mouvement des entités matérielles soumises à l'influence du champ considéré[72].

---

a. Vouloir en rester au groupe restreint et dans le même temps fonder la théorie de la rel.[ativité] générale sur une structure plus compliquée, c'est faire preuve d'inconséquence et de naïveté. Un péché est toujours un péché, même s'il est commis par des individus par ailleurs fort respectables.

72. Typique à cet égard est le champ électromagnétique: aux quatre équations de Maxwell on est obligé d'adjoindre la relation $\boldsymbol{F} = q\,(\boldsymbol{E} + \boldsymbol{v} \wedge \boldsymbol{B})$, expression de la force à laquelle est soumise une particule chargée. Il en va de même pour la théorie newtonienne de la

Il est vrai qu'au tout début de la théorie relativiste de la gravitation, la loi du mouvement (ligne géodésique) était postulée indépendamment, à côté des lois du champ. Mais il est apparu plus tard qu'il n'était pas nécessaire (ni possible) de supposer la loi du mouvement de façon indépendante et que cette loi était implicitement contenue dans la loi du champ de gravitation.

On peut se faire une idée intuitive de cet état de choses fort compliqué de la manière suivante : un point matériel unique et au repos est représenté par un champ de gravitation, lequel est partout fini et régulier, sauf à l'endroit où se trouve le point matériel et où le champ possède une singularité. Si, en intégrant les équations du champ, on calcule le champ associé à deux points matériels au repos, on voit que celui-ci possède, outre les singularités à l'endroit des points matériels, une ligne de points singuliers reliant les deux points matériels. Il est cependant possible d'imposer aux points matériels un mouvement tel que le champ de gravitation qu'ils déterminent ne soit jamais singulier en dehors des points matériels. C'est précisé-

---

gravitation. « Comment se présente la théorie de la relativité générale lorsqu'on l'envisage de ce point de vue ? Y retrouve-t-on le même dualisme loi du champ – loi du mouvement ? » demande Einstein (communication à l'Académie des Sciences de Prusse, 1927). « Les choses ne sont pas si simples » annonce-t-il. En effet les équations du champ de la relativité générale ne permettraient de déterminer le mouvement de la matière que si l'on connaissait l'expression en termes de champ de tenseur T_{ik}. « Or il n'en est pas question ». Einstein en conclut (en 1927) que plutôt que de chercher à représenter la matière en termes de champ, il vaudrait mieux considérer les particules comme des singularités du champ, l'idée étant que les équations du champ contiennent nécessairement le mouvement de ses singularités. « Si seulement je savais mieux calculer » se plaint Einstein dans une lettre à Ehrenfest (5 mai 1927). Et d'ajouter, livrant ainsi la véritable raison de son acharnement à résoudre ce problème : « Ce serait merveilleux si les équations différentielles habituelles pouvaient aboutir à la mécanique quantique, et je ne considère pas que ce soit tout à fait hors de question ». Se fait ainsi jour ce qui fut la préoccupation lancinante des trente dernières années de la vie d'Einstein : éviter les quanta.

ment ce mouvement-là que décrivent en première approximation les lois de Newton. On peut donc dire que les masses se déplacent de façon à ce que les équations du champ n'impliquent aucune singularité dans l'espace en dehors des masses elles-mêmes. Cette propriété des équations de la gravitation est directement liée à leur non-linéarité, laquelle est imposée par le groupe plus vaste des transformations.

On pourrait toutefois émettre l'objection suivante : si l'on admet qu'il puisse y avoir des singularités à l'emplacement des points matériels, de quel droit interdit-on qu'elles se produisent en tout autre endroit de l'espace ? Cette objection serait justifiée s'il fallait considérer les équations du champ de gravitation comme des équations du champ total. On dira donc que le champ d'une particule matérielle doit d'autant moins être considéré comme un *champ purement gravitationnel* que l'on s'approche plus de l'endroit où se trouve véritablement la particule. Si l'on connaissait les équations du champ total, il faudrait exiger que les particules elles-mêmes puissent être représentées par des solutions *partout* exemptes de singularités des équations complètes du champ. Alors, et alors seulement, la théorie de la relativité générale serait une théorie *complète*[73].

Mais, avant de m'interroger sur le degré d'achèvement de la théorie de la relativité générale, il me faut dire quelle est ma position par rapport à la théorie physique contemporaine qui a connu le plus de succès : la théorie statistique des quanta, qui a acquis une forme logiquement cohérente il y a environ vingt-cinq ans (Schrödinger, Heisenberg, Dirac, Born). C'est, à l'heure actuelle, la seule théorie qui permette de saisir de façon unifiée tout

---

73. Le mot « complet » ne doit rien au hasard. Il fait référence au débat amorcé en 1935 par le fameux article EPR (Einstein, Podolsky, Rosen) portant sur la « complétude » de la « théorie quantique », intitulé précisément « Can Quantum-Mechanical Description of Physical Reality be Considered Complete ? » (voir p. 454).

ce que l'expérience nous enseigne concernant le caractère quantique des phénomènes micromécaniques. Cette théorie d'une part et la théorie de la relativité d'autre part sont considérées comme toutes les deux correctes en un certain sens, bien qu'à ce jour toute tentative pour les faire fusionner ait été vaine. C'est sans doute la raison pour laquelle les théoriciens contemporains ont des avis si différents quant aux fondements de la physique du futur. S'agira-t-il d'une théorie des champs? Ou bien d'une théorie d'essence statistique? Je vais ici dire de façon brève ce que je pense de la question.

La physique est une tentative pour appréhender ce qui est[74] de façon conceptuelle, comme quelque chose de pensé indépendamment du fait qu'il soit perçu. C'est en ce sens que l'on parle de « réel physique ». Dans la physique préquantique, la signification de cette expression ne faisait aucun doute. Le réel était représenté, dans la théorie de Newton, par des points matériels

---

74. *Das Seinde* en allemand. Le « réalisme » (toujours ajouter « naïf ») d'Einstein a fait beaucoup gloser. Il convient de remarquer que, comme il est naturel, les positions d'Einstein ont évolué. Ainsi en 1918 (24 septembre) s'adressant à son collègue E. Study qui avait cru pouvoir affirmer : « Le monde corporel est réel. Telle doit être l'hypothèse de base », Einstein répond-il : « Que veut dire hypothèse dans ce cas-là ? Pour moi, une hypothèse est un énoncé dont la *vérité* est provisoirement supposée mais dont *le sens doit être au-dessus de toute ambiguïté.* [Votre] énoncé me semble en soi dénué de sens ; c'est comme si l'on affirmait : "Le monde corporel est cocorico." Je trouve que "réel" est en soi une catégorie (un tiroir) vide et sans signification qui ne tient son énorme importance que du fait que j'y range certaines choses et pas d'autres. » C'est encore une fois la grande expérience intellectuelle de sa vie (la relativité générale) qui a conduit Einstein à ne plus bannir le mot réel de son vocabulaire. « Ce qui du point de vue physique est réel dans le monde des événements (par opposition à ce qui dépend du choix du système de coordonnées) est constitué de *coïncidences spatio-temporelles* ». Et il ajoute en note de bas de page « Et rien d'autre » (lettre à Ehrenfest du 26 décembre 1915). On le voit, si réalisme il y a, il n'a rien de naïf. C'est un réalisme entièrement façonné par la structure épistémologique de la théorie de la relativité générale.

dans l'espace et le temps et, dans la théorie de Maxwell, par un champ dans l'espace et le temps. En mécanique quantique, les choses sont un peu moins claires. A la question : « la fonction Ψ de la théorie quantique représente-t-elle un état de choses réel, au sens où on l'entend pour un système de points matériels ou pour un champ électromagnétique ? », on hésite à répondre simplement par « oui » ou par « non ». Pourquoi ? La fonction Ψ (à un instant donné) prescrit la chose suivante : la probabilité de trouver telle grandeur physique q (ou p) dans un certain intervalle donné lorsqu'on la mesure à l'instant t. La probabilité doit être considérée ici comme une grandeur que l'on peut établir de façon empirique, et donc assurément comme une grandeur « réelle », que je peux établir, en produisant la même fonction Ψ un grand nombre de fois et en procédant chaque fois à une mesure de q. Mais que dire alors des valeurs de q obtenues lors d'une seule mesure ? Le système individuel considéré avait-il déjà cette valeur de q avant la mesure ? La théorie n'apporte pas de réponse bien définie à cette question, car la mesure est un processus qui comporte une intervention extérieure finie sur le système ; on pourrait donc penser que le système n'acquiert une valeur numérique déterminée pour q (ou p), la valeur numérique que donne la mesure, qu'au travers de la mesure elle-même. Dans la suite de la discussion, je vais imaginer deux physiciens, A et B, porte-parole de deux manières différentes de concevoir l'état réel que décrit la fonction Ψ.

A : Avant la mesure, le système individuel a une valeur déterminée de q (resp. p) pour toutes les variables du système – en fait, *la* valeur qui est établie par une mesure de ces variables. Partant de cette conception, le physicien A déclarera : la fonction Ψ n'est pas une représentation exhaustive de l'état réel du système ; c'est une représentation incomplète, elle n'exprime que ce que nous savons du système sur la base de mesures antérieures.

B : Le système individuel ne possède (avant la mesure) aucune valeur déterminée de q (resp. p). La valeur mesurée ne naît que grâce à l'acte de mesure et avec le concours de la probabilité que la fonction Ψ associe à la valeur mesurée. Partant de cette conception, le physicien B déclarera (ou du moins sera en droit de déclarer) : la fonction Ψ est une représentation exhaustive de l'état réel du système.

Présentons maintenant à nos deux physiciens le cas suivant. Soit un système composé, à un instant t où nous l'observons, de deux systèmes partiels S_1, et S_2 qui, à cet instant, sont spatialement séparés et n'interagissent pas (au sens de la physique classique) de façon significative. Supposons que nous connaissions la fonction Ψ, soit Ψ_{12}, qui décrit le système de façon complète, au sens de la mécanique quantique. Tous les théoriciens de la mécanique quantique seront d'accord sur le point suivant. Si je procède à une mesure complète sur S_1, j'obtiens, à partir des résultats de cette mesure et de la fonction Ψ_{12}, pour la fonction Ψ du système S_2, une fonction complètement déterminée Ψ_2. Le caractère de Ψ_2 dépend du *type de mesure* que j'ai effectuée sur S_1. Il me semble qu'on peut alors parler de l'état de choses réel[75] du système partiel S_2. Sur cet état

---

75. Einstein savait bien que la notion de complétude n'a rien qui aille de soi. Dans une lettre (19 juin 1935) à Schrödinger il écrit : « Toute physique est description de la réalité ; seulement cette description peut être "complète" ou "incomplète". Le sens de ces expressions est d'emblée problématique lui aussi. Je vais l'élucider à l'aide de la métaphore suivante. J'ai devant moi deux boîtes, chacune munie d'un couvercle amovible, de sorte que je peux voir ce qu'il y a dedans en soulevant le couvercle ; c'est ce que j'appelle "faire une observation". Par ailleurs, il y a une bille qui, lorsque l'on fait une observation, se trouve toujours soit dans une boîte soit dans l'autre. Je décris alors un état [du système] de la façon suivante : *la probabilité pour que la bille se trouve dans la première boîte y est 1/2.* Est-ce là une description complète ?

Non : un énoncé complet est : la bille *est* (ou n'est pas) dans la

de choses réel, nous en savons, avant la mesure effectuée sur S_1, *a priori* encore moins que dans le cas d'un système décrit par la fonction Ψ. Il est pourtant *une* hypothèse que, selon moi, nous ne devrions en aucun cas abandonner : l'état de choses réel du système S_2 (son état) ne dépend pas des opérations effectuées sur le système S_1 qui en est spatialement séparé. Pourtant, selon que j'effectue telle ou telle opération sur S_1, j'obtiens pour la fonction Ψ_2 du second système partiel S_2 telle ou telle fonction (Ψ_2, Ψ'_2...). Mais l'état réel de S_2 ne doit pas dépendre de ce qui arrive à S_1. Pour un même état réel de S_2, on peut donc trouver (selon que l'on choisit d'effectuer telle ou telle mesure sur S_1) des fonctions Ψ différentes. (On ne peut échapper à cette conclusion qu'en supposant que la mesure sur S_1 a modifié – par télépathie – l'état réel de S_2, ou bien en déniant franchement aux choses qui sont spatialement séparées la

---

première boîte. Telle est l'allure que doit prendre la caractérisation de l'état dans une description complète [c'est la position du physicien A dans le texte ci-dessus].

Oui : avant que je soulève le couvercle de la boîte, la bille n'est pas du tout dans l'*une* des deux boîtes [position de B]. Le fait d'être dans une boîte déterminée ne se réalise que parce que je soulève le couvercle. C'est seulement de là que provient le caractère statistique du monde de l'expérience, de ses lois empiriques. L'état avant que le couvercle soit soulevé est *complètement* caractérisé par le nombre 1/2, dont la signification ne se manifeste jamais, lorsqu'on effectue des observations, que comme un résultat statistique. La statistique intervient uniquement lors de l'observation où sont introduits des facteurs insuffisamment connus, et étrangers au système décrit.

Nous nous trouvons placés devant une alternative analogue lorsque nous voulons interpréter la relation qu'entretient la mécanique quantique avec la réalité. Pour le système que constitue la bille, bien évidemment, la deuxième interprétation, “spiritiste”, à la Schrödinger, est pour tout dire inepte : seule la première interprétation, celle de Born [interprétation statistique de la théorie quantique], sera prise au sérieux par le contribuable. Quant au philosophe talmudiste [c'est Bohr qui est visé], il se fiche pas mal de la “réalité”, cet épouvantail tout juste bon à effrayer les âmes naïves. Il explique que les deux conceptions ne diffèrent que par leur mode d'expression. »

possibilité d'états réels indépendants. Ces deux hypothèses me semblent tout aussi inacceptables l'une que l'autre[76].)

Si maintement les physiciens A et B acceptent de reconnaître la validité de ces considérations, le physicien B devra abandonner son point de vue selon lequel la fonction Ψ donnerait une description complète de l'état de choses réel. En effet, si tel était le cas, il serait impossible de faire correspondre deux fonctions Ψ différentes au même état réel (de S_2).

Le caractère statistique de la théorie actuelle serait alors une conséquence obligée de l'incomplétude de la description des systèmes en mécanique quantique, et il n'y aurait plus aucune raison pour que les futures bases de la physique soient fondées sur la statistique...

Mon opinion est que la théorie quantique actuelle, grâce à certains concepts fondamentaux bien définis, pour l'essentiel empruntés à la mécanique classique, représente une formulation optimale des relations [entre choses]. Je pense cependant que cette théorie ne peut pas servir de point de départ au développement futur [de la théorie physique]. Mon attente, sur ce point précis, se distingue de celle de la plupart des physiciens contemporains. Ces derniers sont convaincus qu'il est impossible de rendre compte des traits essentiels des phénomènes quantiques (changements apparemment discontinus et non déterminés dans le temps de l'état d'un système,

---

76. Dans le même lettre à Schrödinger Einstein poursuit :

« Voici quelle est ma manière de penser à moi. On ne peut avoir prise sur le talmudiste qu'en ayant recours à un principe additionnel, le principe de séparation. A savoir : "la deuxième boîte (avec tout ce qui a trait à son contenu) est indépendante de ce qui se passe dans la première boîte (systèmes partiels séparés)". Si l'on adopte le principe de séparation, on exclut par là même la deuxième conception "à la Schrödinger" et il ne reste plus que celle de Born, selon laquelle, toutefois, la description donnée plus haut de l'état est une description *incomplète* de la *réalité* ou des états réels. »

propriétés à la fois corpusculaires et ondulatoires des entités énergétiques élémentaires) à l'aide d'une théorie qui décrit l'état réel des choses au moyen de fonctions continues soumises à des équations différentielles. Ils pensent aussi que l'on ne pourra jamais comprendre la structure atomique de la matière et du rayonnement en empruntant cette voie. Ils s'attendent à ce que les systèmes d'équations différentielles qui interviendraient dans une telle théorie n'aient aucune solution régulière (sans singularité) dans tout l'espace à quatre dimensions. Surtout, ils croient que le caractère discontinu apparent des processus élémentaires ne peut être représenté qu'au moyen d'une théorie d'essence statistique, où les modifications discontinues des systèmes seraient prises en compte par des modifications *continues* des probabilités relatives aux divers états possibles.

Je suis sensible à toutes ces remarques. Mais la question cruciale me semble être la suivante : que peut-on, dans l'état actuel de la théorie, tenter avec quelque espoir de succès ? A cet égard, mes espérances se fondent sur l'expérience acquise dans le domaine de la théorie de la gravitation[77]. Ces équations [de la relativité générale] ont, à mon avis, plus de chances d'énoncer quelque chose de *précis* que toutes les autres équations de la physique.

---

77. Dans une lettre à Ernst Cassirer (16 mars 1937), après avoir exposé la version ici reproduite de l'argument EPR (version qu'Einstein pensait plus conforme à sa pensée que celle de l'article original où « pour des raisons de langue » – il est écrit en anglais – celle-ci avait été trahie), Einstein écrit : « Je suis intimement convaincu qu'on ne pourra sortir du dilemme ainsi décrit qu'en adoptant une tout autre conception des faits, à savoir un mode de description beaucoup plus proche de la description "classique" que ce que nous tenons aujourd'hui pour vraisemblable, voire possible. En effet, il nous faut constamment garder présent à l'esprit qu'actuellement la "théorie classique du champ" ne nous permet pas de savoir quoi que ce soit sur la loi du mouvement des points matériels. Pour venir à bout de ce problème, cependant, point n'est besoin d'hypothèses physiques particulières : il "suffit" de résoudre certains problèmes mathématiques. »

Qu'on les compare, à titre d'exemple, aux équations de Maxwell dans le vide. La formulation de ces dernières correspond à l'expérience que nous avons des champs électromagnétiques faibles. Cette origine empirique suffit à déterminer leur forme linéaire ; mais nous avons déjà insisté sur le fait que les vraies lois ne peuvent pas être linéaires. Les lois [de Maxwell, linéaires] ont des solutions qui satisfont au principe de superposition, si bien qu'elles ne disent rien des interactions entre entités élémentaires. Les vraies lois ne peuvent pas être linéaires ; elles ne peuvent pas davantage être obtenues à partir de lois qui le sont. La théorie de la gravitation m'a encore appris autre chose : ce n'est pas en partant d'une collection de faits empiriques, aussi vaste soit-elle, que l'on arrive à établir des équations aussi élaborées. Une théorie peut être vérifiée par l'expérience, mais il n'existe aucun chemin menant de l'expérience à l'établissement d'une théorie. Des équations aussi compliquées que celles du champ de gravitation ne peuvent être trouvées que si l'on a trouvé une condition mathématique, logiquement simple, qui détermine complètement, ou presque, ces équations. Une fois que l'on dispose de conditions formelles suffisamment fortes, l'établissement de la théorie ne requiert que très peu de savoir concernant les faits ; dans le cas des équations de la gravitation, ce sont la quadridimensionnalité et le tenseur symétrique exprimant la structure de l'espace qui, joints à l'invariance par le groupe des transformations continues, déterminent presque complètement les équations.

Le problème est de trouver les équations du champ pour le champ total. La structure que nous cherchons doit être une généralisation du tenseur symétrique. Le groupe ne doit pas être plus restreint que celui des transformations continues. Si l'on introduit une structure plus riche, le groupe ne détermine pas les équations aussi fortement que dans le cas où la structure est représentée par un tenseur symétrique. L'idéal serait donc d'arriver à élargir de nouveau le groupe, d'une manière analogue à celle qui a permis de passer de la relativité restreinte à la relativité générale. J'ai essayé, en particulier, de me servir du groupe des transformations complexes de coordonnées. Toutes mes tentatives en ce sens sont restées vaines. De même, j'ai abandonné l'idée qui consiste à augmenter, de façon explicite ou implicite, le nombre des dimensions de l'espace, tentative dont Kaluza[78] a montré le bien-fondé et qui, dans sa variante projective, a encore aujourd'hui des partisans. Limitons-nous à l'espace à quatre dimensions et au groupe des transformations des coordonnées continues et réelles. Après bien des années de recherches infructueuses, je considère que la solution qui suit est la plus satisfaisante du point de vue logique.

On introduit, à la place du tenseur symétrique g_{ik} ($g_{ik} = g_{ki}$), un tenseur g_{ik} non symétrique. Cette grandeur comporte une partie symétrique S_{ik} et une

---

78. Theodor Kaluza (1885-1954), mathématicien et linguiste distingué. Sa théorie, publiée en 1919, avait d'abord séduit Einstein : « L'hypothèse fondamentale de Kaluza consiste à admettre que les lois de la nature sont généralement covariantes dans cet univers à cinq dimensions. Il s'ensuit que la manière dont les potentiels électromagnétiques interviennent dans les lois de la nature est nécessairement liée à la manière dont les potentiels gravitationnels interviennent, ce qui signifie une limitation radicale des possibilités. Ainsi se dresse devant nous la possibilité de fonder notre conception du monde physique sur une fonction de Hamilton unitaire » (*Scripta Universalis atque Bibliothecae Hierosolymitanarum, Mathematica et Physica*, vol. I, 1923). Mais ayant cherché, aidé de son assistant préposé aux mathématiques de l'époque, Jakob Grommer, une solution aux équations de Kaluza, et ayant constaté que ces solutions ne résolvaient pas son problème (faire « sortir » les particules des équations du champ), Einstein abandonna cette piste (pour y revenir en 1929).

Les noms de Kaluza, Grommer et de la revue dont est extraite la citation ci-dessus sont l'occasion d'évoquer un monde qui n'existe plus, un monde où un linguiste est également mathématicien, où un étudiant talmudique (Grommer) débarqué de Brest-Litovsk éblouit le monde des mathématiciens de Göttingen par sa rapidité à devenir l'un des leurs et où un médecin russe devenu psychanalyste, émigré en Palestine, fonde une revue où Einstein publie un article technique.

partie antisymétrique, réelle ou entièrement imaginaire, a_{ik} :

$$g_{ik} = s_{ik} + a_{ik}.$$

Du point de vue du groupe, il est arbitraire de combiner *s* et *a*, parce que les tenseurs *a* et *s* ont chacun pour son propre compte un caractère tensoriel. Il s'avère cependant que ces g_{ik} (considérés comme des touts) jouent dans la construction de la théorie un rôle analogue à celui des g_{ik} symétriques dans la théorie du champ purement gravitationnel.

Cette généralisation de la structure spatiale paraît également naturelle si on la considère du point de vue de notre savoir physique, car nous savons bien que le champ électromagnétique est en rapport avec un tenseur antisymétrique.

Par ailleurs, en théorie de la gravitation, il est essentiel que l'on puisse, à partir des quantités symétriques g_{ik} construire une densité scalaire $\sqrt{|g_{ik}|}$ ainsi que le tenseur contravariant g^{ik}, conformément à la définition :

$$g_{ik}\, g^{il} = \delta^l_k \; (\delta^l_k = \text{tenseur de Kronecker}).$$

Ces constructions, ainsi que les densités tensorielles[79],

79. La théorie ici exposée est celle qui, au moment où il écrit son autobiographie (1949), à la faveur (provisoire) d'Einstein. Une part de la grandeur d'Einstein tient à l'acharnement qu'il mit, lui à qui les idées etaient venues si facilement et si heureusement en 1905, à remettre cent fois son travail sur le métier à la fin de sa vie. Grandeur géniale ou sénilité ordinaire ? Einstein lui-même se posait la question, en faisant contre mauvaise fortune bon cœur : « En tout cas, c'est là une occasion [son soixante-dixième anniversaire] qui ne dépend pas de la question cruciale de savoir si Dieu joue vraiment aux dés ou pas, et si nous devons nous en tenir à une réalité accessible à la description qu'en peut donner la physique. Dans ma réponse aux travaux publiés dans le livre de Schilpp [où figure son autobiographie], j'ai chanté une nouvelle fois ma bonne vieille chansonnette solitaire ; cela me rappelle le refrain de ce vieux bouquin :

peuvent être définies de manière strictement analogue pour les g_{ik} non symétriques.

Il est également essentiel en théorie de la gravitation que, pour un champ symétrique donné g_{ik}, on puisse définir un champ Γ^l_{ik}, symétrique par rapport aux indices inférieurs et qui, du point de vue géométrique, régit le déplacement parallèle d'un vecteur. De façon analogue, il est possible de définir pour les g_{ik} non symétriques un Γ^l_{ik} non symétrique, selon la formule :

$$\text{(A)} \qquad g_{ik,l} - g_{sk}\,\Gamma^s_{il} - g_{is}\,\Gamma^s_{lk} = 0.$$

Cette formule correspond à la formule analogue pour les g symétriques, à ceci près qu'il faut évidemment faire attention à l'ordre des indices inférieurs des g et des Γ.

Tout comme dans la théorie réelle, on peut construire à partir des Γ une courbure R_{iklm}, et à partir de celle-ci une courbure contractée R_{kl}. Finalement, on obtient, en utilisant un principe variationnel, les équations du champ qui sont compatibles avec (A) : $\boldsymbol{v}$ v

$$\text{(B}_1\text{)} \qquad \mathfrak{g}^{\underset{\smile}{is},s} = 0 \quad \left(\mathfrak{g}^{\underset{\smile}{is}} = 1/2\,(g^{ik} - g^{ki})\,\sqrt{|\,g_{ik}\,|}\right.$$

$$\text{(B}_2\text{)} \qquad \Gamma^s_{\underset{\smile}{is}} = 0 \quad \left(\Gamma^s_{\underset{\smile}{is}} = 1/2\,(\Gamma^s_{is} - \Gamma^s_{si})\right)$$

$$\text{(C}_1\text{)} \qquad R_{\underline{kl}} = 0$$

$$\text{(C}_2\text{)} \qquad R_{\underset{\smile}{kl},m} + R_{\underset{\smile}{lm},k} + R_{\underset{\smile}{mk},l} = 0.$$

Chacune des équations (B_1) et (B_2) se déduit de l'autre, si l'équation (A) est satisfaite. R_{kl} représente la partie symétrique de R_{kl}, $R_{\underset{\smile}{kl}}$ sa partie antisymétrique.

Lorsque la partie antisymétrique de g_{ik} est nulle, ces formules se réduisent à (A) et (C_1) – on est dans le cas d'un champ purement gravitationnel.

"Sur ce discours du candidat Jobche
Hochement général des caboches..." » (Lettre à Bohr du 4 avril 1949).

Je crois que ces équations représentent la généralisation la plus naturelle possible des équations de la gravitation[a]. Vérifier que ces équations sont physiquement utilisables est une tâche d'une difficulté énorme, dans la mesure où les approximations ne peuvent suffire. La question qui se pose est la suivante : quel genre de solutions dépourvues de singularités dans tout l'espace ces équations admettent-elles ?...

Cet exposé aura atteint son but s'il a montré au lecteur comment les efforts de toute une vie sont liés entre eux et en quoi ils [m']ont conduit à avoir un type bien particulier d'espérances.

A. Einstein
Institute for Advanced Study
Princeton, New Jersey

a. La théorie proposée ici a, selon moi, une probabilité non négligeable d'être confirmée, s'il s'avère qu'il est possible d'obtenir une représentation exhaustive de la réalité physique sur la base du continuum.

II. 1905

1. Un point de vue heuristique concernant la production et la transformation de la lumière[1]

[*Annalen der Physik*, vol. XVII, 1905, p. 132-148.]

Il existe une profonde différence formelle entre les représentations théoriques que se sont forgées les physiciens à propos des gaz et des autres corps pondérables, et la théorie de Maxwell des processus électromagnétiques dans ce qu'il est convenu d'appeler l'espace vide. En effet, alors que nous considérons que l'état d'un corps est parfaitement déterminé par les positions et vitesses d'un nombre d'atomes et d'électrons, très grand certes, mais néanmoins fini, nous nous servons, pour la détermination de l'état électromagnétique d'une région de l'espace, de fonctions d'espace continues, si bien que nous ne pouvons pas considérer qu'un nombre fini de grandeurs suffise à fixer complètement l'état électromagnétique de l'espace. Selon la théorie de Maxwell, l'énergie doit être conçue, pour tous les phénomènes purement électromagnétiques, et donc également pour la lumière, comme une fonction continue de l'espace, alors que l'énergie d'un corps pondérable doit, selon la conception actuelle des physiciens, être décrite comme une somme portant sur les atomes et les électrons.

---

1. Titre allemand : « Über einen die Erzeugung und Verwandlung des Lichtes betreffenden heuristischen Gesichtspunkt ».

L'énergie d'un corps pondérable ne peut pas être divisée en parties aussi nombreuses et aussi petites que l'on veut, alors que l'énergie d'une radiation[2] lumineuse émise par une source de lumière ponctuelle est, selon la théorie de Maxwell de la lumière (ou, selon toute théorie ondulatoire), distribuée de façon continue sur un volume sans cesse croissant.

La théorie ondulatoire de la lumière opérant avec des fonctions d'espace continues s'est avérée parfaite pour ce qui est de la description des phénomènes purement optiques et il se peut qu'elle ne soit jamais remplacée par une autre théorie. Il ne faut cependant pas perdre de vue que les observations optiques portent sur des valeurs moyennes dans le temps, et pas sur des valeurs instantanées ; il n'est pas inconcevable, bien que les théories de la diffraction, de la réflexion, de la réfraction, de la dispersion, etc., soient entièrement confirmées par l'expérience, que la théorie de la lumière qui opère sur des fonctions continues de l'espace puisse conduire à des contradictions avec l'expérience lorsqu'elle est appliquée aux phénomènes de production et de transformation de la lumière.

De fait, il me semble que les observations portant sur le « rayonnement noir », la photoluminescence, la production de rayons cathodiques par la lumière ultraviolette, et d'autres classes de phénomènes concernant la production ou la transformation de la lumière, apparaissent comme plus compréhensibles si l'on admet que l'énergie de la lumière est distribuée de façon discontinue dans l'espace. Selon l'hypothèse envisagée ici, lors de la propagation d'un rayon lumineux émis par une source ponctuelle, l'énergie n'est pas distribuée de façon continue sur des espaces de plus en plus grands, mais est constituée d'un nombre fini de quanta[3] d'énergie localisés en des points de l'espace,

2. *Strahl* en allemand.

chacun se déplaçant sans se diviser et ne pouvant être absorbé ou produit que tout d'un bloc.

Dans ce qui suit, je vais présenter le cours des idées et relater les faits qui m'ont conduit au point de vue ici exposé, dans l'espoir que d'autres chercheurs pourront en tirer profit.

§ 1. *Une difficulté concernant la théorie du « rayonnement noir »*

Plaçons-nous d'abord dans le cadre de la théorie de Maxwell et de la théorie des électrons, et considérons le cas suivant. Supposons que, dans un espace clos, aux parois parfaitement réfléchissantes, se trouvent un certain nombre de molécules de gaz et d'électrons libres de se déplacer et exerçant entre eux, lorsqu'ils s'approchent les uns des autres, des forces de type conservatif ; autrement dit, ils peuvent entrer en collision les uns avec les autres, tout comme les molécules d'un gaz en théorie cinétique des gaz[a]. Soit en outre un certain nombre d'électrons liés à des points de cet espace très éloignés les uns des autres par des forces dirigées vers ces points et proportionnelles à l'élongation. Ces électrons eux aussi

---

a. Cette hypothèse est équivalente à celle selon laquelle, à l'équilibre thermique, les énergies cinétiques moyennes des molécules du gaz et des électrons sont égales. On sait que, grâce à cette hypothèse, M. Drude a pu déduire théoriquement le rapport de la conductivité thermique à la conductivité électrique d'un métal[4].

3. Le mot *quantum* (*quanta* au pluriel) n'apparaît jamais dans le texte. Einstein utilise le mot *Lichtquant* (donnant au pluriel *Lichtquanten*), forme germanisée du latin *quantum*. En français, on ne dispose pas d'équivalent (en anglais, *quant* pourrait donner *unit*) ; aussi avons-nous gardé le terme latin, conformément à la tradition d'ailleurs. Le mot *quant* est aussi employé par Einstein pour désigner des constantes fondamentales comme la charge de l'électron – conformément à la tradition de l'époque.

4. P. Drude, « Zur Elektronentheorie der Metalle », *Annalen der Physik*, vol. III, 1900, p. 566-613. L'égalité des énergies cinétiques moyennes de translation des molécules de gaz et des électrons résulte du théorème d'équipartition de l'énergie.

sont susceptibles d'interagir de façon conservative avec les molécules et les électrons libres lorsque ces derniers s'en approchent suffisamment. Nous appelons « résonateurs[5] » ces électrons qui sont liés à des points de l'espace ; ils émettent et absorbent des ondes électromagnétiques de période bien déterminée.

Selon la manière actuelle de concevoir l'origine de la lumière, le rayonnement dans l'espace considéré, obtenu en appliquant la théorie de Maxwell dans le cas de l'équilibre dynamique, doit être identique au « rayonnement noir » – du moins si l'on considère qu'il y a des résonateurs correspondant à toutes les fréquences considérées.

Faisons abstraction, provisoirement, du rayonnement émis et absorbé par les résonateurs et demandons-nous quelle est la condition d'équilibre dynamique correspondant aux interactions (aux collisions) des molécules et des électrons. La théorie cinétique des gaz donne comme condition d'équilibre que la force vive moyenne d'un électron résonateur soit égale à l'énergie cinétique moyenne de translation d'une molécule du gaz. Décomposons le mouvement d'un électron en trois mouvements oscillants, le long de trois directions perpendiculaires ; la valeur moyenne $\bar{E}$ de l'énergie de chacun de ces mouvements d'oscillation rectiligne est :

$$\bar{E} = \frac{R}{N} T,$$

où R désigne la constante universelle des gaz, N le nombre des « molécules réelles[6] » dans un équivalent-gramme et T la température absolue. L'énergie $\bar{E}$ est en effet égale, compte tenu de l'égalité des valeurs moyennes dans le temps des énergies cinétique et potentielle d'un résonateur, aux deux tiers de la force vive d'une molécule

5. Le mot est emprunté à Planck qui désignait ainsi une source idéale de rayonnement assimilable aux dipôles oscillants de Hertz.

6. A l'époque, molécule voulait dire à la fois mole et molécule ; d'où l'adjectif « réelle » pour désigner ce qu'aujourd'hui on appelle molécule.

libre de gaz monoatomique. Si, pour une raison ou une autre (en l'occurrence, du fait des processus de rayonnement), il se faisait que l'énergie d'un résonateur prenne une valeur moyenne dans le temps plus grande, ou plus petite, que $\bar{E}$, les collisions avec les électrons et les molécules libres aboutiraient à ce que le gaz gagne, ou cède, une énergie non nulle en valeur moyenne. L'équilibre dynamique n'est donc possible, dans le cas qui nous intéresse, que si chaque résonateur a une énergie moyenne égale à $\bar{E}$[7].

Appliquons des considérations analogues à l'interaction entre les résonateurs et le rayonnement qui se trouve dans l'espace. M. Planck[a] a, dans ce cas, déduit la condition d'équilibre dynamique, en faisant l'hypothèse[b] que le rayon-

a. M. Planck, *Ann. d. Phys.*, vol. I, 1900, p. 99[8].

b. Cette hypothèse peut être formulée de la façon suivante. Développons en série de Fourier la composante Z de la force électrique (Z), en un point quelconque de l'espace considéré, entre les instants $t = 0$ et $t = T$ (où T est un intervalle de temps très grand par rapport à toutes les périodes considérées) :

$$Z = \sum_{\nu=1}^{\nu=\infty} A_\nu \sin(2\pi\nu \frac{t}{T} + \alpha_\nu),$$

avec $A_\nu \geq 0$ et $0 \leq \alpha_\nu \leq 2\pi$. Imaginons que l'on effectue ce même développement (au même point de l'espace) autant de fois que l'on veut, en choisissant les instants initiaux au hasard ; on obtient divers systèmes de valeurs pour les grandeurs A_ν et α_ν. Il existe alors, pour la fréquence[9] de chaque combinaison différente de valeurs des grandeurs A_ν et α_ν, une probabilité (statistique) dW de la forme :

$$dW = f(A_1, A_2 \ldots \alpha_1, \alpha_2 \ldots)\, dA_1\, dA_2 \ldots d\alpha_1, d\alpha_2 \ldots$$

(suite de la note en p. 234)

7. Contrairement à la plupart de ses contemporains, Einstein croyait à une stricte validité du théorème d'équipartition de l'énergie, garantie par ses propres travaux de 1903-1904 sur les fondements de la thermodynamique statistique.

8. La référence complète est : M. Planck, « Über irreversible Strahlungsvorgänge », *Annalen der Physik*, vol. I, 1900, p. 69-112.

9. *Häufigkeit* en allemand.

nement pouvait être considéré comme un processus aussi désordonné que possible. Il a trouvé :

$$\bar{E}_\nu = \frac{L^3}{8\pi\nu^2}\rho_\nu .$$

$\bar{E}_\nu$ est ici l'énergie moyenne d'un résonateur de fréquence propre ν (pour chacune des composantes du mouvement oscillant), L la vitesse de la lumière, ν la fréquence et $\rho_\nu d\nu$ l'énergie par unité de volume de la fraction du rayonnement dont la fréquence est comprise entre ν et $\nu + d\nu$.[10]

Si l'on exige que l'énergie du rayonnement de fréquence ν dans son ensemble ne croisse ni ne décroisse systématiquement, il faut que :

$$\frac{R}{N}T = \bar{E} = \bar{E}_\nu = \frac{L^3}{8\pi\nu^2}\rho_\nu$$

$$\rho_\nu = \frac{R}{N}\frac{8\pi\nu^2}{L^3}T.$$

(suite de la note b *de la p. 233)*
Le rayonnement est aussi désordonné que possible si :

$$f(A_1, A_2 \ldots \alpha_1, \alpha_2 \ldots) = F_1(A_1) \cdot F_2(A_2) \ldots f_1(\alpha_1) \cdot f_2(\alpha_2) \ldots,$$

c'est-à-dire si la probabilité pour qu'une des grandeurs (A ou α) prenne une valeur déterminée est indépendante des valeurs prises par les autres grandeurs A ou α. Plus on se rapproche des conditions où les couples individuels de grandeurs (A_ν, α_ν) dépendent des processus d'émission et d'absorption de groupes bien *particuliers* de résonateurs, plus on a le droit, dans le cas ici envisagé, de considérer que le rayonnement est « aussi désordonné que possible ».

10. L'équation liant $\bar{E}_\nu$ à ρ_ν, appelée par Planck « équation fondamentale », jouait effectivement un rôle fondamental dans sa démonstration d'un « théorème H électromagnétique » (prouvant l'existence d'une fonction H indéfiniment décroissante lors de l'évolution spontanée du système résonateur-rayonnement). L'hypothèse du « rayonnement naturel », qu'Einstein appelle « aussi désordonné que possible », était dans cette démonstration l'analogue du « chaos moléculaire » requis par la démonstration du « théorème H » de Boltzmann. (Voir à ce sujet T. S. Kuhn, *Black-Body Theory...*, voir Bibliographie.)

Cette relation, obtenue comme condition de l'équilibre dynamique, n'est pas conforme à l'expérience ; mais elle indique également que, dans notre modèle, il est hors de question qu'il y ait partage de l'énergie entre l'éther et la matière [11]. En effet, plus on étend le domaine des fréquences allouées aux résonateurs, plus l'énergie du rayonnement emplissant l'espace augmente et à la limite on obtient :

$$\int_0^\infty \rho_\nu \, d\nu = \frac{R}{N}\frac{8\pi}{L^3} T \int_0^\infty \nu^2 \, d\nu = \infty.$$

§ 2. *A propos de la détermination par Planck des quanta élémentaires*

Dans ce qui suit, nous allons montrer que la détermination des quanta élémentaires donnée par M. Planck est, jusqu'à un certain point, indépendante de sa théorie du « rayonnement noir ».

La formule de Planck [a], vérifiée jusqu'à présent par toutes les expériences, donne pour ρ_ν :

$$\rho_\nu = \frac{\alpha\nu^3}{e^{\beta\frac{\nu}{T}} - 1},$$

---

a. M. Planck, *Ann. d. Phys.*, vol. IV, 1901, p. 561 [12].

11. Cette relation, déjà à peu près démontrée par Rayleigh en 1900 (sur des bases théoriques moins solides), dite loi de Rayleigh-Jeans, est évidemment contradictoire avec la loi de Wien. Wien avait proposé en 1896 une fonction exponentielle qui rendait bien compte des mesures effectuées avant 1900 et ne s'accordait pas du tout avec celles faites après 1900. La loi de Rayleigh-Jeans est valable pour $h\nu/kT << 1$, celle de Wien pour $h\nu/kT >> 1$ (en notations modernes). La divergence signalée plus bas fut appelée, par Ehrenfest, « catastrophe ultraviolette ». Einstein fut le premier à voir combien cette « catastrophe » était inévitable dans le cadre de la théorie classique.

12. La référence complète est : M. Planck, « Über das Gesetz der Energieverteilung im Normalspektrum », *Annalen der Physik*, vol. IV, 1901, p. 553-563. Cette publication est la troisième où apparaisse la formule de Planck. On y trouve la fameuse preuve de Planck faisant intervenir des éléments d'énergie, qu'Einstein ignore poliment.

où :

$$\alpha = 6{,}10 \,.\, 10^{-56}$$
$$\beta = 4{,}866 \,.\, 10^{-11}$$

A la limite des grandes valeurs de T/ν, c'est-à-dire pour de grandes longueurs d'onde et de fortes densités de rayonnement, cette formule devient :

$$\rho_\nu = \frac{\alpha}{\beta} \nu^2 T.$$

On constate que cette formule est conforme à celle obtenue au paragraphe 1 à partir de la théorie de Maxwell et de la théorie des électrons. Par identification des coefficients de ces deux formules, il vient :

$$\frac{R}{N} \frac{8\pi}{L^3} = \frac{\alpha}{\beta},$$

soit :

$$N = \frac{\beta}{\alpha} \frac{8\pi R}{L^3} = 6{,}17 \,.\, 10^{23}.$$

Autrement dit, un atome d'hydrogène pèse $1/N$ gramme, soit $1{,}62 . 10^{-24}$ gramme. C'est exactement la valeur trouvée par M. Planck, laquelle coïncide elle-même assez bien avec les valeurs de cette grandeur obtenues par d'autres voies[13].

---

13. Le nombre N (nombre d'Avogadro) était encore mal connu à l'époque, ce qui explique l'insistance de Planck et d'Einstein sur tout nouveau moyen de le déterminer. Dans sa thèse, « Eine neue Bestimmung der Moleküldimensionen », soutenue en 1905 et publiée dans les *Annalen der Physik*, vol. XIX, 1906, p. 289-306, Einstein indique une autre méthode de détermination de N, fondée sur l'idée de la diffusion et de la viscosité dans les liquides où sont dissoutes de grosses molécules supposées sphériques. Il fera cependant une erreur de calcul (corrigée seulement en 1910), ce qui le conduira à une détermination de N acceptable uniquement en ordre de grandeur.

Nous arrivons donc à la conclusion suivante : les fondements théoriques dont nous sommes partis sont d'autant plus appropriés que la densité d'énergie et la longueur d'onde du rayonnement sont plus grandes ; ils sont complètement inopérants pour de petites longueurs d'onde et de faibles densités d'énergie.

Dans la suite, le « rayonnement noir » sera considéré sous le rapport expérimental et sans prendre pour base tel ou tel modèle de la production et de la propagation du rayonnement.

§ 3. *Sur l'entropie du rayonnement*

Les considérations suivantes se trouvent déjà dans un travail célèbre de M. Wien [14] et je ne les reproduis ici que par souci de complétude.

Soit un rayonnement occupant un volume v. Nous supposons que les propriétés observables de ce rayonnement sont parfaitement déterminées par la donnée, pour toutes les fréquences, de la densité spectrale de rayonnement $\rho(\nu)$ [a]. Puisque l'on considère que des rayonnements de fréquences différentes peuvent être séparés les uns des autres sans travail et sans apport de chaleur, l'entropie du rayonnement peut être écrite sous la forme :

$$S = v \int_0^\infty \varphi(\rho, \nu)\, d\nu,$$

où φ désigne une fonction des variables ρ et ν. On peut réduire φ à une fonction d'une seule variable en écrivant que, lors d'une compression adiabatique à l'intérieur de

---

a. Il s'agit d'une supposition gratuite. Naturellement, cette supposition, la plus simple qui soit, sera maintenue tant que l'expérience n'oblige pas à y renoncer.

14. Il s'agit probablement de l'article où Wien démontrait, en appliquant la thermodynamique macroscopique au rayonnement noir, la loi « du déplacement » qui porte son nom : $\rho_\nu = \nu^3 f(\nu/T)$ (« Temperatur und Entropie der Strahlung », *Annalen der Physik*, vol. LII, 1894, p. 132-165).

parois réfléchissantes, l'entropie d'un rayonnement reste inchangée. Nous ne le ferons cependant pas ; nous allons plutôt examiner comment la fonction φ peut être obtenue à partir de la loi du rayonnement du corps noir.

Dans le cas du « rayonnement noir », ρ est une fonction de ν telle que l'entropie, à énergie donnée, soit maximale, c'est-à-dire telle que :

$$\delta \int_0^\infty \varphi(\rho, \nu)\, d\nu = 0$$

lorsque :

$$\delta \int_0^\infty \rho\, d\nu = 0.$$

D'où il s'ensuit que pour tout choix de $\delta\rho$, fonction de ν :

$$\int_0^\infty \left(\frac{\partial\varphi}{\partial\rho} - \lambda\right) \delta\rho\, d\nu = 0,$$

où λ est indépendant de ν. Dans le cas du rayonnement noir, $\partial\varphi/\partial\rho$ est donc indépendant de ν.

Pour un accroissement dT de la température d'un rayonnement noir occupant le volume v, on a :

$$dS = v \int_{\nu=0}^{\nu=\infty} \frac{\partial\varphi}{\partial\rho}\, d\rho\, d\nu,$$

soit encore, puisque $\partial\varphi/\partial\rho$ ne dépend pas de ν :

$$dS = \frac{\partial\varphi}{\partial\rho}\, dE.$$

Comme dE est égal à la chaleur fournie et que le processus est réversible, on a également :

$$dS = \frac{1}{T}\, dE.$$

Par comparaison, on obtient :

$$\frac{\partial\varphi}{\partial\rho} = \frac{1}{T}$$

qui est l'expression de la loi du rayonnement noir. On peut donc déduire la loi du rayonnement noir de la fonction φ et, à l'inverse, déterminer à partir de cette loi la fonction φ par intégration, compte tenu du fait que φ s'annule pour $\rho = 0$.

§ 4. *Loi limite pour l'entropie du rayonnement monochromatique de faible densité*

Certes, il ressort des observations effectuées jusqu'à présent sur le « rayonnement noir » que la loi du « rayonnement noir » proposée initialement par M. Wien :

$$\rho = \alpha\nu^3\, e^{-\beta\frac{\nu}{T}}$$

n'est pas tout à fait exacte. Elle est cependant parfaitement confirmée par l'expérience pour les grandes valeurs de ν/T. Nous allons fonder notre calcul sur cette formule, gardant toutefois présent à l'esprit que nos résultats ne vaudront que dans certaines limites.

De cette formule, il résulte d'abord que :

$$\frac{1}{T} = -\frac{1}{\beta\nu}\lg\frac{\rho}{\alpha\nu^3},$$

puis, en utilisant la relation trouvée au paragraphe précédent, que :

$$\varphi(\rho,\nu) = -\frac{\rho}{\beta\nu}\left[\lg\frac{\rho}{\alpha\nu^3} - 1\right].$$

Soit maintenant un rayonnement d'énergie E, de fréquence comprise entre ν et $\nu + d\nu$. Ce rayonnement occupe un volume v. Son entropie est :

$$S = v\,\varphi(\rho,\nu)\,d\nu = -\frac{E}{\beta\nu}\left[\lg\frac{E}{v\alpha\nu^3 d\nu} - 1\right].$$

Limitons-nous à l'étude de la manière dont cette entropie dépend du volume occupé par le rayonnement et notons S_0 l'entropie du rayonnement lorsque son volume est v_0 ; nous obtenons :

$$S - S_0 = \frac{E}{\beta\nu} \lg \left[\frac{v}{v_0} \right].$$

Cette équation montre que l'entropie d'un rayonnement monochromatique, de densité suffisamment faible, varie en fonction du volume selon la même loi que l'entropie d'un gaz parfait ou d'une solution diluée. Nous allons dans ce qui suit interpréter l'équation ci-dessus en nous fondant sur le principe introduit dans la physique par M. Boltzmann, principe selon lequel l'entropie d'un système est une fonction de la probabilité de son état.

§ 5. *Étude, dans le cadre de la théorie moléculaire, de la dépendance en volume de l'entropie d'un gaz ou d'une solution diluée*

Dans le calcul de l'entropie par les méthodes de la théorie moléculaire, on emploie couramment le mot « probabilité » dans un sens qui ne recouvre pas la définition de ce mot telle qu'elle est donnée en calcul des probabilités. En particulier, on définit souvent de façon hypothétique des « occurrences d'égale probabilité », dans des cas où les modèles théoriques utilisés sont suffisamment précis pour qu'à la place de cette définition hypothétique on ait une déduction. Je montrerai ailleurs que, dans les considérations relatives aux processus thermiques, on peut très bien se satisfaire de ce qu'il est convenu d'appeler les « probabilités statistiques ». J'espère ainsi éliminer une difficulté logique qui fait encore obstacle à la mise en œuvre du principe de Boltzmann[15]. Mais ici, il ne sera donné

15. Cette critique adressée aux théories statistiques de Boltzmann et de Planck est un leitmotiv chez Einstein. Sa thermodynamique statistique, établie en 1902-1904, visait à remplacer les fausses probabilités de Boltzmann par de vraies probabilités, de signification physique certaine.

qu'une formulation générale de ce principe qui ne sera appliqué qu'à des cas très particuliers.

Si parler de la probabilité d'un état d'un système a un sens et si, en outre, toute augmentation d'entropie peut être conçue comme une transition vers un état de plus grande probabilité, l'entropie S_1 d'un système est une fonction de la probabilité W_1 de l'état instantané du système. Si donc on a affaire à deux systèmes S_1 et S_2 sans interaction, on peut poser :

$$S_1 = \varphi_1 (W_1)$$
$$S_2 = \varphi_2 (W_2).$$

Si l'on considère ces deux systèmes comme un seul et même système d'entropie S et de probabilité W, on a :

$$S = S_1 + S_2 = \varphi(W)$$

et :

$$W = W_1 \cdot W_2.$$

Cette dernière relation exprime le fait que les états des deux systèmes sont des événements indépendants les uns des autres.

De ces équations, il découle que :

$$\varphi (W_1 \cdot W_2) = \varphi_1(W_1) + \varphi_2(W_2).$$

D'où finalement :

$$\begin{aligned} \varphi_1(W_1) &= C \lg(W_1) + \text{cte} \\ \varphi_2(W_2) &= C \lg(W_2) + \text{cte} \\ \varphi(W) &= C \lg(W) + \text{cte}. \end{aligned}$$

La grandeur C est donc une constante universelle ; elle vaut, d'après la théorie cinétique des gaz, R/N, les constantes R et N ayant ici la même signification que plus haut. Si S_0 désigne l'entropie d'un système pour un certain état initial et si W est la probabilité relative d'un état d'entropie S, on a donc de façon générale :

$$S - S_0 = \frac{R}{N} \lg W.$$

Occupons-nous d'abord du cas particulier suivant. Soit dans un volume v_0 un nombre (n) de points mobiles (des molécules par exemple), sur lesquels nous allons raisonner. Il peut y avoir dans l'espace, outre ceux-ci, d'autres points mobiles, en nombre quelconque et de n'importe quelle espèce. Quant à la loi régissant le déplacement des points considérés dans l'espace, elle n'est l'objet d'aucune hypothèse si ce n'est que pour ce mouvement, aucune région de l'espace, non plus qu'aucune direction, n'est privilégiée par rapport aux autres. On suppose, en outre, que les points mobiles considérés (les premiers nommés) sont suffisamment peu nombreux pour qu'on puisse négliger l'action qu'ils auraient les uns sur les autres.

Le système considéré (qui peut être par exemple un gaz parfait ou une solution diluée) a une certaine entropie, S_0. Imaginons une portion du volume v_0 de grandeur v, et que tous les n points mobiles soient transportés dans le volume v, sans que rien par ailleurs ne soit modifié dans le système. A cet état correspond évidemment une autre valeur (S) de l'entropie ; nous nous proposons de déterminer cette différence d'entropie grâce au principe de Boltzmann.

Posons-nous alors la question : quelle est la probabilité de l'état imaginé en dernier par rapport à celle de l'état initial ? Ou encore : quelle est la probabilité pour que, en un instant choisi au hasard, les n points mobiles indépendants contenus dans le volume v_0 se trouvent (par hasard) tous dans le volume v ?

Pour cette probabilité, qui est une « probabilité statistique », on obtient évidemment la valeur :

$$W = \left[\frac{v}{v_0}\right]^n.$$

D'où l'on déduit, par application du principe de Boltzmann, que :

$$S - S_0 = R\left[\frac{n}{N}\right] \lg \left[\frac{v}{v_0}\right].$$

Il faut remarquer que cette équation, d'où l'on peut, par un raisonnement thermodynamique simple, déduire la loi de Boyle-Gay-Lussac[a], et son homologue pour la pression osmotique, a été obtenue sans qu'il soit nécessaire de faire la moindre hypothèse sur la loi qui gouverne le mouvement des molécules.

§ 6. *Interprétation, selon le principe de Boltzmann, de l'expression donnant la dépendance en volume de l'entropie d'un rayonnement monochromatique*

Au paragraphe 4, nous avons trouvé l'expression suivante pour la dépendance en volume de l'entropie d'un rayonnement monochromatique :

$$S - S_0 = \frac{E}{\beta\nu} \lg \left[\frac{v}{v_0}\right].$$

Écrivons cette formule sous la forme :

$$S - S_0 = \frac{R}{N} \lg \left[\left[\frac{v}{v_0}\right]^{\frac{N}{R}\frac{E}{\beta\nu}}\right]$$

a. Si E est l'énergie du système, on a :

$$-d(E - TS) = pdv = TdS = R\,\frac{n}{N}\,\frac{dv}{v}^{16}$$

et donc : $pv = R\dfrac{n}{N}T$.

16. Il faut lire $-d(E - TS) = pdv = TdS = R(n/N)(dv/v)T$. Cela dit, on a bien $pdv = -d(E - TS)$ car T est constante. Par ailleurs, si les interactions entre molécules sont en moyenne négligeables, E ne dépendra que de T ; d'où $dE = 0 = \delta Q + \delta W = TdS - pdv$ et $TdS = pdv$.

et comparons-la à la formule générale qui exprime le principe de Boltzmann :

$$S - S_0 = \frac{R}{N} \lg W.$$

Nous aboutissons à la conclusion suivante :

Si un rayonnement monochromatique de fréquence ν et d'énergie E est enfermé (grâce à des parois réfléchissantes) dans un volume v_0, la probabilité pour qu'à un instant quelconque, toute l'énergie du rayonnement se trouve dans une portion v du volume v_0 est :

$$W = \left[\frac{v}{v_0}\right]^{\frac{N}{R}\frac{E}{\beta\nu}}.$$

D'où nous tirons cette autre conclusion :

Un rayonnement monochromatique de faible densité (dans les limites du domaine de validité de la loi du rayonnement de Wien) se comporte, par rapport à la théorie de la chaleur, comme s'il était constitué de quanta d'énergie, indépendants les uns des autres, de grandeur $R\beta\nu/N$[17].

De plus, comparons, pour une même température, la grandeur moyenne des quanta d'énergie du « rayonnement noir » et la force vive moyenne du mouvement du centre de gravité d'une molécule. Cette force vive moyenne est $(3/2)$ (R/N) T; quant à la grandeur moyenne du quantum d'énergie, elle vaut, sur la base de la formule de Wien :

17. Einstein écrit $R\beta\nu/N$ et non pas $h\nu$; autrement dit, il ne fait pas usage de la constante h introduite par Planck cinq ans auparavant. Comme il a été dit, Einstein n'était pas d'accord avec la démonstration de Planck. Noter aussi l'expression « faible densité » suggérant que la loi exacte du rayonnement noir (celle de Planck) s'obtiendrait si l'on tenait compte des interactions entre quanta lumineux, comme dans un gaz réel.

$$\frac{\int_0^\infty \alpha\nu^3 e^{-\frac{\beta\nu}{T}} d\nu}{\int_0^\infty \frac{N}{R\beta\nu}\alpha\nu^3 e^{-\frac{\beta\nu}{T}} d\nu} = 3\frac{R}{N}T.$$

Dès lors qu'un rayonnement monochromatique (de densité suffisamment faible) se comporte, relativement à la dépendance en volume de son entropie, comme un milieu discontinu constitué de quanta d'énergie de grandeur $R\beta\nu/N$, on est conduit à se demander si les lois de la production et de la transformation de la lumière n'ont pas également la même structure que si la lumière était constituée de quanta d'énergie de ce type. Telle est la question dont nous allons maintenant nous occuper.

§ 7. *A propos de la règle de Stokes*

On considère une lumière monochromatique transformée par photoluminescence en lumière d'une autre fréquence, et on suppose que, conformément au résultat précédent, la lumière qui produit et celle qui est produite sont constituées de quanta d'énergie de grandeur $(R/N)\beta\nu$, où ν désigne l'une ou l'autre des deux fréquences. Le processus de transformation doit être alors interprété de la façon suivante. Chaque quantum producteur, de fréquence ν_1, est absorbé et donne naissance à lui tout seul à un quantum de lumière de fréquence ν_2 – à condition toutefois que la densité de quanta producteurs soit suffisamment faible. Éventuellement, lors de l'absorption du quantum de lumière producteur, peuvent apparaître, en même temps, des quanta de lumière de fréquence ν_3, ν_4, etc., ou bien toute autre forme d'énergie (telle que de la chaleur, par exemple). Peu importent les processus intermédiaires par lesquels ce résultat final est obtenu. Si la substance photoluminescente n'a pas à être considérée comme une source permanente d'énergie, l'énergie d'un quantum d'énergie produit ne peut pas, en vertu du principe de conservation de l'énergie, être supérieure à l'énergie du quantum de lumière producteur ; on doit donc avoir :

$$\frac{R}{N}\beta\nu_2 \leq \frac{R}{N}\beta\nu_1,$$

soit :

$$\nu_2 \leq \nu_1,$$

qui n'est autre que la règle bien connue de Stokes.

Un point mérite d'être souligné : selon notre manière de voir les choses, dans le cas d'un faible éclairement, la quantité de lumière produite doit, toutes choses égales par ailleurs, être proportionnelle à l'intensité de la lumière excitatrice, puisque chaque quantum d'énergie excitateur est à l'origine d'un processus élémentaire du genre décrit plus haut, et ceci indépendamment de l'effet des autres quanta d'énergie excitateurs. En particulier, il n'y a pas pour l'intensité de la lumière excitatrice de limite inférieure en dessous de laquelle la lumière serait incapable d'avoir une action excitatrice.

La conception ici exposée des phénomènes laisse à penser qu'il peut y avoir des écarts à la règle de Stokes dans les cas suivants :

1. quand le nombre par unité de volume des quanta d'énergie simultanément transformés est suffisamment grand pour qu'un quantum de la lumière produite puisse tenir son énergie de plusieurs quanta d'énergie producteurs ;

2. quand la lumière productrice (ou produite) n'a pas la structure énergétique de la partie du « rayonnement noir » qui correspond au domaine de validité de la loi de Wien ; par exemple, quand la lumière excitatrice est produite par un corps dont la température est si élevée que la loi de Wien n'est plus valable aux longueurs d'onde considérées.

Cette dernière possibilité mérite qu'on s'y intéresse tout particulièrement. En effet, selon la conception développée ici, il n'est pas exclu qu'un rayonnement de type « non-Wien », même très dilué, se comporte, du point de vue énergétique, différemment d'un « rayonnement noir » pris dans le domaine de validité de la loi de Wien.

§ 8. *Production de rayons cathodiques par éclairement d'un corps solide*

La conception usuelle, selon laquelle l'énergie de la lumière est distribuée de façon continue dans l'espace où elle est rayonnée, présente, quand on tente d'expliquer les phénomènes photoélectriques, de très sérieuses difficultés qui sont exposées dans un travail décisif de M. Lenard[a].

La conception selon laquelle la lumière excitatrice est constituée de quanta d'énergie $(R/N)\beta\nu$ permet de concevoir la production de rayons cathodiques par de la lumière de la façon suivante. Des quanta d'énergie pénètrent dans la couche superficielle du corps ; leur énergie est transformée, au moins en partie, en énergie cinétique des électrons. La représentation la plus simple que l'on puisse s'en faire est celle d'un quantum de lumière cédant son énergie à un seul électron ; nous allons supposer que c'est bien ce qui se passe. Il n'est pas exclu cependant que des électrons ne prennent qu'une partie de l'énergie des quanta de lumière. Un électron, auquel de l'énergie cinétique a été fournie à l'intérieur du corps, atteint la surface en ayant perdu une partie de son énergie cinétique. Nous allons supposer, de plus, que tout électron doit, pour pouvoir quitter un corps, fournir un certain travail P (caractéristique du corps). Les électrons qui quittent le corps avec la vitesse normale la plus élevée sont ceux qui se trouvent immédiatement à la surface et qui ont été excités normalement à celle-ci. L'énergie cinétique de ces électrons est :

a. P. Lenard, *Ann. d. Phys.*, vol. VIII, 1902, p. 169 et 170.

$$\frac{R}{N}\beta\nu - P.$$

Si le corps est porté au potentiel positif Π, s'il est entouré de conducteurs à un potentiel nul, et si Π est tout juste capable d'empêcher le corps de perdre de l'électricité, on a :

$$\Pi\,\varepsilon = \frac{R}{N}\beta\nu - P,$$

où ε désigne la charge électrique de l'électron. Soit encore :

$$\Pi\,E = R\beta\nu - P',$$

où E désigne la charge d'un équivalent-gramme d'ions monovalents et P' le potentiel, par rapport au corps, de cette quantité d'électricité négative[a].

Posons $E = 9{,}6.10^3$; $\Pi.10^{-8}$ est alors le potentiel en volts du corps illuminé dans le vide[18].

Afin de voir d'abord si la relation ainsi déduite donne un ordre de grandeur conforme à l'expérience, posons $P' = 0$, $\nu = 1{,}03\,.\,10^{15}$ (ce qui correspond à la limite ultraviolette du spectre solaire) et $\beta = 4{,}866\,.\,10^{-11}$. Nous obtenons $\Pi\,.\,10^7 = 4{,}3$ volts[19] ; résultat conforme, en ordre de grandeur, à ceux de M. Lenard[b].

---

a. Si l'on suppose que l'électron doive être arraché par la lumière à une molécule neutre, et qu'il faille pour cela dépenser un certain travail, il n'est pas nécessaire de modifier en quoi que ce soit la relation ici déduite ; il suffit de considérer que P' est la somme de deux termes.

b. P. Lenard, *Ann. d. Phys.*, vol. VIII, 1902, p. 165 et 184, tableau I, fig. 2.

18. Einstein utilise le système CGS électrostatique. Dans le système MKSA, on a : $E = 9{,}6.10^4$; Π donne alors directement le potentiel. Le 10^{-8} provient du facteur 10 sur E et de ce que, dans le système CGS, R a une valeur 10^7 fois plus grande que celle en système MKSA. Dans les deux systèmes, on trouve la même tension en volts.

19. Lire $\Pi.10^{-8}$ (et non $\Pi.10^7$).

Si la formule obtenue est exacte, Π en fonction de la fréquence de la lumière excitatrice doit être, en coordonnées cartésiennes, une droite dont la pente ne dépend pas de la substance étudiée[20].

Autant que je puisse en juger, notre conception n'est pas en contradiction avec les propriétés de l'effet photoélectrique telles qu'elles ont été observées par M. Lenard. Si chaque quantum d'énergie de la lumière excitatrice cède son énergie à un électron indépendamment de tous les autres, la distribution des vitesses des électrons, c'est-à-dire la qualité du rayonnement cathodique produit, est indépendante de l'intensité de la lumière excitatrice ; en revanche, le nombre des électrons qui quittent le corps doit, lui, être, toutes choses égales d'ailleurs, proportionnel à l'intensité de la lumière excitatrice[a].

Il conviendrait de faire ici, à propos des limites de validité présumées des lois mentionnées, des remarques analogues à celles qui ont été faites à propos des écarts présumés à la règle de Stokes.

Dans ce qui précède, on a supposé que l'énergie, du moins celle d'une partie des quanta d'énergie de la lumière productrice, n'était jamais cédée qu'à un seul électron. Si l'on ne fait pas cette hypothèse, la plus simple à concevoir, on obtient à la place de l'équation précédente :

$$\Pi E + P' \leq R\beta\nu.$$

Pour la luminescence cathodique qui constitue le processus inverse du précédent, on obtient, par des considérations analogues à celles développées plus haut :

$$\Pi E + P' \geq R\beta\nu.$$

---

a. P. Lenard, *ibid.*, p. 150 et 166-168.

20. Cette propriété ne fut vérifiée qu'en 1916 par Millikan (R. Millikan, « A direct photoelectric determination of Planck's constant "*h*" », *Physical Review*, vol. VII, 1916, p. 355-388).

Dans le cas des substances étudiées par M. Lenard, PE[21] est toujours considérablement plus grand que $R\beta\nu$, puisque la tension que doivent avoir traversée les rayons cathodiques pour pouvoir tout juste produire de la lumière visible atteint, selon les cas, des centaines ou des milliers de volts[a]. Il faut donc supposer que l'énergie cinétique d'un électron est employée à produire de nombreux quanta d'énergie lumineuse.

§ 9. *Ionisation des gaz par la lumière ultraviolette*

Nous allons supposer que, lors de l'ionisation d'un gaz par de la lumière ultraviolette, tout quantum d'énergie lumineuse absorbé est effectivement employé à l'ionisation d'une seule molécule de gaz. On en conclut d'abord que le travail d'ionisation (c'est-à-dire le travail théoriquement nécessaire à l'ionisation) ne peut être plus grand que l'énergie d'un quantum d'énergie lumineuse absorbé et efficace. Si nous notons par J le travail (théorique) d'ionisation par équivalent-gramme, nous devons avoir :

$$R\beta\nu \geq J.$$

Mais, d'après les mesures de Lenard, la plus grande longueur d'onde efficace est, dans le cas de l'air, de l'ordre de $1{,}9.10^{-5}$ cm ; on a donc :

$$R\beta\nu = 6{,}4 \,.\, 10^{12} \text{ ergs} \geq J.$$

On obtient aussi une limite supérieure au travail d'ionisation à partir des tensions d'ionisation des gaz raréfiés. D'après J. Stark[b], la plus faible tension mesurée dans le cas de l'air (au niveau d'anodes de platine) est d'environ 10 volts[c]. Ce qui donne donc comme limite supérieure de

---

a. P. Lenard, *Ann. d. Phys.*, vol. XII, 1903, p. 469.

b. J. Stark, *Die Elektrizität in Gasen*, Leipzig, 1902, p. 57.

c. A l'intérieur des gaz, le potentiel d'ionisation pour des ions négatifs est cinq fois plus grand.

21. Il faut lire ΠE.

J: 9.6.10[12], du même ordre de grandeur que celle trouvée ci-dessus. On en déduit une autre conséquence, qu'il me semble très important de soumettre au verdict de l'expérience : si chaque quantum de lumière absorbé ionise une molécule, il doit exister, entre la quantité de lumière absorbée L et le nombre j de molécules de gaz qu'elle ionise, la relation :

$$j = \frac{L}{R\beta\nu}.$$

Si notre conception correspond bien à la réalité, cette relation doit être vérifiée pour tous les gaz qui (à la fréquence considérée) ne présentent pas d'absorption notable qui ne soit accompagnée d'ionisation.

Berne, le 17 mars 1905.
[Reçu le 18 mars 1905.]

2. 2. Sur l'électrodynamique des corps en mouvement [1]

[*Annalen der Physik*, vol. XVII, 1905, p. 891-921.]

On sait que l'électrodynamique de Maxwell – telle qu'on la conçoit habituellement aujourd'hui [2] – conduit,

1. Titre allemand : « Zur Electrodynamik bewegter Körper ». L'expression « électrodynamique des corps en mouvement » figure déjà dans le titre d'un mémoire de Hertz de 1890 : « Über die Grundgleichungen der Elektrodynamik für bewegte Körper », *Annalen der Physik und Chemie*, vol. XL, 1890, p. 577-624. Einstein, comme les physiciens allemands de son époque qui s'intéressaient à la théorie de Maxwell, avait lu ce mémoire ainsi que les mémoires précédents de Hertz republiés dans *Untersuchungen über die Ausbreitung der elektrischen Kraft*, Leipzig, J. A. Barth, 1892.

2. Cette précision est loin d'être superflue. En effet, dans la version originale de l'électrodynamique de Maxwell (et aussi dans les travaux de Heaviside et de Hertz qui en sont le prolongement), les asymétries dont il va être question n'existent pas : les contributions $\boldsymbol{v} \wedge B$ et $-\partial \boldsymbol{A}/\partial t$ au champ électrique (voir n. 4 et 5) sont traitées sur le même pied.

lorsqu'on l'applique à des corps en mouvement, à des asymétries, qui ne semblent pas inhérentes aux phénomènes. Que l'on songe, par exemple, à l'interaction électrodynamique entre un aimant et un conducteur. Le phénomène observable ne dépend ici que du mouvement relatif du conducteur et de l'aimant, alors que, selon la conception usuelle[3], il convient de distinguer très nettement les deux cas, selon que c'est l'un ou l'autre de ces deux corps qui est en mouvement. En effet, si c'est l'aimant qui se déplace et le conducteur qui est au repos, il apparaît au voisinage de l'aimant un champ électrique[4] dont l'énergie a une certaine valeur, et qui engendre un courant aux endroits où se trouvent des portions du conducteur. Mais si c'est l'aimant qui est au repos et le conducteur qui est en mouvement, il n'apparaît aucun champ électrique au voisinage de l'aimant ; en revanche, il apparaît dans le conducteur une force électromotrice[5], à laquelle ne correspond aucune énergie intrinsèque, mais qui – à supposer que le mouvement relatif soit le même dans les deux cas considérés – donne naissance à des courants électriques de même intensité et de même évolution temporelle que ceux produits par les forces électriques dans le premier cas[6].

---

3. Il s'agit de celle de Lorentz, où toute l'électricité est concentrée sur des particules matérielles, les ions, tandis que l'éther est absolument fixe et indéformable. Le champ électromagnétique, considéré comme un état de l'éther, est régi par les équations de Maxwell dans le vide, c'est-à-dire dans l'éther (sauf bien sûr à l'emplacement des charges), et les ions sont soumis à la force dite de Lorentz.

4. Ce champ est donné par $-\partial \boldsymbol{A}/\partial t$ où $\boldsymbol{A}$ est le potentiel du champ magnétique dû à l'aimant.

5. Cette force électromotrice, force de Lorentz, est de type $\boldsymbol{v} \wedge \boldsymbol{B}$, $\boldsymbol{v}$ étant la vitesse de déplacement du conducteur et $\boldsymbol{B}$ le champ magnétique créé par l'aimant.

6. L'ouvrage d'August Föppl, *Einführung in die Maxwell'sche Theorie der Elektrizität*, Leipzig, 1894, qu'Einstein avait peut-être lu, contient une discussion de la relativité du phénomène d'induction dans le cadre de la théorie de Maxwell (tandis que la discussion d'Einstein se situe dans le

Des exemples du même genre, ainsi que les vaines tentatives en vue de mettre en évidence un mouvement de la Terre relativement au « milieu lumineux » [7], conduisent à conjecturer qu'au concept de repos absolu [8] ne correspond aucune propriété des phénomènes [9], non seulement dans le domaine de la mécanique mais aussi dans celui de l'électrodynamique ; plus même, dans tous les systèmes de coordonnées où les équations de la mécanique sont valables [10], ce sont également les mêmes lois

---

cadre de la théorie de Lorentz). Dans un manuscrit écrit en 1919 pour la revue *Nature*, mais non publié parce que trop long, Einstein explique de façon particulièrement nette ce que le type d'« asymétrie » que l'on rencontre dans l'interprétation de la loi d'induction de Faraday avait pour lui d'« intolérable » en 1905 : « Dans la construction de la théorie de la relativité restreinte, l'idée suivante [...] concernant l'expérience de Faraday sur l'induction électromagnétique a joué pour moi un rôle fondamental. Selon Faraday, lors du mouvement relatif d'un aimant par rapport à un circuit conducteur, un courant électrique est induit dans ce dernier. Peu importe si c'est l'aimant ou le conducteur qui est en mouvement ; d'après la théorie de Maxwell-Lorentz, seul compte le mouvement relatif. Cependant, l'interprétation théorique du phénomène n'est pas du tout la même dans les deux cas [...] L'idée que l'on avait affaire ici à deux cas de nature différente m'était intolérable. La différence entre les deux ne pouvait être, j'en étais persuadé, qu'une différence dans le choix du point de vue, et pas une différence réelle. Du point de vue de l'aimant, il n'y avait assurément *pas* de champ électrique, du point de vue du conducteur, il y en avait assurément un. L'existence d'un champ électrique n'était donc que relative, dépendante de l'état de mouvement du système de coordonnées utilisé, et il n'était possible d'accorder de réalité objective qu'à *l'ensemble* du champ électrique et du champ magnétique, indépendamment de l'état de mouvement de l'observateur ou du système de coordonnées. C'est le phénomène d'induction magnéto-électrique qui m'a contraint à postuler le principe de relativité (restreinte) » (cité par G. Holton dans *Thematic Origins of Scientific Thought : Kepler to Einstein*, voir Bibliographie).

7. Einstein avait lui-même imaginé divers dispositifs expérimentaux destinés à mettre en évidence cet éventuel mouvement.

8. Einstein avait longuement discuté de ce concept avec Michele Besso, dès 1901.

9. *Erscheinungen* en allemand.

10. C'est la définition même de ce qu'en termes modernes on appelle des référentiels inertiels.

de l'optique et de l'électrodynamique qui sont valables – comme cela a déjà été démontré pour les quantités du premier ordre[11]. Nous allons élever cette conjecture (dont le contenu sera dans la suite appelé « principe de relativité[12] ») au rang de postulat, et au surplus introduire le postulat, qui n'est qu'apparemment incompatible avec le précédent, selon lequel la lumière se propage dans l'espace vide toujours avec une vitesse V bien déterminée, indépendante de l'état de mouvement du corps émetteur[13]. Ces deux postulats suffisent pour parvenir à une électrodynamique des corps en mouvement simple et exempte de contradictions, fondée sur la théorie de Maxwell pour les corps en repos. L'introduction d'un « éther lumineux » se révélera superflue, dans la mesure où, dans la conception qui va être développée, il ne sera pas introduit d'« espace au repos absolu » doté de propriétés particulières, pas plus qu'il ne sera attribué de vecteur vitesse à un point de l'espace vide où se produisent des processus électromagnétiques[14].

La théorie qui va être développée s'appuie – comme toute autre électrodynamique – sur la cinématique du corps rigide, puisque les énoncés de toute théorie de ce

---

11. On sait avec certitude qu'Einstein avait lu un mémoire de Wien de 1898 où se trouvaient décrites certaines expériences d'optique et d'électrodynamique des corps en mouvement (y compris l'expérience de Michelson et Morley). Einstein avait aussi lu l'« essai » de Lorentz de 1895, où se trouvait démontrée l'absence d'effets du premier ordre du mouvement de la Terre sur des expériences d'optique ou d'électrodynamique terrestres, et, d'une manière générale (grâce à la contraction de Lorentz et à l'introduction d'un « temps local », hypothèses qu'Einstein rejette comme *ad hoc*), l'absence de tels effets au second ordre.

12. L'expression « principe de relativité » avait déjà été utilisée (dans *La Science et l'Hypothèse*) par Poincaré.

13. Du point de vue pré-relativiste, cette hypothèse n'est évidente que dans une théorie ondulatoire de la lumière, et si l'éther est immobile dans le « système au repos ».

14. Ceci est évidemment écrit en pensant aux théories de Lorentz et de Hertz respectivement (voir notes 2 et 3).

type concernent les relations entre des corps rigides (les systèmes de coordonnées), des horloges et des processus électromagnétiques. C'est pour ne pas avoir porté suffisamment d'attention à cette circonstance que l'électrodynamique des corps en mouvement se trouve à l'heure actuelle confrontée à des difficultés[15].

I. Partie cinématique

§ 1. *Définition de la simultanéité*

Soit un système de coordonnées dans lequel les équations de la mécanique de Newton sont valables[16]. Afin de le distinguer verbalement des autres systèmes de coordonnées qui vont être introduits par la suite, et pour rendre la présentation plus précise, nous appelons ce système de coordonnées le « système au repos ».

Si un point matériel est au repos relativement à ce système de coordonnées, sa position relativement à ce dernier peut être déterminée au moyen de règles rigides

---

15. Dans les années 1903-1904, l'électrodynamique des corps en mouvement fut abordée par un nombre croissant de physiciens allemands. En témoigne l'abondance de publications sur ce sujet dans *Annalen der Physik* et dans *Physikalische Zeitschrift*, ainsi que les discussions au séminaire de Göttingen. Plusieurs de ces publications faisaient allusion au mémoire de Lorentz de 1904. (Les théories de l'électron proposées par Lorentz en 1904 et par Poincaré en 1905 avaient sur leurs concurrentes l'avantage de satisfaire au principe de relativité à tous les ordres en v/c. C'est dans cet article que Lorentz introduit la transformation qui porte son nom.) Toutefois Einstein affirme, dans une lettre à Carl Seelig du 19 février 1955, n'avoir eu connaissance en 1905 que du traité de Lorentz de 1895.

16. La première traduction française, réalisée en 1917 par Solovine, et relue par Einstein, tout comme la réédition de cet article parue en allemand en 1913, portent en note à cet endroit la précision : « en première approximation », qui ne se trouve pas dans l'original allemand. D'après l'équipe éditoriale de *The Collected Papers of Albert Einstein*, t. II, *The Swiss Years : Writings, 1900-1909* (Bibliographie), les notes ajoutées dans la réédition de 1913 ont au moins été relues par Einstein, sinon écrites par lui-même (voir p. 307, n. 8).

en utilisant les méthodes de la géométrie euclidienne, et exprimée en coordonnées cartésiennes.

Si nous voulons décrire le *mouvement* d'un point matériel, nous donnons les valeurs de ses coordonnées en fonction du temps. Mais il ne faut pas perdre de vue qu'une description mathématique de ce type n'a de sens physique que si l'on a au préalable précisé de façon claire ce qu'il faut entendre par « temps ». Il nous faut garder à l'esprit que tous les jugements dans lesquels le temps joue un rôle sont toujours des jugements sur des *événements simultanés*. Lorsque, par exemple, je dis : « Tel train arrive ici à 7 heures », cela signifie à peu près : « Le passage de la petite aiguille de ma montre sur le 7 et l'arrivée du train sont des événements simultanés[a]. »

On pourrait penser que toutes les difficultés liées à la définition du « temps » peuvent être surmontées en remplaçant « temps » par « position de la petite aiguille de ma montre ». Une telle définition est effectivement suffisante s'il s'agit de définir un temps uniquement à l'endroit où se trouve ma montre ; cette définition ne suffit cependant plus dès lors qu'il s'agit de relier temporellement des séries d'événements qui se produisent à des endroits différents, ou – ce qui revient au même – d'assigner des valeurs du temps à des événements qui se produisent en des endroits éloignés de ma montre.

Nous pourrions bien sûr nous contenter, pour évaluer temporellement des événements, d'un observateur qui se trouverait, ainsi qu'une horloge, à l'origine des coordonnées et qui, à chaque signal lumineux lui parvenant à travers l'espace vide et lui apportant le témoignage d'un événement à évaluer, associerait une position des aiguilles

a. On ne traitera pas ici de l'imprécision que renferme le concept de simultanéité de deux événements se produisant au même endroit (ou presque), laquelle doit être également[17] éliminée grâce à une abstraction.

17. C'est-à-dire comme dans le cas de la simultanéité de deux événements se produisant en des endroits différents.

de cette horloge. Mais ce type de mise en correspondance présente l'inconvénient de ne pas être indépendante du point où se tient[18] l'observateur doté d'une horloge – comme on le sait d'expérience[19]. On parvient à une stipulation[20] beaucoup plus pratique en raisonnant de la façon suivante.

Imaginons qu'une horloge se trouve placée au point *A* de l'espace ; un observateur qui se trouve en *A* peut assigner des valeurs du temps aux événements dans le voisinage immédiat de *A* en notant les positions des aiguilles de l'horloge simultanées à ces événements. Imaginons également qu'une horloge se trouve placée au point *B* de l'espace – ajoutons : « une horloge de même fabrication que celle qui se trouve en *A* » ; il est alors possible d'attribuer aussi une valeur du temps aux événements dans le voisinage immédiat de *B*, par l'intermédiaire d'un observateur se trouvant en *B*. Mais, en l'absence de stipulation supplémentaire, il n'est pas possible de comparer dans le temps un événement se produisant en *A* et un événement se produisant en *B* : jusqu'à présent, nous avons défini un « temps-*A*[21] » et un « temps-*B* », mais pas de « temps » commun à *A* et

---

18. *Standpunkt* en allemand.

19. En effet, le signal lumineux émis lors d'un événement met un temps fini pour atteindre l'observateur ; or, aucune soustraction de ce retard (lequel dépend de la position et de l'état de mouvement de l'observateur) n'est ici envisagée.

20. *Festsetzung* en allemand.

21. L'expression allemande est « *A-Zeit* ». La traduction de ce texte de l'allemand en français implique que l'on adopte une politique concernant la manière de rendre *Zeit*, qui en allemand (tout comme en anglais, et plus qu'en français) désigne trois choses à la fois : le temps comme collection d'un ensemble d'instants, ces instants individuels eux-mêmes et la durée séparant deux tels instants (laquelle est parfois appelée *Dauer* par Einstein). Nous avons choisi de traduire aussi souvent que possible *Zeit* par « temps », même lorsqu'il s'agit d'« instants de temps », nous réservant toutefois la possibilité de rendre *Zeit* par « instant » lorsque la coutume de la langue française l'exige.

B. Ce dernier peut cependant être défini en convenant que *par définition* le « temps » nécessaire à la lumière pour parvenir en *B* venant de *A* est égal au « temps » qui lui est nécessaire pour parvenir en *A* venant de *B*. Soit donc un rayon lumineux qui va de *A* vers *B* à l'instant t_A du « temps-*A* »[22], qui à l'instant t_B du « temps-*B* » est réfléchi de *B* vers *A* et revient en *A* à l'instant t'_A du « temps-*A* ». Par définition, les deux horloges battront de façon synchrone si[23] :

$$t_B - t_A = t'_A - t_B.$$

Nous faisons l'hypothèse qu'il est possible de définir ainsi le synchronisme sans contradiction et pour un nombre quelconque de points, en sorte que les relations suivantes sont valables de façon générale :

1. si l'horloge en *B* bat de façon synchrone avec l'horloge en *A*, l'horloge en *A* bat de façon synchrone avec l'horloge en *B ;*
2. si l'horloge en *A* bat de façon synchrone à la fois avec l'horloge en *B* et avec l'horloge en *C*, les horloges en *B* et en *C* battent de façon synchrone l'une relativement à l'autre.

Nous avons donc établi, à l'aide de certaines expériences physiques (de pensée), ce qu'il faut entendre par « battre de façon synchrone » pour des horloges qui se trouvent au repos en des endroits différents ; il est clair que nous sommes ainsi parvenus à une définition des

---

22. « *A-Zeit* » t_A, dans le texte original, soit littéralement : « au "temps-*A*" t_A ».

23. Cette définition avait été donnée par Poincaré en 1900 dans « La théorie de Lorentz et le principe de la réaction », paru dans le volume collectif *Recueil de travaux offerts par les auteurs à H. A. Lorentz, professeur de physique à l'université de Leyde, à l'occasion du 25e anniversaire de son doctorat le 11 décembre 1900*, La Haye, M. Nijhoff, 1900. A noter que, dans un article de 1906 (« Das Prinzip von der Erhaltung der Schwerpunktsbewegung und die Trägheit der Energie »), Einstein fait référence à l'article de Poincaré de 1900.

termes « simultané » et « temps ». Le « temps » d'un événement est l'indication, simultanée à cet événement, d'une horloge au repos, située à l'endroit de l'événement et qui, pour toutes les déterminations de temps, bat de façon synchrone avec une horloge au repos donnée.

Nous convenons de plus, en conformité avec l'expérience, que la grandeur :

$$\frac{2AB}{t'_A - t_A} = V$$

est une constante universelle (la vitesse de la lumière dans l'espace vide).

Il est essentiel que le temps ait été défini au moyen d'horloges au repos dans le système au repos ; parce qu'il appartient au système au repos, nous appelons « temps du système au repos » le temps ainsi défini.

§ 2. *Sur la relativité des longueurs et des temps*

Les considérations qui suivent s'appuient sur le principe de relativité et sur le principe de la constance de la vitesse de la lumière, deux principes que nous définissons comme suit :

1. Les lois selon lesquelles les états des systèmes physiques évoluent sont indépendantes du fait que ces évolutions soient rapportées à l'un ou l'autre de deux systèmes de coordonnées qui se trouvent être en mouvement de translation uniforme l'un relativement à l'autre[24].

---

24. Cet énoncé du principe de relativité diffère peu de celui qu'en avait donné Poincaré dans *La Science et l'Hypothèse* (Paris, Flammarion, 1902) : « Le mouvement d'un système quelconque doit obéir aux mêmes lois, qu'on le rapporte à des axes fixes [par rapport à l'éther], ou à des axes mobiles [*idem*] entraînés dans un mouvement rectiligne uniforme. » Mais évidemment Poincaré ne considérait pas ce « principe » comme un axiome. Voir à ce sujet A. Miller, *Albert Einstein's Special Theory of Relativity*, p. 172 (voir Bibliographie).

2. Tout rayon lumineux se déplace dans le système « au repos » avec la vitesse bien déterminée V, indépendamment du fait que ce rayon soit émis par un corps au repos ou en mouvement. Pour cette vitesse, on a :

$$\text{Vitesse} = \frac{\text{trajet de la lumière}}{\text{durée dans le temps}},$$

où l'expression « durée dans le temps » doit être entendue au sens de la définition du paragraphe 1[25].

Considérons une barre rigide au repos; soit l sa longueur, mesurée avec une règle également au repos. Imaginons maintenant que, l'axe de la barre étant aligné le long de l'axe X du système de coordonnées au repos, l'on imprime à la barre un mouvement de translation parallèle uniforme (de vitesse v), le long de l'axe X et dans le sens des x croissants. Demandons-nous quelle est la longueur de la barre *en mouvement*, longueur dont on imagine qu'elle puisse être déterminée par les deux opérations suivantes :

a) L'observateur, muni de la règle déjà mentionnée, se déplace avec la barre à mesurer et mesure directement sa longueur, en reportant la règle le long de la barre, exactement comme si la barre à mesurer, la règle et l'observateur se trouvaient au repos.

b) L'observateur détermine, par le moyen d'horloges au repos, installées dans le système au repos, et synchrones au sens établi au paragraphe 1, en quels points du système au repos se trouvent, à un certain instant t, le début et la fin de la barre à mesurer. La distance qui sépare ces deux points, mesurée à l'aide de la règle déjà utilisée, qui cette fois-ci est au repos, est elle aussi une

25. Ce principe est une conséquence de la théorie ondulatoire de la lumière si l'on admet que l'éther est immobile dans le système « au repos ». Il est en revanche violé dans une théorie (non relativiste) d'émission (où la vitesse d'émission des corpuscules lumineux dépend de la vitesse de leur source).

longueur, à laquelle on peut donner le nom de « longueur de la barre ».

En vertu du principe de relativité, la longueur trouvée lors de l'opération a), que nous convenons d'appeler « longueur de la barre dans le système en mouvement », doit être identique à la longueur l de la barre au repos.

Quant à la longueur trouvée lors de l'opération b), que nous convenons d'appeler « longueur de la barre (en mouvement) dans le système au repos », nous allons la déterminer en nous fondant sur nos deux principes ; nous trouverons qu'elle diffère de l.

La cinématique généralement utilisée suppose de façon implicite que les longueurs déterminées à l'aide des deux opérations mentionnées sont rigoureusement égales ; autrement dit, qu'un corps rigide en mouvement à un certain instant t peut, en ce qui concerne la géométrie, être complètement substitué à ce *même* corps quand il est *au repos* en un lieu bien déterminé.

Imaginons en outre qu'on dispose aux deux extrémités (A et B) de la barre deux horloges synchrones avec celles du système au repos ; on veut dire par là que leurs indications correspondent au « temps du système au repos » à l'endroit précis où elles se trouvent ; ces horloges sont donc « synchrones dans le système au repos ».

Imaginons enfin qu'auprès de chacune de ces deux horloges se trouve un observateur se déplaçant avec elle, et que ces observateurs appliquent aux deux horloges le critère de synchronisme établi au paragraphe 1 [26]. Soit un rayon lumineux qui au temps [a] t_A part de A, est réfléchi en

---

a. « Temps » veut dire ici à la fois « temps du système au repos » et « position des aiguilles de l'horloge en mouvement qui se trouve à l'endroit considéré ».

26. Il faut bien voir que l'analyse du synchronisme des horloges que font les deux observateurs placés aux deux extrémités A et B de la barre en mouvement, et au repos par rapport à elle, est ici faite du point de vue du référentiel au repos, bien que les deux observateurs soient en mouvement par rapport à lui.

B au temps t_B et revient en A au temps t'_A. La considération du principe de la constance de la vitesse de la lumière donne :

$$t_B - t_A = \frac{r_{AB}}{V - v},$$

et

$$t'_A - t_B = \frac{r_{AB}}{V + v},$$

où r_{AB} représente la longueur de la barre en mouvement[27] – mesurée dans le système au repos. Des observateurs se déplaçant avec la barre en mouvement trouveraient donc que les deux horloges ne battent pas de façon synchrone, alors que des observateurs qui se trouveraient dans le système au repos déclareraient qu'elles sont synchrones.

Nous voyons donc que nous n'avons pas le droit d'attribuer une signification *absolue* au concept de simultanéité, et que deux événements qui, du point de vue d'un système de coordonnées, sont simultanés ne peuvent plus être considérés comme des événements simultanés lorsqu'ils sont vus d'un autre système de coordonnées en mouvement relativement au premier.

§ 3. *Théorie de la transformation des coordonnées et du temps [lorsqu'on passe] du système au repos à un autre en mouvement de translation uniforme relativement au premier*

Soient dans l'espace « au repos » deux systèmes de coordonnées, c'est-à-dire deux systèmes constitués chacun de trois lignes matérielles rigides issues d'un même point et perpendiculaires entre elles. On peut supposer que les axes X des deux systèmes coïncident et que leurs axes Y et Z sont parallèles deux à deux. Chaque

27. Cette longueur est encore inconnue.

système est muni d'une règle rigide et d'un certain nombre d'horloges ; les deux règles, ainsi que toutes les horloges des deux systèmes, sont supposées rigoureusement identiques.

On donne à l'origine de l'un des deux systèmes (k) une vitesse (constante) dans la direction des x croissants de l'autre système (K), au repos, et on suppose que cette vitesse est également communiquée aux axes de coordonnées, à la règle concernée et aux horloges[28]. A chaque temps t du système au repos K correspond alors une position bien déterminée des axes du système en mouvement ; on est en droit, pour des raisons de symétrie, de supposer que le mouvement de k puisse être tel que, au temps t (« t » désigne toujours un temps du système au repos), les axes du système en mouvement soient parallèles aux axes du système au repos.

Imaginons maintenant que l'on mesure l'espace à la fois depuis le système au repos K au moyen de la règle au repos, et depuis le système en mouvement k au moyen de la règle qui partage son mouvement – ce qui donne les coordonnées x, y, z, resp. ξ, η, ζ. Déterminons de plus, au moyen des horloges qui se trouvent dans le système au repos et selon la méthode des signaux lumineux indiquée au paragraphe 1, le temps t du système au repos pour tous les points de ce système où se trouvent des horloges. Déterminons de même le temps τ du système en mouvement pour tous les points de ce système où se trouvent des horloges qui sont au repos relativement à lui, en appliquant la méthode des signaux lumineux décrite au paragraphe 1 entre les points où se trouvent ces horloges.

A chaque ensemble de valeurs x, y, z, t, lequel définit de façon complète le lieu et le temps d'un événement dans le système au repos, est attaché un ensemble de valeurs ξ,

28. Einstein n'envisage pas ici les problèmes liés au fait que les règles et les horloges doivent être accélérées lors de leur passage d'un référentiel à un autre. En 1907, il examinera cette question avec plus de soin.

η, ζ, τ, qui fixe cet événement relativement au système k ; le problème consiste maintenant à trouver le système d'équations liant ces grandeurs entre elles.

Tout d'abord, il est évident que ces équations doivent être *linéaires* du fait que nous attribuons des propriétés d'homogénéité à l'espace et au temps.

Si nous posons $x' = x - vt$, il est clair qu'à un point au repos dans le système k correspond un ensemble déterminé de valeurs x', y, z indépendantes du temps. Commençons par déterminer τ en tant que fonction de x', y, z et t. Pour cela, il nous faut exprimer en équations le fait que τ n'est rien d'autre que l'ensemble[29] des indications des horloges qui sont au repos dans le système k et que l'on a rendues synchrones selon la règle donnée au paragraphe 1.

Supposons que, depuis l'origine du système k, on envoie au temps τ_0 un rayon lumineux le long de l'axe X en direction de x' et qu'en x' ce rayon soit réfléchi à l'instant τ_1 vers l'origine des coordonnées, où il arrive au temps τ_2 ; on doit avoir[30] :

$$\frac{1}{2}(\tau_0 + \tau_2) = \tau_1 ;$$

soit encore, en introduisant les arguments de la fonction τ et en appliquant le principe de la constance de la vitesse de la lumière dans le système au repos :

$$\frac{1}{2}\left[\tau(0,0,0,t) + \tau\left(0,0,0\left\{t + \frac{x'}{V-v} + \frac{x'}{V+v}\right\}\right)\right]$$
$$= \tau\left(x',0,0,t + \frac{x'}{V-v}\right).$$

Il en résulte, en choisissant x' infiniment petit, que :

29. *Inbegriff* en allemand.

30. Puisque, par convention, la vitesse de la lumière est la même dans les deux directions de k (référentiel en mouvement), τ_1 est le milieu de l'intervalle [τ_0, τ_2].

Soit donc :

$$\eta = a \frac{V}{\sqrt{V^2 - v^2}} y$$

et :

$$\zeta = a \frac{V}{\sqrt{V^2 - v^2}} z.$$

En remplaçant x' par sa valeur, on obtient :

$$\tau = \varphi(v)\, \beta\left(t - \frac{v}{V^2} x\right),$$
$$\xi = \varphi(v)\, \beta(x - vt),$$
$$\eta = \varphi(v)\, y,$$
$$\zeta = \varphi(v)\, z,$$

où

$$\beta = \frac{1}{\sqrt{1 - \left(\frac{v}{V}\right)^2}}$$

et φ est une fonction provisoirement inconnue de v. Si l'on ne fait aucune hypothèse sur la position initiale du système en mouvement et sur l'origine du temps τ, il faut ajouter une constante additive aux membres de droite de ces équations.

Il nous reste maintenant à démontrer que tout rayon lumineux mesuré dans le système en mouvement se propage avec une vitesse V dès lors que, comme cela a été supposé, il en est bien ainsi dans le système au repos ; car nous n'avons pas encore apporté la preuve que le principe de la constance de la vitesse de la lumière est compatible avec le principe de relativité[34].

34. On se souvient que, dans le paragraphe introductif du présent article, Einstein avait indiqué que le principe de la constance de la vitesse de la lumière n'est qu'« apparemment incompatible » avec celui de relativité. Il fallait en faire la démonstration.

On suppose qu'au temps $t = \tau = 0$, une onde sphérique est émise à partir de l'origine commune (à cet instant) des deux systèmes de coordonnées et que cette onde se propage à la vitesse V dans le système K. Si (x, y, z) est un point atteint par cette onde à un certain instant, on a :

$$x^2 + y^2 + z^2 = V^2 t^2.$$

Transformons cette relation à l'aide de nos équations de transformation ; nous obtenons, après un calcul élémentaire :

$$\xi^2 + \eta^2 + \zeta^2 = V^2 \tau^2.$$

L'onde considérée est donc également, considérée[35] depuis le système en mouvement, une onde sphérique se propageant à la vitesse V. Ainsi se trouve démontrée la compatibilité de nos deux principes fondamentaux[36].

Dans les équations de transformation développées plus haut, intervient une fonction inconnue φ de v, que nous allons maintenant déterminer.

A cette fin, nous introduisons un troisième système de coordonnées K', supposé en mouvement de translation relativement au système K, parallèlement à l'axe Ξ, de sorte que son origine des coordonnées se déplace à la vitesse $-v$ le long de l'axe Ξ. On suppose que, au temps $t = 0$, les trois origines de coordonnées coïncident et que pour $t = x = y = z = 0$ le temps t' du système K' est égal à zéro. Dénotons par x', y' et z' les coordonnées mesurées dans le système K' et appliquons deux fois les équations de transformation ; il vient :

35. La répétition est d'Einstein.

36. A cet endroit, dans la réédition de 1913, a été ajoutée la note suivante : « Les équations de la transformation de Lorentz peuvent être déduites, de façon directe et plus simple, de la condition selon laquelle la relation : $\xi^2 + \eta^2 + \zeta^2 - V^2\tau^2 = 0$ doit entraîner l'autre relation : $x^2 + y^2 + z^2 - V^2t^2 = 0$. »

$$\begin{aligned} t' &= \varphi(-v)\,\beta(-v)\left\{\tau + \frac{v}{V^2}\xi\right\} &&= \varphi(v)\,\varphi(-v)\,t, \\ x' &= \varphi(-v)\,\beta(-v)\{\xi + v\tau\} &&= \varphi(v)\,\varphi(-v)\,x, \\ y' &= \varphi(-v)\,\eta &&= \varphi(v)\,\varphi(-v)\,y, \\ z' &= \varphi(-v)\,\zeta &&= \varphi(v)\,\varphi(-v)\,z. \end{aligned}$$

Étant donné que les relations entre x', y', z' et x, y, z ne contiennent pas le temps t, les systèmes K et K' sont immobiles l'un par rapport à l'autre et il est clair que la transformation de K en K' doit maintenant être la transformation identique. On a donc :

$$\varphi(v)\,\varphi(-v) = 1.$$

Mais quelle est la signification de $\varphi\,(v)$? Considérons plus particulièrement la portion de l'axe H du système k qui se situe entre $\xi = 0$, $\eta = 0 >$, $\zeta = 0$ et $\xi = 0$, $\eta = l$, $\zeta = 0$. Cette portion de l'axe H constitue une barre se déplaçant perpendiculairement à son axe, à la vitesse v relativement au système K, et dont les extrémités ont pour coordonnées dans K :

$$x_1 = vt,\ \ y_1 = \frac{l}{\varphi(v)},\ \ z_1 = 0$$

et

$$x_2 = vt,\ \ y_2 = 0,\ \ z_2 = 0.$$

La longueur de cette barre, mesurée dans K, est donc $l/\varphi(v)$; ce qui établit la signification de la fonction φ. Or, pour des raisons de symétrie, il va de soi que la longueur, mesurée dans le système au repos, d'une barre donnée qui se déplace perpendiculairement à son axe ne peut dépendre que de la vitesse du déplacement, et pas de la direction ou du sens de celui-ci. Aussi la longueur de la barre en mouvement mesurée dans le système au repos n'est-elle pas modifiée lorsque l'on échange v et $-v$. Il s'ensuit que :

$$\frac{l}{\varphi\,(v)} = \frac{l}{\varphi\,(-v)},$$

soit :

$$\varphi(v) = \varphi(-v).$$

De cette relation et de celle obtenue précédemment, il résulte que $\varphi(v) = 1$, en sorte que les équations de transformation prennent la forme[37] :

$$\tau = \beta\left(t - \frac{v}{V}x\right),$$

$$\xi = \beta(x - vt),$$

$$\eta = y,$$

$$\zeta = z,$$

où

$$\beta = \frac{1}{\sqrt{1 - \left(\frac{v}{V}\right)^2}}.$$

§ 4. *Signification physique des équations obtenues, pour ce qui est des corps rigides et des horloges en mouvement*

Considérons une sphère[a] rigide de rayon R, au repos relativement au système en mouvement k, et dont le centre est situé à l'origine des coordonnées de k. L'équa-

---

a. C'est-à-dire un corps qui, lorsqu'on l'examine au repos, a la forme d'une sphère.

37. Cette formule de transformation, dite « de Lorentz », avait déjà été donnée par plusieurs auteurs – Voigt (1887), Lorentz (1899 et 1904), Larmor (1900), Poincaré (1904) – et se trouvait reprise dans plusieurs articles sur l'électrodynamique des corps en mouvement publiés en 1904-1905 dans les revues allemandes (notamment ceux de Cohn et de Wien). Mais la déduction et l'interprétation d'Einstein étaient essentiellement nouvelles. Voir W. Pauli, « Relativitätstheorie », in *Encyclopädie der mathematischen Wissenschaften, mit Einschluss ihrer Anwendungen*, vol. V, *Physik*, deuxième partie, 1921, p. 539-775.

tion de la surface de cette sphère, qui se déplace relativement au système K à la vitesse v, est :

$$\xi^2 + \eta^2 + \zeta^2 = R^2.$$

Exprimée en fonction de x, y, z, l'équation de cette surface est, au temps $t = 0$:

$$\frac{x^2}{\left(\sqrt{1-\left(\frac{v}{V}\right)^2}\right)^2} + y^2 + z^2 = R^2.$$

Un corps rigide qui, lorsqu'il est mesuré à l'état de repos, a la forme d'une sphère a donc, lorsqu'il est dans un état de mouvement – considéré depuis le système au repos –, la forme d'un ellipsoïde de révolution dont les axes ont pour longueurs :

$$R\sqrt{1-\left(\frac{v}{V}\right)^2}, \quad R, \quad R.$$

Ainsi donc, alors que les dimensions selon Y et Z de la sphère (et par conséquent de tout autre corps rigide de forme quelconque) apparaissent comme non modifiées par le mouvement, la dimension selon X paraît raccourcie dans le rapport de 1 à $\sqrt{1-(v/V)^2}$, et donc d'autant plus que la vitesse v est plus grande[38]. Pour $v = V$, tous les objets en mouvement – considérés depuis le système « au repos » – s'aplatissent jusqu'à n'être plus que des surfaces. Pour des vitesses supérieures à celle de la lumière, les raisonnements précédents n'ont plus de

38. La contraction n'a lieu que pour des mesures du type b) (voir paragraphe 2). Par exemple, un cube en mouvement vu (au sens littéral) par un observateur au repos paraît toujours cubique mais il semble avoir tourné sur lui-même, et ce d'autant plus que sa vitesse par rapport à l'observateur est grande. Voir E. F. Taylor et J. A. Wheeler, *A la découverte de l'espace-temps et de la physique relativiste*, Paris, Dunod, 1970, p. 141-143.

sens ; du reste, il apparaîtra dans ce qui suit que, dans notre théorie, la vitesse de la lumière joue du point de vue physique le rôle des vitesses infiniment grandes.

Il est clair que les mêmes résultats valent également lorsque des corps au repos dans un système « au repos » sont observés depuis un système en mouvement uniforme.

Considérons maintenant une de ces horloges qui sont qualifiées pour donner le temps t, resp. le temps τ, lorsqu'elles sont au repos relativement au système en repos, resp. en mouvement ; nous la supposons placée à l'origine des coordonnées de k et réglée de telle sorte qu'elle indique le temps τ. A quel rythme cette horloge batelle, considérée depuis le système au repos ?

Les grandeurs x, t et τ qui se rapportent au lieu où se trouve cette horloge sont manifestement liées entre elles par les équations :

$$\tau = \frac{1}{\sqrt{1-\left(\frac{v}{V}\right)^2}}\left(t - \frac{v}{V^2}x\right),$$

et

$$x = v\,t.$$

On a donc :

$$\tau = t\sqrt{1-\left(\frac{v}{V}\right)^2} = t - \left(1 - \sqrt{1-\left(\frac{v}{V}\right)^2}\right)t.$$

D'où il résulte que l'indication de l'horloge (considérée depuis le système au repos) retarde de $\left(1 - \sqrt{1-(v/V)^2}\right)$ sec. par seconde, soit encore $\frac{1}{2}(v/V)^2$ sec. – à des quantités d'ordre supérieur ou égal à 4 près.

D'où l'on déduit la conséquence singulière suivante. Si en deux points A et B de K se trouvent deux horloges au repos, synchrones du point de vue du système au repos, et si l'on déplace l'horloge située en A à la vitesse v le long de la droite qui joint *A* à *B*, alors, lorsque cette horloge arrive en *B*, les deux horloges ne sont plus synchrones ; celle qui s'est déplacée de *A* vers *B* retarde de $\frac{1}{2}t\,(v/V)^2$ sec. sur celle qui est en *B* depuis le début (à des quantités d'ordre supérieur ou égal à 4 près) – *t* étant ici le temps mis par l'horloge pour aller de *A* en *B*[39].

On voit tout de suite que ce résultat reste valable lorsque l'horloge se déplace le long d'une ligne polygonale quelconque, et même encore lorsque les points *A* et *B* coïncident[40].

Si l'on admet que le résultat démontré pour une ligne polygonale reste valable pour une courbe présentant une courbure continue, on aboutit à la proposition suivante : si deux horloges synchrones se trouvent en *A* et que l'on déplace l'une d'entre elles à vitesse constante le long d'une courbe fermée, jusqu'à ce qu'elle soit revenue en *A*, opération qui dure *t* sec., cette horloge, à son arrivée en *A*, retarde de $\frac{1}{2}t\,(v/V)^2$ sec. sur l'horloge qui n'a pas bougé. D'où l'on conclut qu'une montre à

---

39. Cet argument d'Einstein est loin d'être irréprochable, car il ne prend pas en compte les accélérations de l'horloge lors de son départ ou lors de son arrivée en *B* (voir le paragraphe suivant). Néanmoins, le résultat peut être justifié plus rigoureusement.

40. Cette remarque est à l'origine du « paradoxe des jumeaux ». On trouvera l'exposé et la résolution de ce « paradoxe » dans (entre autres) une lettre d'Einstein à Friedrich Adler du 29 septembre 1918 : « Si l'horloge *U* est en permanence au repos relativement à un système de référence galiléen *K*, tandis que *U'* décrit un cercle relativement à ce système, *U'* prend du retard sur *U*, bien que les horloges soient de construction identique et que *U* du point de vue cinématique – décrive exactement le même cercle relativement au système *K'* rigidement fixé à *U'*. Il n'y aurait contradiction avec le principe de relativité (restreinte) que si les deux systèmes *K* et *K'* étaient également légitimes au sens du principe de la relativité restreinte ; or ils ne le sont pas, *car* K' *n'est pas un système de référence galiléen (non accéléré)*. Les deux systèmes ne sont équivalents en droit que si l'on se place du point de vue de la relativité générale. Dans ce cas, la différence dans le rythme des horloges s'explique par l'action combinée de l'influence de la vitesse *et du potentiel de gravitation*. Il n'apparaît donc aucune contradiction. »

spiral[41] se trouvant à l'équateur doit retarder très légèrement par rapport à une montre de fabrication identique placée à l'un des pôles terrestres – toutes choses égales d'ailleurs.

§ 5. *Théorème d'addition des vitesses*

Soit, dans le système k, en mouvement à la vitesse v le long de l'axe X du système K, un point se déplaçant, conformément aux équations :

$$\xi = w_\xi \tau,$$

$$\eta = w_\eta \tau,$$

$$\zeta = 0,$$

où w_ξ et w_η désignent des constantes.

On cherche quel est le mouvement de ce point relativement au système K. En introduisant dans les équations du mouvement du point les grandeurs x, y, z, t, à l'aide des équations de transformation développées au paragraphe 3, on obtient :

$$x = \frac{w_\xi + v}{1 + \frac{v w_\xi}{V^2}} t,$$

$$y = \sqrt{\frac{1 - \left(\frac{v}{V}\right)^2}{1 + \frac{v w_\xi}{V^2}}} w_\eta t,$$

$$z = 0.$$

41. *Unruh Uhr* en allemand ; ce terme désigne l'espèce de roue crantée directement entraînée par le spiral d'une montre à ressort. Une telle montre est insensible à la pesanteur, alors qu'une horloge à balancier l'est. Si Einstein choisit ici une montre à spiral, c'est précisément pour que la différence entre la valeur de la pesanteur à l'équateur et sa valeur aux pôles soit sans incidence.

Dans notre théorie, la règle du parallélogramme des vitesses[42] n'est donc valable qu'en première approximation. Posons :

$$U^2 = \left(\frac{dx}{dt}\right)^2 + \left(\frac{dy}{dt}\right)^2,$$
$$w^2 = w_\xi^2 + w_\eta^2,$$

et[43]

$$\alpha = \text{arc tg}\frac{w_y}{w_x}.$$

α doit donc être considéré comme l'angle que font les deux vitesses v et w. Un calcul simple montre que :

$$U = \frac{\sqrt{(v^2 + w^2 + 2\,vw\,\cos\alpha) - \left(\dfrac{vw\,\sin\alpha}{V}\right)^2}}{1 + \dfrac{vw\,\cos\alpha}{V^2}}.$$

Il vaut la peine de noter que v et w interviennent de façon symétrique dans l'expression de la vitesse résultante. Si w est aussi dans la direction de l'axe X (axe Ξ), nous obtenons :

$$U = \frac{v + w}{1 + \dfrac{vw}{V^2}}.$$

De cette égalité, il découle que la composition de deux vitesses plus petites que V donne toujours une vitesse plus petite que V. En effet, si l'on pose $v = V - \kappa$, $w = V - \lambda$, où κ et λ sont positives et plus petites que V, on obtient :

42. Autrement dit, l'addition vectorielle des vitesses.

43. Il serait plus naturel d'écrire w_η/w_ξ au lieu de w_x/w_y ; mais cela ne change rien puisque l'axe des x (resp. des y) est parallèle à celui des ξ (resp. des η).

$$U = V \frac{2V - \kappa - \lambda}{2V - \kappa - \lambda + \frac{\kappa\lambda}{V}} < V.$$

Une conséquence supplémentaire est que la vitesse de la lumière n'est pas modifiée lorsqu'on la combine avec une « vitesse subluminale[44] ». Dans ce cas, on obtient :

$$U = \frac{V + w}{1 + \frac{w}{V}} = V.$$

La formule donnant U aurait pu être obtenue, dans le cas où v et w ont même direction, en composant deux transformations du type de celles trouvées au paragraphe 3. Introduisons à côté des systèmes K et k qui figurent au paragraphe 3 un troisième système de coordonnées k' se déplaçant parallèlement à k et dont l'origine se meut le long de l'axe Ξ avec une vitesse w ; nous obtenons alors entre les grandeurs x, y, z, t et les grandeurs correspondantes de k' des égalités qui ne diffèrent de celles trouvées au paragraphe 3 que par le remplacement de v par la grandeur

$$\frac{v + w}{1 + \frac{vw}{V^2}}.$$

Il apparaît donc que ces transformations parallèles forment, comme il se doit, un groupe.

Ayant ainsi déduit les propositions indispensables de la cinématique correspondant à nos deux principes, nous passons à leur application à l'électrodynamique[45].

---

44. *Unterlichtgeschwindigkeit* dans le texte allemand.

45. Le fait même d'introduire dans un article sur l'« électrodynamique » une aussi longue partie « cinématique », avant même de mentionner les équations de Maxwell, est significatif de ce que la théorie de la relativité restreinte apportait de nouveau. Einstein, dans une lettre du 19 février 1925 à Carl Seelig (son futur biographe) s'en explique :

II. Partie électrodynamique

§ 6. *Transformations des équations de Maxwell-Hertz dans l'espace vide. Sur la nature des forces électromotrices apparaissant lors du mouvement dans un champ magnétique*

Supposons que les équations de Maxwell-Hertz dans l'espace vide soient valables pour le système au repos K, en sorte que[46] :

$$\frac{1}{V}\frac{\partial X}{\partial t}=\frac{\partial N}{\partial y}-\frac{\partial M}{\partial z},\qquad \frac{1}{V}\frac{\partial L}{\partial t}=\frac{\partial Y}{\partial z}-\frac{\partial Z}{\partial y},$$
$$\frac{1}{V}\frac{\partial Y}{\partial t}=\frac{\partial L}{\partial z}-\frac{\partial N}{\partial x},\qquad \frac{1}{V}\frac{\partial M}{\partial t}=\frac{\partial Z}{\partial x}-\frac{\partial X}{\partial z},$$
$$\frac{1}{V}\frac{\partial Z}{\partial t}=\frac{\partial M}{\partial x}-\frac{\partial L}{\partial y},\qquad \frac{1}{V}\frac{\partial N}{\partial t}=\frac{\partial X}{\partial y}-\frac{\partial Y}{\partial x},$$

où (X, Y, Z) représentent le vecteur de la force électrique et (L, M, N) celui de la force magnétique.

Appliquons à ces équations la transformation développée au paragraphe 3, en rapportant les processus électromagnétiques au système de coordonnées alors introduit,

---

« Lorentz avait compris que pour analyser les équations de Maxwell la transformation qui portera son nom était essentielle [...] Ce que [l'article de 1905] apportait de nouveau, c'était que l'importance de la transformation de Lorentz dépassait le cadre des équations de Maxwell et concernait l'essence de l'espace et du temps. » « Neuve aussi, ajoute Einstein, l'idée que l'“invariance de Lorentz” était une condition universelle pour toute théorie physique. Pour moi, c'était là quelque chose de particulièrement important, parce que j'avais compris très tôt que la théorie de Maxwell ne rendait pas compte de la microstructure du rayonnement et donc n'était pas universellement tenable. »

46. Einstein reprend ici la terminologie et les notations de Hertz, tout en appelant la vitesse de la lumière V comme Lorentz. A partir de 1902, l'usage de la notation vectorielle est de plus en plus fréquent dans les publications d'*Annalen der Physik* portant sur l'électrodynamique. Certains auteurs (dont Einstein lui-même jusqu'en 1907) préféraient toutefois la notation cartésienne.

en mouvement à la vitesse v; nous obtenons les équations suivantes :

$$\frac{1}{V}\frac{\partial X}{\partial \tau} = \frac{\partial}{\partial \eta}\beta\left(N - \frac{v}{V}Y\right) - \frac{\partial}{\partial \zeta}\beta\left(M + \frac{v}{V}Z\right)$$

$$\frac{1}{V}\frac{\partial}{\partial \tau}\beta\left(Y - \frac{v}{V}N\right) = \frac{\partial L}{\partial \zeta} - \frac{\partial}{\partial \xi}\beta\left(N - \frac{v}{V}Y\right)$$

$$\frac{1}{V}\frac{\partial}{\partial \tau}\beta\left(Z + \frac{v}{V}M\right) = \frac{\partial}{\partial \xi}\beta\left(M + \frac{v}{V}Z\right) - \frac{\partial L}{\partial \eta}$$

$$\frac{1}{V}\frac{\partial L}{\partial \tau} = \frac{\partial}{\partial \zeta}\beta\left(Y - \frac{v}{V}N\right) - \frac{\partial}{\partial \eta}\beta\left(Z + \frac{v}{V}M\right)$$

$$\frac{1}{V}\frac{\partial}{\partial \tau}\beta\left(M + \frac{v}{V}Z\right) = \frac{\partial}{\partial \xi}\beta\left(Z + \frac{v}{V}M\right) - \frac{\partial X}{\partial \zeta}$$

$$\frac{1}{V}\frac{\partial}{\partial \tau}\beta\left(N - \frac{v}{V}Y\right) = \frac{\partial X}{\partial \eta} - \frac{\partial}{\partial \xi}\beta\left(Y - \frac{v}{V}N\right)$$

où :

$$\beta = \frac{1}{\sqrt{1 - \left(\frac{v}{V}\right)^2}}.$$

Par ailleurs, le principe de relativité exige que les équations de Maxwell-Hertz dans l'espace vide soient également valables dans le système k, si elles le sont dans le système K; autrement dit, pour les vecteurs des forces électrique (X', Y', Z') et magnétique (L', M', N') du système en mouvement k, définis dans le système en mouvement k par leurs actions pondéromotrices sur des masses électriques, resp. magnétiques, les équations suivantes doivent être valables :

$$\frac{1}{V}\frac{\partial X'}{\partial \tau} = \frac{\partial N'}{\partial \eta} - \frac{\partial M'}{\partial \zeta}, \qquad \frac{1}{V}\frac{\partial L'}{\partial \tau} = \frac{\partial Y'}{\partial \zeta} - \frac{\partial Z'}{\partial \eta},$$

$$\frac{1}{V}\frac{\partial Y'}{\partial \tau} = \frac{\partial L'}{\partial \zeta} - \frac{\partial N'}{\partial \xi}, \qquad \frac{1}{V}\frac{\partial M'}{\partial \tau} = \frac{\partial Z'}{\partial \xi} - \frac{\partial X'}{\partial \zeta},$$

$$\frac{1}{V}\frac{\partial Z'}{\partial \tau} = \frac{\partial M'}{\partial \xi} - \frac{\partial L'}{\partial \eta}, \qquad \frac{1}{V}\frac{\partial N'}{\partial \tau} = \frac{\partial X'}{\partial \eta} - \frac{\partial Y'}{\partial \xi}.$$

Il est clair que les deux systèmes d'équations trouvés pour le système *k* doivent exprimer exactement la même chose, puisque ces systèmes d'équations sont tous les deux équivalents aux équations de Maxwell-Hertz pour le système *K*. Étant donné que les équations des deux systèmes coïncident[47], aux symboles représentant les vecteurs près, il s'ensuit que les fonctions qui occupent des places correspondantes dans ces systèmes d'équations doivent coïncider à un facteur $\Psi(v)$ près, commun à toutes les fonctions d'un même système d'équations, indépendant de ξ, η, ζ et τ, mais dépendant éventuellement de v. On a donc les relations :

$$X' = \Psi(v)\, X, \qquad L' = \Psi(v)\, L,$$

$$Y' = \Psi(v)\, \beta\left(Y - \frac{v}{V}N\right), \qquad M' = \Psi(v)\, \beta\left(M + \frac{v}{V}Z\right),$$

$$Z' = \Psi(v)\, \beta\left(Z + \frac{v}{V}M\right), \qquad N' = \Psi(v)\, \beta\left(N - \frac{v}{V}Y\right).$$

Inversons ce système d'équations, premièrement en résolvant les équations juste obtenues, et deuxièmement en appliquant les équations à la transformation inverse (de *k* vers *K*), laquelle est caractérisée par la vitesse $-v$; il s'ensuit, compte tenu de ce que les deux systèmes

---

47. Le mot allemand est *übereinstimmen*.

d'équations ainsi obtenus doivent être identiques, que[48] :

$$\varphi(v) \,.\, \varphi(-v) = 1.$$

De plus, pour des raisons de symétrie[a] :

$$\varphi(v) = \varphi(-v);$$

on a donc :

$$\varphi(v) = 1,$$

et nos équations prennent la forme :

$$X' = X, \qquad L' = L,$$

$$Y' = \beta\left(Y - \frac{v}{V}N\right), \qquad M' = \beta\left(M + \frac{v}{V}Z\right),$$

$$Z' = \beta\left(Z + \frac{v}{V}M\right), \qquad N' = \beta\left(N - \frac{v}{V}Y\right).$$

Afin d'interpréter ces équations, nous remarquons la chose suivante. Considérons une quantité d'électricité ponctuelle qui, mesurée dans le système au repos *K*, est de grandeur « un » ; c'est-à-dire qu'au repos dans le système au repos elle exerce une force de 1 dyne sur une quantité d'électricité identique placée à 1 cm de distance. En vertu du principe de relativité, cette masse électrique est également de grandeur « un » lorsqu'on la mesure dans le système en mouvement. Lorsque cette quantité d'électricité est au repos relativement au système au repos, le vecteur (X, Y, Z) est, par définition, égal à la force qui agit sur elle. Lorsque la quantité d'électricité est au repos par rapport au système en mouvement (du moins à l'instant considéré), la force qui agit

---

a. Si, par exemple, $X = Y = Z = L = M = 0$ et $N \neq 0$, il est clair, pour des raisons de symétrie, que, si v change de signe sans changer de valeur numérique, Y' doit aussi changer de signe sans changer de valeur numérique.

48. L'original comporte ici une faute d'impression ; lire Ψ et non φ.

sur elle, mesurée dans le système en mouvement, est égale au vecteur (X', Y', Z'). Les trois premières des équations ci-dessus peuvent par conséquent être exprimées des deux manières suivantes :

1. Lorsqu'une charge électrique ponctuelle unité se déplace dans un champ électromagnétique, elle est soumise, outre la force électrique, à une « force électromotrice » qui, en négligeant les termes proportionnels aux puissances d'ordre supérieur ou égal à 2 de v/V, est égale au produit vectoriel de la vitesse du mouvement de la charge unité par la force magnétique, divisé par la vitesse de la lumière. (Ancienne formulation[49].)

2. Lorsqu'une charge électrique ponctuelle unité se déplace dans un champ électromagnétique, elle est soumise à une force égale à la force électrique présente à l'emplacement de la charge unité et que l'on obtient par transformation du champ dans un système de coordonnées au repos relativement à la charge électrique. (Nouvelle formulation.)

Pour la « force magnétomotrice[50] », les conclusions sont analogues[51]. On voit que, dans la théorie ici développée, la force électromotrice joue seulement un rôle de concept auxiliaire, lequel doit son introduction au fait que les forces électriques et magnétiques ne possèdent pas une existence indépendante de l'état de mouvement du système de coordonnées.

Il est clair en outre que l'asymétrie mentionnée dans l'introduction à propos des courants engendrés par le mouvement relatif d'un aimant et d'un conducteur disparaît d'elle-même. De même, la question du « siège » des

---

49. Autrement dit, la formulation de Lorentz.

50. Par analogie avec la force électromotrice, définie comme la force agissant sur une unité de charge électrique se déplaçant dans un champ magnétique, la force magnétomotrice est la force agissant sur une unité de masse magnétique se déplaçant dans un champ électrique.

51. La symétrie entre électricité et magnétisme était très fortement soulignée dans la version de Hertz de la théorie électromagnétique.

forces électromotrices électrodynamiques (machines unipolaires[52]) devient sans objet.

§ 7. *Théorie du principe de Doppler et de l'aberration*

Soit, dans le système K, très loin de l'origine des coordonnées, une source d'ondes électromagnétiques qui, dans une portion de l'espace incluant l'origine des coordonnées, sont représentées avec une approximation suffisante par les équations :

$$X = X_0 \sin \Phi, \quad L = L_0 \sin \Phi,$$
$$Y = Y_0 \sin \Phi, \quad M = M_0 \sin \Phi, \quad \Phi = \omega\left(t - \frac{ax + by + cz}{V}\right).$$
$$Z = Z_0 \sin \Phi, \quad N = N_0 \sin \Phi;$$

(X_0, Y_0, Z_0) et (L_0, M_0, N_0) sont ici les vecteurs qui déterminent l'amplitude des ondes ; a, b, c sont les cosinus directeurs des normales aux ondes.

Posons-nous la question de savoir quelle est la structure de ces ondes lorsqu'elles sont examinées par un observateur au repos dans le système en mouvement k. Appliquant les équations de transformation des forces électriques et magnétiques trouvées au paragraphe 6, et

52. Sur l'induction unipolaire, voir A. Miller, « Unipolar Induction. A Case Study of the Interaction between Science and Technology », *Periodical Annals of Science*, vol. XXXVIII, 1981, p. 155-189. Il est probable qu'Einstein et Besso avaient discuté du phénomène d'induction unipolaire. Voir à ce sujet la lettre de Besso à Einstein du 3 août 1952, où Besso se souvient que, en tant qu'électrotechnicien, il devait bien savoir qu'on parle de force électromotrice ou de force électrique « selon que l'inducteur est au repos ou en rotation » (Einstein-Besso, *Correspondance*, Bibliographie). Mais, comme l'indique Besso lui-même, évoquant Freud à cette occasion, ses souvenirs peuvent parfaitement être de l'ordre de la reconstruction. C'est sûrement le cas ; car aucun électrotechnicien de l'époque ne raisonnait dans les termes de la théorie de Lorentz (dans le cadre des autres théories, celles de Faraday, Maxwell, etc., la force électromotrice est identifiée à un champ électrique).

les équations de transformation des coordonnées et du temps trouvées au paragraphe 3, on obtient immédiatement :

$$X' = X_0 \sin \Phi', \qquad L' = L_0 \sin \Phi',$$

$$Y' = \beta\left(Y_0 - \frac{v}{V}N_0\right)\sin \Phi', \qquad M' = \beta\left(M_0 + \frac{v}{V}Z_0\right)\sin \Phi',$$

$$Z' = \beta\left(Z_0 + \frac{v}{V}M_0\right)\sin \Phi', \qquad N' = \beta\left(N_0 - \frac{v}{V}Y_0\right)\sin \Phi',$$

$$\Phi' = \omega'\left(\tau - \frac{a'\xi + b'\eta + c'\zeta}{V}\right),$$

où l'on a posé :

$$\omega' = \omega\beta\left(1 - a\frac{v}{V}\right),$$

$$a' = \frac{a - \frac{v}{V}}{\left(1 - a\frac{v}{V}\right)},$$

$$b' = \frac{b}{\beta\left(1 - a\frac{v}{V}\right)},$$

$$c' = \frac{c}{\beta\left(1 - a\frac{v}{V}\right)}.$$

De l'équation donnant ω' il résulte que, si un observateur se déplace à la vitesse v relativement à une source lumineuse infiniment éloignée, de fréquence ν, de telle sorte que la ligne qui joint l'observateur à la source lumineuse fasse un angle φ avec la vitesse de l'observateur rapportée à un système de coordonnées au repos relativement à la source, la fréquence ν' de la lumière perçue par l'observateur est donnée par la relation[53] :

$$\nu' = \nu \frac{1 - \cos\varphi \dfrac{v}{V}}{\sqrt{1 - \left(\dfrac{v}{V}\right)^2}}.$$

Ceci n'est autre que le principe de Doppler pour une vitesse quelconque[54]. Pour $\varphi = 0$, cette relation prend la forme simple :

$$\nu' = \nu \sqrt{\frac{1 - \dfrac{v}{V}}{1 + \dfrac{v}{V}}}.$$

On voit que – contrairement à la conception usuelle – pour $v = -\infty$, $\nu = \infty$[55].

Si l'on appelle φ' l'angle que fait la normale à l'onde (direction du rayon) dans le système en mouvement avec la droite qui joint l'observateur à la source[56], l'équation donnant a' prend la forme :

$$\cos\varphi' = \frac{\cos\varphi - \dfrac{v}{V}}{1 - \dfrac{v}{V}\cos\varphi}.$$

---

53. Ce résultat était tout à fait nouveau : Lorentz en 1895, utilisant le théorème dit des états correspondants, avait obtenu pour l'effet Doppler une formule dans laquelle le dénominateur était égal à 1.

54. Inférieure à la vitesse de la lumière, bien évidemment.

55. Fautes d'impression ou lapsus, il faut lire évidemment $v = -V$ et $\nu' = \infty$. Einstein a d'ailleurs lui-même fait la correction à la main sur son exemplaire de l'article. Voir à ce sujet *Collected Papers of Albert Einstein*, t. II, *The Swiss Years : Writings 1900-1909*, p. 309 (Bibliographie).

56. Sur son exemplaire personnel, Einstein a corrigé cette phrase et a remplacé « la droite qui joint l'observateur à la source » par « la direction du mouvement » (même référence qu'à la note précédente).

Cette équation exprime la loi de l'aberration dans sa forme la plus générale[57]. Si $\varphi = \pi/2$, cette équation prend la forme simple :

$$\cos\varphi' = -\frac{v}{V}.$$

Il nous reste encore à déterminer l'amplitude des ondes telle qu'elle apparaît dans le système en mouvement. Si l'on appelle A, resp. A', l'amplitude de la force électrique ou magnétique mesurée dans le système au repos, resp. en mouvement, il vient[58] :

$$A'^2 = A^2 \frac{\left(1 - \frac{v}{V}\cos\varphi\right)^2}{1 - \left(\frac{v}{V}\right)^2},$$

expression qui pour $\varphi = 0$ prend la forme plus simple :

$$A'^2 = A^2 \frac{1 - \frac{v}{V}}{1 + \frac{v}{V}}.$$

57. Il s'agit évidemment de l'aberration des étoiles due au fait que, pendant le temps que met la lumière à atteindre l'observateur, celui-ci s'est déplacé en même temps que la Terre. On constate que la valeur de l'angle d'« aberration », β, est celle que l'on obtient en composant vectoriellement la vitesse $\boldsymbol{c}$ de la lumière (notation moderne) dans un repère lié aux étoiles fixes, et $\boldsymbol{v}$, la vitesse de la Terre, par rapport à ce repère. L'angle d'« aberration » est alors donné par $\beta = v/c$, v et c étant les modules des vecteurs $\boldsymbol{v}$ et $\boldsymbol{c}$. L'angle β est de l'ordre d'une vingtaine de secondes d'arc. En théorie ondulatoire de la lumière, cette composition des vitesses s'explique si l'on suppose que le milieu de propagation de la lumière, l'éther, n'est pas entraîné par la Terre dans son mouvement (hypothèse de Fresnel).

58. Ce résultat donné sans explication ici sera démontré au paragraphe 7 de l'article de 1907 « Über das Relativitätsprinzip und die aus demselben gezogenen Folgerungen », *Jahrbuch der Radioaktivität*, vol. IV, p. 411-462 ; vol. V, p. 98-99 (corrections).

Il résulte des équations développées ici que, pour un observateur qui s'approcherait à la vitesse V d'une source de lumière, cette dernière devrait nécessairement paraître infiniment intense.

§ 8. *Transformation de l'énergie des rayons lumineux. Théorie de la pression de radiation exercée sur un miroir parfait*

Étant donné que $A^2/8\pi$ est égal à l'énergie lumineuse par unité de volume, $A'^2/8\pi$ doit, en vertu du principe de relativité, être considéré comme l'énergie lumineuse dans le système en mouvement. A'^2/A^2 serait donc le rapport de l'« énergie mesurée en mouvement » à l'« énergie mesurée au repos » d'un complexe lumineux[59] déterminé, si le volume d'un complexe lumineux était le même mesuré dans K que mesuré dans k. Or ce n'est pas le cas. Si a, b, c sont les cosinus directeurs de la normale à l'onde lumineuse dans le système au repos, aucune énergie ne traverse les éléments de surface de la surface sphérique se déplaçant à la vitesse de la lumière, d'équation :

$$(x - V\,a\,t)^2 + (y - V\,b\,t)^2 + (z - V\,c\,t)^2 = R^2.$$

On peut donc dire que cette surface renferme toujours le même complexe lumineux. Demandons-nous quelle quantité d'énergie est enfermée dans cette surface considérée depuis le système k, c'est-à-dire quelle est l'énergie du complexe lumineux relativement au système k.

La surface sphérique est – considérée dans le système en mouvement – une surface ellipsoïdale, dont l'équation à l'instant $\tau = 0$ s'écrit :

$$\left(\xi - a\beta\frac{v}{V}\xi\right)^2 + \left(\eta - b\beta\frac{v}{V}\xi\right)^2 + \left(\zeta - c\beta\frac{v}{V}\xi\right)^2 = R^2.$$

---

59. *Lichtkomplex* en allemand. Une fois l'éther éliminé, la lumière qui ne peut plus être traitée comme l'état d'un milieu doit être considérée comme une entité autonome, à laquelle Einstein donne le nom de *Lichtkomplex*.

Si l'on appelle S le volume de la sphère, et S' celui de cet ellipsoïde, on a, comme l'indique un calcul simple :

$$\frac{S'}{S} = \frac{\sqrt{1 - \left(\frac{v}{V}\right)^2}}{1 - \frac{v}{V}\cos\varphi}.$$

Si donc on désigne l'énergie lumineuse enfermée dans la surface en question par E lorsqu'elle est mesurée dans le système au repos et par E' lorsqu'elle est mesurée dans le système en mouvement, on obtient :

$$\frac{E'}{E} = \frac{\frac{A'^2}{8\pi}S'}{\frac{A^2}{8\pi}S} = \frac{1 - \frac{v}{V}\cos\varphi}{\sqrt{1 - \left(\frac{v}{V}\right)^2}}.$$

Cette formule prend pour $\varphi = 0$ la forme plus simple :

$$\frac{E'}{E} = \sqrt{\frac{1 - \frac{v}{V}}{1 + \frac{v}{V}}}.$$

Il est intéressant de remarquer que l'énergie et la fréquence d'un complexe lumineux varient avec l'état de mouvement de l'observateur selon la même loi [60].

---

60. Bien que l'article sur les quanta, écrit en mars (voir p. 229), ne soit jamais mentionné, il est clair qu'Einstein l'a en tête en écrivant celui-ci, en juin. Le fait que la relation entre l'énergie E et la fréquence ν d'un « complexe lumineux » soit conservée dans une transformation inertielle (nom que l'on donne aujourd'hui aux transformations du type $k \rightarrow K$) est évidemment de la plus grande importance ; s'il n'en avait pas été ainsi, l'existence supposée des quanta (définis par la relation $E = h\nu$) n'aurait pas été conforme au principe de relativité et ceux-ci n'auraient donc eu aucune chance de pouvoir être inclus dans une conception relativiste de la lumière.

Supposons maintenant que le plan de coordonnées $\xi = 0$ soit une surface parfaitement réfléchissante sur laquelle les ondes planes considérées au paragraphe précédent viennent se réfléchir. Que vaut la pression de radiation qui s'exerce sur la surface réfléchissante et quelles sont la direction, la fréquence et l'intensité de la lumière après réflexion ?

Soient A, $\cos\varphi$, ν les grandeurs (rapportées au système K) qui définissent la lumière incidente. Les grandeurs correspondantes, vues depuis k, sont :

$$A' = A\frac{1 - \frac{v}{V}\cos\varphi}{\sqrt{1 - \left(\frac{v}{V}\right)^2}},$$

$$\cos\varphi' = \frac{\cos\varphi - \frac{v}{V}}{1 - \frac{v}{V}\cos\varphi},$$

$$\nu' = \nu\frac{1 - \frac{v}{V}\cos\varphi}{\sqrt{1 - \left(\frac{v}{V}\right)^2}}.$$

Pour la lumière réfléchie, il vient, en rapportant le processus au système k :

$$A'' = A',$$
$$\cos\varphi'' = -\cos\varphi',$$
$$\nu'' = \nu'.$$

Finalement, après transformation inverse ramenant au système au repos K, on obtient pour la lumière réfléchie :

$$A''' = A''\frac{1+\frac{v}{V}\cos\varphi''}{\sqrt{1-\left(\frac{v}{V}\right)^2}} = A\frac{1-2\frac{v}{V}\cos\varphi+\left(\frac{v}{V}\right)^2}{1-\left(\frac{v}{V}\right)^2},$$

$$\cos\varphi''' = \frac{\cos\varphi''+\frac{v}{V}}{1+\frac{v}{V}\cos\varphi''} = \frac{\left(1+\left(\frac{v}{V}\right)^2\right)\cos\varphi-2\frac{v}{V}}{1-2\frac{v}{V}\cos\varphi+\left(\frac{v}{V}\right)^2},$$

$$\nu''' = \nu''\frac{1+\frac{v}{V}\cos\varphi''}{\sqrt{1-\left(\frac{v}{V}\right)^2}} = \nu\frac{1-2\frac{v}{V}\cos\varphi+\left(\frac{v}{V}\right)^2}{1-\left(\frac{v}{V}\right)^2}.$$

L'énergie (mesurée dans le système au repos) tombant sur l'unité de surface du miroir par unité de temps est manifestement $(A^2/8\pi)(V\cos\varphi - v)$. L'énergie s'éloignant de l'unité de surface du miroir pendant l'unité de temps est $(A'''^2/8\pi)(-V\cos\varphi''' + v)$. La différence de ces expressions donne, en vertu du principe de conservation de l'énergie[61], le travail fourni par la pression de radiation pendant l'unité de temps. Posant que ce travail est égal au produit $P.v$, où P est la pression de radiation, on obtient :

$$P = 2\frac{A^2}{8\pi}\,\frac{\left(\cos\varphi-\frac{v}{V}\right)^2}{1-\left(\frac{v}{V}\right)^2}.$$

61. Comme toujours chez Einstein, l'expression utilisée pour désigner ce que nous appelons le principe de conservation de l'énergie est *Energieprinzip*, qui ne fait pas mention du mot « conservation ».

Soit en première approximation :

$$P = 2\frac{A^2}{8\pi}\cos^2\varphi,$$

en conformité avec l'expérience et d'autres théories[62].

Sur le modèle de la méthode ici utilisée, on peut résoudre tous les problèmes d'optique des corps en mouvement. L'essentiel est de transformer la force électrique et magnétique de la lumière soumise à l'influence d'un corps en mouvement, dans un système de cordonnées au repos relativement à ce corps. De cette façon, tout problème d'optique des corps en mouvement se trouve ramené à une suite de problèmes d'optique des corps au repos.

§ 9. *Transformation des équations de Maxwell-Hertz compte tenu des courants de convection*[63]

Nous partons des équations :

$$\frac{1}{V}\left\{u_x\rho+\frac{\partial X}{\partial t}\right\}=\frac{\partial N}{\partial y}-\frac{\partial M}{\partial z}, \qquad \frac{1}{V}\frac{\partial L}{\partial t}=\frac{\partial Y}{\partial z}-\frac{\partial Z}{\partial y},$$

$$\frac{1}{V}\left\{u_y\rho+\frac{\partial Y}{\partial t}\right\}=\frac{\partial L}{\partial z}-\frac{\partial N}{\partial x}, \qquad \frac{1}{V}\frac{\partial M}{\partial t}=\frac{\partial Z}{\partial x}-\frac{\partial X}{\partial z},$$

$$\frac{1}{V}\left\{u_z\rho+\frac{\partial Z}{\partial t}\right\}=\frac{\partial M}{\partial x}-\frac{\partial L}{\partial y}, \qquad \frac{1}{V}\frac{\partial N}{\partial t}=\frac{\partial X}{\partial y}-\frac{\partial Y}{\partial x},$$

62. Par « expérience », Einstein entend les résultats de Lebedew (1901) et Nichols et Hull (1903) vérifiant des formules données par Maxwell dans son célèbre Traité (*Treatise on Electricity and Magnetism*, Oxford, Oxford University Press, 1873). A noter que ces résultats avaient fait l'objet d'une revue de M. Abraham (« Zur Theorie der Strahlung und des Strahlungsdruckes », *Annalen der Physik*, vol. XIV, 1904, p. 236-287). Quant aux « autres théories », il s'agit, outre évidemment celle de Maxwell, de la théorie d'Abraham exposée dans l'article mentionné et de celle développée en 1892 par Lorentz et reprise dans son livre *Versuch einer Theorie der elektrischen und optischen Erscheinungen in bewegten Körpern*, Leyde, Brill, 1895.

63. Par « courants de convection », il faut entendre ici les courants dus au déplacement des charges.

où
$$\rho = \frac{\partial X}{\partial x} + \frac{\partial Y}{\partial y} + \frac{\partial Z}{\partial z}$$

représente le produit par 4π de la densité d'électricité et (u_x, u_y, u_z) le vecteur vitesse de l'électricité. Si l'on se représente les masses électriques comme attachées de façon immuable à de petits corps rigides (ions, électrons), ces équations constituent le fondement électromagnétique de l'électrodynamique et de l'optique des corps en mouvement de Lorentz.

Si, à l'aide des équations de transformation des paragraphes 3 et 6, on transforme vers le système k ces équations, supposées valables dans le système K, on obtient les équations :

$$\frac{1}{V}\left\{u_\xi \rho' + \frac{\partial X'}{\partial \tau}\right\} = \frac{\partial N'}{\partial \eta} - \frac{\partial M'}{\partial \zeta}, \qquad \frac{\partial L'}{\partial \tau} = \frac{\partial Y'}{\partial \zeta} - \frac{\partial Z'}{\partial \eta},$$
$$\frac{1}{V}\left\{u_\eta \rho' + \frac{\partial Y'}{\partial \tau}\right\} = \frac{\partial L'}{\partial \zeta} - \frac{\partial N'}{\partial \xi}, \qquad \frac{\partial M'}{\partial \tau} = \frac{\partial Z'}{\partial \xi} - \frac{\partial X'}{\partial \zeta},$$
$$\frac{1}{V}\left\{u_\zeta \rho' + \frac{\partial Z'}{\partial \tau}\right\} = \frac{\partial M'}{\partial \xi} - \frac{\partial L'}{\partial \eta}, \qquad \frac{\partial N'}{\partial \tau} = \frac{\partial X'}{\partial \eta} - \frac{\partial Y'}{\partial \xi},$$ [64]

où :

$$\frac{u_x - v}{\left(1 - \frac{u_x v}{V^2}\right)} = u_\xi,$$
$$\frac{u_y}{\beta\left(1 - \frac{u_x v}{V^2}\right)} = u_\eta, \quad \rho' = \frac{\partial X'}{\partial \xi} + \frac{\partial Y'}{\partial \eta} + \frac{\partial Z'}{\partial \zeta} = \beta\left(1 - \frac{v u_x}{V^2}\right)\rho,$$
$$\frac{u_z}{\beta\left(1 - \frac{u_x v}{V^2}\right)} = u_\zeta.$$

64. Ici, il faut ajouter $1/V$ devant le membre de gauche des trois équations de la colonne de droite.

Étant donné que – en vertu du théorème d'addition des vitesses (§ 5) – le vecteur (u_ξ, u_η, u_ζ) n'est autre que la vitesse des masses électriques mesurée dans le système k, il est donc ainsi établi que, sur la base de nos principes cinématiques, les fondements électrodynamiques de la théorie de Lorentz de l'électrodynamique des corps en mouvement sont conformes au principe de relativité.

Remarquons enfin sans y insister qu'il est facile de déduire des équations ici développées l'importante proposition suivante : si un corps électriquement chargé se déplace de façon arbitraire dans l'espace, sans que sa charge, considérée depuis un système en mouvement avec le corps, soit modifiée, alors sa charge considérée depuis le système K « au repos » reste également constante.

§ 10. *Dynamique de l'électron (lentement accéléré)*

Considérons une particule ponctuelle (appelée par la suite « électron »), dotée d'une charge électrique ε, se déplaçant dans un champ électromagnétique, selon une loi à propos de laquelle nous ne faisons d'autre hypothèse que la suivante : si à un instant déterminé l'électron est au repos, dans l'intervalle élémentaire de temps immédiatement ultérieur son mouvement obéit aux équations :

$$\mu \frac{d^2x}{dt^2} = \varepsilon X,$$

$$\mu \frac{d^2y}{dt^2} = \varepsilon Y,$$

$$\mu \frac{d^2z}{dt^2} = \varepsilon Z,$$

où x, y, z représentent les coordonnées de l'électron et μ sa masse, pour autant que son mouvement soit lent.

Supposons maintenant, dans un deuxième temps, que l'électron ait à un certain instant la vitesse v. Déterminons selon quelle loi s'effectue le mouvement de l'électron dans l'intervalle élémentaire de temps immédiatement suivant.

Sans altérer la généralité du raisonnement, nous pouvons, et allons, supposer que l'électron, au moment où nous le regardons, se trouve à l'origine des coordonnées et se déplace le long de l'axe X du système K à la vitesse v. Il est alors clair que l'électron se trouve, au moment considéré ($t = 0$), au repos relativement à un système de coordonnées qui se déplace parallèlement à l'axe X à la vitesse v.

De l'hypothèse énoncée ci-dessus et du principe de relativité, il résulte clairement que, dans le temps qui suit immédiatement (pour de petites valeurs de t), l'électron, considéré depuis le système k, se déplace conformément aux équations :

$$\mu \frac{d^2\xi}{d\tau^2} = \varepsilon X',$$

$$\mu \frac{d^2\eta}{d\tau^2} = \varepsilon Y',$$

$$\mu \frac{d^2\zeta}{d\tau^2} = \varepsilon Z',$$

où les symboles ξ, η, ζ, τ, X', Y', Z' se rapportent au système k. Si nous convenons de plus que pour $t = x = y = z = 0$, on doit avoir $\tau = \xi = \eta = \zeta = 0$, alors les équations de transformation des paragraphes 3 et 6 sont valables, si bien que :

$$\tau = \beta\left(t - \frac{v}{V^2}x\right),$$

$$\xi = \beta(x - vt), \qquad X' = X,$$

$$\eta = y, \qquad Y' = \beta\left(Y - \frac{v}{V}N\right),$$

$$\zeta = z, \qquad Z' = \beta\left(Z + \frac{v}{V}M\right).$$

Ces équations permettent de transformer les équations du mouvement ci-dessus du système k dans le système K; on obtient[65] :

$$(A)\qquad \begin{cases} \dfrac{d^2x}{dt^2} = \dfrac{\varepsilon}{\mu}\dfrac{1}{\beta^3}X, \\ \dfrac{d^2y}{dt^2} = \dfrac{\varepsilon}{\mu}\dfrac{1}{\beta}\left(Y - \dfrac{v}{V}N\right), \\ \dfrac{d^2z}{dt^2} = \dfrac{\varepsilon}{\mu}\dfrac{1}{\beta}\left(Z + \dfrac{v}{V}M\right). \end{cases}$$

Adoptant le point de vue usuel, nous nous demandons quelles sont les masses « longitudinale » et « transversale » de l'électron[66]. Ayant réécrit les équations (A) sous la forme :

$$\mu\,\beta^3\,\frac{d^2x}{dt^2} = \varepsilon\,X = \varepsilon\,X',$$

$$\mu\,\beta^2\,\frac{d^2y}{dt^2} = \varepsilon\,\beta\left(Y - \frac{v}{V}N\right) = \varepsilon\,Y',$$

$$\mu\,\beta^2\,\frac{d^2z}{dt^2} = \varepsilon\,\beta\left(Z + \frac{v}{V}M\right) = \varepsilon\,Z',$$

nous remarquons tout d'abord que $\varepsilon\,X'$, $\varepsilon\,Y'$, $\varepsilon\,Z'$ sont les composantes de la force pondéromotrice agissant sur l'électron, lorsqu'on observe l'électron depuis un système se déplaçant à ce moment-là avec l'électron à la même vitesse que celui-ci. (Cette force pourrait être mesurée par exemple à l'aide d'une balance à ressort au repos dans ce dernier système.) Si nous appelons cette force tout sim-

---

65. Ce calcul sera explicité dans l'article de 1907 (voir n. 58).

66. Cette distinction est reprise des théories de l'électron de Lorentz et d'Abraham. En 1904, Lorentz (entre autres) avait proposé un modèle d'électron se déformant dans la direction de son mouvement conformément à la contraction des longueurs.

plement « la force agissant sur l'électron » et maintenons la relation [67] :

(valeur de la masse) × (valeur de l'accélération) = valeur de la force,

et si de plus nous décidons que les accélérations doivent être mesurées dans le système au repos *K*, nous obtenons, à partir des équations ci-dessus :

$$\text{Masse longitudinale} = \frac{\mu}{\left(\sqrt{1-\left(\frac{v}{V}\right)^2}\right)^3},$$

$$\text{Masse transversale} = \frac{\mu}{1-\left(\frac{v}{V}\right)^2}.$$

Naturellement, avec une autre définition de la force et de l'accélération, on obtiendrait d'autres valeurs pour les masses ; il apparaît donc qu'il faut procéder avec la plus grande prudence lorsque l'on compare entre elles les différentes théories du mouvement de l'électron.

Nous remarquons que ces résultats relatifs aux masses valent également pour des points matériels pondérables [68] ; en effet, on peut transformer un point matériel pondérable en électron (au sens entendu ici) en lui ajoutant une charge électrique *arbitrairement petite*.

Déterminons l'énergie cinétique de l'électron. Soit un électron qui, partant de l'origine des coordonnées du

67. « La définition de la force ici donnée n'est pas très avantageuse, comme l'a le premier fait remarquer M. Planck. Il est plus approprié de définir la force de façon telle que les lois de conservation de l'impulsion et de l'énergie prennent une forme aussi simple que possible » (note de l'édition de 1913). Einstein adoptera plus tard la définition de Planck.

68. Cette remarque a son importance, car elle ne serait pas vraie dans le cadre des théories de Lorentz et d'Abraham pour lesquelles seule la contribution électromagnétique à la masse d'un corpuscule varie avec la vitesse.

système K avec une vitesse initiale nulle, se déplace constamment sur l'axe X, sous l'effet d'une force électrostatique X[69]; il est clair que l'énergie soustraite au champ vaut $\int \varepsilon X dx$. Puisque l'électron est supposé être accéléré lentement, et par conséquent ne pas perdre d'énergie sous forme de rayonnement, l'énergie soustraite au champ électrostatique doit être posée égale à l'énergie W du mouvement de l'électron. On en déduit, compte tenu de ce que la première des équations de (A) est valable pendant tout le processus de mouvement[70] :

$$W = \int \varepsilon X dx = \int_0^v \beta^3 \nu \, d\nu = \mu V^2 \left\{ \frac{1}{\sqrt{1 - \left(\frac{\nu}{V}\right)^2}} - 1 \right\}.$$

Lorsque $v = V$, W devient donc infiniment grand. Les vitesses supérieures à celle de la lumière n'ont – comme dans nos résultats précédents – aucune possibilité d'existence.

L'expression obtenue pour l'énergie cinétique doit valoir également pour des masses pondérables, en vertu de l'argument avancé plus haut.

Nous allons maintenant énumérer les caractéristiques du mouvement de l'électron qui résultent du système d'équations (A) et qui sont accessibles à l'expérience.

1. De la seconde des équations du système (A), il découle qu'une force électrique Y et une force magnétique N ont un effet déflecteur de même grandeur sur un électron se déplaçant à la vitesse v, lorsque $Y = N.v/V$. Il apparaît donc que, selon notre théorie, il est possible de déterminer la vitesse de l'électron à partir du rapport des déviations magnétique et électrique,

---

69. Einstein n'a pas peur de noter de la même façon deux grandeurs différentes.

70. Il manque un μ devant la deuxième des intégrales écrites.

A_m et A_e, et ce pour des vitesses arbitraires, en appliquant la loi :

$$\frac{A_m}{A_e} = \frac{v}{V}.$$

Cette relation est susceptible d'une vérification expérimentale, étant donné que la vitesse de l'électron peut être également mesurée de façon directe, par exemple au moyen de champs électrique et magnétique oscillant rapidement.

2. De la manière dont a été déduite l'énergie cinétique de l'électron, il découle qu'entre la différence de potentiel parcourue et la vitesse v acquise par l'électron, existe nécessairement la relation :

$$P = \int X\,dx = \frac{\mu}{\epsilon} V^2 \left\{ \frac{1}{\sqrt{1 - \left(\frac{v}{V}\right)^2}} - 1 \right\}.$$

3. Calculons le rayon de courbure R de la trajectoire de l'électron lorsque la seule force déflectrice présente est une force magnétique N agissant perpendiculairement à la vitesse de l'électron. Partant de la deuxième équation de (A), nous obtenons :

$$-\frac{d^2y}{dt^2} = \frac{v^2}{R} = \frac{\varepsilon}{\mu}\frac{v}{V} N \,.\, \sqrt{1 - \left(\frac{v}{V}\right)^2},$$

soit :

$$R = V^2 \frac{\mu}{\epsilon} \cdot \frac{\frac{v}{V}}{\sqrt{1 - \left(\frac{v}{V}\right)^2}} \cdot \frac{1}{N}.$$

Ces trois relations expriment de façon complète les lois selon lesquelles l'électron doit se déplacer, en vertu de la présente théorie.

En conclusion, je tiens à dire que, lorsque je travaillais à la solution des problèmes traités ici, le soutien de mon ami et collègue M. Besso [71] ne m'a jamais manqué et que je lui suis redevable d'une stimulation précieuse.

Berne, juin 1905.
[Reçu le 30 juin 1905.]

3. 3. $E = mc^2$
L'inertie d'un corps dépend-elle de son contenu en énergie [1] ?

[*Annalen der Physik*, vol. XVIII, 1905, p. 639-641.]

Les résultats d'un travail de recherche en électrodynamique que j'ai publié il y a peu dans ces *Annales* [a] conduisent à une conséquence fort intéressante que je me propose d'exposer ici [2].

[Dans cet article], je prenais pour base les équations de Maxwell-Hertz relatives à l'espace vide ainsi que l'expression de Maxwell pour l'énergie électromagnétique de l'espace et je me fondais en outre sur le principe suivant :

Les lois selon lesquelles les états des systèmes physiques sont modifiés sont indépendantes du fait que l'on

---

a. A. Einstein, *Ann. d. Phys.*, vol. XVII, 1905, p. 891.

71. Voir note 54, p. 195.

1. Le titre allemand est : « Ist die Trägheit eines Körpers von seinem Energieinhalt abhängig ? ».

2. Einstein annonçait ainsi à son ami Konrad Habicht cette « conséquence fort intéressante » de son article « Zur Elektrodynamik bewegter Körper » (voir p. 251) : « Il m'est encore venu à l'esprit une conséquence du travail sur l'électrodynamique. Le principe de relativité associé aux équations fondamentales de Maxwell a en effet pour conséquence que la masse est une mesure de l'énergie qui est contenue dans un corps ; la lumière transporte de la masse. Il devrait se produire une diminution sensible de la masse dans le cas du radium. La chose est plaisante et séduisante à considérer ; mais Dieu n'est-il pas en train d'en rire et me mène-t-il par le bout du nez ? Ça, je suis incapable de le savoir... »

rapporte ces modifications d'états à l'un ou à l'autre de deux systèmes de coordonnées en mouvement de translation parallèle et uniforme l'un par rapport à l'autre (principe de relativité).

M'appuyant sur ces fondements[a], j'ai démontré entre autres choses le résultat suivant (*loc. cit.*, § 8) :

Soit un système d'ondes planes rapporté au système de coordonnées (x, y, z), possédant l'énergie l et dont la direction des rayons (normale aux ondes[3]) fait l'angle φ avec l'axe x du système. Introduisons alors un autre système de coordonnées (ξ, η, ζ) en translation parallèle uniforme par rapport au système (x, y, z) et dont l'origine se déplace suivant l'axe x avec la vitesse v ; la quantité de lumière considérée possède une énergie qui, mesurée dans le système (ξ, η, ζ), est égale à :

$$l^* = l\frac{1 - \frac{v}{V}\cos\varphi}{\sqrt{1 - \left(\frac{v}{V}\right)^2}},$$

où V désigne la vitesse de la lumière[4]. Nous utiliserons ce résultat dans ce qui suit.

Supposons maintenant que dans le système (x, y, z) il y ait un corps au repos dont l'énergie – rapportée au système (x, y, z) – soit E_0. Soit H_0 l'énergie de ce corps se déplaçant comme ci-dessus à la vitesse v relativement au système (ξ, η, ζ).

Supposons que ce corps émette des ondes planes d'énergie $L/2$ – mesurée relativement à (x, y, z) – dans une direction faisant un angle φ avec l'axe x et que, simultanément, il émette une quantité de lumière identique dans la direction opposée. Ce faisant, le corps

a. Le principe de la constance de la vitesse de la lumière utilisé dans l'article cité est naturellement contenu dans les équations de Maxwell.

3. On dirait aujourd'hui : « normale aux surfaces d'onde ».

4. Voir p. 287.

reste au repos par rapport au système (x, y, z)[5]. Le principe de [conservation] de l'énergie doit valoir pour ce processus et ce (en vertu du principe de relativité) par rapport aux deux systèmes de coordonnées. Désignons par E_1, resp. H_1, l'énergie du corps après l'émission de lumière, mesurée relativement au système (x, y, z), resp. (ξ, η, ζ); en utilisant la relation indiquée plus haut, nous obtenons:

$$E_0 = E_1 + \left[\frac{L}{2} + \frac{L}{2}\right],$$

$$H_0 = H_1 + \left[\frac{L}{2} \cdot \frac{1 - \frac{v}{V}\cos\varphi}{\sqrt{1 - \left(\frac{v}{V}\right)^2}} + \frac{L}{2} \cdot \frac{1 + \frac{v}{V}\cos\varphi}{\sqrt{1 - \left(\frac{v}{V}\right)^2}}\right]$$

$$= H_1 + \frac{L}{\sqrt{1 - \left(\frac{v}{V}\right)^2}}.$$

A partir de ces équations, on obtient par soustraction:

$$(H_0 - E_0) - (H_1 - E_1) = L\left\{\frac{1}{\sqrt{1 - \left(\frac{v}{V}\right)^2}} - 1\right\}.$$

Les deux différences de la forme $H - E$ intervenant dans cette expression ont une interprétation physique simple. H et E sont les valeurs de l'énergie d'un même corps rapportée à deux systèmes de coordonnées en mouvement relatif l'un par rapport à l'autre, ce corps étant au repos dans l'un des systèmes (le système (x, y, z)). Il est donc clair que la différence $H - E$ ne peut se distinguer de l'énergie cinétique K du corps rapportée à l'autre système (le système (ξ, η, ζ)) que par une constante additive C,

5. En vertu du principe de la conservation de la quantité de mouvement.

laquelle dépend du choix des constantes additives arbitraires [figurant dans] les énergies H et E. Nous pouvons donc poser :

$$H_0 - E_0 = K_0 + C,$$
$$H_1 - E_1 = K_1 + C,$$

C ne variant pas pendant l'émission de lumière. Nous obtenons ainsi :

$$K_0 - K_1 = L\left\{\frac{1}{\sqrt{1-\left(\frac{v}{V}\right)^2}} - 1\right\}.$$

L'énergie cinétique du corps rapportée à (ξ, η, ζ) décroît par suite de l'émission de lumière d'une quantité indépendante des qualités du corps. Par ailleurs, la différence $K_0 - K_1$ dépend de la vitesse de la même façon que l'énergie cinétique de l'électron (*loc. cit.*, § 10).

En négligeant les termes du quatrième ordre et plus[6], nous pouvons poser :

$$K_0 - K_1 = \frac{L}{V^2}\frac{v^2}{2}.$$

Il résulte immédiatement de cette équation que :

Si un corps cède l'énergie L sous forme de rayonnement, sa masse diminue de L/V^2. A cet égard, il n'est manifestement pas essentiel que l'énergie soustraite au corps se transforme directement en énergie de rayonnement, ce qui nous conduit à la conclusion plus générale suivante :

La masse d'un corps est une mesure de son contenu en énergie ; si l'énergie varie de L, la masse varie dans le

6. Il est facile de montrer qu'au même ordre d'approximation $K = \frac{1}{2}mv^2$.

même sens de $L/9 \,.\, 10^{20}$, l'énergie étant mesurée en ergs et la masse en grammes[7].

Il n'est pas exclu que l'on puisse réussir à vérifier la théorie avec des corps dont le contenu en énergie varie dans de grandes proportions (par exemple avec les sels de radium[8]).

Si la théorie est conforme aux faits, le rayonnement transfère de l'inertie entre les corps qui émettent et les corps qui absorbent.

Berne, septembre 1905.
[Reçu le 27 septembre 1905.]

---

7. En 1905, l'idée d'une équivalence entre la masse et l'énergie n'était pas totalement nouvelle. Gustave Lebon (1841-1931), sociologue et esprit universel, auteur de *Psychologie des foules* (1895), avait eu en la matière des intuitions intéressantes. Dans un genre plus sérieux, des travaux expérimentaux comme ceux de Kaufmann et théoriques comme ceux d'Abraham aboutissaient à la conclusion que toute la masse d'un électron était de nature électromagnétique, c'est-à-dire directement proportionnelle à l'énergie électromagnétique de l'électron. Paul Langevin, adepte comme Wien et Abraham de la réduction de la mécanique à l'électromagnétisme, alla même, en 1905, jusqu'à étendre l'explication électromagnétique de la masse de l'électron à toute autre forme de matière, en traitant celle-ci comme un agglomérat d'électrons positifs et négatifs. Il n'en reste pas moins vrai qu'Einstein fut le premier à énoncer l'équivalence entre la masse inerte et l'énergie dans toute sa généralité.

8. Pierre et Marie Curie avaient découvert le radium sept ans auparavant. L'émission d'énergie par ce corps posait un problème car elle semblait contrevenir au principe de conservation de l'énergie. Sur cette question, voir par exemple H. Poincaré, *La Valeur de la science*, Paris, Flammarion, 1904, rééd. de 1938, p. 198-199. La première vérification expérimentale de l'équivalence masse-énergie lors de réactions nucléaires date de 1932.

III. Relativité générale

Einstein avait traité pour la première fois du problème de la gravitation à l'occasion de la rédaction, en 1907, d'un article de revue portant sur la théorie de la relativité restreinte. Pendant plus de trois ans, jusqu'à son arrivée à Prague, il allait surtout s'occuper du problème des quanta. Ce n'est qu'au début de l'année 1911 qu'il recommença à publier les résultats de ses recherches en vue d'élaborer une théorie de la gravitation sur la base du principe d'équivalence, principe déjà énoncé, même s'il ne porte pas son nom, dans l'article de 1907. Cinq années plus tard, la théorie était achevée.

Contrairement à ce qui se passe pour la théorie de la relativité restreinte, où l'on ne dispose que de maigres indices permettant de retracer le chemin suivi par Einstein avant la publication de l'article fondateur de 1905, la naissance de la théorie de la relativité générale a été un processus public, jalonné de publications nombreuses, abondamment commenté par son auteur dans sa correspondance ; on dispose en outre aujourd'hui d'un certain nombre de carnets personnels dans lesquels il notait au fur et à mesure les idées qui lui venaient et essayait diverses pistes. Il est donc possible de retracer le chemin, qui n'a rien de rectiligne et de direct, qui va de 1911 (date à laquelle il recommence à publier dans le domaine de la relativité) à 1916 (date de publication d'un long article de synthèse final). Le texte qu'on va lire est celui d'une conférence prononcée par Einstein en 1933 à l'université de Glasgow dans laquelle il décrit les diverses étapes qui l'ont mené en 1916 à une synthèse finale.

1. Quelques remarques sur la genèse de la théorie de la relativité générale [1]

Vous me demandez de faire quelques remarques d'ordre historique sur mon propre travail scientifique [2], et je réponds volontiers à cette invite. Non pas que je surestime de façon inconvenante la signification de mes propres efforts ! Mais écrire l'histoire des travaux réalisés par d'autres hommes suppose que l'on se plonge dans une pensée étrangère, ce dont sont bien mieux capables des personnalités formées à l'activité d'historien, alors qu'expliquer ce que l'on a soi-même pensé auparavant semble une tâche incomparablement plus facile. On est là dans une position beaucoup plus favorable que tout autre et il ne faut pas, par souci de modestie, laisser passer cette occasion.

Lorsqu'en 1905, avec la théorie de la relativité restreinte, fut obtenue l'équivalence, pour la formulation des lois de la nature, de tous les systèmes dits inertiels, une question s'imposa de façon plus qu'évidente, celle de savoir s'il n'existerait pas une équivalence plus profonde des systèmes de coordonnées. Ou pour dire les choses autrement : si l'on ne peut assigner au concept de vitesse qu'une signification relative, doit-on malgré cela continuer à considérer l'accélération comme un concept absolu ?

D'un point de vue purement cinématique, la relativité des mouvements quelconques ne faisait certes aucun doute ; mais du point de vue physique [3], le système inertiel semblait bien jouir d'une signification privilégiée,

---

1. Conférence prononcée le 20 juin 1933 à Glasgow (« George A. Gibson Foundation Lecture »), reprise dans *Mein Weltbild* (Bibliographie).

2. Einstein s'est à d'autres occasions exprimé sur ce sujet, en particulier dans son « autobiographique scientifique », voir p. 149-227.

3. C'est-à-dire dynamique.

ce qui faisait apparaître les systèmes de coordonnées animés d'un autre mouvement comme artificiels.

Il est vrai que j'avais eu connaissance de la conception de Mach[4], selon laquelle il apparaissait comme concevable que la résistance inertielle s'opposât non pas à une accélération en soi, mais à une accélération par rapport aux masses des autres corps se trouvant dans l'univers. Cette idée avait pour moi quelque chose de fascinant, mais on ne pouvait l'utiliser pour fonder une théorie nouvelle.

Je me suis pour la première fois rapproché de la solution du problème le jour où j'ai essayé de traiter la loi de la gravitation dans le cadre de la théorie de la relativité restreinte[5]. Comme la plupart des auteurs de l'époque[6], j'essayai d'établir une loi du champ pour la gravitation ; en raison de la suppression du concept de simultanéité absolue, il n'était en effet plus possible (ou

---

4. Ernst Mach, *Die Mechanik in ihrer Entwickelung ; historischkritisch dargestellt*, Leipzig, 3e éd., 1897, chap. II, § 7 et 8.

5. Il s'agit des recherches menées pour la rédaction de l'article de 1907 « Über das Relativitätsprinzip und die aus demselben gezogenen Folgerungen », *Jahrbuch der Radioaktivität und Electronik*, vol. IV, p. 411-462. En 1919, trois ans après l'achèvement de la théorie de la relativité générale, dans un manuscrit non publié, Einstein écrit : « Lorsque (en 1907) je travaillais à un article de synthèse sur la théorie de la relativité restreinte pour le *Jahrbuch der Radioaktivität und Elektronik*, j'avais aussi cherché à modifier la théorie de la gravitation de Newton de manière à ce que ses lois soient adoptées à la théorie [de la relativité restreinte]. »

6. Dès 1900, et donc avant l'avènement de la théorie de la relativité restreinte, Lorentz avait imaginé une théorie vectorielle du champ de gravitation sur le modèle de la théorie de Maxwell pour le champ électromagnétique (voir H. A. Lorentz, *Collected Works*, t. V, La Haye, M. Nijhoff, 1934, p. 198). Dans les années 1910-1915, Max Abraham (1875-1922) puis, à sa suite, Gunnar Nordström (1881-1923) et Gustav Mie (1868-1957) développèrent des théories scalaires de la gravitation. Ces travaux sont évidemment postérieurs aux tentatives auxquelles Einstein fait référence ici, qui ne furent pas publiées pour les raisons indiquées dans la suite du texte.

du moins plus possible de façon naturelle) d'introduire une action à distance et immédiate.

Le plus simple était naturellement de conserver le potentiel scalaire de Laplace et de compléter de façon naturelle l'équation de Poisson par un terme dérivé par rapport au temps, afin de satisfaire à la théorie de la relativité restreinte. Il fallait également adapter à la théorie de la relativité restreinte la loi du mouvement d'une masse ponctuelle dans un champ de gravitation. Là, le chemin à suivre était moins clairement tracé, parce que la masse inerte d'un corps pouvait dépendre du potentiel de gravitation – il fallait même s'y attendre en raison du principe de l'inertie de l'énergie.

Ces recherches me conduisirent cependant à un résultat qui me rendit extrêmement méfiant. Selon la mécanique classique, en effet, l'accélération verticale d'un corps dans un champ de pesanteur vertical ne dépend pas de la composante horizontale de la vitesse. Ceci est à rattacher au fait que l'accélération verticale d'un système mécanique, ou de son centre de gravité, dans un champ de pesanteur de ce type se trouve être indépendante de l'énergie cinétique interne du corps. Or, dans mon essai de théorie, il n'y avait pas indépendance de l'accélération de la chute par rapport à la vitesse horizontale, ou par rapport à l'énergie cinétique interne[7].

Ce fait ne concordait pas avec l'expérience séculaire selon laquelle les corps éprouvent tous la même accélération dans un champ de gravitation. Ce principe, dont le principe d'identité de la masse inerte et de la masse pesante est une autre formulation possible, m'apparut alors dans sa signification profonde. J'étais étonné au plus haut point par son existence et je soupçonnais qu'il

7. « Les recherches entreprises dans cette direction montrèrent qu'effectivement cette entreprise était réalisable, mais elles ne me satisfirent pas parce qu'elles s'appuyaient sur des hypothèses physiques non fondées. C'est alors que me vint l'idée la plus heureuse de toute ma vie. » (Manuscrit de 1919 non publié, *op. cit.*)

devait renfermer la clef d'une compréhension plus profonde de l'inertie et de la gravitation. Je n'ai jamais douté sérieusement de sa validité rigoureuse, même lorsque j'ignorais les résultats de la magnifique expérience d'Eötvös[8] dont – si mes souvenirs sont bons – je n'eus connaissance que plus tard. Je rejetai alors comme inadéquat l'essai mentionné plus haut de traitement du problème de la gravitation dans le cadre de la théorie de la relativité restreinte. Cet essai ne rendait visiblement pas compte des propriétés fondamentales de la gravitation. Le principe de l'identité de la masse inerte et de la masse pesante pouvait maintenant être formulé de façon très intuitive[9] de la manière suivante : dans un champ de gravitation homogène, tous les mouvements se déroulent comme ils le font en l'absence de champ, par rapport à un système de coordonnées uniformément accéléré[10]. Si ce principe valait pour n'importe quel processus (« principe d'équivalence[11] »), il fallait y voir l'indication que, si on voulait parvenir à une théorie naturelle du champ de gravitation, il fallait élargir le principe de relativité à des systèmes de coordonnées en mouvement non uniforme les uns par rapport aux autres. Telles sont les réflexions qui m'occupèrent de 1908 à 1911 et je m'efforçai d'en tirer diverses conséquences particulières dont je ne parlerai pas ici. Le seul point qui se révéla important était d'avoir compris qu'on ne pouvait attendre une

8. Le baron Roland Eötvös (1848-1919) avait démontré l'égalité des deux masses avec une précision de 10^{-9}. Qu'Einstein ait eu très tard connaissance de l'expérience d'Eötvös est attesté par le fait que, dans une lettre à Wien datée du 10 juillet 1912, il suggère comme une nouveauté la possibilité de réaliser une expérience du même type.

9. *Anschaulich* dans le texte allemand.

10. C'est là « l'idée la plus heureuse de toute [la] vie [d'Einstein] ».

11. Le terme est employé pour la première fois dans l'article de 1911 « Über den Einfluß der Schwerkraft auf die Ausbreitung des Lichtes », voir p. 313, mais le contenu du principe d'équivalence avait déjà été discuté par Einstein dans la dernière section de l'article de revue de 1907 mentionné.

théorie satisfaisante de la gravitation que d'un élargissement du principe de relativité [12].

Il s'agissait donc d'élaborer une théorie dont les équations conservent leur forme par une transformation non linéaire des coordonnées [13]. Savoir si cela devait être vrai pour des transformations des coordonnées tout à fait quelconques (mais continues) ou bien seulement pour certaines transformations, je l'ignorais pour le moment.

Je me rendis bientôt compte qu'avec la conception des transformations non linéaires requise par le principe d'équivalence, c'en devait être fini de l'interprétation physique directe des coordonnées [14]; autrement dit : on ne pouvait plus exiger que les différences entre coordonnées représentent les résultats immédiats de mesures effectuées à l'aide de règles ou d'horloges. Cette constatation me tracassa beaucoup, car je restai longtemps incapable de comprendre ce que, tout compte fait, les coordonnées doivent alors représenter en physique [15]. Je ne réussis à sortir de ce dilemme que vers 1912, et ce grâce à la réflexion suivante.

---

12. Einstein semble ici avoir oublié qu'il avait lui-même admis, lors d'une conférence prononcée à Vienne en 1913, intitulée « Zum gegenwärtigen Stande des Gravitationsproblems », *Physikalische Zeitschrift*, vol. XIV, p. 1249-1266, qu'une théorie scalaire, telle celle de Nordström, est possible dans le cadre de la théorie de la relativité restreinte et peut rendre compte du principe d'équivalence. Il est peut-être heureux qu'Einstein n'ait été conscient de cette possibilité qu'après avoir entamé le programme de recherches qui l'a conduit à la théorie de la relativité générale.

13. Les premiers essais infructueux d'Einstein furent publiés en 1912. Il s'agit de ce que l'on appelle généralement sa théorie scalaire.

14. Comme il le signale lui-même en 1913, Einstein avait d'abord abouti à cette conclusion à propos du temps dans le cas d'un champ de gravitation statique.

15. A vrai dire, ce n'est qu'une fois la théorie complètement élaborée, après novembre 1915, qu'Einstein comprit vraiment que les coordonnées sont « des paramètres mathématiques sans signification physique » (lettre à Ehrenfest du 26 décembre 1915).

Il fallait donc trouver une nouvelle formulation de la loi de l'inertie qui, en l'absence de champ de gravitation véritable, et en utilisant un système inertiel comme système de coordonnées, s'identifie avec la formulation galiléenne du principe d'inertie. Formulation qui dit qu'un point matériel, sur lequel n'agit aucune force, est représenté dans l'espace à quatre dimensions par une ligne droite, c'est-à-dire par la ligne la plus courte, ou plus exactement par une courbe extrémale. Ce concept présuppose celui de longueur d'un élément de courbe, c'est-à-dire une métrique [16]. En théorie de la relativité restreinte, cette métrique est – comme Minkowski [17] l'a montré – quasi euclidienne, c'est-à-dire que le carré de la « longueur » ds d'un élément de courbe est une fonction quadratique bien déterminée des éléments différentiels des coordonnées.

Si maintenant l'on introduit d'autres coordonnées grâce à une transformation non linéaire, ds^2 reste une fonction homogène des éléments différentiels des coordonnées, mais les coefficients de cette fonction (les $g_{\mu\nu}$) ne sont plus des constantes – ce sont certaines fonctions des coordonnées. En termes mathématiques, on dira que l'espace physique (à quatre dimensions) est muni d'une

16. Dans le supplément à l'un des articles où est exposée la théorie scalaire, Einstein avait déjà fait remarquer que les équations du mouvement d'une particule dans un champ de gravitation statique peuvent être obtenues à partir d'un principe variationnel ; mais il n'interprétait pas encore l'intégrant variationnel comme un élément de courbe dans un espace à quatre dimensions.

17. H. Minkowski, « Das Relativitätsprinzip », *Annalen der Physik*, vol. ILVII, 1915, p. 927-938, et « Die Grundgleichungen für die elektromagnetischen Vorgänge in bewegten Körpern », *Königliche Gesellschaft der Wissenschaft zu Göttingen. Mathematische-physikalische Klasse. Nachrichten*, 1908, p. 53-111. La formulation quadridimensionnelle de la théorie de la relativité qui porte son nom avait été proposée par Minkowski (1864-1909) en 1907 lors d'une conférence prononcée devant la Mathematische Gesellschaft de Göttingen. L'article correspondant a été publié en 1915, plusieurs années après sa mort.

métrique riemannienne. Les courbes extrémales du genre temps de cette métrique donnent la loi du mouvement d'un point matériel sur lequel n'agit aucune force mis à part des forces de gravitation. Les coefficients ($g_{\mu\nu}$) de cette métrique décrivent aussi le champ de gravitation par rapport au système de coordonnées choisi. Ainsi dispose-t-on d'une formulation naturelle du principe d'équivalence, dont l'extension à des champs de gravitation quelconques représente une hypothèse tout à fait naturelle.

La solution du dilemme évoqué plus haut était donc la suivante : ce n'est pas aux éléments différentiels des coordonnées, mais seulement à la métrique de Riemann qui leur est associée, qu'il faut attribuer une signification physique[18]. Ainsi les bases d'une théorie de la relativité générale se trouvaient-elles établies. Mais il restait encore deux problèmes à résoudre :

1. Étant donné une loi du champ exprimée dans les termes de la théorie de la relativité restreinte, comment faire pour la transposer au cas d'une métrique de Riemann ?

2. Quelle forme ont les lois différentielles qui déterminent la métrique de Riemann elle-même (c'est-à-dire les $g_{\mu\nu}$) ?

C'est à répondre à ces questions que j'ai travaillé de 1912 à 1914 avec la collaboration de mon ami Marcel Grossmann[19]. Nous nous sommes aperçus que les

---

18. De fait, il fallut trois ans à Einstein pour en arriver là.

19. Marcel Grossmann (1878-1936), camarade d'études d'Einstein au Polytechnicum de Zurich, devenu professeur de mathématiques dans cette même école. Dans la conférence qu'il prononça à l'université de Kyoto en 1922, Einstein retrace les circonstances dans lesquelles débuta sa collaboration avec Grossmann : « Lorsque, venant de Prague, je retournai à Zurich, mon ami le mathématicien Marcel Grossmann m'attendait. Il m'avait déjà aidé auparavant en me fournissant de la littérature mathématique du temps où je travaillais au Bureau des brevets de Berne et où il ne m'était pas facile de me procurer des articles de mathématiques. Il commença par m'enseigner la théorie de Gregorio

méthodes mathématiques nécessaires à la solution du problème 1 se trouvaient déjà toutes prêtes dans le calcul différentiel de Ricci et Levi-Civita[20].

Pour ce qui est du problème 2, sa solution exigeait visiblement des expressions différentielles invariantes du deuxième ordre construites à partir des $g_{\mu\nu}$. Nous nous aperçûmes vite que celles-ci avaient déjà été élaborées par Riemann (tenseur de courbure)[21]. Deux ans déjà avant la publication de la théorie de la relativité générale, nous avions envisagé les bonnes équations de champ de la gravitation, mais nous fûmes incapables de voir quelle pouvait être leur utilité physique. Je croyais savoir au contraire qu'elles ne pouvaient pas rendre compte de l'expérience. De plus, je croyais même pouvoir montrer, sur la base d'un argument général, qu'une loi de la gravitation invariante par n'importe quelle transformation des coordonnées était incompatible avec le principe de causalité[22]. Ces erreurs de ma pensée me coûtèrent deux années d'un travail d'une extrême dureté, jusqu'à ce

---

Ricci-Curbastro et plus tard celle de Riemann. Je discutai avec lui la question de savoir si le problème que je me posais pouvait être résolu à l'aide de la théorie de Riemann, autrement dit en utilisant le concept d'invariance de l'élément de courbe. Nous rédigeames un article sur ce sujet en 1913, bien que nous n'ayons pu obtenir les bonnes équations du champ de gravitation. »

20. Gregorio Ricci-Curbastro (1853-1925), Tullio Levi-Civita (1873-1941), mathématiciens italiens qui ont, sous l'inspiration de la théorie des invariants, introduit en géométrie différentielle le « calcul différentiel absolu » ou « calcul tensoriel ». L'article fondateur est : G. Ricci et T. Levi-Civita, « Méthodes de calcul différentiel absolu et leurs applications », *Mathematische Annalen*, vol. LIV, 1901, p. 125-201. Cet article est paru sous forme de fascicule séparé en 1923, Paris, Blanchard.

21. Voir B. Riemann, « Über die Hypothesen, welche der Geometrie zu Grunde liegen ». *Königliche Gesellschaft der Wissenschaften und der Georg-Augustus-Universität* (Göttingen). *Mathematische Klasse. Abhandlungen 13*, 1867, p. 133-152 ; trad. fr. de J. Hoüel in *Œuvres mathématiques de Riemann*, Paris, Gauthier-Villars, 1898.

22. L'argument (complexe) évoqué est l'argument dit du « trou » (*Lochbetrachtung* en allemand).

qu'enfin à la fin de l'année 1915 je les reconnusse comme telles ; je trouvai alors comment intégrer les données expérimentales de l'astronomie, après avoir effectué un retour penaud à la courbure de Riemann[23].

A la lumière des connaissances acquises, ce à quoi nous avons eu la chance d'aboutir apparaît comme presque évident : un étudiant intelligent est capable de le comprendre sans grand effort. Mais les angoisses d'un travail à l'aveuglette, s'étendant sur plusieurs années, avec ses espoirs et ses impatiences, ses alternances de confiance et de découragement, jusqu'à la percée finale en direction de la vérité, tout cela, seul celui qui l'a vécu peut le connaître[24].

---

23. Voici comment Einstein parle à Sommerfeld (lettre du 28 novembre 1915) des difficultés rencontrées durant ces années :

« Cher Sommerfeld,

Ne m'en veuillez pas si je ne réponds qu'aujourd'hui à votre lettre si amicale et si intéressante. Mais j'ai vécu le dernier mois la période la plus énervante et la plus éprouvante de toute ma vie, mais aussi la plus riche en résultats. Écrire m'était impensable. Je me suis en effet aperçu que mes précédentes équations du champ de gravitation étaient totalement sans fondement. » L'aboutissement du travail d'Einstein a donné lieu à une série de publications à l'automne 1915 (dont l'article « Erklärung der Perihelbewegung des Merkur aus der allgemeinen Relativitätstheorie », *Preussische Akademie der Wissenchaften, Sitzungsberichte*, 1915, p. 831-839) ; c'est en 1916 que la théorie fut exposée pour la première fois sous sa forme canonique (voir p. 328-365).

24. Einstein a toujours affirmé que l'invention (*Erfindung*, selon son expression favorite) de la théorie de la relativité générale lui avait coûté beaucoup plus d'efforts (mais avait eu aussi une plus grande importance) que celle de la théorie de la relativité restreinte. En octobre 1912, il écrivait à Sommerfeld : « En ce moment, le problème de la gravitation m'occupe totalement [...] Une chose est sûre : de toute ma vie je n'ai été aussi tourmenté [...] A côté de ce problème, la théorie originale de la relativité [la relativité restreinte] n'est qu'un jeu d'enfants. »

2. L'article de 1911
De l'influence de la pesanteur [1] sur la propagation de la lumière

[*Annalen der Physik*, vol. XXXV, 1911, p. 898-908.]

J'ai déjà essayé de répondre, dans un article paru il y a trois ans, à la question de savoir si la propagation de la lumière est influencée par la gravité [a]. Je reviens à nouveau sur ce sujet, parce que la présentation que j'en ai faite à l'époque ne me satisfait plus, mais surtout parce que, maintenant, je me rends compte après coup que l'une des conséquences les plus importantes de cette réflexion est accessible à la vérification expérimentale. Il résulte en effet de la théorie proposée que des rayons lumineux passant au voisinage du Soleil subissent, sous l'effet de son champ de gravitation, une déflexion, si bien qu'il se produit une augmentation apparente de près d'une seconde d'arc de la distance angulaire du Soleil à une étoile fixe paraissant proche de lui.

La poursuite du raisonnement a fourni d'autres résultats relatifs à la gravitation. Mais, comme l'exposé de toute la réflexion serait trop compliqué, on ne donnera ici que quelques raisonnements très élémentaires, à partir desquels on pourra appréhender sans difficulté les hypothèses et la démarche de la théorie. Les relations déduites ici sont, même si le fondement théorique est exact, valables seulement en première approximation [3].

---

a. A. Einstein, *Jahrb. f. Radioakt. u. Elektronik*, vol. IV, p. 4 [2].

1. Le titre allemand est « Über den Einfluss der Schwerkraft auf die Ausbreitung des Lichtes ». Nous avons ici systématiquement traduit *Schwerkraft* par « pesanteur », *Schwere* par « gravité » et *Gravitation* par « gravitation ».

2. Article de 1907 auquel il a déjà été fait allusion.

3. C'est-à-dire à l'approximation newtonienne.

§ 1. *Hypothèse sur la nature physique du champ de gravitation*

Soit, dans un champ de pesanteur homogène (accélération de la pesanteur γ), un système de coordonnées au repos *K*, orienté de telle façon que les lignes de force du champ de pesanteur soient dirigées dans le sens négatif de l'axe des *z*. Soit, dans un espace libre de tout champ de gravitation, un deuxième système de coordonnées *K'*, qui effectue un mouvement uniformément accéléré (accélération γ) dans la direction positive de son axe des *z*. Pour ne pas compliquer inutilement la réflexion, nous faisons ici abstraction, pour le moment, de la théorie de la relativité[4] ; nous considérons donc les deux systèmes selon la cinématique habituelle et, dans ces deux systèmes, nous considérons que les mouvements se produisent selon la mécanique usuelle.

Relativement à *K*, de même que relativement à *K'*, des points matériels qui ne subissent pas l'influence d'autres points matériels se meuvent selon les équations :

$$\frac{d^2x_\nu}{dt^2} = 0, \quad \frac{d^2y_\nu}{dt^2} = 0, \quad \frac{d^2z_\nu}{dt^2} = -\gamma.$$

Cela découle, pour le système *K'* accéléré, directement du principe de Galilée, mais, pour le système *K*, au repos dans un champ de gravitation homogène, de l'expérience qui veut que, dans un tel champ, tous les corps sont accélérés également et régulièrement. Cette expérience – la chute identique de tous les corps dans le champ de gravitation – est l'une des plus universelles que l'observation de la nature nous ait fournies ; pourtant, cette loi n'a

4. Il s'agit de la théorie de la relativité restreinte, qu'Einstein appelle assez souvent également la « théorie initiale de la relativité » ou la « théorie habituelle de la relativité ».

pas trouvé place dans les fondements de notre représentation physique du monde.

Nous parvenons cependant à une interprétation très satisfaisante de ce principe fondé sur l'expérience lorsque nous supposons que les systèmes *K* et *K'* sont physiquement exactement équivalents, c'est-à-dire lorsque nous supposons que l'on peut imaginer que le système *K* est lui aussi situé dans un espace libre de tout champ de pesanteur ; mais pour cela, nous devons alors considérer *K* comme uniformément accéléré. Dans cette conception, on ne peut pas plus parler de l'*accélération absolue* du système de référence que l'on ne peut parler de la *vitesse absolue* d'un système selon la théorie de la relativité habituelle[a]. Dans cette conception, la chute identique de tous les corps dans un champ de gravitation est évidente.

Tant que nous nous limitons à des processus purement mécaniques dans le domaine de validité de la mécanique de Newton, nous sommes sûrs de l'équivalence des systèmes *K* et *K'*. Mais notre conception ne prendra une signification plus profonde que si les systèmes sont équivalents par rapport à tous les processus physiques, c'est-à-dire si les lois de la nature rapportées à *K* concordent parfaitement avec ces mêmes lois rapportées à *K'*[5]. En supposant cela, nous obtenons un principe qui, au cas où il s'applique réellement, possède une très grande signification heuristique. Car, à travers l'examen théorique des processus se produisant relativement à un système de référence uniformément accéléré, nous obtenons des renseignements sur le déroulement des processus dans un

a. Naturellement, on ne peut pas remplacer un champ de pesanteur *quelconque* par un état de mouvement du système sans champ de gravitation, pas plus que l'on ne peut mettre au repos, par une transformation de la relativité, tous les points d'un milieu en mouvement quelconque.

5. Ceci constitue ce qu'Einstein appellera pour la première fois un peu plus loin (voir note 8) l'« hypothèse d'équivalence ».

champ de gravitation homogène[a]. Dans la suite, il nous faut d'abord montrer que notre hypothèse possède une vraisemblance considérable du point de vue de la relativité habituelle.

§ 2. *De la pesanteur de l'énergie*

La théorie de la relativité a montré que la masse inerte d'un corps croît avec son contenu en énergie ; si l'accroissement d'énergie vaut E, alors l'accroissement de la masse inerte est égal à E/c^2, où c désigne la vitesse de la lumière[7]. Mais est-ce qu'à cet accroissement de la masse inerte correspond aussi un accroissement de la masse gravitationnelle ? Si ce n'était pas le cas, alors un corps tomberait dans le champ de pesanteur avec une accélération différente selon son contenu énergétique. Le résultat si satisfaisant de la théorie de la relativité, selon lequel le principe de la conservation de la masse vient à se fondre dans le principe de la conservation de l'énergie, ne serait pas maintenu ; en effet, il faudrait abandonner le principe de la conservation de la masse dans sa forme ancienne pour la masse *inerte* et le conserver néanmoins pour la masse gravitationnelle.

Cela doit être considéré comme très invraisemblable. D'un autre côté, la théorie de la relativité habituelle ne nous fournit aucun argument à partir duquel nous pourrions conclure que le poids d'un corps dépend de son contenu énergétique. Mais nous allons montrer que la pesanteur de l'énergie est une conséquence nécessaire de notre hypothèse de l'équivalence[8] des systèmes K et K'.

---

a. Dans un article ultérieur[6], nous montrerons que le champ de gravitation considéré est homogène seulement en première approximation.

6. A. Einstein, « Lichtgeschwindigkeit und Statik des Gravitationsfeldes », *Annalen der Physik*, vol. XXXVIII, 1912, p. 443-458.

7. Voir p. 298-302.

8. Einstein utilise ici pour la première fois l'expression « hypothèse d'équivalence ».

Soient deux systèmes matériels S_1 et S_2, munis d'instruments de mesure, situés à la distance h l'un de l'autre sur l'axe des z de K[a], de telle façon que le potentiel de gravitation en S_2 soit plus élevé de $\gamma.h$ qu'en S_1. Une quantité d'énergie déterminée E est envoyée de S_2 vers S_1 sous forme de rayonnement. On suppose que les quantités d'énergie sont mesurées à la fois en S_1 et en S_2 avec des dispositifs qui – amenés à un même endroit z du système et, là, comparés entre eux – sont parfaitement identiques. Rien ne peut être affirmé *a priori* au sujet du processus de ce transfert d'énergie par le rayonnement, parce que nous ne connaissons pas l'influence du champ de gravitation sur le rayonnement et sur les instruments en S_1 et S_2.

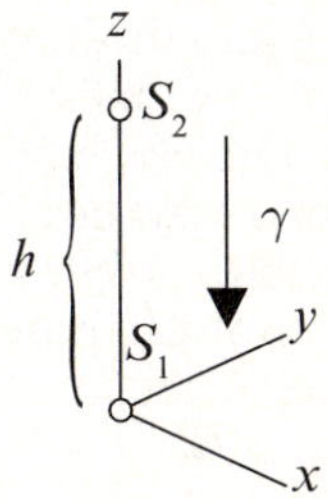

Figure 1

Mais, en vertu de notre hypothèse de l'équivalence de K et K', nous pouvons remplacer le système K, situé dans un champ de pesanteur homogène, par le système K', sans pesanteur, accéléré uniformément dans le sens positif de l'axe des z, les systèmes matériels S_1 et S_2 étant rigidement liés à l'axe des z du système K'.

a. S_1 et S_2 sont considérés comme infiniment petits par rapport à h[9].

9. Autrement dit : leurs dimensions linéaires dans la direction z sont négligeables devant h.

Nous observons le processus de transfert d'énergie par le rayonnement de S_2 vers S_1 à partir d'un système K_0 que nous supposons non accéléré. Nous supposons que, par rapport à K_0, K' possède une vitesse nulle à l'instant où l'énergie E_2 est envoyée sous forme de rayonnement de S_2 vers S_1. Le rayonnement parviendra en S_1 quand le temps h/c se sera écoulé (en première approximation). Mais à cet instant-là S_1 possède la vitesse $\gamma.h/c$ par rapport à K_0. C'est pourquoi, selon la théorie de la relativité habituelle, le rayonnement arrivant en S_1 possède, non pas l'énergie E_2, mais une énergie E_1 plus grande, reliée à E_2, en première approximation, par l'équation[a] :

$$(1) \qquad E_1 = E_2\left(1 + \frac{v}{c}\right) = E_2\left(1 + \frac{\gamma h}{c^2}\right).$$

Selon notre hypothèse, la même relation, exactement, est valable dans le cas où ce même processus a lieu dans le système K, non pas accéléré, mais muni d'un champ de gravitation. Dans ce cas, nous pouvons remplacer $\gamma.h$ par le potentiel Φ du vecteur de gravitation en S_2 – si la constante arbitraire de Φ est posée égale à 0 en S_1[11]. Alors l'équation s'écrit :

$$(1a) \qquad E_1 = E_2 + \frac{E_2}{c^2}\Phi.$$

Cette équation énonce le principe de la conservation de l'énergie pour le processus envisagé. L'énergie E_1 arrivant en S_1 est supérieure à l'énergie E_2, mesurée avec des moyens identiques et émise en S_2, d'une quantité égale à l'énergie potentielle de la masse E_2/c^2 dans le champ de pesanteur. On voit donc que, pour

a. A. Einstein, *Ann. d. Phys.*, vol. XVII, 1905, p. 913 et 914[10].

10. « Zur Elektrodynamik bewegter Körper » (voir p. 287) ; la relation (1) vaut au premier ordre.

11. Einstein veut dire que Φ est égal à γz + constante, la constante étant nulle lorsque $z = 0$ (c'est-à-dire en S_1).

que le principe de la conservation de l'énergie soit respecté, on doit ajouter à l'énergie E avant son émission en S_2 une énergie potentielle de pesanteur correspondant à la masse (pesante) E/c^2. Notre hypothèse de l'équivalence de K et K' lève donc la difficulté présentée au début de ce paragraphe, difficulté que la théorie usuelle de la relativité ne résout pas.

La signification de ce résultat apparaît de manière particulièrement claire si l'on considère le cycle suivant :

1. On envoie l'énergie E (mesurée en S_2), sous forme de rayonnement, de S_2 vers S_1 où, d'après le résultat obtenu à l'instant, on reçoit l'énergie $E(1 + \gamma h/c^2)$ (mesurée en S_1).
2. On abaisse un corps W de masse M de S_2 jusqu'en S_1, si bien que le travail $M\gamma h$ est cédé à l'extérieur.
3. On transfère l'énergie E de S_1 au corps W pendant que W se trouve en S_1. La masse pesante M est ainsi modifiée en sorte qu'elle prend la valeur M'.
4. On élève à nouveau W jusqu'en S_2, si bien que le travail $M'\gamma h$ est dépensé.
5. On transfère l'énergie E de W à nouveau à S_2.

L'effet de ce cycle consiste seulement en ce que S_1 a subi un accroissement d'énergie $E(\gamma h/c^2)$ et que la quantité d'énergie :

$$M'\gamma h - M\gamma h,$$

a été fournie au système sous forme de travail mécanique. D'après le principe de la conservation de l'énergie, on doit avoir :

$$E\frac{\gamma h}{c^2} = M'\gamma h - M\gamma h,$$

soit :

$$M' - M = \frac{E}{c^2}. \tag{1b}$$

L'accroissement de masse *pesante* est égal à E/c^2, et donc égal à l'accroissement de la masse *inerte* résultant de la théorie de la relativité.

Ce résultat découle de façon encore plus immédiate de l'équivalence des systèmes K et K', selon laquelle la masse *pesante* par rapport à K est parfaitement identique à la masse *inerte* par rapport à K' ; c'est pourquoi l'énergie doit posséder une masse *pesante* qui est égale à sa masse *inerte*. Si l'on suspend dans le système K' une masse M_0 à un peson, il indiquera, du fait de l'inertie de M_0, le poids apparent $M_0\gamma$. Si l'on transfère la quantité d'énergie E à M_0, alors le peson, d'après le principe de l'inertie de l'énergie, indiquera $(M_0 + E/c^2)\gamma$. Selon notre hypothèse fondamentale, la même chose doit avoir lieu si l'on répète cette expérience dans le système K, c'est-à-dire dans un champ de gravitation.

§ 3. *Temps et vitesse de la lumière dans le champ de pesanteur*

Si le rayonnement émis en S_2 en direction de S_1 dans le système K' uniformément accéléré possédait par rapport à une horloge située en S_2 une fréquence ν_2, il a, à son arrivée en S_1, par rapport à une horloge de construction identique située en S_1, non plus la fréquence ν_2, mais une fréquence plus élevée ν_1, telle qu'en première approximation[12] :

$$\nu_1 = \nu_2\left(1 + \frac{\gamma h}{c^2}\right). \tag{2}$$

En effet, si l'on introduit à nouveau le système de référence K_0 non accéléré, relativement auquel K', au moment de l'émission de la lumière, ne possède pas de vitesse, alors S_1 a, à l'instant de l'arrivée du rayonnement en S_1, la vitesse $\gamma(h/c)$ par rapport à K_0 ; d'où la relation énoncée découle immédiatement, en vertu du principe de Doppler.

12. C'est la formule classique (non relativiste) de l'effet Doppler, suffisante à l'approximation considérée, pour laquelle le temps mis par la lumière pour aller de S_1 à S_2 est pris égal à h/c.

D'après notre hypothèse de l'équivalence des systèmes K' et K, cette équation vaut aussi pour le système de coordonnées K au repos, muni d'un champ de pesanteur uniforme, dans le cas où s'y produit le transfert d'énergie par rayonnement décrit ci-dessus. Il s'ensuit qu'un rayon lumineux émis en S_2 dans un potentiel de pesanteur[13] bien déterminé et possédant, au moment de son émission, la fréquence ν_2 – comparée à une horloge située en S_2 – possède à son arrivée en S_1 une autre fréquence ν_1, dans le cas où cette dernière est mesurée au moyen d'une horloge de construction identique située en S_1. Remplaçons $\gamma\, h$ par Φ, le potentiel de pesanteur de S_2, rapporté à celui de S_1 pris comme point zéro du potentiel, et faisons l'hypothèse que notre relation obtenue pour un champ de gravitation *homogène* vaut aussi pour un champ de forme différente ; on a alors :

$$\nu_1 = \nu_2\left(1 + \frac{\Phi}{c^2}\right). \tag{2a}$$

Ce résultat (qui, d'après notre déduction, vaut en première approximation) conduit à une première application qui est la suivante. Soit ν_0 la fréquence d'une source de lumière élémentaire[14] mesurée, à l'endroit [de la source], avec une horloge U. Cette fréquence est alors indépendante de l'endroit où sont situées la source de lumière et l'horloge. Nous imaginons que toutes deux sont disposées à la surface du Soleil (c'est là que se situe notre S_2). De la lumière émise à cet endroit, une partie parvient jusqu'à la Terre (S_1), où nous mesurons avec une horloge U, de construction parfaitement identique à la précédente, la fréquence ν de la lumière incidente. Alors, d'après (2a), on a :

$$\nu = \nu_0\left(1 + \frac{\Phi}{c^2}\right),$$

---

13. *Schwerepotential* en allemand.

14. C'est-à-dire monochromatique.

où Φ représente la différence (négative) de potentiel de gravitation entre la surface du Soleil et la Terre. Selon notre conception, les raies spectrales de la lumière du Soleil doivent donc être un peu décalées vers le rouge par rapport aux raies spectrales correspondantes des sources de lumière terrestres, et ce de la quantité relative :

$$\frac{\nu_0 - \nu}{\nu_0} = -\frac{\Phi}{c^2} = 2.10^{-6}.$$

Si les conditions dans lesquelles les raies solaires se forment étaient parfaitement connues, ce décalage serait accessible à la mesure. Mais, comme d'autres influences (pression, température) influent[15] sur la position du centre de gravité des raies spectrales, il est difficile de constater si l'influence du potentiel de gravitation déduite ici existe réellement[a] [16].

A la considérer superficiellement, l'équation (2), ou encore l'équation (2a), paraît énoncer une absurdité. Comment un nombre de périodes par seconde différent de celui émis en S_2 peut-il arriver en S_1, lors d'un transfert de lumière continu de S_2 vers S_1 ? La réponse est pourtant simple. Nous ne pouvons tout bonnement pas

---

a. L. F. Jewell (*Journ. de phys.*, n° 6, 1897, p. 84) et surtout C. Fabry et H. Boisson (*Compt. rend.*, n° 148, 1909, p. 688-690) ont effectivement constaté des décalages de ce genre de raies spectrales fines vers l'extrémité rouge du spectre, de l'ordre de grandeur estimé ici ; mais ils les ont attribués à un effet de pression dans la couche absorbante.

15. La répétition est dans le texte.

16. C'est là un premier « test observationnel » de la théorie de la relativité générale. Les controverses à ce sujet se sont prolongées jusque dans les années soixante et la question n'a été tranchée qu'en 1965 lorsque Pound et Snider, améliorant une expérience de Pound et Rebka, mesurèrent pour la première fois le décalage gravitationnel à partir d'observations terrestres, en utilisant l'effet Mössbauer (R. V. Pound et J. L. Snider, « Effect of Gravity on Nuclear Resonance », *Physical Review Letters*, vol. 13, p. 539-540). Aujourd'hui, le décalage gravitationnel est systématiquement retranché des décalages observés en astrophysique.

considérer ν_2 ou ν_1 comme des fréquences (comme des nombres de périodes par seconde), dans la mesure où nous n'avons pas encore déterminé un temps dans le système K. ν_2 représente le nombre de périodes rapporté à l'unité de temps de l'horloge U en S_2, ν_1 le nombre de périodes rapporté à l'unité de temps de l'horloge U de construction identique en S_1. Rien ne nous contraint à supposer que des horloges situées dans des potentiels de gravitation différents doivent nécessairement être considérées comme battant au même rythme. En revanche, il faut sûrement que nous définissions le temps dans K de façon telle que le nombre de creux et de crêtes de l'onde situés entre S_1 et S_2 soit indépendant de la valeur absolue du temps[17]; car le processus envisagé est, par nature, un processus stationnaire. Si nous ne remplissions pas ces conditions, nous aboutirions à une définition du temps dont l'application ferait entrer explicitement le temps dans les lois de la nature – ce qui sûrement ne serait ni naturel ni opportun[18]. Les horloges en S_1 et S_2 n'indiquent donc pas toutes les deux le « temps » de façon correcte. Si nous mesurons le temps en S_1 avec une horloge U, alors *nous devons mesurer le temps en* S_2 *avec une horloge qui, si elle est comparée à l'horloge U au même endroit, bat à un rythme* $(1 + \Phi/c^2)$ *fois plus lent que l'horloge U.* En effet, mesurée avec une

17. Il faut noter que le traitement contemporain du décalage vers le rouge dans un champ de gravitation statique (seul cas où il est possible d'établir une véritable distinction entre les décalages gravitationnel et Doppler) repose sur la distinction entre le temps propre et la coordonnée de temps privilégiée associée au champ statique. Voir par exemple J. Ehlers, « Survey of General Relativity Theory », *in* W. Israel (éd.), *Relativity, Astrophysics and Cosmology*, Dordrecht, D. Reidel, 1973, p. 1-125.

18. *Unzweckmässig* en allemand. Ce terme est vraisemblablement emprunté à Hertz (voir la préface de son traité sur la Mécanique, *Die Prinzipien der Mechanik. In neuen Zusammenhange dargestellt*, Leipzig, 1894).

telle horloge, la fréquence du rayon lumineux considéré ci-dessus est, lors de son émission en S_2 :

$$\nu_2\left(1+\frac{\Phi}{c^2}\right),$$

et donc, d'après (2a), égale à la fréquence ν_1 de ce même rayon lumineux lors de son arrivée en S_1.

De ceci découle une conséquence d'importance fondamentale pour cette théorie. En effet, si dans le système *K'* accéléré, sans champ de gravitation, on mesure la vitesse de la lumière à des endroits différents en utilisant des horloges *U* de construction identique, on obtient partout la même grandeur. Ceci vaut également, en vertu de notre hypothèse fondamentale, pour le système *K*. Or, d'après ce que nous venons de dire, pour mesurer le temps en des lieux de potentiels de gravitation différents, il nous faut utiliser des horloges de constructions différentes. Pour mesurer le temps à un endroit qui relativement à l'origine des coordonnées possède le potentiel Φ, il faut utiliser une horloge qui – si elle est déplacée à l'origine des coordonnées – bat à un rythme $(1+\Phi/c^2)$ fois plus lent que l'horloge avec laquelle est mesuré le temps à l'origine des coordonnées. Si nous appelons c_0 la vitesse de la lumière au point origine des coordonnées[19], la vitesse de la lumière c à un endroit de potentiel de gravitation Φ est alors donnée par la relation[20] :

$$c = c_0\left(1+\frac{\Phi}{c^2}\right). \tag{3}$$

---

19. Où, en vertu de la convention adoptée plus haut, $\Phi = 0$.

20. Cette définition correspond au choix d'une coordonnée privilégiée de temps associée au champ de pesanteur statique. Bien que formellement correctes, des considérations de ce type, souvent reprises par Einstein dans ses travaux ultérieurs et reposant sur l'idée d'une vitesse de la lumière spatialement variable et dépendant du système de coordonnées, ont une signification physique douteuse du point de vue finalement adopté par Einstein en 1916 (celui d'une théorie généralement covariante).

Le principe de la constance de la vitesse de la lumière n'est pas, dans cette théorie, valable dans l'acception qui sert de base à la théorie habituelle de la relativité.

§ 4. *Courbure des rayons lumineux dans un champ de gravitation*

Partant du résultat démontré à l'instant, à savoir que la vitesse de la lumière dans un champ de pesanteur est une fonction du lieu, on aboutit aisément, *via* le principe de Huyghens[21], à la conclusion que des rayons lumineux se propageant transversalement à un champ de pesanteur doivent subir une déviation[22]. Soit en effet ε un plan équiphase d'une onde lumineuse plane à l'instant t; soient P_1 et P_2 deux points de ce plan distants l'un de l'autre de 1. P_1 et P_2 se trouvent dans le plan de la feuille de papier, lequel est choisi de façon que la dérivée de Φ, et donc de c, calculée dans la direction de sa normale, soit égale à zéro. Nous obtenons le plan équiphase, ou plutôt son intersection avec la feuille de papier, correspondant à l'instant $t + dt$, en traçant les cercles ayant pour centres les points P_1 et P_2 et pour rayons respectifs $c_1\, dt$ et $c_2\, dt$, ainsi que leur tangente commune, c_1 et c_2 représentant ici les vitesses de la lumière aux points P_1 et P_2 respectivement. L'angle dont est dévié le rayon lumineux sur le chemin $c\, dt$ est donc :

$$\frac{(c_1 - c_2)dt}{1} = -\frac{\partial c}{\partial n'}\, dt,$$

21. En vertu de ce principe, chaque point d'une surface équiphase à un instant donné émet une onde sphérique caractérisée par la vitesse locale de propagation de l'onde ; l'enveloppe de ces ondes sphériques à un instant ultérieur constitue la nouvelle surface équiphase.

22. C'est là un deuxième test observationnel de la théorie. Sur la préhistoire de ce problème, voir J. Eisenstaedt, « De l'influence de la gravitation sur la propagation de la lumière en théorie newtonienne. L'archéologie des trous noirs », *Archive for History of Exact Sciences*, vol. XLII, 1991, p. 315-386.

à condition de compter positivement l'angle de déviation lorsque le rayon de lumière est dévié dans la direction des n' croissants.

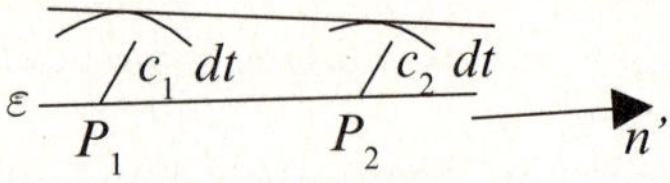

Figure 2

L'angle de déviation par unité de chemin du rayon lumineux est donc :

$$-\frac{1}{c}\frac{\partial c}{\partial n'},$$

ou, d'après (3) :

$$-\frac{1}{c^2}\frac{\partial \Phi}{\partial n'}.$$

Enfin, nous obtenons, pour la déviation α subie par un rayon lumineux sur un chemin quelconque (s) dans la direction n', l'expression :

$$a = -\frac{1}{c^2}\int \frac{\partial \Phi}{\partial n'} ds. \tag{4}$$

Nous aurions pu obtenir le même résultat en considérant immédiatement la propagation d'un rayon lumineux dans un système K' uniformément accéléré et en transférant le résultat au système K, puis de là au cas d'un champ de gravitation de forme quelconque.

D'après l'équation (4), un rayon lumineux passant au voisinage d'un corps céleste subit une déviation dans la direction du potentiel de gravitation décroissant, donc tournée du côté du corps céleste lui-même, déviation de grandeur :

$$\alpha = \frac{1}{c^2}\int_{\theta=+\frac{\pi}{2}}^{\theta=-\frac{\pi}{2}} \frac{kM}{r^2}\cos\theta \,.\, ds = \frac{2kM}{c^2\Delta},$$

où k représente la constante de gravitation, M la masse du corps céleste, Δ la distance du rayon lumineux au centre du corps céleste[23]. *Un rayon lumineux passant au voisinage du Soleil subirait en conséquence une déviation de 4.10^{-6} = 0,83 seconde d'arc.* C'est de cette quantité qu'est augmentée la distance angulaire d'une étoile au centre du Soleil du fait de la courbure des rayons lumineux.

Comme les étoiles fixes appartenant à des parties du ciel situées près du Soleil deviennent visibles lors des éclipses totales du Soleil, cette conséquence de la théorie peut être confrontée à l'expérience. Pour la planète Jupiter, le décalage attendu atteint environ 1/100 de la quantité indiquée. Il serait urgent que des astronomes s'occupent de la question examinée ici[24], même si les raisonnements dans ce qui précède doivent apparaître comme insuffisamment fondés, voire aventureux. Car, abstraction faite de toute théorie, on doit se demander si, avec les moyens actuels, il est possible de constater

---

23. Cet argument fondé sur le principe d'équivalence donne une valeur de la déviation qui n'est que la moitié de celle que fournit la théorie finale. Sans entrer dans les détails, on peut dire que l'autre moitié de la déviation du rayon lumineux est due à la courbure de la métrique tridimensionnelle de l'espace, supposé ici sans courbure.

24. C'est effectivement ce à quoi se sont employés différents astronomes tout de suite après la publication de cet article – notamment Findlay et Perrine –, mais sans aboutir à aucun résultat concluant. Ce n'est qu'en 1919 que deux expéditions britanniques dirigées par Arthur Eddington et Frank Dyson purent réaliser des observations qui furent immédiatement interprétées comme des vérifications de cette prédiction de la théorie de la relativité générale et valurent à Einstein une soudaine popularité médiatique. Pour l'histoire du problème de la courbure des rayons et de ses vérifications observationnelles, voir J. Earman et C. Glymour, « Relativity and Eclipses : The British Eclipse Expeditions of 1919 and Their Predecessors », *Historical Studies in the Physical Sciences*, vol. XI, 1980, p. 49-85, et J. Crelinsten, « William Wallace Campbell and the "Einstein Problem" : An Observational Astronomer Confronts the Theory of Relativity », *Historical Studies in the Physical Sciences*, vol. XIV, 1983, p. 1-91.

une influence des champs de gravitation sur la propagation de la lumière.

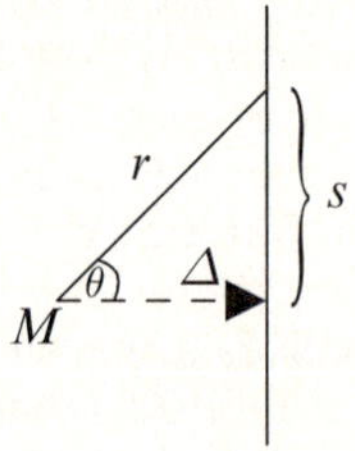

Figure 3

Prague, juin 1911.
[Reçu le 21 1911.]

3. La synthèse finale
Les fondements de la théorie de la relativité générale [1]

[*Annalen der Physik*, vol. XLIX, 1916, p. 769-882.]

La théorie exposée dans ce qui suit constitue la généralisation la plus large possible de la théorie aujourd'hui généralement dénommée « théorie de la relativité » ; dans ce qui suit, pour la distinguer de sa version généralisée, j'appellerai cette dernière la « théorie de la relativité restreinte [2] » et je la supposerai connue. La généralisation de la théorie de la relativité a été grandement facilitée par la forme qui a été donnée à la théorie de la relativité restreinte par le mathématicien Minkowski, lequel fut le premier à clairement comprendre l'équivalence formelle

1. Le titre allemand est : « Die Grundlage der allgemeinen Relativitätstheorie ». C'est l'article dans lequel Einstein présente l'ensemble de son travail de 1907 à 1916. De cet article, nous ne reproduisons que la section A, une partie de la section C et la section E.

2. *Speziell* est l'adjectif utilisé en allemand, auquel s'oppose *allgemein*, c'est-à-dire général au sens d'universel.

des coordonnées d'espace et de temps et à mettre cette équivalence à profit pour l'édification de la théorie [3]. Les outils mathématiques nécessaires à la théorie de la relativité générale se trouvaient à notre disposition dans ce que l'on appelle le « calcul différentiel absolu » qui repose sur les travaux de Gauss, Riemann et Christoffel sur les variétés non euclidiennes et qui avait été systématisé et déjà appliqué à des problèmes de physique théorique par Ricci et Levi-Civita [4]. Dans la section B du présent mémoire, j'ai développé de façon aussi simple et claire que possible tous les outils mathématiques qui nous sont nécessaires et qui ne sont pas supposés connus des physiciens, si bien que la compréhension de ce mémoire ne requiert pas d'avoir étudié la littérature mathématique. Enfin, que mon ami le mathématicien Grossmann [5] trouve ici l'expression de ma reconnaissance, lui dont l'aide m'a non seulement épargné l'étude de la littérature mathématique sur le sujet mais également soutenu dans la recherche des équations de champ de la gravitation.

A. Considérations de principe concernant le postulat de la relativité

§ 1. *Remarques sur la théorie de la relativité restreinte*

La théorie de la relativité restreinte repose sur le postulat suivant, auquel satisfait également la mécanique de Galilée et Newton : si un système de coordonnées K est choisi de telle sorte que par rapport à lui les lois de la physique soient valables sous leur forme la plus simple,

3. Voir n. 17, p. 309. En 1908, Einstein avait effectivement entrepris de mettre à profit le nouveau formalisme pour l'obtention d'une version relativiste de l'électrodynamique des milieux en mouvement. Sur les réactions d'Einstein aux travaux de Minkowski (mort en 1909), voir le tome II de *The Collected Papers of Albert Einstein*, p. 504-505.

4. Voir n. 20, p. 311.

5. Voir note 19 p. 310.

alors ces *mêmes* lois sont également valables par rapport à tout autre système de coordonnées *K'* animé d'un mouvement de translation uniforme relativement à *K*. A ce postulat, nous donnons le nom de « principe de relativité restreinte ». Le mot « restreinte » est là pour signifier que le principe est limité au cas où *K'* exécute *un mouvement de translation uniforme* par rapport à *K* et que l'équivalence de *K* et *K'* ne s'étend pas au cas d'un mouvement *non uniforme* de *K'* par rapport à *K*.

La théorie de la relativité restreinte diffère donc de la mécanique classique non pas par le postulat de relativité mais uniquement par le postulat de la constance de la vitesse de la lumière dans le vide, postulat d'où découle de façon connue, lorsqu'il est associé au principe de relativité restreinte, la relativité de la simultanéité ainsi que la transformation de Lorentz et les lois connexes relatives au comportement des corps rigides et des horloges en mouvement.

Les modifications que la théorie de la relativité restreinte a fait subir à la théorie de l'espace et du temps sont certes très profondes, sauf sur *un* point important où cette dernière est restée inchangée. En effet, même en théorie de la relativité restreinte, les théorèmes de la géométrie doivent être directement interprétés comme des lois portant sur les positions relatives possibles des corps solides (au repos) et, d'une manière plus générale, les théorèmes de la cinématique doivent être considérés comme des théorèmes qui décrivent le comportement de corps de mesure et d'horloges. Dans ce cas, à deux points matériels particuliers d'un corps (rigide) au repos correspond toujours un intervalle de longueur bien déterminée, indépendamment de la position et de l'orientation du corps ainsi que du temps ; à deux indications particulières de l'aiguille d'une horloge au repos relativement au système de référence (légitime[6])

6. C'est-à-dire inertiel (on dit encore « galiléen »). Le terme allemand est *berechtigt*.

correspond en permanence un intervalle de temps de longueur bien déterminée indépendamment de la position et du temps. On montrera bientôt qu'en théorie de la relativité générale on ne peut pas maintenir cette interprétation physique simple de l'espace et du temps[7].

§ 2. *Raisons qui suggèrent une extension du postulat de relativité*

La mécanique classique, mais aussi la théorie de la relativité restreinte, souffrent d'un défaut épistémologique que E. Mach a sans doute été le premier à signaler clairement et que l'exemple suivant va permettre d'illustrer. Soient deux corps fluides de même taille et de même nature flottant librement dans l'espace et si éloignés l'un de l'autre (ainsi que de toute autre masse) que les seules forces de gravitation qui doivent être prises en compte sont celles qu'exercent l'une sur l'autre les parties d'*un seul* de ces deux corps. On suppose que la distance entre les deux corps ne varie pas et que les parties d'un même corps n'ont pas de mouvement relatif les unes par rapport aux autres. Mais on suppose que chaque masse a un mouvement qui, du point de vue d'un observateur au repos relativement à l'autre masse, est un mouvement de rotation à vitesse angulaire constante autour de la droite reliant les deux masses (un tel mouvement relatif des deux masses peut être constaté[8]). Imaginons maintenant que nous arpentions les surfaces des deux corps (S_1 et S_2) à l'aide de règles (en repos relatif par rapport à ces derniers) et que nous trouvions que la surface de S_1 est une sphère et celle de S_2 un ellipsoïde de révolution.

7. Autrement dit : dans la nouvelle théorie, les différences de coordonnées ne peuvent plus être identifiées à des quantités directement mesurables à l'aide de règles et d'horloges.

8. Le terme allemand est *konstatierbar*. Einstein veut dire que le mouvement en question est observable.

Demandons-nous alors pour quelles raisons les deux corps S_1 et S_2 se comportent de façon différente. Une réponse à cette question ne peut être considérée comme satisfaisante du point de vue de la théorie de la connaissance[a][9] que si la chose alléguée comme raison est un *fait expérimental observable* ; car la loi de causalité n'a le sens d'un énoncé sur le monde de l'expérience que si ne figurent finalement au titre des causes et des effets que des *faits observables*.

La mécanique newtonienne n'apporte pas de réponse satisfaisante à cette question. Voici en effet ce qu'elle dit. Les lois de la mécanique sont valables dans un espace R_1, par rapport auquel le corps S_1 est au repos, mais ne le sont pas par rapport à un espace R_2, par rapport auquel S_2 est au repos[10]. Mais l'espace légitime galiléen R_1, qui est ici introduit, est une cause *purement fictive* ; ce n'est pas une chose observable[11]. Il est donc clair que la mécanique newtonienne, dans le cas considéré, ne satisfait pas réellement à l'exigence de causalité ; elle n'y satisfait qu'en apparence, dans la mesure où elle rend R_1, cause purement fictive, responsable de la différence observable dans le comportement des corps S_1 et S_2.

Une réponse satisfaisante à la question soulevée plus haut ne peut s'énoncer qu'ainsi : le système physique constitué de S_1 et S_2 ne fait apparaître à lui seul aucune

---

a. Naturellement, une réponse satisfaisante du point de vue de la théorie de la connaissance peut quand même ne pas l'être du point de vue *physique*, si elle est en contradiction avec d'autres expériences.

9. *Erkenntnistheoretisch* en allemand.

10. Les espaces sont notés *R*, comme *Raum* en allemand.

11. Par la suite, Einstein reviendra, pour l'amender, sur ce credo machien où la matière est privilégiée aux dépens du champ, allant même, à la fin de sa vie, jusqu'à adopter des positions radicalement opposées à celles exprimées ici. Au lieu de considérer l'espace (ou plutôt l'espace-temps) comme une cause fictive, Einstein en viendra à considérer que l'élément théorique fondamental est une sorte de champ unifié, généralisation du champ métrique d'espace-temps, le problème étant alors d'expliquer la matière à partir des propriétés de ce champ.

cause à laquelle on puisse penser référer la différence de comportement de S_1 et de S_2. La cause doit donc se situer *en dehors* du système. On aboutit à la conception selon laquelle les lois générales du mouvement, qui déterminent en particulier la forme de S_1 et celle de S_2, doivent être telles que le comportement mécanique de S_1 et de S_2 doive être conditionné de façon tout à fait essentielle par des masses éloignées, que nous n'avions pas prises en compte dans le système considéré. Ces masses éloignées (et leur mouvement relatif par rapport aux corps considérés) doivent alors être regardées comme le support[12] des causes, en principe observables, du comportement différent des corps considérés ; elles assument le rôle qui était celui de la cause fictive R_1. Parmi tous les espaces imaginables, R_1, R_2, etc., en mouvement relatif quelconque les uns par rapport aux autres, aucun, *a priori*, ne doit être regardé comme privilégié, si l'on ne veut pas voir resurgir l'objection épistémologique exposée plus haut. *Les lois de la physique doivent être de nature telle qu'elles soient valables par rapport à des systèmes de référence animés d'un mouvement quelconque.* Nous aboutissons ainsi à une extension du postulat de relativité.

Outre cet argument épistémologique de poids, un fait physique bien connu plaide en faveur d'une extension de la théorie de la relativité. Soit K un système de référence galiléen, c'est-à-dire tel que, relativement à lui (au moins dans le domaine quadridimensionnel considéré), une masse suffisamment éloignée d'autres masses soit animée d'un mouvement rectiligne et uniforme. Soit K' un second système de coordonnées, animé d'un mouvement de translation *uniformément accéléré* par rapport à K. Alors, relativement à K', une masse suffisamment séparée des autres exécutera un mouvement accéléré tel que son accélération et la direction de son accélération

12. *Träger* en allemand.

soient indépendantes de sa composition matérielle et de son état physique.

Un observateur au repos relativement à *K'* peut-il en tirer la conséquence qu'il se trouve dans un système de référence « réellement » accéléré ? A cette question, on doit répondre par la négative ; car le comportement, évoqué ci-dessus, des masses se déplaçant librement relativement à *K'* peut tout aussi bien être interprété de la façon suivante : le système de référence *K'* est non accéléré ; mais dans le domaine spatio-temporel considéré règne un champ de gravitation, lequel engendre le mouvement accéléré des corps relativement à *K'*.

Cette conception [13] est rendue possible par le fait que l'expérience nous a appris qu'il existe un champ de force (à savoir le champ de gravitation) qui a la propriété remarquable de conférer la même accélération à tous les corps [a]. Le comportement mécanique des corps relativement à *K'* est le même que celui que nous offre l'expérience vis-à-vis des systèmes que nous avons l'habitude de considérer comme « au repos » ou comme « légitimes » ; c'est pourquoi il est naturel, également d'un point de vue physique, de supposer que les systèmes *K* et *K'* peuvent, avec autant de légitimité l'un que l'autre, être regardés comme « au repos », ou encore que pour la description physique des phénomènes ils sont tout aussi légitimes l'un que l'autre.

On voit par ces considérations que le développement de la théorie de la relativité générale doit, dans le même temps, conduire à une théorie de la gravitation ; on peut en effet « engendrer » un champ de gravitation par simple changement du système de coordonnées. De même, on

---

a. Eötvös a démontré expérimentalement que le champ de gravitation possède cette propriété à une précision très grande [14].

13. *Auffassung* en allemand.

14. R. V. Eötvös, « Über die Anziehung der Erde auf verschiedene Substanzen », *Mathematische und naturwissenschaftliche Berichte aus Ungarn*, vol. VIII, 1890, p. 65-68.

s'aperçoit immédiatement que le principe de la constance de la vitesse de la lumière dans le vide doit subir une modification. Il est en effet facile de voir que la trajectoire d'un rayon lumineux par rapport à *K'* doit en général être courbe, si par rapport à *K* la lumière se propage en ligne droite et avec une vitesse déterminée constante[15].

§ 3. *Le continuum d'espace-temps. Exigence de covariance générale pour les équations exprimant les lois générales de la nature*

En mécanique classique, tout comme en théorie de la relativité restreinte, les coordonnées d'espace et de temps ont une signification physique immédiate. Dire que la coordonnée selon X_1 d'un point-événement est x_1, c'est dire que la projection du point-événement sur l'axe X_1 établie selon les règles de la géométrie euclidienne au moyen de barres rigides s'obtient en reportant une barre déterminée, la règle étalon[16], x_1 fois le long de l'axe X_1 (positif) depuis l'origine du corps support du système de coordonnées[17]. « La coordonnée selon X_4 d'un point est $x_4 = t$ » signifie : une horloge étalon[18], réglée selon des instructions bien déterminées et disposée de façon à être au repos relativement au système de coordonnées et à (pratiquement) coïncider dans l'espace avec le point-événement, a effectué $x_4 = t$ périodes au moment où se produit le point-événement[a].

Cette conception de l'espace et du temps a toujours été celle des physiciens, même si ce fut de façon vague et le

---

a. Nous admettons qu'il est possible de constater la « simultanéité » dans le cas d'événements immédiatement voisins dans l'espace – ou plus précisément dans un voisinage spatio-temporel immédiat (coïncidence) –, sans qu'il soit nécessaire de donner une définition de ce concept fondamental.

15. Voir p. 325-328.

16. *Einheitmaßstab* en allemand.

17. *Koordinatenkörper* en allemand.

18. *Einheituhr* en allemand.

plus souvent inconsciente ; c'est ce que montre à l'évidence le rôle que jouent ces concepts dans la mesure des grandeurs physiques. De même, c'est en se fondant sur cette conception que le lecteur a pu donner un sens au deuxième des arguments développés au paragraphe précédent. Nous allons cependant montrer maintenant que cette conception doit être abandonnée et remplacée par une autre plus générale, si l'on veut pouvoir développer le postulat de la relativité générale lorsque la théorie de la relativité restreinte est valable dans le cas limite où il n'y a pas de champ de gravitation [19].

Nous introduisons dans un espace, supposé sans champ de gravitation, un système de référence galiléen $K(x, y, z, t)$ et en plus un système de coordonnées $K'(x', y', z', t')$ en rotation uniforme relativement à K [20]. Supposons que les origines des deux systèmes, ainsi que leurs axes Z, coïncident en permanence. Nous allons montrer que, pour une mesure d'espace-temps dans le système K', la définition de la signification physique des longueurs et des temps, donnée plus haut, ne peut pas être maintenue.

---

19. Plus tard, lorsqu'il adoptera un point de vue ontologique privilégiant les champs (voir plus haut la note 11), Einstein abandonnera cette conception de la théorie de la relativité restreinte comme limite en l'absence de champ de gravitation. Il considérera alors l'espace de Minkowski comme un exemple particulier de champ de gravitation.

20. Einstein reproduit ici un argument qu'il avait développé à la fin de l'année 1912, alors qu'il essayait d'aller au-delà de sa théorie des champs de gravitation statiques et d'élaborer une théorie des champs stationnaires. Le système de coordonnées en rotation rigide uniforme constitue l'exemple le plus simple de champ stationnaire. La conclusion à laquelle il parvint lors de cet examen, à savoir que la géométrie bidimensionnelle du disque n'est pas euclidienne, semble avoir joué un rôle important dans sa décision de généraliser le tenseur métrique de Minkowski de l'espace-temps de la relativité restreinte, seul moyen d'aboutir à une représentation correcte du champ de gravitation. Sur ce sujet, voir J. Stachel, « Einstein and the Relativistic Rotating Disk », *in* D. Howard et J. Stachel (éd.), *Einstein Studies*, t. I, *Einstein and the History of General Relativity*, Boston, Berlin, Bâle, Birkhäuser, 1989, p. 48 (voir Bibliographie).

Pour des raisons de symétrie, il est clair qu'un cercle centré à l'origine et dans le plan *X-Y* de *K* peut être également considéré comme un cercle dans le plan *X'-Y'* de *K'*. Supposons maintenant que l'on ait mesuré la circonférence et le diamètre de ce cercle à l'aide d'une règle étalon (infiniment petite par rapport au rayon) et que l'on ait formé le quotient des deux résultats de mesure. Si l'expérience est effectuée avec une règle au repos relativement au système galiléen, on obtient pour ce quotient le nombre π. Une détermination effectuée avec une règle au repos relativement à *K'* donnerait pour résultat un nombre supérieur à π. Cela se comprend bien si, observant l'ensemble du processus de mesure depuis le système *K* « au repos », on tient compte de ce que la règle disposée sur la circonférence a subi une contraction de Lorentz, ce qui n'est pas le cas de celle qui est disposée radialement. D'où il résulte que par rapport à *K'*[21] la géométrie euclidienne n'est pas valable ; le concept de coordonnée défini plus haut, lequel présuppose la validité de la géométrie euclidienne, cesse d'être valable par rapport à *K'*. On ne peut pas non plus introduire dans *K'* un temps correspondant aux nécessités physiques, et qui soit indiqué par des horloges de construction identique au repos relativement à *K'*. On s'en rendra compte en imaginant deux horloges de construction identique placées l'une à l'origine des coordonnées et l'autre sur la périphérie du cercle que l'on observe depuis le système *K* « au repos ». En vertu d'un résultat bien connu de la théorie de la relativité restreinte, l'horloge placée à la périphérie du cercle bat – vue depuis *K* – plus lentement que celle placée à l'origine, parce que la première horloge est en mouvement alors que la seconde ne l'est pas. Un observateur

21. On dirait aujourd'hui « dans *K'* » plutôt que « par rapport à *K'* ». Toutefois, ici comme en d'autres occurrences, nous avons choisi de garder la formulation originale qui est plus explicite, même si elle peut sembler parfois un peu lourde.

qui se trouverait à l'origine commune des coordonnées, et qui serait également en mesure d'observer l'horloge qui se trouve à la périphérie en utilisant la lumière, verrait donc l'horloge placée à la périphérie battre plus lentement que celle qui se trouve à côté de lui. Comme il ne pourra aller jusqu'à faire dépendre explicitement du temps la vitesse de la lumière le long du trajet considéré, il interprétera son observation en disant que l'horloge à la périphérie bat « réellement » plus lentement que celle placée à l'origine. Il ne pourra pas éviter d'avoir à définir le temps de telle sorte que la cadence des battements d'une horloge dépende du lieu où elle se trouve.

Nous aboutissons donc au résultat suivant : dans la théorie de la relativité générale, les grandeurs d'espace et de temps ne peuvent pas être définies de telle sorte que les différences de coordonnées spatiales puissent être mesurées directement à l'aide d'une règle étalon et les différences de coordonnées temporelles à l'aide d'une horloge standard[22].

Le moyen jusqu'à présent utilisé pour disposer des coordonnées dans le continuum d'espace-temps de façon déterminée n'est donc plus valable, et il semble bien qu'aucune *autre* voie ne nous soit offerte qui permettrait d'adapter les systèmes de coordonnées au monde quadridimensionnel de telle sorte que l'on puisse attendre de leur utilisation une formulation particulièrement simple des lois de la nature. Dès lors, il ne nous reste qu'à considérer tous les systèmes de coordonnées concevables[a] comme

a. Les restrictions correspondant aux exigences d'unicité de coordination et de continuité ne sont pas discutées ici[23].

22. *Normaluhr*.

23. Ces conditions restrictives, prescrites pour la première fois par Hilbert et qui portent son nom, ont pour fonction d'assurer que chaque système de coordonnées est réalisable par un état de mouvement physique. Dans bien des cas, l'utilisation de coordonnées ne satisfaisant pas ces conditions n'est de fait pas très commode (c'est le cas des coordonnées dites « nulles » en théorie du rayonnement gravitationnel).

étant, par principe, également légitimes pour ce qui concerne la description de la nature. Ce qui revient à exiger que :

Les lois générales de la nature sont représentées par des équations qui sont valables pour tous les systèmes de coordonnées, c'est-à-dire qui sont covariantes vis-à-vis de n'importe quelle substitution[24] *(généralement covariantes).*

Il est clair qu'une physique qui satisfait à ce postulat est conforme au postulat de relativité générale. Car dans l'ensemble de *toutes* les substitutions figurent en tout état de cause celles qui correspondent à tous les mouvements relatifs des systèmes de coordonnées (à trois dimensions)[25]. Que cette exigence de covariance générale, qui ôte à l'espace et au temps ce qui leur restait d'objectivité physique[26], soit une exigence naturelle, c'est ce qui ressort de la considération suivante. Toute constatation relative à l'espace-temps se ramène toujours à la détermination de coïncidences spatio-temporelles. Si, par

24. Ce mot est utilisé par Einstein pour désigner un changement de coordonnées.

25. Allusion à la tentative de Hilbert mentionnée à la note 23.

26. Dans la lettre (déjà citée) qu'il écrit à Ehrenfest le 26 décembre 1915, Einstein explique : « Dans le paragraphe 12 de mon article de l'an dernier, tout est correct (dans les trois premiers alinéas) jusqu'à ce qui est en italiques à la fin du troisième alinéa... A la place du paragraphe 12, doit figurer la considération suivante. Ce qui du point de vue physique est réel dans le monde des événements (par opposition à ce qui dépend du choix du système de coordonnées) est constitué de *coïncidences spatio-temporelles*. Par exemple, sont réels les points d'intersection de deux lignes d'univers différentes, ou bien l'affirmation qu'elles ne se coupent pas. Ces affirmations, qui se rapportent à ce qui est physiquement réel, ne disparaissent pas par transformation (bi-univoque) des coordonnées. Si deux systèmes de $g_{\mu\nu}$ (ou, de façon générale, deux systèmes de variables appliquées à la description du monde) sont tels que l'on puisse déduire l'un à partir de l'autre par simple transformation spatio-temporelle, alors ils sont totalement équivalents. Car ils ont en commun toutes les coïncidences spatio-temporelles, c'est-à-dire tout ce qui est observable. Ce raisonnement montre en même temps à quel point est naturelle l'exigence de covariance générale. »

exemple, ce qui arrive consistait seulement en mouvements de points matériels, on ne pourrait finalement rien observer d'autre que des rencontres entre deux ou plusieurs de ces points. De plus, nos résultats de mesure ne sont rien d'autre que la constatation de rencontres de ce type entre des points matériels appartenant à nos règles et d'autres points matériels, ou encore des coïncidences entre les aiguilles d'une horloge, des points dessinés sur un cadran et des points-événements[27] que nous voyons se produire au même lieu et au même instant.

L'introduction d'un système de référence ne sert à rien d'autre qu'à faciliter la description de l'ensemble des coïncidences de ce type. On associe au monde quatre variables d'espace-temps x_1, x_2, x_3, x_4, de telle sorte qu'à chaque point-événement corresponde un système de valeurs des variables $x_1 ... x_4$. A deux points-événements qui coïncident correspond le même système de valeurs des variables $x_1 ... x_4$; autrement dit, la coïncidence est caractérisée par l'identité des coordonnées. Si, à la place des variables $x_1 ... x_4$, on introduit, en tant que nouveau système de coordonnées, des fonctions quelconques de ces mêmes variables $x_1 ... x_4$, soient x'_1, x'_2, x'_3, x'_4, telles que les systèmes de valeurs soient coordonnés de façon univoque, l'égalité des quatre coordonnées est également dans le nouveau système l'expression de la coïncidence spatio-temporelle de deux points-événements. Étant donné que toutes nos expériences physiques peuvent en dernière instance être ramenées à des coïncidences de ce type, il n'y a pas de raison *a priori* de préférer certains systèmes de coordonnées à d'autres; en d'autres termes, nous aboutissons à l'exigence de covariance générale.

27. *Punktereignis* en allemand.

§ 4. *Relation entre les quatre coordonnées et les résultats de mesure d'espace-temps. Expression analytique du champ de gravitation*

Dans ce mémoire, je ne cherche pas à présenter la théorie de la relativité générale sous forme de système logique aussi simple que possible, comportant un minimum d'axiomes. Je me propose en revanche de développer cette théorie de telle sorte que le lecteur puisse éprouver le caractère psychologiquement naturel de la démarche suivie et que les hypothèses fondamentales de la théorie apparaissent comme aussi garanties qu'il est possible par l'expérience. C'est dans cet esprit que l'hypothèse suivante est introduite :

Pour des domaines quadridimensionnels infiniment petits, la théorie de la relativité au sens restreint est valable si les coordonnées sont convenablement choisies.

Dans ce cas, l'état d'accélération du système de coordonnées infiniment petit (« local ») doit être choisi de telle sorte qu'il n'y ait pas de champ de gravitation ; ceci est possible pour un domaine infiniment petit. Soient X_1, X_2, X_3 les coordonnées d'espace et X_4 la coordonnée de temps qui leur correspond, mesurée à l'échelle appropriée [a]. Si l'on imagine que l'on s'est donné une barre rigide comme règle étalon, ces coordonnées ont, pour une orientation donnée du système de coordonnées, une signification physique immédiate au sens de la théorie de la relativité restreinte. L'expression :

$$ds^2 = -dX_1^2 - dX_2^2 - dX_3^2 + dX_4^2, \tag{1}$$

a alors, selon la théorie de la relativité restreinte, une valeur indépendante de l'orientation du système de coordonnées local que l'on peut obtenir par une mesure d'espace-temps. Nous appelons *ds* la grandeur de l'élé-

a. L'unité de temps est choisie de façon telle que la vitesse de la lumière dans le vide – mesurée dans le système de coordonnées « local » – soit égale à 1.

ment linéaire correspondant aux points infiniment voisins de l'espace à quatre dimensions. Si le ds^2 appartenant à l'élément $(dX_1... dX_4)$ est positif, nous disons, à la suite de Minkowski, qu'il est du genre temps, et dans le cas contraire qu'il est du genre espace.

A l'« élément linéaire » considéré, ou aux deux points-événements infiniment voisins, correspondent également des éléments différentiels définis $dx_1... dx_4$ des coordonnées quadridimensionnelles du système de référence choisi. Si celui-ci, ainsi qu'un système « local » du type défini plus haut, sont donnés à l'endroit considéré, les dX_ν peuvent alors être représentés par des expressions linéaires homogènes bien définies des dx_σ[28] :

$$dX_\nu = \sum_\sigma \alpha_{\nu\sigma}\, dx_\sigma. \tag{2}$$

Si on reporte cette expression dans (1), on obtient :

$$ds^2 = \sum_{\sigma\tau} g_{\sigma\tau}\, dx_\sigma\, dx_\tau, \tag{3}$$

où les $g_{\sigma\tau}$ sont des fonctions des x_σ qui ne peuvent plus dépendre de l'orientation et de l'état de mouvement du système de coordonnées local ; en effet, ds^2 est une grandeur pouvant être obtenue par une mesure chronogéométrique[29], qui est associée aux points-événements considérés, infiniment voisins dans l'espace-temps, et

28. Le caractère anholonomique des dX_ν (c'est-à-dire le fait que les dX_ν ne soient pas des différentielles totales) a pour conséquence que les équations (2) ne sont pas intégrables. L'utilisation de systèmes de quatre vecteurs pseudo-orthonormés et des coordonnées associées, dits « anholonomiques », permet de tirer profit de la validité locale de la théorie de la relativité restreinte. Cette méthode dite du « repère mobile » a été élaborée par Elie Cartan (« Sur les variétés à connexion affine et la théorie de la relativité généralisée », *Annales de l'École normale supérieure*, vol. XL, 1923, p. 325-412, et vol. XLI, 1924, p. 1-25).

29. *Maßstab-Uhrenmessung* en allemand. Il faut entendre une mesure qui peut être effectuée à l'aide de règles et d'horloges.

qui est définie indépendamment de tout choix particulier de coordonnées. Les $g_{\sigma\tau}$ doivent ici être choisis de telle sorte que $g_{\sigma\tau} = g_{\tau\sigma}$; la sommation doit être étendue à toutes les valeurs de σ et τ, si bien que la somme comporte 4×4 termes, dont douze sont égaux deux à deux.

Le cas de la théorie habituelle de la relativité dérive de celui considéré ici lorsque, du fait du comportement des $g_{\sigma\tau}$ dans un domaine fini, il est possible, dans ce dernier, de choisir le système de référence de telle sorte que les $g_{\sigma\tau}$ prennent les valeurs constantes suivantes :

$$\left\{\begin{array}{cccc} -1 & 0 & 0 & 0 \\ 0 & -1 & 0 & 0 \\ 0 & 0 & -1 & 0 \\ 0 & 0 & 0 & +1 \end{array}\right. . \tag{4}$$

Nous verrons plus loin que le choix de telles coordonnées n'est en général pas possible pour des domaines finis[30].

Il résulte des considérations des paragraphes 2 et 3 que les grandeurs $g_{\sigma\tau}$ doivent être considérées du point de vue physique comme les grandeurs qui décrivent le champ de gravitation par rapport au système de référence choisi. En effet, admettons tout d'abord qu'avec un choix convenable des coordonnées la théorie de la relativité restreinte soit valable dans un certain domaine quadridimensionnel. Les $g_{\sigma\tau}$ ont alors les valeurs données par (4). Un point matériel libre se déplace alors par rapport à ce système d'un mouvement rectiligne et uniforme. Si l'on introduit maintenant, par une substitution quelconque, de nouvelles coordonnées spatio-temporelles $x_1 \ldots x_4$, les $g_{\mu\nu}$, dans le nouveau système, ne seront plus des constantes mais des fonctions de l'espace et du temps.

30. Il sera montré au § 12 (non reproduit ici) qu'un tel choix n'est possible que si et seulement si le tenseur de Riemann est nul dans le domaine considéré.

Simultanément, le mouvement de la masse ponctuelle libre apparaîtra dans les nouvelles coordonnées comme un mouvement courbe et non uniforme, la loi de ce mouvement étant indépendante de la nature de la masse ponctuelle. Nous interpréterons donc ce mouvement comme celui que l'on obtient sous l'effet d'un champ de gravitation. Nous voyons que la présence d'un champ de gravitation est liée à une variabilité spatio-temporelle des $g_{\sigma\tau}$. Dans le cas général également, là où nous ne pouvons pas, par un choix approprié des coordonnées, faire en sorte que la théorie de la relativité restreinte soit valable dans un domaine fini, il nous faudra maintenir cette conception selon laquelle les $g_{\sigma\tau}$ décrivent le champ de gravitation.

En théorie de la relativité générale, la gravitation joue donc un rôle qui la distingue des autres forces – en particulier des forces électromagnétiques – dans la mesure où les dix fonctions $g_{\sigma\tau}$ qui représentent le champ de gravitation déterminent également les propriétés métriques de l'espace de mesure[31] à quatre dimensions[32].

---

31. *Meßraum* en allemand.

32. Ce double rôle du tenseur métrique est à l'origine de bien des difficultés conceptuelles ou techniques de la théorie de la relativité générale. En particulier, l'impossibilité où l'on se trouve, jusqu'à présent, d'unifier les schémas conceptuels de la relativité générale et de la mécanique quantique est, pour une large part, liée au fait que le tenseur métrique représente non seulement le champ gravitationnel que l'on cherche à quantifier, mais également les structures d'espace-temps nécessaires à l'interprétation du formalisme quantique. On trouvera des exposés de ce problème dans R. Geroch et A. Ashtekar, « Quantum Theory of Gravitation », *Reports on Progress in Physics*, vol. XXVII, 1974, p. 1211-1256, et A. Ashtekar et J. Stachel, *Conceptual Problems of Quantum Gravity, Einstein'Studies*, t. II, Boston, Berlin, Bâle, Birkhäuser, 1991 (voir Bibliographie).

C. Théorie du champ de gravitation [33]

§ 13. *Équations du mouvement d'un point matériel dans le champ de gravitation. Expression des composantes du champ de gravitation*

Un corps se déplaçant librement, qui n'est pas soumis à des forces extérieures, est, selon la théorie de la relativité restreinte, animé d'un mouvement rectiligne et uniforme. Ceci vaut encore, d'après la théorie de la relativité générale, pour une portion [34] de l'espace à quatre

---

33. La section B intitulée « Outils mathématiques nécessaires à l'établissement d'équations généralement covariantes » est essentiellement un exposé de calcul tensoriel. Il est introduit de la façon suivante :

« Après avoir vu, dans ce qui précède, que le postulat de relativité générale conduit à l'exigence que les systèmes d'équations de la physique doivent être covariants vis-à-vis de n'importe quelle substitution des coordonnées $x_1 \ldots x_4$, il nous faut réfléchir à la manière d'obtenir de telles équations généralement covariantes. Nous allons maintenant nous consacrer à cette tâche purement mathématique ; sa résolution fera apparaître le rôle fondamental que joue l'invariant ds spécifié par l'équation (3) et auquel nous avons donné le nom d'« élément linéaire », suivant en cela l'exemple de la théorie des surfaces de Gauss.

L'idée fondamentale de cette théorie de la covariance générale est la suivante. Soient certains objets (les "tenseurs"), définis par rapport à tout système de coordonnées par un certain nombre de fonctions spatiales, que nous appellerons les "composantes" du tenseur. Il existe alors certaines règles qui permettent de calculer ces composantes pour un nouveau système de coordonnées lorsque celles-ci sont connues dans le système d'origine et lorsque la transformation qui lie les deux systèmes est connue. Ces objets, appelés par la suite des tenseurs, sont en outre caractérisés par le fait que les équations de transformation de leurs composantes sont linéaires et homogènes. En conséquence, toutes les composantes sont nulles dans le nouveau système si elles étaient toutes nulles dans le système d'origine. Si donc une loi de la nature est formulée de telle sorte qu'il faille annuler toutes les composantes d'un tenseur, cette loi est généralement covariante ; en cherchant les lois de formation des tenseurs, nous nous donnons les moyens d'établir des lois généralement covariantes. »

34. Sous-entendu : finie.

dimensions où l'on peut choisir – et où l'on choisit – le système de coordonnées K_0 de telle sorte que les $g_{\mu\nu}$ aient des valeurs constantes particulières, données par (4).

Si nous observons précisément ce mouvement depuis un système de coordonnées K_1 arbitrairement choisi, le corps, vu depuis K_1, se déplace, en vertu de ce qui a été dit au paragraphe 2, dans un champ de gravitation. La loi du mouvement par rapport à K_1 se déduit facilement de la considération suivante. Par rapport à K_0, la loi du mouvement est une droite quadridimensionnelle, donc une ligne géodésique. Puisque la ligne géodésique est définie indépendamment du système de référence, son équation est également l'équation du mouvement du point matériel par rapport à K_1. Si l'on pose[35] :

$$\Gamma^{\tau}_{\mu\nu} = -\left\{ \begin{matrix} \mu\nu \\ \tau \end{matrix} \right\}, \tag{45}$$

l'équation du mouvement d'un point matériel par rapport à K_1 s'écrit :

$$\frac{d^2 x_\tau}{ds^2} = \Gamma^{\tau}_{\mu\nu} \frac{dx_\mu}{ds} \frac{dx_\nu}{ds}. \tag{46}$$

---

35. Nous gardons la numérotation originale des équations.

$\left\{ \begin{smallmatrix} \mu\nu \\ \tau \end{smallmatrix} \right\}$ est le symbole de Cristoffel de deuxième espèce, lié à celui de première espèce par la relation :

$$\left\{ \begin{matrix} \mu\nu \\ \tau \end{matrix} \right\} = g^{\tau\alpha} \left[\begin{matrix} \mu\nu \\ \alpha \end{matrix} \right],$$

avec :

$$\left[\begin{matrix} \mu\nu \\ \sigma \end{matrix} \right] = \frac{1}{2} \left(\frac{\partial g_{\mu\sigma}}{\partial x_\nu} + \frac{\partial g_{\nu\sigma}}{\partial x_\mu} - \frac{\partial g_{\mu\nu}}{\partial x_\sigma} \right).$$

Einstein a montré à la section B qu'avec ces notations, l'équation d'une géodisique est :

$$\frac{d^2 x_\tau}{ds^2} + \left\{ \begin{matrix} \mu\nu \\ \tau \end{matrix} \right\} \frac{dx_\mu}{ds} \frac{dx_\nu}{ds} = 0.$$

Nous faisons maintenant l'hypothèse, très naturelle, que ce système d'équations généralement covariant détermine encore le mouvement du point dans le champ de gravitation dans le cas où il n'existe pas de système de référence K_0 par rapport auquel la théorie de la relativité restreinte est valable dans des domaines finis. Nous sommes d'autant plus justifiés à faire cette hypothèse que (46) ne contient que des dérivées *premières* des $g_{\mu\nu}$, entre lesquelles aucune relation n'existe, même dans le cas particulier où il existe un K_0 [a] [36].

Si les $\Gamma^{\tau}_{\mu\nu}$ sont nuls, le point est animé d'un mouvement rectiligne et uniforme; ces grandeurs déterminent donc l'écart du mouvement à l'uniformité. Ce sont les composantes du champ de gravitation [38].

§ 14. *Les équations du champ de gravitation en l'absence de matière*

Dans ce qui suit, nous établissons une distinction entre «champ de gravitation» et «matière» en ce sens que nous désignons par «matière» tout ce qui n'est pas champ de gravitation, c'est-à-dire non seulement la «matière» au sens usuel mais aussi le champ électromagnétique [39].

---

a. D'après le paragraphe 12 [37], les relations $B^{\rho}_{\mu\sigma\tau} = 0$ ne font intervenir que les dérivées secondes (et premières).

36. Autrement dit: n'importe quelle valeur de ces dérivées en un point peut être réalisée moyennant un choix convenable de coordonnées.

37. Ce paragraphe se trouve section B.

38. Cette définition des composantes du champ de gravitation par rapport à K_1 est suggérée par l'analogie entre la relation (46) et l'équation $\frac{d^2X}{dt^2} = g$ qui définit le champ de gravitation newtonien.

39. Cette distinction est habituelle en théorie de la relativité générale.

Notre prochaine tâche est de déterminer les équations du champ de gravitation en l'absence de matière[40]. Pour cela, nous employons de nouveau la même méthode qu'au paragraphe précédent et établissons quelle est l'équation du mouvement d'un point matériel. Un cas particulier, pour lequel les équations recherchées doivent de toute façon être satisfaites, est celui de la théorie initiale de la relativité, où les $g_{\mu\nu}$ ont certaines valeurs constantes. Supposons que ce soit le cas dans un certain domaine fini par rapport à un système de référence connu, K_0. Par rapport à ce système, toutes les composantes $B^{\rho}_{\mu\sigma\tau}$ du tenseur de Riemann [équation (43)][41] sont nulles. Elles sont également nulles, pour le domaine considéré, par rapport à tout autre système de coordonnées.

Les équations cherchées du champ de gravitation en l'absence de matière doivent donc être vérifiées chaque fois que tous les $B^{\rho}_{\mu\sigma\tau}$ sont nuls. Cependant, cette condition est de toute façon trop forte. Car il est clair, par exemple, qu'aucun choix du système de coordonnées ne peut par transformation éliminer le champ de gravitation produit par un point matériel dans son voisinage, c'est-à-dire le transformer en un cas où les $g_{\mu\nu}$ sont des constantes.

C'est pourquoi, pour le champ de gravitation en l'absence de matière, il est naturel de chercher à annuler le tenseur symétrique $B_{\mu\nu}$ déduit du tenseur $B^{\rho}_{\mu\sigma\tau}$. On obtient ainsi dix équations pour les dix grandeurs $g_{\mu\nu}$,

40. Plus précisément, dans un domaine où il n'y a pas de matière, ou encore, comme on dit en électrodynamique, hors des sources, dans le vide.

41. L'équation (43) figure à la section B. Elle définit le tenseur de Riemann :

$$B^{\rho}_{\mu\sigma\tau} = -\frac{\partial}{\partial x_{\tau}}\begin{Bmatrix}\mu\sigma\\ \rho\end{Bmatrix} + \frac{\partial}{\partial x_{\sigma}}\begin{Bmatrix}\mu\tau\\ \rho\end{Bmatrix} - \begin{Bmatrix}\mu\sigma\\ \alpha\end{Bmatrix}\begin{Bmatrix}\alpha\tau\\ \rho\end{Bmatrix} + \begin{Bmatrix}\mu\tau\\ \alpha\end{Bmatrix}\begin{Bmatrix}\alpha\sigma\\ \rho\end{Bmatrix}.$$

lesquelles sont satisfaites en particulier quand tous les $B^{\rho}_{\mu\sigma\tau}$ sont nuls. Compte tenu de (44), avec le choix du système de coordonnées que nous avons fait[42], ces équations s'écrivent dans le cas du champ libre de matière :

$$(47) \qquad \begin{cases} \dfrac{\partial \Gamma^{\alpha}_{\mu\nu}}{\partial x_{\alpha}} + \Gamma^{\alpha}_{\mu\beta}\,\Gamma^{\beta}_{\nu\alpha} = 0, \\ \sqrt{-g} = 1. \end{cases}$$

Il faut remarquer que le choix de ces équations comporte un minimum d'arbitraire. Car, en dehors de $B_{\mu\nu}$, il n'existe pas de tenseur de rang 2 formés des $g_{\mu\nu}$ et de leurs dérivées qui ne contienne aucune dérivée d'ordre supérieur à deux et qui soit linéaire en fonction de ces dernières[a].

Que ces équations qui découlent de façon purement mathématique de l'exigence de relativité générale donnent, lorsqu'elles sont combinées aux équations du mouvement (46), la loi d'attraction de Newton en première approximation et, en seconde approximation, l'explication du mouvement du périhélie de Mercure découvert par Le Verrier (une fois effectuées les corrections de perturbation) doit, à mon avis, convaincre de la justesse physique de la théorie[43].

---

a. A proprement parler, cela ne peut être affirmé que du tenseur $B_{\mu\nu} + \lambda g_{\mu\nu}(g^{\alpha\beta} B_{\alpha\beta})$, où λ est une constante. Mais si on écrit que ce tenseur est égal à 0, on aboutit de nouveau aux équations $B_{\mu\nu} + \lambda g_{\mu\nu}(g^{\alpha\beta} B_{\alpha\beta})$.

42. Le choix de coordonnées est tel que $\sqrt{-g} = 1$; alors $B_{\mu\nu}$, contraction de $B^{\rho}_{\mu\sigma\tau}$ par rapport à τ et ρ, prend une forme simple : $B_{\mu\nu} = -\dfrac{\partial}{\partial x_{\alpha}}\begin{Bmatrix}\mu\nu\\ \alpha\end{Bmatrix} + \begin{Bmatrix}\mu\alpha\\ \beta\end{Bmatrix}\begin{Bmatrix}\nu\beta\\ \alpha\end{Bmatrix}$. Avec ce choix, l'un des termes apparaissant dans l'équation (44) (non reproduite ici), terme faisant intervenir $\lg\sqrt{-g}$, s'annule.

43. Voir à ce sujet p. 360-365.

§ 15. *Fonction hamiltonienne pour le champ de gravitation. Principe*[44] *de l'impulsion-énergie*

Pour montrer que les équations du champ sont conformes au principe de l'impulsion-énergie, il est plus commode de les écrire sous la forme hamiltonienne suivante :

$$(47a)\qquad \begin{cases} \delta\left\{\int H\, d_\tau\right\} = 0, \\ H = g^{\mu\nu}\, \Gamma^{\alpha}_{\mu\beta}\, \Gamma^{\beta}_{\nu\alpha}, \\ \sqrt{-g} = 1. \end{cases}$$

Les variations sont nulles aux bords de l'espace d'intégration considéré, espace à quatre dimensions limité.

Il nous faut d'abord montrer que la forme (47a) est équivalente aux équations (47). A cette fin, nous considérons H comme une fonction des $g_{\mu\nu}$ et des :

$$g^{\mu\nu}_{\sigma}\left(= \frac{\partial g^{\mu\nu}}{\partial x_\sigma}\right).$$

Il vient alors immédiatement :

$$\begin{aligned} \delta H &= \Gamma^{\alpha}_{\mu\beta}\, \Gamma^{\beta}_{\nu\alpha}\, \delta g^{\mu\nu} + 2 g^{\mu\nu}\, \Gamma^{\alpha}_{\mu\beta}\, \delta \Gamma^{\beta}_{\nu\alpha} \\ &= -\Gamma^{\alpha}_{\mu\beta}\, \Gamma^{\beta}_{\nu\alpha}\, \delta g^{\mu\nu} + 2\Gamma^{\alpha}_{\mu\beta}\, \delta\left(g^{\mu\nu}\, \Gamma^{\beta}_{\nu\alpha}\right). \end{aligned}$$

Or :

$$\delta\left(g^{\mu\nu}\, \Gamma^{\beta}_{\nu\alpha}\right) = -\frac{1}{2}\delta\left[g^{\mu\nu}\, g^{\beta\lambda}\left(\frac{\partial g_{\nu\lambda}}{\delta x_\alpha} + \frac{\partial g_{\alpha\lambda}}{\delta x_\nu} - \frac{\partial g_{\alpha\nu}}{\delta x_\lambda}\right)\right].$$

Les termes qui proviennent des deux derniers termes entre parenthèses sont de signes opposés et se déduisent l'un de l'autre (puisque la dénomination des indices de sommation est sans incidence) par échange des indices μ

44. Le mot allemand est *Satz*. Il s'agit évidemment du principe de conservation de l'impulsion-énergie.

et β. Ils se compensent dans l'expression de δH car ils y sont multipliés par les grandeurs $\Gamma^{\alpha}_{\mu\beta}$ symétriques par rapport aux indices μ et β. Seul reste donc à considérer le premier terme de la parenthèse, si bien que l'on obtient, compte tenu de (31)[45] :

$$\delta H = -\Gamma^{\alpha}_{\mu\beta}\,\Gamma^{\beta}_{\nu\alpha}\,\delta g^{\mu\nu} - \Gamma^{\alpha}_{\mu\beta}\,\delta g^{\mu\beta}_{\alpha}.$$

On a donc :

$$(48)\qquad \begin{cases} \dfrac{\partial H}{\partial g^{\mu\nu}} = -\Gamma^{\alpha}_{\mu\beta}\,\Gamma^{\beta}_{\nu\alpha}, \\[2mm] \dfrac{\partial H}{\partial g^{\mu\nu}_{\sigma}} = \Gamma^{\sigma}_{\mu\nu}. \end{cases}$$

Si l'on effectue la variation dans (47a), on obtient le système d'équations :

$$(47b)\qquad \frac{\partial}{\partial x_{\alpha}}\left(\frac{\partial H}{\partial g^{\mu\nu}_{\alpha}}\right) - \frac{\partial H}{\partial g^{\mu\nu}} = 0,$$

qui, du fait de (48), est identique à (47) – ce qu'il fallait démontrer.

Multiplions (47b) par $g^{\mu\nu}_{\sigma}$; étant donné que :

$$\frac{\partial g^{\mu\nu}_{\sigma}}{\partial x_{\alpha}} = \frac{\partial g^{\mu\nu}_{\alpha}}{\partial x_{\sigma}},$$

et que donc :

$$g^{\mu\nu}_{\sigma}\frac{\partial}{\partial x_{\alpha}}\left(\frac{\partial H}{\partial g^{\mu\nu}_{\alpha}}\right) = \frac{\partial}{\partial x_{\alpha}}\left(g^{\mu\nu}_{\sigma}\frac{\partial H}{\partial g^{\mu\nu}_{\alpha}}\right) - \frac{\partial H}{\partial g^{\mu\nu}_{\alpha}}\frac{\partial g^{\mu\nu}_{\alpha}}{\partial x_{\sigma}},$$

on obtient l'équation :

$$\frac{\partial}{\partial x_{\alpha}}\left(g^{\mu\nu}_{\sigma}\frac{\partial H}{\partial g^{\mu\nu}_{\alpha}}\right) - \frac{\partial H}{\partial x_{\sigma}} = 0,$$

45. Le deuxième signe est + et non –.

ou[a] :

$$(49)\quad \begin{cases} \dfrac{\partial t_\sigma^\alpha}{\partial x_\alpha} = 0, \\ -2\kappa\, t_\sigma^\alpha = g_\sigma^{\mu\nu} \dfrac{\partial H}{\partial g_\alpha^{\mu\nu}} - \delta_\sigma^\alpha H ; \end{cases}$$

soit, du fait de (48) ainsi que de la deuxième équation de (47) et de (34) :

$$(50)\qquad \kappa\, t_\sigma^\alpha = \frac{1}{2}\delta_\sigma^\alpha\, g^{\mu\nu}\, \Gamma_{\mu\beta}^{\lambda}\, \Gamma_{\nu\lambda}^{\beta} - g^{\mu\nu}\, \Gamma_{\mu\beta}^{\alpha}\, \Gamma_{\nu\sigma}^{\beta}.$$

Il faut noter que t_σ^α n'est pas un tenseur ; en revanche, (49) est valable dans tous les systèmes de coordonnées pour lesquels $\sqrt{-g} = 1$. Cette équation exprime le théorème de conservation de l'impulsion et de l'énergie pour le champ de gravitation. En effet, l'intégration de cette équation sur un volume *V à trois dimensions* conduit aux quatre équations :

$$(49a)\qquad \frac{d}{dx_4}\left\{\int t_\sigma^4\, dV\right\} = \int (t_\sigma^1 \alpha_1 + t_\sigma^2 \alpha_2 + t_\sigma^3 \alpha_3)\, dS,$$

où α_1, α_2, α_3 désignent les cosinus directeurs de la normale, dirigée vers l'intérieur, à un élément de surface de grandeur dS (au sens de la géométrie euclidienne)[46]. On reconnaît ici l'expression des théorèmes de conservation tels qu'on les conçoit habituellement. Nous appelons « composantes d'énergie » du champ de gravitation les grandeurs t_σ^α.

Je vais maintenant écrire les équations (47) sous une troisième forme, permettant une conception plus parlante de notre objet. En multipliant les équations de champ

---

a. La raison de l'introduction du facteur -2κ sera éclaircie par la suite.

46. Cet élément de surface est pris sur la surface entourant le volume *V*.

(47) par $g^{\nu\sigma}$, nous obtenons celles-ci sous forme « mixte ». Remarquons que :

$$g^{\nu\sigma}\frac{\partial \Gamma^{\alpha}_{\mu\nu}}{\partial x_{\alpha}} = \frac{\partial}{\partial x_{\alpha}}(g^{\nu\sigma}\,\Gamma^{\alpha}_{\mu\nu}) - \frac{\partial g^{\nu\sigma}}{\partial x_{\alpha}}\Gamma^{\alpha}_{\mu\nu},$$

grandeur qui, en vertu de (34), est égale à :

$$\frac{\partial}{\partial x_{\alpha}}(g^{\nu\sigma}\,\Gamma^{\alpha}_{\mu\nu}) - g^{\nu\beta}\,\Gamma^{\sigma}_{\alpha\beta}\,\Gamma^{\alpha}_{\mu\nu} - g^{\alpha\beta}\,\Gamma^{\nu}_{\beta\alpha}\,\Gamma^{\alpha}_{\mu\nu},$$

soit (en modifiant les dénominations des indices de sommation) :

$$\frac{\partial}{\partial x_{\alpha}}(g^{\sigma\beta}\,\Gamma^{\alpha}_{\mu\beta}) - g^{\mu\nu}\,\Gamma^{\sigma}_{\mu\beta}\,\Gamma^{\beta}_{\nu\mu} - g^{\nu\sigma}\,\Gamma^{\alpha}_{\mu\beta}\,\Gamma^{\beta}_{\nu\alpha}.$$

Le troisième terme de cette expression s'élimine avec celui qui résulte du second terme des équations de champ (47) ; compte tenu de (50), on peut remplacer le second terme de cette expression par :

$$\kappa\left(t^{\sigma}_{\mu} - \frac{1}{2}\delta^{\sigma}_{\mu}\,t\right),$$

où $t = t^{\alpha}_{\alpha}$. On obtient alors à la place des équations (47)[47] :

$$(51)\qquad \begin{cases} \dfrac{\partial}{\partial x_{\alpha}}(g^{\sigma\beta}\,\Gamma^{\alpha}_{\mu\beta}) = -\kappa\left(t^{\sigma}_{\mu} - \dfrac{1}{2}\delta^{\sigma}_{\mu}\,t\right), \\ \sqrt{-g} = 1. \end{cases}$$

47. Les équations (51) présentent sur les équations (47) l'avantage de faire apparaître que la courbure est liée aux composantes d'énergie du champ de gravitation.

§ 16. *Forme générale des équations du champ de gravitation*

Les équations du champ établies au paragraphe précédent dans le cas d'espaces sans matière sont les homologues de l'équation du champ de la théorie newtonienne :

$$\Delta\varphi = 0.$$

Il nous faut maintenant chercher les équations qui correspondent à l'équation de Poisson :

$$\Delta\varphi = 4\pi\,\kappa\,\rho,$$

où ρ représente la densité de matière.

La théorie de la relativité restreinte a conduit à ce résultat que la masse inertielle n'est rien d'autre que de l'énergie, laquelle a pour expression mathématique complète un tenseur de rang 2, le tenseur d'énergie. Il nous faudra donc introduire également dans la théorie de la relativité générale un tenseur d'énergie de la matière, T_σ^α, qui, tout comme les composantes d'énergie t_σ^α [équations (49) et (50)] du champ de gravitation, aura un caractère mixte, mais qui sera rattaché à un tenseur symétrique covariant[a].

Le système d'équations (51) nous indique comment introduire ce tenseur énergie (homologue de la densité ρ figurant dans l'équation de Poisson) dans les équations de champ de la gravitation. En effet, si l'on considère un système complet (le système solaire par exemple), la masse totale du système, et donc aussi son efficacité gravifique[48] totale, dépendent de l'énergie totale du système, et donc à la fois de son énergie pondérable et de son énergie de gravitation. Ce que l'on exprime en introduisant dans (51) la somme $t_\mu^\sigma + T_\mu^\sigma$ des composantes d'énergie de la matière et du champ de gravitation à la place des

a. $g_{\alpha\tau} T_\sigma^\alpha = T_{\sigma\tau}$ et $g^{\sigma\beta} T_\sigma^\alpha = T^{\alpha\beta}$ doivent être des tenseurs symétriques.

48. *Gravitierend* en allemand.

composantes d'énergie t^{σ}_{μ} du seul champ de gravitation. On obtient ainsi, au lieu de (51), l'équation tensorielle :

$$\begin{cases} \dfrac{\partial}{\partial x_{\alpha}}(g^{\sigma\beta}\,\Gamma^{\alpha}_{\mu\beta}) = -\kappa\left[\left(t^{\sigma}_{\mu} + T^{\sigma}_{\mu}\right) - \dfrac{1}{2}\,\delta^{\sigma}_{\mu}(t + T)\right], \\ \sqrt{-g} = 1. \end{cases}$$

(52)

où l'on a posé $T = T^{\mu}_{\mu}$ (scalaire de Laue). Telles sont les équations générales du champ de gravitation recherchées, écrites sous forme mixte. En reprenant le raisonnement à l'envers, on obtient à la place de (47)[49] :

$$(53) \qquad \begin{cases} \dfrac{\partial\Gamma^{\alpha}_{\mu\nu}}{\partial x_{\alpha}} + \Gamma^{\alpha}_{\mu\beta}\,\Gamma^{\beta}_{\nu\alpha} = -\kappa\left(T_{\mu\nu} - \dfrac{1}{2}\,g_{\mu\nu}\,T\right), \\ \sqrt{-g} = 1. \end{cases}$$

Il faut bien reconnaître que cette introduction du tenseur énergie de la matière n'est pas entièrement justifiée par le seul postulat de la relativité ; c'est pourquoi, dans ce qui précède, nous l'avons déduite de l'exigence selon laquelle l'énergie du champ de gravitation doit avoir la même action gravifique que n'importe quelle autre forme d'énergie. Mais la justification la plus forte du choix des équations précédentes tient essentiellement à ce qu'elles impliquent la validité, pour les composantes de l'énergie totale, des équations de conservation (de l'impulsion et de l'énergie), lesquelles correspondent

---

49. Si l'on introduit le tenseur de Ricci $R_{\mu\nu}$, cette équation s'écrit :

$$R_{\mu\nu} = -\kappa\left(T_{\mu\nu} - \frac{1}{2}g_{\mu\nu}T\right).$$

Einstein s'apercevra vite qu'il est préférable d'écrire cette équation sous la forme équivalente :

$$G_{\mu\nu} = -\kappa T_{\nu},$$

où $G_{\mu\nu}$ est le tenseur d'Einstein $= R_{\mu\nu} - \frac{1}{2}g_{\mu\nu}(g^{\alpha\beta}R_{\alpha\beta})$.

exactement aux équations (49) et (49a). C'est ce qu'il nous faut maintenant montrer[50].

E.

§ 21. *La théorie de Newton comme première approximation*

Comme on l'a déjà mentionné à plusieurs reprises, la théorie de la relativité restreinte peut, en tant que cas particulier de la théorie de la relativité générale, être caractérisée par le fait que les $g_{\mu\nu}$ ont les valeurs constantes indiquées en (4). Cela signifie, d'après ce qui précède, que les effets de la gravitation sont totalement négligés. Nous obtenons une approximation plus proche de la réalité en considérant le cas où les $g_{\mu\nu}$ ne diffèrent des valeurs (4) que de quantités petites (par rapport à 1), si bien qu'on peut négliger les quantités de degré 2 et plus. (Première manière de voir l'approximation.)

De plus, il faut supposer que, dans la région spatiotemporelle considérée, les $g_{\mu\nu}$, pour un choix convenable des coordonnées, tendent vers les valeurs (4) à l'infini de l'espace; autrement dit, nous nous intéressons aux champs de gravitation qui peuvent être considérés comme engendrés exclusivement par de la matière située à distance finie.

On pourrait penser que ces approximations doivent déboucher sur la théorie de Newton. Cela requiert cependant un traitement approché des équations fondamentales selon un second point de vue. Examinons le mouvement d'un point matériel décrit par les équations

50. Les paragraphes 17, 18 sont consacrés aux théorèmes de conservation, comme annoncé. Nous ne les reproduisons pas ici – non plus que la section D consacrée aux « Processus matériels » (généralisation des lois de l'hydrodynamique et de l'électrodynamique).

(46). Dans le cas de la théorie de la relativité restreinte, les composantes

$$\frac{dx_1}{ds}, \frac{dx_2}{ds}, \frac{dx_3}{ds},$$

peuvent prendre des valeurs quelconques; ce qui veut dire que l'on peut avoir affaire à n'importe quelle vitesse :

$$v = \sqrt{\left(\frac{dx_1}{dx_4}\right)^2 + \left(\frac{dx_2}{dx_4}\right)^2 + \left(\frac{dx_3}{dx_4}\right)^2}$$

plus petite que la vitesse de la lumière dans le vide ($v < 1$)[51]. Si l'on se limite au cas, presque exclusivement rencontré dans l'expérience, où v est petit devant la vitesse de la lumière, cela veut dire que les composantes :

$$\frac{dx_1}{ds}, \frac{dx_2}{ds}, \frac{dx_3}{ds}$$

doivent être traitées comme des quantités petites, alors que dx_4/ds, lui, est, au deuxième ordre près, égal à 1. (Deuxième manière de voir l'approximation.)

Nous remarquons alors que, selon la première manière de voir l'approximation, les grandeurs $\Gamma^{\tau}_{\mu\nu}$ sont toutes des quantités petites, au moins du premier ordre. Au vu de (46), il apparaît que, selon la deuxième manière de voir l'approximation, seuls les termes de cette équation pour lesquels $\mu = \nu = 4$ doivent être pris en compte. En se limitant aux termes d'ordre le plus bas, on obtient tout d'abord, à la place de (46), l'équation :

$$\frac{dx_{\tau}}{dt^2} = \Gamma^{\tau}_{44},$$

51. Soit en réintroduisant la vitesse de la lumière : $v/c << 1$; il s'agit de l'approximation lente sur laquelle repose l'explication du mouvement du périhélie de Mercure. Voir p. 312, n. 23.

où l'on a posé $ds = dx_4 = dt$; soit, en se limitant aux termes qui, selon la première manière de voir l'approximation, sont du premier ordre :

$$\frac{d^2 x_\tau}{dt^2} = \begin{bmatrix} 44 \\ \tau \end{bmatrix}, \qquad (\tau = 1, 2, 3)$$

$$\frac{d^2 x_4}{dt^2} = -\begin{bmatrix} 44 \\ 4 \end{bmatrix}.$$

Si en outre l'on suppose que le champ de gravitation est quasi statique, en se limitant au cas où la matière qui produit le champ ne se déplace que lentement (en comparaison de la vitesse de propagation de la lumière), il est possible de négliger, dans le membre de droite, les dérivées par rapport au temps devant celles par rapport aux coordonnées d'espace ; si bien que l'on obtient :

$$(67) \qquad \frac{d^2 x_\tau}{dt^2} = -\frac{1}{2}\frac{\partial g_{44}}{\partial x_\tau} \qquad (\tau = 1, 2, 3),$$

qui est l'équation du mouvement d'un point matériel selon la théorie de Newton, $g_{44}/2$ jouant le rôle de potentiel de gravitation. Ce résultat a ceci de remarquable que seule la composante g_{44} du tenseur fondamental détermine, en première approximation, le mouvement du point matériel.

Passons maintenant aux équations du champ (53). Ici, il faut prendre en considération que le tenseur d'énergie de la « matière » est déterminé presque exclusivement par la densité ρ de matière au sens étroit du terme, c'est-à-dire par le second terme du membre de droite de (58) [resp. (58a) ou (58b)]. En formant l'approximation qui nous intéresse, toutes les composantes s'annulent, à l'exception de la composante :

$$T_{44} = \rho = T.$$

Dans le membre de gauche de (53), le deuxième terme est

petit, du second ordre ; le premier donne, dans l'approximation qui nous intéresse :

$$+\frac{\partial}{\partial x_1}\begin{bmatrix}\mu\nu\\1\end{bmatrix}+\frac{\partial}{\partial x_2}\begin{bmatrix}\mu\nu\\2\end{bmatrix}+\frac{\partial}{\partial x_3}\begin{bmatrix}\mu\nu\\3\end{bmatrix}-\frac{\partial}{\partial x_4}\begin{bmatrix}\mu\nu\\4\end{bmatrix}.$$

Soit, pour $\mu = \nu = 4$ et en négligeant les termes différenciés par rapport au temps :

$$-\frac{1}{2}\left(\frac{\partial^2 g_{44}}{\partial x_1^2}+\frac{\partial^2 g_{44}}{\partial x_2^2}+\frac{\partial^2 g_{44}}{\partial x_3^2}\right) = -\frac{1}{2}\,\Delta g_{44}.$$

La dernière des équations (53) donne donc :

(68)
$$\Delta g_{44} = \kappa\,\rho.$$

L'ensemble des équations (67) et (68) est équivalent à la loi de la gravitation de Newton.

Pour le potentiel de gravitation, on obtient, compte tenu de (67) et (68), l'expression suivante :

(68a)
$$-\frac{\kappa}{8\pi}\int\frac{\rho d\tau}{r},$$

alors que la théorie de Newton donne, avec l'unité de temps choisie :

$$-\frac{K}{c^2}\int\frac{\rho d\tau}{r},$$

K désignant la constante $6{,}7.10^{-8}$, généralement appelée « constante de gravitation ». De la comparaison des deux expressions, il résulte que :

(69)
$$\kappa = \frac{8\pi K}{c^2} = 1{,}87\,.\,10^{-27}.$$

§ 22. *Comportement des règles et des horloges dans un champ de gravitation statique. Courbure des rayons lumineux. Mouvement du périhélie des trajectoires des planètes*

Pour obtenir la théorie de Newton comme première approximation, nous n'avons eu besoin de calculer, parmi les dix composantes $g_{\mu\nu}$ du potentiel de gravitation, que g_{44}, car g_{44} est la seule composante qui intervienne dans l'approximation (67) de l'équation du mouvement d'un point matériel dans un champ de gravitation. Cependant, on voit bien que la condition $g = -1$ exige que d'autres composantes des $g_{\mu\nu}$ doivent différer en première approximation des valeurs (4).

Pour un point matériel situé à l'origine des coordonnées et produisant un champ, on obtient en première approximation la solution à symétrie radiale :

$$(70) \quad \begin{cases} g_{\rho\sigma} = -\delta_{\rho\sigma} - \alpha \dfrac{x_\rho x_\sigma}{r^3} & (\rho \text{ et } \sigma \text{ vont de 1 à 3}), \\ g_{\rho 4} = g_{4\rho} = 0 & (\rho \text{ va de 1 à 3}), \\ g_{44} = 1 - \dfrac{\alpha}{r}. \end{cases}$$

$\delta_{\rho\sigma}$ vaut soit 1 soit 0 selon que $\rho = \sigma$ ou $\rho \neq \sigma$, r est la grandeur :

$$+\sqrt{x_1^2 + x_2^2 + x_3^2}.$$

De plus, en raison de (68a)[52] :

$$(70a) \qquad \alpha = \frac{\kappa M}{8\pi},$$

où M désigne la masse qui produit le champ. Il est facile de vérifier que les équations du champ (en dehors de la masse) sont satisfaites en première approximation.

52. Et en se souvenant que $\alpha/2$ est le potentiel newtonien.

Nous examinons maintenant l'effet exercé par le champ de la masse M sur les propriétés métriques de l'espace. La relation :

$$ds^2 = g_{\mu\nu}\, dx_\mu\, dx_\nu,$$

qui lie d'un côté les longueurs et les temps ds mesurés « localement » (§ 4) et de l'autre les éléments différentiels dx_ν des coordonnées, reste toujours valable.

Par exemple, pour une règle étalon disposée « parallèlement » à l'axe X, on pose :

$$ds^2 = -1\,;\; dx_2 = dx_3 = dx_4 = 0;$$

donc :

$$-1 = g_{11}\, dx_1^2.$$

De plus, pour la règle disposée le long de l'axe X, la première des équations (70) donne :

$$g_{11} = -\left(1 + \frac{\alpha}{r}\right).$$

De ces deux relations, on déduit :

(71) $$dx = 1 - \frac{\alpha}{2r},$$

relation exacte en première approximation.

La règle étalon paraît donc, par rapport au système de coordonnées, légèrement raccourcie (dans la proportion trouvée), du fait de l'existence du champ de gravitation, lorsqu'elle est disposée radialement.

De façon analogue, la longueur de coordonnées dans la direction tangentielle s'obtient en posant par exemple :

$$ds^2 = -1\,;\; dx_1 = dx_3 = dx_4 = 0\,;\; x_1 = r\,;\; x_2 = x_3 = 0.$$

Il vient :

(71a) $$-1 = g_{22}\, dx_2^2 = -dx_2^2.$$

Le champ de gravitation ne produit donc aucun effet sur la longueur d'une règle en position tangentielle.

Dans le champ de gravitation, la géométrie euclidienne n'est donc pas valable, même en première approximation, si l'on tient à considérer qu'une seule et même règle est, indépendamment de sa position et de son orientation, la réalisation d'un même segment. Bien sûr, comme il apparaît sur (70a) et (69), les écarts escomptés sont bien trop petits pour être observables lors de mesures à la surface de la Terre[53].

Étudions de plus, en ce qui concerne la coordonnée de temps, le rythme d'une horloge étalon placée au repos dans un champ de gravitation statique. Pour une période de l'horloge :

$$ds = 1\,;\ dx_1 = dx_2 = dx_3 = 0.$$

On a par conséquent :

$$1 = g_{44}\,dx_4^2,$$

$$dx_4 = \frac{1}{\sqrt{g_{44}}} = \frac{1}{\sqrt{1 + (g_{44} - 1)}} = 1 - \frac{g_{44} - 1}{2},$$

soit :

$$dx_4 = 1 + \frac{\kappa}{8\pi}\int \frac{\rho d\tau}{r}. \tag{72}$$

L'horloge bat donc à un rythme plus lent lorsqu'elle se trouve au voisinage de masses pondérables. Il s'ensuit que les raies spectrales de la lumière en provenance de

53. Cette restriction est quasi triviale si cette masse est un point matériel, comme il a été supposé plus haut. La solution approchée proposée ici est en fait valide pour une source de masse M, d'extension finie et ayant la symétrie sphérique, dans le domaine extérieur à cette source.

la surface des grandes étoiles doivent nous paraître décalées vers l'extrémité rouge du spectre[a] [54].

Étudions de plus la marche des rayons lumineux dans un champ de gravitation statique. La vitesse de la lumière est donnée, selon la théorie de la relativité restreinte, par :

$$-dx_1^2 - dx_2^2 - dx_3^2 + dx_4^2 = 0,$$

et donc selon la théorie de la relativité générale par :

$$ds^2 = g_{\mu\nu}\, dx_\mu\, dx_\nu = 0. \tag{73}$$

Si la direction, c'est-à-dire les rapports entre dx_1, dx_2 et dx_3, est fixée, l'équation (73) donne les grandeurs :

$$\frac{dx_1}{dx_4}, \frac{dx_2}{dx_4}, \frac{dx_3}{dx_4}$$

et par là même la vitesse définie au sens de la géométrie euclidienne :

$$\sqrt{\left(\frac{dx_1}{dx_4}\right)^2 + \left(\frac{dx_2}{dx_4}\right)^2 \left(\frac{dx_3}{dx_4}\right)^2} = \gamma.$$

On s'aperçoit facilement que les rayons lumineux doivent s'incurver par rapport au système de coordonnées lorsque les $g_{\mu\nu}$ ne sont pas constants. Si n est une direction perpendiculaire à la propagation de la lumière, le

a. Des observations spectroscopiques effectuées sur certains types d'étoiles fixes plaident, selon E. Freundlich, en faveur de l'existence de cet effet. Cependant, il n'existe pas encore de preuve définitive de cette conséquence[55].

54. A noter que c'est ici la seule allusion à l'interprétation de la théorie en termes de courbure spatiale.

55. De fait, il fallut attendre 1959 et l'expérience de Pound et Rebka, établissant à l'aide de l'effet Mössbauer le décalage vers le rouge éprouvé par des photons gamma s'élevant de 22,5 mètres à travers un tube rempli d'hélium, pour que soit vérifiée cette prédiction. L'expérience reprise en 1965 par Pound et Snider acheva de convaincre les sceptiques (voir note 16, p. 322).

principe de Huyghens indique que le rayon lumineux [considéré dans le plan (γ, n)[56]] a une courbure égale à $-\frac{\partial\gamma}{\partial n}$.

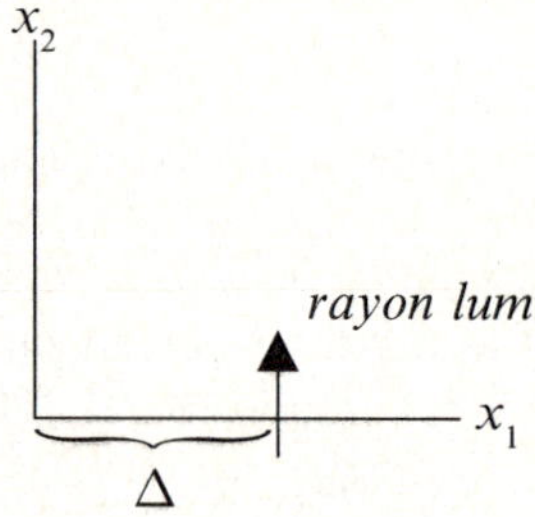

Figure 4

Étudions la courbure que subit un rayon lumineux passant au voisinage d'une masse M, à la distance Δ. Si l'on choisit le système de coordonnées comme l'indique le schéma ci-dessus, l'inflexion totale B[57] du rayon lumineux (comptée positivement si la concavité est tournée vers l'origine) est donnée, avec une approximation suffisante, par :

$$B = \int_{-\infty}^{+\infty} \frac{\partial\gamma}{\partial x_1} dx_2,$$

tandis que (73) et (70) donnent :

$$\gamma = \sqrt{-\frac{g_{44}}{g_{22}}} = 1 + \frac{\alpha}{2r}\left(1 + \frac{x_2^2}{r^2}\right).$$

56. γ désigne ici le vecteur vitesse, alors que par la suite γ est le module de ce vecteur.

57. B comme *Biegung* en allemand.

Le calcul donne :

(74) $$B = \frac{2\,\alpha}{\Delta} = \frac{\kappa M}{2\pi\Delta}.$$

Un rayon lumineux passant au voisinage du Soleil subit une inflexion de 1,7", un rayon passant au voisinage de Jupiter une inflexion d'environ 0,02".

Si l'on calcule le champ de gravitation à la précision d'un ordre supérieur d'approximation, et le mouvement orbital d'un point matériel de masse relative infiniment petite à la précision correspondante, on obtient que le mouvement des planètes présente par rapport aux lois de Newton-Kepler un écart du type suivant. L'orbite elliptique d'une planète est soumise à une rotation lente dans la direction du mouvement orbital égale à :

(75) $$\varepsilon = 24\,\pi^3 \frac{a^2}{T^2 c^2 (1 - e^2)}$$

par révolution. Dans cette formule, *a* représente le demi grand axe de l'ellipse, *c* la vitesse de la lumière telle qu'elle est habituellement mesurée, *e* l'excentricité et *T* la période de révolution en secondes[a]. Le calcul donne pour la planète Mercure une rotation de l'orbite de 43" par siècle qui correspond exactement à ce qu'ont constaté les astronomes (Le Verrier) ; ceux-ci ont en effet trouvé un résidu du mouvement du périhélie de cette planète, non expliqué par les perturbations des autres planètes, de la quantité indiquée.

[Reçu le 20 mars 1916.]

---

a. Pour le calcul, je renvoie aux mémoires originaux : A. Einstein, *Sitzungsber. d. Preuß. Akad. d. Wiss.*, vol. XLVII, 1915, p. 831[58] ; K. Schwarzschild, *Sitzungsber. d. Preuß. Akad. d. Wiss.*, vol. VII, 1916, p. 189.

58. Le titre de cet article est : « Erklärung der Perihelbewegung des Merkur aus der allgemeinen Relativitätstheorie ».

4. La géométrie de l'expérience [1]

Parmi toutes les sciences, les mathématiques jouissent d'un prestige particulier qui tient à une raison unique : leurs propositions ont un caractère de certitude absolue et incontestable, alors que celles de toutes les autres sciences sont discutables jusqu'à un certain point et risquent toujours d'être réfutées par la découverte de faits nouveaux. Le chercheur d'une autre discipline n'aurait pas lieu pour autant d'envier le mathématicien si les propositions de ce dernier ne portaient que sur de purs produits de notre imagination et non sur des objets réels. Il n'est pas étonnant en effet que l'on parvienne à des conclusions logiques concordantes, une fois que l'on s'est mis d'accord sur les propositions fondamentales (axiomes) ainsi que sur les méthodes à suivre pour déduire de ces propositions fondamentales d'autres propositions ; mais le prestige des mathématiques tient, par ailleurs, au fait que ce sont également elles qui confèrent aux sciences exactes de la nature un certain degré de certitude, que celles-ci ne pourraient atteindre autrement.

Ici surgit une énigme qui, de tout temps, a fortement troublé les chercheurs. Comment est-il possible que les mathématiques, qui sont issues de la pensée humaine indépendamment de toute expérience, s'appliquent

---

1. Conférence prononcée à Berlin le 27 janvier 1921 lors de la séance publique de l'Académie tenue traditionnellement le jour anniversaire de la naissance du Grand Frédéric (Frédéric II). Ce texte est paru dans les *Stizungsberichte der Preussische Akademie der Wissenschaften*, 1921, 1, p. 123-130. Le titre allemand est « Geometrie und Erfahrung ». Nous plaçons ce texte ici, avant l'article fondateur de la cosmologie einsteinienne, paru pourtant en 1917 (voir p. 387), parce qu'il explique les raisons du passage de la théorie de la relativité générale à la cosmologie physique.

si parfaitement aux objets de la réalité? La raison humaine peut-elle donc, sans l'aide de l'expérience, par sa seule activité pensante, découvrir des propriétés des choses réelles[2]?

Il me semble qu'à cela on ne peut répondre qu'une seule chose: pour autant que les propositions mathématiques se rapportent à la réalité, elles ne sont pas certaines, et pour autant qu'elles sont certaines, elles ne se rapportent pas à la réalité. La prise de conscience de cet état de choses ne s'est généralisée, me semble-t-il, qu'avec le développement au sein des mathématiques du mouvement de pensée connu sous le nom d'axiomatique. L'apport de l'axiomatique a été en effet de séparer nettement les éléments logico-formels du contenu objectif ou intuitif[3]. Pour l'axiomatique, l'objet des mathématiques

2. Einstein s'est rarement exprimé sur ce problème. Pourtant dans une lettre envoyée aux alentours de 1934 à un correspondant non identifié, il note qu'affirmer que «les mathématiques sont une invention humaine» n'engage pas à grand-chose. Car il convient de préciser que les mathématiques ne sont pas «une invention *libre* au sens où on l'entend en psychologie»; en effet, si cette invention «n'était pas si proche de l'expérience que nous procurent nos sens, nous n'aurions jamais trouvé le concept de nombre entier ou celui d'addition». Les mathématiques, en revanche, sont une invention libre du point de vue logique, dans la mesure où «il n'existe pas de chemin menant de façon obligée depuis l'expérience vécue de nos sens jusqu'aux concepts» – antienne mille fois reprise par Einstein, surtout après l'élaboration de la théorie de la relativité générale. Pourtant, ajoute-t-il, la question n'est pas si simple, car «... les concepts et les théorèmes des mathématiques peuvent s'appliquer de façon étonnamment réussie à des domaines qui n'ont rien à voir avec leur origine psychologique». De ce fait, remarquable et inexpliqué, est née «la croyance en une signification objective, surhumaine [*aussermenschlich*] des mathématiques». Pour Einstein, ce problème doit être mis en rapport avec celui, non moins ardu, de la «réalité», mais il n'en dit pas plus. Que de tels problèmes ne puissent être résolus ne signifie pas pour autant qu'il faille «s'en débarrasser en déclarant que ce sont de *faux problèmes*». Il faut au contraire «les *poser* avec le maximum de clarté et garder présent à l'esprit, dans la recherche d'une réponse, ce que ces efforts ont d'hypothétique».

3. *Sachlich* et *anschaulich* en allemand.

est constitué par les seuls éléments logico-formels et non par le contenu intuitif, ou autre, qui leur est associé.

Examinons de ce point de vue un axiome quelconque de la géométrie, par exemple celui-ci : par deux points de l'espace passe toujours une droite et une seule. Comment interpréter cet axiome selon l'ancienne et selon la nouvelle conception ?

Interprétation ancienne : tout le monde sait ce qu'est une droite et ce qu'est un point. Que cette connaissance ait sa source dans quelque faculté de l'esprit humain ou dans l'expérience, dans la conjonction des deux ou encore ailleurs, il n'est pas nécessaire au mathématicien d'en décider ; il laisse ce soin au philosophe. Fondé sur cette connaissance antérieure à toute mathématique, l'axiome en question – comme tous les autres axiomes – est évident, c'est-à-dire qu'il est l'expression d'une partie de cette connaissance *a priori*.

Interprétation nouvelle : la géométrie traite d'objets qui sont désignés au moyen des termes « droite », « point », etc. On ne présuppose pas une quelconque connaissance ou intuition de ces objets, mais seulement la validité d'axiomes – celui qui a été cité en est un exemple – qui doivent eux aussi être conçus de manière purement formelle, c'est-à-dire comme étant dépourvus de tout contenu procédant de l'intuition ou de l'expérience. Ces axiomes sont des créations libres de l'esprit humain. Toutes les autres propositions géométriques sont des déductions logiques tirées des axiomes (entendus dans un sens purement nominaliste). Ce sont les axiomes qui définissent en premier lieu les objets dont traite la géométrie. C'est pourquoi Schlick[4], dans son ouvrage sur la théorie de la connaissance, désigne avec beaucoup de justesse les axiomes par le terme de « définitions implicites ».

---

4. Moritz Schlick, *Allgemeine Erkenntnislehre*, Naturwissenschaftliche Monographien und Lehrbücher, Berlin, 1918.

Cette conception des axiomes, qui est celle de l'axiomatique moderne, débarrasse la science mathématique de tous les éléments qui lui sont étrangers et dissipe ainsi l'obscurité mystique qui entourait naguère ses fondements. Mais une présentation ainsi épurée fait clairement apparaître aussi que les mathématiques comme telles sont impropres à énoncer quoi que ce soit, ni sur les objets de nos représentations intuitives, ni sur les objets de la réalité. Par « point », « droite », etc., il ne faut entendre en géométrie axiomatique que des schèmes conceptuels vides de tout contenu. Ce qui leur donne un contenu ne relève pas des mathématiques.

Mais il n'en est pas moins sûr, d'autre part, que les mathématiques en général, et tout particulièrement la géométrie, sont nées de notre besoin d'apprendre quelque chose sur le comportement des choses réelles. En témoigne déjà le mot « géométrie », qui signifie mesure de la terre, arpentage. Car l'arpentage a trait aux diverses positions[5] relatives que peuvent occuper les uns par rapport aux autres certains corps de la nature : des parties du corps terrestre, des cordeaux, des règles, etc. Il est clair que le système conceptuel de la géométrie axiomatique ne peut à lui seul produire aucun énoncé à propos du comportement de cette catégorie d'objets réels que nous désignerons sous l'expression de « corps pratiquement rigides ». Pour que la géométrie puisse produire de tels énoncés, il faut la dépouiller de son caractère purement logico-formel en faisant correspondre aux schèmes conceptuels vides de la géométrie axiomatique des objets de la réalité sensible. Pour y parvenir, il n'est besoin que d'ajouter la proposition suivante :

Les corps solides se comportent, quant à leurs diverses positions possibles, comme les corps à trois dimensions

5. Le mot allemand ici est *Lagerung* qui contient aussi l'idée de « disposition ».

de la géométrie euclidienne; les propositions de la géométrie euclidienne contiennent alors des énoncés relatifs au comportement des corps pratiquement rigides.

Ainsi complétée, la géométrie est manifestement une science de la nature; nous pouvons tout bonnement la considérer comme la branche la plus ancienne de la physique. Ses énoncés reposent essentiellement sur l'induction opérée à partir de l'expérience, et non pas seulement sur des déductions logiques. Nous appellerons la géométrie ainsi complétée « géométrie pratique » et nous la distinguerons dans ce qui suit de la « géométrie purement axiomatique ». La question de savoir si la géométrie pratique du monde est une géométrie euclidienne ou non a un sens bien clair et la réponse ne peut être fournie que par l'expérience. Toute mesure de longueur effectuée en physique est de la géométrie pratique ainsi entendue, de même que la mesure des longueurs géodésiques et astronomiques, si l'on a recours à la proposition empirique selon laquelle la lumière se propage en ligne droite – en ligne droite précisément dans le sens où l'entend la géométrie pratique.

J'attache d'autant plus d'importance à la conception de la géométrie ainsi décrite qu'il m'aurait été impossible sans elle de bâtir la théorie de la relativité. Sans elle, en effet, la considération suivante n'aurait pu voir le jour: dans un système de référence en rotation par rapport à un système inertiel, les lois régissant la position des corps rigides ne satisfont pas, du fait de la contraction de Lorentz, aux règles de la géométrie euclidienne; dès lors que l'on réserve le même traitement aux systèmes [inertiels et] non inertiels, il faut abandonner la géométrie euclidienne. Le passage décisif à des équations généralement covariantes n'aurait pu se faire s'il n'avait eu pour fondement l'interprétation dont il vient d'être question. Lorsque l'on refuse d'admettre qu'il existe une relation entre le corps de la géométrie euclidienne axiomatique et le corps pratiquement rigide de la réalité, on en arrive facilement à la conception suivante, que chérissait tout particulièrement le savant à l'esprit pénétrant et perspicace qu'était Henri Poincaré[6]: parmi toutes les géométries axiomatiques que l'on puisse concevoir, la géométrie euclidienne se distingue par sa simplicité. Étant donné que la géométrie axiomatique ne contient en elle-même aucun énoncé relatif à la réalité sensible et qu'elle ne peut produire de tels énoncés que si elle est associée à des propositions physiques, il devrait être possible et raisonnable – quelle que soit la nature de la réalité – de s'en tenir à la géométrie euclidienne. En effet, on se résoudra plus facilement à modifier les lois physiques que la géométrie euclidienne axiomatique si des contradictions apparaissent entre la théorie et l'expérience. Qui refuse d'admettre la relation entre les corps pratiquement rigides et la géométrie aura bien de la peine à se débarrasser de la convention selon laquelle il faut s'en tenir à la géométrie euclidienne parce qu'elle est la plus simple.

Pourquoi Poincaré et d'autres chercheurs rejettent-ils l'équivalence naturelle entre le corps pratiquement rigide de l'expérience et le corps de la géométrie? Tout simplement parce qu'un examen un peu précis révèle que les corps solides réels de la nature ne sont pas rigides, étant donné que leur comportement géométrique, c'est-à-dire les diverses positions relatives qu'ils peuvent occuper[7],

---

6. Einstein avait lu *La Science et l'Hypothèse* (Paris, 1902), où se trouvaient rassemblés plusieurs textes concernant le statut de la géométrie en physique (voir, en particulier, les chapitres V, IX et X).

7. Voir également la réponse d'Einstein à Reichenbach parue en 1949 dans l'ouvrage *Einstein, Philosopher-Scientist*, A. Schilpp éd., *op. cit.* « Commençons par examiner la question suivante: "Une géométrie est-elle vérifiable (ou falsifiable) du point de vue physique?" Reichenbach, ainsi que Helmholtz, répondent: "Oui, à condition qu'un corps donné empiriquement 'réalise' le concept de 'distance'." Poincaré, lui, répond: "Non"; et pour cette raison, il se voit condamné par Reichenbach. Il s'en suit la brève discussion suivante.

POINCARÉ: Les corps empiriquement donnés ne sont pas rigides et ne peuvent donc servir à incarner les segments de la géométrie. Les lois de la géométrie ne sont donc pas vérifiables.

est fonction de la température, des forces extérieures, etc. Il semble que soit rompue par là même la relation originelle et immédiate qui existe entre la géométrie et la réalité physique, ce qui nous amène à cette conception plus générale qui caractérise le point de vue de Poincaré : la géométrie (*G*) n'énonce rien quant au comportement des choses réelles, si elle n'est pas associée à l'ensemble (*P*) des lois physiques. On peut dire en termes symboliques que seule la somme (*G*) + (*P*) est soumise au contrôle de l'expérience. (*G*) peut donc être choisi arbitrairement, ainsi que certaines parties de (*P*) ; ces dernières lois sont toutes des conventions. Afin d'éviter les contradictions, il est nécessaire de choisir le reste de (*P*) de telle façon que (*G*) et la totalité de (*P*) soient ensemble conformes à l'expérience. Dans cette conception, la géométrie axiomatique et celles des lois physiques qui sont élevées au rang de conventions apparaissent de même valeur au regard de la théorie de la connaissance.

Sub specie aeterni, cette conception de Poincaré est, à mon avis, tout à fait juste. Le concept de corps-étalon, tout comme celui d'horloge-étalon qui lui est associé dans la théorie de la relativité, n'a pas de correspondant

---

REICHENBACH : Je t'accorde qu'il n'existe pas de corps qui puissent servir *de façon immédiate* à donner une “définition réelle” de ce qu'est un segment. Mais on peut arriver à donner une “définition réelle” en tenant compte de la dépendance du volume avec la température, de l'élasticité, de l'électrostriction et de la magnétostriction, etc. La physique classique a montré que cela est réellement possible, et de façon non contradictoire.

POINCARÉ : Pour obtenir cette “définition réelle” corrigée par toi, tu as fait usage de lois de la physique dont la formulation (dans ce cas) présuppose la géométrie euclidienne. La vérification dont tu as parlé ne concerne donc pas seulement la géométrie mais aussi tout le système des lois de la physique sur lequel elle repose. Une mise à l'épreuve de la seule géométrie n'est sans doute pas pensable. Pourquoi n'aurais-je pas la possibilité de choisir la géométrie de façon qu'elle soit commode (ce qui revient à la choisir euclidienne) et d'adapter les autres lois (les lois “physiques” au sens habituel) à ce choix, de façon à ce que l'ensemble ne soit pas contradictoire avec l'expérience ? »

exact dans le monde réel. Il est clair également que le corps solide et l'horloge ne jouent pas le rôle d'éléments irréductibles dans l'édifice conceptuel de la physique, mais celui d'entités composées[8] qui ne peuvent avoir de fonction autonome dans la structure de la physique théorique. Mais je suis convaincu qu'au stade actuel du développement de la physique théorique, ces concepts doivent encore être utilisés comme des concepts autonomes ; car nous sommes loin d'être parvenus à une connaissance si sûre des fondements théoriques de la physique atomique que nous puissions donner des constructions théoriques exactes de ces entités.

Quant à l'objection qui consiste à dire qu'il n'existe pas dans la nature de corps réellement rigides et que les propriétés qui leur sont attribuées ne concernent donc nullement la réalité physique, cette objection n'est pas du tout aussi pertinente qu'on pourrait le croire au premier abord. Car il n'est pas difficile de déterminer l'état physique d'un corps-étalon avec une précision telle que son comportement, en ce qui concerne sa position par rapport à d'autres corps-étalons, soit suffisamment univoque pour que l'on puisse l'assimiler à un corps « rigide ». C'est à de tels corps-étalons que doivent être rapportées les propositions ayant trait aux corps rigides.

Toute géométrie pratique repose sur un principe accessible à l'expérience que nous allons rappeler ici. Nous nommerons segment de droite l'ensemble délimité par deux marques inscrites sur un corps pratiquement rigide. Imaginons deux corps pratiquement rigides et sur chacun d'eux un segment de droite. Ces deux segments seront considérés comme « égaux » si l'on peut à tout moment faire coïncider les marques de l'un avec celles de l'autre. On fait maintenant la supposition suivante :

---

8. *Zusammengesetzte Gebilde* en allemand. Un argument similaire est développé par Einstein dans son « autobiographie » (voir p. 197-198).

Si l'on constate que deux segments de droite sont égaux à un moment donné et en un lieu quelconque, ils le sont toujours et partout.

Sur cette supposition reposent non seulement la géométrie euclidienne pratique mais aussi sa généralisation la plus immédiate, la géométrie riemannienne pratique et avec elle la théorie de la relativité générale. Je ne mentionnerai qu'une des raisons empiriques qui parlent en faveur de cette supposition. Le phénomène de la propagation de la lumière dans l'espace vide fait correspondre à chaque intervalle de temps local un segment de droite – à savoir le trajet suivi par la lumière – et inversement. Cela implique que la supposition faite plus haut pour les segments de droite doit également, en théorie de la relativité, être valable pour les intervalles de temps [donnés par une] horloge. On peut alors formuler cette supposition ainsi : si deux horloges idéales (très proches l'une de l'autre) marchent au même rythme en un moment et en un lieu quelconques, elles marcheront toujours au même rythme, indépendamment du lieu et du moment où on les compare l'une à l'autre (en un même endroit)[9]. Si cette proposition n'était pas valable pour les horloges naturelles, les fréquences propres de chacun des atomes d'un même élément chimique ne coïncideraient pas aussi précisément que le montre l'expérience. L'existence de raies spectrales fines constitue une preuve expérimentale convaincante à l'appui du principe de la géométrie pratique mentionné ci-dessus. Enfin, c'est grâce à cela que nous pouvons parler à juste titre d'une métrique – au sens riemannien – du continuum d'espace-temps à quatre dimensions.

---

9. Ce qui ne veut pas dire qu'elles marqueront toujours la même heure si elles se déplacent l'une relativement à l'autre ; les deux horloges marcheront au même rythme si et seulement si elles sont et restent en repos l'une par rapport à l'autre au même lieu, comme cela résulte de l'extension aux horloges de la définition de l'« égalité de deux segments ».

Quant à savoir si la structure de ce continuum est euclidienne ou conforme au schéma de Riemann, ou bien encore d'un autre type, il s'agit là, d'après la conception présentée dans ces lignes, d'une question proprement physique, dont la réponse doit être fournie par l'expérience, et non pas d'une simple question de convention dont le choix serait déterminé par des critères de finalité. La géométrie riemannienne sera valable quand les lois régissant la position des corps pratiquement rigides se confondront d'autant plus exactement avec celles de la géométrie euclidienne que les dimensions de la région spatio-temporelle considérée seront plus petites.

Certes, l'interprétation physique de la géométrie qui est exposée ici cesse d'être valable quand on l'applique directement à des domaines de l'espace d'un ordre de grandeur submoléculaire. Elle conserve cependant une partie de son sens jusque dans les questions relatives à la structure des particules élémentaires. On peut en effet tenter de donner au concept de champ, défini de façon physique afin de décrire le comportement géométrique de corps de grandes dimensions par rapport à la molécule, une signification physique valable également lorsqu'il s'agit de décrire les particules élémentaires électriques constituant la matière. Seul le succès peut décider du bien-fondé d'une telle tentative qui assigne aux concepts fondamentaux de la géométrie riemannienne une réalité physique en dehors du domaine où ils ont été définis physiquement. Il n'est pas exclu que cette extrapolation se révèle aussi peu indiquée que celle de la notion de température aux parties d'un corps de la taille d'une molécule.

Moins problématique apparaît l'extension des concepts de la géométrie pratique à des régions de l'espace d'un ordre de grandeur cosmique. On pourrait certes objecter qu'une construction formée de barres solides s'écarte d'autant plus de l'idéal de rigidité que son étendue spatiale est plus grande. Mais on ne peut guère accorder à cette objection une valeur de principe.

C'est pourquoi la question de savoir si le monde est spatialement fini ou non me paraît être aussi une question qui a un sens en géométrie pratique. Il ne me semble même pas exclu que l'astronomie trouve une réponse à cette question dans un avenir relativement proche. Rappelons ce que la théorie de la relativité générale nous apprend à ce sujet ! Elle prévoit deux possibilités :

1. L'univers est spatialement infini. Cela n'est possible que si la densité spatiale moyenne de matière concentrée dans les étoiles s'annule, c'est-à-dire si le rapport de la masse totale des étoiles à la grandeur de l'espace dans lequel elles sont disséminées se rapproche indéfiniment de zéro, quand on observe des régions de plus en plus grandes.

2. L'univers est spatialement fini. Tel sera le cas si la densité moyenne de matière pondérable contenue dans l'univers est différente de zéro. Le volume de l'univers est d'autant plus grand que cette densité moyenne est plus petite.

Je ne voudrais pas manquer de rappeler qu'on peut avancer une raison théorique en faveur de l'hypothèse de la finitude de l'univers[10]. La théorie de la relativité

---

10. Ce passage ne se comprend que par référence à l'article « Kosmologische Betrachtungen zur allgemeinen Relativitätstheorie », *Sitzungsberichte der Preussischen Akademie der Wissenschaften*, 1917, p. 142-152 (voir p. 387-405), mémoire qui reste l'acte inaugural de la cosmologie contemporaine, Einstein y propose un « modèle d'univers ». Partant de l'idée, acceptable d'après les connaissances astronomiques de l'époque, que l'univers dans sa totalité peut être considéré comme une masse homogène globalement en repos, c'est-à-dire à l'intérieur de laquelle les vitesses relatives sont distribuées de façon aléatoire et restent très faibles par rapport à celle de la lumière, Einstein essaie de résoudre sous ces hypothèses les équations de la relativité générale de façon à définir la métrique d'un espace-temps cosmique (dont les espaces-temps « créés » par les masses locales ne seraient que des sortes de fluctuations). On verra qu'il ne peut y parvenir pour des raisons analogues à celles qui rendaient impossible dans la théorie newtonienne de la gravitation l'existence d'un univers ayant ces mêmes propriétés.

générale nous apprend que l'inertie d'un corps déterminé est d'autant plus grande qu'il y a plus de masses pondérables dans son voisinage ; il semble donc parfaitement naturel d'attribuer l'effet d'inertie total d'un corps à l'interaction entre celui-ci et les autres corps de l'univers, de même que la pesanteur est, depuis Newton, entièrement attribuée à une interaction des corps entre eux. On peut déduire des équations de la théorie de la relativité générale que cette explication de l'inertie par la seule interaction entre les masses – telle que par exemple Ernst Mach [11] l'appelait de ses vœux – suppose nécessairement un univers spatialement fini.

Or, pour des raisons qu'on ne peut qualifier autrement que de « philosophiques », Einstein juge cette situation inacceptable et il passe outre ; il ajoute un terme (contenant une constante nouvelle, dite « cosmologique » et notée λ) aux équations de la gravitation qui deviennent ainsi intégrables sous les conditions posées. La solution est un espace-temps :

1) dans lequel il existe un système de coordonnées qui sépare universellement le temps de l'espace ;

2) tel que l'espace tridimensionnel dans l'espace-temps est une variété métrique ayant des propriétés tout à fait semblables à celles de la sphère et qui est notamment définie par une longueur analogue au rayon de la sphère ; ce « rayon » est relié numériquement à la constante cosmologique ;

3) tel que l'univers est « statique » : le « rayon » de l'hypersphère est constant et, sous réserve des mouvements aléatoires, l'univers est toujours identique à lui-même ; le temps n'y « passe » pas. Dans ce modèle, la constante λ peut être considérée comme représentant une force de *répulsion* qui s'exercerait uniformément dans tout l'espace et serait équivalente à celle qu'induirait la présence d'une masse de *densité négative* (d'où l'allusion faite plus loin à de telles masses).

11. Einstein a plus d'une fois expliqué ce qu'il devait à Mach. « Personne ne pourra enlever aux théoriciens de la connaissance le mérite d'avoir, dans ce domaine, aplani les voies au progrès scientifique : je sais, au moins en ce qui me concerne, que je dois beaucoup, directement ou indirectement, à Hume et à Mach. Je conseille au lecteur de se procurer l'ouvrage de Mach sur la mécanique et de lire les considérations figurant aux paragraphes 6 et 7 du deuxième chapitre ("Les idées de Newton sur le temps, l'espace et le mouvement" et "Critique synoptique des énoncés de Newton"). Il y trouvera, magistralement exposées, des idées que les physiciens sont encore loin d'avoir

Nombreux sont les physiciens et les astronomes que ces arguments laissent insensibles. En fin de compte, seule l'expérience permet véritablement de déterminer laquelle des deux possibilités est effectivement réalisée dans la Nature. Comment l'expérience peut-elle fournir une réponse? On serait d'abord tenté de croire que l'on peut déterminer la densité moyenne de matière en observant la partie de l'univers accessible à notre perception. Cet espoir est illusoire. La distribution des étoiles visibles dans l'espace, incroyablement irrégulière, ne nous autorise nullement à assimiler la densité moyenne de matière stellaire de l'univers à la densité moyenne de la Voie lactée. De plus, on pourrait toujours craindre – quelque grande que soit la région de

---

adoptées aujourd'hui. » Et de citer Mach : « Lorsque nous disons qu'un corps *K* ne change de direction et de vitesse que sous l'influence d'un autre corps *K'*, nous exprimons une connaissance à laquelle nous ne pouvons nullement parvenir sans la présence d'autres corps *A, B, C*... par rapport auxquels nous jugeons du mouvement du corps *K*. Nous admettons donc en réalité qu'il existe une relation entre le corps *K* et *A, B, C*... Faire soudainement abstraction de *A, B, C* pour parler du comportement du corps *K* dans l'espace absolu, ce serait commettre une double erreur. D'une part il nous est en effet impossible de savoir comment se comporterait *K* en l'absence de *A, B, C*..., ensuite nous n'aurions aucun moyen de juger du comportement du corps *K* et de vérifier notre proposition, laquelle serait par conséquent dépourvue de toute signification scientifique. Le mouvement d'un corps *K* ne peut être jugé que par rapport à d'autres corps *A, B, C*... Comme nous disposons toujours d'un nombre suffisant de corps relativement fixes les uns par rapport aux autres ou ne changeant que lentement de position, nous ne sommes pas liés à un corps déterminé et nous pouvons faire abstraction tantôt de l'un, tantôt de l'autre. Ainsi a pris naissance l'idée que ces corps étaient somme toute indifférents. »

Einstein conclut alors : « Les passages cités ici montrent bien que Mach avait parfaitement décelé les faiblesses de la mécanique classique et qu'il n'était pas loin d'affirmer la nécessité d'une théorie de la relativité générale, et cela il y a déjà près d'un demi-siècle ! Il n'est pas invraisemblable de penser que Mach en serait venu à imaginer la théorie de la relativité... » (Article publié au moment de la mort de E. Mach, *Physikalische Zeitschrift*, vol. XVII, 1916, p. 101, 102.)

l'espace explorée – qu'en dehors de celle-ci il n'y ait plus d'étoiles. Une estimation de la densité moyenne semble par conséquent exclue.

Mais il existe une deuxième voie, qui me paraît plus praticable, bien qu'elle soit également semée de difficultés. En effet, si l'on s'interroge sur les écarts – accessibles à l'expérience astronomique – que présentent les conséquences de la théorie de la relativité générale par rapport à celles de la théorie newtonienne, on constate tout d'abord un écart qui se manifeste au voisinage immédiat de la masse gravitante, comme on a pu le vérifier dans le cas de la planète Mercure. Mais, dans le cas d'un univers spatialement fini, il existe un deuxième écart par rapport à la théorie newtonienne que l'on peut, dans le langage de cette dernière, exprimer ainsi : tout se passe comme si le champ de gravitation était créé non seulement par les masses pondérables, mais encore par une densité de masse de signe négatif, répartie dans l'espace de manière homogène. Comme cette densité de masse fictive devrait être extrêmement faible, elle ne pourrait être décelable que sur des systèmes gravitationnels de très grandes dimensions.

Supposons que nous connaissions la distribution statistique des étoiles dans la Voie lactée ainsi que leurs masses. Nous pouvons alors calculer le champ de gravitation d'après la loi de Newton, ainsi que les vitesses moyennes que doivent posséder les étoiles afin que la Voie lactée ne s'effondre pas sur elle-même mais maintienne son étendue, par le fait des interactions des étoiles qui la composent. Si les vitesses moyennes réelles des étoiles, qu'il est possible de mesurer, étaient plus petites que celles obtenues par le calcul, la preuve serait faite que les attractions réelles sont, à de grandes distances, plus petites que ne le prévoit la loi de Newton. Un tel écart permettrait de prouver indirectement le caractère fini de l'univers et même d'évaluer son étendue spatiale.

Pouvons-nous nous représenter de façon intuitive un univers à trois dimensions fini et pourtant illimité[12] ?

On répond généralement à cette question par la négative, mais à tort. Les considérations qui suivent vont tenter de le prouver. Je vais montrer que nous pouvons sans trop de peine parvenir à une représentation intuitive de la théorie de l'univers fini, qu'un peu d'exercice suffit à rendre familière à notre esprit.

Je commencerai par une remarque qui relève de la théorie de la connaissance. Une théorie géométrico-physique est d'abord, en tant que telle, nécessairement non intuitive, un simple système de concepts. Mais ces concepts servent à mettre en rapport par la pensée une multiplicité d'expériences sensibles réelles ou imaginées. « Rendre intuitive » une théorie, c'est donc représenter cette masse d'expériences dont l'ordre schématique est fixé par la théorie. Dans notre cas, nous devons nous poser la question suivante : comment représenter le comportement des corps solides, en ce qui concerne leurs positions mutuelles (contact), conformément à la théorie de l'univers fini ? Tout ce que j'ai à exposer à ce sujet n'est pas vraiment nouveau ; mais les innombrables questions qui m'ont été adressées me prouvent que la curiosité des esprits à cet égard n'est pas encore pleinement satisfaite. Que l'initié me pardonne donc si ce que je présente ici est, pour une part, déjà connu depuis longtemps.

Que voulons-nous exprimer quand nous disons que notre espace est infini ? Tout simplement, que nous pourrions placer un nombre quelconque de corps de mêmes dimensions les uns contre les autres sans que l'espace soit jamais rempli. Imaginons un grand nombre de caisses cubiques de mêmes dimensions : nous pouvons, d'après

---

12. Cette deuxième partie a été ajoutée par Einstein au texte initial à l'occasion de sa reprise dans le recueil *Ideas and Opinions*, publié en 1954 (voir Bibliographie). Elle a probablement été écrite à la même époque que la première partie car en 1954 Einstein ne s'intéressait plus au modèle d'univers hypersphérique qu'il avait construit en 1917.

la géométrie euclidienne, les placer les unes au-dessus des autres, les unes à côté des autres ou les unes derrière les autres de telle façon qu'une portion d'espace de grandeur quelconque soit remplie. Cette construction ne prendrait jamais fin. On pourrait toujours rajouter à l'extérieur de nouveaux cubes sans que la place vienne jamais à manquer. Voilà ce que nous exprimons lorsque nous disons que l'espace est infini. Il vaudrait mieux dire : l'espace est infini par rapport aux corps pratiquement rigides, en supposant que les lois régissant la position de ces derniers soient données par la géométrie euclidienne.

Autre exemple de continuum infini : le plan. Sur un plan, nous pouvons disposer l'un à côté de l'autre des petits carrés de carton de telle façon qu'à chaque côté d'un carré de carton soit appliqué un côté d'un autre carré de carton. La construction est sans fin ; on peut toujours rajouter de nouveaux carrés de carton – dans l'hypothèse où les lois de leur position sont conformes à celles des figures planes de la géométrie euclidienne. Le plan est donc infini par rapport aux carrés de carton. On dit par conséquent que le plan est un continuum infini à deux dimensions, l'espace un continuum infini à trois dimensions ; je crois pouvoir supposer connue la notion de dimensionnalité employée ici.

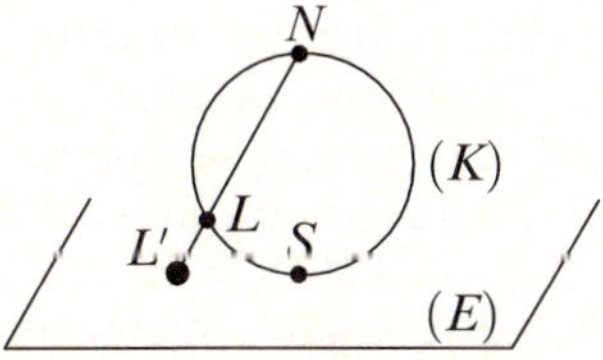

Figure 5

Donnons maintenant un exemple de continuum à deux dimensions qui soit fini mais sans limites. Représentons-nous la surface d'une grande sphère et une multitude de petits disques de papier de forme circulaire et d'égales dimensions. Plaçons un de ces disques de papier n'importe où sur la surface de la sphère. Si nous le poussons du doigt sur la surface de la sphère dans une direction quelconque, nulle part nous ne rencontrons de frontière au cours de ce déplacement. Aussi disons-nous que la surface sphérique est un continuum illimité. La surface sphérique est en outre un continuum fini. Si l'on colle en effet ces petits disques de papier sur la sphère de telle façon que jamais deux d'entre eux ne se superposent, à la fin la surface de la sphère sera si bien remplie qu'aucun nouveau disque de papier n'y trouvera plus place ; ce qui signifie précisément que la surface de la sphère est finie par rapport aux disques de papier. La surface sphérique est en outre un continuum non euclidien à deux dimensions ; c'est-à-dire que les lois régissant la position des objets rigides qui s'y trouvent ne coïncident pas avec celles du plan euclidien. On peut le constater de la façon suivante. Disposons en cercle autour d'un petit disque six autres disques, et de nouveau six disques autour de chacun d'eux et ainsi de suite. Si l'on fait cette construction sur le plan, on obtient une disposition compacte telle que chaque petit disque qui ne se trouve pas sur le bord est au contact de six autres disques. Sur la surface sphérique, cette construction semble également marcher au début, et ce d'autant mieux que le rayon du disque est plus petit comparé à celui de la sphère. Mais plus on avance dans la construction, plus il devient manifeste que l'on ne peut obtenir, en procédant de la manière indiquée, une disposition compacte, comme cela serait le cas en géométrie plane euclidienne. De cette façon, même des êtres qui ne peuvent pas quitter la surface sphérique, et qui ne peuvent pas non plus regarder en dehors de la surface sphérique dans l'espace à trois dimensions, pourraient constater, par une simple expérience faite au moyen de petits disques, que leur « espace » à deux dimensions est sphérique et non pas euclidien.

D'après les derniers résultats de la théorie de la relativité, il est probable que notre espace à trois dimensions est également un espace approximativement sphérique, c'est-à-dire que les lois régissant la position des corps rigides qui s'y trouvent sont fournies, non par la géométrie euclidienne, mais approximativement par la géométrie sphérique, dès lors que l'on considère des régions de l'espace suffisamment grandes. A ce point de l'exposé, cependant, l'intuition du lecteur regimbe. « Personne ne peut se représenter une chose pareille », s'indigne-t-il. « On peut certes le dire, mais non le penser. Je peux bien me représenter une surface sphérique, certainement pas son équivalent à trois dimensions. »

Il convient de franchir cette barrière de la pensée : le lecteur patient s'apercevra que cela ne présente aucune difficulté particulière. A cette fin, nous allons tout d'abord revenir à l'examen de la géométrie sphérique à deux dimensions. Soit, dans la figure représentée [page 381], *K* la surface sphérique, *E* un plan qui la touche en *S* et qui, pour faciliter la représentation, est dessiné ici sous forme d'une plaque limitée. Soit en outre *L* un petit disque sur la surface sphérique. Nous imaginons maintenant que se trouve, au point *N* de la surface sphérique diamétralement opposé à *S*, un point lumineux qui projette l'ombre *L'* du petit disque *L* sur le plan *E*. A chaque point de la sphère correspond l'ombre de celui-ci sur le plan. Si le petit disque se déplace sur la sphère *K*, l'ombre *L'* se déplace également sur le plan *E*. Si le petit disque *L* se trouve en *S*, il coïncide presque exactement avec son ombre. S'il se déplace sur la surface sphérique à partir de *S* vers le haut, l'ombre *L'* du petit disque sur le plan s'éloigne de *S* vers l'extérieur en restant sur le plan et devient de plus en plus grande. Si le petit disque *L* se rapproche du point lumineux *N*, l'ombre est projetée à l'infini et devient infiniment grande.

Nous posons maintenant la question suivante : quelles sont les lois qui régissent la position des petits disques d'ombre *L'* sur le plan *E* ? Manifestement, ce sont exactement les mêmes que celles qui régissent la position des petits disques *L* sur la surface de la sphère. A chaque figure d'origine sur *K* correspond en effet une figure d'ombre sur *E*. Si deux disques se touchent sur *K*, leurs ombres se touchent également sur *E*. La géométrie des ombres sur le plan est conforme à la géométrie des disques sur la sphère. Si l'on appelle les ombres des petits disques des figures rigides, la géométrie sphérique est valable par rapport à celles-ci sur le plan *E*. En particulier, le plan est fini par rapport aux ombres des disques, puisque les ombres ne peuvent trouver place qu'en nombre fini sur le plan.

Mais, dira-t-on : « Cela n'a pas de sens : les ombres des petits disques ne sont justement pas des figures rigides. Il suffit de déplacer une règle sur le plan *E* pour se convaincre que les ombres deviennent de plus en plus grandes à mesure qu'elles s'éloignent du point *S* à l'infini sur le plan. » Mais qu'arriverait-il si les règles se comportaient sur le plan *E* de la même façon que les petits disques d'ombre *L'* ? On ne constaterait plus alors que les ombres croissent en s'éloignant de *S* ; cette affirmation n'aurait plus aucune espèce de sens. D'une façon générale, le seul énoncé objectif concernant les petits disques d'ombre est précisément qu'ils se comportent du point de vue géométrique exactement comme le font en géométrie euclidienne les petits disques rigides sur la surface sphérique.

Il faut donc bien considérer que notre affirmation selon laquelle les ombres des petits disques croissent en s'éloignant de *S* à l'infini n'a pas de signification objective en soi, tant que nous ne pouvons pas nous servir comme points de comparaison de corps rigides euclidiens, déplaçables sur le plan *E*. Par rapport aux lois régissant la position des ombres *L'*, le point *S* est tout aussi peu privilégié sur le plan qu'il ne l'est sur la surface de la sphère.

La représentation intuitive, donnée plus haut, de la géométrie sphérique sur le plan est de grande importance pour nous car elle est aisément transposable au cas d'un espace à trois dimensions.

Imaginons en effet un point *S* de notre espace ainsi qu'un grand nombre de petites sphères *L'* qui peuvent toutes être amenées à coïncider les unes avec les autres. Ces sphères ne doivent cependant pas être rigides dans le sens où on l'entend en géométrie euclidienne : leur rayon doit – selon les lois de la géométrie euclidienne – augmenter quand on les déplace de *S* à l'infini, et cet accroissement doit se produire exactement selon la même loi que l'accroissement du rayon des petits disques d'ombre *L'* sur le plan.

Après nous être représenté avec la plus grande netteté le comportement géométrique de nos sphères, supposons qu'il n'existe pas du tout dans notre espace de corps rigides au sens de la géométrie euclidienne, mais seulement des corps se comportant comme nos sphères. Nous avons alors une image concrète de l'espace sphérique à trois dimensions, ou plutôt de la géométrie sphérique à trois dimensions. Il nous faut alors nommer nos sphères des sphères « rigides ». L'accroissement qu'elles subissent en s'éloignant de *S* est aussi peu décelable quand on le mesure avec des règles que dans le cas des petits disques d'ombre sur *E*, parce que les règles se comportent de la même façon que les sphères. L'espace est homogène, c'est-à-dire que les mêmes configurations de sphères sont possibles dans l'environnement de tous les points[a]. Notre espace est fini ; car seulement un nombre fini de sphères – en raison de l'accroissement de celles-ci – trouvent place dans l'espace.

Nous sommes ainsi parvenus à une image intuitive de la géométrie sphérique, en prenant appui sur le mode de pensée et de représentation en usage dans le

a. Cela se comprend sans calcul, mais uniquement dans le cas de l'espace à deux dimensions : il suffit de reprendre le cas des disques sur la surface sphérique.

domaine de la géométrie euclidienne. Il n'y a aucune difficulté à approfondir et à cultiver les représentations ainsi obtenues par la mise en œuvre de constructions de l'esprit particulières. Il ne serait pas difficile non plus de donner, d'une façon analogue, une représentation intuitive de la géométrie dite elliptique. J'avais seulement pour propos ici de montrer que les facultés d'intuition de l'esprit humain n'ont nullement à capituler devant la géométrie non euclidienne.

IV. Cosmologie

1. Considérations cosmologiques sur la théorie de la relativité générale [1]

[*Preussische Akademie der Wissenschaften, Sitzungsberichte*, 1917, p. 142-152.]

On sait que l'équation aux dérivées partielles de Poisson :

$$\Delta\phi = 4\pi K\rho \quad (1)$$

jointe à l'équation du mouvement d'un point matériel ne remplace pas encore complètement la théorie newtonienne de l'action à distance. Il faut lui ajouter la condition qu'à l'infini spatial le potentiel ϕ tende vers une valeur limite fixée. La situation est analogue à celle rencontrée en théorie de la gravitation de la relativité

1. Le titre allemand est « Kosmologische Betrachtungen zur allgemeinen Relativitätstheorie ». Dans son article de synthèse « Die Grundlage der allgemeinen Relativitätstheorie », Einstein, après avoir repris à son compte la critique que fait Mach de l'« espace absolu » de Newton, écrit (voir p. 332) à propos de ce même espace : « [c'est] une cause *purement fictive*, ce n'est pas une chose observable ». Pour lui, la cause physique de l'inertie doit se trouver dans l'existence de « masses lointaines » *(ferne Massen)* ; autrement dit, l'espace-temps est fonction de son contenu. L'espace-temps – et donc l'univers – deviennent ainsi des objets physiques par l'intermédiaire de la gravitation. L'idée force de la relativité générale est donc cosmologique dans son principe même. Dans l'année qui suit la rédaction de l'article fondateur de la théorie de la relativité générale, Einstein pousse cette réflexion au bout de ses conséquences. Pour lui, un espace (physiquement) vide ne devrait pas impliquer un

générale ; ici aussi, dans la mesure où nous devons vraiment considérer l'univers comme s'étendant jusqu'à l'infini spatial, nous devons ajouter aux équations différentielles des conditions aux limites à l'infini spatial.

Pour le traitement du problème des planètes[2], j'ai choisi ces conditions aux limites sous la forme de l'hypothèse suivante : il est possible de choisir[3] un système de référence tel que l'ensemble des potentiels de gravitation $g_{\mu\nu}$ soient constants à l'infini spatial[4]. Mais il n'est

---

espace (mathématiquement) structuré. Ainsi se convainc-t-il qu'une masse isolée dans un espace totalement vide ne devrait pas posséder d'inertie. C'est pourquoi, par exemple, la solution de Schwarzschild, qui décrit un espace centré sur une distribution sphérique, par exemple une étoile, lui pose un problème dans la mesure où elle impose la structure de l'espace à l'infini en nécessitant un comportement asymptotique minkowskien. Einstein reviendra en de multiples occasions sur ce point, en particulier dans une lettre à Schwarzschild au moment où celui-ci vient de publier sa solution : « L'inertie, dans ma théorie, c'est juste en fin de compte une interaction entre les masses, non pas une action dans laquelle, en plus des masses en question, "l'espace" en tant que tel participe. La caractéristique essentielle de ma théorie, c'est précisément qu'aucune propriété ne soit attribuée à l'espace en tant que tel. Ainsi peut-on l'exprimer par une plaisanterie de la façon suivante : si toutes les choses venaient à disparaître du monde, alors, pour Newton, il resterait l'espace inertiel galiléen, mais, d'après ma conception, il ne resterait *rien.* »

C'est dans ce contexte qu'Einstein publie en 1917 ses « Considérations cosmologiques », dans lesquelles il pose un certain nombre de questions concernant les conditions aux limites à l'infini en théorie de Newton et tente de leur apporter une réponse dans le cadre de la relativité générale.

2. Dans son troisième article de novembre 1915, « Erklärung der Perihelbewegung des Merkur aus der allgemeinen Relativitätstheorie », Einstein – qui vient juste de donner les équations de champ du vide de la relativité générale – a appliqué sa théorie naissante au mouvement des planètes et en particulier à la question de l'avance du périhélie de Mercure. Voir également l'article de synthèse de 1916, « Die Grundlagen der allgemeinen Relativitätstheorie », p. 365.

3. La répétition est dans le texte.

4. En fait, dans son traitement du problème des planètes, Einstein avait pratiqué, ainsi qu'il était naturel, une analyse approchée de la question, analyse qui supposait *a priori* que la structure de l'espace à l'infini était minkowskienne.

nullement évident *a priori* que l'on ait le droit d'imposer ces mêmes conditions aux limites lorsque l'on considère des parties plus vastes de l'univers matériel. Dans ce qui suit, je vais exposer les considérations que j'ai élaborées jusqu'ici sur cette question d'importance fondamentale.

§ 1. *La théorie de Newton*

On sait que la condition aux limites newtonienne, ϕ constant à l'infini spatial, conduit à l'idée que la densité de matière devient nulle à l'infini. Imaginons en effet que l'on puisse trouver dans l'univers un lieu autour duquel le champ gravitationnel de la matière considéré à grande échelle possède la symétrie sphérique (un centre). Il résulte alors de l'équation de Poisson que, pour que ϕ tende vers une limite à l'infini, la densité moyenne ρ doit tendre vers zéro plus vite que $1/r^2$ lorsque la distance r au centre augmente[a]. En ce sens, l'univers selon Newton est donc fini, même s'il peut avoir une masse totale infiniment grande.

Il en résulte tout d'abord que le rayonnement émis par les corps célestes s'échappera en partie du système de l'univers newtonien, radialement vers l'extérieur, pour ensuite, en l'absence d'interaction, aller se perdre à l'infini. Ne peut-il en être de même pour des corps célestes tout entiers ? Il n'est guère possible de répondre à cette question par la négative. Car l'hypothèse d'une valeur limite finie de ϕ à l'infini spatial implique qu'un corps céleste possédant une énergie cinétique finie peut atteindre l'infini spatial après avoir surmonté les forces d'attraction newtoniennes. D'après la mécanique statistique, cela doit se produire de temps à autre, dès lors que

a. ρ est la densité moyenne de matière, calculée dans un domaine qui est supposé grand par rapport à la distance entre des étoiles voisines fixes, mais petit par comparaison avec les dimensions de l'ensemble du système stellaire.

l'énergie totale du système stellaire est suffisante pour que, si elle est transférée à un seul corps céleste, celui-ci puisse partir à l'infini et ne jamais revenir[5].

On pourrait essayer d'échapper à cette difficulté particulière en faisant l'hypothèse que ce potentiel limite à l'infini a une valeur très élevée. Ce serait une issue possible si la valeur du potentiel de gravitation ne devait être déterminée par les corps célestes eux-mêmes. En vérité, nous sommes nécessairement contraints de considérer que l'introduction de différences importantes dans le potentiel du champ de gravitation est en contradiction avec les faits. Ces différences doivent au contraire être d'un ordre de grandeur suffisamment faible pour que les vitesses stellaires qui en résultent ne dépassent pas celles qui sont effectivement observées.

Si, comparant le système stellaire à un gaz en équilibre thermique, on applique aux étoiles la loi de distribution de Boltzmann pour un gaz de molécules, il apparaît que le système stellaire newtonien ne peut tout simplement pas exister. Car à une différence de potentiel finie entre le centre et l'infini spatial correspond un rapport fini des densités. Une annulation de la densité à l'infini implique donc une annulation de la densité au centre.

Il ne semble guère possible de surmonter ces difficultés sur la base de la théorie newtonienne. On peut se poser la question de leur élimination grâce à une modification de la théorie de Newton. Nous commençons par indiquer une méthode, qui ne peut en tant que telle être prise au sérieux, mais qui permet de mieux mettre en valeur ce qui va suivre. A la place de l'équation de Poisson, posons :

$$\Delta\phi - \lambda\phi = 4\pi K\rho \tag{2}$$

5. C'est là une difficulté bien connue de la théorie newtonienne que l'astronome allemand Hugo von Seeliger (1849-1924) avait tenté de résoudre en proposant une modification de la loi d'attraction de Newton.

où λ désigne une constante universelle. Si ρ_0 est la densité (uniforme) d'une distribution de masse :

$$\phi = -\frac{4\pi K}{\lambda}\rho_0 \qquad (3)$$

est une solution de l'équation (2). Cette solution correspondrait au cas où la matière des étoiles fixes serait répartie uniformément dans l'espace et où la densité ρ_0 serait égale à la densité moyenne de matière réelle dans l'univers. La solution correspond à une extension infinie de l'espace, rempli de matière en moyenne uniformément distribuée. Imaginons que, sans rien changer à la densité moyenne de la distribution, la matière soit localement répartie de manière non uniforme ; à la valeur constante de ϕ donnée par l'équation (3) vient alors s'ajouter un ϕ supplémentaire qui, au voisinage des masses plus denses, ressemble d'autant plus à un champ newtonien que $\lambda\phi$ est plus petit par rapport à $4\pi K\rho$.

Un univers ainsi constitué n'aurait, pour ce qui concerne le champ gravitationnel, pas de centre. Il ne serait pas nécessaire de supposer une décroissance de la densité à l'infini spatial ; au contraire, le potentiel moyen tout comme la densité moyenne seraient constants jusqu'à l'infini. Le conflit avec la mécanique statistique constaté dans le cas de la théorie de Newton a disparu. La matière est en équilibre pour une certaine densité (très faible), sans que cet équilibre nécessite des forces internes à la matière (une pression).

§ 2. *Les conditions aux limites selon la théorie de la relativité générale*

Dans ce qui suit, je vais conduire le lecteur sur le chemin quelque peu indirect et cahotant que j'ai moi-même parcouru[6], car c'est seulement ainsi que je peux

6. Einstein écrit à Besso le 14 mai 1916 : « Actuellement, je travaille sans trop me presser ; je m'en trouve très bien et ma vie coule douce-

espérer l'intéresser au résultat final. J'en suis en effet venu à penser que les équations de champ de la gravitation que j'ai défendues jusqu'à maintenant nécessitent d'être encore légèrement modifiées[7] pour que, sur la base de la théorie de la relativité générale, soient évitées les difficultés de principe que nous avons exposées dans le paragraphe précédent à propos de la théorie newtonienne. Cette modification correspond précisément au passage de l'équation de Poisson (1) à l'équation (2) du paragraphe précédent, avec comme conséquence que finalement les conditions aux limites à l'infini spatial s'évanouissent tout à fait, dans la mesure où le continuum d'univers doit être considéré, quant à son étendue spatiale, comme fermé sur lui-même et de volume spatial (tridimensionnel) fini.

L'opinion que j'avais encore tout récemment sur les conditions aux limites qu'il faut imposer à l'infini spatial se fondait sur les considérations suivantes. Dans une théorie conséquente de la relativité, il ne peut pas y avoir d'inertie par rapport à « l'espace », mais seulement une inertie des masses les unes par rapport aux autres. Par conséquent, si, dans l'espace, j'éloigne suffisamment une masse de toutes les autres masses de l'univers, son inertie doit tendre vers zéro. Cherchons à formuler cette condition mathématiquement[8].

---

ment, sans troubles. En matière de gravitation, j'essaie à présent de déterminer les conditions limites à l'infini ; il est intéressant de se demander dans quelle mesure il existe un univers *fini*, c'est-à-dire un univers dont l'étendue finie a été fixée par la nature et dans lequel toute inertie est vraiment relative. » *(Correspondance Einstein-Besso,* voir Bibliographie). Une fois de plus, Einstein se sent isolé dans ses entreprises théoriques. Le 4 février 1917, il écrira à Ehrenfest qu'il a « encore commis quant à la gravitation quelque chose qui [l]'expose au danger d'être enfermé dans un asile d'aliénés ».

7. Cette modification est l'introduction du fameux terme cosmologique λ.

8. Dans la correspondance d'Einstein de cette époque, on trouve de nombreuses évocations de cette exigence machienne qu'il défend très

Selon la théorie de la relativité générale, l'impulsion (négative) est donnée par les trois premières composantes, l'énergie par la dernière composante, du tenseur covariant multiplié par $\sqrt{-g}$ [9] :

$$m\sqrt{-g}\; g_{\mu\alpha} \frac{dx_\alpha}{ds}, \tag{4}$$

où l'on a posé, comme toujours :

(5) [10]
$$ds^2 = g_{\mu\nu}\, dx_\mu\, dx_\nu .$$

Dans le cas particulièrement clair où l'on peut choisir le système de coordonnées de telle façon que le champ de gravitation soit spatialement isotrope en tout point, il vient plus simplement :

$$ds^2 = -A\,(dx_1^2 + dx_2^2 + dx_3^2) + B\, dx_4^2 .$$

Si, de plus, simultanément :

$$\sqrt{-g} = 1 = \sqrt{A^3 B},$$

on obtient pour les composantes de l'impulsion, à partir de (4) et en première approximation dans le cas des vitesses faibles :

fermement. Ainsi écrit-il à Sommerfeld le 11 février 1918 : « Derrière la relativité générale, on ne pourra rien trouver de plus nouveau que l'identité de l'inertie et de la gravité. Le contenu métrique de la matière (géométrie et cinématique) sera déterminé par l'interaction entre les corps ; il n'y a pas de propriétés indépendantes de "l'espace". Ainsi en principe tout est dit. Je suis aussi persuadé qu'une théorie conséquente sans l'hypothèse de la fermeture spatiale n'est pas possible. » A Lorentz, Einstein écrit, le 3 avril 1917 : « Mon dernier travail ne vous plaira pas. Il n'est convaincant que si l'on exige la relativité de l'inertie, c'est-à-dire si l'on est convaincu que l'inertie se ramène intégralement à une interaction des masses considérées avec tout le reste. »

9. Que l'on nomme aujourd'hui densité vectorielle.

10. Erreur d'impression. Cette équation porte bien le numéro (5) dans l'édition originale mais il existe plus bas une seconde équation (5) à laquelle Einstein se réfère par la suite.

$$m\frac{A}{\sqrt{B}}\frac{dx_1}{dx_4}, \quad m\frac{A}{\sqrt{B}}\frac{dx_2}{dx_4}, \quad m\frac{A}{\sqrt{B}}\frac{dx_3}{dx_4},$$

et pour l'énergie (au repos) :

$$m\sqrt{B}.$$

Des expressions de l'impulsion, il résulte que $m\frac{A}{\sqrt{B}}$ joue le rôle de la masse inerte. Comme m est une constante caractérisant la masse ponctuelle indépendamment de sa position, cette expression ne peut, si l'on maintient la condition de déterminant, s'annuler à l'infini spatial que si A tend vers zéro tandis que B devient infiniment grand. Il semble donc qu'une telle dégénérescence des coefficients $g_{\mu\nu}$ soit exigée par le postulat de la relativité de toute inertie. Cette exigence implique aussi que l'énergie potentielle $m\sqrt{B}$ du point devienne infiniment grande à l'infini. Une masse ponctuelle ne peut donc jamais quitter le système ; une analyse plus détaillée montre qu'il en serait de même pour les rayons lumineux. Un système d'univers présentant un tel comportement des potentiels de gravitation à l'infini ne serait donc pas exposé au risque de dépeuplement discuté plus haut à propos de la théorie newtonienne.

Je remarque que les hypothèses simplificatrices concernant les potentiels de gravitation que nous avons posées à la base de ces considérations n'ont été introduites que pour plus de clarté. On peut trouver des formulations générales pour le comportement des $g_{\mu\nu}$ à l'infini qui expriment l'essentiel de la question sans imposer d'hypothèses contraignantes supplémentaires.

Ainsi ai-je cherché, avec l'aide amicale du mathématicien J. Grommer [11], des champs de gravitation à symétrie sphérique, statiques et qui présenteraient à l'infini la

11. Jakob Grommer (?-1933), mathématicien juif d'origine russe qui collabora avec Einstein une dizaine d'années (voir note 78 p. 224).

dégénérescence indiquée. Une fois posés les potentiels de gravitation $g_{\mu\nu}$, nous avons calculé le tenseur d'énergie de la matière $T_{\mu\nu}$, sur la base des équations de champ de la gravitation. Mais il est ainsi apparu qu'il était impossible de prendre en compte ce type de conditions aux limites dans le cas du système des étoiles fixes, comme l'astronome De Sitter[12] l'a aussi récemment souligné à juste titre.

Le tenseur d'énergie contravariant $T^{\mu\nu}$ de la matière pondérable est en effet donné par :

(5)[13]
$$T^{\mu\nu} = \rho \frac{dx_\mu}{ds} \frac{dx_\nu}{ds},$$

où ρ est la densité de matière naturellement mesurée[14]. Dans un système de coordonnées convenablement choisi, les vitesses des étoiles sont très petites par rapport à la vitesse de la lumière. On peut donc remplacer ds par $\sqrt{g_{44}\, dx_4}$. On voit par là même que toutes les composantes de $T^{\mu\nu}$ doivent être très petites par rapport à la dernière composante T^{44}. Mais il est impossible d'accorder cette condition aux conditions aux limites choisies. Après coup, ce résultat ne paraît pas surprenant. Le fait que les étoiles aient des vitesses faibles amène à conclure

12. Willem De Sitter (1872-1934), astronome néerlandais, directeur de l'Observatoire de Leyde. Durant la Première Guerre mondiale, De Sitter avait régulièrement tenu Eddington au courant des travaux d'Einstein et publié dans les *Monthly Notices of the Royal Astronomical Society* trois longs articles de revue sur la théorie de la relativité générale. Ses discussions avec Einstein, qui lui rendra visite à Leyde plusieurs fois, portent en particulier sur la question cosmologique. Leur controverse, restée fameuse, a pour origine la question des conditions aux limites à l'infini et l'interprétation du principe de Mach. En simplifiant, on peut dire que De Sitter défendait une interprétation relativement positiviste – il s'agit simplement de rendre compte des faits – et accusait en conséquence Einstein de promouvoir une vision spéculative.

13. Seconde et véritable équation (5), à laquelle Einstein se réfèrera par la suite.

14. Il s'agit en fait de la densité propre d'énergie.

que, partout où il y a des étoiles, le potentiel de gravitation ($\sqrt{B}$ dans notre cas) ne peut être beaucoup plus grand que là où nous nous trouvons ; cela résulte de considérations statistiques, exactement comme dans le cas de la théorie de Newton. En tout état de cause, nos calculs m'ont conduit à la conviction qu'il n'était pas possible de postuler à l'infini spatial des conditions de dégénérescence de ce type pour les $g_{\mu\nu}$.

Une fois constaté l'échec de ces recherches, deux possibilités s'offrent à nous.

(a) On postule, comme pour le problème des planètes, qu'à l'infini spatial les $g_{\mu\nu}$ tendent vers les valeurs :

$$\begin{matrix} -1 & 0 & 0 & 0 \\ 0 & -1 & 0 & 0 \\ 0 & 0 & -1 & 0 \\ 0 & 0 & 0 & 1 \end{matrix}$$

pour un choix convenable du système de référence.

(b) On évite de poser la moindre condition aux limites prétendant à une validité générale à l'infini spatial ; il faut, dans chaque cas particulier, spécifier les $g_{\mu\nu}$ à la limite spatiale du domaine considéré, tout comme on avait l'habitude jusqu'à présent de spécifier expressément les conditions initiales temporelles.

La possibilité (b) ne correspond pas à une solution du problème mais revient plutôt à renoncer à le résoudre. Ce point de vue inattaquable est actuellement celui de De Sitter[a]. Mais je dois confesser qu'il m'est difficile sur cette question de principe de me résigner à ce point. Je

---

a. De Sitter, *Akad. van Wetensch.*, 8 novembre 1916[15].

15. La référence exacte est : W. De Sitter, « On the Relativity of Rotation in Einstein's Theory », *Koninklijke Akademie van Wetenschappen te Amsterdam*, vol. XIX, 1916, p. 527-532. Dans cet article, De Sitter critique la première partie de « Die Grundlage der allgemeinen Relativitätstheorie » et particulièrement la conception qu'a Einstein du principe de Mach, conception exposée à propos de la relativité de la rotation et de la fameuse expérience des seaux de Newton. De Sitter note : « Einstein rejette

ne m'y résoudrai que si tous les efforts pour parvenir à une conception satisfaisante se révélaient inutiles.

La possibilité (a) n'est pas satisfaisante à plusieurs égards. Premièrement, ces conditions aux limites présupposent un choix particulier du système de référence, ce qui est en contradiction avec l'esprit du principe de relativité. Deuxièmement, par cette conception on renonce à satisfaire au postulat de la relativité de l'inertie. En effet, l'inertie d'une masse ponctuelle, de masse naturellement mesurée *m*, dépend des $g_{\mu\nu}$; or ceux-ci ne diffèrent que peu des valeurs données que l'on a postulées à l'infini spatial. Ainsi, l'inertie serait *influencée* mais non *déterminée* par la matière (présente à distance finie). S'il n'y avait qu'une seule masse ponctuelle présente, celle-ci posséderait, selon cette manière de voir, une inertie et même une inertie pratiquement aussi grande que dans le cas où elle est entourée par les autres masses de notre univers réel. Enfin, il faut faire valoir à l'encontre de ce point de vue les mêmes objections de nature statistique que celles indiquées plus haut à l'encontre de la théorie de Newton.

Il ressort de ce qui a été dit jusqu'ici que je n'ai pas réussi à poser des conditions aux limites pour l'infini spatial. Néanmoins, il existe encore une possibilité d'éviter d'en venir au renoncement indiqué en (b). En effet, s'il était possible de considérer l'univers comme un continuum *clos pour ce qui est de son extension spatiale*, on n'aurait nullement besoin de telles conditions aux limites. Dans ce qui suit, on montrera qu'aussi bien le postulat de relativité générale que le fait des petites vitesses stellaires sont compatibles avec l'hypothèse d'un univers spatialement clos ; il est vrai que la mise en œuvre de cette idée requiert une modification générale des équations de champ de la gravitation.

aussi l'espace absolu, mais apparemment il se cramponne encore aux *"ferne Massen"*. Il me semble qu'Einstein fait ici une erreur. »

§ 3. *L'univers spatialement clos avec une distribution uniforme de matière*

Selon la théorie de la relativité générale, le caractère métrique (courbure) du continuum spatio-temporel à quatre dimensions est déterminé en chaque point par la matière qui s'y trouve et par son état. En raison du manque d'uniformité de la répartition de la matière, la structure métrique de ce continuum doit nécessairement être très complexe. Mais, si seule nous intéresse la structure à grande échelle, nous pouvons nous représenter la matière comme uniformément distribuée sur un espace immense, de telle sorte que la densité de la distribution soit une fonction variant de façon extrêmement lente. Ce faisant, nous procédons à peu près comme cela se fait en géodésie, où l'on représente approximativement la surface de la Terre, dont la forme est à petite échelle extrêmement compliquée, par un ellipsoïde.

Concernant la distribution de matière, le fait le plus important que nous apprenne l'expérience est que les vitesses relatives des étoiles sont très petites par rapport à la vitesse de la lumière. C'est pourquoi je crois que nous pouvons fonder provisoirement notre raisonnement sur l'hypothèse approchée suivante : il existe un système de coordonnées par rapport auquel la matière peut être considérée comme étant au repos d'une manière permanente. Relativement à ce système de coordonnées, le tenseur d'énergie contravariant de la matière, $T^{\mu\nu}$, prend d'après (5) la forme simple :

$$(6) \qquad \left\{ \begin{array}{cccc} 0 & 0 & 0 & 0 \\ 0 & 0 & 0 & 0 \\ 0 & 0 & 0 & 0 \\ 0 & 0 & 0 & \rho . \end{array} \right.$$

Le scalaire ρ, densité (moyenne) de distribution, peut *a priori* être une fonction des coordonnées d'espace[16]. Mais, si nous supposons que l'univers est spatialement clos sur lui-même, il est naturel de faire l'hypothèse que ρ est indépendant du lieu ; c'est ce que nous supposons dans ce qui suit.

En ce qui concerne le champ gravitationnel, il résulte de l'équation de mouvement du point matériel[17] :

$$\frac{d^2 x_\nu}{ds^2} + \begin{Bmatrix} \alpha\beta \\ \nu \end{Bmatrix} \frac{dx_\alpha}{ds} \frac{dx_\beta}{ds} = 0,$$

qu'un point matériel dans un champ de gravitation statique ne peut rester au repos que si g_{44} est indépendant du lieu[18]. Comme nous supposons en outre que toutes les grandeurs sont indépendantes de la coordonnée temporelle x_4, nous pouvons exiger de la solution recherchée que, pour tout x_ν,

$$g_{44} = 1. \tag{7}$$

Comme toujours dans les problèmes statiques, on devra poser en plus :

$$g_{14} = g_{24} = g_{34} = 0. \tag{8}$$

---

16. Einstein vient de supposer que les vitesses propres des « étoiles fixes » sont petites par rapport à la vitesse de la lumière ; il suppose maintenant que la densité moyenne de matière et la distance moyenne entre les étoiles (ou encore le rayon de l'univers) ne dépendent pas du temps. Par là même, il fait l'hypothèse, essentielle, que l'univers est globalement statique. Il ne semble pas avoir alors clairement perçu qu'il était possible d'accepter l'existence d'univers dynamiques.

17. Il s'agit bien entendu de l'équation des géodésiques de l'espace. Remarquer que la notation employée ici par Einstein n'indique pas explicitement le caractère covariant de l'équation.

18. Dans le cas d'une métrique statique, on a : $\partial_i g_{44} = 0$, qui implique :

$$\frac{d^2 x_i}{ds^2} + \begin{Bmatrix} 44 \\ i \end{Bmatrix} \frac{dx_4}{ds} \frac{dx_4}{ds} = 0.$$

Il reste encore maintenant à déterminer les composantes du potentiel de gravitation qui définissent le comportement géométrique purement spatial de notre continuum ($g_{11}, g_{12}, \ldots, g_{33}$). De notre hypothèse de l'uniformité de la distribution des masses qui engendrent le champ, on déduit que la courbure de l'espace métrique recherché doit elle aussi être une constante. Pour cette distribution de masses, le continuum fermé recherché des x_1, x_2, x_3 sera un espace sphérique, x_4 étant constant.

Un tel espace peut être obtenu par exemple de la manière suivante. Nous partons d'un espace euclidien des $\xi_1, \xi_2, \xi_3, \xi_4$ à quatre dimensions ; soit $d\sigma$ l'élément linéaire :

$$d\sigma^2 = d\xi_1^2 + d\xi_2^2 + d\xi_3^2 + d\xi_4^2. \tag{9}$$

Dans cet espace nous considérons l'hypersurface :

$$R^2 = \xi_1^2 + \xi_2^2 + \xi_3^2 + \xi_4^2, \tag{10}$$

où R désigne une constante. Les points de cette hypersurface constituent un continuum à trois dimensions, un espace sphérique de rayon de courbure R.

L'espace euclidien à quatre dimensions dont nous sommes partis ne sert qu'à définir commodément notre hypersurface. Seuls nous intéressent les points de cette dernière dont les propriétés métriques doivent être conformes à celles de l'espace physique correspondant à la distribution uniforme de matière. Pour la description de ce continuum tridimensionnel, nous pouvons nous servir des coordonnées ξ_1, ξ_2, ξ_3 (projection sur l'hyperplan $x_4 = 0$), car, conformément à (10), ξ_4 peut s'exprimer en fonction de ξ_1, ξ_2, ξ_3. Si l'on élimine ξ_4 de (9), on obtient pour l'élément linéaire de l'espace sphérique l'expression :

$$\left\{\begin{aligned} d\sigma^2 &= \gamma_{\mu\nu}\, d\xi_\mu\, d\xi_\nu, \\ \gamma_{\mu\nu} &= \delta_{\mu\nu} + \frac{\xi_\mu\, \xi_\nu}{R^2 - \rho^2}, \end{aligned}\right. \tag{11}$$

où l'on a posé $\delta_{\mu\nu} = 1$ si $\mu = \nu$, $\delta_{\mu\nu} = 0$ si $\mu \neq \nu$, et $\rho^2 = \xi_1^2 + \xi_2^2 + \xi_3^2$. Les coordonnées choisies sont commodes s'il s'agit d'examiner le voisinage de l'un des deux points $\xi_1 = \xi_2 = \xi_3 = 0$[19].

Ainsi avons-nous aussi obtenu l'élément linéaire de l'univers spatio-temporel à quatre dimensions recherché. Manifestement, nous devons poser pour les potentiels $g_{\mu\nu}$ dont les deux indices différent de 4 :

$$g_{\mu\nu} = -\left(\delta_{\mu\nu} + \frac{x_\mu x_\nu}{R^2 - (x_1^2 + x_2^2 + x_3^2)}\right), \tag{12}$$

équation qui, jointe à (7) et (8), détermine complètement le comportement des règles, des horloges et des rayons lumineux dans l'univers à quatre dimensions considéré.

§ 4. *Sur l'adjonction d'un terme supplémentaire aux équations de champ de la gravitation*

Les équations de champ de la gravitation que j'ai proposées s'écrivent, dans un système de coordonnées arbitrairement choisi[20] :

$$\begin{cases} G_{\mu\nu} = -\kappa\left(T_{\mu\nu} - \frac{1}{2} g_{\mu\nu} T\right), \\ G_{\mu\nu} = -\frac{\partial}{\partial x_\alpha}\begin{Bmatrix}\mu\nu \\ \alpha\end{Bmatrix} + \begin{Bmatrix}\mu\alpha \\ \beta\end{Bmatrix}\begin{Bmatrix}\nu\beta \\ \alpha\end{Bmatrix} + \frac{\partial^2 \lg\sqrt{-g}}{\partial x_\mu \partial x_\nu} - \begin{Bmatrix}\mu\nu \\ \alpha\end{Bmatrix}\frac{\partial \lg\sqrt{-g}}{\partial x_\alpha}. \end{cases} \tag{13}$$

Le système d'équations (13) n'est pas vérifié si l'on remplace les $g_{\mu\nu}$ par leurs valeurs données en (7), (8) et (12) et le tenseur (contravariant) d'énergie de la matière

---

19. Il s'agit des deux pôles liés à l'utilisation d'une projection stéréographique.

20. $G_{\mu\nu}$ représente ici le tenseur de Ricci (généralement noté $R_{\mu\nu}$) ; les équations (13) sont les équations originales de la théorie de la relativité générale. Voir l'article de synthèse de 1916, « Die Grundlage der allgemeinen Relativitätstheorie », p. 355.

par ses valeurs données en (6)[21]. On montrera au paragraphe suivant comment effectuer commodément ce calcul. Ainsi, s'il était certain que les équations de champ (13) que j'ai utilisées jusqu'alors étaient les seules qui soient compatibles avec le postulat de la relativité générale[22], il nous faudrait conclure que la théorie de la relativité ne permet effectivement pas l'hypothèse d'un univers spatialement clos[23].

Le système d'équations (14)[24] autorise toutefois une extension immédiate compatible avec le postulat de relativité, tout à fait analogue à l'extension de l'équation de Poisson donnée par l'équation (2). Nous pouvons en effet ajouter dans le membre de gauche de l'équation de champ (13) le tenseur fondamental $g_{\mu\nu}$, multiplié par une constante universelle pour le moment inconnue $-\lambda$, sans pour autant détruire la covariance générale ; au lieu de l'équation de champ (13), nous posons :

$$G_{\mu\nu} - \lambda g_{\mu\nu} = -\kappa\left(T_{\mu\nu} - \frac{1}{2}g_{\mu\nu}T\right). \tag{13a}$$

De plus, cette équation de champ est, pour une valeur suffisamment petite de λ, compatible en tout point avec les données d'observation recueillies dans le système solaire. Elle satisfait également aux principes de conservation de l'impulsion et de l'énergie, car on aboutit à (13a) à la place de (13) si, au lieu du scalaire du tenseur

21. Le mode de raisonnement choisi par Einstein est remarquable : ayant fixé la structure de l'espace grâce à des hypothèses *a priori* (homogénéité, staticité), il constate qu'elle n'est pas solution des équations de champ de la relativité générale. Ce sont ces équations qu'il va donc modifier en ajoutant la fameuse constante cosmologique – manifestant ainsi une liberté étonnante dans le maniement des équations de... l'univers.

22. Mais avant tout avec les hypothèses énoncées plus haut, qu'Einstein semble ici oublier.

23. On sait qu'il n'en est rien. Friedman montrera en 1922 qu'il existe de telles solutions, qu'Einstein tentera de récuser.

24. Erreur typographique : la référence est bien entendu aux équations (13).

de Riemann, on introduit ce scalaire augmenté d'une constante universelle dans le principe de Hamilton, principe qui nous garantit précisément la validité des lois de conservation. Nous allons montrer maintenant que l'équation de champ (13a) est compatible avec nos hypothèses relatives au champ et à la matière.

§ 5. *Calcul et résultat*

Tous les points de notre continuum étant équivalents, il suffit de réaliser le calcul pour un seul point, par exemple pour l'un des deux[25] points de coordonnées $x_1 = x_2 = x_3 = x_4 = 0$. Alors il faut remplacer dans (13a) les $g_{\mu\nu}$ par les valeurs :

$$\begin{matrix} -1 & 0 & 0 & 0 \\ 0 & -1 & 0 & 0 \\ 0 & 0 & -1 & 0 \\ 0 & 0 & 0 & 1 \end{matrix}$$

partout où ils apparaissent différentiés seulement une fois ou pas du tout. On obtient donc tout d'abord[26] :

$$G_{\mu\nu} = \frac{\partial}{\partial x_1}\begin{bmatrix}\mu\nu\\1\end{bmatrix} + \frac{\partial}{\partial x_2}\begin{bmatrix}\mu\nu\\2\end{bmatrix} + \frac{\partial}{\partial x_3}\begin{bmatrix}\mu\nu\\3\end{bmatrix} + \frac{\partial^2 \lg\sqrt{-g}}{\partial x_\mu\, \partial x_\nu}.$$

D'où l'on déduit aisément, compte tenu de (7), (8) et (13)[27], que toutes les équations (13a) sont satisfaites si les deux relations suivantes sont vérifiées :

$$-\frac{2}{R^2} + \lambda = -\frac{\kappa\rho}{2},$$

$$-\lambda = -\frac{\kappa\rho}{2},$$

25. Même remarque qu'à la note 19.

26. Les symboles de Christoffel sont ici notés par des crochets. Dans les équations (13), ils étaient représentés par des accolades. Il s'agit pourtant de la même fonction.

27. Auxquelles il faut ajouter la relation (6) où Einstein suppose que la matière est un fluide parfait *sans pression*.

soit :

$$(14) \qquad \lambda = \frac{\kappa\rho}{2} = \frac{1}{R^2}.$$

La constante universelle λ nouvellement introduite détermine donc aussi bien la densité moyenne de la distribution ρ qui peut rester en équilibre que le rayon R de l'espace sphérique et son volume $2\pi^2 R^3$. La masse totale de l'univers est, selon notre conception, finie et en fait égale à [28] :

$$(15) \qquad M = \rho . 2\,\pi^2\,R^3 = 4\,\pi^2 \frac{R}{\kappa} = \frac{\sqrt{32\pi^2}}{\sqrt{\kappa^3 \rho}}.$$

Pour autant qu'elle corresponde bien à nos considérations, la conception théorique de l'univers réel serait donc la suivante : le caractère courbe de l'espace varie dans le temps et dans l'espace en fonction de la distribution de la matière ; on peut néanmoins en donner une approximation grossière au moyen d'un espace sphérique. Cette conception est, en tout cas, exempte de contradictions logiques et elle est la plus facile à concevoir du point de vue de la théorie de la relativité générale ; ce n'est pas ici le lieu d'examiner si elle peut être soutenue du point de vue des connaissances astronomiques actuelles. Pour parvenir à cette conception exempte de contradictions, nous avons certes dû introduire une modification des équations du champ de la gravitation qui n'est pas justifiée par notre connaissance réelle de la gravitation. Mais il faut souligner qu'une courbure positive de l'espace résulte de la présence de matière, même si l'on n'introduit pas ce terme supplé-

---

28. Einstein a fait une erreur de calcul dans la dernière expression qui doit être en π^2 et non en $\sqrt{\pi^2}$. Cette erreur a été corrigée dans la traduction anglaise, « Cosmological Considerations on the General Theory of Relativity » *in* H. A. Lorentz *et al.*, *The Principle of Relativity : A Collection of Original Memoirs on the Special and General Theory of Relativity.*

mentaire ; ce dernier n'est nécessaire que pour rendre possible une répartition quasi statique de la matière, laquelle correspond au fait que les vitesses des étoiles sont petites[29].

[Publié le 15 février 1917.]

---

29. Jusqu'à la fin des années vingt, Einstein considérera son modèle d'univers statique comme tout à fait satisfaisant. Mais entre-temps la situation observationnelle s'était totalement transformée ; le débat sur la nature des nébuleuses spirales s'était éclairé grâce à la découverte par Hubble en 1923 d'une céphéide dans la nébuleuse d'Andromède qui établit le caractère extragalactique d'objets astronomiques et permit une mesure plus sérieuse des distances cosmologiques. En 1929, Hubble publia le fameux article dans lequel il établit une relation linéaire entre distance et vitesse d'expansion des nébuleuses extragalactiques, donnant ainsi un solide fondement observationnel à la cosmologie relativiste. Mais, aussi bien, il faut remarquer que la solution statique d'Einstein n'était plus guère défendable depuis qu'Arthur S. Eddington avait démontré son instabilité, en particulier grâce au travail de Georges Lemaître, publié en traduction anglaise dans les *Monthly Notices of the Royal Astronomical Society*, par les soins d'Eddington. Ces découvertes obligent Einstein à modifier sa théorie, en particulier à renoncer à la constante cosmologique λ et à un univers statique. « Surtout, écrit-il en conclusion d'un article rédigé en 1931 ("Zum kosmologischen Problem der allgemeinen Relativitätstheorie", *Preussiche Akademie der Wissenschaften, Sitzungsberichte*, 1931, p. 235-237), il faut remarquer que la théorie de la relativité générale semble pouvoir rendre compte des faits nouveaux de Hubble de façon plus naturelle (c'est-à-dire sans terme en λ) que le postulat, désormais rejeté pour des raisons empiriques, d'une nature quasi-statique de l'espace. »

V. La théorie quantique

Théorie quantique du rayonnement [a] [1]

[*Physilakische Zeitschrift*, vol. XVIII, 1917, p. 121-128.]

L'analogie formelle entre la courbe de répartition chromatique du rayonnement thermique et la loi de distribution des vitesses de Maxwell est trop frappante pour avoir pu rester longtemps cachée. De fait, cette analogie avait déjà conduit W. Wien, dans l'important travail théorique où il déduisit la loi du déplacement :

$$\rho = \nu^3 f\left(\frac{\nu}{T}\right) \tag{1}$$

a. D'abord publié dans *Mitteilungen der Physikalischen Gesellschaft*, Zurich, n° 18, 1916.

1. Le titre allemand est « Quantentheorie der Strahlung ». En 1913 Niels Bohr avait consacré l'usage de la discontinuité quantique en bâtissant un modèle d'atome dont elle était la pièce maîtresse. Cependant, personne, avant Einstein en 1916, n'avait tenté de préciser les différents processus d'interaction entre les atomes de Bohr et le rayonnement. A cette date, la relativité générale était suffisamment mûre pour qu'Einstein pût consacrer plus de temps aux problèmes quantiques. « J'ai eu une illumination à propos de l'absorption et de l'émission du rayonnement », écrit-il à Michele Besso (le 11 août 1916). « Une démonstration étonnamment simple, je dirais même *la* démonstration, de la formule de Planck », ajoute-il. « Le tout entièrement quantique. Je suis en train d'écrire l'article. » De fait, toutes les démonstrations jusqu'alors données de la loi de Planck souffraient de la même faille logique : elles faisaient appel d'une part à une quantification de la matière, d'autre part à un bilan *classique* des échanges d'énergie entre matière et rayon-

à une détermination plus précise de cette formule du rayonnement. On sait qu'il obtint alors la formule :

$$(2) \qquad \rho = \alpha\nu^3 \, e^{-\frac{h\nu}{kT}},$$

laquelle est, aujourd'hui encore, considérée comme correcte à la limite des grandes valeurs de ν/T (loi du rayonnement de Wien). Nous savons aujourd'hui qu'aucune considération fondée sur la mécanique et l'électrodynamique classiques ne peut fournir une formule correcte du rayonnement et que la théorie classique conduit nécessairement à la formule de Rayleigh :

$$(3) \qquad \rho = \frac{k\alpha}{h}\nu^2 T.$$

Lorsque, par la suite, Planck eut, dans son mémoire fondateur, établi sa formule du rayonnement :

$$(4) \qquad \rho = \alpha\nu^3 \frac{1}{e^{\frac{h\nu}{kT}} - 1},$$

nement. Pour lever cette difficulté, il fallait donner une représentation quantique de ces échanges, et c'est ce que fit Einstein en 1916 à l'aide de l'atome de Bohr. Cette représentation, basée sur l'introduction des coefficients *A* et *B* d'émission et d'absorption, n'était provisoirement, (pensait Einstein) que statistique, mais elle suffisait à établir la loi de Planck. Mieux encore, le bilan d'impulsion transféré aux atomes par le rayonnement thermique conduisait presque inévitablement à la conclusion que l'émission de rayonnement par un atome excité se fait dans une direction précise de l'espace, contrairement à ce qui se passe en théorie classique du rayonnement, et conformément à l'idée de quanta lumineux.

La première partie de la nouvelle théorie d'Einstein, c'est-à-dire l'introduction des coefficients *A* et *B* et l'idée d'un bilan quantique détaillé des échanges d'énergie entre atome et rayonnement, fut très bien accueillie par les théoriciens de l'atome, en particulier par Bohr, en raison de l'usage intéressant qu'elle fait de la correspondance entre théorie quantique et théorie classique dans la limite des basses fréquences. Mais la preuve du caractère dirigé du processus ne suffit encore pas à imposer les quanta lumineux. Comme on va voir, Einstein qui avait en 1905 conçu ses quanta lumineux en référence à l'analogie matière-lumière, a l'idée de renverser l'analogie pour bâtir une théorie *quantique* du gaz idéal.

en faisant l'hypothèse d'éléments d'énergie discrets – d'où devait rapidement naître la théorie quantique –, les considérations de Wien qui avaient conduit à l'équation (2) tombèrent tout naturellement dans l'oubli[2].

Or j'ai trouvé tout récemment une démonstration[a] de la formule de Planck, reposant sur l'hypothèse fondamentale de la théorie quantique, qui s'apparente aux considérations initiales de Wien et met en évidence le rapport entre la courbe de Maxwell et celle de la distribution chromatique. Cette démonstration présente un certain intérêt, non seulement du fait de sa simplicité, mais aussi, et surtout, parce qu'elle semble projeter quelque clarté sur le processus, pour nous encore si obscur, de l'émission et de l'absorption du rayonnement par la matière. Me fondant sur quelques hypothèses, naturelles du point de vue de la théorie quantique, concernant l'émission et l'absorption du rayonnement par des molécules, j'ai montré que des molécules dont la répartition des états, au sens où l'entend la théorie quantique, est celle de l'équilibre thermique se trouvent en équilibre dynamique avec le rayonnement de Planck. Poursuivant cette démarche, j'ai obtenu la formule de Planck (4), de façon étonnamment simple et générale. Cette formule résulte de la condition selon laquelle la répartition des états d'énergie interne des molécules, telle que l'exige la théorie quantique, peut s'établir sous le seul effet de l'absorption et de l'émission de rayonnement.

Si les hypothèses introduites à propos de l'interaction du rayonnement et de la matière sont correctes, elles

a. *Verh. d. Deutschen physikal. Gesellschaft*, n° 13/14, 1916, p. 318. La présente étude reprend les considérations de l'article cité.

2. Les articles cités sont W. Wien « Über die Energieverteilung im Emissionsspektrum eines schwarzen Körpers », *Annalen der Physik*, vol. LVIII, 1896, p. 662-669 et M. Planck, « Zur Theorie des Gesetzes der Energieverteilung im Normalspektrum », *Verhandlungen der Deutschen Physikalischen Gesellschaft*, vol. II, 1900, p. 237-245.

doivent pouvoir fournir davantage que l'expression correcte de la distribution statistique de l'énergie interne des molécules. En effet, lors de l'émission et de l'absorption de rayonnement, il se produit un transfert d'impulsion vers les molécules, conduisant à l'établissement d'une distribution bien déterminée des vitesses des molécules, due simplement à l'interaction de ces dernières avec le rayonnement. Il est clair que cette distribution doit être identique à celle produite par l'effet des chocs des molécules entre elles ; autrement dit : elle doit être conforme à la distribution de Maxwell. Ceci exige que l'énergie cinétique moyenne qu'acquiert une molécule dans le champ de rayonnement de Planck à la température T soit égale, pour chaque degré de liberté, à $kT/2$; et ce, indépendamment de la nature des molécules considérées et des fréquences qu'elles émettent ou absorbent. Dans cet article, nous allons montrer que, de fait, cette exigence forte est généralement satisfaite, venant ainsi conforter nos hypothèses simples sur les processus élémentaires de l'émission et de l'absorption.

Afin d'obtenir le résultat annoncé, il nous faut cependant compléter sur un point les hypothèses avancées précédemment. Celles-ci portent uniquement sur l'échange d'énergie ; la question qui se pose est celle de savoir si la molécule, lorsqu'elle absorbe, ou émet, de l'énergie, ne subit pas une poussée. Considérons par exemple l'émission de rayonnement du point de vue de l'électrodynamique classique. Lorsqu'un corps rayonne une énergie ε, il subit, si toute la quantité de rayonnement ε est émise dans une même direction, un recul (une impulsion) ε/c. Si, par contre, l'émission de rayonnement se fait selon un processus spatialement symétrique, par exemple sous forme d'ondes sphériques, il n'y a pas de recul. On retrouve la même alternative en théorie quantique du rayonnement. Imaginons une molécule qui, lors d'une transition d'un état autorisé par la théorie quantique à un autre, reçoit de l'énergie sous forme de rayonnement, ou cède l'énergie ε sous forme de rayonnement. Dans l'espace, un processus élémentaire de ce type peut être pensé soit comme partiellement, voire totalement, orienté, soit comme symétrique (non orienté). *Il s'avère que l'on n'aboutit à une théorie libre de contradiction que si l'on conçoit ces processus élémentaires*[3] *comme totalement orientés.* Tel est le principal résultat auquel conduisent les considérations qui suivent.

§ 1. *Hypothèse fondamentale de la théorie quantique. Distribution canonique des états*

D'après la théorie quantique, une molécule de nature déterminée, abstraction faite de son mouvement de rotation ou de translation, ne peut admettre qu'une série discrète d'états Z_1, Z_2... Z_n... d'énergie (interne) ε_1, ε_2... ε_n...[4]. Si des molécules de cette sorte appartiennent à un gaz à la température T, la fréquence relative W_n de ces états Z_n est donnée par la formule correspondant à la distribution canonique de la mécanique statistique :

$$W_n = p_n e^{-\frac{\varepsilon_n}{kT}}. \tag{5}$$

Dans cette formule, $k = R/N$ est la constante bien connue de Boltzmann, p_n un nombre indépendant de T, caractéristique de la molécule et de son n-ième état quantique, que l'on peut qualifier de « poids » statistique de l'état en question. La formule (5) peut être déduite, soit du principe de Boltzmann, soit par une démarche purement thermodynamique[5]. L'équation (5) représente

3. Dans le texte allemand : *jene Elementarprozesse als vollständig gerichtete Vorgänge*. Comme Einstein, par la suite, n'établit pas de distinction entre *Prozess* et *Vorgang* nous traduisons indifféremment ces deux mots par processus.

4. Cette hypothèse de quantification avait été formulée par Einstein dès 1906 dans le cas des oscillateurs harmoniques. Sa généralité ne s'était affirmée qu'avec le succès de l'hypothèse de Bohr (1913) portant sur la quantification de l'énergie d'un atome d'hydrogène (« atome de Bohr »).

5. Einstein fait ici allusion à son travail de 1914, « Beiträge zur

la généralisation la plus large qui soit de la loi de distribution des vitesses de Maxwell.

Les progrès les plus récents concernant les principes de la théorie quantique ont trait à la détermination théorique des états Z_n quantiquement possibles et de leurs poids p_n. Pour l'étude de principe qui suit, une caractérisation plus précise des états quantiques n'est pas nécessaire.

§ 2. *Hypothèses relatives à l'échange d'énergie par rayonnement*

Soient Z_n et Z_m deux états possibles, au sens de la théorie quantique, d'une molécule de gaz et dont les énergies ε_n, resp. ε_m, vérifient l'inégalité $\varepsilon_m > \varepsilon_n$. Supposons que la molécule soit capable de passer de l'état Z_n à l'état Z_m lorsqu'elle reçoit l'énergie rayonnante $\varepsilon_m > \varepsilon_n$ et que, de même, la transition de l'état Z_m à l'état Z_n puisse s'effectuer par perte de cette même énergie rayonnante. Soit ν la fréquence du rayonnement ainsi reçu, ou cédé, par la molécule ; ν est caractéristique de la combinaison d'indices considérée (m, n).

Introduisons quelques hypothèses sur les lois régissant cette transition, hypothèses obtenues par transposition des conditions bien connues en théorie classique pour un résonateur de Planck à celles encore inconnues de la théorie quantique.

a) Émission [spontanée] de rayonnement[6] [*Ausstrahlung*]. Un résonateur de Planck qui oscille, rayonne, selon la théorie de Hertz, de l'énergie de façon bien déterminée, qu'il soit ou non excité par un champ extérieur.

Quantentheorie », *Deutsche physikalische Gesellschaft, Verhandlungen*, vol. XVI, p. 820-828.

6. L'allemand *Ausstrahlung* sera rendu ici par « émission [spontanée] de rayonnement », l'allemand *Einstrahlung* par « immersion dans un rayonnement ». Ce dernier type de processus regroupe l'absorption et l'émission induite de la terminologie moderne.

De façon analogue, nous supposerons qu'une molécule peut passer, sans être excitée par des causes extérieures, de l'état Z_m à l'état Z_n par émission de l'énergie rayonnante $\varepsilon_m - \varepsilon_n$ (fréquence μ [7]). Soit dW la probabilité pour que cela ait effectivement lieu durant l'élément de temps dt :

$$\text{(A)} \qquad dW = A_m^n \, dt,$$

où A_m^n représente une constante caractéristique de la combinaison d'indices considérée.

La loi statistique ainsi admise est analogue à celle d'une réaction radioactive et le processus élémentaire supposé est analogue à une réaction de ce type au cours de laquelle ne sont émis que des rayons γ. Il n'est pas nécessaire de supposer que ce processus est instantané ; sa durée doit seulement être négligeable devant celles pendant lesquelles la molécule est dans les états Z_1, etc.

b) Immersion dans un rayonnement [*Einstrahlung*]. Si un résonateur de Planck se trouve dans un champ de rayonnement, l'énergie du résonateur est modifiée du fait que le champ électromagnétique du rayonnement transfère du travail au résonateur ; ce travail peut être soit positif soit négatif, selon la phase relative du résonateur et du champ oscillant. De façon analogue, nous introduisons l'hypothèse quantique suivante. Sous l'action d'un rayonnement de densité ρ et de fréquence ν, une molécule peut, en recevant l'énergie $\varepsilon_m - \varepsilon_n$, passer de l'état Z_n à l'état Z_m, conformément à la loi de probabilité :

$$\text{(B)} \qquad dW = B_n^m \rho \, dt.$$

De même, nous supposons que la transition $Z_m \to Z_n$ est possible sous l'effet du rayonnement, libérant l'énergie $\varepsilon_m - \varepsilon_n$ selon la loi de probabilité :

$$\text{(B')} \qquad dW = B_m^n \rho \, dt.$$

7. Il faut lire évidemment ν.

B_n^m et B_m^n sont des constantes. Nous donnons à ces deux processus le nom de « changement d'état par immersion dans un rayonnement » [*Einstrahlung*].

Reste maintenant à savoir quelle impulsion est transférée à la molécule lors de ces changements d'état. Commençons par les processus par immersion dans un rayonnement. Lorsqu'un faisceau de rayons ayant une direction bien déterminée accomplit du travail sur un résonateur de Planck, l'énergie correspondante est soustraite du faisceau. A ce transfert d'énergie correspond aussi, d'après le théorème de la conservation de la quantité de mouvement, un transfert d'impulsion, du faisceau vers le résonateur. Ce dernier est donc soumis à l'action d'une force dont la direction est celle du faisceau de rayons. Si l'énergie transférée est négative, la force agit en sens inverse. Dans le cas de l'hypothèse quantique, ceci prend manifestement la signification suivante. Si, lors de l'illumination par un faisceau de rayons, l'immersion dans le rayonnement donne lieu au processus $Z_n \rightarrow Z_m$, la molécule subit un transfert d'impulsion[8] $(\varepsilon_m - \varepsilon_n)/c$, dans la direction de propagation du faisceau. Lors de l'autre processus par immersion dans un rayonnement, $Z_m \rightarrow Z_n$, l'impulsion transférée est la même en grandeur, mais est dirigée en sens inverse. Dans le cas où la molécule est, à un même instant, exposée à plusieurs faisceaux, nous supposerons que l'énergie $\varepsilon_m - \varepsilon_n$ d'un processus élémentaire est tout entière prélevée, ou ajoutée, à un seul des faisceaux, si bien que, dans ce cas aussi, l'impulsion transférée à la molécule est $(\varepsilon_m - \varepsilon_n)/c$.

Lorsqu'un résonateur de Planck cède de l'énergie par émission [spontanée] de rayonnement, globalement il n'y a pas de transfert d'impulsion au résonateur, car,

8. Einstein ne justifie pas ici la forme en $h\nu/c$ de l'impulsion d'un quantum lumineux ; celle-ci découle immédiatement de la théorie de la relativité restreinte.

selon la théorie classique, l'émission [spontanée] de rayonnement se fait sous forme d'onde sphérique. Cependant, nous avons déjà fait remarquer que l'on ne peut aboutir à une théorie quantique exempte de contradiction que si l'on suppose que le processus d'émission de rayonnement est, lui aussi, un processus orienté. Lors de chaque processus élémentaire d'émission [spontanée] de rayonnement, $Z_m \rightarrow Z_n$, une impulsion de grandeur $(\varepsilon_m - \varepsilon_n)/c$ est alors transférée à la molécule. Si cette dernière est isotrope, il nous faut supposer que toutes les directions d'émission [spontanée] de rayonnement sont également probables. On est conduit au même énoncé lorsque, la molécule n'étant plus isotrope, son orientation change de façon aléatoire au cours du temps. Par ailleurs, le même type de supposition doit être fait à propos des lois statistiques (B) et (B') relatives à l'immersion dans le rayonnement ; sinon les constantes B_n^m et B_m^n devraient dépendre de la direction – ce que l'on évite grâce à l'hypothèse d'isotropie, ou de pseudo-isotropie (en considérant les valeurs moyennes dans le temps) de la molécule.

§ 3. *Démonstration de la loi du rayonnement de Planck*

Demandons-nous maintenant quelle doit être la densité de rayonnement agissant, ρ, pour que l'échange d'énergie entre le rayonnement et les molécules, conformément aux lois statistiques (A), (B) et (B'), ne perturbe pas la distribution des états des molécules donnée par l'équation (5). Pour cela, il faut et il suffit que par unité de temps il se produise en moyenne autant de processus élémentaires du type (B) que de processus des types (A) et (B') réunis. Pour les processus élémentaires correspondant à la combinaison d'indices (m, n), cette condition donne, en vertu de (5), (A), (B) et (B'), l'équation :

$$p_n e^{-\frac{\varepsilon_n}{kT}} B_n^m \rho = p_m e^{-\frac{\varepsilon_m}{kT}} (B_m^n \rho + A_m^n).$$

Si de plus on suppose, comme nous nous proposons de le faire, que ρ tend vers l'infini avec T, les constantes B_n^m et B_m^n doivent être reliées entre elles par :

$$p_n B_n^m = p_m B_m^n. \tag{6}$$

Nous obtenons alors, à partir de l'équation ci-dessus, la condition d'équilibre dynamique :

$$\rho = \frac{\dfrac{A_m^n}{B_m^n}}{e^{\frac{\varepsilon_m - \varepsilon_n}{kT}} - 1} \tag{7}$$

qui n'est autre que la loi de dépendance de la densité de rayonnement en fonction de la température donnée par Planck. De la loi du déplacement de Wien (1), il découle immédiatement que l'on doit avoir :

$$\frac{A_m^n}{B_m^n} = \alpha\nu^3 \tag{8}$$

(9) et

$$\varepsilon_m - \varepsilon_n = h\nu,$$

où α et h sont des constantes universelles. Pour pouvoir déterminer la valeur numérique de la constante α, il faudrait disposer d'une théorie exacte des processus électrodynamiques et mécaniques ; en attendant, nous devons nous en tenir au traitement établi par Jeans dans la limite des hautes températures, là où la théorie classique est valable en tant que limite[9].

L'équation (9) constitue, comme on le sait, la deuxième règle fondamentale de la théorie des spectres de Bohr dont on peut affirmer, après les compléments qu'y ont apportés Sommerfeld et Epstein, qu'elle appartient désormais aux certitudes de notre science. J'ai

9. Il s'agit là d'un cas particulier de ce que Bohr appellera plus tard « correspondance ».

montré que cette théorie contient aussi de façon implicite la loi d'équivalence photochimique[10].

§ 4. *Méthode de calcul du mouvement des molécules dans un champ de rayonnement*

Intéressons-nous maintenant à l'étude des mouvements qu'exécutent nos molécules sous l'effet du rayonnement. Nous utiliserons pour cela une méthode bien connue en théorie du mouvement brownien, et dont je me suis servi à plusieurs reprises déjà pour étudier par le calcul les mouvements accomplis dans des champs de rayonnement. Pour simplifier le calcul, nous ne l'effectuerons que dans le cas où les mouvements ont lieu dans une seule direction, la direction X du système de coordonnées. De plus, nous nous limiterons au calcul de la valeur moyenne de l'énergie cinétique de translation, renonçant par là même à démontrer que les vitesses v se répartissent selon la loi de Maxwell. Nous supposons que la masse M de la molécule est suffisamment grande pour que l'on puisse négliger les puissances élevées de v/c ; nous pouvons alors appliquer à la molécule la mécanique ordinaire. De plus, nous pouvons effectuer le calcul, sans en restreindre vraiment la généralité, comme si les états d'indices m et n étaient les seuls que puisse prendre la molécule.

L'impulsion Mv de la molécule subit, pendant le court intervalle de temps τ, des modifications de deux ordres. Bien que le rayonnement ait la même structure dans toutes les directions, la molécule subit, du fait de son mouvement, une force ayant pour origine le [champ de] rayonnement et agissant en sens inverse du mouvement. Soit Rv cette force, où R[11] désigne une constante qui sera

10. A. Einstein, « Strahlungs-emission und -absorption nach der Quantentheorie », *Deutsche physikalische Gesellschaft, Verhandlungen*, vol. XVIII, 1916, p. 318-323.

11. *R* comme *Reibung* (frottement en allemand).

calculée plus loin. Cette force amènerait la molécule au repos si le caractère irrégulier des effets du rayonnement n'entraînait, pendant la durée τ, le transfert à la molécule d'une impulsion Δ variable en grandeur et signe ; cette influence non systématique entretient, contrairement à celle dont il vient d'être question, un certain mouvement de la molécule. A la fin de l'intervalle de temps considéré τ, l'impulsion de la molécule vaut :

$$Mv - Rv\tau + \Delta.$$

Comme la répartition des vitesses doit rester constante au cours du temps, il faut que la distribution statistique de la valeur absolue de la grandeur ci-dessus soit la même que celle de la grandeur Mv ; par conséquent les valeurs moyennes des carrés de ces deux grandeurs, prises soit sur un long intervalle de temps, soit sur un grand nombre de molécules, doivent être égales entre elles :

$$\overline{(Mv - Rv\tau + \Delta)^2} = \overline{(Mv)^2}.$$

Étant donné que nous avons déjà pris en compte l'effet systématique de v sur l'impulsion de la molécule[12], il nous faut négliger la valeur moyenne $\overline{v\Delta}$. En développant la partie gauche de l'équation, il vient alors :

$$\overline{\Delta^2} = 2RM\overline{v^2}\tau. \tag{10}$$

La valeur moyenne $\overline{v^2}$ que le rayonnement à température T confère à nos molécules en interagissant avec elles doit être égale à la valeur moyenne que les lois des gaz assignent, selon la théorie cinétique des gaz, à la molécule de gaz à la température T. Sinon, en effet, la présence de nos molécules perturberait l'équilibre thermique entre le rayonnement thermique et un gaz quelconque ayant la même température. On doit donc avoir :

12. En introduisant le frottement visqueux $-Rv\tau$.

$$\frac{\overline{Mv^2}}{2} = \frac{kT}{2}. \tag{11}$$

L'équation (10) devient alors :

$$\frac{\overline{\Delta^2}}{\tau} = 2RkT. \tag{12}$$

Nous allons maintenant poursuivre notre étude de la façon suivante. Pour un rayonnement donné ($\rho\nu$), nous calculerons $\overline{\Delta^2}$ et R grâce à nos hypothèses relatives à l'interaction entre le rayonnement et les molécules. Une fois ces résultats reportés dans (12), cette équation devra être identiquement vérifiée pour ρ exprimé en fonction de ν et T selon l'équation (4) de Planck.

§ 7. *Résultat*[13]

Pour montrer que les impulsions qui, selon nos hypothèses de départ, sont transférées du rayonnement vers les molécules ne perturbent jamais l'équilibre thermodynamique, il suffit maintenant de donner à $\overline{\Delta^2}/\tau$ et R leurs valeurs calculées en (25) et (21), après avoir remplacé dans (21) :

$$\left(\rho - \frac{1}{2}\nu\frac{\partial\rho}{\partial\nu}\right)\left(1 - e^{-\frac{h\nu}{kT}}\right)$$

par $\frac{\rho h\nu}{3kT}$, conformément à (4). On voit tout de suite que l'équation fondamentale (12) est identiquement vérifiée.

Ces considérations, à présent menées à leur terme, confirment tout à fait les hypothèses faites au paragraphe 2, quant à l'interaction entre matière et rayon-

13. Nous ne reproduisons pas ici deux paragraphes (5 et 6) assez techniques intitulés « Calcul de R » et « Calcul de Δ^2 » (calculs dont les formules (21) et (25) citées plus bas donnent les résultats).

nement lors des processus d'absorption et d'émission (émission [spontanée] et immersion dans un rayonnement). C'est guidé par le souci d'avoir à postuler pour les molécules un comportement quantique aussi simple que possible, analogue à celui des résonateurs de Planck en théorie classique, que j'ai été conduit à ces hypothèses. La seconde règle de Bohr (équation 9) et la formule de Planck du rayonnement ont alors découlé tout naturellement de l'hypothèse quantique générale relative à la matière.

Le résultat le plus important, à mon sens, est celui qui porte sur les impulsions transférées à la molécule du fait de l'émission [spontanée] et de l'immersion dans un rayonnement. Si l'une de nos hypothèses relatives aux impulsions était modifiée, l'équation (12) ne serait plus vérifiée. Il semble pratiquement impossible de satisfaire à cette relation, qui découle de la théorie de la chaleur, autrement que sur la base de nos hypothèses. C'est pourquoi ce qui suit peut être considéré comme établi de façon relativement certaine.

Lorsqu'un faisceau de rayons agit de telle sorte qu'une molécule par lui atteinte reçoive ou cède une quantité d'énergie $h\nu$ sous forme de rayonnement (immersion dans un rayonnement), il y a dans les deux cas transfert d'une impulsion $h\nu/c$ à la molécule ; dans un cas (énergie reçue), le transfert a lieu dans la direction de propagation du faisceau, dans l'autre (énergie cédée), le transfert a lieu en sens inverse. Si la molécule est soumise à l'action de plusieurs faisceaux de directions données, il n'y en a jamais qu'un seul qui participe au processus élémentaire d'immersion dans le rayonnement ; c'est lui seul qui détermine alors la direction de l'impulsion transférée à la molécule.

Lorsque la molécule subit, sans excitation extérieure, une perte d'énergie de grandeur $h\nu$ et cède cette énergie sous forme de rayonnement (émission de rayonnement), le processus est également orienté. Il n'y a pas d'émission [spontanée] sous forme d'onde sphérique. La molécule subit dans le processus d'émission de rayonnement un recul de grandeur $h\nu/c$ dont la direction est, dans l'état actuel de la théorie, déterminée seulement par le hasard.

Les propriétés des processus élémentaires impliquées par l'équation (12) rendent presque inévitable l'élaboration d'une théorie proprement quantique du rayonnement. La faiblesse de la [présente] théorie réside d'une part dans ce qu'elle ne nous rapproche guère d'une unification avec la théorie ondulatoire, d'autre part en ce que les instants et les directions des processus élémentaires y sont livrés au « hasard » ; malgré tout, j'ai pleinement confiance dans la sûreté de la démarche ici suivie.

Il convient d'ajouter une remarque générale. Presque toutes les théories du rayonnement thermique reposent sur la considération de l'interaction entre le rayonnement et les molécules. Cependant, en général, on se contente de considérer l'échange d'énergie, sans prendre en compte l'échange d'impulsion. On s'y croit volontiers autorisé par le fait que les impulsions que transfère le rayonnement sont petites, et donc en réalité presque toujours négligeables devant les autres causes du mouvement. Mais, dans les arguments théoriques, il faut accorder à ces faibles effets la même importance qu'aux effets plus visibles liés au transfert d'énergie ; et ceci, dans la mesure où énergie et impulsion sont étroitement liées. C'est pourquoi une théorie ne peut être considérée comme justifiée que si elle est capable de montrer que les impulsions transférées par le rayonnement à la matière donnent lieu à des mouvements identiques à ceux qu'exige la théorie de la chaleur.

1. Théorie quantique du gaz parfait monoatomique [1]

[*Preussische Akademie der Wissenschaften, Phys.-math. Klasse, Sitzungsberichte*, p. 261-267 (1924).]

Il n'existe pas encore à ce jour de théorie quantique du gaz parfait monoatomique exempte d'hypothèses arbitraires. On se propose dans ce qui suit de combler cette lacune grâce à une approche nouvelle de la question qui s'inspire de celle du docteur Bose, et sur laquelle cet auteur a fondé une démonstration de la formule du rayonnement de Planck [a] qui mérite au plus haut point de retenir notre attention.

---

a. A paraître dans *Zeitschr. für Physik*.

1. Le titre allemand est « Quantentheorie des einatomigen idealen Gases ». En 1924, Einstein présenta deux mémoires à l'Académie des Sciences de Prusse (celui-ci et le texte suivant). Ils ont tous les deux comme point de départ une lettre reçue par Einstein, venant d'un physicien indien inconnu Satyendra Nath Bose. Bose avait trouvé une nouvelle démonstration de la loi de Planck qui faisait appel au seul concept de gaz de quanta lumineux, alors que les démonstrations précédentes nécessitaient toutes d'une manière ou d'une autre la théorie de Maxwell pour expliquer le facteur $8\pi\nu^2/c^3$, dans la loi de Planck :

$$u_\nu = 8\pi \frac{\nu^2}{c^3} h\nu (e^{h\nu/\kappa T} - 1)^{-1}$$

Dans cette expression, la fonction $h\nu(e^{h\nu/\kappa T} - 1)^{-1}$ représente l'énergie moyenne d'un oscillateur harmonique quantifié et $8\pi\nu^2/c^3$ le nombre de degrés de liberté du champ par unité de volume et de fréquence. La principale découverte de Bose consistait en un calcul de ce facteur par une méthode bien connue en théorie des gaz (dénombrement des « complexions ») que Planck avait utilisée pour distribuer des éléments d'énergie sur des résonateurs, et non pas des atomes sur des cellules. Comme les éléments d'énergie étaient *indiscernables* dans le calcul de Planck, il en fut de même pour les quanta lumineux de Bose, et pour les atomes d'Einstein dans les deux articles qui suivent. Ainsi, ce qui n'était chez Planck qu'un artifice de comptage devint l'indice d'un défaut d'indépendance statistique des quanta lumineux. Il faut noter que ces points ne furent explicités que dans la deuxième communication d'Einstein, après une critique d'Ehrenfest « et d'autres collègues ».

La démarche suivie qui se rattache à celle proposée par Bose peut être caractérisée de la façon suivante. L'espace des phases d'une entité[2] élémentaire (ici une molécule monoatomique) est, pour un volume donné (à trois dimensions), divisé en « cellules » d'extension h^3. Si l'on a affaire à beaucoup de ces entités élémentaires, leur distribution (microscopique), celle qui intervient en thermodynamique, est caractérisée par la façon dont les entités élémentaires sont distribuées sur ces cellules. La « probabilité » d'un état, défini macroscopiquement (au sens de Planck), est égale au nombre d'états microscopiques différents dont on pense qu'ils peuvent réaliser l'état macroscopique. L'entropie de l'état macroscopique, et donc le comportement statistique et thermodynamique du système, sont alors déterminés par le principe de Boltzmann.

§ 1. *Les cellules*

Le volume dans l'espace des phases correspondant à un domaine x, y, z des coordonnées et p_x, p_y, p_z des moments conjugués de la molécule monoatomique, est donné par l'intégrale :

$$(1) \qquad \Phi = \int dx\, dy\, dz\, dp_x\, dp_y\, dp_z.$$

Soit V le volume dont dispose la molécule ; le volume des phases de tous les états d'énergie $E = (1/2m)(p_x^2 + p_y^2 + p_x^2)$ plus petite qu'une certaine valeur E, est donné par :

$$(1a) \qquad \Phi = V \cdot \frac{4}{3}\pi\,(2mE)^{3/2}.$$

Le nombre Δs de cellules appartenant à un domaine élémentaire déterminé en énergie, ΔE, est par conséquent :

2. *Elementargebilde* en allemand.

$$(2) \qquad \Delta s = \frac{2\pi V}{h^3}(2m)^{3/2} E^{1/2} \Delta E.$$

Pour un $\Delta E/E$ donné, aussi petit soit-il, il est toujours possible de choisir V suffisamment grand pour que le nombre Δs soit très grand[3].

§ 2. *Probabilité d'un état et entropie*

Définissons à présent l'état macroscopique du gaz. Soit n le nombre de molécules de masse m contenues dans le volume V. Δn d'entre elles peuvent avoir une énergie comprise entre E et $E + \Delta E$ et sont distribuées à travers les Δs cellules. Parmi ces Δs cellules, il y en a $p_0 \Delta s$ qui ne contiennent aucune molécule, $p_1 \Delta s$ qui en contiennent 1, $p_2 \Delta s$ qui en contiennent 2, etc. Il est clair que les probabilités p_r concernant la s-ième cellule sont fonctions[4] de s, le numéro de la cellule[5], et de l'indice entier r; aussi les noterons-nous dorénavant, de façon plus précise, p_r^s. Il va de soi que, pour tout s:

$$(3) \qquad \sum_r p_r^s = 1.$$

Pour un Δn donné et des valeurs données des p_r^s, le nombre des distributions possibles des Δn molécules à travers le domaine d'énergie considéré est[6]:

3. Cette condition justifie l'application ultérieure de la formule de Stirling.

4. Dans la mesure où le domaine d'énergie dépend de s.

5. On suppose que s est un numérotage des cellules dans l'ordre des énergies croissantes.

6. Cette formule suppose que l'on ne distingue pas deux distributions pour lesquelles les nombres d'occupation de chaque cellule sont les mêmes (molécules « indiscernables »). C'est là le point essentiel qui n'est pas souligné par Einstein et donnera lieu aux critiques d'Ehrenfest en particulier (voir à ce sujet le second mémoire de 1924, *infra*, p. 437).

$$\frac{\Delta s\,!}{\prod\limits_{r=0}^{r=\infty} (p_r^s \Delta s)\,!}.$$

Soit, d'après le théorème de Stierling[7] et compte tenu de l'équation (3)[8] :

$$\frac{1}{\prod\limits_{r} p_r^{s^{\Delta s\, p_r^s}}},$$

où l'on peut également remplacer le produit par un produit portant sur tous les r et tous les s[9] :

$$(4) \qquad \frac{1}{\prod\limits_{r\,s} p_r^{s^{s p_r^s}}}.$$

Si l'on effectue le produit sur toutes les valeurs de s allant de 1 à l'∞, l'expression (4) représente évidemment le nombre total de complexions, c'est-à-dire la probabilité au sens de Planck d'un état du gaz défini (macroscopiquement) par les p_r^s. L'expression de l'entropie S de cet état est donnée par le principe de Boltzmann[10] :

$$(5) \qquad S = -\kappa \lg \sum_{s,r} (p_r^s \lg p_r^s).$$

§ 3. *L'équilibre thermodynamique*

A l'équilibre thermodynamique, S est maximum, les conditions supplémentaires étant, outre (3), que le nombre total d'atomes, n, et l'énergie totale E aient des

---

7. L'orthographe correcte est Stirling.

8. Les notations utilisées par Einstein ne sont pas très heureuses du point de vue typographique. Ici, il faut lire : $\prod\limits_r [p_r^s]^{\Delta s\, p_r^s}$

9. Ici aussi il faut lire :

$[p_r^s]^{p_r^s}$; le produit $\prod\limits_{r\,s}$ est effectué sur tous les s appartenant au même Δs.

10. Il faut lire : $S = -\kappa \sum\limits_{s,r} p_r^s \lg p_r^s$.

valeurs fixées. Ces dernières conditions s'écrivent, bien évidemment[a] :

$$n = \sum_{s,r} r\, p_r^s, \tag{6}$$

$$\bar{E} = \sum_{s,r} E^s\, r\, p_r^s. \tag{7}$$

E^s représente ici l'énergie d'une molécule appartenant à la s-ième cellule de l'espace des phases. Compte tenu de (1a), il vient sans difficulté[11] :

$$\begin{aligned} E^s &= c\, s^{2/3}, \\ c &= (2m)^{-1} h^2 \left(\frac{4}{3}\pi V\right)^{-2/3}. \end{aligned} \tag{8}$$

En effectuant le calcul variationnel par rapport aux p_r^s choisies comme variables, on trouve que, par un choix convenable des constantes β^s, A et B doivent être telles que[12] :

$$\begin{aligned} p_r^s &= \beta^s\, e^{-\alpha^s r}, \\ \alpha^s &= A + B\, s^{2/3}. \end{aligned} \tag{9}$$

Compte tenu de (3), il faut en même temps que :

$$\beta^s = 1 - e^{-\alpha^s}. \tag{10}$$

---

a. $n^s = \sum_r r\, p_r^s$ est en effet le nombre moyen de molécules affecté à la s-ième cellule.

11. En effet, $s = \Phi/h^3$, Φ étant donné par (1a).

12. Einstein utilise ici la méthode dite des multiplicateurs de Lagrange ; A est le multiplicateur de (6) et B celui de (7).

De là découle immédiatement que le nombre moyen de molécules par cellule est :

$$n^s = \sum_r r\, p_r^s = \beta^s \sum_r r\, e^{-\alpha^s r}$$

$$(11) \qquad = -\beta^s \frac{d}{d\alpha^s}\left(\sum e^{-\alpha^s}\right) = -\beta^s \frac{d}{d\alpha^s}\left(\frac{1}{1-e^{-\alpha^s}}\right)$$

$$= \frac{1}{e^{\alpha^s}-1}.$$

Les équations (6) et (7) deviennent alors :

$$(6a) \qquad n = \sum_s \frac{1}{e^{\alpha^s}-1},$$

$$(7a) \qquad \bar{E} = c \sum_s \frac{s^{2/3}}{e^{\alpha^s}-1}.$$

Ces équations jointes à $\alpha^s = A + B\, s^{2/3}$ déterminent les constantes A et B. La loi de la distribution macroscopique des états à l'équilibre thermodynamique se trouve donc ainsi complètement déterminée.

En reportant les résultats de ce paragraphe dans (5), on obtient l'expression suivante de l'entropie à l'équilibre :

$$(12) \qquad S = -\kappa\left[\sum_s \lg\left(1-e^{-\alpha^s}\right) - An - \frac{B}{c}\bar{E}\right].$$

Calculons maintenant la température du système. A cet effet, nous appliquons l'équation définissant l'entropie au cas d'un échauffement isopycnique infiniment petit ; nous obtenons [13] :

13. Il y a une faute de signe sous le signe Σ. Lire : $\sum \frac{d\alpha^s}{e^{\alpha^s}-1}$. Le terme $-\kappa T A$ est le potentiel chimique.

$$d\bar{E} = TdS = -\kappa T\left[\sum_s \frac{d\alpha^s}{1 - e^{\alpha^s}} - ndA - \frac{\bar{E}}{c}dB - Bd\left(\frac{\bar{E}}{c}\right)\right],$$

ce qui, compte tenu de (9), (6) et (7)[14], donne :

$$d\bar{E} = \kappa TB\, d\left(\frac{\bar{E}}{c}\right) = \kappa T\frac{B}{c}d\bar{E},$$

soit :

$$\text{(13)} \qquad \frac{1}{\kappa T} = \frac{B}{c}.$$

La température se trouve ainsi, elle aussi, exprimée de façon indirecte en fonction de l'énergie et des autres données. De plus, il découle de (12) et (13) que l'énergie libre F du système est donnée par[15] :

$$\text{(14)} \qquad F = \bar{E} - TS = \kappa T\left[\lg\sum_s\left(1 - e^{-\alpha^s}\right) - An\right].$$

Ce qui permet d'obtenir la pression p du gaz :

$$\text{(15)} \quad p = -\frac{\partial F}{\partial V} = -\kappa T\frac{\bar{E}}{c}\frac{\partial B}{\partial V} = -\bar{E}\;\frac{\partial \lg c}{\partial V} = \frac{2}{3}\frac{\bar{E}}{V}.$$

D'où ce résultat remarquable, que la relation que l'on obtient ici entre l'énergie cinétique et la pression est strictement identique à celle de la théorie classique, où elle est déduite du théorème du viriel.

§ 4. *La théorie classique comme cas limite*

Si l'on néglige l'unité devant e^{α^s}, on obtient les résultats de la théorie classique ; on verra dans un instant à quelles conditions une telle approximation est justifiée. Dans ce cas, compte tenu de (11), (9) et (13), le nombre moyen n^s de molécules par cellule est :

---

14. Lire (6a) et (7a).

15. Il faut lire $\sum_s$ lg au lieu de $\lg\sum_s$.

(11a) $$n^s = e^{-\alpha^s} = e^{-A}\, e^{-\frac{E^s}{\kappa T}}.$$

Le nombre de molécules dont l'énergie se trouve dans le domaine dE^s est donc, en vertu de (8) :

(11b) $$\frac{3}{2} c^{-3/2}\, e^{-A}\, e^{-\frac{E}{\kappa T}}\, E^{1/2}\, dE,$$

en accord avec la théorie classique. Appliquant la même approximation à l'équation (6), on obtient :

(16) $$e^A = \pi^{3/2} h^{-3} \frac{V}{n} (2m\kappa T)^{3/2}.$$

Pour l'hydrogène gazeux à la pression atmosphérique, cette quantité est à peu près égale à 6.10^4, et donc très grande devant l'unité. La théorie classique fournit donc une bonne approximation dans ce cas-ci. Cependant, cela est d'autant moins vrai que l'on va vers des densités plus élevées et des températures plus basses ; pour l'hélium au voisinage de son point critique, l'écart est considérable ; il est vrai qu'on ne peut plus alors parler de gaz parfait.

Calculons maintenant l'entropie, dans le cas limite considéré, à partir de (12). En remplaçant dans cette équation $\left(1 - e^{-\alpha^s}\right)$ par $-e^{-\alpha^s}$, et celui-ci à son tour par :

$$-\frac{1}{e^{\alpha^s} - 1},$$

on obtient, compte tenu de (6a) :

(17) $$S = \nu R \lg\left[e^{5/2} \frac{V}{h^3 n} (2\pi m\kappa T)^{3/2}\right],$$

où ν représente le nombre de moles et R la constante de l'équation d'état des gaz parfaits. Cette expression de la valeur absolue de l'entropie est en accord avec les résultats bien connus de la statistique quantique[16].

16. Formule de Sackur-Tetrode.

D'après la théorie développée ici, le théorème de Nernst est vérifié pour des gaz parfaits. Certes, il n'est pas possible d'appliquer directement les formules obtenues au cas des très basses températures, dans la mesure où, pour démontrer ces formules, nous avons supposé que les p_r^s avaient des variations relatives infiniment petites lorsque s varie d'une unité.

On voit bien cependant que l'entropie doit s'annuler au zéro absolu. En effet, toutes les molécules se trouvent alors dans la première cellule[17], or il n'y a pour cet état qu'une seule distribution des molécules, au sens de notre dénombrement. Ce qui suffit à justifier l'affirmation précédente.

§ 5. *Écarts à l'équation classique des gaz parfaits*

Les résultats que nous avons obtenus pour l'équation d'état sont contenus dans les équations suivantes[18] :

(18) (cf. 6a) $$n = \sum_{\sigma} \frac{1}{e^{\alpha^s} - 1},$$

(19) (cf. 7a et 15) $$\bar{E} = \frac{3}{2} p\, V = c \sum_{\sigma} \frac{s^{2/3}}{e^{\alpha^s} - 1},$$

(20) (cf. 9 et 13) $$\alpha^s = A + \frac{c\, s^{2/3}}{\kappa T},$$

(21) (cf. 8) $$c = \frac{E^s}{s^{2/3}} = \frac{h^2}{2m} \left(\frac{4}{3} \pi\, V \right)^{-2/3}.$$

17. A supposer que l'état fondamental soit non dégénéré.

18. Pour les expressions (18) et (19), l'indice de sommation est s et non σ.

Nous allons maintenant mettre en forme ces résultats et les discuter. Des considérations du paragraphe 4, il résulte que la quantité e^{-A}, que nous noterons λ, est plus petite que 1. Cette quantité donne la mesure de la « dégénérescence » du gaz. Nous pouvons alors écrire (18) et (19) sous forme de somme double :

$$\text{(18a)} \qquad n = \sum_{s\tau} \lambda^{\tau}\, e^{-\frac{cs^{2/3}\tau}{\kappa T}},$$

$$\text{(19a)} \qquad \bar{E} = c \sum_{s\tau} s^{2/3}\, \lambda^{\tau}\, e^{-\frac{cs^{2/3}\tau}{\kappa T}},$$

où l'on doit sommer sur toutes les valeurs de τ allant de 1 à l'∞ pour tous les σ [19].

Il est possible d'effectuer la sommation sur s en la remplaçant par une intégration allant de 0 à l'∞. Ceci est possible eu égard à la très lente variation de l'exponentielle en fonction de σ. Il vient alors :

$$\text{(18b)} \qquad n = \frac{3\sqrt{\pi}}{4} \left[\frac{\kappa T}{c}\right]^{3/2} \sum_{\tau} \tau^{-3/2}\, \lambda^{\tau},$$

$$\text{(19b)} \qquad \bar{E} = c\frac{9\sqrt{\pi}}{8} \left[\frac{\kappa T}{c}\right]^{5/2} \sum_{\tau} \tau^{-5/2}\, \lambda^{\tau}$$

(18b) détermine le paramètre de dégénérescence λ en fonction de V, T et n ; (19b) donne alors l'énergie, et donc également la pression du gaz.

La discussion générale de ces équations peut être envisagée comme la recherche de la fonction qui exprime la somme (19b) en fonction de la somme (18b). De façon générale, on obtient par division [20] :

19. Lire s au lieu de σ.

20. Pour les expressions (22) et (22a), lire $\bar{E}$ et non E.

$$(22) \qquad \frac{E}{n} = \frac{3}{2}\,\kappa T\,\frac{\sum_{\tau} \tau^{-5/2}\lambda^{\tau}}{\sum_{\tau} \tau^{-3/2}\lambda^{\tau}}.$$

L'énergie moyenne d'une molécule de gaz (ainsi que la valeur de la pression) est donc toujours plus faible, à la température T, que la valeur classique. Le facteur exprimant cette réduction est d'autant plus petit devant 1 que le paramètre de dégénérescence λ est plus grand, ce dernier étant lui-même une certaine fonction, donnée par (18b) et (21), de $(V/n)^{2/3}\, mT$.

Lorsque λ est suffisamment petit pour que l'on puisse négliger λ^2 devant l'unité, il vient[21] :

$$(22a) \qquad \frac{E}{n} = \frac{3}{2}\kappa T\left[1 - 0{,}0318\ h^3\ \frac{n}{V}\ (2\pi m\kappa T)^{-3/2}\right].$$

Examinons maintenant en quoi la distribution de Maxwell des états se trouve modifiée par les quanta. Développant (11) en puissance de λ, il vient, compte tenu de la relation (20) :

$$(23) \qquad n^s = \text{cte}\ \ e^{-\frac{E^s}{\kappa T}}\left(1 + \lambda e^{-\frac{E^s}{\kappa T}} + \ldots\right).$$

21. Cette formule s'obtient en développant (22) au premier ordre en λ et en exprimant λ à l'aide de l'approximation (16). La formule donnée ici comporte une erreur : pour que le coefficient numérique soit bien 0,0318, il faut y avoir incorporé $\pi^{3/2}$; on a donc, soit :

$$0{,}0318\ h^3\,\frac{n}{V}\,(2m\kappa T)^{-3/2},$$

soit :

$$0{,}1768\ h^3\,\frac{n}{V}\,(2\pi m\kappa T)^{-3/2}.$$

Le terme entre parenthèses exprime l'incidence de l'effet quantique sur la distribution de Maxwell. On constate que les molécules lentes sont relativement plus fréquentes que dans le cas de la distribution de Maxwell.

En guise de conclusion, j'aimerais faire état d'un paradoxe que je ne suis pas arrivé à résoudre. Traiter selon la méthode précédente le cas d'un mélange de deux gaz différents ne présente guère de difficulté. Dans ce cas, chaque espèce de molécules a ses « cellules » particulières. Il en résulte que les entropies des composants du mélange s'additionnent. Chaque composant se comporte donc, en ce qui concerne son énergie moléculaire, sa pression et sa répartition statistique, comme s'il était seul. Un mélange comportant n_1 molécules d'une espèce et n_2 d'une autre, très peu différentes des premières (en particulier pour ce qui est de leurs masses moléculaires m_1 et m_2) présente donc, à température donnée, une pression et une distribution différentes de celles d'un gaz unique comportant $n_1 + n_2$ molécules de masses moléculaires pratiquement identiques et occupant le même volume. On ne voit évidemment pas comment cela pourrait être possible[22].

[Envoyé le 20 septembre[23].]

---

22. Il s'agit du paradoxe que Gibbs avait signalé dès 1878. Ce paradoxe apparaît dans toute théorie des gaz qui donne une entropie extensive (proportionnelle au nombre de constituants élémentaires) pour un gaz homogène. Si Einstein prend la peine d'exposer à nouveau ce paradoxe, c'est sans doute parce que l'extensivité de l'entropie n'était pas communément admise à l'époque. Ehrenfest, par exemple, soutenait que l'entropie, comme fonction du nombre d'atomes, n'avait pas de sens, puisqu'on ne pouvait imaginer de processus physique réversible au cours duquel ce nombre varie.

23. 20 septembre 1924.

DEUXIÈME MÉMOIRE[1]
[*Preussische Akademie der Wissenschaften, Phys.-math. Klasse, Sitzungsberichte*, p. 3-14 (1925).]

Dans un mémoire paru récemment dans ces comptes rendus (vol. XXII, 1924, p. 261), j'ai présenté une théorie de la « dégénérescence » des gaz parfaits qui est une application de la méthode qu'a imaginée le docteur Bose pour démontrer la formule du rayonnement de Planck. L'intérêt de cette théorie tient à ce qu'elle repose sur l'hypothèse d'une profonde similitude formelle entre gaz et rayonnement. Selon cette théorie, l'écart que manifeste le gaz dégénéré par rapport au gaz de la mécanique statistique est analogue à celui qui sépare le rayonnement régi par la loi de Planck de celui régi par la loi de Wien. Dès lors que la démonstration de la formule du rayonnement de Planck donnée par Bose est considérée comme valable, cette théorie des gaz parfaits devient inévitable : en effet, si l'on a effectivement le droit de concevoir le rayonnement comme un gaz de quanta, l'analogie entre gaz de quanta et gaz de molécules doit être totale. Dans ce qui suit, nous nous proposons de compléter les considérations du mémoire précédent d'une façon qui ne peut que rehausser, à mon avis, l'intérêt que présente ce sujet. Pour des raisons de commodité, nous reprendrons dans les formules qui suivent les symboles utilisés dans le premier mémoire.

§ 6. *Le gaz parfait saturé*

En théorie du gaz parfait, il semble naturel d'exiger que l'on puisse fixer arbitrairement le volume et la température d'une certaine quantité de gaz. L'énergie ou encore la pression du gaz sont déterminées par la

1. Le titre allemand est « Quantentheorie des einatomigen idealen Gazes », Zweite Abhandlungen.

théorie. Mais l'étude de l'équation d'état impliquée par les équations (18), (19), (20) et (21) montre que l'on ne peut pas, à nombre n de molécules fixé et à température donnée, réduire autant que l'on veut le volume. L'équation (18) exige en effet que l'on ait $\alpha^s \geq 0$ pour tout s ; ce qui, conformément à (20), signifie que l'on doit avoir $A \geq 0$. Autrement dit, dans l'équation (18b) valable dans ces cas-là, λ ($= e^{-A}$) doit être compris entre 0 et 1. En conséquence, il découle de (18b) que le nombre de molécules d'un gaz, à volume V fixé, ne peut être plus grand que[2] :

$$(24) \qquad n = \frac{(2\pi m\kappa T)^{3/2}}{h^3} V \sum_{s}^{\infty} \tau^{-3/2}.$$

Que se passe-t-il alors si, sans changer la température, j'augmente la densité n/V de la substance (par exemple en effectuant une compression isotherme) ?

J'affirme que, dans ce cas, un nombre de molécules, d'autant plus grand que la densité globale est plus élevée, passe dans l'état quantique 1 (état sans énergie cinétique), alors que les molécules restantes ont une distribution conforme à la valeur $\lambda = 1$ du paramètre λ. Cette affirmation revient donc à dire qu'il se produit quelque chose d'analogue à ce qui se passe lorsque l'on comprime de façon isotherme une vapeur au-delà du volume de saturation. Il se produit une séparation : une partie « se condense[3] », le reste demeure un « gaz parfait saturé » (A = 0, $\lambda = 1$). Que les deux parties soient en équilibre thermodynamique se conçoit bien : la substance « condensée » et le gaz parfait saturé ont même fonction

2. Lire $\sum_{\tau}$, et non $\sum_{s}$.

3. Ce phénomène porte aujourd'hui le nom impropre de « condensation de Bose-Einstein » ; « au-delà », dans la phrase précédente, signifie « en dessous ».

de Planck par mole : $\Phi = S - \frac{E + pV}{T}$[4]. Φ en effet est nul pour la substance « condensée », puisque S, E et V sont séparément nuls[a]. Pour ce qui est du « gaz saturé », on constate tout d'abord que, d'après (12) et (13), en faisant $A = 0$, on a :

$$S = -\kappa \sum_s \lg\left(1 - \mathrm{e}^{-\alpha^s}\right) + \frac{\bar{E}}{T}. \tag{25}$$

En écrivant cette somme sous forme d'intégrale et en effectuant l'intégration par parties, on obtient[5] :

$$\sum_s = -\int_0^\infty s \frac{\mathrm{e}^{-\frac{cs^{2/3}}{\kappa T}}}{1 - e^{-\frac{cs^{2/3}}{\kappa T}}} \cdot \frac{2}{3} \frac{cs^{-1/3}}{\kappa T} ds, \tag{26}$$

soit encore, compte tenu de (8), (11) et (15)[6] :

$$\sum_s = -\frac{2}{3} \int_0^\infty n_s E^s ds = -\frac{2}{3} \frac{\bar{E}}{\kappa T} = -\frac{pV}{\kappa T}. \tag{26}$$

D'où il résulte que pour le « gaz parfait saturé », compte tenu de (25) et (26) :

$$S = \frac{\bar{E} + pV}{T}$$

et donc :

$$\Phi = 0, \tag{27}$$

---

a. La partie « condensée » de la substance ne nécessite pas un volume particulier puisqu'elle ne contribue pas à la pression.

4. Φ est égal à $-\mu/\mathrm{T}$, μ désignant le potentiel chimique. Il faut lire $\bar{E}$ et non pas E ; même chose à la ligne suivante.

5. Cette formule s'obtient en remplaçant la somme par une intégrale et en effectuant une intégration par parties.

6. Lire n^s et non n_s. De plus, il manque dans l'intégrale le dénominateur κT.

comme l'exige la coexistence du gaz parfait saturé avec la substance condensée.

Nous obtenons donc l'énoncé suivant :

L'équation d'état proposée pour le gaz parfait implique qu'il y ait, pour chaque température, une densité maximale pour les molécules en agitation. Au-delà de cette densité, les molécules qui sont en excédent s'immobilisent (« se condensent » sans qu'il y ait de forces d'interaction). Il est remarquable que le « gaz parfait saturé » représente à la fois l'état de densité maximale possible pour les molécules mobiles et la densité pour laquelle le gaz est en équilibre thermodynamique avec son « condensat ». L'analogue de la « vapeur sursaturée » n'existe donc pas pour un gaz parfait.

§ 7. *Comparaison entre la théorie des gaz développée ici et celle résultant de l'hypothèse d'indépendance statistique mutuelle des molécules du gaz*

M. Ehrenfest et d'autres collègues ont objecté à la théorie de Bose et à la théorie analogue que j'ai développée pour le gaz parfait que l'on n'y traite pas les quanta (resp. les molécules) comme des entités statistiquement indépendantes les unes des autres, sans que pour autant ce point soit signalé de façon particulière dans nos mémoires respectifs. C'est tout à fait exact. Si l'on traite les quanta comme statistiquement indépendants les uns des autres, pour ce qui est de leur localisation, on obtient la loi de Wien[7] ; si l'on traite les molécules de gaz de façon analogue, on obtient l'équation d'état classique des gaz parfaits, et ce, même si, pour le reste[8], on procède exactement comme Bose et moi-même l'avons

7. Cette remarque est à rapprocher des considérations sur la loi de Wien qui se trouvent dans l'article de 1905 sur les quanta lumineux. L'idée d'indépendance ou de non-indépendance statistique n'apparaît pas dans l'article de 1905.

8. C'est-à-dire en ce qui concerne le découpage en cellules et le principe de Boltzmann.

fait. Je vais ici confronter les deux approches du gaz, de manière à faire voir clairement ce qui les différencie et faciliter la comparaison entre nos résultats et ceux de la théorie des molécules indépendantes.

Dans l'une et l'autre théorie, le nombre z_ν de « cellules » appartenant à un domaine infinitésimal ΔE de l'énergie moléculaire (appelé dans la suite « domaine élémentaire ») est donné par :

$$z_\nu = 2\pi \frac{V}{h^3} (2m)^{3/2} E^{1/2} \Delta E. \tag{2a}$$

Supposons que l'état du gaz soit (macroscopiquement) défini par la donnée du nombre n_ν de molécules se trouvant dans chacun de ces domaines infinitésimaux. Calculons le nombre W des possibilités qu'a l'état ainsi défini de se réaliser (probabilité de Planck).

a) *Selon Bose*[9]

Un état est microscopiquement défini par la donnée du nombre de molécules qui se trouvent dans chaque cellule (complexion). Le nombre des complexions correspondant au ν-ième domaine infinitésimal est alors :

$$\frac{(n_\nu + z_\nu - 1)!}{n_\nu!\,(z_\nu - 1)!}. \tag{28}$$

En formant le produit correspondant à tous les domaines infinitésimaux, on obtient le nombre total de complexions pour un état, et donc, selon le principe de Boltzmann, l'entropie :

---

9. Le comptage qui suit diffère de celui effectué dans l'article précédent (formule 4). Ici on ajoute les uns aux autres les nombres de réalisations de toutes les distributions p_r^s correspondant à une même valeur de n^s (n_ν dans la nouvelle notation). Dans la mesure où les termes principaux dans cette somme sont ceux correspondant à la distribution p_r^s la plus probable, ce nouveau comptage est équivalent au précédent.

$$(29a) \quad S = \kappa \sum_{\nu} \left[(n_{\nu} + z_{\nu}) \lg(n_{\nu} + z_{\nu}) - n_{\nu} \lg n_{\nu} - z_{\nu} \lg z_{\nu} \right].$$

Il est facile de voir que, dans ce procédé de calcul, la distribution des molécules à travers les cellules n'est pas traitée comme statistiquement indépendante. Cela est à mettre en rapport avec le fait que les cas appelés ici « complexions » ne seraient pas, dans l'hypothèse d'une distribution indépendante des molécules individuelles entre les cellules, considérés comme équiprobables. Dans le cas de l'indépendance statistique des molécules, le décompte de ces « complexions » non équiprobables ne donnerait pas la bonne valeur de l'entropie. La formule (29a) est donc l'expression indirecte d'une hypothèse concernant l'influence mutuelle des molécules, totalement mystérieuse pour l'heure, mais qui conditionne précisément l'équiprobabilité statistique des cas définis ici comme « complexions ».

b) *Selon l'hypothèse de l'indépendance statistique des molécules*

Un état est microscopiquement défini par la donnée, pour chaque molécule, de la cellule dans laquelle elle se trouve (complexion). Combien y a-t-il de complexions pour un état défini macroscopiquement ? Je peux répartir n_{ν} molécules déterminées de :

$$(z_{\nu})^{n_{\nu}}$$

manières différentes à travers les z_{ν} cellules du ν-ième domaine élémentaire. Si l'on a déjà procédé à une répartition bien déterminée des molécules sur les domaines élémentaires, le nombre de distributions différentes des molécules sur toutes les cellules est alors :

$$\Pi (z_{\nu})^{n_{\nu}}.$$

Pour obtenir le nombre de complexions, au sens défini plus haut, il reste encore à multiplier cette quantité par le nombre de répartitions possibles de toutes les molécules sur les domaines élémentaires pour un choix donné des n_ν, soit :

$$\frac{n!}{\Pi n_\nu!}.$$

Le principe de Boltzmann permet alors d'exprimer l'entropie :

$$S = \kappa\left[n \lg n + \sum_\nu (n_\nu \lg z_\nu - n_\nu \lg n_\nu)\right]. \tag{29b}$$

Dans cette expression, le premier terme ne dépend pas de la répartition macroscopique choisie, mais seulement du nombre total de molécules. En comparant entre elles les entropies correspondant aux différents états macroscopiques d'un même gaz, on constate que ce terme joue le rôle d'une constante sans importance, aussi le supprimons-nous. Nous devons le supprimer si nous voulons arriver – comme c'est l'usage en thermodynamique – à ce que l'entropie soit proportionnelle au nombre de molécules, pour un état interne [10] donné du gaz. Nous sommes donc amenés à poser :

$$S = \kappa \sum_\nu n_\nu (\lg z_\nu - \lg n_\nu). \tag{29c}$$

On justifie généralement la suppression du facteur *n!* dans le *W* des gaz par le fait que les complexions obtenues les unes à partir des autres par simple échange de molécules identiques ne sont pas considérées comme différentes et ne doivent être comptées [11] qu'une seule fois.

---

10. C'est-à-dire pour une valeur donnée des variables intensives.

11. C'était effectivement la justification donnée par Planck dans les dernières éditions de ses *Vorlesungen über die Wärmestrahlung*. Schrödinger remarquera plus tard que, dans le contexte des calculs d'Einstein, l'identification des complexions « permutées » n'est pas entièrement

Il nous faut maintenant, dans les deux cas, rechercher le maximum de S, compte tenu des conditions supplémentaires :

$$\bar{E} = \sum E_\nu n_\nu = \text{cte},$$

$$n = \sum n_\nu = \text{cte}.$$

Dans le cas (a), on obtient :

$$n_\nu = \frac{z_\nu}{e^{\alpha+\beta E} - 1} \qquad \text{(30a)}$$

qui, à des questions de notation près, est identique à (13)[12]. Dans le cas (b), il vient :

$$n_\nu = z_\nu \, e^{-\alpha-\beta E}. \qquad \text{(30b)}$$

Dans les deux cas, on a $\beta \kappa T = 1$.

On voit également que le cas (b) redonne la distribution de Maxwell. La structure quantique ne se fait donc pas sentir dans ce cas (du moins lorsque le volume total du gaz est infiniment grand). Il est facile de voir que le cas (b) n'est pas compatible avec le théorème de Nernst. En effet, pour calculer dans ce cas la valeur de l'entropie au zéro absolu de température, il suffit de calculer (29c) au zéro absolu. A cette température, toute les molécules se trouvent dans le premier état quantique et l'on doit donc poser :

$$n_\nu = 0 \quad \text{pour} \quad \nu \neq 1,$$

$$n_1 = n,$$

$$z_1 = 1.$$

(29c) donne alors, pour $T = 0$:

---

prise en compte par la division par $n!$. Pour qu'elle le soit, il faudrait effectuer le décompte à la Bose.

12. Il s'agit en fait de l'équation (11) du mémoire précédent.

$$(31) \qquad S = -n \lg n^{13}.$$

Le procédé de calcul (b) conduit à un résultat en contradiction avec l'énoncé du théorème de Nernst. Le procédé de calcul (a), en revanche, est en accord avec le théorème de Nernst, comme on le voit immédiatement en remarquant qu'au zéro absolu, il n'y a qu'une seule complexion ($W = 1$) au sens du procédé de calcul (a). De ce qui vient d'être dit, on conclut que la conception (b) conduit à contrevenir soit au théorème de Nernst, soit à l'exigence d'une entropie proportionnelle au nombre de molécules pour un état interne donné. C'est pourquoi je pense que l'on doit préférer le procédé de calcul (a) (c'est-à-dire la démarche statistique de Bose), même s'il n'existe pas de preuves *a priori* de la supériorité de ce procédé de calcul sur les autres. Ce résultat vient à son tour conforter l'idée d'une similitude essentielle entre le gaz et le rayonnement, dans la mesure où les mêmes arguments statistiques qui conduisent à la formule de Planck permettent, lorsqu'ils sont appliqués aux gaz parfaits, de mettre en accord la théorie des gaz et le théorème de Nernst.

§ 8. *Propriétés caractéristiques des fluctuations d'un gaz parfait*

Soit un gaz de volume V, en communication avec un gaz de même nature occupant un volume infiniment grand. On suppose que les deux volumes sont séparés par une cloison ne laissant passer que les molécules dont l'énergie est située à l'intérieur d'un domaine infinitésimal ΔE, et réfléchissant toute molécule ayant une autre énergie cinétique. Une paroi fictive de cette sorte a pour analogue, dans le domaine de la théorie du rayonnement, une paroi qui ne serait transparente que pour des radiations ayant quasiment la même longueur d'onde. On cherche à déterminer la fluctuation Δ_ν du

---

13. Lire : $S = -\kappa n \lg n$.

nombre n_ν de molécules qui appartiennent au domaine d'énergie ΔE. On admettra qu'à l'intérieur de V, il ne se produit aucun échange d'énergie entre molécules appartenant à des domaines d'énergie différents ; de sorte que le nombre de molécules dont l'énergie est extérieure au domaine ΔE ne fluctue pas.

Soit n_ν la valeur moyenne du nombre de molécules appartenant à ΔE, et $n_\nu + \Delta_\nu$ sa valeur instantanée. (29a) donne alors la valeur de l'entropie en fonction de Δ_ν ; il suffit de remplacer n_ν par $n_\nu + \Delta_\nu$ dans cette équation. Si l'on va jusqu'aux termes quadratiques, on obtient :

$$S = \overline{S} + \frac{\partial \overline{S}}{\partial \Delta_\nu} \Delta_\nu + \frac{1}{2} \frac{\partial^2 \overline{S}}{\partial \Delta_\nu^2} \Delta_\nu^2.$$

Il existe une relation similaire pour le reste, infiniment grand, du système :

$$S^0 = \overline{S^0} - \frac{\partial \overline{S^0}}{\partial \Delta_\nu} \Delta_\nu.$$

Ici le terme quadratique est en valeur relative infiniment petit, compte tenu des dimensions relatives infiniment grandes du reste du système. Si l'on désigne par Σ l'entropie totale ($= S + S^0$), on a $\partial \overline{\Sigma} / \partial \Delta_\nu = 0$, puisqu'on est en moyenne à l'équilibre. Par addition des deux équations ci-dessus, on obtient par conséquent, pour l'entropie totale, la relation :

$$\Sigma = \overline{\Sigma} + \frac{1}{2} \frac{\partial^2 \overline{S}}{\partial \Delta_\nu^2} \Delta_\nu^2. \tag{32}$$

D'où, par application du principe de Boltzmann, l'on extrait la loi de probabilité des Δ_ν :

$$dW = \text{cte } e^{\frac{S}{\kappa}} \, d\Delta_\nu$$

$$= \text{cte } e^{\frac{1}{2\kappa} \frac{\partial^2 \overline{S}}{\partial \Delta_\nu^2} \Delta_\nu^2} \, d\Delta_\nu.$$

Ce qui donne pour la valeur moyenne du carré des fluctuations :

$$\overline{\Delta_\nu^2} = \frac{\kappa}{-\left[\dfrac{\partial^2 \overline{S}}{\partial \Delta_\nu^2}\right]}. \tag{33}$$

Soit encore, compte tenu de (29a) :

$$\overline{\Delta_\nu^2} = n_\nu + \frac{n_\nu^2}{z_\nu}. \tag{34}$$

Cette loi de fluctuation est strictement analogue à celle du rayonnement quasi monochromatique de Planck. Réécrivons-la sous la forme :

$$\overline{\left[\frac{\Delta_\nu}{n_\nu}\right]^2} = \frac{1}{n_\nu} + \frac{1}{z_\nu}. \tag{34a}$$

La valeur moyenne du carré des fluctuations relatives du nombre de molécules du type considéré se présente comme une somme de deux termes. Si les molécules étaient indépendantes les unes des autres, on n'aurait que le premier de ces deux termes. Contribuant également à l'écart quadratique moyen, vient s'ajouter un terme qui ne dépend pas de la densité moyenne de molécules et est entièrement déterminé par la taille du domaine élémentaire ΔE et par le volume V. Ce terme correspond aux fluctuations par interférence obtenues dans le cas du rayonnement. Dans le cas du gaz, on peut, poursuivant la même correspondance, l'interpréter comme un terme rendant compte des fluctuations par interférence d'un processus de rayonnement adéquatement associé au gaz. Je me propose d'approfondir un peu cette interprétation car je crois qu'il y a là plus qu'une simple analogie.

Dans une publication tout à fait remarquable [a], M. E. [15] de Broglie a montré comment on peut associer un champ d'ondes (scalaire) à une particule matérielle, ou à un système de particules matérielles. On commence par associer à toute particule de masse m une fréquence ν_0, telle que :

(35) $$mc^2 = h\nu_0.$$

Imaginons maintenant que la particule soit immobile par rapport à un système galiléen K' dans lequel existe en chaque point une oscillation synchrone de fréquence ν_0. Dans un système K, tel que K', ainsi que m, y aient un mouvement dirigé le long de l'axe des X (positifs), de vitesse v, existe alors un processus de type ondulatoire, de la forme :

$$\sin\left(2\pi\nu_0 \frac{t - \dfrac{vx}{c^2}}{\sqrt{1 - \dfrac{v^2}{c^2}}}\right).$$

a. Louis de Broglie, « Thèses », Paris, Éd. Musson [14] et Cie, 1924. On trouve également dans cette thèse une interprétation géométrique tout à fait remarquable de la règle quantique de Bohr-Sommerfeld.

14. Il faut lire Masson évidemment. L'indication bibliographique exacte est : Louis de Broglie, « Recherches sur la théorie des quanta », thèse de doctorat soutenue à Paris le 25 novembre 1924, *Annales de Physique*, 10e série, vol. III, 1925, p. 22-128.

15. *Sic*. Il faut lire L. (pour Louis). « Un jeune frère du De Broglie que nous connaissons a fait une très intéressante tentative d'interprétation de la règle des quanta de Bohr-Sommerfeld (thèse soutenue à Paris, 1924). Je crois que c'est la première et faible lueur qui éclaire l'une de nos pires énigmes en physique. J'ai moi aussi trouvé deux ou trois choses qui parlent en faveur de sa construction » (Lettre à Lorentz du 16 décembre 1924). Louis de Broglie (1892-1987), avait un frère prénommé Maurice (1875-1960) qui avait monté, à ses frais, un laboratoire spécialisé en rayons X (effet photoélectrique, et spectroscopie). Louis de Broglie avait fait des études (en bonne partie littéraires) avant la guerre, puis avait été mobilisé jusqu'en 1919, date à laquelle il entra au laboratoire de son frère. C'est là qu'il rédigea sa thèse, soutenue le 25 novembre 1924. Langevin, membre du jury, en envoya immédiatement un exemplaire à Einstein qui, on le voit, ne fut pas long à réagir.

La fréquence ν et la vitesse de phase V de ce processus sont donc :

$$\nu = \frac{\nu_0}{\sqrt{1 - \frac{v^2}{c^2}}}, \tag{36}$$

$$V = \frac{c^2}{v}. \tag{37}$$

M. de Broglie a ainsi montré que v est également la vitesse de groupe de cette onde. Il n'est pas sans intérêt de remarquer que l'énergie $mc^2/\sqrt{1 - v^2/c^2}$ de la particule est précisément égale à $h\nu$, en vertu de (35) et (36), et en accord avec la théorie quantique.

On voit donc qu'il est possible d'associer un champ d'ondes scalaire à un gaz ; je me suis persuadé, en effectuant le calcul, que $1/Z_\nu$ [16] est bien la valeur moyenne du carré des fluctuations de ce champ d'ondes, lorsque celui-ci correspond au domaine énergétique ΔE considéré ci-dessus.

Ces réflexions éclairent le paradoxe sur lequel j'avais attiré l'attention à la fin de mon premier mémoire. Pour que deux trains d'ondes puissent interférer de façon notable, il faut qu'ils aient mêmes V et v. Il est nécessaire pour cela, en vertu de (35), (36), (37), que v, comme m, soient pratiquement les mêmes pour les deux gaz. Les champs d'ondes associés à deux gaz de masses moléculaires sensiblement différentes ne peuvent donc pas interférer entre eux de façon notable. On en déduit que, selon la théorie exposée ici, l'entropie d'un mélange gazeux est obtenue par addition à partir de celle de ses composants – tout comme le veut la théorie classique – pour autant

16. Lire z_ν et non Z_ν.

du moins que les poids moléculaires des composants diffèrent suffisamment [17].

§ 9. *Remarques concernant la viscosité des gaz à basse température*

D'après les considérations du paragraphe précédent, il semble qu'un champ ondulatoire soit attaché à chaque processus de mouvement, de même que le champ ondulatoire optique est attaché au mouvement des quanta de lumière. Ce champ ondulatoire – dont la nature physique nous est encore obscure – doit, en principe, pouvoir être mis en évidence par la manifestation des mouvements qui lui correspondent. Ainsi, un faisceau de molécules de gaz traversant une ouverture devrait-il subir une diffraction analogue à celle d'un rayon lumineux. Pour qu'un tel phénomène puisse être observé, il faut que la longueur d'onde λ soit d'un ordre de grandeur comparable à celui des dimensions de l'ouverture. Mais de (35), (36) et (37), il découle que, pour des vitesses petites devant c:

$$\lambda = \frac{V}{\nu} = \frac{h}{mv}. \tag{38}$$

Pour des molécules de gaz se déplaçant à des vitesses thermiques, ce λ est toujours extrêmement petit, et même généralement beaucoup plus petit que le diamètre moléculaire σ; d'où l'on conclut, dans un premier temps, qu'il ne faut pas songer pouvoir observer cette diffraction avec les ouvertures et les écrans dont nous disposons [18].

---

17. Du point de vue moderne, cette élucidation du paradoxe de Gibbs est erronée. En effet, il ne saurait être question de discuter les possibilités d'interférence des ondes de De Broglie correspondant à des particules de masses différentes : le système global doit être représenté par un produit tensoriel de telles ondes et non par une somme.

18. Pour mettre en évidence ces phénomènes de diffraction, on pouvait aussi songer à utiliser les électrons accélérés. Davisson et

Mais il apparaît qu'à basse température, pour les gaz hydrogène et hélium, λ devient de l'ordre de grandeur de σ; et, de fait, il semble bien que l'effet, auquel nous devons nous attendre d'après la théorie, se fasse sentir sur le coefficient de frottement [interne] [19].

Imaginons en effet un jet de molécules se déplaçant à la vitesse v et rencontrant une autre molécule que nous supposons, pour plus de commodité, immobile ; on a là une situation qui ressemble à celle d'un train d'ondes de longueur d'onde donnée λ, venant heurter un petit écran de diamètre 2σ. Il se produit un phénomène de diffraction (de Fraunhoffer), identique à celui qu'occasionnerait une ouverture de même dimension. Cette diffraction a lieu aux grands angles lorsque λ est du même ordre de grandeur, ou plus grand, que σ. Il y aura donc, en plus de la déviation provoquée par le choc – et dont rend compte la mécanique –, des déviations des molécules encore incompréhensibles du point de vue de la mécanique et pratiquement aussi fréquentes que les premières : les libres parcours s'en trouveront réduits d'autant. On observera donc, au fur et à mesure que l'on descend en température, une chute assez brutale et accélérée de la viscosité au voisinage d'une certaine température. Cette dernière peut être estimée à partir de la relation $\lambda = \sigma$; on trouve 56° pour H_2 et 40° [20] pour He. Naturellement, il s'agit là d'estimations très grossières ; mais elles peuvent être remplacées par des calculs plus exacts. Tout ceci constitue en fait une nouvelle interprétation des expériences sur l'hydrogène effectuées par P. Günther à l'instigation de Nernst, dont les résultats montrent une dépendance en température du coefficient

---

Germer, aux États-Unis, G. P. Thomson, en Angleterre, réalisèrent deux ans plus tard des expériences de diffraction électronique.

19. Il s'agit de ce que l'on appelle aujourd'hui le « coefficient de viscosité ».

20. Cet ordre de grandeur n'est que très approximatif. L'hélium-4 n'est superfluide que vers 2K.

de viscosité et dont Nernst a déjà proposé une explication théorique de type quantique[a].

§ 10. *Équation d'état du gaz parfait saturé. Remarques sur la théorie de l'équation d'état des gaz et sur la théorie des électrons dans les métaux*

Au paragraphe 6, nous avons montré que, pour un gaz parfait se trouvant en équilibre avec la « substance condensée », le paramètre de dégénérescence λ vaut 1. La concentration, l'énergie et la pression de la fraction des molécules qui sont en mouvement sont alors déterminées, conformément à (18b), (22) et (15), uniquement par T. Les équations à utiliser sont alors :

$$(39) \quad \eta = \frac{n}{NV} = \left(\frac{2{,}615}{N\,h^3}\right)(2\pi m\kappa T)^{3/2} = 1{,}12\,.\,10^{-15}(MRT)^{3/2},$$

$$(40) \qquad \frac{\bar{E}}{n} = \frac{3}{2}\,\frac{1{,}348}{2{,}615}\,\kappa T,$$

$$(41) \qquad p = \frac{1{,}348}{2{,}615}\,RT\eta,$$

où η représente la concentration en moles, N le nombre de molécules dans une mole et M la masse molaire (poids moléculaire).

On voit, compte tenu de (39), que les densités des gaz réels n'atteignent pas des valeurs telles que le gaz parfait correspondant puisse être saturé. Toutefois, la densité critique de l'hélium n'est jamais qu'environ cinq fois plus petite que la densité de saturation η du gaz parfait de même poids moléculaire et à même température. Pour l'hydrogène, le rapport correspondant est d'environ 26.

---

a. Voir W. Nernst, *Sitzungsber.* 1919, VIII, p. 118 ; P. Günther, *Sitzungsber.* 1920, XXXVI, p. 270.

Étant donné qu'il existe donc des gaz réels dont la densité est d'un ordre de grandeur voisin de celui de la densité de saturation, et compte tenu du fait que, d'après (41), la dégénérescence influe notablement sur la pression, on devrait, si la présente théorie est exacte, observer une influence quantique non négligeable sur l'équation d'état ; il faudrait en particulier voir si l'on ne peut pas expliquer ainsi les écarts à la loi de van de Vaals[21] des états correspondants[a].

Par ailleurs, on doit également s'attendre à ce que le phénomène de diffraction mentionné au paragraphe précédent, et qui aux basses températures produit une augmentation apparente du volume moléculaire véritable, ait un effet sur l'équation d'état.

Il est un cas où la nature a peut-être réalisé, pour l'essentiel, le gaz parfait saturé : c'est celui des électrons de conduction d'un métal[22]. On sait que la théorie des électrons dans les métaux explique de façon quantitative et extrêmement précise la valeur du rapport entre conductivité électrique et conductivité thermique (formule de Drude-Lorentz), en faisant l'hypothèse qu'il y a à l'intérieur des métaux des électrons libres qui conduisent aussi bien l'électricité que la chaleur. En dépit de ce succès remarquable, on ne considère pas aujourd'hui que cette théorie soit pertinente ; en particulier, parce qu'elle ne rend pas compte du fait que les électrons libres ne contribuent pas de façon sensible à la chaleur spécifique des métaux. Or, cette difficulté disparaît si l'on se base sur la présente théorie des gaz. De (39),

a. Tel n'est pas le cas, ainsi que je l'ai découvert plus tard par comparaison avec l'expérience. L'effet recherché ici est occulté par des interactions moléculaires d'une autre sorte.

21. Lire van der Waals.

22. S'il est vrai que les électrons de conduction d'un métal constituent bien un gaz dégénéré, leur comportement en revanche ne relève pas de la statistique de Bose-Einstein mais de celle de Fermi-Dirac – comme on le découvrit deux ans plus tard.

il découle en effet que la concentration de saturation des électrons (en mouvement) vaut environ $5{,}5.10^{-5}$ à température ambiante ; de sorte que seule une infime partie des électrons doit pouvoir contribuer à l'énergie thermique. De ce fait, l'énergie thermique moyenne, par électron participant au mouvement thermique, représente environ la moitié de celle que donne la théorie moléculaire classique. D'autre part, si les électrons non mobiles sont liés à leur position d'équilibre par de très faibles forces, on conçoit qu'ils ne participent pas à la conduction électrique. Il se pourrait même que ce soit la disparition de ces faibles forces de liaison qui conditionne la supraconductivité à très basse température. Selon cette théorie, les forces thermiques ne pourraient pas être expliquées en continuant à traiter le gaz d'électrons comme un gaz parfait. Il va de soi qu'une telle théorie des électrons dans les métaux ne devrait pas reposer sur la distribution des vitesses de Maxwell, mais sur celle correspondant au gaz parfait saturé, donnée par la présente théorie ; on aurait alors, dans ce cas particulier, compte tenu de (8), (9) et (11) :

$$dW = \text{cte}\,\frac{E^{1/2}dE}{e^{\frac{E}{\kappa T}} - 1}. \tag{42}$$

En explorant plus avant cette possibilité théorique, on se trouve confronté à une difficulté : pour expliquer les valeurs mesurées des conductibilités thermique et électrique des métaux, on se voit contraint, compte tenu de la très faible densité volumique des électrons qui, selon nos résultats, participent à l'agitation thermique, de supposer de très grands libres parcours moyens (de l'ordre de 10^{-3} cm). De plus, il ne semble guère possible, à partir de cette théorie, de comprendre le comportement des métaux à l'égard du rayonnement infrarouge (réflexion, émission).

§ 11. *Équation d'état du gaz non saturé*

Nous allons maintenant examiner de façon plus précise ce qui, dans le domaine de la non-saturation, différencie l'équation d'état du gaz parfait de l'équation d'état classique. Revenons, à cet effet, aux équations (15), (18b) et (19b). Pour alléger l'écriture, posons :

$$\sum_{\tau=1}^{\tau=\infty} \tau^{-3/2}\lambda^{\tau} = y(\lambda),$$

$$\sum_{\tau=1}^{\tau=\infty} \tau^{-5/2}\lambda^{\tau} = z(\lambda),$$

et fixons-nous pour tâche d'exprimer z en fonction de $y\big(z = \Phi(y)\big)$. La solution de ce problème, que je dois à M. J. Grommer, repose sur le théorème général suivant (de Lagrange) :

A la condition, réalisée dans notre cas, que y et z soient nuls pour $\lambda = 0$, et que y et z soient des fonctions régulières de λ dans un certain domaine autour de zéro, z admet un développement de Taylor, pour des y suffisamment petits, donné par :

$$z = \sum_{\nu=1}^{\nu=\infty} \left[\frac{d^{\nu} z}{dy^{\nu}}\right]_{\lambda=0} \frac{y^{\nu}}{\nu!}, \tag{43}$$

où les coefficients sont obtenus à partir des fonctions $y(\lambda)$ et $z(\lambda)$ au moyen de la formule de récurrence :

$$\frac{d^{\nu} z}{dy^{\nu}} = \frac{\dfrac{d}{d\lambda}\left[\dfrac{d^{\nu-1} z}{dy^{\nu-1}}\right]}{\dfrac{dy}{d\lambda}}. \tag{44}$$

Dans le cas présent, on obtient ainsi le développement suivant, convergent jusqu'à $\lambda = 1$, et facile à utiliser dans les calculs :

$$z = y - 0{,}1768\, y^2 - 0{,}0034\, y^3 - 0{,}0005\, y^4.$$

Introduisons ici la notation :

$$z/y = F(y).$$

Pour le gaz parfait non saturé, c'est-à-dire entre $y = 0$ et $y = 2{,}615$, on a alors les relations :

$$\frac{\bar{E}}{n} = \frac{3}{2}\kappa T F(y),$$

$$p = R T \eta F(y),$$

où l'on a posé [23] :

$$y = \frac{h^3}{(2\pi m\kappa T)^{3/2}} \frac{n}{V} = \frac{h^3 N\eta}{(2\pi MRT)^{3/2}}.$$

A partir de (19b) [24], on obtient pour la chaleur spécifique à volume constant C_v relative à une mole :

$$C_v = \frac{3}{2}R\left(F(y) - \frac{3}{2}yF'(y)\right) = \frac{3}{2}RG(y).$$

Pour résumer plus simplement, nous donnons une représentation graphique des fonctions $F(y)$ et $G(y)$:

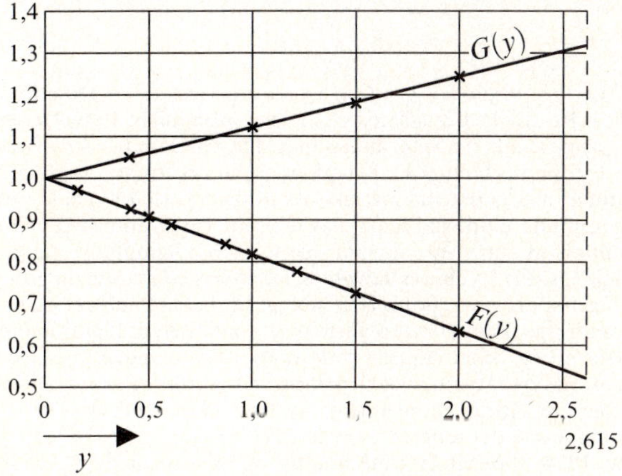

Figure 6

23. Lire N^4 et non N.

24. C'est de (19c) qu'il s'agit en réalité.

Si l'on tient compte de l'allure pratiquement linéaire de $F(y)$, on obtient pour p l'équation approchée correcte :

$$p = RT\eta\left[1 - 0{,}186\frac{h^3N^4\eta}{(2\pi MRT)^{3/2}}\right].$$

Décembre 1924. [Envoyé le 9 février.][25]

3. Peut-on considérer que la mécanique quantique donne de la réalité physique une description complète ?[1]

[AVEC BORIS PODOLSKY ET NATHAN ROSEN[2]]
[*Physical Review*, vol. XLVII, 1935, p. 777-780.]

Dans toute théorie complète, il y a un élément correspondant à chaque élément de réalité. Pour qu'une

---

25. 9 février 1925.

1. Le titre original est : « Can Quantum-Mechanical Description of Physical Reality be Considered Complete ? » En juillet 1925, Heisenberg avait proposé une nouvelle mécanique, dite « mécanique des matrices ». Cette théorie maintenait les équations de la mécanique classique, mais substituait aux grandeurs mécaniques ordinaires (telles que la position ou l'impulsion d'une particule) des tableaux carrés infinis de nombres, se multipliant entre eux, suivant une loi non commutative (le produit matriciel). Dans les années suivantes, les efforts conjugués du groupe de Göttingen d'une part (Born, Heisenberg, Jordan et Pauli), et du prodige de Cambridge (Paul Dirac) d'autre part, confirmèrent l'intuition initiale de Heisenberg, selon laquelle cette nouvelle mécanique, toute symbolique qu'elle était, permettait en principe de calculer rigoureusement non seulement le spectre en énergie du système mécanique considéré, mais aussi l'intensité des différentes raies de ce spectre.

En 1926 apparut la « mécanique ondulatoire » de Schrödinger, théorie développée par son auteur dans le droit fil des réflexions d'Einstein et de Broglie sur l'analogie entre matière et lumière. Schrödinger proposait d'expliquer les propriétés dynamiques et thermodynamiques des objets quantiques en faisant l'hypothèse d'ondes stationnaires soumises à une équation d'ondes (l'« équation de Schrödinger », précisément). Très vite, Heisenberg et Schrödinger se rendirent compte que leurs mécaniques étaient en un certain sens équivalentes : les solutions

grandeur physique soit réelle, il suffit qu'il soit possible de la prédire avec certitude, sans perturber le système. En mécanique quantique, dans le cas de deux grandeurs physiques décrites par des opérateurs qui ne commutent pas, la connaissance de l'une exclut celle de l'autre. Dès lors, ou bien (1) la description de la réalité donnée par la fonction d'onde en mécanique quantique n'est pas complète, ou bien (2) ces deux grandeurs ne peuvent avoir de réalité simultanée. L'examen du problème posé

---

de l'équation de Schrödinger pouvaient être utilisées pour « fabriquer » les matrices solution des équations de Heisenberg. Einstein, dès le début, manifesta la plus grande méfiance à l'égard de la nouvelle théorie dont il doutait qu'elle puisse produire une image réelle des phénomènes quantiques. Au début, ce sont les inégalités de Heisenberg qui étaient au centre de sa critique. Mais aux environs de 1930, la question de la complétude de la théorie devint sa principale préoccupation. Comme le raconte Bohr (in *Albert Einstein : Philosophor Scientist*, A. Schilpp éd. ; voir Bibliographie), après avoir eu un entretien avec Einstein, « la discussion tourna surtout autour de la question de savoir si la description par la mécanique quantique épuisait toutes les possibilités de rendre compte des phénomènes observables ou si, comme le soutenait Einstein, l'analyse pouvait être poussée plus loin et si, en particulier, l'on pouvait parvenir à une description plus complète des phénomènes en établissant un bilan détaillé des énergies et impulsions relatives aux divers processus individuels ». Einstein n'en continua pas moins, et dans le même mouvement, à rechercher de nouvelles expériences de pensée qui permettraient de montrer que les grandeurs conjuguées peuvent être, d'une certaine manière, *définies* avec une précision aussi grande que l'on veut (contrairement à ce que prescrivent les relations de Heisenberg). Il crut en avoir trouvé un exemple avec l'expérience de pensée qui fonde l'article publié en collaboration avec Podolsky et Rosen (et qui, pour cette raison, est connu sous le sigle EPR). Dans cet article, Einstein (et ses collaborateurs) proposent un « critère de réalité » de nature épistémologique, destiné à clarifier la question de la « réalité physique » et donc le problème de sa représentation.

2. Boris Podolsky (1896-1966), né en Russie, Podolsky émigra en 1913 aux États-Unis. Il rencontra Einstein à Pasadena en 1931. Nathan Rosen (né en 1909), physicien américain, collaborateur d'Einstein à Princeton. L'article EPR est le premier des articles écrits par Rosen en collaboration avec Einstein ; il fut suivi de deux autres en 1935 et 1937.

par la possibilité d'effectuer des prédictions relatives à un système sur la base de mesures effectuées sur un autre système ayant interagi antérieurement avec le premier amène à conclure que, si (1) est faux, alors (2) l'est également. On est donc conduit à la conclusion suivante : la description de la réalité donnée par une fonction d'onde n'est pas complète.

I

Dans toute réflexion un peu sérieuse concernant une théorie physique, il importe de prendre en compte la distinction entre la réalité objective, laquelle est indépendante de toute théorie, et les concepts physiques avec lesquels la théorie opère. Ces concepts sont faits pour correspondre à la réalité objective et c'est à l'aide de ces concepts que nous nous représentons cette réalité.

Lorsque l'on cherche à évaluer la réussite d'une théorie physique donnée, il faut se poser deux questions : (1) « La théorie est-elle correcte ? », et (2) « La description donnée par la théorie est-elle complète ? » Ce n'est que si l'on peut répondre par l'affirmative à l'une et l'autre de ces deux questions que l'on est en droit de déclarer satisfaisants les concepts de ladite théorie. La justesse d'une théorie se mesure au degré de conformité entre les conclusions de cette théorie et l'expérience humaine. Cette dernière, qui seule permet d'en inférer à la réalité, est donnée, dans le cas de la physique, par l'expérimentation et la mesure. Dans ce qui suit, nous allons examiner la question (2), dans le cas de la mécanique quantique.

Quelle que soit la signification que l'on donne au mot « complet », il semble bien que la condition suivante doive nécessairement être remplie, pour pouvoir parler de théorie complète : *chaque élément de la réalité physique doit avoir un correspondant dans la théorie physique.* C'est ce que nous convenons d'appeler la condition de complétude. Il est donc facile de répondre à la question (2) dès lors que l'on est en mesure de décider ce que sont les éléments de la réalité physique.

Les éléments de la réalité physique ne peuvent pas être déterminés par des considérations philosophiques *a priori*. On les découvre en ayant recours aux résultats de l'expérimentation et de la mesure. Cependant nous n'avons guère besoin, pour ce qui nous occupe ici, d'une définition exhaustive de la réalité. Nous allons nous contenter du critère suivant qui nous semble raisonnable : *si, sans perturber le système en aucune façon, nous pouvons prédire avec certitude (c'est-à-dire avec une probabilité égale à* 1*) la valeur d'une grandeur physique*[3], *alors il existe un élément de la réalité physique correspondant à cette grandeur physique*. Il nous semble que ce critère, s'il n'épuise pas – il s'en faut – tous les moyens de reconnaître une réalité physique, nous en procure quand même un, du moins lorsque l'on se trouve dans les conditions qui y sont prescrites. Considéré comme une condition non pas nécessaire mais suffisante de réalité, ce critère est en parfaite conformité avec les idées classiques et quantiques de réalité.

Afin d'illustrer ces idées, considérons la description que donne la mécanique quantique d'une particule à un seul degré de liberté. Le concept fondamental de la théorie est celui d'*état*, censé être caractérisé de façon complète par la fonction d'onde Ψ, fonction des variables que l'on a choisies pour décrire le comportement de la particule. A chaque grandeur physique observable A correspond un opérateur, que l'on désignera par la même lettre A.

Si Ψ est une fonction propre de l'opérateur A, c'est-à-dire si :

$$\Psi' \equiv A\Psi = a\Psi, \tag{1}$$

où a est un nombre, la grandeur physique a la valeur a avec certitude chaque fois que la particule est dans l'état donné par Ψ. Selon notre critère de réalité, il y a, pour

3. *Physical quantity* dans le texte anglais.

une particule dans l'état donné par Ψ satisfaisant à l'équation (1), un élément de réalité physique correspondant à la grandeur A. Soit par exemple pour Ψ :

(2) $$\Psi = e^{(2\pi i/h)p_0 x},$$

où h est la constante de Planck, p_0 un nombre constant donné et x la variable indépendante. Étant donné que l'opérateur correspondant à la quantité de mouvement de la particule est[4] :

(3) $$p = (h/2\pi i)\partial/\partial x,$$

on obtient :

(4) $$\Psi' = p\Psi = (h/2\pi i)\,\partial\Psi/\partial x = p_0\Psi.$$

Dans l'état donné par l'expression (2), la quantité de mouvement a donc la valeur p_0 avec certitude. Cela a donc un sens de dire que la quantité de mouvement de la particule dans l'état donné par l'équation (2) est réelle.

En revanche, si l'équation (1) n'est pas satisfaite, il n'est plus possible de dire que la grandeur physique A a une valeur déterminée. C'est le cas par exemple de la position de la particule. L'opérateur qui lui correspond, notons-le q, est l'opérateur de multiplication par la variable indépendante x et donc :

(5) $$q\Psi = x\Psi \neq a\Psi.$$

Conformément à la mécanique quantique, nous pouvons seulement dire que la probabilité relative pour qu'une mesure de la position donne un résultat situé entre a et b est :

(6) $$P(a,b) = \int_a^b \Psi\bar{\Psi}\,dx = \int_a^b dx = (b-a).$$

4. Erreur typographique : ici, comme en (13), l'opérateur quantité de mouvement doit être noté P. De même en (5), q doit être remplacé par Q.

Étant donné que cette probabilité est indépendante de a, et ne dépend que de la différence $b - a$, toutes les valeurs de la position apparaissent comme également probables.

Il n'est donc pas possible de prédire de façon précise la valeur de la position d'une particule dans l'état donné par (2). On ne peut connaître la position que par une mesure directe. Mais cette mesure perturbe la particule et par conséquent modifie son état : une fois que la position est déterminée, la particule n'est plus dans l'état donné par (2). D'où l'on conclut habituellement en mécanique quantique que *lorsque la quantité de mouvement d'une particule est connue, sa position n'a pas de réalité physique*.

De façon plus générale, on montre en mécanique quantique[5] que, si les opérateurs correspondant à deux grandeurs physiques, disons A et B, ne commutent pas, c'est-à-dire si $AB \neq BA$, la connaissance précise de l'une interdit une connaissance de même type pour l'autre. Plus même, toute tentative en vue de déterminer expérimentalement cette dernière modifie l'état du système de façon telle que la connaissance de la première s'en trouve ruinée.

D'où il s'ensuit que, ou bien (1) *la description quantique de la réalité donnée par la fonction d'onde n'est pas complète*, ou bien (2) *lorsque les opérateurs correspondant à deux grandeurs physiques ne commutent pas, ces deux grandeurs ne peuvent avoir de réalité simultanée*. En effet, si ces grandeurs avaient toutes les deux une réalité simultanée – et donc des valeurs définies –, ces valeurs figureraient dans la description complète, comme l'exige la condition de complétude. Si alors la fonction d'onde offrait bien une description complète de la réalité, elle contiendrait ces valeurs qui donc pourraient être prédites. Comme ce n'est pas le cas, nous nous trouvons confrontés à l'alternative énoncée.

5. Il s'agit des relations « d'indétermination » de Heisenberg.

En mécanique quantique, on suppose généralement que la fonction d'onde contient effectivement une description complète de la réalité physique du système dans l'état correspondant [à cette fonction d'onde]. A première vue, cette hypothèse semble tout à fait raisonnable, car l'information que l'on peut extraire d'une fonction d'onde semble correspondre exactement à ce qui peut être mesuré sans modifier l'état du système. Nous allons montrer que cette hypothèse, lorsqu'elle est associée au critère de réalité énoncé plus haut, conduit à une contradiction.

II

A cet effet, supposons que nous ayons deux systèmes I et II susceptibles d'interagir entre les instants $t = 0$ et $t = T$ et, après quoi, toute interaction entre ces deux constituants cesse définitivement. Nous supposons en outre que nous connaissons les états des deux systèmes avant l'instant $t = 0$. A l'aide de l'équation de Schrödinger, il nous est alors possible de calculer l'état du système composé I + II, à n'importe quel instant ultérieur – et en particulier à tout $t > T$. Soit Ψ la fonction d'onde correspondante. Pourtant, il ne nous est pas possible de calculer l'état dans lequel se trouve chacun des deux systèmes après l'interaction. D'après la mécanique quantique, cela n'est possible que si l'on effectue d'autres mesures, selon un processus qui porte le nom de *réduction du paquet d'ondes*. Examinons en quoi consiste essentiellement ce processus.

Soient a_1, a_2, a_3... les valeurs propres d'une certaine grandeur physique A relative au système I, et $u_1(x_1)$, $u_2(x_1)$, $u_3(x_1)$... les fonctions d'onde qui leur correspondent, x_1 désignant ici l'ensemble des variables servant à décrire le premier système. Dans ces conditions, Ψ en tant que fonction de x_1 s'écrit :

$$(7) \qquad \Psi(x_1, x_2) = \sum_{n=1}^{\infty} \Psi_n(x_2)\, u_n(x_1),$$

où x_2 désigne l'ensemble des variables servant à décrire le deuxième système. Les $\Psi_n(x_2)$ figurant ici ne sont autres que les coefficients du développement de Ψ en une série de fonctions orthogonales $u_n(x_1)$. Supposons maintenant que nous effectuions la mesure de la grandeur A et que nous trouvions la valeur a_k. On en conclut qu'après la mesure, le premier système se trouve dans l'état donné par la fonction d'onde $u_k(x_1)$ et que le deuxième système se trouve dans l'état donné par la fonction d'onde $\Psi_k(x_2)$. C'est en cela que consiste le processus de réduction du paquet d'ondes : le paquet d'ondes représenté par la série infinie (7) est réduit au seul terme $\Psi_k(x_2)\, u_k(x_1)$.

L'ensemble des fonctions $u_n(x_1)$ dépend du choix de la grandeur physique A. Si nous avions porté notre choix sur une autre grandeur, B par exemple, dont les valeurs propres sont b_1, b_2, b_3... et les fonctions propres $v_1(x_1)$, $v_2(x_1)$, $v_3(x_1)$..., au lieu de (7) nous aurions obtenu le développement suivant :

$$(8) \qquad \Psi(x_1, x_2) = \sum_{s=1}^{\infty} \varphi_s(x_2)\, v_s(x_1)$$

dont les φ_s sont les nouveaux coefficients. Si maintenant, nous mesurons la grandeur B et lui trouvons la valeur b_r, nous dirons que le premier système se trouve dans l'état donné par $v_r(x_1)$ et le second dans l'état donné par $\varphi_r(x_2)$.

Il apparaît donc qu'après deux mesures différentes effectuées sur le premier système, les états dans lesquels se trouve un système peuvent avoir des fonctions d'onde différentes. Mais, par ailleurs, étant donné qu'à l'époque de la mesure les deux systèmes n'interagissent plus, le deuxième système ne peut être le siège d'aucun changement réel qui serait la conséquence de quelque chose que l'on aurait fait au premier système. Évidemment, en disant cela, nous ne faisons qu'énoncer ce qu'il faut entendre par absence d'interaction entre les deux systèmes. Ainsi donc, *il est possible d'assigner deux fonc-*

tions d'onde différentes (ici Ψ_k et φ_r) *à la même réalité* (à savoir : le deuxième système après qu'il a interagi avec le premier).

Or il peut se faire que les deux fonctions Ψ_k et φ_r soient fonctions propres de deux opérateurs correspondant à deux grandeurs physiques, *P* et *Q* respectivement, qui ne commutent pas. Donnons un exemple destiné à montrer que cette éventualité peut très bien se réaliser. Supposons que les deux systèmes soient deux particules et que :

$$(9) \qquad \Psi(x_1, x_2) = \int_{-\infty}^{+\infty} e^{(2\pi i/h)(x_1 - x_2 + x_0)p}\, dp,$$

où x_0 est une certaine constante.

Prenons pour *A* la quantité de mouvement de la première particule. Alors, comme il a été montré (équation 4), ses fonctions propres sont de la forme :

$$(10) \qquad u_p(x_1) = e^{(2\pi i/h)px_1},$$

où *p* est la valeur propre correspondant à $u_p\,(x_1)$.

Étant donné que nous avons ici affaire à un spectre continu, il nous faut réécrire l'équation (7) sous la forme :

$$(11) \qquad \Psi(x_1, x_2) = \int_{-\infty}^{+\infty} \Psi_p(x_2)\, u_p(x_1)\, dp,$$

où :

$$(12) \qquad \Psi(x_2) = e^{-(2\pi i/h)(x_2 - x_0)p}.$$

Mais $\Psi_p\,(x_2)$ est elle-même la fonction propre de l'opérateur :

$$(13) \qquad p = (h/2\pi i)\, \partial/\partial x_2$$

qui correspond à la valeur propre $-p$ de la quantité de mouvement de la seconde particule. D'un autre côté, si pour B nous prenons la position de la première particule, ses fonctions propres sont :

$$v_x(x_1) = \delta(x_1 - x), \tag{14}$$

x étant la valeur propre correspondante ; $\delta(x_1 - x)$ est la fonction δ de Dirac, bien connue. L'équation (8) devient dans ce cas :

$$\Psi(x_1, x_2) = \int_{-\infty}^{+\infty} \varphi_x(x_2)\, v_x(x_1)\, dx, \tag{15}$$

avec :

$$\begin{aligned} \varphi_x(x_2) &= \int_{-\infty}^{+\infty} e^{(2\pi i/h)(x-x_2+x_0)p}\, dp \\ &= h\,\delta(x - x_2 + x_0) \end{aligned} \tag{16}$$

qui n'est autre que la fonction propre de l'opérateur

$$Q = x_2 \tag{17}$$

correspondant à la valeur propre $(x+x_0)$ de la position de la deuxième particule. Comme :

$$PQ - QP = h/2\pi i, \tag{18}$$

nous avons montré qu'il est en général possible que Ψ_k et φ_r soient des fonctions propres de deux opérateurs correspondant à des grandeurs physiques qui ne commutent pas.

Revenant alors au cas général et aux équations (7) et (8), nous ferons l'hypothèse que Ψ_k et φ_r sont bien effectivement fonctions propres de deux certains opérateurs P et Q qui ne commutent pas, avec les valeurs propres p_k et q_r respectivement. Nous sommes alors à même, en mesurant soit A soit B, de prédire avec certitude, et sans perturber en aucune façon le deuxième système, ou bien la valeur de la grandeur P (à savoir p_k) ou bien la valeur de la grandeur Q (à savoir q_r). Selon notre critère de réalité, il nous faut considérer que dans le premier cas, c'est la grandeur P qui est un élément de réalité et que dans le deuxième cas, c'est la grandeur Q qui est un élément de réalité. Mais, comme nous venons de le voir, les fonctions d'onde Ψ_k et φ_r appartiennent toutes les deux à la même réalité.

Nous avions montré à la section précédente que ou bien (1) la description de la réalité que donne la mécanique quantique n'est pas complète, ou bien (2) si deux opérateurs correspondant à deux grandeurs physiques ne commutent pas, ces deux grandeurs physiques ne peuvent avoir de réalité simultanée. Partant de l'hypothèse selon laquelle la fonction d'onde donne effectivement une description complète de la réalité physique, nous sommes arrivés à la conclusion que deux grandeurs physiques correspondant à des opérateurs qui ne commutent pas peuvent avoir une réalité simultanée. Ainsi donc, la négation de (1) entraîne la négation de la seule alternative possible (2). Nous nous voyons contraints de conclure que la description de la réalité physique donnée par des fonctions d'onde n'est pas complète.

A cette conclusion on pourrait objecter que notre critère de réalité n'est pas assez restrictif. De fait, on n'aboutirait pas aux mêmes conclusions en imposant que deux, ou plusieurs, grandeurs puissent n'être considérées comme des éléments de réalité simultanés que *si elles peuvent être mesurées ou prédites simultanément*. Si l'on adopte ce point de vue, les quantités P et Q ne sont pas simultanément réelles puisque l'on peut prédire soit l'une, soit l'autre, mais pas les deux ensemble. D'où il résulte que la réalité de P et Q dépend de l'opération de mesure que l'on effectue sur le premier système, sans perturber le second en aucune façon. Aucune définition de la réalité un tant soit peu raisonnable n'autorise cela.

Bien que nous ayons montré ici que la fonction d'onde ne fournit pas une description complète de la réalité physique, nous n'avons pas pour autant répondu à la question de savoir si une telle description existe. Nous avons néanmoins la conviction qu'une telle théorie est possible[6].

[Reçu le 25 mars 1935.]

4. Lettre à Schrödinger

Old Lyme, 19 juin 1935.

Cher Schrödinger[1],

Ta lettre fort détaillée au sujet du petit article m'a fait

---

6. Bohr répliqua immédiatement à Einstein dans un article portant le même titre (*Physical Review*, vol. ILVIII, 1935, p. 696-702). Il critiquait le critère de réalité adopté et concluait que la physique quantique exige une révision radicale du concept de réalité physique, au terme de laquelle certains des attributs d'un objet physique n'ont plus de réalité indépendante du dispositif expérimental utilisé. On sait aujourd'hui que les sommes (7) et (8) ne doivent pas porter sur des produits ordinaires mais sur des produits tensoriels.

1. Peu après la publication de l'article EPR, le 7 juin 1935, Schrödinger écrivait à Einstein : « J'ai été très content de voir que, dans ton dernier article, dans la *Phys. Rev.*, tu as pris publiquement au collet la mécanique quantique dogmatique à propos de ces choses dont nous avions déjà tellement discuté à Berlin [deux ans au moins auparavant donc]. Me permets-tu une remarque ? J'ai, à première vue, quelques objections à te faire, mais il ne s'agit que de points de détail que j'aimerais formuler de façon plus claire. »

Le détail en question concerne la généralité du paradoxe [Schrödinger emploie le mot *Widerspruch* : contradiction] ; c'est tout sauf un détail, comme il apparaît aujourd'hui. Schrödinger fait en effet remarquer que pour deux systèmes ayant interagi, la fonction d'onde d'un des systèmes dépend toujours du « programme » de mesures effectuées sur l'autre ; la fonction d'onde du système total ne se factorise pas toujours en produit de fonctions d'onde des deux systèmes composants. Il y a, comme on dit aujourd'hui, « intrication » ou « implexité » et l'état du système total appartient au produit tensoriel des espaces de Hilbert des deux systèmes composants.

Le 17 juin, Einstein, qui probablement n'avait pas reçu la lettre du 7 juin (Einstein était à Princeton et Schrödinger en Europe), écrivait,

très plaisir. Pour des raisons de langue[2], cet article a été écrit par Podolsky, après bien des discussions. Mais le résultat n'est pas vraiment conforme à ce que je voulais : l'essentiel est en quelque sorte noyé sous l'érudition.

La véritable difficulté tient à ce que la physique est une sorte de métaphysique : la physique décrit la « réalité ». Or, nous ne savons pas ce qu'est la « réalité », nous ne la connaissons qu'à travers la description qu'en donne la physique !

Toute physique est description de la réalité ; seulement cette description peut être « complète » ou « incomplète ». Le sens de ces expressions est d'emblée problématique lui aussi. Je vais l'élucider à l'aide de la métaphore suivante.

J'ai devant moi deux boîtes, chacune munie d'un couvercle amovible, de sorte que je peux voir ce qu'il y a dedans en soulevant le couvercle ; c'est ce que j'appelle « faire une observation ». Par ailleurs, il y a une bille qui, lorsque l'on fait une observation, se trouve toujours soit dans une boîte soit dans l'autre[3].

Je décris alors un état [du système] de la façon suivante : *la probabilité pour que la bille se trouve dans la première boîte y est 1/2.* Est-ce là une description complète ?

---

sans faire référence explicitement à l'article EPR : « Du point de vue des principes, je ne crois absolument pas à l'existence d'une base statistique de la physique, au sens où l'entend la mécanique quantique – et ce, en dépit des succès qu'a remportés ce formalisme cas par cas (...). Je trouve que renoncer à une appréhension spatio-temporelle du réel est [une position] idéaliste et spiritiste. Cette orgie de spiritueux épistémologique doit cesser. Tu penseras certainement en riant de moi qu'il arrive souvent qu'une jeune hétaïre se transforme en vieille bigote et un jeune révolutionnaire en un vieux conservateur. » Deux jours plus tard, la lettre de Schrödinger du 7 juin, enfin reçue, lui donne l'occasion de préciser cette position globale dans le texte que l'on va lire maintenant.

2. L'article EPR, paru dans un journal américain, est rédigé en anglais, langue avec laquelle Einstein n'a jamais acquis une réelle familiarité.

3. Cette bille dans une boîte se transformera au fil des lettres en « chat de Schrödinger ».

Non : un énoncé complet est : la bille *est* (ou n'est pas) dans la première boîte. Telle est l'allure que doit prendre la caractérisation de l'état dans une description complète.

Oui : avant que je soulève le couvercle de la boîte, la bille n'est pas du tout dans l'*une* des deux boîtes. Le fait d'être dans une boîte déterminée ne se réalise que parce que je soulève le couvercle. C'est seulement de là que provient le caractère statistique du monde de l'expérience, de ses lois empiriques. L'état avant que le couvercle soit soulevé est *complètement* caractérisé par le nombre 1/2, dont la signification ne se manifeste jamais, lorsqu'on effectue des observations, que comme un résultat statistique. La statistique intervient uniquement lors de l'observation où sont introduits des facteurs insuffisamment connus, et étrangers au système décrit.

Nous nous trouvons placés devant une alternative analogue lorsque nous voulons interpréter la relation qu'entretient la mécanique quantique avec la réalité. Pour le système que constitue la bille, bien évidemment, la deuxième interprétation, « spiritiste », à la Schrödinger, est pour tout dire inepte : seule la première interprétation, celle de Born, sera prise au sérieux par le contribuable. Quant au philosophe talmudiste[4], il se fiche pas mal de la « réalité », cet épouvantail tout juste bon à effrayer les âmes naïves. Il explique que les deux conceptions ne diffèrent que par leur mode d'expression.

Voici quelle est ma manière de penser à moi. On ne peut avoir prise sur le talmudiste qu'en ayant recours à un principe additionnel, le principe de séparation[5]. A

4. La suite de la lettre fait apparaître que cette appellation vise Bohr et son « principe de complémentarité » assimilé par Einstein à un commentaire de la Loi.

5. *Trennungsprinzip* en allemand, l'ancêtre de l'actuelle séparabilité – propriété « intuitive » selon laquelle deux objets physiques qui n'interagissent pas à un instant donné peuvent être décrits séparément en précisant de façon indépendante l'état de l'un et l'état de l'autre. Or on sait

savoir : « la deuxième boîte (avec tout ce qui a trait à son contenu) est indépendante de ce qui se passe dans la première boîte (systèmes partiels séparés) ». Si l'on adopte le principe de séparation, on exclut par là même la deuxième conception « à la Schrödinger » et il ne reste plus que celle de Born, selon laquelle, toutefois, la description donnée plus haut de l'état est une description *incomplète* de la *réalité* ou des états réels.

La comparaison précédente ne correspond que très imparfaitement à l'exemple quantique de l'article. Il est cependant propre à préciser le point de vue qui m'est essentiel. En théorie quantique, on décrit un état réel d'un système par une fonction normée des coordonnées Ψ (de l'espace de configuration). L'évolution dans le temps est donnée de façon non équivoque par l'équation de Schrödinger. On aimerait bien pouvoir dire : Ψ est coordonnée de façon biunivoque à l'état réel du système réel. Le caractère statistique des résultats de mesure est à mettre exclusivement au compte des appareils de mesure ou des procédures de mesure. Quand ça marche, je parle de description complète de la réalité par la théorie. Mais, si une telle interprétation s'avère impraticable, je dis que la description théorique est « incomplète ». Tout de suite le talmudiste déclare, à bon droit, qu'il s'agit là d'une définition sans contenu ; mais patience ! Elle va bientôt recevoir tout son sens.

---

aujourd'hui que le formalisme de la théorie quantique oblige à considérer que tel n'est pas le cas, du fait de l'implexité quantique : il est impossible de définir l'état d'un objet quantique indépendemment de celui de tous les autres objets, (donc, en principe, du reste de l'univers). Ou encore : toute intervention (ou « mesure ») effectuée sur un objet d'un système de deux objets (supposés seuls dans l'univers) affecte l'état de l'autre, même s'ils sont à des années-lumière l'un de l'autre. Diverses expériences réalisées dans les années 70-80 (en particulier par Alain Aspect et ses collaborateurs ; A. Aspect *et al.*, *Physical Review Letters*, vol. ILVII, 1981, p. 460) ont montré que le monde est effectivement « non séparable ».

Décrivons par sa fonction Ψ, Ψ_{AB}, le système global composé des deux systèmes partiels A et B. Cette description est relative à un instant pour lequel l'interaction a pratiquement cessé. Le Ψ du système global peut alors être construit à partir des Ψ propres normalisés $\Psi(x_1)$, $\chi(x_2)$, correspondant aux valeurs propres des « observables » (systèmes d'observables qui commutent) :

$$(1) \qquad \Psi_{AB} = \sum_{mn} C_{mn}\, \Psi_m(x_1)\, \chi_n(x_2).$$

Si l'on effectue alors une mesure α sur A, l'expression ci-dessus se réduit à :

$$(2) \qquad \Psi_B = \sum_{n} C_{mn}\, \chi_n(x_2)$$

qui est la fonction Ψ du système partiel B dans le cas où je fais une mesure α.

Mais, au lieu de faire un développement en fonctions propres des observables α et β, je peux tout aussi bien développer sur les fonctions propres de $\underline{\alpha}$ et β, autre système de variables qui commutent :

$$(1a) \qquad \Psi_{AB} = \sum_{mn} \underline{C_{mn}}\, \underline{\Psi_m}(x_1)\, \chi_n(x_2),$$

de sorte qu'après la mesure de $\underline{\alpha}$, on obtient :

$$(2a) \qquad \underline{\Psi_B} = \sum_{n} \underline{C_{mn}}\, \chi_n(x_2).$$

Le seul point[6] essentiel ici est que Ψ_B et $\underline{\Psi_B}$ sont différents. J'affirme que cette différence est incompatible avec l'hypothèse selon laquelle la description par Ψ est coordonnée de façon biunivoque à la réalité physique (à l'état réel). En effet, après la collision, l'état réel de (AB) est composé à partir de l'état réel de A et de l'état réel de B

6. C'est ce point que, selon Einstein, Podolsky n'a pas suffisamment développé dans sa rédaction.

qui n'ont rien à voir l'un avec l'autre. *L'état réel de B ne peut pas dépendre de la mesure que j'entreprends sur A* (cf. l'hypothèse de séparation ci-dessus). Or, il existe deux Ψ_B, deux (et même autant que l'on veut) candidats tout aussi légitimes l'un que l'autre pour le même état de B – en contradiction avec l'hypothèse d'une description biunivoque, et complète.

Remarque : que Ψ_B et $\underline{\Psi_B}$ puissent être considérées comme des fonctions propres des observables B et $\underline{B}$, *je m'en fiche*[7].

Enfin, je fais simplement remarquer que je ne crois pas que nous puissions nous satisfaire d'une description « incomplète » ; bien au contraire, il nous faut chercher une description complète.

La porte de sortie que tu indiques dans le dernier paragraphe de ta lettre – que ceci a à voir avec le fait que nous travaillons avec une vitesse c infinie[8] – me semble sans issue. En tout état de cause, les considérations précédentes valent pour la seule mécanique quantique exempte de contradiction, la mécanique quantique non relativiste.

Reçois mes cordiales salutations.

A. E.

---

7. *Das ist mir Wurst*, en allemand. Cette circonstance tient en revanche une grande place dans l'argument EPR (voir *supra*, p. 460 et suiv., où $\underline{A}$ et $\underline{B}$ désignent des grandeurs alors qu'ici $\underline{A}$ et $\underline{B}$ sont des systèmes).

8. Allusion à une suggestion de Schrödinger dans sa lettre du 7 juin, selon laquelle le paradoxe EPR pourrait avoir pour origine le fait que l'on ne tient pas compte de la valeur finie c de la vitesse de la lumière (qui est aussi celle de n'importe quel signal chargé d'information)

Bibliographie

Textes d'Einstein lui-même

1) Princeton University Press a entrepris la publication intégrale des écrits d'Einstein, en langue originale (majoritairement l'allemand) avec des présentations et annotations en anglais, sous le titre général *The Collected Papers of (Gesammelte Schriften) Albert Einstein*. Cette publication est encore en cours. L'ordre chronologique a été adopté ; le premier volume est paru en 1987 ; huit volumes sont à ce jour (début 2002) publiés (allant jusqu'en 1918).

Les cinq articles écrits par Einstein en 1905 ont fait l'objet d'une traduction anglaise rigoureuse assortie de commentaires introductifs : Stachel John, *Einstein's Miraculous Year. Five Papers that Changed the Face of Physics*, Princeton University Press, 1998.

2) L'édition d'Einstein en français est la réalisation d'un projet moins ambitieux, non exhaustif, comportant 6 volumes intitulés :

1. Quanta. Mécanique statistique et physique atomique.

2. Relativités I. Relativités restreinte et générale.

3. Relativités II. Relativité générale, cosmologie et théories unitaires.

4. Correspondances françaises.

5. Science, Éthique, Philosophie.

6. Écrits politiques.

Ces volumes, auxquels il faut ajouter un *Album Einstein*, Hors Série, publiés entre 1989 et 1993 ont fait l'objet d'une coédition Éditions du Seuil/Éditions du CNRS et sont parus dans la Collection « Sources du Savoir » au Seuil (collection dirigée par J.M. Lévy-Leblond et T. Marchaisse). Le présent volume a été construit à partir de cette édition.

3) Deux textes traduits du vivant d'Einstein par Maurice Solovine n'ont pas été inclus dans l'édition Seuil/CNRS car la qualité de la traduction ne justifiait pas de la rectifier. Ce sont :

– *La théorie de la relativité restreinte et généralisée*, Paris, Gauthier-Villars, 1921, traduction de *Über die spezielle und die allgemeine Relativitätstheorie, Gemeinverständlich*, Brunswick, Vieweg, 1917. Cette traduction a été augmentée en 1954 et est depuis parue dans diverses collections de poche.

– *L'évolution des idées en physique, des premiers concepts aux théories de la relativité et des quanta*, Paris, Flammarion, (nombreuses éditions de poche), traduction d'un ouvrage écrit en anglais en collaboration avec Leopold Infeld, *The Evolution of Physics : The Growth of Ideas from Early Concepts to Relativity and Quanta*, New York, Simon & Schuster, 1938.

4) En attendant la fin de la publication intégrale des *Collected Papers*, on trouvera certains textes (essentiellement politiques) non retenus dans l'édition française dans les trois recueils suivants rassemblant des textes épars :

Mein Weltbild, C. Seelig, éd., Amsterdam, Querido, 1934. Édition revue et augmentée, Zurich, Europa-Verlag, 1953, à partir de laquelle a été faite la traduction française, par M. Solovine, *Comment je vois le monde*, Paris, Flammarion, 1958.

Out of My Later Years, New York, Philosophical Library, 1950 ; trad. franç. : M. Solovine, *Conceptions scientifiques, morales et sociales*, Paris, Flammarion, 1952 (disponible en livre de poche dans la collection « Champs »).

Ideas and Opinions, fondé sur *Mein Weltbild* (C. Seelig, éd.) et d'autres sources, New York, Crown Publishing, 1954 ; nouvelle édition par S. Bargmann, New York, Dell Publishing, 1973.

Ouvrages à caractère biographique

BRIAN Denis, *Einstein : A Life*, New York, J. Wiley, 1996 ; trad. franç., *Einstein le génie, l'homme*, Paris, Laffont, 1997.

CALAPRICE Alice (éd.), *The Quotable Einstein*, Princeton, Princeton University Press, 1996. Trad. franç. (à partir de l'anglais), *Pensées intimes*, P. Babo, Paris, Le Rocher, 2000.

FÖLSING Albrecht, *Albert Einstein : a Biography*, New York, Viking, 1998.

FRANK Philipp, *Albert Einstein, sein Leben und seine Zeit*, Brunswick, Vieweg, 1979 ; trad. franç. : *A. Einstein, sa vie, son œuvre*, A. George, Paris, Albin Michel, 1968.

GRUNDMANN Siegfried, *Einsteins Akte : Einsteins Jahre in Deutschland aus der Sicht der deutsche Politik*, Berlin, Springer Verlag, 1998.

HOFFMANN Banesh, en collaboration avec Helen Dukas, *Albert Einstein, Creator and Rebel*, New York, Viking, 1972 ; trad. franç. : *Albert Einstein, créateur et rebelle*, M. Manly, Paris, Le Seuil, 1975.

HOWARD Don, *Einstein : the Formative Years*, Boston, Birkhaüser, 2000.

KRISTEN Christa et TREDER Hans-Jürgen (éds.), *Albert Einstein in Berlin 1913-1933*, Berlin, Akademie Verlag, 1979.

MERLEAU-PONTY Jacques, *Einstein*, Paris, Flammarion, 1993.

PAIS Abraham, *Subtle is the Lord, the Science and Life of Albert Einstein*, Oxford, Oxford University Press, 1982 ; trad. franç. : *Subtil est le Seigneur. Albert*

Einstein. La vie et l'œuvre, C. Jeanmougin, Paris Inter-Éditions, 1993.

SEELIG Carl, *Albert Einstein : Eine dokumentarische Biographie*, Zurich et Vienne, Europa-Verlag, 1954.

– *Albert Einstein, Leben und Werk eines Genies unserer Zeit*, Zurich, Europa-Verlag, 1960.

SUGIMOTO Kenji, *Albert Eistein, Die kimmentierte Bilddokumentation*, Moos et Partner, Munich, 1987, trad. franç., J.P. Bardos, *Einstein : biographie illustrée*, Paris, Belin, 1990.

Signalons en outre l'entrée « Einstein » de : C. GILLISPIE (éd.), *Dictionary of Scientific Biography*, New York, Scribner.

Correspondances

Quatre recueils sont parus en français :

– *A. Einstein, M. Besso, Correspondance 1903-1955*, P. Speziali, éd., Paris, Hermann, 1972.

– *A. Einstein, M. Born, Correspondance 1916-1955*, Paris, Le Seuil, 1972. Traduction par P. Leccia de *A. Einstein, M. Born Briefwechsel*, Munich, Nymphenburger, 1969.

– *Einstein Albert, Lettres à Maurice Solovine*, M. Solovine, éd. et trad., Paris, Gauthier-Villars, 1956.

– *A. Einstein, M. Marič, Lettres d'amour et de science*, Paris, Le Seuil, 1993. Traduction par E. Kaufmann de *The Love Letters*, J. Renn et R. Schulmann (éd.) Princeton, Princeton University Press, 1992.

A ces quatre ouvrages disponibles en français, il faut ajouter :

– *A. Einstein, A. Sommerfeld, Briefwechsel. 60 Briefe aus dem goldenen Zeitalter der modernen Physik*, A. Hermann, éd., Bâle et Stuttgart, Schwabe, 1968.

– *Cartan Elie, Einstein Albert, Letters on Absolute Parallelism*, Princeton, Princeton University Press/Académie royale de Belgique, 1979.

Littérature

Dürrenmatt Friedrich, *Albert Einstein : Ein Vortrag*, Zurich, Diogenes Verlag 1979 ; trad. franç., *Albert Einstein*, F. Stokke, Lausanne, Lettres Universelles, Editions de l'Aire, 1982.

Die Physiker, Zurich, Diogenes Verlag ; trad. française, J.P. Porret, *Les physiciens*, Lausanne, L'Age d'Homme, 1996.

Quelques ouvrages épistémologiques
(la littérature est immense ; nous ne citons que les ouvrages à caractère général mentionnés dans cette édition)

HOLTON Gerald, *Thematic Origins of Scientific Thought : Kepler to Einstein*, Cambridge, Mass, Harvard University Press, 1973.

KUHN Thomas S., *Black-Body Theory and the Quantum Discontinuity 1894-1912*, Oxford, Clarendon Press, 1978 ; éd. revue et corrigée, University of Chicago Press, 1987.

MILLER Arthur I., *Albert Einstein's Special Theory of Relativity ; Emergence (1905) and Early Interpretation (1905-1911)*, Reading, Addison-Wesley, 1981.

A signaler aussi la collection d'essais :
Einstein Studies, Boston, Bâle et Berlin, Birkhäuser, publié sous le patronage du Center for Einstein Studies de Boston University.

Index

Crédits photographiques

AIP Niels Bohr Library : 8. AIP Niels Bohr Library/ International News Photos : 14. Boston University, The Collected Papers of Albert Einstein : 4, 7, 10, 15. The Central Zionist Archives : 6. Paul Ehrenfest : 9. The Hebrew University of Jerusalem, Courtesy AIP Niels Bohr Library : 1, 5. Keystone : 2, 11, 12, 13. Magnum/ Ernst Haas : 16. Verlag Moos & Partner : 3.

Table

Première partie

DEUXIÈME PARTIE

RÉALISATION : IGS-CHARENTE PHOTOGRAVURE À L'ISLE-D'ESPAGNAC
IMPRESSION : MAURY-EUROLIVRES À MANCHECOURT
DÉPÔT LÉGAL : SEPTEMBRE 2002. N° 39658 (02/08/96812)

Collection Points

SÉRIE SCIENCES

dirigée par Jean-Marc Lévy-Leblond et Nicolas Witkowski

S1. La Recherche en biologie moléculaire
ouvrage collectif
S2. Des astres, de la vie et des hommes
par Robert Jastrow (épuisé)
S3. (Auto)critique de la science
par Alain Jaubert et Jean-Marc Lévy-Leblond
S4. Le Dossier électronucléaire
par le syndicat CFDT de l'Énergie atomique
S5. Une révolution dans les sciences de la Terre
par Anthony Hallam
S6. Jeux avec l'infini, *par Rózsa Péter*
S7. La Recherche en astrophysique, *ouvrage collectif* (nouvelle édition)
S8. La Recherche en neurobiologie *(épuisé)*
(voir nouvelle édition, S 57)
S9. La Science chinoise et l'Occident
par Joseph Needham
S10. Les Origines de la vie, *par Joël de Rosnay*
S11. Échec et Maths, *par Stella Baruk*
S12. L'Oreille et le Langage
par Alfred Tomatis (nouvelle édition)
S13. Les Énergies du Soleil, *par Pierre Audibert*
en collaboration avec Danielle Rouard
S14. Cosmic Connection ou l'Appel des étoiles
par Carl Sagan
S15. Les Ingénieurs de la Renaissance
par Bertrand Gille
S16. La Vie de la cellule à l'homme, *par Max de Ceccatty*
S17. La Recherche en éthologie, *ouvrage collectif*
S18. Le Darwinisme aujourd'hui, *ouvrage collectif*
S19. Einstein, *créateur et rebelle, par Banesh Hoffmann*
S20. Les Trois Premières Minutes de l'Univers
par Steven Weinberg
S21. Les Nombres et leurs mystères
par André Warusfel
S22. La Recherche sur les énergies nouvelles
ouvrage collectif
S23. La Nature de la physique, *par Richard Feynman*
S24. La Matière aujourd'hui, *par Émile Noël* et al.

S25. La Recherche sur les grandes maladies
ouvrage collectif
S26. L'Étrange Histoire des quanta
par Banesh Hoffmann et Michel Paty
S27. Éloge de la différence, *par Albert Jacquard*
S28. La Lumière, *par Bernard Maitte*
S29. Penser les mathématiques, *ouvrage collectif*
S30. La Recherche sur le cancer, *ouvrage collectif*
S31. L'Énergie verte, *par Laurent Piermont*
S32. Naissance de l'homme, *par Robert Clarke*
S33. Recherche et Technologie
Actes du Colloque national
S34. La Recherche en physique nucléaire
ouvrage collectif
S35. Marie Curie, *par Robert Reid*
S36. L'Espace et le Temps aujourd'hui
ouvrage collectif
S37. La Recherche en histoire des sciences
ouvrage collectif
S38. Petite Logique des forces, *par Paul Sandori*
S39. L'Esprit de sel, *par Jean-Marc Lévy-Leblond*
S40. Le Dossier de l'Énergie
par le Groupe confédéral Énergie (CFDT)
S41. Comprendre notre cerveau
par Jacques-Michel Robert
S42. La Radioactivité artificielle
par Monique Bordry et Pierre Radvanyi
S43. Darwin et les Grandes Énigmes de la vie
par Stephen Jay Gould
S44. Au péril de la science ?, *par Albert Jacquard*
S45. La Recherche sur la génétique et l'hérédité
ouvrage collectif
S46. Le Monde quantique, *ouvrage collectif*
S47. Une histoire de la physique et de la chimie
par Jean Rosmorduc
S48. Le Fil du temps, *par André Leroi-Gourhan*
S49. Une histoire des mathématiques
par Amy Dahan-Dalmedico et Jeanne Peiffer
S50. Les Structures du hasard, *par Jean-Louis Boursin*
S51. Entre le cristal et la fumée, *par Henri Atlan*
S52. La Recherche en intelligence artificielle
ouvrage collectif
S53. Le Calcul, *l'Imprévu, par Ivar Ekeland*
S54. Le Sexe et l'Innovation, *par André Langaney*
S55. Patience dans l'azur, *par Hubert Reeves*

S56. Contre la méthode, *par Paul Feyerabend*
S57. La Recherche en neurobiologie
ouvrage collectif
S58. La Recherche en paléontologie
ouvrage collectif
S59. La Symétrie aujourd'hui, *ouvrage collectif*
S60. Le Paranormal, *par Henri Broch*
S61. Petit Guide du ciel, *par A. Jouin et B. Pellequer*
S62. Une histoire de l'astronomie
par Jean-Pierre Verdet
S63. L'Homme re-naturé, *par Jean-Marie Pelt*
S64. Science avec conscience, *par Edgar Morin*
S65. Une histoire de l'informatique
par Philippe Breton
S66. Une histoire de la géologie, *par Gabriel Gohau*
S67. Une histoire des techniques, *par Bruno Jacomy*
S68. L'Héritage de la liberté, *par Albert Jacquard*
S69. Le Hasard aujourd'hui, *ouvrage collectif*
S70. L'Évolution humaine, *par Roger Lewin*
S71. Quand les poules auront des dents
par Stephen Jay Gould
S72. La Recherche sur les origines de l'univers
par La Recherche
S73. L'Aventure du vivant, *par Joël de Rosnay*
S74. Invitation à la philosophie des sciences
par Bruno Jarrosson
S75. La Mémoire de la Terre, *ouvrage collectif*
S76. Quoi ! C'est ça, le Big-Bang ?
par Sidney Harris
S77. Des technologies pour demain, *ouvrage collectif*
S78. Physique quantique et Représentation du monde
par Erwin Schrödinger
S79. La Machine univers, *par Pierre Lévy*
S80. Chaos et Déterminisme, *textes présentés et réunis par A. Dahan-Dalmedico, J.-L. Chabert et K. Chemla*
S81. Une histoire de la raison, *par François Châtelet (entretiens avec Émile Noël)*
S82. Galilée, *par Ludovico Geymonat*
S83. L'Age du capitaine, *par Stella Baruk*
S84. L'Heure de s'enivrer, *par Hubert Reeves*
S85. Les Trous noirs, *par Jean-Pierre Luminet*
S86. Lumière et Matière, *par Richard Feynman*
S87. Le Sourire du flamant rose
par Stephen Jay Gould
S88. L'Homme et le Climat, *par Jacques Labeyrie*

S89. Invitation à la science de l'écologie
par Paul Colinvaux
S90. Les Technologies de l'intelligence
par Pierre Lévy
S91. Le Hasard au quotidien, *par José Rose*
S92. Une histoire de la science grecque
par Geoffrey E.R. Lloyd
S93. La Science sauvage, *ouvrage collectif*
S94. Qu'est-ce que la vie?, *par Erwin Schrödinger*
S95. Les Origines de la physique moderne, *par I.Bernard Cohen*
S96. Une histoire de l'écologie, *par Jean-Paul Deléage*
S97. L'Univers ambidextre, *par Martin Gardner*
S98. La Souris truquée, *par William Broad et Nicholas Wade*
S99. A tort et à raison, *par Henri Atlan*
S100. Poussières d'étoiles, *par Hubert Reeves*
S101. Fabrice ou l'École des mathématiques, *par Stella Baruk*
S102. Les Sciences de la forme aujourd'hui, *ouvrage collectif*
S103. L'Empire des techniques, *ouvrage collectif*
S104. Invitation aux mathématiques, *par Michael Guillen*
S105. Les Sciences de l'imprécis, *par Abraham A.Moles*
S106. Voyage chez les babouins, *par Shirley C.Strum*
S107. Invitation à la physique, *par Yoav Ben-Dov*
S108. Le Nombre d'or, *par Marguerite Neveux*
S109. L'Intelligence de l'animal, *par Jacques Vauclair*
S110. Les Grandes Expériences scientifiques
par Michel Rival
S111. Invitation aux sciences cognitives, *par Francisco J.Varela*
S112. Les Planètes, *par Daniel Benest*
S113. Les Étoiles, *par Dominique Proust*
S114. Petites Leçons de sociologie des sciences
par Bruno Latour
S115. Adieu la Raison, *par Paul Feyerabend*
S116. Les Sciences de la prévision, *collectif*
S117. Les Comètes et les Astéroïdes
par A.-Chantal Levasseur-Legourd
S118. Invitation à la théorie de l'information
par Emmanuel Dion
S119. Les Galaxies, *par Dominique Proust*
S120. Petit Guide de la Préhistoire, *par Jacques Pernaud-Orliac*
S121. La Foire aux dinosaures, *par Stephen Jay Gould*
S122. Le Théorème de Gödel, *par Ernest Nagel / James R. Newman Kurt Gödel / Jean-Yves Girard*
S123. Le Noir de la nuit, *par Edward Harrison*
S124. Microcosmos, *Le Peuple de l'herbe*
par Claude Nuridsany et Marie Pérennou

S125. La Baignoire d'Archimède
par Sven Ortoli et Nicolas Witkowski
S126. Longitude, *par Dava Sobel*
S127. Petit Guide de la Terre, *par Nelly Cabanes*
S128. La vie est belle, *par Stephen Jay Gould*
S129. Histoire mondiale des sciences, *par Colin Ronan*
S130. Dernières Nouvelles du cosmos.
Vers la première seconde, *par Hubert Reeves*
S131. La Machine de Turing
par Alan Turing et Jean-Yves Girard
S132. Comment fabriquer un dinosaure
par Rob DeSalle et David Lindley
S133. La Mort des dinosaures, *par Charles Frankel*
S134. L'Univers des particules, *par Michel Crozon*
S135. La Première Seconde, *par Hubert Reeves*
S136. Au hasard, *par Ivar Ekeland*
S137. Comme les huit doigts de la main
par Stephen Jay Gould
S138. Des grenouilles et des hommes, *par Jacques Testart*
S139. Dialogue sur les deux grands systèmes du monde
par Galileo Galilée
S140. L'Œil qui pense, *par Roger N. Shepard*
S141. La Quatrième Dimension, *par Rudy Rucker*
S142. Tout ce que vous devriez savoir sur la science
par Harry Collins et Trevor Pinch
S143. L'Éventail du vivant, *par Stephen Jay Gould*
S144. Une histoire de la science arabe, *par Ahmed Djebbar*
S145. Niels Bohr et la Physique quantique
par François Lurçat
S146. L'Éthologie, *par Jean-Luc Renck et Véronique Servais*
S147. La Biosphère, *par Wladimir Vernadsky*
S148. L'Univers bactériel, *par Lynn Margulis et Dorion Sagan*
S149. Robert Oppenheimer, *par Michel Rival*
S150. Albert Einstein
textes choisis et commentés par Françoise Balibar